Ullstein Krimi

Ullstein Krimi
Lektorat: Georg Schmidt
Ullstein Buch Nr. 10399
im Verlag Ullstein GmbH,
Frankfurt/M – Berlin
Titel der amerikanischen
Originalausgaben:
Judas Goat / Looking For Rachel Wallace /
Early Autumn
Neuauflage der Ullstein Krimis
10057, 10103, 10142
Umschlaggestaltung:
Hansbernd Lindemann

Printed in Germany 1987
Druck und Verarbeitung:
Ebner Ulm
ISBN 3 548 10399 5

Januar 1988

Vom selben Autor
in der Reihe der
Ullstein Bücher:

Kopfpreis für neun Mörder (10057)
Finale im Herbst (10142)
Licht auf Dunkelmänner (10193)
Einen Dollar für die Unschuld (10208)
Spenser und das gestohlene Manuskript (10236)
Spenser und der Kandidat (10263)
Wildnis (10275)
Spensers Abschied (10300)
Kevins Weg ins andere Leben (10326)
Endspiel gegen den Tod (10341)
Spenser auf der Flucht (10401)

CIP-Kurztitelaufnahme
der Deutschen Bibliothek

Parker, Robert B.:
Kopfpreis für neun Mörder / [übers. von Monika Wittek]. Bodyguard für eine Bombe / [übers. von Ute Tanner u. a.]. Robert B. Parker. – Neuaufl. d. Ullstein-Krimis 10057, 10103, 10142. – Frankfurt/M; Berlin: Ullstein, 1987.
(Ullstein-Buch; Nr. 10399:
Ullstein-Krimi)
Einheitssacht.: Judas goat <dt.>
Einheitssacht. d. beigef. Werkes:
Looking for Rachel Wallace <dt.>
ISBN 3-548-10399-5
NE: Parker, Robert B.: [Sammlung <dt.>];
GT

Robert B. Parker

Kopfpreis für neun Mörder
Bodyguard für eine Bombe
Finale im Herbst

Ullstein Krimi

Robert B. Parker

Kopfpreis für neun Mörder

Action-Thriller

Übersetzt von Monika Wittek

1

Hugh Dixons Haus lag in Weston mit Blick über die sanft geschwungenen Hügel von Massachusetts; in einer Landschaft, die noch von jeglicher Zivilisation unberührt erschien. Das große Natursteinhaus hatte ein überdachtes Portal mit Säulen verziert; nicht gerade die Kulisse, in der man sich einen Privatdetektiv vorstellt, aber schließlich kann man ja nicht nur nach dem Eingang urteilen. Ich parkte am unteren Ende des Vorplatzes, wie es sich für einen Arbeitnehmer gehört und stieg die letzten Meter der geschwungenen Auffahrt hinauf zum Haus. Vögel sangen, und irgendwo klapperte eine Heckenschneideschere. Ich drückte auf den Klingelknopf und hörte, wie ich es in dieser Umgebung nicht anders erwartet hatte, einen harmonischen Akkord. Während ich wartete, daß ein Bediensteter mich einlassen würde, überprüfte ich in der Glasscheibe neben der Tür meine Erscheinung. Der weiße Leinenanzug mit passender Weste, blaugestreiftem Hemd, Seidenkrawatte und Schuhen, für die Gucci seine Seele verkauft hätte, ließen jedenfalls nicht ahnen, daß sich auf meinem Konto derzeit ganze 387 Dollar befanden. Vielleicht würde Dixon mich ja zur optischen Belebung dieses Ortes hier engagieren. Die Kanone hatte ich so geschickt verstaut, daß man sie nicht sofort sehen konnte.

Endlich wurde die Tür von einem schwarz behosten und weiß befrackten Diener asiatischen Ursprungs geöffnet. Ich gab ihm meine Karte, und er ließ mich in der Eingangshalle stehen, während er sie irgend jemandem zeigte. Ein Flügel stand auf dem polierten Steinfußboden und beherrschte neben dem Ölporträt eines ernst dreinblickenden Mannes den Raum. Auf halber Höhe lief ein Balkon rings um die Halle, und an der Decke sah ich einen Stuckfries.

Der Asiat kam zurück, und ich folgte ihm durchs Haus auf die Terrasse. Ein gewaltiger Mann saß dort im Rollstuhl, eine Decke über den Knien. Er hatte einen eindrucksvollen Kopf mit kräftigem schwarzem Haar, das reichlich mit Grau durchzogen war. Sein Gesicht war fleischig, mit hervorspringender Nase und langen Ohrläppchen. Der Diener sagte: »Mr. Dixon«, verbeugte sich leicht und entschwebte. Dixon rührte sich nicht, als ich zu ihm hinüberging. Er starrte nur über die Hügel ins Land. Auf seinem Schoß schlief eine gelbe Katze, sonst war die Terrasse leer, kein Radio, keine Zeitschriften, kein Tischchen, kein Stuhl für mich, gar nichts.

Es herrschte absolute Stille, nicht einmal mehr die Heckenschere konnte man von hier aus hören.

Ich sagte »Mr. Dixon?«

Sein Kopf bewegte sich in meine Richtung, der Rest blieb bewegungslos.

»Mein Name ist Spenser«, sagte ich. »Sie wollten mich sprechen.«

Von nahem sah sein Gesicht aus wie eine Skulptur, gut gemeißelt, aber ohne Bewegung, blutleer und tot. Bis auf die Augen. Sie brannten, vibrierten voller Leben und Fanatismus oder was auch immer es war. Ich konnte es damals nicht definieren. Heute weiß ich es.

»Wie gut sind Sie, Spenser?«

»Kommt drauf an, was es ist.« Er starrte mich an, ich starrte zurück. Die Katze schlief weiter.

»Wie gut sind Sie im Gehorchen?«

»Mies«, antwortete ich. »Ein Grund dafür, daß ich's bei der Polizei nicht lange ausgehalten habe.«

»Und wie gut sind Sie im Bei-der-Stange-Bleiben, wenn's kitzlig wird?«

»Darin würde ich mir die volle Punktzahl geben.«

»Wenn ich Sie engagiere, werden Sie vielleicht mittendrin aussteigen wollen?«

»Kann sein. Zum Beispiel, wenn ich merke, daß Sie mir nicht alles gesagt haben, daß Sie mich von vornherein über irgendwelche gefährlichen Nebenerscheinungen im unklaren gelassen haben, dann könnte es schon sein, daß ich Ihnen das Ganze vor die Füße werfe.«

»Was wären Sie bereit für Zwanzigtausend zu tun?«

»Gegenfrage: Was machen wir hier eigentlich? Spielen ein Fragespiel, so lange, bis ich herausbekommen habe, was Sie von mir wollen?«

»Was schätzen Sie, was ich wiege?« fragte Dixon.

»Zwischen zweihundertzwanzig und zweihundertdreißig Pfund«, antwortete ich, »aber was unter Ihrer Decke ist, kann ich nicht schätzen.«

»Ich wiege hundertundsiebzig. Meine Beine sind wie zwei Streichhölzer.«

Ich schwieg.

Er zog ein Foto unter der Decke hervor und reichte es mir. Die Katze wachte auf und sprang verärgert auf den Boden. Ich sah mir das Bild an. Es war die Aufnahme einer gutaussehenden Frau Anfang Vierzig mit zwei sehr wohlerzogen wirkenden jungen Mädchen von vielleicht achtzehn oder neunzehn. Ich tippte auf Vassar oder Smith College. Bevor ich ihm das Foto noch zurückreichen konnte, schüttelte er den Kopf. »Nein, nein, behalten Sie's.«

»Ihre Familie?« fragte ich.

»Das war sie. Vor einem Jahr wurden sie in einem Londoner Restaurant von einer Bombe in Stücke zerrissen. Ich sehe noch den linken Fuß meiner Tochter neben mir auf dem Boden. Einfach nur der Fuß, ohne den Rest. Der Schuh, den ich ihr noch am selben Morgen gekauft hatte, war daran.«

Ein »Das tut mir aber leid« war hier nicht angemessen, also fragte ich: »Sitzen Sie deshalb in diesem Stuhl?«

Er nickte, einmal rauf, einmal runter. »Fast ein Jahr lag ich im Krankenhaus.«

Seine Stimme paßte zum Gesicht, flach, akkurat, unmenschlich. Es war eine Starre um ihn, die nur seine Augen Lügen straften.

»Und ich habe damit etwas zu tun?«

Er nickte wieder, auf und ab. »Ich will, daß sie gefunden werden.«

»Die Bombenleger?«

Nicken.

»Wissen Sie, wer sie sind?«

»Nein, die Polizei in London sagt, daß es sich wahrscheinlich um eine Gruppe namens Liberty handelt.«

»Warum sollten die ausgerechnet Sie in die Luft jagen?«

»Einfach, weil wir gerade da waren, wo sie ihre Bombe warfen. Sie kannten uns nicht, interessierten sich nicht einmal für uns. Sie hatten andere Dinge im Kopf und löschten meine Familie aus. Einfach so. Deshalb will ich, daß sie gefunden werden.«

»Ist das alles, was Sie wissen?«

»Ich weiß, wie sie aussehen. Ich war die ganze Zeit über bei Bewußtsein, lag da und prägte mir ihre Gesichter ein. Jedes einzelne. Ich würde sie sofort wiedererkennen. Mehr konnte ich nicht tun, ich war gelähmt und konnte mich nicht bewegen, aber ich habe sie genau beobachtet, und ich werde sie nie vergessen.«

Er holte einen Umschlag unter der Decke hervor und gab ihn mir.

»Ein Mann von Scotland Yard kam mit einem Zeichner und Umrißzeichnungen zu mir ins Krankenhaus. Diese hier und die Beschreibungen waren das Ergebnis unserer Sitzungen.« Er zog neun Skizzen junger Leute – acht Männer und einer Frau – aus dem Umschlag. Ebenso ungefähr zehn Seiten mit maschinengeschriebenen detaillierten Beschreibungen.

»Ich habe Kopien machen lassen«, sagte er. »Die Bilder sind alle gut geworden.«

»Ich nehme an, ich soll dies auch behalten?«

»Ja.«

»Und ich soll die Leute finden?«

»Ja. Ich zahle Ihnen fünfundzwanzig Hunderter pro Kopf. Fünfundzwanzigtausend für alle plus Spesen.«

»Tot oder lebendig?«

»Egal.«

»Ich bringe aber normalerweise niemanden um.«

»Dafür habe ich Sie auch nicht kommen lassen. Aber wenn Sie aus irgendwelchen Gründen einen oder alle töten müssen, dann bekommen Sie trotzdem Ihr Geld. Egal wie, ich möchte, daß diese Leute nicht frei herumlaufen.«

»Und dann?«

»Und dann? Nun, was immer man mit Mördern macht. Sie kommen vor Gericht, werden bestraft, ins Gefängnis geworfen, – Todesstrafe. Das ist nicht Ihr Problem. Sie sollen sie finden.«

»Und wo beginne ich damit?«

»Ich weiß nicht, ich weiß nur, was ich Ihnen gesagt habe. Wahrscheinlich fangen Sie am besten in London an. Dort haben sie uns umgebracht.«

Das »uns« war sicher kein Versehen. Er war weitgehend tot.

»Gut. Aber ich werde Geld brauchen.«

Er zoge eine Karte aus seiner Brusttasche und hielt sie mir hin. Ich las: »Jason Carroll, Rechtsanwalt.« Vornehm, keine Adresse, nur Name und Titel.

»Er wohnt Federal Street Nummer 100«, sagte Dixon, »gehen Sie hin und sagen Sie ihm, was Sie brauchen.«

»Wenn ich nach London fahren soll, werde ich eine Menge brauchen.«

»Das spielt keine Rolle. Sie müssen es wissen. Wann können Sie starten?«

»Glücklicherweise bin ich gerade zwischen zwei Fällen«, sagte ich. »Morgen könnte ich anfangen.«

Er sah mich nicht an. »Ich habe mich über Sie informiert. Sie sind meistens zwischen zwei Fällen. Zwanzigtausend ist das Höchste, was Ihnen je unter die Augen gekommen ist. Bisher sind Sie immer nur unteres Drittel gewesen.«

»Aha, und warum wollen Sie dann so viel Geld ins untere Drittel werfen?«

»Weil Sie der Beste sind, den ich kriegen konnte. Sie sind hart, werden mich nicht betrügen und werden bei der Stange bleiben. Das habe ich von meinen Leuten erfahren. Wenn ich in der Lage dazu wäre, würde ich diese Aufgabe selbst erledigen, aber ich kann es nicht, also muß ich Sie damit beauftragen.«

»Na gut. Ich werde diese Leute für Sie finden, und damit zwischen uns alles klar ist: Ich bin nicht nur der Beste, den Sie kriegen konnten, ich bin der Beste, den's gibt. Aber es gibt 'ne ganze Menge mehr Dinge, die ich für Geld nicht tun würde, als umgekehrt.«

»Gut, gut, ein bißchen Selbstbewußtsein kann keinem schaden. Ansonsten ist mir Ihre Lebensphilosophie egal. Meinetwegen können Sie noch ins Bett machen. Mich interessiert einzig und allein, daß Sie diese neun Leute finden, tot oder lebendig. Die, die Sie lebendig fangen, möchte ich sehen. Für die Toten möchte ich Beweise.«

»Okay«, sagte ich. Er hielt mir nicht die Hand hin, und ich machte keine Anstalten, zu salutieren. Er starrte schon wieder auf die Hügel. Die Katze sprang auf seinen Schoß und rollte sich zusammen. »Und das Bild Ihrer Familie soll ich behalten?« fragte ich noch.

Er sah mich nicht an. »Ja. Und schauen Sie sich's jeden Morgen nach dem Aufstehen an, damit Ihnen bewußt wird, daß die Leute, die Sie jagen, ohne zu überlegen Hackfleisch aus diesen dreien gemacht haben.«

Ich nickte, aber er sah mich gar nicht mehr. Ich glaube, er sah überhaupt nichts. Er starrte in Richtung der sanften grünen Hügel. Die Katze schlief schon wieder auf seinem Schoß. Den Weg nach draußen fand ich allein.

2

Die Sekretärin in Jason Carrolls Empfang war blond. Die Farbe sah echt aus, ebenso echt, wie der goldbraune Teint, den sie sicherlich am ganzen Körper trug. Noch während sie mich zu Carroll führte und ich ihr dunkelblaues Oberteil und die hautengen weißen Hosen bewunderte, war ich mit diesem Teint beschäftigt.

Carroll kam hinter seinem Schreibtisch aus Chrom und Onyx hervor, um mich zu begrüßen. Auch er war blond und goldbraun. In seinem blauen Blazer und der weißen Hose sah er schlank und fit aus. Die beiden wirkten auf mich wie das Traumtanzpaar in einem Meisterkurs.

»Erfreut, Sie kennenzulernen, Spenser. Kommen Sie, setzen Sie sich. Mr. Dixon hat mir Ihren Besuch schon angekündigt.«

Sein Händedruck war fest und routiniert, sein Akzent Princeton. Ich setzte mich auf eine Couch aus Chrom und schwarzen Lederkissen. Vom Fenster aus sah man auf den Hafen und einen Teil der South Station. Aus geschickt versteckten Lautsprechern klang sanft irgend etwas Klassisches.

»Mein Büro ist im zweiten Stock über einem Zigarrenladen«, sagte ich.

»Und, gefällt es Ihnen?« fragte Carroll höflich.

»Nicht so hoch über dem Meeresspiegel«, grinste ich.

Ringsum hingen Ölbilder von Pferden.

»Darf ich Ihnen einen Drink anbieten?« fragte Carroll und unterbrach meine Überlegungen über den Unterschied zwischen seinem und meinem Büro.

»Ein Bier wäre sehr schön«, antwortete ich.

»Mögen Sie *Coors?* Ich bringe es mir immer aus dem Westen mit.«

»Ja, sicher. *Coors* ist sicher okay für ein einheimisches Bier«, ich wußte selbst nicht so recht, warum ich das gesagt hatte.

»Oh, Sie können auch *Heineken* haben, wenn Sie das vorziehen. Hell oder dunkel?«

»Ich hab' nur Jux gemacht, Mr. Carroll. *Coors* wäre herrlich. Eigentlich kann ich eine Biersorte von der anderen kaum unterscheiden. Hauptsache, es ist kalt.«

Er berührte sanft eine Taste und sagte: »Jan, bringen Sie uns bitte zwei *Coors*.« Dann lehnte er sich in seinem hohen Ledersessel zurück und faltete die Hände über der Magengegend. »Was kann ich für Sie tun?« fragte er.

Die Blonde kam mit zwei Dosen Bier und zwei eisgekühlten Gläsern auf einem kleinen Tablett. Sie gab mir zuerst, wahrscheinlich meines Jack-Nicholson-Lächelns wegen. Als sie die Tür hinter sich zugezogen hatte, sagte ich: »Hugh Dixon hat mich engagiert, um für ihn nach London zu fliegen und dort die Leute zu suchen, die seine Frau und seine Töchter ermordet haben. Ich brauche fünftausend für den Anfang, und er sagte mir, Sie wären ermächtigt, mir das zu geben, was ich brauche.«

»Natürlich.« Er nahm ein Scheckbuch aus der Schublade und schrieb einen Scheck aus.

»Wird das reichen?«

»Für den Anfang, ja. Kann ich mich an Sie wenden, wenn ich mehr brauche?«

»Selbstverständlich.«

Ich nahm einen Schluck *Coors* aus der Dose. Rocky-Mountain-Quellwasser. Junge, Junge.

»Erzählen Sie mir etwas über Hugh Dixon«, sagte ich.

»Seine finanzielle Lage ist äußerst stabil«, sagte Carroll. »Er hat Finanzverbindungen in aller Welt, meist durch seine eigenen Bemühungen. Ein echter *Selfmademan.*«

»Das dachte ich mir schon, daß er seine Rechnungen bezahlen kann. Ich meinte eher, was für ein Mensch er ist.«

»Oh, sehr erfolgreich, ja, sehr. Eine Art Geschäfts- und Finanzgenie. Ich glaube nicht, daß er eine Erziehung im klassischen Sinn genossen hat. Ich glaube, er war Bauarbeiter oder so etwas. Dann hatte er plötzlich einen Lastwagen, dann einen Wagenpark und mit fünfundzwanzig hatte er's geschafft.«

Ich merkte, daß Carroll zwar über Dixons Geld, jedoch nicht über den Menschen Dixon reden würde. Also versuchte ich es mit einer anderen Technik.

»Wie hat er denn sein Geld gemacht, mit welcher Art von Geschäften?«

»Zuerst mit Baugeschäften, später mit Spedition und jetzt ist das Ganze so ausgedehnt, daß man eigentlich nicht mehr genau sagen kann, was es im einzelnen ist.«

»Alles harte Berufszweige«, bemerkte ich. »Da kommt man nur weiter, wenn man selbst auch nicht gerade zur weichen Sorte gehört.«

Carroll sah nicht sehr glücklich aus. »Das ist sicherlich richtig«, meinte er. »Mr. Dixon ist ein sehr energischer und zielbewußter Mann.« Er nahm einen Schluck Bier aus dem Glas. Seine Fingernägel waren manikürt, seine Bewegungen selbstbewußt und elegant. Das war eben die wohlausgebildete Elite, sinnierte ich.

»Und dann diese schreckliche Tragödie mit seiner Familie . . .«

Carroll fehlten für einen Moment die Worte, und er entschloß sich, es bei einem Kopfschütteln bewenden zu lassen. »Man sagte mir, daß es eigentlich ein Wunder ist, daß er überlebt hat. Seine Verletzungen waren derart gravierend, daß er theoretisch nicht hätte überleben dürfen.«

»Ich glaube, er wußte, daß er noch etwas erledigen mußte«, warf ich ein. »Er mußte noch eine Rechnung begleichen.«

»Und dafür hat er nun Sie engagiert.«

»Ja.«

»Ich werde helfen so gut ich kann. Damals – als es passiert war, ich war in London und kenne die Polizeibeamten, die sich mit dem Fall befaßt haben. Ich könnte Ihnen einen Mann aus Mr. Dixons Londoner Büro zur Seite stellen, der sich dort auskennt. Seit dem Unfall führe ich Mr. Dixons Geschäfte, oder zumindest einen großen Teil.«

»Okay«, sagte ich. »Sie könnten folgendes für mich tun: Geben Sie mir den Namen von dem Mann, der Mr. Dixons Büro drüben leitet. Er soll mir ein Hotelzimmer besorgen. Ich fliege heute nacht.«

»Haben Sie einen gültigen Paß?« Carroll sah mich zweifelnd an.

»Hab' ich.«

»Gut, dann wird Jan für Sie eine Maschine nach London buchen. Haben Sie einen besonderen Wunsch?«

»Jedenfalls keine Doppeldecker.«

»Nun, das kann ich mir denken, Wenn Sie also nichts dagegen haben, werde ich Jan bitten, daß sie für Sie Flug Nr. 55 PanAm reservieren läßt. Sie fliegen jede Nacht nach London. Erster Klasse, ja?«

»Sehr gut. Aber woher wissen Sie, daß der Platz frei ist?«

»Nun, Mitarbeiter aus Mr. Dixons Organisation fliegen regelmäßig, so daß wir immer auf freie Plätze zählen können.«

»Hätte ich mir denken können.«

»Mr. Michael Flanders wird Sie am Flughafen in Heathrow in Empfang nehmen und Ihnen alle Informationen geben, die Sie wünschen.«

»Wäre schön«, brummte ich und sagte dann laut: »Ich nehme an, Sie können auf seine freie Zeit zählen.«

»Warum sagen Sie das?«

»Nun, sonst wüßten Sie jetzt wohl noch nicht, ob er morgen früh Zeit hat.«

»Ich verstehe. Ja. Alle, die für Mr. Dixon arbeiten, wissen, wie sehr ihm diese Sache am Herzen liegt, und jeder ist bereit, das Seine dazu zu tun.«

Ich trank mein Bier aus. Carroll nahm einen Schluck. Männer, die ihr Bier in kleinen Schlucken trinken, sind wenig vertrauenswürdig, sagt man. Er lächelte mir zu, seine weißen Zähne waren perfekt. Dann sah er auf die Uhr – nicht etwa so etwas Gewöhnliches wie eine Uhr mit Zahlen, nein, nur zwei Zeiger auf dunkelblauem Grund. »Fast Mittag. Sie werden noch packen müssen.«

»Ja, und vielleicht ein paar Anrufe erledigen. State Department und so weiter.«

Er hob die Augenbrauen.

»Schließlich besuche ich England nicht, um mir das Beowulf-Manuskript anzusehen. Ich brauche eine Waffe und muß vorher wissen, was ich bei der Einfuhr zu beachten habe.«

»Oh, natürlich. Davon verstehe ich wenig.«

»Deshalb habe ich ja auch diesen Job und nicht Sie.«

Wieder ließ er mich sein herrliches Gebiß sehen. »Ihr Ticket liegt am PanAm-Schalter in Logan«, sagte er. »Ich hoffe, Sie haben einen angenehmen Flug. Und . . . ich weiß nicht recht, was man da sagt. Weidmannsheil vielleicht. Aber das klingt schrecklich dramatisch.«

»Außer, wenn Trevor Howard es sagt«, erwiderte ich.

Auf meinem Weg nach draußen machte ich das Siegzeichen zu Jan hin wie in alten RAF-Filmen. Ich glaube, sie war etwas schockiert.

3

Das erste, was ich tat, war, die Fluggesellschaft anzurufen. Man sagte mir, ich könne eine Schußwaffe mitbringen, solange sie in ihre Einzelteile zerlegt, gesondert verpackt und deklariert sei. Außerdem müsse die Munition separat aufbewahrt werden, und natürlich könne ich sie keinesfalls mit dem Handgepäck in den Passagierraum mitnehmen.

»Aber wenn meine Ohren mir Schwierigkeiten machen, darf ich einen Kaugummi kauen, oder?«

»Selbstverständlich, Sir.«

»Verbindlichen Dank.«

Dann rief ich beim britischen Konsulat an. Ja, ich könne eine Schußwaffe einführen, keine Sondergenehmigung und kein extra Papierkrieg.

»Ich dachte an eine Smith und Wesson .38er, Revolver.«

»Ich verstehe. Nun, für Handfeuerwaffen dieser Art heißt es in unseren Bestimmungen, daß sie – vorausgesetzt, Sie haben eine Lizenz – so lange beim Zoll verbleibt, bis Sie eine ordentliche Genehmigung des zuständigen Polizeipräsidenten vorlegen können, das wäre in Ihrem Fall London?«

»Ja.«

»Gut, dann können Sie sich dorthin wenden, sobald Sie angekommen sind. Natürlich ist die Einfuhr von Maschinenpistolen, automatischen Gewehren und allen Waffen, die in der Lage sind, raketenähnliche Geschosse abzufeuern, strengstens untersagt.«

»Na, so'n Ärger«, entfuhr es mir.

Ich rief Carroll an. »Bitten Sie Ihren Agenten in London, mir einen Waffenschein zu besorgen.« Ich gab ihm die Seriennummer meiner hiesigen Lizenz und die meiner Lizenz als Privatdetektiv.

»Könnte sein, daß man sich drüben etwas ziert, wenn Sie nicht persönlich vorsprechen.«

»Dann kann man's nicht ändern. Morgen früh bin ich ja da. Vielleicht kann dieser Flanders wenigstens den Weg schon mal etwas ebnen. Reicht Ihr Einfluß nicht so weit?«

»Wir tun, was wir können, Mr. Spenser«, damit legte er auf.

Ein bißchen abrupt für einen Mann mit seinem Hintergrund, fand ich. Ich sah auf die Uhr, zwei. Dann schaute ich aus dem Fenster. Unten führte ein alter Mann seinen Hund aus. Sogar aus der Entfernung über zwei Stockwerke konnte ich erkennen, daß die Leine, an der er das dürre Tier hielt, nagelneu war. Metallnieten funkelten an der roten Lederschlaufe. Der alte Mann hielt an und kramte in einem Papierkorb herum. Der Hund saß inzwischen ruhig da, in der geduldigen Art, wie alte Hunde manchmal sitzen.

Ich rief Susan Silverman an. Sie war nicht zu Hause. Mein Anrufbeantworter hatte nichts für mich gespeichert. Ich hinterließ, daß ich geschäftlich außerhalb zu tun hätte. Keinen Termin für meine Rückkehr.

Ich schloß mein Büro ab und fuhr nach Hause, um zu packen. Ein Koffer, eine Reisetasche, ein Kleidersack für meinen zweiten Anzug. Zwei Schachteln mit Munition für die .38er verstaute ich im Koffer. Die Waffe nahm ich auseinander und packte sie mit dem Halfter in die Tasche. Um drei Uhr fünfzehn war ich fertig. Ich rief noch einmal bei Susan Silverman an. Aber wieder wurde nicht abgenommen.

In Boston gibt es ein paar Leute, die gedroht haben, mich umzubringen. Ich laufe jedenfalls nicht gerne ohne Pistole herum. Also nahm ich auch mein Ersatzschießeisen mit, eine »Colt .357 Magnum«. Ich steckte sie mir in den Gürtel. Auf dem Weg zur Bank, wo ich Carrolls Scheck einlöste, hatte ich Gelegenheit festzustellen, wie unbequem das Ding unter dem Mantel auf meine Wirbelsäule drückte.

»Möchten Sie Reiseschecks, Mr. Spenser?«

»Nein, danke, lieber Bargeld. Wenn Sie englische Pfund haben, nehme ich die.«

»Tut mir leid, bis Freitag könnte ich Ihnen Pfund Sterling besorgen.«

»Na, dann nehme ich eben die guten alten Grünen und tausche mir drüben etwas ein.«

»Sind Sie sicher, daß Sie mit dieser Bargeldmenge herumlaufen möchten?«

»O ja. Sehen Sie doch mal mein Knabengesichtchen an. Meinen Sie, mich würde einer überfallen?«

»Nun, Sie sind ein ziemlich großer Mann.«

»Aber ganz sanft«, sagte ich.

Um viertel vor vier war ich wieder zu Hause und versuchte noch einmal, Susan Silverman zu erreichen. Nichts. Ich holte das Telefonbuch heraus und versuchte es bei der Harvard-Universität, wo Susan, wie ich wußte, einige Sommerkurse in Recht belegt hatte. Mit Charme und Penetranz – wobei ich gestehen muß, daß letztere Eigenschaft mir eher zum Erfolg verhalf – bekam ich schließlich heraus, daß ein Kursus bei Professor More um vier Uhr fünfundfünfzig endete. Ich legte auf und machte mich auf die Socken. Vier Uhr und vierzig ergatterte ich einen Parkplatz und stand vier Uhr fünfundfünfzig unter einem Baum am Fuß der Eingangstreppe. Susan kam heraus. Sie trug einen blauen Madras-Overall mit Reißverschluß. Ihre Bücher hatte sie in einer weißen Leinentasche, die lässig von ihrer Schulter baumelte.

Sie hatte eine ganz bestimmte Art, zu gehen, so als gehöre ihr das Gebäude und sie mache gerade einen Spaziergang über ihren Grund und Boden. Ich fühlte wieder den Stich. Obwohl ich sie nun schon drei Jahre lang kannte, fühlte ich ihn jedesmal, wenn ich sie sah. In dem Moment hatte sie mich erkannt, und ihr Gesicht erhellte sich. Sie lächelte. Zwei jüngere Studenten beäugten sie. Der Overall saß ausgezeichnet. Ihr dunkles Haar glänzte in der Sonne, und als sie näher kam, sah ich mich in ihren riesigen Sonnenbrillengläsern reflektiert. Ich war mit mir auch nicht unzufrieden. »Entschuldigen Sie, sind Sie zufällig ein griechischer Multimillionär und Reeder, Mitglied des internationalen Jet-set?« fragte sie mich höflich.

Ich erwiderte ebenso: »Aber natürlich, Mademoiselle. Ich bin nur hier, um Sie zu fragen, ob Sie mich heiraten wollen, um mit mir auf einer meiner Inseln in unanständigem Luxus den Rest Ihrer Tage zu verbringen.«

Sie sagte: »Gern, aber leider bin ich an einen kleinen Krauter in Boston gebunden, den ich zuerst einmal loswerden muß.«

»Krauter ist ja nicht so schlimm, aber klein, das beleidigt mich«, murrte ich.

Sie schob ihren Arm durch den meinen und grinste: »Bei mir bist du der Größte, Junge.«

Die Blicke, die einige Mitstudenten ihr auf unserem Weg zum Auto zuwarfen, konnte ich ihnen nicht verdenken, aber um nicht aus der Übung zu kommen, versuchte ich, grimmig auszusehen.

»Was bringt dich her?« fragte sie.

»Ich fliege heute abend um acht nach England und wollte nicht versäumen, mich von dir zu verabschieden.«

»Für wie lange?«

»Weiß nicht, könnte länger dauern. Vielleicht einige Monate, das wird sich herausstellen.«

»Du wirst mir fehlen«, meinte sie.

»Beruht auf Gegenseitigkeit.«

»Ja.«

»Ich stehe drüben an der Mass Avenue.«

»Ich hab' meinen Wagen an der Everett Station stehenlassen und die U-Bahn genommen. Wir können ja zu dir fahren, und ich bringe dich dann in deinem Wagen zum Flughafen.«

»Okay, aber sei bitte nicht so sachlich, du weißt, ich mag so sachliche Frauen nicht.«

»Hmm, hattest du einen Plan für unsere Abschiedsfete?«

»Ja.«

»Vergiß ihn.«

»Okay, Boss.«

Sie drückte meinen Arm und lächelte ihr ganz besonderes Lächeln. Es haute mich immer wieder um. Irgend etwas war darin, das ich nicht definieren konnte. Etwas Kleinmädchenungezogenheit vielleicht und etwas Teuflisches. Auf jeden Fall hieß es: »Ich weiß genau, was uns beiden Spaß machen würde.«

Ich hielt ihr die Tür auf, und als sie einstieg, dehnte sich ihr Overall wie eine zweite Haut auf ihrem Körper. Ich ging um den Wagen herum, stieg ein und startete.

»Wenn«, sagte ich nach einer Weile, »wenn du unter diesem Anzug Unterwäsche an hättest, würde man sie sehen, man sieht aber keine.«

»Mein Geheimnis, Junge, aber du könntest es ja ergründen.«

»Sehr gut«, sagte ich. »Ein Thema für unsere Fete.«

4

Das mit der Unterwäsche konnte ich bald klären und noch einige andere Dinge. Die meisten waren mir nicht mehr unbekannt, aber es war sehr angenehm, sie mir wieder in Erinnerung zu rufen. Später lagen wir auf meinem Bett; die Nachmittagssonne schien herein und spielte ein goldfarbenes Schattenspiel auf unseren nackten Körpern.

»Stark und aktiv, das ist es, was du bist«, sagte ich.

»Regelmäßiges Training«, meinte Susan, »und eine positive Einstellung zum Leben.«

»Ich glaube, du hast mir meinen weißen Leinenanzug zerknittert.«

»Der hätte den Flug sowieso nicht ohne Falten überstanden.«

Wir zogen uns wieder an und gingen die Boylston Street hinauf zu einem Restaurant, das sich *St. Botolph* nennt. Es ist eines dieser Lokale, wie sie zu Dutzenden im Zuge der sich ausweitenden Urbanisierung entstehen: Backsteine, Hängepflanzen und eine Atmosphäre legerer Informalität, außerdem relativ gutes Essen.

Während wir aßen, erzählte ich Susan von dem neuen Job.

»Bezahlter Jäger also«, war ihr Kommentar.
»Tja, so ähnlich. Wie im Kino.«
»Hast du schon einen Plan?«
Ihr Augen-Make-up war exzellent in seiner Sparsamkeit. Dazu etwas Farbe auf den Wangenknochen und Lippenstift. Wahrscheinlich sah sie jetzt mit Vierzig besser aus, als sie mit Zwanzig ausgesehen hatte. Die zarten Linien in den Augenwinkeln und die Lachfältchen um den Mund gaben ihrem Gesicht Ausdruckskraft und lebendige Wärme.
»Na, ja, dieselbe alte Masche, mit der ich's immer erst mal versuche. Ich werde drüben auftauchen und Wind machen, mal sehen, ob sich dann etwas tut, ob ich irgend etwas ins Rollen bringe. Vielleicht setze ich eine Anzeige in die Zeitung und biete eine Belohnung für Hinweise an.«
»Bei einer solchen Gruppe?« fragte sie zweifelnd. »Meinst du, von denen würde einer den anderen für eine Belohnung in die Pfanne hauen?«
Ich zuckte die Achseln. »Kann sein. Zumindest könnte ja einer von ihnen mit mir Kontakt aufzunehmen versuchen, um hinter meine Pläne zu kommen. Und Kontakt ist das, was ich erst mal dringend brauche.«
»Vielleicht werden sie aber auch versuchen, dich umzubringen, wenn sie wissen, daß du nach ihnen suchst.«
»Vielleicht, allerdings habe ich mir fest vorgenommen, sie daran zu hindern.«
»Auf jeden Fall hättest du dann deinen Kontakt«, warf Susan ein.
»Hmm.«
Sie schüttelte den Kopf. »Das wird nicht gerade eine schöne Zeit für mich werden.«
»Ich weiß . . . ich finde es auch nicht so schrecklich komisch.«
»Schon möglich, aber ein Teil von dir wird auch das Abenteuer genießen.«
»Das war sicher so, bevor ich dich kannte«, erwiderte ich. »Aber selbst das große Abenteuer macht ohne dich nicht so viel Spaß.«
»Wahrscheinlich hast du recht. Ich finde es schön, daß du das sagst, aber ich kenne dich und weiß, daß du eben so bist, wie du bist. Wenn ich dich verliere, dann werde ich das nie verkraften, weißt du das?«
»Ich komme wieder«, sagte ich. »Ich werde doch nicht einfach weit weg von dir sterben.«
»O Gott«, sie wandte ihr Gesicht ab, und ihre Stimme klang unsi-

cher.

Mein Hals wurde auch etwas eng, und meine Augen brannten. »Ich weiß, wie dir zumute ist«, brachte ich heraus. »Wenn ich nicht so ein starker und unerschrockener Mann wäre, würde ich am liebsten auch ein paar Tränchen zerdrücken.«

Sie sah mich an. Ihre Augen glänzten verdächtig, aber sie hatte ihr Züge in der Gewalt und konterte: »Vielleicht du, du Tränentier, aber nicht ich. Ich zeige dir jetzt mal, wie man das macht, und wir werden bis zum Abflug eine fröhliche und angeregte Unterhaltung pflegen.« Sie legte ihre Hand auf meinen Arm, sah mich an, daß es mir durch und durch ging und meinte nur: »Paß auf dich auf, Matt.«

»Ein Mann muß tun, was er zu tun hat, Mädchen«, sagte ich. »Wollen wir noch ein Bier trinken?«

Danach wurde das Thema nicht mehr berührt. Susan setzte mich am Eingang des Flughafens ab. Ich stieg aus, nahm mein Gepäck aus dem Kofferraum und lehnte mich durchs Fenster zu ihr in den Wagen.

»Ich gehe nicht mit hinein. Das Warten auf Flughäfen macht mich traurig. Schick' mir eine Postkarte. Ich werde dich hier erwarten, wenn du zurückkommst.«

Ich küßte sie und schaffte meine Sachen in die Schalterhalle. Die Tickets waren wie versprochen am PanAm-Schalter. Ich nahm sie, ging mit meinem Gepäck durch den Zoll und suchte mir einen Platz. Es war eine ruhige Nacht auf dem Flughafen, und ich versuchte, mich auf mein Buch zu konzentrieren. Es war von einem Mann namens Richard Slotkin und hieß Regeneration durch Aggressivität! Ein wissenschaftliches Werk, das mir ein Freund Susans geliehen hatte, um, wie er es formulierte, »die unbefangene Meinung eines Menschen, der mitten drin steht«, zu bekommen. Er war Englischlehrer, und man konnte ihm solches Gerede nicht übelnehmen. Mehr oder weniger.

Ich fand das Buch interessant und lesenswert, aber ich konnte mich nicht konzentrieren. Ziemlich allein auf einem riesigen Flughafen mitten in der Nacht, das ist schon ein merkwürdiges Gefühl. Und das Warten darauf, ebenso allein in ein anderes Land zu fliegen, wobei das Flugzeug wahrscheinlich auch ziemlich leer sein würde, machte dies Gefühl der Einsamkeit auch nicht gerade besser. Irgendwie war ich mit zunehmendem Alter immer weniger gern allein. Vielleicht lag das auch an Susan. Jedenfalls hätte ich diese Sache vor zehn Jahren noch als großes Abenteuer betrachtet, jetzt wäre ich am liebsten davongelaufen.

Um acht Uhr dreißig ging ich an Bord und acht Uhr fünfzig waren wir unterwegs. Gegen neun Uhr fünfzehn bekam ich mein erstes Bier und eine Portion Rauchmandeln von der Stewardeß und begann mich besser zu fühlen. Morgen abend würde ich bei *Simpson's* dinieren, und zum Lunch würde ich mir vielleicht ein nettes indisches Restaurant suchen. Um zehn hatte ich drei Bier getrunken und ungefähr ein halbes Pfund Rauchmandeln vertilgt. Wie erwartet war der Flug nicht ausgebucht, und die Stewardessen hatten Zeit, sich um die Gäste zu kümmern. Wahrscheinlich war es mein eleganter Anzug, der mich so attraktiv machte – sogar in seinem zerknautschten Zustand. Ich las mein Buch, ignorierte den Film und hörte Oldies durch meine Kopfhörer. Ein paar Biere noch, und meine Stimmung hob sich weiter. Nach Mitternacht verteilte ich meine gesamte Länge auf eine freie Sitzreihe und schlief ein. Als ich erwachte, brachte die Stewardeß Kaffee und Brötchen. Die Sonne schien durch die Fenster.

Um zehn Uhr fünfundfünfzig landeten wir in Heathrow. Etwas steif von meiner Nacht quer über den Sitzen stelzte ich ins Freie. In meinem Magen bildeten Kaffee, Brötchen, Rauchmandeln und Bier ein undefinierbares Durcheinander. Nun mußte ich nur noch diversen Pfeilen folgen, um zu Bus B zu kommen und dann wieder Pfeilen nach, bis ich mich schließlich in einer Schlange bei der Paßkontrolle wiederfand. Der Mann am Schalter warf einen Blick auf meinen Ausweis, lächelte und sagte: »Schönen guten Morgen, Mr. Spenser. Würden Sie bitte hier herüber kommen.«

»Du liebe Güte, jetzt haben sie mich wegen übermäßigen Bierkonsums während eines internationalen Fluges angezeigt. Gleich werde ich verhaftet«, dachte ich.

Der Mann lächelte immer noch und nickte in Richtung auf eine Tür, an der stand: »Sicherheitsbüro«. »Bitte, Sir.« Ich nahm meinen Paß und ging hinein. Drinnen erwartete mich ein Beamter in Uniform und ein großer, dürrer Mann mit langen Zähnen, der eine Zigarette rauchte. Er trug ein dunkelgrünes Hemd mit brauner Krawatte.

»Mein Name ist Spenser«, sagte ich. »Man hat mich hierhergeschickt.«

Der Dünne sagte: »Willkommen in England, Spenser. Ich bin Michael Flanders.«

Er schüttelte mir die Hand.

»Haben Sie ihre Gepäckabschnitte?«

»Hmm.«

»Geben Sie sie mir. Ich sorge dafür, daß alles klargeht.«

Er reichte meine Abschnitte an den Uniformierten weiter und dirigierte mich hinaus, Hand an meinem Ellbogen. Als ich mich draußen umblickte, merkte ich, daß wir bereits durch den Zoll waren. Flanders faßte in seine Brusttasche und zog einen Umschlag hervor. Mein Name stand darauf.

»Hier«, sagte er. »Das habe ich heute morgen bei der zuständigen Behörde für Sie arrangiert.«

»Nicht schlecht«, murmelte ich, nachdem ich den Umschlag aufgemacht und gesehen hatte, daß es der Waffenschein war. Wir traten aus dem Flughafengebäude und standen direkt vor einem dieser schwarzen Londoner Taxis, in das gerade unter den diskreten Augen des Sicherheitsbeamten mein Gepäck verstaut wurde.

»Nicht schlecht«, bemerkte ich wieder.

Flanders lächelte. »Ja, Mr. Dixons Name hat auch hier, wie vielerorts, einen bemerkenswerten Klang.« Er winkte mich in das Taxi. Der Fahrer kam herum und sagte ihm etwas, das ich nicht verstand, dann stieg auch Flanders ein, lehnte sich zurück und zündete sich eine neue Zigarette an.

»*Mayfair Hotel*«, wies er den Taxifahrer an. Zu mir gewandt meinte er: »Ich denke, es wird Ihnen dort gefallen. Das *Mayfair* ist ein erstklassiges Hotel und liegt sehr zentral.« Seine langen, knochigen Finger waren nikotinverfärbt.

»Ich habe schon in den merkwürdigsten Quartieren genächtigt«, erwiderte ich, »da werde ich wohl das *Mayfair* akzeptieren können.«

»Na, bestens«, war seine Antwort.

»Sie wissen, warum ich hier bin?«

»Ja.«

»Was können Sie mir dazu noch sagen?«

»Leider nicht sehr viel. Vielleicht könnten wir uns beim Lunch darüber unterhalten, wenn Sie sich etwas frisch gemacht haben. Sicher wollen Sie Ihren Anzug zum Aufbügeln geben und so weiter.«

»Knittert ganz schön auf so einem Flug, nicht?«

»Nun ja.«

5

Das *Mayfair* war ein großes plüschiges Hotel am Berkeley Square. Flanders bezahlte den Taxifahrer, sorgte dafür, daß der Hotelträger mein Gepäck nahm und führte mich zum Empfang. Es schien mir beinahe, als habe er nicht sonderlich großes Vertrauen in meine Fähigkeit, mich in der Welt zurechtzufinden. Natürlich, ein bezahlter Gangsterjäger aus der Provinz, der kaum der englischen Sprache mächtig ist . . . Ich versicherte mich heimlich, daß mir nicht Kuhdreck am Absatz klebte.

In meinem Zimmer standen ein Bett, ein Schreibtisch, ein blauer Schaukelstuhl und ein kleines Mahagonitischchen. Das dazugehörige Bad war weiß gekachelt. Vom Fenster aus sah ich über einen Luftschacht ins Gebäude gegenüber. Das nannte man wohl den Charm der alten Welt. Flanders gab dem Pagen ein Trinkgeld und sah auf seine Uhr.

»Es ist ein Uhr«, meinte er. »Vielleicht wäre es Ihnen lieber, den Nachmittag für sich zu haben, um sich zu akklimatisieren. Wir könnten dann zusammen dinieren, und ich erzähle Ihnen, was ich weiß. Brauchen Sie Geld?«

»Ich habe Geld, aber keine englischen Pfund«, sagte ich.

»Ach so, natürlich. Ich werde Ihnen etwas umtauschen lassen.«

Er zog eine elegante Brieftasche heraus. »Hier sind erst einmal hundert Pfund.«

»Danke.« Ich nahm meinerseits die Brieftasche heraus, zählte 2500 Dollar ab und steckte sie wieder in meine linke Hüfttasche. »Wenn Sie mir dies wechseln lassen würden, wäre ich dankbar«, sagte ich. »Ziehen Sie die hundert ab.«

Beim Anblick meiner dicken, abgeschabten Brieftasche hatte ich so etwas wie Abscheu auf seinem Gesicht lesen können.

»Das wird nicht nötig sein«, erwiderte er. »Mr. Dixon hat extra angeordnet, Sie mit äußerster Großzügigkeit zu behandeln.«

»Na, bestens«, sagte ich. »Ich werde ihm auch nicht erzählen, daß mein Zimmer Blick auf einen Luftschacht hat.«

»Tut mir leid«, meinte Flanders, »aber Sie wissen sicher, daß Hochsaison ist, und ich hatte nicht viel Zeit.«

»Ich werde schweigen wie ein Grab«, sagte ich.

Flanders lächelte vorsichtig, er war sich nicht ganz sicher, ob ich ihn auf den Arm nahm oder nicht.

»Soll ich Sie – sagen wir um – sechs – hier abholen?« fragte er.

»Sehr gut. Aber warum wollen wir uns nicht irgendwo treffen. Ich werde den Weg schon finden, und wenn ich mich verirre, kann ich ja einen dieser sagenhaften Londoner Bobbies fragen.«

»Wie Sie meinen. Dann schlage ich vor, daß wir uns bei *Simpson's on the Strand* treffen, eine Londoner Institution sozusagen.«

»Sehr gut. Also, dann achtzehn Uhr fünfzehn dort.«

Er gab mir die Anschrift und verabschiedete sich. Ich packte aus, setzte meine Waffe zusammen und legte sie geladen auf den Nachttisch. Dann duschte ich, putzte mir die Zähne, rasierte mich und rief den Empfang an, um zu bitten, daß man mich um halb sechs weckte. Ich ließ mich auf die Zierdecke fallen und schlief ein. Vorher hatte ich aber noch Zeit, an Susan zu denken und sie herzuwünschen.

Viertel vor sechs marschierte ich elastischen Schrittes die Berkeley Street hinunter Richtung Piccadilly. Im Hotel hatte ich mir einen Stadtplan von London gekauft, denn ich war erst einmal hier gewesen, noch bevor ich Susan kannte. Damals hieß das Mädchen Brenda Loring, und wir hatten eine Woche hier verbracht. Ich war irgendwie aufgeregt, denn ich liebe Großstädte; und London ist genauso eine Großstadt wie New York. Bei *Fortnum and Mason's* hielt ich an und besah mir die Auslagen in den Schaufenstern. Was würde es für Spaß machen, hier mit Susan herumzustöbern und vielleicht geräucherte Wachteleier oder Wildtaube in Aspik einzukaufen.

Ich ging weiter zum Piccadilly Circus, der mir nie als so außergewöhnlich erschienen war, wie immer gesagt wird. Beim Haymarket hielt ich mich rechts und kam zum Trafalgar Square, Nelson und die Löwen und die National Gallery sahen auf mich herab, und wie immer versuchten sich Kinder in der Kunst, die meisten Tauben auf dem ausgestreckten Arm zu halten. Verdammtes Taubenpack, ich mochte sie nicht. Als ich den Strand hinaufschlenderte, kam mir ein Polizist entgegen. Friedlich, die Hände auf dem Rücken, sein Walkie-Talkie in der Hüfttasche, das Mikro am Mantelaufschlag schritt er einher. Sein Stock war geschickt in einer riesigen und unauffälligen Seitentasche verwahrt. Ich fühlte, wie sich mein Magen zusammenzog. »Das alte Land«, dachte ich, und Shakespeare und Johnson kamen mir in den Sinn. Zwar kam meine Familie aus Irland, aber trotzdem hatte mich das Heimatgefühl gepackt. Für alle, die Englisch lesen und sprechen ist es schließlich auch Heimat. *Simpson's* war auf der rechten Straßenseite neben dem *Savoy Hotel*. Ich fragte mich, ob sie dort wohl den guten alten Goodman »Stomping at the Savoy« spielten. Aber wahrscheinlich war dies hier doch das falsche *Savoy*. Schließlich stand ich vor *Simpson's*. Drinnen spürte man die Klasse: hohe Decken und Eichentäfelung. Ich sprach mit dem *Maître d'*, und der beauftragte einen seiner dienstbaren Geister, mich zu Flanders Tisch zu führen. Flanders erhob sich, als ich näher kam, ebenso der Mann, der bei ihm war: sehr wohlerzogen.

»Mr. Spenser, darf ich Ihnen Inspector Downes von Scotland Yard vorstellen. Ich bat ihn, mit uns zu speisen und hoffe, es paßt Ihnen.«

Ich fragte mich, was passieren würde, wenn es mir nicht paßte. Ob Downes sich wohl mit einer entschuldigenden Verbeugung davonmachen würde?

»Sehr angenehm«, sagte ich, und wir schüttelten uns die Hände. Der Ober hielt meinen Stuhl. und wir setzten uns.

»Ein Drink?« fragte Flanders.

»Bier vom Faß«, sagte ich schnell und »Whisky«, war Downes Antwort. Flanders bestellte sich Kir.

»Inspector Downes hat den Fall Dixon bearbeitet«, begann Flanders. »Er ist Spezialist für diese Art von Stadtguerrilla-Krieg, der immer mehr zunimmt.«

Downes lächelte bescheiden. »Spezialist ist sicherlich etwas hoch gegriffen, aber ich habe mir einer Menge solcher Fälle zu tun gehabt.«

Der Ober kam mit den Drinks. Mein Bier war wenigstens kalt, aber es kam mir viel lascher vor als amerikanisches. Flanders trank in kleinen Schlucken sein Kir. Downes Whisky kam ohne Eis oder Wasser in einem kleinen Glas und wurde lässig verkonsumiert. Ich beobachtete Downes, der hellhäutig und rundgesichtig dasaß. Unter dem offiziell wirkenden, silbergrauen Anzug wirkte sein Körper schwer und völlig entspannt. Ich konnte mich dem Eindruck von unterdrückter Kraft, der von ihm ausging, nicht entziehen.

»Ach, bevor ich es vergesse«, unterbrach Flanders meine Überlegungen und reichte mir einen Umschlag, auf dem mein Name und die Zahl 1400 standen. »Der Kurs ist im Moment sehr günstig. Ihr Gewinn, unser Verlust, nicht wahr?«

Ich nickte und steckte den Umschlag ein. »Danke schön. Und nun würde ich gern wissen, was Sie mir sagen können.«

»Vielleicht sollten wir erst bestellen«, schlug Flanders vor. Er nahm Lachs, Downes Roastbeef und ich bestellte mir Hammel. Man sollte immer die einheimische Küche ausprobieren. Der Ober erinnerte mich an Barry Fitzgerald. Unsere Wahl schien ihn zu begeistern.

»So, dann könnten wir anfangen«, sagte ich.

Downes beugte sich vor: »Leider haben wir nicht besonders viel Material. Eine Gruppe namens Liberty hat sich für den Anschlag auf das Lokal, bei dem Dixons Familie ums Leben kam, verantwortlich erklärt. Wir haben keinen Grund, dies anzuzweifeln.«

»Was sind das für Leute?«

»Junge, offenbar sehr konservative, die sich aus allen Ländern Westeuropas zusammengetan haben. Ihr Hauptquartier könnte Amsterdam sein.«

»Wie viele sind es?«

»Zehn oder zwölf ungefähr. Die Zahlen ändern sich von Tag zu Tag. Es kommen neue hinzu, andere scheiden aus. Scheint so, als sei das Ganze nicht besonders straff organisiert. Eher eine zufällig entstandene Gruppe von Jugendlichen, die im weiten Sinne gleiche Interessen haben.«

»Und die Ziele?«

»Wie bitte?«

»Na, was will diese Organisation? Wollen sie die letzten Wale retten? Irland befreien? Die Apartheid beenden? Palästina wiederherstellen oder Abtreibungen abschaffen?«

»Ich glaube, es sind hauptsächlich Antikommunisten.«

»Das würde aber nicht erklären, warum sie Dixons Familie ermordet haben. Seine Unternehmen praktizieren sicher nicht gerade tätigen Sozialismus, oder?«

Downes lächelte und schüttelte den Kopf. »Kaum, aber ich denke, der Bombenanschlag war reiner Zufall. Einfach ein Akt von Gewalt, der überall hätte passieren können. Ein Terroranschlag, um die Staatsdisziplin zu untergraben, Verwirrung zu stiften, Unsicherheit hervorzurufen, so in der Art.«

»Und wie gehen sie vor?«

»Darüber sind wir uns nicht ganz im klaren.«

»Passiert so etwas oft?«

»Kann man schlecht sagen«, Downes nahm einen Schluck Scotch und rollte ihn genüßlich über die Zunge, »weil es so viele dieser Anschläge gibt. Man steigt kaum mehr durch, wer nun eigentlich wen in die Luft jagen will und warum.«

Flanders warf ein: »Aber soweit ich weiß, Phil, ist dies ja nicht eine der großen Gruppen, die die Sicherheit des Landes gefährdet.«

Downes schüttelte den Kopf. »Nein, sicher nicht. Unsere westliche Zivilisation ist nicht in unmittelbarer Gefahr. Aber immerhin verletzen und töten sie Menschen.«

»Hilft Ihnen das alles irgendwie weiter?« fragte Flanders.

»Bis jetzt nicht«, erwiderte ich. »Eher im Gegenteil. Denn, wie Downes sicher weiß, je amateurhafter und desorganisierter eine Gruppe arbeitet, desto schwieriger ist es, sie in den Griff zu kriegen. Die großen und wohldurchorganisierten Gruppen – da bin ich sicher – hat die Polizei bereits unterwandert.«

Downes hob die Schultern, nahm einen Schluck und meinte: »Was den ersten Teil Ihres Satzes betrifft, so haben Sie sicherlich Recht, Spenser. Das naive und zufällige Vorgehen von solch kleinen Gruppierungen macht es uns sehr schwer, sie zu schnappen, andererseits ist ihre Effektivität auch nicht sonderlich groß, was Revolution oder andere ihrer verrückten Ziele angeht.«

»Haben Sie irgend etwas in der Hand?«

»Wären Sie von einer großen Zeitung, würde ich jetzt sagen, daß wir an verschiedenen vielversprechenden Möglichkeiten arbeiten. Da

Sie aber nicht von einer Zeitung sind, kann ich mich kurz fassen: Wir haben absolut nichts.«

»Keine Namen, keine Fotos?«

»Nur die Skizzen, die wir damals mit Mr. Dixon ausgearbeitet haben. Wir haben sie natürlich in Umlauf gebracht, aber ohne Ergebnis.«

»Informanten?«

»Keiner scheint etwas zu wissen.«

»Wie intensiv haben Sie sich bemüht?«

»So intensiv wie möglich«, sagte Downes ernst. »Sie sind noch nicht lange im Lande, aber sicher ist Ihnen bekannt, daß wir unter ziemlichem Druck stehen. Die Irlandgeschichte nimmt fast all unsere Kräfte in Anspruch.«

»Sie haben sich also nicht allzusehr bemüht, die Sache zu klären?«

Downes sah Flanders an. »Das stimmt nicht. Wir haben soviel Zeit und Kräfte darauf verwendet wie möglich.«

»Ich will Sie nicht beschuldigen, Downes. Ihre Probleme sind mir nicht ganz fremd, war auch mal Polizist. Mir geht es darum, daß Flanders versteht, daß es Ihnen nicht möglich war, eine alle Alternativen erschöpfende Suche durchzuführen. Sie haben zwar getan, was nach Ihrer Routine zu tun war, aber der Fall ist nicht abgeschlossen, und Sie haben auch nicht die Leute, um ständig das Ohr an der Basis halten zu können.«

Downes zuckte mit den Schultern und trank seinen Scotch aus. »Da haben Sie recht«, meinte er trocken.

Barry Fitzgerald brachte unser Essen. Mit ihm kam ein zweiter, weißbeschürzter Mensch, der einen großen, heizbaren Wagen mit kupfernen Deckeln vor sich herschob. Einen dieser Deckel hob er hoch und schnitt dann ein riesiges Stück Hammel auf. Flanders gab ihm ein Trinkgeld. Während diese Zeremonie im Gange war, verteilte Barry den Rest unserer Mahlzeit. Ich bestellte ein zweites Bier, und er schien entzückt von der Idee, es mir zu holen.

6

Flanders Angebot, mich in einer Taxe mitzunehmen, lehnte ich ab und schlenderte den Strand hinauf, zurück zum *Mayfair*. Es war kurz nach acht, und bis zum nächsten Morgen hatte ich nichts weiter vor. Wo der Strand in den Trafalgar Square mündet, bog ich in die Whitehall ein und sah mir die beiden berittenen Posten in ihren Häuschen vor dem Horse-Guards-Gebäude an. Sie trugen hohe Lederstiefel und metallene Brustschützer. Ihre Helme stammten wohl aus der Zeit des Britischen Empire. Wie Statuen wirkten sie, wären nicht unter den Helmen ganz gewöhnliche Jungmännergesichter gewesen, in denen nur die Augen sich bewegten. Am Ende von Whitehall weitere bekannte Gebäude: Parliament, Westminster Abbey und dann die Westminster Bridge. Damals mit Brenda Loring war ich hier inmitten einer Touristengruppe entlanggegangen. Ich würde gern einmal hier sein, wenn es ganz leer ist.

Auf meiner Armbanduhr war es acht Uhr fünfzig. Minus sechs, dann war es zu Hause zehn vor drei nachmittags, und Susan saß vielleicht gerade in ihrer Vorlesung. Ich ging auf die Brücke und schaute übers Geländer aufs Wasser hinunter. Die Themse. Mein Gott, was hatte dieser Fluß schon alles gesehen. Unter mir konnte ich den Anlegesteg erkennen, von wo aus die Ausflugsboote starteten. Letztes Jahr waren Susan und ich auf einer Wein- und Käse-Fahrt durch Amsterdams Grachten bei Kerzenlicht sehr glücklich gewesen. Ich stand eine ganze Weile da und starrte auf den Fluß. Drüben irgendwo mußte das Globe Theater sein, oder gab es das nicht mehr? Schließlich drehte ich mich um und beobachtete, aufs Brückengeländer gelehnt, die Menschen. Ich fand mich sehr attraktiv mit meinem blauen Blazer und den grauen Flanellhosen, dem weißen Hemd mit Button-down-Kragen und einer blau-rot gestreiften Krawatte. Letztere hatte ich lässig offen auf dem Hemd hängen. Ich war ganz sicher, daß es nur eine Frage der Zeit war, bis ein attraktives Mädchen im Lederminirock, so richtig *swinging London,* merkte, daß ich mich einsam fühlte und stehenblieb, um mich aufzumuntern. Doch Miniröcke schienen out zu sein. Ich sah eine Menge Haremshosen und dann den Look, den Lewis auf seinen Werbepostern zeigte: Jeans in hohe Stiefel gestopft; aber keine kam zu mir, obwohl ich beide Sorten akzeptiert hätte. Wahrscheinlich merkte man sofort, daß ich Ausländer war. Eingebildetes Gesindel. Susan würde ich so gefallen, das wußte ich.

Nach einer Weile gab ich's auf. Obwohl ich seit zehn oder zwölf Jahren nicht mehr geraucht hatte, jetzt hätte ich gern einen Zug genommen und dann das glühende Ende lässig in den Fluß geworfen. Nichtrauchen mag ja für die Lunge besser sein, aber dramatische Gesten unterstützt es nicht gerade. Am St. James Park gab es einen Weg, der Birdcage Walk hieß, den schlug ich ein. Wahrscheinlich mein irischer Romantizismus. Ich stand plötzlich vor dem Buckingham Palace. Viel konnte ich nicht sehen. »Hallo, Queen, wie geht's?« murmelte ich vor mich hin. Ich hatte vergessen, welches Zeichen man beachten muß, damit man weiß, ob die königliche Familie da ist oder nicht.

Aber was spielte es auch für eine Rolle, ich war ja nicht dort eingeladen.

Durch den Green Park gelangte ich schließlich Richtung Piccadilly und zu meinem Hotel. Eigenartiges Gefühl, ganz allein durch diesen Park zu gehen, tausende von Kilometern von zu Hause. Ich fühlte mich wie ein kleiner Junge, der sich nachts verlaufen hat. Nie zuvor in meinem Leben hatte ich jemanden vermißt, aber jetzt tat ich es. Ich vermißte Susan.

Zurück in meinem Zimmer bestellte ich mir telefonisch vier Bier.

»Wie viele Gläser, Sir?«

»Keins«, erwiderte ich mit gemeinem Unterton in der Stimme.

Als serviert wurde, gab ich dem Jungen ein viel zu hohes Trinkgeld, um meine gemeine Stimme von vorhin wiedergutzumachen. Dann trank ich die vier Flaschen Bier und ging zu Bett.

Am nächsten Morgen war ich zeitig draußen und gab eine Anzeige in der *Times* auf. Sie hatte folgenden Text: »BELOHNUNG! Tausend Pfund für Information über eine Organisation namens Liberty und den Tod von drei Menschen bei einer Bombenexplosion in *Steinlee's Restaurant* am 21. August letzten Jahres. Rufen Sie Spenser im *Mayfair Hotel* an.«

Downes hatte mir am Abend zuvor versprochen, mich Einblick in die Dixon-Akte nehmen zu lassen. Als ich wieder im Hotel war, steckte tatsächlich ein großer brauner Umschlag in meinem Fach. Ich nahm ihn mit aufs Zimmer und las alles durch. Aussagen von Zeugen, Dixons Aussage vom Krankenbett aus, die Skizzen, Berichte der bearbeitenden Beamten, die keinen Fortschritt melden konnten. Dann eine Fotokopie des Briefes, in dem sich Liberty zu der Tat bekannte und ein kurzer Abriß der Geschichte Libertys, wahrscheinlich aus dem Archiv. Auf dem Bett liegend las ich alles mehrmals durch, vielleicht hatten die englischen Polizisten ja etwas übersehen. Aber wenn sie wirklich etwas übersehen hatten, dann hatte ich es auch. Ich fand absolut nichts. Sah so aus, als sei ich auch nicht schlauer als sie.

Ich sah auf die Uhr: elf Uhr fünfzehn, fast Zeit zum Lunch. Wenn ich jetzt langsam losging, mir in aller Ruhe ein Restaurant suchte und ganz geruhsam aß, dann wären es nur noch vier oder fünf Stunden bis zum Abend. Ich sah mir mein Material noch einmal durch. Es gab einfach nichts her – und wenn ich nicht bald einen Einfall hatte und den in die Tat umsetzte, dann konnte ich wirklich nur noch auf die Anzeige hoffen. Natürlich konnte ich massenweise Bier trinken und eine Rundreise durchs Land unternehmen, aber Dixon würde sicher irgendwann ungeduldig werden. Vor allem, nachdem ich immerhin fünf Riesen Vorschuß bekommen hatte.

Ich ging schließlich in einen Pub am *Shepherd's Market* und lunchte. Dann wieder zum Trafalgar Square und in die National Gallery, wo ich den Nachmittag damit verbrachte, mir die Bilder anzusehen. Am meisten berührten mich die Porträts: Menschen aus einer anderen Zeit, Rembrandts Selbstbildnis, die Dame aus dem fünzehnten Jahrhundert, deren Nase aussah, als sei sie einmal gebrochen gewesen, und der düster dreinblickende Herr, dessen Blick einen von einer Ekke des Raumes bis zur anderen verfolgte. Es war schon nach fünf, als ich schließlich mit einem merkwürdig leichten Gefühl im Kopf wieder auf den Platz in die Wirklichkeit der Tauben trat. Irgendwie schizophren.

Die Anzeige würde schon morgen erscheinen, hatte man mir versichert. Ich hatte nichts zu tun, und mich allein in irgendein Restaurant zu setzen, dazu hatte ich auch keine Lust, also bestellte ich mir im Hotel mein Essen aufs Zimmer. Ich aß und trank mein Bier, während ich weiter in dem Buch über Aggressivität las.

Am nächsten Morgen war die Anzeige erschienen. Ich war, soweit ich wußte, der einzige Mensch auf Gottes weitem Erdboden, der den Text kannte. An dem Tag passierte nichts, ebenso am nächsten. Die Anzeige wurde täglich wiederholt. Ich hing im Hotel herum und wartete. Schließlich hatte ich das Gefühl, ich würde demnächst überschnappen und ging aus, in der Hoffnung, daß bei meiner Rückkehr eine Nachricht da sein würde. Fünf Tage verbrachte ich abwechselnd im Britischen Museum, im Tower, im Museum of National History, in der Tate Gallery und beim Changing of the Guard. Täglich joggte ich durch den Hydepark, nichts tat sich. Am sechsten Tag nach dem ersten Erscheinen meiner Anzeige kam ich schweißgebadet vom morgendlichen Lauf zurück. Automatisch fragte ich, ob eine Nachricht für mich da sei und war schon im Gehen, als der Mann am Empfang, »Ja, Sir«, sagte und mir einen weißen Umschlag in die Hand drückte, auf dem schlicht »Spenser« stand.

»Wurde dies abgegeben?« fragte ich.

»Ja, Sir.«

»Es ist also nicht telefonisch durchgegeben worden?«

»Nein, Sir, ein junger Mann brachte den Brief vor ungefähr einer halben Stunde.«

»Ist er noch hier?« fragte ich schnell.

»Das glaube ich nicht. Aber Sie könnten im Café nachsehen.«

»Danke.«

Warum hatten sie wohl nicht telefoniert? Wahrscheinlich, weil sie sehen wollten, wer ich war. Das konnten sie, indem sie den Brief abgeben ließen und dann versteckt darauf warteten, wer ihn abholte. Ich ging zu einem der Sessel in der Halle, wo nachmittags immer Tee gereicht wurde und setzte mich dem großen Spiegel gegenüber. Hinter meiner Sonnenbrille beobachtete ich durch den Spiegel die Halle, während ich den Umschlag aufriß. Er war dünn und unverdächtig, eine Bombe konnte kaum drin sein. Natürlich mußte ich auch damit rechnen, daß es schlicht und ergreifend eine Einladung zum Essen von Flanders war. Aber das war's nicht – es war genau das, worauf ich gewartet hatte.

»Seien Sie morgen früh um zehn Uhr bei der Cafeteria am Ausgang der östlichen Fußgängerunterführung nahe des Nordeingangs zum Londoner Zoo im Regent's Park.« stand auf dem Zettel. Ich tat so, als läse ich das Ganze noch einmal durch und versuchte dabei so gut es ging, die ganze Halle zu überblicken. Aber ich konnte nichts Auffälliges bemerken. Allerdings hatte ich das auch nicht erwartet. So blieb nur, mir möglichst alle Gesichter, die ich im Moment hier sah, einzuprägen, um sie eventuell später wiedererkennen zu können. Ich steckte den Brief zurück in den Umschlag, drehte mich gedankenvoll in meinem Sessel hin und her, klopfte mit einer Ecke des Briefumschlages gegen meine Zähne und stand dann gemächlich auf. Scharfe Blikke um mich werfend, durchschritt ich die Hotelhalle und schlenderte zum Green Park.

Es ist nicht einfach, jemanden zu verfolgen, ohne dabei erwischt zu werden, besonders, wenn dieser Jemand darauf vorbereitet ist, daß er verfolgt wird. Ich bemerkte sie, als sie Piccadilly überquerte. In der Hotelhalle hatte sie gerade Postkarten gekauft. Jetzt überquerte sie die Straße zum Green Park hin ein paar Häuser weiter unten. Ich hatte immer noch meinen Jogginganzug an und keine Kanone bei mir. Es konnte natürlich sein, daß sie mich jetzt sofort um die Ecke bringen wollten . . .

Im Green Park hielt ich inne, um ein paar Kniebeugen und Atemübungen zur Show zu machen. Dann lief ich locker los in Richtung Mall. Wenn sie mich im Auge behalten wollte, mußte sie jetzt auch laufen. Lief sie los, dann konnte ich sicher sein, daß es ihr egal war, wenn ich sie bemerkte, was darauf schließen ließ, daß entweder sie mich erledigen wollte oder aber, daß sie mich jemandem in den Büschen zeigen wollte. Dann – so hatte ich mir vorgenommen – würde ich einen eleganten U-Bogen schlagen und einen Sprint zum Piccadilly und dem nächsten Polizisten einlegen.

Sie rannte nicht, sie ließ mich entwischen. Als ich die Mall erreichte, war sie fort. Ich ging ins *Mayfair* zurück, aber auch dort sah ich sie nirgends. In meinem Zimmer angekommen, duschte ich erst einmal – die Kanone lag dabei in Reichweite auf dem Spülkasten der Toilette. Ich fühlte mich richtig gut. Endlich konnte ich aktiv werden nach dieser entsetzlichen Woche des Wartens und streßigen Sightseeings. Ich hatte einen Punkt Vorsprung, denn wenn dies Mädchen von Liberty war, dann dachten sie jetzt, daß sie mich zwar kennen würden, nicht aber ich sie. Wenn sie nur versuchen wollte, mich um den Tausender in der Anzeige zu erleichtern, dann war ich immer noch einen Punkt besser, denn ich wußte eben, wie sie aussah, was sie wiederum nicht ahnten. Allerdings gab es gewisse Einschränkungen: sie kannten mich, ich aber kannte nur einen von ihnen, nun ja. Doch andererseits war ich ein Profi und sie Amateure. Sicher, wenn sie mir eine Bombe unter den Hintern pflanzten, dann konnte es immerhin sein, daß diese Bombe keinen Unterschied zwischen Profis und Amateuren machte. Ich zog Jeans an, dazu ein weißes Levi's-Hemd und weiße Adidas-Slipper mit blauen Streifen. Sie sollten bloß nicht denken, daß ein amerikanisches Holzauge nichts von modischem Schick versteht . . . Aus dem Koffer holte ich ein Schulterhalfter aus Ledergeflecht und legte es um, sie sind zwar nicht so bequem wie die Hüfthalfter, aber ich wollte meine kurze Levi's-Jacke zu den Jeans tragen und ein Hüfthalfter würde man sehen. Ich schob also meine Waffe ins Halfter, zog die Jacke drüber und ließ sie offen. Dann prüfte ich im Spiegel, wie es aussah. Kragen hoch, sehr elegant: das Bild eines internationalen Abenteurers, frischrasiert, frischgeduscht und mit frisch geschnittenen Haaren. Ich versuchte es mit ein paar blitzschnellen Ausfallschritten und Griff zur Waffe, um herauszufinden, ob das Halfter auch richtig saß. Den Abschluß bildete eine astreine Bogart-Imitation, bei der ich mich selbst im Spiegel aufforderte: »All right, Louis, laß die Kanone fallen.« Dann war ich bereit.

Mein Zimmer war schon fertig, so daß niemand vom Personal hereinkommen würde. Also holte ich eine Dose Talkum heraus und verteilte davon sorgfältig etwas auf dem Läufer direkt an meiner Tür. Jeder, der hereinkommen würde, mußte hindurch und würde draußen und drinnen Abdrücke hinterlassen. Falls sie sehr aufmerksam waren, würden sie vielleicht die Stapfen draußen wegbekommen, aber drin auf dem Teppich war es schon eine andere Sache.

Sorgfältig schloß ich die Tür über dem dicken Talkumteppich und warf die leere Dose in einen Papierkorb beim Fahrstuhl. Auf dem Rückweg mußte ich mir einen neuen Vorrat mitbringen. Am Piccadilly Circus nahm ich die U-Bahn und fuhr zum Regent's Park. Unterwegs warf ich Blick auf meinen Stadtplan und merkte mir den Weg durch den Park zum Zoo. Ich wollte nicht wie ein Tourist wirken, wenn ich mir mein Aktionsfeld für morgen ansah.

Ich nahm den Nordeingang, vorbei an den Kranichen, Gänsen und dem Eulengehege über die kleine Kanalbrücke. Auf dem Regent's Kanal unter mir fuhr gerade ein Boot. Neben dem Insektenhaus führte ein Tunnel unter dem Verwaltungsgebäude durch, auf der anderen Seite kam man beim Zoorestaurant wieder heraus. Links eine Cafeteria, rechts Restaurant und Getränkekiosk. Drüben hoben sich die Flamingos in leuchtenden Rosatönen vom Grün ab. Das erinnerte mich an etwas – ja, wenn sie mich umlegen wollten, dann war der Tunnel ihre beste Chance. Er war kurz und schnurgerade, keine Möglichkeit, sich irgendwo darin zu verstecken. Wenn von jeder Seite einer kam, dann hatten sie mich ohne viel Trara in der Falle. Also: Meide den Tunnel, Spenser!

Am Andenkenstand in der Cafeteria kaufte ich mir einen Zooführer. Der zeigte mir, daß ich wahrscheinlich am günstigsten durch den Südeingang kommen würde. Ich ging mir das ansehen. Drüben, beim Papageienhaus hörte ich das vergnügte Kreischen einiger Kinder, die einen Kamelrundritt machten und sich über den Paßgang des Tieres amüsierten. Der Südeingang war gleich neben dem Raubvogelkäfig – nicht gerade ein gutes Omen. Auch, was sonst noch in der Nähe war, wirkte nicht sehr ermutigend: die wilden Hunde und Füchse im Freigehege und der sogenannte Wolfswald. Ich ging zurück zur Cafeteria, einem Pavillon mit Tischen drumherum. Wenn ich mich dort hinsetzte, dann war ich eine herrliche Zielscheibe. Kurzentschlossen setzte ich mich und bestellte mir Steak mit Kidney-Pudding. Das Essen war kalt und schmeckte ungefähr wie der Schuh eines alten Trappers. Während ich darauf herumkaute, durchdachte ich meine Situation. Wenn diese Leute darauf aus waren, mich umzubringen, dann konnte ich sie daran kaum hindern. Vielleicht wollten sie's ja nicht, aber verlassen konnte ich mich darauf bestimmt nicht. »Man kann seine Schlachtpläne nicht auf den Eventualbewegungen des Gegners aufbauen«, sagte ich laut. »Man muß überlegen, was er tun kann, nicht was er tun könnte.«

Der Junge, der nebenan dabei war, die Tische abzuwischen, sah mich mißtrauisch an: »Wie bitte, Sir?«

»Ich hab' nur eine Bemerkung zur Strategie gemacht. Hast du das je getan, einfach rumgesessen und dich mit dir selbst über Strategie unterhalten?«

»Nein, Sir.«

»Ist auch besser so. Da, nimm das mit.«

Ich schüttete den Rest meines Mahles in seinen Abfalleimer. Er ging weiter. Ich wollte ein paar Dinge, zunächst einmal wollte ich möglichst am Leben bleiben, dann wollte ich einen Teil der Angreifer kampfunfähig machen, und ich wollte, daß einer von ihnen entkommen sollte, um ihm folgen zu können. Kampfunfähig? Na, ja, klingt immer noch besser als tot. Aber letztlich ist es dasselbe, ich sitze hier und überlege, wie ich ein paar Leute umbringen kann. Die Wortwahl macht die Sache auch nicht besser. Immerhin wollten sie's ja so. Ich werde nicht als erster schießen, aber wenn sie mich umlegen wollen, dann werde ich kämpfen. Ich will sie nicht in die Falle locken, sondern sie mich ... Allerdings könnte man es auch so betrachten, daß ich *möchte*, daß sie mich in eine Falle locken, damit ich sie wiederum ... ziemlich unsauber das Ganze. Aber ich werd's in jedem Fall tun, warum mache ich mir also diese moralischen Bauchschmerzen. Ich werde einfach abwarten und sehen, wie ich mich hinterher fühle. Diese Leute hatten Erfahrung mit Sprengkörpern, und es war ihnen egal, wer dabei draufging, soviel wußte ich. Wenn ich in ihrer Haut steckte, dann würde ich warten, bis mein Opfer im Tunnel wäre; ein bißchen Dynamit reingeworfen und aus mir wurde ruck, zuck, ein Wandgemälde. Natürlich ginge es auch auf der Kanalbrücke ...

Immerhin kannte ich sie von Dixons Bildern – und ich kannte das Mädchen, während bei ihnen nur das Mädchen wußte, wie ich aussah. Also mußte sie auf jeden Fall dabei sein. Vielleicht würde es mir gelingen, sie zuerst zu entdecken. Wie viele würden wohl kommen? Wenn sie's im Tunnel machen wollten, dann brauchten sie mindestens zwei Mann plus das Mädchen. Andererseits waren sie bei der Ermordung von Dixons Familie zu neunt gewesen. Mußte ihr Gemeinsinn sein, einer für alle, alle für einen, so was in der Richtung.

Ich hatte das Gefühl, sie würden alle da sein. Und sie würden vorsichtig sein, klar. Sie würden eine Polizeifalle vermuten, wer würde das nicht in ihrer Situation. So blöd konnten sie kaum sein – also würden sie sehr gut aufpassen ... Ich stand auf. Ich konnte nichts tun, als alles auf mich zukommen lassen, den Tunnel meiden sowie die freien Plätze. Ich würde mindestens ebenso wachsam sein wie sie. Mein Schulterhalfter drückte. Ich hätte gern etwas mehr Waffengewalt besessen. Steak und Kidney-Pudding lagen mir wie ein Stein im Magen, als ich das Zoogelände verließ und mit einem der roten Doppeldecker zurück zum *Mayfair* fuhr.

7

Eine Haltestelle vor dem Hotel stieg ich aus und kaufte mir eine blonde Perücke mit passendem Schnurrbart. Spenser – der Mann mit den tausend Gesichtern!

Den Fußabdruck vor meiner Zimmertür konnte ich schon von weitem erkennen, also ging ich erst einmal vorbei den Korridor hinunter bis zur nächsten Ecke. Keine Menschenseele in der Nähe. Normalerweise würde man in so einem Fall einen Mann im Zimmer und einen draußen postieren, aber das schienen sie nicht getan zu haben.

Natürlich konnte der Fußabdruck auch von einem Angestellten des Hotels sein, aber andererseits ... Ich stellte meine Tasche mit der Verkleidung ab und nahm die Pistole aus dem Halfter. Wenn ich sie in die rechte Hand legte und dann die Arme verschränke, konnte man sie nicht sehen. Vorsichtig lugte ich um die Ecke – niemand, ebenso im anderen Gang. Leise schlich ich wieder zu meinem Zimmer und holte mit der linken Hand den Schlüssel aus der Tasche, in der anderen hielt ich die Pistole, jetzt schußbereit. Außer den gedämpften Geräuschen des Hotelbetriebes hörte ich keinen Laut. Die Tür war aus dunkler Eiche, die Nummer darauf Messing. Ich lauschte wieder, nichts. Vorsichtig steckte ich den Schlüssel ins Schlüsselloch und drehte ihn, dabei hielt ich mich rechts neben der Tür. Dann öffnete ich ganz sacht die Tür einen Spaltbreit, zog den Schlüssel heraus und schob ihn zurück in meine Tasche. Ich holte langsam und tief Luft, das Schlucken fiel mir schwer. Mit der Linken gab ich jetzt der Tür einen Stoß und zog mich gleichzeitig aus dem Blick- und Schußfeld zurück. Nichts passierte. Im Zimmer war es dunkel, aber die Spätnachmittagssonne warf etwas Licht in den Korridor. Ich zog mich ein paar Schritte zurück und versuchte, ins Zimmer hineinzusehen, dann ging ich auf die gegenüberliegende Seite des Ganges. Dort würde man mich nicht vermuten. Automatisch würde einer, der schußbereit aus meinem Zimmer kam, erst einmal dort nachsehen, wo ich eben noch gestanden hatte. Ich lehnte mich gegen die Wand und wartete.

Der Fahrstuhl kam. und ein älterer Herr in Reitausrüstung stieg aus, neben ihm eine Dame im pinkfarbenen Hosenanzug mit blauweißem, wohlonduliertem Haar. Man merkte ihnen an, welche Mühe sie sich gaben, nicht neugierig zu wirken, an mir vorbeizusehen und möglichst keinen Blick in meine offene Zimmertür zu werfen. Ich beobachtete sie, schließlich sieht man es Bombenlegern meist nicht an, welcher Beschäftigung sie nachgehen und man konnte heutzutage nicht vorsichtig genug sein. Sie verschwanden in einem Zimmer ungefähr zehn Türen weiter. Nichts tat sich.

Wahrscheinlich käme ich mir wie ein Idiot vor, wenn ich feststellen mußte, daß mein Zimmer leer war, aber ebenso idiotisch wäre es, einfach hineinzugehen und dann ins englische Gras beißen zu müssen, nur weil ich nicht genügend Geduld aufgebracht hatte. Nein, ich würde warten, ich hatte Zeit. Mein Besuch würde ebenfalls warten, aber ich machte schon jetzt jede Wette, daß er schließlich ein Opfer der Anspannung werden würde. Die offene Tür würde sich, je länger er sie anstarrte, immer weiter öffnen ... Falls es zwei waren, würde das Ganze natürlich länger dauern, sie würden sich gegenseitig beruhigen. Doch ich war – wenn es sein mußte – der ausdauerndste Warter, den man sich denken konnte.

Eine Inderin in weißer Uniform kam mit einem Wäschewagen vorbei. Sie warf einen Blick in mein Zimmer, aber mich beachtete sie kaum. In letzter Zeit mußte ich immer öfter feststellen, daß Frauen mich kaum beachteten. Vielleicht war mein Typ nicht mehr gefragt.

Es war jetzt fast dunkel. Ich hielt meine Augen fest auf den Raum gerichtet, denn ich wußte, wenn der Besuch eine Bewegung machte, dann würde es Schattenspiele geben. Aber vielleicht wußte er das auch, jedenfalls rührte sich nichts. Er wollte wohl warten, bis es ganz dunkel war.

Zwei Afrikaner traten aus dem Fahrstuhl und gingen an mir vorbei. Beide trugen graue Anzüge, schmale dunkle Krawatten und weiße Hemden, deren Kragen sich leicht nach oben bog. Der eine hatte ein Stammeszeichen auf der Wange, sein Begleiter trug eine Goldrandbrille. Sie sprachen in gepflegtem Englisch miteinander und achteten weder auf die offene Tür noch auf mich. Ich behielt sie im Auge, jeder konnte ein Komplize sein. Das Telefon stand auf einem Tischchen neben der Tür. Ich war sicher, daß ich hören würde, wenn es benutzt wurde. Aber es konnte natürlich auch ein anderes Signal geben, etwa vom Fenster aus, oder sie hatten eine Zeit ausgemacht, zu der einer nachsehen kommen würde.

Ich fand es anstrengend, gleichzeitig Tür und Korridor zu bewachen. Meine Hand wurde außerdem steif, denn mit der entsicherten Waffe mußte ich sie ganz ruhig halten. Ob ich das Ding mal in die Linke nahm? Aber ich war nicht besonders gut links, und es konnte ja sein, daß ich gleich so gut sein mußte wie noch nie. Allerdings nützte mir eine gute, aber eingeschlafene Hand auch nicht viel ... Schließlich nahm ich doch die Linke und machte mit der Rechten Fingerübungen. In Zukunft würde ich etwas mehr linkshändiges Schießen üben. Daran, daß eine Pistolenhand einfach einschlafen kann, hatte ich nicht gedacht. (»Wie kam es, daß du erschossen wurdest, Spenser?« »Ach, St. Peter, ich wartete in einem Hotelgang auf den Unhold und dabei schlief meine Hand ein. Nach und nach folgte ihr mein ganzer Körper« – »Schlief Bogeyes Hand jemals ein?« – »Nein!« – »Oder Kerry Drakes?« – »Nein, Sir!« – »Dann glaube ich nicht, daß wir dich in den Privatdetektivhimmel aufnehmen können.«) Mir schien das Stehen hier draußen nicht zu bekommen. Meine Hand fühlte sich wieder normal an, und ich nahm die Pistole aus der Linken. Eine vierköpfige Familie mit Instamatics und allem was dazu gehört, entstieg dem Fahrstuhl. Die Kinder schauten neugierig in mein Zimmer, das jetzt völlig im Dunkeln lag. »Geht weiter«, hielt Pappi sie an. Sie verschwanden rechts um die Ecke. Es wurde langsam spät. Ich machte schon Überstunden. »Überstunden für den Tod.« Oh, Spenser, wie gehst du bloß mit der Sprache um.

Füße und Rücken taten mir vom Stehen langsam weh. Warum ist Stehen anstrengender als Gehen? Paß auf, laß nicht nach in deiner Aufmerksamkeit, Spenser.

Ich starrte die Türöffnung an. Der Mörder würde von rechts kommen, oder? Ich konnte natürlich den Hoteldetektiv rufen und sagen, meine Zimmertür sei offen gewesen, aber wenn wirklich jemand drin war, dann war der erste, der durch diese Tür ging, eine Leiche. – Zu lange hatte das Ganze jetzt schon gedauert, außerdem war es den Liberty-Leuten offensichtlich egal, wer und wie viele umkamen. Ich konnte also niemanden bitten, für mich hineinzugehen, ich mußte warten. Darin war ich gut. Am Ende des Ganges rollte ein dunkelhäutiger Ober einen Essenswagen vom Fahrstuhl zu einem der Zimmer. Der Duft gebratener Kartoffeln erreichte mich, als er schon außer Sichtweite war. Nach meinem Mittagessen hatte ich eigentlich beschlossen, zu fasten, aber dieser Duft ließ mich die Sache noch einmal überlegen.

Der Mörder kam in einem geduckten Sprung aus der Dunkelheit und feuerte einen Schuß auf die gegenüberliegende Wand, bevor er merkte, daß ich gar nicht dort war. Er reagierte blitzschnell und hatte sich schon halb umgewandt, um mich zu treffen, als ihn meine Kugel in der Brust erwischte. Ich hielt den Arm ruhig, den Körper in einer halben Drehung und den Atem an, während ich abdrückte. Bei dieser kurzen Entfernung wirbelte ihn der Schuß halb herum. Ich ließ eine zweite Kugel folgen, während er in sich zusammensackte. Die Pistole glitt ihm aus der Hand und schurrte über den Fußboden. Kleines Kaliber, langer Lauf, genau das Richtige für diesen Job. Ich sprang über ihn hinweg und mit einem Hechtsprung in mein Zimmer, wo ich neben dem Bett auf den Boden rollte. Ein zweiter Mann war da, und sein erster Schuß riß Splitter aus der Türfüllung, der zweite traf mich in den linken hinteren Oberschenkel. Halb aufgerichtet schoß ich dreimal auf seine Silhouette, die ich dunkel und undeutlich gegen das Fenster sehen konnte. Er fiel rückwärts über einen Stuhl und blieb liegen. Ein Fuß hing noch auf dem Sitz.

Ich richtete mich zum Sitzen auf und lehnte mich an die Wand. Deshalb hatten sie so lange warten können, weil sie zu zweit waren. Mein Atem ging rasselnd, und mein Herz schlug so, daß ich dachte, es würde meine Brust sprengen. Ich lebte, ich war nicht erschossen worden. Spenser, du wirst eines Tages im Bett sterben.

Ich versuchte, tief durchzuatmen. Dann nahm ich meine Pistole, leerte die verbrauchten Hülsen aus und füllte die Kammer aus meiner Jackentasche wieder auf. Ich betastete meine Hinterseite. Es tat noch nicht weh, aber ich fühlte, daß es blutete. Ich schätzte, daß es nicht allzulange dauern würde, bis die Polizei anrückte. Wir waren nicht gerade leise gewesen. Bei der dunklen Form, die im Zimmer auf dem Rükken lag, konnte ich keinen Puls feststellen. Langsam stand ich auf und humpelte zur Tür. Der Mann lag noch genauso da wie vorhin. Unter ihm breitete sich ein Blutfleck aus. Ich steckte meine Pistole wieder ins Halfter und sah ihn mir an. Auch er war tot. Ich ging in mein Zimmer, setzte mich auf den Bettrand und nahm den Telefonhörer auf. Meine Rückseite begann zu schmerzen. Da hörte ich Schritte auf dem Gang, die in einiger Entfernung von meinem Zimmer stehenblieben. Ich legte den Hörer wieder auf.

»Okay, da drin, kommen Sie mit erhobenen Händen heraus. Hier spricht die Polizei.«

»Ist schon gut«, erwiderte ich. »Hier ist noch ein Toter, und ich bin verletzt. Sie können ruhig reinkommen, ich stehe auf Ihrer Seite.«

Ein junger Mann im Regenmantel trat herein. Sein Revolver zeigte auf mich. Hinter ihm war ein Grauhaariger, ebenfalls mit Regenmantel und Kanone.

»Stehen Sie bitte auf«, sagte der jüngere. »Halten Sie Ihre Hände gefaltet über dem Kopf.«

»Ich habe eine Waffe im Schulterhalfter unter dem linken Arm«, sagte ich. Einige uniformierte Bobbies und zwei weitere in Zivil bevölkerten mein Zimmer. Einer ging zum Telefon. Der mit den grauen Haaren tastete mich ab und nahm meine Pistole sowie die restliche Munition an sich, dann trat er zurück. Der jüngere Mann sagte zu dem am Telefon: »Er blutet, wir brauchen einen Arzt.« Der am Telefon nickte.

»Was können Sie uns sagen«, fragte der jüngere mich.

»Ich bin Privatdetektiv, komme aus Amerika und bearbeite hier einen Fall. Wenn Sie Inspector Downes fragen, er kennt mich und wird Ihnen das bestätigen.«

»Und diese Herren hier«, er deutete auf den Boden und zeigte mit dem Kinn in Richtung auf den Flur.

»Ich weiß auch nicht so recht. Schätze, sie wollten mich umpusten, weil ich an diesem Fall arbeite. Bei meiner Rückkehr warteten sie hier auf mich.«

Der Grauhaarige fragte: »Haben Sie beide getötet?«

»Hmm.«

»Mit dieser Waffe?«

»Hmm.«

»Können Sie sich ausweisen?«

Ich gab ihm meine Papiere, inklusive des britischen Waffenscheines. Graukopf sagte zu dem am Telefon: »Versuchen Sie, Phil Downes zu erreichen. Sagen Sie ihm, wir hätten hier einen amerikanischen Detektiv namens Spenser, der angibt, ihn zu kennen.«

Der am Telefon nickte. Während er in die Muschel sprach, zündete er sich eine Zigarette an.

Die Tür ging auf, und herein kam ein Mann mit einer kleinen schwarzen Arzttasche. Er trug einen dunklen Seidenanzug mit fliederfarbenem Hemd. Um den Hals hatte er eine Kette aus türkisfarbenen Perlen.

»Kensey, Hotelarzt«, stellte er sich vor.

»Ihr alteingesessenen britischen Ärzte seid doch alle gleich«, sagte ich.

»Ohne Zweifel. Und nun ziehen Sie die Hose runter und legen sich bäuchlings aufs Bett.«

Ich gehorchte. Mein Bein tat inzwischen ziemlich weh, und ich wußte, daß mein Hosenbein blutgetränkt sein mußte. Nicht ganz einfach, immer seine Würde zu behalten, dachte ich, aber auch nicht unmöglich. Der Doktor ging, sich die Hände waschen. Der eine Regenmantelträger fragte: »Kennen Sie diese Männer, Mr. Spenser?«

»Ich hatte noch keine Gelegenheit, sie mir richtig anzusehen«, erwiderte ich.

Der Doktor kam zurück. Ich konnte ihn nicht sehen, aber ich hörte ihn herumhantieren. »Jetzt brennt es etwas.« Das tat es, gleichzeitig roch ich den Alkohol, mit dem die Wunde gesäubert wurde.

»Ist die Kugel noch drin?« wollte ich wissen.

»Nein, ist glatt durchgegangen. Eine saubere Wunde. Ein wenig

Blutverlust, aber im großen und ganzen nichts, worüber man besorgt sein müßte.«

»Gut«, sagte ich. »Ich fände es nicht besonders witzig, eine Kugel im Oberschenkel rumzuschleppen.«

»Sie nennen das vielleicht Oberschenkel«, hörte ich. »Aber Tatsache ist, daß man Sie in den Hintern geschossen hat.«

»Das nenne ich gekonnt«, war mein Kommentar, »und noch dazu im Dunkeln.«

8

Der Arzt legte mir einen Druckverband an und gab mir ein paar Schmerztabletten, falls mein – äh – mein Oberschenkel mich peinigen würde. »Sie werden ein paar Tage lang einen etwas eigenartigen Gang haben«, meinte er, »aber dann sind Sie wieder okay – bis auf das zusätzliche Grübchen in der Backe.«

»Ich bin richtig froh, daß die Medizin solch menschliche Züge aufweist«, knurrte ich, »wenn bloß diese Zauberdoktoren im rechten Augenblick zu schweigen wüßten.«

Downes und der Doktor gaben sich die Klinke in die Hand. Dann legten er und ich den beiden Zivilbeamten meine Situation dar. Während wir redeten, kamen zwei Männer mit den bewußten Behältern, in denen man Leichen wegbringt. Bevor sie sie hineinlegten, sahen wir sie uns noch einmal an. Ich holte meine Skizzen von Dixon heraus, und beiden waren dabei. Keiner war älter als Ende Zwanzig – und würde es auch nicht werden.

Downes verglich das Bild mit dem Toten in meinem Zimmer und nickte. »Wieviel kriegen Sie für ihn?« fragte er.

»Fünfundzwanzig Hunderter.«

»Und was können Sie sich in Amerika dafür kaufen?«

»Ein halbes Auto.«

»Luxusauto?«

»Nein.«

Downes schaute wieder auf den Jungen, der da so still auf dem Fußboden lag. Er hatte langes blondes Haar, und seine Fingernägel wirkten gepflegt an den bewegungslosen, irgendwie sehr zarten Händen.

»Ein halber Mittelklassewagen«, sagte Downes.

»Ich hab' den beiden keinen Hinterhalt aufgebaut«, verteidigte ich mich.

»Das sagen Sie.«

»Jetzt machen Sie aber mal 'nen Punkt, Downes. Meinen Sie wirklich, das wäre meine Arbeitsmethode?«

Downes zuckte die Schultern. Er schaute auf die Talkum-Fußstapfen, die sich inzwischen durch den ganzen Raum zogen.

»Sie haben Sicherheitsmaßnahmen ergriffen, bevor Sie ausgingen«, meinte er.

»Natürlich.«

»Einer der beiden sah sich noch mal auf dem Gang draußen um, bevor er ins Zimmer ging.«

»Ja.«

»Und wenn er's nicht getan hätte?«

»Dann hätte ich vorsichtig die Tür geöffnet und mir den Teppich angesehen«, sagte ich.

»Sie haben bei offener Tür gewartet, bis einer es nicht mehr aushielt.«

»Hmm.«

»Das ist schon ziemlich ausgekocht, oder?«

»Wenn Sie auf dieser Wortwahl bestehen.«

»Mein Problem ist«, sagte Downs schließlich, »daß ich eigentlich nicht zulassen kann, daß Sie hier rumrennen und wild auf vermutliche Anarchisten schießen, um Ihr Kopfgeld zu kassieren.«

»Das habe ich nicht vor, Downes«, erwiderte ich, »ich schieße nicht, wenn ich nicht gezwungen werde. Ich mache hier meinen Job, und der besteht darin, Ihnen letztlich ein Großteil Arbeit abzunehmen. Vielleicht erinnern Sie sich mal daran, daß diese beiden Clowns mich schließlich umbringen wollten. Meine Reaktion war reine Notwehr: Wenn ich nicht geschossen hätte, hätten sie geschossen.«

»Und warum haben Sie dann hier den Puder verstreut?«

»Wie Sie schon sagten, Downes, Vorsichtsmaßnahme.«

»Und die Anzeige in der *Times?*«

Ich hob die Schultern: »Ich mußte irgendwie Kontakt aufnehmen.«

»Offensichtlich mit Erfolg.«

Ein Uniformierter kam herein, in der Hand die Tasche mit meiner Verkleidung. Er zeigte sie Downes: »Das habe ich auf dem Gang draußen gefunden, Sir.«

»Gehört mir«, warf ich ein. »Ich hab's dort liegen lassen, als ich entdeckte, daß in meinem Zimmer unerwünschter Besuch lauerte.«

»Aha«, Downes nahm Perücke und Schnurrbart heraus, und ein breites Grinsen zog über sein Gesicht. Dann hielt er sich den Schnurrbart unter die Nase: »Na, Grimes, wie sehe ich aus?« fragte er den Bobby.

»So könnten Sie bei unserer nächsten Wohltätigkeitsveranstaltung Wache stehen, Sir.«

»Mir tut der Hintern weh«, sagte ich gemein, »aber ich glaube, es ist nicht die Wunde.«

»Warum diese Verkleidung, Spenser? Kannten die Sie denn?«

»Ich glaube, einer von ihnen hat mich gestern ausgemacht.«

»Und, haben Sie ein Treffen vereinbart?«

Ich wollte Downes auf keinen Fall dabeihaben. Wer weiß, ob er nicht alles verderben würde, und ich mußte dann mühsam neue Möglichkeiten der Kontaktaufnahme ausklabüstern.

»Nein«, sagte ich deshalb, »sie haben mir lediglich eine Nachricht im Postfach unten hinterlassen, und ich nehme an, daß sie beobachteten, als ich den Brief las. Es heißt darin, sie würden sich wieder melden, noch kein Treffen also. Aber ich hielt das Ganze gleich für suspekt und nahm mir deshalb vor, mein Aussehen zeitweise etwas zu verändern.«

Downes sah mich schweigend an.

»Na gut«, meinte er endlich, »diesen beiden wird kaum einer eine Träne nachweinen, aber ich hoffe sehr, daß Sie uns auf dem laufenden halten und nicht vorhaben, alle neun Bombenleger auf diese Art aus der Welt zu schaffen.«

»Nicht, wenn's nicht unbedingt sein muß«, sagte ich.

Die Techniker waren mit ihrer Arbeit fertig und trugen die Leiche hinaus auf den Flur, wo eine Art Trolley wartete.

»Was für eine Kanone hatte denn der Kerl, der mich getroffen hat«, fragte ich.

Der Kollege im Regenmantel antwortete: »Die gleiche wie der draußen, Colt .22er, Zielpistole. Wahrscheinlich haben sie eine ganze Kiste davon geklaut. Sie können von Glück sagen, daß es keine .45er waren, oder gar Magnum.«

»Dann hätten Sie wahrscheinlich nur noch 'n halbes Hinterviertel«, bemerkte Downes trocken.

»Oberschenkel«, berichtigte ich, »Oberschenkelwunde.«

Downes schien aufs Achselzucken abonniert zu sein. »Ich jedenfalls würde meine Zimmertür abschließen, wenn ich Sie wäre.«

Ich nickte. Downes und die beiden im Regenmantel waren die einzigen, die noch da waren.

»Wir bleiben in Verbindung«, sagte er jetzt.

Ich nickte wieder. Downes machte eine Kopfbewegung in Richtung Tür, und alle drei erhoben sich gleichzeitig. Ich schloß hinter ihnen ab. Der Arzt hatte mir zwar Tabletten gegen die Schmerzen gegeben, aber ich wollte sie noch nicht nehmen, ich mußte erst mal nachdenken. Ich setzte mich auf den Bettrand, aber das schien nicht die beste Lösung zu sein, liegen war besser, auf dem Bauch liegen war am besten. In den Hintern geschossen – Susan würde das wahrscheinlich komisch finden. Bloß, daß es so weh tat, wenn ich lachte.

Diese Leute waren keineswegs dumm. Sie brachten mich dazu, mich auf morgen zu konzentrieren, und während ich das tat, machten sie daraus einfach ein Heute. Nicht schlecht. Aber was nun? Würden sie morgen trotzdem da sein? Ja. Sie würden da sein, schon um zu sehen, ob ich da wäre, um zu sehen, ob sie da wären . . . Sie wußten nicht, daß ich die Skizzen von ihnen hatte, aber konnte ich denn ganz sicher sein, daß die, die heute versucht hatten, mich umzulegen, dieselben waren, mit denen ich morgen verabredet war? Zum Donner noch mal. Aber vielleicht gab es doch einen Informanten, und die von heute hatten verhindern wollen, daß ich mit ihm Kontakt aufnahm? Auf jeden Fall mußte ich morgen hin.

Ich rief die Rezeption an und bat, um halb acht geweckt zu werden, nahm zwei von den Schmerztabletten und schlief auf dem Bauch ein. Die Nacht war nicht gerade erholsam, immer wieder wachte ich auf – schließlich hatte ich zwei Jungens umgebracht. Lange vor dem Weckruf war ich wach, froh, daß es hell wurde. Ich fühlte mich, als sei ich durch die Mangel gedreht worden. Beim Duschen versuchte ich, meinen Verband einigermaßen trocken zu halten. Hinterher mit frischen Sachen fühlte ich mich etwas besser. Ich klebte mir den falschen Schnurrbart an und setzte die Perücke auf. Schulterhalfter und dunkle Sonnenbrille machten die Verkleidung vollständig. Im Spiegel stellte ich fest, daß ich aussah, wie einer Schwulenkneipe entsprungen, aber auf jeden Fall anders als gestern.

Ich streute wieder Talkum aus und ging in die Frühstücksbar, wo ich drei Eier mit Schinken, Toast und Kaffee verdrückte. Erst jetzt wurde mir klar, daß ich seit gestern mittag nichts mehr gegessen hatte.

Vor dem Hotel ergatterte ich ein Taxi und ließ mich zum Zoo fahren. An die leichte Rechtslage beim Sitzen hatte ich mich bereits gewöhnt.

9

Sie waren da. Das Mädchen schaute sich die Flamingos an, während ich, vom Südeingang kommend, an den Falken vorbei zum Adlerkäfig schlenderte. Mit dem Rücken zu ihr betrachtete ich mir die Papageien. Sie wußte nicht, daß ich sie erkannt hatte, also bemühte sie sich auch nicht, sich zu verbergen. Jetzt spazierte sie lässig an mir vorbei zum Krähengehege. Sie sah mich kaum an. Spenser, der Meisterillusionist.

Die nächsten zwei Stunden verbrachten wir damit, so etwas Ähnliches wie den komplizierten Hochzeitstanz von balzenden Ringelfasanen aufzuführen. Sie hielt nach mir Ausschau, ohne das allzu deutlich werden zu lassen, und ich stolzierte um sie herum, ohne es sie merken zu lassen. Aber es mußten Komplizen von ihr in der Nähe sein, die bewaffnet waren. Sie kannten mich allerdings nicht, obwohl sie sicher eine genaue Beschreibung meiner Person besaßen. Und ich? Ich hatte zwar Dixons Skizzenblätter, aber das half auch nur dann, wenn es dieselben Leute, waren, die er gesehen hatte.

Sie ging sich die Schimpansen ansehen, ich beschäftigte mich mit den Kakadus, sie wanderte zu den Papageien, ich besah mir angelegentlich die Gibbons, sie schien sich brennend für Sittiche zu interessieren, während sie mit einem halben Auge nach mir suchte. Ich trank am Kiosk eine Tasse Kaffee im Stehen, wobei ich sie nicht aus den Augen ließ. Man merkte ihr an, daß sie in jedem Menschen, der ihr begegnete, einen Polizisten in Zivil vermutete. Ich hingegen versuchte, ihre Komplizen ausfindig zu machen. Ich fand meine Rolle wesentlich schwieriger dadurch, daß ich mir mit Perücke und falschem Bart wie ein Idiot vorkam. Letzterer störte mich sehr beim Trinken. Ich stellte mir vor, was passieren würde, wenn er abfiel . . .

Die ganze Sache war äußerst streßig. Gegen elf war ich total durchgeschwitzt, und mir tat außerdem der Nacken weh, gar nicht zu sprechen von meinem – äh – Oberschenkel. Ich mußte mich höllisch konzentrieren, um nicht zu humpeln. Für das Mädchen mußte es natürlich auch ganz schön hart sein, obwohl man sie nicht ins Hinterviertel geschossen hatte – jedenfalls nicht, soviel ich wußte.

Sie sah übrigens gut aus. Nicht so jung wie die beiden Burschen von gestern abend, vielleicht dreißig mit glattem, schulterlangem Haar und auffällig großen, runden Augen. Soweit ich auf die Entfernung sehen konnte, waren sie schwarz. Die Brüste vielleicht etwas groß, aber dafür waren die Schenkel erstklassig. Sie trug schwarze Sandalen, weiße Jeans und eine weiße Bluse mit schwarzem Halstuch, dazu eine große schwarze Schultertasche. Ich war ziemlich sicher, daß darin eine Pistole schlummerte.

Es war genau elf Uhr fünfundvierzig auf der großen Turmuhr, als sie aufgab. Sie schüttelte zweimal heftig mit dem Kopf. Leider konnte ich nicht ausmachen, an wessen Adresse dieses Schütteln gerichtet war. Dann steuerte sie auf den Tunnel zu. Pech, ich hatte mir geschworen, ihn nicht zu betreten, aber ich sah keine andere Möglichkeit, wenn ich sie nicht verlieren wollte. Ich konnte mich nur noch auf meine Verkleidung verlassen. Also, hinein. Der Tunnel war leer, und ich ging langsam hindurch, dabei pfiff ich vor mich hin wie ein Kind im Keller. Die Muskeln in meinem Nacken fühlten sich an wie zu straff gespannte Drähte. Auf der anderen Seite warf ich die Sonnenbrille in einen Papierkorb und setzte eine andere auf, die ich immer bei mir trug. Dann löste ich meine Krawatte und steckte sie in die Tasche. In einem schlauen Krimi hatte ich einmal gelesen, daß gerade kleine Veränderungen im Aussehen sehr nützlich sind, wenn man über längere Zeit jemanden beschatten muß.

Es war nicht schwierig, sie zu beschatten, denn sie war nicht darauf eingestellt, daß ihr jemand folgen würde. Aber sie hatte eine Gangart drauf, Junge, Junge! Die Prince Albert Road hinunter, Albany Street, ließ den Post Office Tower links liegen und weiter in der Carburton Street. Ich hatte so eine vage Ahnung, daß wir in der Gegend der Universität waren, und so wirkte es auch: kleine Geschäfte, ältere Häuser, Studentenviertel. Ihr Gang gefiel mir, war eine Freude, ihr zuzusehen, wie sie mit weitausholenden, aus der Hüfte schwingenden Schritten dahineilte. Allerdings, für einen Verwundeten war es höllisch, ihr auf den Fersen zu bleiben. Schließlich trat sie an der Ecke der Tottenham Street, schräg gegenüber von einem Krankenhaus in ein Backsteingebäude. Ich verkrümelte mich in einen Eingang, von wo aus ich die Tür, hinter der sie verschwunden war, beobachten konnte. Erst gegen halb drei kam sie wieder heraus, aber nur, um sich ein paar Häuser weiter in einem der Tante-Emma-Läden eine Tüte voller Lebensmittel zu holen. Ich mußte nicht einmal mein Versteck verlassen, um das zu sehen. Okay, hier wohnte sie also. Aber was nun? Es schien zu diesem Auftrag zu gehören, daß ich mich mit schöner Regelmäßigkeit fragen mußte, was nun! Schließlich kam ich auf die einfachste Lösung: Gar nichts. Ich würde warten, was passierte. In Abwandlung eines alten Spruchs dachte ich: »Was du heut' nicht kannst besorgen, das verschieb getrost auf morgen.« Meine Armbanduhr zeigte vier Uhr fünfundzwanzig. Seit neun Uhr früh hatte ich gearbeitet. Langsam begann ich zu spüren, daß mein Körper durchaus normal funktionierte: ich hatte Hunger, Durst, Schmerzen und eine volle Blase. Wenn das noch lange so weiter ging, dann würde ich irgendwann Hilfe brauchen. Um sechs Uhr hatte ich die Grenze meines Stehvermögens in jeder Hinsicht erreicht.

Der Post Office Tower war nicht weit, und da gab es alles, was ich im Augenblick brauchte, also ging ich dorthin. Auf dem Weg entledigte ich mich der Perücke und des blödsinnigen Schnauzers. Das Zweite, was ich nach meiner Ankunft dort tat, war, mir einen Fenstertisch zu suchen und ein Bier zu bestellen.

Das Restaurant lag ganz oben und drehte sich langsam, so daß man im Laufe der Zeit das volle 360-Grad-Panorama Londons von diesem weit und breit höchsten Gebäude aus betrachten konnte. Ich machte mir klar, daß solche Restaurants hauptsächlich Touristenattraktion sind und meist nichts besonders gut. Also versuchte ich hochmütig, über den Dingen zu stehen, aber es wollte mir nicht gelingen, denn der Blick war wirklich einmalig schön. Schließlich gab ich auf und fand es herrlich. Dazu kam noch, daß sie hier Amstel-Bier ausschenkten, das ich zu Hause nicht bekam. Das mußte mit mehreren Flaschen gefeiert werden. Ich hatte ja Zeit, es war mitten in der Woche, zu dieser Stunde noch angenehm leer und keiner drängte mich.

Die Karte wirkte vielversprechend und kam ohne Steak mit Kidney-Pudding aus. Das war ein weiteres Bierchen wert. Im Moment hatte ich gerade das Vergnügen des Blicks auf die Themse und St. Pauls. Wieder mal ertappte ich mich dabei, daß ich sentimental wurde. Mußten wohl die vier Bier auf den leeren Magen sein.

Der Ober kam, nahm meine Bestellung auf und brachte mir ein neues Bier. Langsam rückte Regent's Park ins Blickfeld. Viel Grün hier in dieser Riesenstadt. *This sceptered isle, this England*. Ich trank, Prost England.

Der Ober brachte meine Kalbsmedaillons, und ich machte mich heißhungrig darüber her. Zum Nachtisch bestellte ich mir Crêpes Suzettes, und mit zwei Tassen Mokka beschloß ich mein Mahl.

Nach dem Bier fühlte sich meine Wunde einigermaßen gut, und so holte ich meinen Stadtplan hervor, um mir einen interessanten Heimweg herauszusuchen: Cleveland Street, Oxford Street mit all seinen hellerleuchteten Geschäften und dann nach Süden durch die New Bond Street. Es war schon nach neun, und die Wirkung des Biers war weitgehend verflogen, als ich den Berkeley Square erreichte. Meine Wunde schmerzte wieder, und ich dachte sehnsüchtig an eine heiße Dusche und saubere Bettwäsche. Noch ein paar hundert Meter, und ich war am Seiteneingang des *Mayfair* angelangt. Im Foyer sah ich nichts Ungewöhnliches, und auch die Leute im Fahrstuhl wirkten alle ganz normal, trotzdem fuhr ich zwei Stockwerke höher und nahm den Personallift, um wieder hinunterzufahren. Als sich die Türen hinter mir geschlossen hatten, befand ich mich in einem kleinen Vorraum, wo deckenhohe Schränke voller Wäsche eingebaut waren. Ich sah vorsichtig um die Ecke und wußte, daß meine Maßnahmen richtig waren. Vor mir, vielleicht vier Türen weit den Gang hinunter, stand ein Dicker mit rotblondem Haar und rosigem Teint. Von Zeit zu Zeit beugte er sich vor und schaute um die Ecke, wo mein Zimmer lag. Er hatte einen Regenmantel an und hielt die Rechte in der Tasche. Natürlich mußte er kein Attentäter sein, aber ich fragte mich, was er sonst wohl hier zu suchen hatte. Wo war der zweite? Ich war sicher, daß sie wieder zu zweit sein würden, oder zu mehreren?

Sie würden mich in dem Moment erkennen, wenn ich den Schlüssel ins Schlüsselloch meiner Zimmertür steckte. Ganz still blieb ich in meinem begehbaren Wäscheschrank und paßte auf. Am anderen Ende des Flurs glitt der Gästefahrstuhl herauf und drei Leute stiegen aus, zwei junge Frauen und ein Mann in den Vierzigern mit Cordanzug. Während sie den Gang hinuntergingen, erschien hinter dem Fahrstuhl ein Mann und beobachtete sie. Alle drei gingen an meinem Zimmer vorbei, und der Kerl am Ende des Ganges verschwand wieder. Der andere, der auf meiner Seite stand, drehte sich um und schaute angelegentlich um sich, so als warte er auf seine Frau.

Sie wollten es also noch mal versuchen; na ja, waren ja ganz schön betriebsam die Jungs. Und nicht besonders freundlich, wo ich doch lediglich eine kleine Anzeige in die Zeitung gesetzt hatte. Ich stieg wieder in den Personallift und fuhr drei Stockwerke höher. Dort ging ich den Gang hinunter bis zum Gästefahrstuhl. Dahinter war, wie ich vermutet hatte, eine Treppe nach unten. Da also hielt sich der zweite Ganove versteckt. Ich würde ihn von oben schnappen, darauf war er sicher nicht gefaßt, denn er erwartete mich von unten.

Ich zog meinen Mantel aus, rollte mir Ärmel und Hosenbeine hoch und entledigte mich meiner Schuhe und Socken. Das mit dem Hochrollen war vielleicht etwas übertrieben, aber irgendwie fühlte ich mich so freier. Die 100-Dollar-Schuhe waren zwar schön anzusehen, aber weniger schön, um darin einen Attentäter zu überrumpeln. Sie waren nämlich nicht ganz lautlos. Die Strümpfe hatte ich ausgezogen, weil man in ihnen so leicht rutschte, und das war so ungefähr das Letzte, was ich mir in dieser Situation leisten durfte. Ich schätze, ich sah ungefähr aus, wie einer, der einen Strandspaziergang bei Flut machen will. Barfuß gelang es mir, ohne ein Geräusch zu machen, die Treppen hinunterzusteigen. Neben mir hörte ich das Auf und Ab des Fahrstuhls. Auf meinem Stockwerk angelangt blieb ich stehen und lauschte. Jemand schnüffelte, Stoff schabte gegen die Wand, er war also auf meiner Seite. Jedesmal, wenn der Fahrstuhl auf dieser Etage hielt, schaute er kurz danach um die Ecke, um sich die Leute anzusehen, die ausgestiegen waren. Gut. Ich machte einen Schritt um die Ecke und da war er, vier Stufen unter mir. Sein Rücken war mir zugekehrt, und er lehnte an der Wand. Ich übersprang die vier Stufen und landete genau in dem Augenblick hinter ihm, als er sich umdrehen wollte. Er hatte wohl in der Glastür eine Bewegung wahrgenommen. Seine langläufige Pistole hatte er schon in meine Richtung gedreht, als ich ihn mit dem Unterarm erwischte. Er schlug gegen die Wand, fiel auf den Boden und war still. Wenn man einen Mann so am Kopf treffen will, daß er bewußtlos wird, bricht man sich die Hand, heißt es. Ich nahm die Waffe an mich. Die gleiche Sorte, .22er Zielpistole mit langem Lauf. Nicht das Sicherste, aber wenn man an der richtigen Stelle getroffen wurde, tat sie's auch.

Ich ließ ihn liegen und rannte die Treppe hoch, wo ich in fliegender Hast Socken, Schuhe und Mantel wieder anzog und mir Ärmel und Hosenbeine in Ordnung brachte. Dann zurück. Der Mann lag noch genauso da, wie vorhin. Ich bemerkte erst jetzt, daß er lange Koteletten hatte, wie sie einmal eine Zeit lang unter Playboys grassiert hatten. Scheußlich. Als ich durch die Verbindungstür in den Gang trat, war alles ausgestorben, nichts zu sehen von dem Mann im angrenzenden Korridor. Ich ging mit festen Schritten an meiner Zimmertür vorbei, aus dem Augenwinkel konnte ich eine Bewegung an der Ecke erahnen. Und dann stand er vor mir, halb von Mißtrauen, halb von Unsicherheit erfüllt. Ich paßte zwar zu der Beschreibung, die man ihm von mir gegeben hatte, aber warum war ich so zielsicher an meinem Zimmer vorbeigegangen? Die rechte Hand hatte er immer noch in der Manteltasche. Der Mantel stand offen. Ich ging an ihm vorbei, machte kurz hinter ihm eine rasche Kehrtwendung und zog ihm von hinten den Mantel über die Arme. Er wand sich wie ein Aal, um die Hand aus der Tasche zu bekommen. Ohne ihn loszulassen, zog ich meine Pistole und preßte ihm den Lauf hinters Ohr. »Das ist *swinging London*«, flüsterte ich ihm zu.

10

»Nimm die rechte Hand vorsichtig aus der Tasche«, sagte ich. Er tat es, ohne die Pistole. »Gut, jetzt beide Hände auf den Rücken.« Mit der Linken ließ ich los und griff in seine Manteltasche. Das war jetzt Nummer vier der Pistolenreihe. Ich steckte sie in meine Jackentasche, wo sie eine häßliche Beule machte, dann durchsuchte ich ihn rasch, aber er hatte keine weitere Waffe bei sich.

»Sehr gut – und nun beide Hände in die Taschen.«

Er tat, was ich gesagt hatte.

»Wie heißt du?«

»Leck mich doch«, war seine Antwort.

»Also gut, wir gehen jetzt hier den Gang runter und holen deinen Kumpel ab. Wenn du es wagst, auch nur das leiseste Geräusch zu machen, dann war das deine letzte Tat auf Gottes schöner Erde.« Mit der Linken hielt ich ihn am Kragen, mit der Rechten preßte ich weiter meine Pistole an seinen Kopf. Dann gingen wir los, am Fahrstuhl vorbei zur Tür und ins Treppenhaus. Niemand. Ich hatte doch nicht fest genug zugeschlagen, Koteletten-John war auf und davon. Ich war ziemlich sicher, daß er ohne Waffe keinen erneuten Angriff auf mich wagen würde. Immerhin hatte ich zwei seiner Genossen getötet.

»Tja, mein Junge«, sagte ich, »ich glaube, man hat dich sitzenlassen. Also, gehen wir erst mal zu mir.«

»Nenn mich nicht Junge, du verdammter Misthund.« Sein Englisch klang perfekt, aber so, als sei's nicht seine Muttersprache. Ich drückte ihm meinen Zimmerschlüssel in die Hand und die Pistole etwas verstärkt gegen den Kopf. »Schließ auf, du Schaumschläger. Und jetzt rein mit dir.«

Er trat ins Zimmer, aber keine Bombe explodierte, also ging ich hinterher und schob die Tür zu.

»Setz dich da hin«, ich drückte ihn in den Sessel neben dem Entlüftungsschacht.

Da saß er nun. Ich schob ruhig meine Pistole ins Halfter zurück, legte die beiden Zielpistolen, die ich erbeutet hatte, in den Schrank, nahm Perücke und Bart aus der Tasche, hängte meine Krawatte auf und zog meine Jacke aus.

»Wie heißt du?« fragte ich wieder.

Er starrte mich nur an.

»Engländer?«

Funkstille.

»Weißt du, daß ich zweitausendfünfhundert für jeden von euch Kerlen bekomme? Lebendig oder tot wohlgemerkt – und tot ist wesentlich einfacher.«

Er schlug die Beine übereinander und umfaßte seine Knie. Ich ging an den Schrank und holte ein paar braune Arbeitshandschuhe heraus. Langsam – wie ich es im Kino mal gesehen hatte – streifte ich sie über, bis jeder Finger den richtigen Sitz hatte.

»Wie heißt du noch?« fragte ich dabei.

Er sammelte Spucke und spie in meiner Richtung aus. Mit zwei Schritten war ich bei ihm und riß sein Kinn hoch; dabei hatte er ein Messer aus dem Strumpf gezogen und wollte es an meiner Kehle wetzen. Ich fuhr zurück und bekam nur einen Kratzer ab. Es gelang mir, sein Handgelenk zu umklammern und mit einem Ausfallschritt trat ich hinter ihn, hielt mit der linken Hand seine Schulter und reckte seinen Ellbogen aus. Das Messer fiel zu Boden. Ein heiserer Schmerzensschrei entfuhr ihm.

Ich stieß das Messer aus seiner Reichweite und ließ ihn los. Sein Arm hing wie falsch eingeschraubt herunter. Ich besah mich im Spiegel über dem Schreibtisch. Es sah schrecklich blutrünstig aus, aber als ich das Blut abgewischt hatte, stellte ich fest, daß es nur ein kleiner Schnitt war. Ich faltete ein Taschentuch zusammen und hielt es dagegen.

»Schlecht gefilzt, selbst schuld«, sagte ich.

Er saß ganz still da, voll darauf konzentriert, sich nicht von dem Schmerz überwältigen zu lassen.

»Wenn du mir sagst, was ich wissen will, hole ich einen Arzt. Wie heißt du?«

»Du kannst mich mal . . .« knirschte er durch die Zähne.

»Ich könnte mir den anderen Arm auch noch vornehmen.«

Er schwieg.

»Oder denselben noch mal.«

»Ich werde nicht reden«, seine Stimme klang gepreßt unter dem Schmerz. »Egal, was du mit mir machst, mich bringt kein verdammter, roter Yankee zum Sprechen.«

Ich nahm meine Skizzen heraus. Konnte sein, daß er einer von ihnen war, aber ganz sicher wußte ich es nicht. Dixon mußte das bei einer Gegenüberstellung entscheiden. Ich legte die Bilder beiseite und rief Downes an.

»Ich glaube, ich habe wieder was für Sie, Inspector. Fetter kleiner Kerl mit 'ner Colt-.22er-Pistole.«

»Sind Sie in Ihrem Hotel?«

»Ja, Sir.«

»Ich komme hin.«

»Ja, Sir – und, Sir, er wird einen Arzt brauchen. Ich mußte ihm den Arm etwas verdrehen.«

»Ich lasse den Hoteldoktor raufschicken.«

Der Doktor war fünf Minuten vor Downes da. Es war wieder Kensey, derselbe, der mich gestern verarztet hatte. Heute trug er einen grauen Dreiteiler mit enger Taille und riesigen, wattierten Schultern, dazu ein schwarzes Seidenhemd, dessen großer Kragen elegant übers Jackett fiel.

»Nun, Sir«, sagte er, als er mich sah, »wie geht's dem Hintern heute?« Und dann legte er den Kopf in den Nacken und lachte.

»Was tragen Sie denn bei Operationen?« fragte ich hinterhältig. »Vielleicht eine Maske in heißem Shocking-Pink?«

»Guter Mann, ich mache doch keine Operationen. Aber Ihr Kinn sollte ich mir wohl mal ansehen.«

»Nein, nein, nur den Arm von dem Mann hier.«

»Ausgerenkt«, meinte er kurz danach. »Das muß ein Orthopäde im Krankenhaus wieder zurechtrücken.« Er sah mich an. »Waren Sie das?«

Ich nickte. »Hmm, Sie sind ein ziemlich gefährlicher Bursche, was?« meinte er.

»Mein ganzer Körper ist eine einzige furchtbare Waffe.«

»Ja, das könnte man annehmen«, grinste er mit einem Seitenblick auf meinen – äh – Oberschenkel. »Ich mache einen Notverband und gebe ihm etwas gegen die Schmerzen. Aber er sollte baldmöglichst in die Hand eines Fachmannes. Doch Sie müssen sicher noch auf polizeiliches Geleit warten?«

Der Junge sagte gar nichts, also antwortete ich: »Ja, das muß er.«

Kensey stellte den Arm mit einer aufblasbaren Bandage ruhig und holte eine Spritze aus seiner Tasche. Als er die Nadel wieder herauszog, klopfte es, und Downes trat ein. Mit ihm kamen ein Uniformierter und eine junge Frau.

»Wieder ein halber Mittelklassewagen, Spenser?« fragte Downes.

»Kann sein, kann aber auch nicht sein«, antwortete ich.

»Also, dann erzählen Sie mal.« Downes setzte sich, und die junge Frau, die inzwischen auch Platz genommen hatte, zog Notizblock und Stift hervor. Der in Uniform stand an der Tür. Kensey hatte seine Sachen eingepackt und war auf dem Weg nach draußen. »Das ist nur ein Notverband«, wandte er sich an Downes. »Der Mann sollte möglichst bald zu einem Orthopäden.«

»Wir bringen ihn gleich ins Krankenhaus«, sagte Downes, »es dauert höchstens eine Viertelstunde hier.«

»Gut«, meinte Kensey, »und Sie, Spenser, versuchen Sie mal ein zwei Tage brav zu bleiben, ich verreise nämlich heute und komme erst am Montag zurück.«

»Viel Vergnügen«, brummelte ich.

Er ging.

»Können Sie ihn einsperren, bis Dixon hier ist, um ihn zu identifizieren?« fragte ich Downes.

»Ziemlich sicher. Was würden Sie als Haftgründe vorschlagen?«

»Oh, vielleicht Besitz einer gestohlenen Waffe, unerlaubter Waffenbesitz, Überfall.«

»Ich bin hinterrücks überfallen worden, du blöder, roter Affenarsch«, warf der bis dahin Stumme ein.

»Dazu kommt noch Gebrauch von Schimpfworten vor einem Polizeioffizier«, fuhr ich ungerührt fort.

»Nun, wir werden schon das Richtige finden«, sagte Downes, »im Moment bin ich an der Vorgeschichte interessiert.«

Ich erzählte ihm alles, und die junge Dame schrieb mit.

»So, und der zweite hat sich also aus dem Staub gemacht?«

»Ich hätte ihn umbringen können«, sagte ich.

»Das weiß ich auch, Spenser. Einer der Gründe, warum ich Ihnen nicht weiter zusetze.« Er sah zu dem Bobby hinüber: »Gates, bringen Sie diesen Herrn zum Wagen. Passen Sie auf seinen Arm auf. Ich komme sofort, und dann fahren wir ins Krankenhaus. Murry«, damit war die Schreibdame gemcint, »Sie können mit ihm mitgehen.«

Die drei verschwanden. Der Mann, den ich eben überwältigt hatte, würdigte mich keines Blickes. Ich hielt mir immer noch das Taschentuch ans Kinn. »Sie sollten die Wunde säubern und ein Pflaster draufkleben«, sagte Downes.

»Gleich«, erwiderte ich.

»Na, ja. Also, Spenser, ich möchte Ihnen zwei Dinge nahelegen. Erstens: Ich würde an Ihrer Stelle überlegen, ob es nicht besser ist, eine Hilfe an der Hand zu haben. Immerhin haben sie's zweimal versucht, und es gibt keinen Grund, warum sie's nicht wieder versuchen sollten. Das ist kein Einmannjob mehr.«

»Daran habe ich auch schon gedacht. Ich werde nachher mal zu Hause anrufen.«

»Damit sind wir bei meinem zweiten Anliegen. Ich stehe diesem ganzen Abenteuer sehr skeptisch gegenüber. Bis jetzt haben Sie der britischen Regierung wahrscheinlich sogar einen Dienst erwiesen, indem Sie dafür gesorgt haben, daß drei gefährliche Extremisten aus dem Verkehr gezogen wurden. Okay, dafür sollte ich Ihnen dankbar sein. Aber der Gedanke, daß hier eine Horde amerikanischer Wilder in London herumrast und ohne Respekt vor dem britischen Gesetz womöglich mutmaßliche Terroristen abknallt, will mir nicht gefallen. Abgesehen davon, wäre das eine ziemliche Demütigung für mein Departement.«

»Keine Sorge, Downes«, beruhigte ich ihn, »wenn ich Hilfe anfordere, dann wird es nur ein Mann sein. Und wir haben keinerlei Ambitionen, Bekanntschaft mit britischen Zeitungsreportern zu machen.«

»Das hoffe ich, aber es wird nicht ganz einfach sein. Die Leute vom *Evening Standard* und von den *Evening News* waren ziemlich penetrant heute. Ich habe sie zwar abgewimmelt, aber es wird nicht ausbleiben, daß sie doch irgendwie ihren Namen herausfinden, und dann haben Sie sie auf dem Hals.«

»Ich lege nicht den geringsten Wert auf Publizität«, sagte ich. »Ich werde dafür sorgen, daß wir aus den Zeitungen rausbleiben.«

»Gut, ich hoffe, es gelingt Ihnen. Und dann hoffe ich natürlich besonders, daß Sie uns bald verlassen, wenn Sie verstehen, was ich meine, hmm?«

»Wir werden sehen.«

»Ja«, sagte Downes, »natürlich, wir werden sehen.«

11

Ich saß auf der Bettkante – heute ging es schon etwas besser – und las mir die Gebrauchsanweisung für mein Telefon durch. Ich war völlig erschossen, und es fiel mir verdamm schwer, auch nur die blöde Gebrauchsanweisung zu verstehen. Ich mußte sie mehrmals durchlesen, bevor mir klar wurde, daß ich nur eine bestimmte Zahlenkombination zu wählen brauchte, um Susan Silverman direkt an der Strippe zu haben. Ich versuchte es. Das erstemal passierte überhaupt nichts, das zweitemal erklang eine Tonbandstimme, die mir mitteilte, daß ich mich verwählt habe und es unter dieser Nummer keinen Anschluß gäbe, beim drittenmal klappte es. Es summte und knackte, klickte und rauschte in meinem Ohr, bevor Susan sich meldete. Sie klang, selbst über die Riesenentfernung, genau wie immer.

»Hier ist dein Herzallerliebster«, sagte ich.

»Welcher?« fragte sie zurück.

»Sei nicht gemein, Susan.«

»Wo bist du«, jetzt klang ihre Stimme erwartungsvoll.

»In London, ich hab einfach ein paar Nummern mehr gewählt als normalerweise, und schon bin ich bei dir.«

»Oh. Ich hatte gehofft, du seist auf dem Flughafen und wolltest abgeholt werden.«

»Noch nicht, Liebes. Ich rufe aus zwei Gründen an. Der erste ist, daß ich dir lange nicht gesagt hab, wie wunderschön ich deinen herrlichen Hintern finde. Der zweite ist, daß du mir einen Gefallen tun mußt.«

»Per Telefon?«

»Nicht, was du denkst«, grinste ich. »Ich wollte dich bitten, etwas für mich zu erledigen. Hast du was zu schreiben?«

»Augenblick . . . ja?«

»Also, ruf bitte Henry Cimoli«, ich buchstabierte ihr den Namen, »im Boston Health Club an. Seine Nummer findest du im Buch. Sag ihm, er möchte Hawk benachrichtigen, und wenn Hawk sich bei dir meldet, dann bitte ihn, das nächstmögliche Flugzeug hierher zu nehmen. Ich habe Arbeit für ihn. Hast du das alles?«

»Ja.«

»Hawk soll mich im *Mayfair* kontakten, sobald er in Heathrow gelandet ist. Sag ihm, Geld spielt bei diesem Auftrag keine Rolle, er kann verlangen, was er für richtig hält, aber ich brauche ihn schneller als sofort.«

»Ist es so schlimm?«

»Was ist schlimm?«

»Na, das, was du dort drüben machst. Ich kenne Hawk, und weiß was er am besten kann. Wenn du ihn brauchst, dann heißt das für mich, daß es ziemlich grimmig ist bei dir.«

»Ach, es geht. Ich brauche ihn lediglich, um zu verhindern, daß es allzu schlimm wird. Mir geht's gut, aber sieh bitte zu, daß Hawk so rasch wie möglich herkommt. Und bläue ihm ein, daß er nicht zu mir ins Hotel kommt, sondern mich vom Flughafen aus anruft, damit ich ihn dort abholen kann. Okay?«

»Okay – und wer ist Henry Cimoli?«

»Er ist die Seele des Harbor Health Club. Früher hat er geboxt, und bevor der Club so snobby wurde, hat er Hawk und mich dort trainiert. Er weiß immer, wo Hawk aufzutreiben ist.«

»Sieht so aus, als hättest du Hawk's Adresse gar nicht, sonst könnte ich ja direkt mit ihm reden.«

»Das weiß ich, aber Hawk hat keine ständige Adresse. Er lebt meist mit irgendwelchen Damen zusammen, und zwischen zwei Damen mietet er sich in Hotels ein.«

»Und wenn er nicht kommt?«

»Er wird kommen.«

»Wie kannst du da so sicher sein?«

»Er wird kommen«, sagte ich nur. »Und wie geht's in der Uni?«

»Die Zwischenprüfung hab ich mit eins minus gemacht.«

»Minus!« sagte ich drohend. »Dieser Mistkerl, wenn ich wieder zu Hause bin, werde ich mit ihm abrechnen.«

»Als Erstes?«

»Nein.«

Es gab eine kleine Pause.

»Bißchen schlecht, so am Telefon . . .«, meinte ich schließlich.

»Ja, und überhaupt, wenn du so weit weg bist. Das ist so . . . so als spräche man mit jemandem, der irgendwo im Krieg ist. Mir will das nicht gefallen, daß du Hawk brauchst.«

»Ich brauche ihn lediglich, um mir bei der Beobachtung von verdächtigen Personen zu helfen. Selbst Lord Peter Wimsey mußte gelegentlich . . .«

Susans Lachen quer über den Ozean, nur ganz leicht verzerrt durch die Entfernung, machte mich traurig. »Ich glaube«, prustete sie dann, »das hat sein Butler für ihn getan.«

»Wenn dies hier alles vorbei ist, dann können wir beide vielleicht noch mal herfahren. London, weißt du, das löst bei mir dasselbe aufregende Gefühl aus wie New York.«

»Wenn ein Mann je londonmüde wird, dann ist er lebensmüde«, zitierte Susan.

»Würdest du denn kommen?« fragte ich.

»Wann?«

»Wenn ich diese Angelegenheit erledigt habe. Ich schick dir ein bißchen was von meinem Verdienst, und wir treffen uns hier. Würdest du kommen?«

»Ja«, sagte sie.

Eine neue Pause.

»Wir legen besser auf«, hörte ich sie sagen. »Das muß ein Vermögen kosten.«

»Ja, gut. Es ist zwar Dixons Geld, aber viel mehr gibt es im Moment auch nicht zu sagen. Ich rufe morgen um dieselbe Zeit wieder an. Okay?«

»Ja, gut, ich werde hier sein.«

»Schön. Ich liebe dich, Susan.«

»Ja, mein Liebster.«

»Wiedersehen.«

»Wiedersehen.« Sie legte auf, und ich lauschte noch eine Weile dem Geräusch zwischen den Kontinenten. Dann hängte ich auch ein und lehnte mich auf meinem Bett zurück. Ich schlief in voller Montur ein, das Licht brannte, und das Taschentuch hatte ich immer noch gegen mein Kinn gepreßt.

Als ich am nächsten Morgen erwachte, war es so mit meinem Kinn verklebt, daß ich die ganze Sache erst einmal mit Wasser aufweichen mußte.

Beim Duschen hatte ich nun das Vergnügen, auf zwei Verbände Rücksicht nehmen zu müssen. Wenn das so weiter ging, dann mußte ich das Duschen irgendwann sein lassen. Ich rasierte um den Schnitt am Kinn herum und wechselte die Bandage am Hinterteil. Sah ganz gut aus. Das, was ich gestern angehabt hatte, warf ich in den Wäschesack des Hotels. Für mein Hemd hatte ich nicht die größten Hoffnungen. Wenn ich noch eine Weile blieb, dann würden sie sicher einen Experten zur Entfernung von Blutflecken einstellen müssen.

Zum Frühstück bestellte ich mir Fruchtsaft, Müsli und Kaffee. Dann kehrte ich an meinen Wachtposten von gestern zurück. Es regnete, und ich war froh, daß ich meinen leichten Trench mithatte. Da ich keinen Hut besaß, kaufte ich mir unterwegs in der Berkeley Street einen irischen Jagdhut.

Zu Hause konnte ich ihn zur Uniform tragen und alle würden denken, ich sei Harvard-Absolvent. Vorläufig schützte er mich und änderte mein Aussehen nicht unwesentlich. Allerdings kam ich mir in diesem Aufzug ziemlich blöd vor. Von weitem Eton und Harvard und wenn man näher hinsah eine gebrochene Nase und eine Wunde am Kinn . . .

Der Regen war ganz angenehm, und es machte mir nichts aus, darin spazierenzugehen. Ich mochte ihn sogar. Ich wandelte meine Route ein bißchen ab und hielt dabei nach einem eventuellen Verfolger Ausschau, konnte aber keinen erkennen.

Diesmal ging ich in das Apartmenthaus, in dem sie wohnte, hinein. Drin besah ich mir die Briefkästen. Zwei waren mit Mr. und Mrs. beschriftet, auf einem stand schlicht K. Caldwell, ich war sicher, das war sie. Ich drückte auf den entsprechenden Klingelknopf und kurz darauf rief eine Stimme: »Ja.« Es war eine weibliche Stimme.

»Mr. Western?« fragte ich und las dabei den Namen über ihrem ab.

»Sie haben den falschen Klingelknopf erwischt«, dann hörte ich ein Türknallen, und es war wieder still.

Ich ging wieder zu meinem Platz gegenüber. Kurz vor Mittag kam sie heraus und schlenderte bis zur Cleveland Street, dann verlor ich sie aus den Augen. Ich wartete eine Weile, und als sie nicht zurückkam, ging ich hinüber, um wieder bei Caldwell zu klingeln. Keine Antwort. Ich klingelte noch mal, um sicherzugehen, dann stieg ich die Treppe hinauf. Zweiter Stock. Die Tür war abgeschlossen. Ich klopfte, aber niemand meldete sich. Ich holte mein Werkzeug heraus und ging an die Arbeit. Es dauerte ungefähr fünfunddreißig Sekunden, dann war das Schloß offen. K. Caldwell hatte nicht das beste Schloß an ihrer Tür. Ich trat ein. Leer. Man merkt das meist sofort wenn man reinkommt, ob ein Zimmer leer ist oder nicht. Ich hatte mich da bisher ganz selten geirrt. Trotzdem nahm ich meine Pistole heraus und suchte noch mal sorgfältig alles ab. Keiner da. Sah aus, als könne ich meine Inspektion ungestört durchführen.

Alles war ungeheuer ordentlich. Das Wohnzimmer in Chrom und Kunststoff mit einem Bücherregal an der einen Wand. Bücher in verschiedenen Sprachen standen darin. Sie waren in perfekter Harmonie geordnet, nicht etwa nach Autoren oder nach Themen, sondern nach der Größe. In der Mitte standen die größten und zu den Seiten hin wurden sie immer kleiner, so daß man einen absolut symmetrischen Eindruck hatte. Die meisten Titel kannte ich nicht. Bis auf *Mein Kampf* und einige Bände von Hobbes. Auf dem Couchtisch lagen Zeitschriften. Die obenauf war in einer skandinavischen Sprache. Ich erkannte das daran, daß durch einige O-s dieser Schrägstrich war, wie z. B. in Søren Kierkegaard. Es gab dann noch eine merkwürdige Kristallskulptur deren Form mich an einen Eiszapfen erinnerte, und die Mitte des Tisches zierte ein riesiger Glasascher, der aussah, als sei er noch nie benutzt worden.

Ich besah mir das Schlafzimmer. Auch hier früher Bauhausstil. Alles in Weiß – bis auf einen steingrauen Läufer. An den Wänder hingen Mondrians in phantasieloser Anordnung. Ich öffnete eine Schranktür: Röcke, Blusen und Kleider ordentlich auf Bügeln, die Hosen exakt in der Bügelfalte zusammengelegt und aufgehängt. Auch hier herrschte Grau, Weiß und Schwarz vor. Unten standen sechs Paar Schuhe in Reih und Glied. Das Bad war völlig weiß, bis auf den Duschvorhang mit schwarz-silbernem Muster. Die Zahnpastatube war so aufgerollt, daß ich das Gefühl hatte, ein Spieß hätte danebengestanden. Das Zahnputzglas glänzte. Im Spiegelschränkchen fand ich Deospray, einen Rasierapparat, Kamm, Bürste, Mundwasser und Parfümspray. Kein Make-up.

Ich ging zurück ins Schlafzimmer und suchte systematisch die Schubladen durch. Pullis und Blusen in – wie nicht anders zu erwarten – Schwarz, Weiß und Grau. Eine Schublade war verschlossen. Ich hatte sie mit meinem selbstgebastelten Dietrich schnell geöffnet und fand darin eine hübsche Sammlung französischer Unterwäsche in Lavendel-, Kirsch-, Pfirsich- und Smaragdfarben, alles mit viel Spitze und sehr sexy. Auch eine Reihe von exotischen Parfüms war da, sowie ein gewagtes Negligé.

Die Schublade war ungewöhnlich schwer. Ich maß Innenseite gegen Außenseite und fand, daß die Außenmaße erheblich größer waren. Nach einem kurzen Moment des Herumfühlens fand ich die Feder, der Zwischenboden ließ sich herausnehmen und darunter kamen vier weitere 22er-Zielpistolen, zehn Schachteln mit passender Munition und sechs Handgranaten eines Typs, der mir unbekannt war. Weiterhin fand ich vier Pässe, alle mit dem Paßfoto des Mädchens. Einer war kanadisch, einer dänisch, einer britisch und einer holländisch, jeder auf einen anderen Namen lautend. Ich schrieb mir die Namen in mein Notizbuch. Der britische lautete auf Katherine Caldwell. Einige Briefe in dieser skandinavischen Sprache mit den vielen ø's lagen noch darin und eine Liste mit Namen, die aber zu lang war, um sie abzuschreiben. Ich notierte mir lediglich noch die Amsterdamer Anschrift eines Briefes. In der Namensliste fand ich keinen, der mir bekannt gewesen wäre. Mein eigener war nicht darunter und auch Dixons nicht, die Anschriften waren nur Straßennamen ohne dazugehörende Städte, einige Namen waren offensichtlich englisch, aber soweit ich sehen konnte, keiner amerikanisch. Es konnte eine Liste mit Liberty-Mitgliedern sein, aber auch eine Liste von künftigen Opfern ebenso wie eine mit Anschriften von sicheren Schlupflöchern. Ich legte alles sorgfältig zurück und schob die Schublade wieder an ihren Platz. Der Rest der Wohnung sagte mir wenig. Ich hätte höchstens noch festhalten können, daß Katherine ein Fan von Müsli und Obstsäften war, unter ihrem Bett und hinter der Couch ebenso gründlich saubermachte wie auch sonst überall, und daß sie weder Radio noch Fernseher besaß. Wahrscheinlich verbrachte sie ihre Freizeit bei der Lektüre von *Leviathan* und spaltete Backsteine mit der bloßen Hand.

12

Als Katherine zurückkam, stand ich schon wieder auf meinem alten Platz im Regen. Wahrscheinlich hieß sie weder Katherine noch so, wie es in den anderen drei Pässen stand, aber ich fand Katherine am hübschesten und nannte sie so. Es war einfacher, wenn sie einen Namen besaß.

Sie trug einen weißen Regenmantel und hielt einen durchsichtigen Plastikregenschirm über sich. Unter dem Mantel schauten schwarze Hosenbeine und schwarze Stiefel hervor. Ich überlegte, was darunter wohl war. Shocking-Pink vielleicht?

Sie ging in das Haus und kam auch nicht mehr heraus. Keiner besuchte sie, es passierte absolut nichts, außer daß ich immer kältere und nassere Füsse bekam. Nach drei weiteren ereignislosen Stunden ging ich zum *Mayfair* zurück.

Am Abend rief ich für 63 Dollar Susan an. Das erste dreiundsechzigstel sprachen wir über Hawk, der so schnell es ging kommen würde, den Rest vertelefonierten wir mit Spekulationen über das, was wir alles tun würden, wenn Susan kam und mit den gegenseitigen Versicherungen, wie sehr wir uns vermißten. Eine kurze Frage ihrerseits ging in die Richtung, ob ich in Lebensgefahr sei, aber ich versicherte ihr, daß alles nicht so wild wäre und hoffte, daß ich recht behielt. Eigentlich hatte ich von meinen Wunden reden wollen, um mich etwas bedauern zu lassen, aber nun beschloß ich, es sein zu lassen.

Als ich eingehängt hatte, fühlte ich mich miserabel. Mein ganzer Zorn richtete sich gegen die Telefongesellschaften, von deren idiotischen Versicherungen, ein Ferngespräch sei fast so schön, wie direkt zusammenzusein, ich mich hatte einwickeln lassen. Vielleicht fühlten sich ja andere bestens nach so einem Gespräch, ich jedenfalls nicht...

Ich ließ mir Bier und Sandwiches bringen und widmete mich die nächsten Stunden konzentriert meinem Buch über Regeneration durch Gewalt. Dann ging ich ins Bett.

Hawk schaffte es nicht am nächsten Tag, und Katherine blieb wieder eisern in ihrem Apartment. Wahrscheinlich probierte sie aus, welche ihrer Peep-Show-Ausrüstungen am unanständigsten wirkte, oder sie besprühte sich mit den verschiedenen Parfüms. Ich für mein Teil hielt mich an meinem Stockschirm fest und lauschte dem heimeligen Quietschen meiner nassen Schuhe. Kein einziger Stadtguerilla ließ sich blicken – wer hatte auch schon Lust, in diesem Nieselregen rauszugehen. Ich beschäftigte mich mit den möglichen Ankunftszeiten von Hawk, wobei ich schließlich nicht mehr wußte, ob ich sechs Stunden abziehen oder dazuzählen mußte. Da beschloß ich, mir ein neues Thema zu suchen.

Gute, alte Katherine. Für einen Psychologen wäre sie sicher ein gefundenes Fressen. Alles in Schwarz-Weiß und Chrom und dazu diese Unterwäsche! Interessant.

Während ich nachdachte, verspeiste ich ein Mars und einen grünen Apfel. Das war mein Lunch. Komisch, daß James Bond so was nie aß. Er hielt sich immer mehr an Krabben und roten Champagner. Als mein Magen mir sagte, es sei Dinnerzeit, verließ ich meinen Posten und ging ins Hotel zurück, um dort eine exakte Kopie des vorhergegangenen Abends durchzuziehen. Fantastisch, dieses *swinging London.* Um zehn war ich in der Heia.

Am nächsten Vormittag machten Katherine und ich einen kleinen Ausflug zum Britischen Museum. Sie ging in den Lesesaal und suchte sich einen Platz, wo sie sich in einen Schmöker vertiefte. Ich stand im Foyer und schaute mir diesen enormen, domhohen Raum an. Wirkte schon großartig und sehr durchgeistigt. Ich konnte mir Karl Marx vorstellen, wie er da saß und am Kommunistischen Manifest schrieb, tief gebeugt über einen der Tische in der hehren, nur durch Flüstern unterbrochenen Stille des Saales. Gegen Mittag kam Katherine heraus und ging in die Cafeteria. Als sie saß, ließ ich sic allein und suchte mir eine Telefonzelle, von wo aus ich das Hotel anrufen konnte.

»Ja, Sir, ich habe eine Nachricht für Sie«, sagte mir der Rezeptionschef. »Ein Mr. Stepinfetchit wartet beim PanAm-Schalter in Heathrow auf Sie.« Seine Stimme blieb auch beim Aussprechen des Namens völlig neutral.

»Vielen Dank«, sagte ich. Er war also da. Ich verließ Katherine und nahm mir ein Taxi, um Hawk abzuholen. Wenn man wußte, was einen erwartete, dann war er unschwer auszumachen. Ich entdeckte ihn in einem Sessel, die Beine auf seinem Koffer. Auf dem Kopf thronte ein weißer Strohhut mit lila Band, den er fast bis zur Nasenwurzel über die Augen geschoben hatte. Sein Nadelstreifenanzug war dunkelblau, weißes Hemd, lila Seidenkrawatte mit Krawattennadel und passendem Taschentuch, dessen Spitzen aus seiner Brusttasche lugten. Die schwarzen, halbhohen Stiefel glänzten. Sein Koffer hatte sicher ein kleines Vermögen gekostet. Er besaß eben Stilgefühl.

Ich sprach ihn an: »Entschuldigen Sie bitte, Mr. Fetchit, ich bin ein großer Bewunderer Ihrer Filme. Würden Sie vielleicht ein Stückchen Wassermelone mit mir essen?«

Hawk rührte sich nicht. Aber tief unter dem Hut hervor hörte ich: »Kannst mich Stepin nennen, alter Schlurch.«

Ich setzte mich neben ihn: »Tut mir leid, daß deine Geschäfte offensichtlich so schlecht gehen, Hawk, sonst würdest du wohl kaum in diesen Klamotten rumlaufen.«

»Mann, das hab ich mir letztesmal, als ich hier war, maßschneidern lassen.« Er nahm den Hut ab und legte ihn in den Schoß, während er mich betrachtete. Sein Kopf war völlig kahl und die schwarze Haut glänzte. Er konnte alles tragen und sah immer gut aus mit seiner dunklen, glatten Haut, die sich über Gesicht und Schädel und den hohen Wangenknochen spannte.

»Hast du eine Waffe?« fragte ich.

Er schüttelte den Kopf. »Wollte beim Zoll keinen Ärger.«

»Na, ich kann dir eine geben. Was meinst du zu einer Colt-22er-Zielpistole?«

Hawk sah mich an. »Wie kommst du denn dazu? Trittst du jetzt in 'ner Schießbude auf?«

»Ne, hab' sie jemandem abgenommen.«

Er zuckte die Achseln. »Besser als gar nichts, bis ich mir was Vernünftiges besorgt habe. Und was machst du so?«

Ich erzählte es ihm.

»Fünfundzwanzig Hunderter pro Kopf«, meinte er dann, »was bekomme ich davon?«

»Nichts, du kriegst deins extra. Ich geb dir hundertfünfzig pro Tag und Spesen. Die Rechnung präsentiere ich Dixon.«

Hawk wiegte seinen Kopf hin und her. »Okay.«

Ich gab ihm erst mal fünfhundert Pfund. »Nimm dir ein Zimmer im *Mayfair*, tu so, als würdest du mich nicht kennen, man versucht nämlich mich zu beschatten, wenn sie uns zusammen sehen, kennen sie dich auch.« Ich gab ihm meine Zimmernummer. »Wenn du soweit bist, ruf mich an, dann können wir uns weiter unterhalten.«

»Und warum bist du so sicher, daß sie dich nicht hierher verfolgt haben, alter Junge?«

Ich schnitt eine Grimasse: »Willst du mich verarschen?«

»Ganz der Alte, immer so bescheiden.«

»Mir ist keiner hierher gefolgt. Diese Leute sind zwar gefährlich, aber sie sind Amateure«, sagte ich.

»Und das ist genau das, was wir beide nicht sind«, bemerkte Hawk.

Eine Stunde später saß ich wieder in meinem Hotelzimmer und wartete, daß Hawk anrufen würde. Als er sich meldete, nahm ich eine der Pistolen mit, die ich den Attentätern abgenommen hatte. Er wohnte zwar vier Stockwerke unter mir, aber ich fuhr sicherheitshalber ein paarmal mit dem Fahrstuhl rauf und runter, bevor ich zu ihm ging. Er war in Unterhosen und dabei, seine Kledage aufzuhängen. Auf dem Tisch stand ein Glas Champagner. Seine Shorts waren aus lavendelfarbener Seide. Ich nahm die .22er aus meinem Hosenbund und legte sie auf den Tisch.

»Wie ich sehe, hast du dich schon häuslich eingerichtet und auch die Nummer des Zimmerservice gefunden.«

»Aber sicher doch. Im Waschbecken ist Bier.« Hawk war dabei, ein Paar perlgraue Hosen sorgfältig aufzuhängen. Ich ging ins Bad, wo er das Waschbecken mit Eisstücken gefüllt hatte, und holte mir eine Flasche Amstel. Als ich ins Zimmer zurückkam, checkte Hawk kopfschüttelnd die Pistole.

»Sind die Dinger hier üblich?«

»Glaub ich nicht, sie haben eben nichts Besseres kriegen können«, erwiderte ich.

Hawk hob die Schultern. »Eh ich mich schlagen laß . . .« meinte er dann. Ich trank einen Schluck Amstel, er hantierte mit Bügeln. Plötzlich sagte er: »Also, zum Geschäft, Junge.«

Ich erzählte ihm alles, von meiner ersten Begegnung mit Hugh Dixon bis einschließlich heute früh, als ich Katherine im Britischen Museum verlassen hatte.

»Das mit der französischen Unterwäsche ist das einzige, was mich interessiert«, sagte Hawk schließlich. »Wie sieht sie denn aus?«

»Na, ich glaube, sie würde deinen Anforderungen entsprechen. Aber vergiß nicht, wir wollen sie nur beobachten.«

»Man kann ja auch das Angenehme mit dem Nützlichen verbinden.«

»Vielleicht brauchen wir die Androhungen noch, wenn wir Informationen aus ihr rausholen müssen«, grinste ich.

Hawk griff zum Champagnerglas. »Hast du Hunger?« fragte er.

Ich nickte. Soweit ich mich erinnern konnte, hatte ich immer Hunger.

»Ich laß was raufschicken. Was meist du zu Shrimp-Cocktail?«

Er hatte sich nicht die Mühe gemacht, die Karte anzusehen, die auf dem Tisch lag. Für ihn war es selbstverständlich, daß er bekommen würde, was er bestellte. Und das tat er auch.

Ich beobachtete ihn, während er die zweite Flasche Champagner öffnete. Man merkte ihm nicht an, daß er getrunken hatte. Wenn ich recht überlegte, dann merkte man ihm überhaupt nie viel an. Er lachte gern, aber ich hatte ihn noch niemals undiszipliniert oder außer Fassung gesehen. Was immer in ihm vorging, blieb auch dort. Falls überhaupt irgend etwas ihn je bewegte.

Er trank Champagner und sah mich an. »Und ich soll nun also deinen Hintern vor neuen Schrammen bewahren, während du diese Verrückten jagst.«

»Hmm.«

»Was machen wir mit ihnen, wenn du sie hast?«

»Das hängt von ihnen ab.«

»Du meinst, wenn sie Ärger machen, dann radieren wir sie aus?«

»Wenn's sein muß.«

»Und warum tun wir das dann nicht gleich?«

Ich schüttelte den Kopf.

Hawk lachte: »Der gute alte Spenser, immer den schweren Weg nehmen, stimmt's?«

Ich war diesmal dran mit Achselzucken.

Während ich mir ein neues Bier holte, klopfte der Zimmerkellner, und ich blieb im Bad, bis er gegangen war. Als die Tür zufiel rief Hawk: »Okay, Spenser, kannst rauskommen, ich hab' die Rechnung bezahlt.«

»Man kann nie wissen, wer mit einem unter einer Decke steckt«, sagte ich.

Auf dem Servierwagen standen zehn Krabbencocktails in Eis.

Hawk aß bereits. »Nicht schlecht«, murmelte er kauend. »Also, du bezahlst mich, du kannst bestimmen, wie wir vorgehen.«

Ich nickte und kaute auch.

»Was zuerst?«

»Zuerst essen wir und trinken und schlafen. Morgen früh gehe ich wieder auf meinen Wachposten, und du kannst mich beobachten. Dann warten wir ab, was passiert.«

»Und was, wenn ich einen erwische, der dich beschattet?«

»Nur beobachten, aber laß sie mich nicht umlegen.«

»Ich werd' mein Bestes tun«. Hawk grinste, und seine gleichmäßigen, weißen Zähne blitzten in dem ebenholzschwarzen Gesicht. »So lange mich die Lady mit der Reizwäsche nicht zu sehr ablenkt.«

»Wahrscheinlich könntest du sie mit einem Paar von deinen Unterhosen bestechen«, erwiderte ich.

13

Wir verfuhren genau nach meinem Plan. Eine Woche lang.

Niemand legte mich um, niemand versuchte es. Hawk hing in meiner Nähe herum in seinen teuren Klamotten und strich seine hundertfünfzig Dollar pro Tag ein, während absolut nichts geschah. Keiner der Verdächtigen tauchte auf, und Kathie beschränkte sich auf ihre täglichen Gänge zum Lebensmittelladen an der Ecke und zum Britischen Museum.

»Du hast sie völlig verängstigt«, sagte Hawk, als wir in seinem Zimmer saßen und aßen. »Zweimal haben sie ihre Elite auf dich angesetzt, und du lebst immer noch. Jetzt haben sie erst mal keinen Mumm mehr.«

»Hast recht. Sie beschatten mich nicht mal mehr. Es sei denn, sie sind so gut, daß keiner von uns beiden es gemerkt hat.«

Hawk gab einen undefinierbaren Ton von sich.

»Na ja, wir hätten sie wohl bemerkt. Meinst du, Kathie hat mich gesehen?«

Hawk schüttelte den Kopf.

»Also wissen sie nicht, ob ich noch immer Interesse an ihnen habe.«

»Könnte sein, daß sie sich von Zeit zu Zeit im Hotel erkundigen, ob du da noch wohnst.«

»Tja, könnte alles sein. Sie brauchten sich nur ruhig zu verhalten, bis ich abgehauen bin.«

»Vielleicht ist aber auch alles ganz anders . . .«

»Könnte, würde, vielleicht, ich hab's einfach satt, hier so tatenlos rumzuhängen. Wir sollten unsere gute alte Kathie mal ein bißchen in Aktion versetzen.«

»Da bin ich dabei.«

»Nein, nicht was du denkst, Hawk. Ich lasse sie einfach merken, daß ich hinter ihr her bin. Wenn sie dann versucht, sich zu verdrücken, sehen wir weiter. Wir könnten beobachten wohin sie geht.«

»Gut«, meinte Hawk, »wenn sie denkt, sie hätte dich abgehängt, dann wäre ja immer noch ich da.«

»Hmm. Und bedenke, daß diese Leute nicht unbedingt alle Engländer sind. Wenn sie so reagiert, wie wir hoffen, dann versucht sie vielleicht ins Ausland abzuhauen. Du solltest darauf vorbereitet sein.«

»Ich bin immer auf alles gefaßt, Mann.«

»Das weiß ich zu schätzen. Aber ich würde an deiner Stelle bei der Verfolgung allerdings nicht gerade den pinkfarbenen Overall tragen. Manchmal fällt den Leuten so was auf. Ich weiß zwar, daß das für dich völlig unauffällig ist, aber . . .«

»Hab' ich schon mal jemanden verloren, den ich beschatten sollte, oder hat mich schon je einer bemerkt, hä?«

»Na ja, Hawk, war ja nur eine Überlegung. Schließlich bin ich dein Arbeitgeber.«

»Ah, okay, Boss, ungeheuer freundlich von dir, daß du dem alten Hawk so großzügige Hilfestellung gibst, ist ja auch nur 'n Blacky.«

»Nu is aber gut, Junge«, brummte ich.

Hawk schlürfte Champagner und schnitt sich dann ein Stückchen von dem schottischen Räucherlachs ab, den er mit einem weiteren Schluck Champagner hinunterspülte.

»Ich bin nur ein armer farbiger Mensch, der versucht, so gut es geht mit den Weißen klarzukommen.«

»Na ja, ich will dir zugestehen, daß du einer der ersten warst, die Beine brechen in Boston ohne Ansehen der Rasse eingeführt haben.«

»Schließlich muß man ja was tun für sein Volk.«

»Wer, zum Teufel, ist denn dein Volk, Hawk?«

»Na, die, die meine Preise bezahlen können, egal wie sie aussehen oder wie ihr Charakter ist.«

»Hast du überhaupt schon mal über deine Hautfarbe nachgedacht?«

Er sah mich ungefähr zehn Sekunden lang stumm an.

»Wir ham'ne Menge gemeinsam, Spenser«, sagte er dann. »Du hast vielleicht mehr Skrupel als ich, aber sonst ham wir 'ne ganze Menge gemeinsam, bis auf eins: du warst nie schwarz und wirst auch nie wissen, wie es ist, schwarz zu sein.«

»Also hast du doch darüber nachgedacht. Und wie ist es?«

»Früher mal, da hab' ich darüber nachgedacht; als ich's noch nötig hatte. Aber jetzt muß ich's nicht mehr. Ich sauf Wein und nehm die Mädchen, verdien mein Geld und laß mich nich rumschubsen. Ich spiel jetzt mein Spiel, und niemand spielt es so gut wie ich.« Er trank mit eleganten, geschmeidigen Bewegungen, stellte sein Glas zurück und schnitt sich ein neues Stück Lachs ab. Er hatte sein Hemd ausgezogen, und das Licht warf merkwürdige Schatten auf seinen glänzenden, dunklen Oberkörper. Bevor er den Bissen in den Mund steckte, grinste er mich mit einem umwerfend brillanten, aber eigenartig humorlosen Grinsen an. »Außer dir vielleicht«, sagte er.

»Kann sein, aber das Spiel ist nicht dasselbe.«

Hawk zuckte die Achseln. »Gleiches Spiel, verschiedene Regeln«, meinte er.

»Möglich«, erwiderte ich, »ich war mir nie ganz sicher, ob es bei dir überhaupt Regeln gibt.«

»Das solltest du eigentlich besser wissen. Ich hab' 'n paar weniger als du, ja, und ich bin nicht so weichherzig. Aber du weißt auch, wenn ich sage, ich tu' was, dann tu' ich's. Wenn ich 'nen Job annehme, dann bleib ich auch dabei und mach' das, wofür ich bezahlt werde.«

»Ich erinnere mich aber, daß es eine Zeit gab, damals, bei King Powers, als du nicht dabeigeblieben bist.«

»Das war anders«, warf Hawk ein. »King Powers ist ein Popanz, der keine Regeln kennt. Er zählt nicht. Ich meine jetzt dich oder Henry Cimoli. Wenn ich dir was verspreche, dann kannst du Gift drauf nehmen, daß ich's tu'.«

»Stimmt«, sagte ich. »Wer noch?« Hawk hatte sehr viel Taittinger getrunken und ich sehr viel Amstel.

»Wer noch was?«

»Na, wer dir noch vertrauen kann?«

»Quirk«, sagte Hawk.

»Martin Quirk?« fragte ich, »Detektive Lieutenant Martin Quirk?«

»Hmm.«

»Aber er will dich hinter Schloß und Riegel bringen.«

»Sicher«, meinte Hawk, aber er hat Menschenkenntnis, und er behandelt einen anständig.«

»Da hast du recht. Noch jemand?«

»Das genügt«, meinte Hawk.

»Henry wird dir wahrscheinlich keine Schwierigkeiten machen, aber Quirk oder ich könnten dich eines Tages umlegen.«

Hawk nahm den Rest Lachs und schenkte mir wieder sein Grinsen: »Wenn du kannst, Mann, wenn du's schaffst.«

Hawk schob seinen Teller zur Seite und stand auf. »Muß dir mal was zeigen«, meinte er und ging zum Schrank. Ich trank von meinem Bier und sah zu, wie er eine Mischung aus Rucksack und Schulterhalfter überstreifte. »Na,was sagst du dazu?«

Das Ding war tatsächlich ein Schulterhalfter und zwar für ein Gewehr mit abgesägtem Lauf.

»Paß auf«, sagte Hawk. Er zog seinen Mantel über. Man sah nicht, was darunter war, nicht mal eine kleine Beule. Mit der rechten Hand reichte er nun nach hinten und zog mit einer kurzen Drehbewegung die Waffe hervor.

»Kapiert?« fragte er triumphierend.

»Zeig mal«, ich streckte die Hand aus, und Hawk legte mir das Gewehr hinein. Es war eine Ithaca, doppelläufig, und durch die Sägerei, die er daran vorgenommen hatte, höchstens fünfzig Zentimeter lang. »Damit kannst du 'ne Menge mehr Schaden anrichten als mit der Zielpistole«, war mein Kommentar.

»Und ich hab' nicht solche Schwierigkeiten, sie zu bekommen. Ich kauf einfach 'n Gewehr und säg's mir zurecht. Das kann ich fast in jedem Land machen.«

»Hast du denn eine Eisensäge?«

»Klar.«

»Nicht schlecht«, sagte ich. »Als nächstes wirst du dir wohl eine Atlasrakete vornehmen, um sie dann im Strumpf mit dir rumzutragen.«

»Kann nie was schaden, ausreichend bewaffnet zu sein«, grinste Hawk.

Als ich noch bei der Polizei war, kannte ich mal einen Typen namens Shelley Walden. Der schaffte es einfach nicht, jemanden vernünftig zu beschatten, obwohl er ein unauffälliger kleiner Kerl war, aber man hätte ihn sogar in einem Rock-Konzert bemerkt. Ich weiß nicht, wie er es machte, aber er konnte sich einfach nicht außer Sichtweite halten. An ihm versuchte ich mich zu orientieren, als ich am nächsten Morgen vor Katherines Apartmenthaus stand. Während sie dann zum Waschcenter ging, durchwühlte ich ihre Wohnung, gerade so, daß sie ahnen konnte, es sei jemand dagewesen. Ich lehnte schon wieder lässig in meinem Hauseingang, Sonnenbrille auf der Nase, als sie an mir vorbeiging. Ich drehte mich zur Seite, übertreiben wollte ich ja auch nicht. Sie sollte nur wissen, daß ich da war. Hawk konnte ich nicht sehen, ich wußte aber, er war irgendwo in der Nähe. Kaum war sie im Haus verschwunden, trottete ich lässig über die Straße und lehnte mich an einen Laternenpfahl, daß ich dabei eine Zeitung las, gehörte dazu. Wie im besten alten Bogart-Film, wenn er den Vorhang lüftet und dann gegenüber diesen unauffälligen Kerl mit der Zeitung stehen sieht.

Nach ein paar Minuten sah ich hoch zu ihrem Fenster. Sie schaute herunter und unsere Blicke trafen sich. Ich schaute schnell wieder auf meine Zeitung. Jetzt wußte sie, daß ich da war. Ich konnte auch ziemlich sicher sein, daß sie mich erkannt hatte, denn ich trug heute nicht meinen schönen Rex-Harrison-Hut.

Sie hatte allen Grund, nervös zu werden. Schließlich bewahrte sie in ihrer Wohnung gefälschte Pässe und gestohlene Waffen auf. Das allein würde schon genügen, sie festzunehmen. Aber ich wollte mehr. Ich wollte sie alle, und Kathie war nur die Schnur am Ballon. Schnitt ich sie ab, flog mir der Rest davon.

Offenbar wußte sie nicht, daß das Beste für sie jetzt gewesen wäre, eisern abzuwarten. Vier Stunden lang saß sie in ihrer Wohnung und beobachtete, wie ich sie beobachtete. Dann hatte sie wohl einen Entschluß gefaßt. Sie haute ab. Sie kam in einem Safarianzug und mit der riesigen Schultertasche, die sie damals im Zoo gehabt hatte. Sorgfältig vermied sie es, in meine Richtung zu sehen, und die nächste halbe Stunde spielten wir so eine Art Räuber und Gendarm: sie versuchte mich loszuwerden und ich versuchte, sie merken zu lassen, daß ich ihr auf den Fersen war. Hinter mir mußte irgendwo Hawk sein, den ich nur ein einzigesmal sah, als er uns auf der gegenüberliegenden Straßenseite entgegenkam. Erstaunlicherweise trug er Jeans und dazu einen Cordmantel von sehr dezenter Farbe.

In der Untergrundbahnstation Russel Square tat ich ihr den Gefallen und ließ mich von ihr abhängen. Im letzten Moment sprang sie wieder vom schon anfahrenden Zug ab. Ich blieb drin und sah im Vorbeifahren noch Hawks Grinsen.

Ich ging zurück zu Kathies Apartment, aber sie tauchte dort nicht wieder auf. Wahrscheinlich suchte sie sich einen neuen Schlupfwinkel. Jedenfalls besser als dies Warten und zum Untätigsein verdammt sein.

An dem Abend las ich mein Buch endlich aus und blätterte gerade in der *International Herald Tribune*, als das Telefon klingelte. Es war Hawk.

»Wo bist du?« fragte ich.

»In Kopenhagen, dem Paris des Nordens.«

»Und sie?«

»Auch hier. Hat sich in ein Apartment eingemietet. Kommst du?«

»Hmm. Morgen. Ist sie allein?«

»Bis jetzt noch. Ist auch noch nicht wieder rausgekommen aus ihrem Loch.«

»Als Revolutionär führt man doch ein aufregendes Leben.«

»Genau wie wir beide, Mann. Internationale Abenteuer. Ich zum Beispiel bin im *Sheraton Kopenhagen* und seh mir dänisches Fernsehen an. Und du?«

»Ich hab' gerade die *Herald Tribune* vor mir. Wirklich eine Bereicherung für meinen Geist.«

»Kann ich mir vorstellen«, sagte Hawk. »Und wenn du abreist, laß doch mein Zeug zusammenpacken und an Henry schicken.«

»Sentimentaler Knilch du«, brummte ich.

»Ich glaub, dir wird's hier gefallen«, sagte Hawk. »Die Mädchen sind alle blond, und Bier kommt aus dem Cola-Automaten.«

»Vielleicht komm ich doch schon heute abend«, sagte ich.

Aber ich schlief noch eine Nacht in England. Am nächsten Morgen sorgte ich dafür, daß Hawks Gepäck wegkam, packte meine eigenen Siebensachen zusammen und rief noch Flanders an, um ihm zu sagen, wo ich hinflog.

Der Kopenhagener Flughafen war ein moderner Bau mit viel Glas und jeder Menge Rolltreppen. Ich fuhr mit dem Bus zum Terminal der SAS im *Royal Hotel.* Unterwegs sah ich das *Sheraton* liegen. Es war nicht weit, und ich ging zu Fuß. Dasselbe aufregende Gefühl beschlich mich, das ich immer habe, wenn ich in eine fremde Stadt komme.

Das *Sheraton* sah aus, wie alle *Sheratons*, die ich kannte. Ich nahm mir ein Zimmer. Der Mann am Empfang sprach Englisch ohne Akzent. Peinlich. Und ich wußte nicht mal, wie man Søren Kierkegaard aussprach. Aber was soll's, vielleicht kann der dafür nicht so viele einarmige Liegestütze, dachte ich.

Im Zimmer war es heiß trotz der Klimaanlage. Ich öffnete die Fenster und sah auf einen großen Park mit See, der sich gegenüber mehrere Blocks weit erstreckte.

Als erstes nahm ich meine Pistole aus dem Gepäck und setzte sie zusammen. Dann zog ich die verschwitzten Sachen aus und ging, nur mit der Waffe, ins Bad. Ich hängte sie im Schulterholster über die Türklinke und duschte. Danach fühlte ich mich besser und sah weiter zum Fenster hinaus. Gegen zwei Uhr nachmittags klopfte es. Ich nahm die Pistole, stellte mich neben die Tür und sagte: »Ja?«

»Hawk.«

Ich öffnete, und er kam herein. Er war ganz in Rot-Weiß und hatte zwei Dosen Carlsberg in der Hand.

»Frisch aus dem Automaten«, sagte er statt Begrüßung.

Ich trank. Als die Dose leer war, setzte ich sie ab und sagte: »Skandinavien soll doch angeblich so kühl sein.«

»Hitzewelle«, grinste Hawk. »Jeder sagt mir, so was hätten sie hier noch nie gehabt. Deshalb sind auch die Klimaanlagen für die Katz.«

Mein Bier war alle. »Wo, sagst du, gibt's das? Im Automaten?«

»Ja, Mann, gleich um die Ecke beim Fahrstuhl. Hast du Kronen?«

Ich nickte. »Ja, ich hab mir unten welche eingetauscht.«

»Also, dann holen wir uns gleich noch eins. Gut gegen die Hitze.« Und das taten wir auch.

»Und, wo ist sie?« fragte ich, als wir wieder in meinem Zimmer saßen. Meine Kehle fühlte sich angenehm kühl an.

»Wenn du dich weit genug aus dem Fenster lehnst, kannst du ihr Apartment sehen«, sagte Hawk.

»Und warum bist du nicht dort und paßt auf?«

»Sie is um elf rein und seitdem is nix passiert. Da dachte ich, mal sehen, ob du schon da bist.«

»Hat sich seit gestern was getan?«

»Sie hat sich nich weiter gerührt, hat aber 'nen zweiten Aufpasser.«

»Ah-ha«, sagte ich.

»Was hast du gesagt?«

»Ich hab' Ah-ha gesagt.«

»Dachte ich mir, daß du das sagst.«

»Und, haben sie dich bemerkt?«

»'türlich nich. Würden sie dich bemerken?«

»Nein, ich ziehe die Frage zurück.«

»Da tust du auch gut dran.«

»Also, was ist das für ein Kerl?«

»Dunkler Typ, aber kein Brüderchen, eher aus Syrien, so die Ecke. Araber wahrscheinlich.«

»Und?«

»Nun, ich denke, er hatte 'ne Waffe bei sich. Harter Bursche, aber bei der Hitze sah ich ihn – 'n paarmal mit der Schulter zucken, so als wenn ihn das Holster scheuert.«

»Groß?«

»Ja, größer als ich. Schlank, bißchen gebeugt. Hakennase, vielleicht 35, Crew-Cut.«

Ich holte meine Skizzen raus und sah sie durch. »Ja«, sagte ich dann. »Das hier könnte er sein.«

»Aber warum beschattet er sie?« fragte Hawk.

»Vielleicht hält er nach mir Ausschau und beschützt sie.«

»Hmm«, brummelte Hawk. »Deshalb ist sie auch so brav, geht höchstens mal spazieren. Und Hakennase immer hinterher. Er hält so viel Abstand, daß er wahrscheinlich feststellen könnte, ob man ihr folgt.«

Ich nickte. »Also gut. Sie hat Freunde hier. Wir spielen mit. Ich werde sie beschatten, Hakennase kann mich beschatten und du ihn. Mal sehen, was dann passiert.«

»Kann sein, daß er dich gleich beim erstenmal, wenn er dich sieht, abknallt.«

»Dafür hab' ich dich ja, Junge.«

»Hmm.«

Ich blickte traurig auf die leeren Bierdosen. »Also, los«, sagte ich dann. »Je eher wir anfangen, desto schneller haben wir's hinter uns.«

»Gefällt dir wohl nicht hier?«

»Ich hab' Sehnsucht nach Susan.«

»Das kann ich gut verstehen, Mann.« Hawk sah mir direkt in die Augen.

15

Ich trat aus dem *Sheraton* und hielt mich links zur Vester Søgade hin. Die Gegend bestand hauptsächlich aus niedrigen Apartmenthäusern der gehobenen Mittelklasse. Nummer 36 war das Haus, in dem Kathie derzeit wohnte, ein Backsteinbau mit großzügigem Eingang. Bevor ich es erreichte, überquerte ich die Straße und lungerte möglichst unauffällig zwischen den Büschen des kleinen Parks herum. Offensichtlich war das hier ein beliebtes Ziel für Hunde, wie ich rasch feststellen mußte. Ein hellblauer Simca mit einem Mann am Steuer schlich vorüber. Ich blieb, wo ich war. Hawk sah ich nirgends. Kurz darauf war der Simca wieder da. Er fuhr an mir vorüber und parkte einen halben Block weiter Richtung Hotel. Ich blieb, er blieb.

Zehn Minuten später hielt ein schwarzer Saab vor Kathies Apartmenthaus. Drei Männer stiegen aus, zwei kamen in meine Richtung, einer ging ins Haus. Ich sah zum Simca hinüber und richtig, ein großer, etwas nach vorn gebeugter Mann mit überdimensionaler Nase und Crew-Cut stieg aus. Hinter mir befand sich der Teich. Irgendwie war hier jemand so was wie eingekreist. Die beiden aus dem Saab hielten so viel Abstand voneinander, daß ich weder zwischen ihnen durch noch an ihnen vorbei gekonnt hätte, um ihnen zu entkommen. Aber das wollte ich ja auch gar nicht. Ich stand ruhig da, die Beine etwas gespreizt und beide Hände vor mir kurz unter der Gürtellinie. Nun hatten sie mich erreicht.

Zwei von ihnen sahen wie Brüder aus, jung und rotwangig. Einer hatte eine Narbe im Gesicht, der andere auffallend kleine Augen und ganz helle Augenbrauen. Beide trugen weite, schreiend bunte Sporthemden über den Hosen. Ich wußte auch warum. Der mit der Narbe zog eine .38er Automatic aus dem Hosenbund und richtete sie auf mich. Dazu sagte er irgend etwas auf deutsch.

»Ich spreche Englisch«, sagte ich.

»Nehmen Sie die Hände hoch über den Kopf«, war seine Reaktion.

»Wow«, sagte ich. »Sie haben ja kaum einen Akzent.«

Er fuchtelte mit der Waffe, und ich legte beide Hände lässig auf meinen Kopf. »Scheint mir nicht sehr geschickt«, meinte ich. »Wenn jetzt ein Cop vorbeikommt, der könnte ja fragen, wieso ich hier mit den Händen auf dem Kopf stehe, oder?«

»Nehmen Sie die Hände herunter und lassen Sie sie an der Seite hängen.«

Ich tat es und fragte dann: »Wer von euch ist Hans?«

Der mit der Kanone ignorierte mich. Er sagte etwas auf deutsch zu dem hinter mir stehenden dunklen Typen.

»Ich wette, du bist Hans«, sagte ich zu Narbengesicht. »Und der da ist Fritz.« Riesennase betastete mich und fand meine Pistole. »Der da ist der Captain«, versuchte ich noch mal eine Konversation. Aber die Burschen schienen weder Lust noch Laune zu haben, sich mit mir freundlich zu unterhalten. Sie dirigierten mich über die Straße und in das Apartmenthaus hinein.

Ich gab mir Mühe, nicht so auffällig nach Hawk Ausschau zu halten.

Kathies Apartment war im ersten Stock rechts mit Blick über den Park. Sie saß auf dem Sofa, Gesicht zum Fenster und wirkte sehr attraktiv in ihrem weißen Cordanzug mit schwarzem Gürtel. Der Mann bei ihr war klein und drahtig, mit großer Nase und hartem Mund. Er trug einen grauen Schnauzer und eine Brille. Wahrscheinlich war er ziemlich kahl, aber das bißchen Haar, das ihm geblieben war, hatte er sehr lang wachsen lassen und dann über den ganzen Kopf verteilt und mit einer Art Lack fixiert. Auf diese Weise hatte er den Scheitel fast direkt über dem linken Ohr. Unter normalen Umständen hätte ich gelacht. Aber irgendwie sah dieser Kerl gemein aus, und so ließ ich es. Er hatte Arbeitsschuhe und enge Cordjeans an. Seine Hemdsärmel waren hochgerollt, und die Unterarme sahen sehr kräftig aus. Meiner Schätzung nach gehörte er demselben Volksstamm an wie Riesennase.

Er sprach deutsch mit dem Narbigen.

Der sagte: »Englisch.«

»Warum verfolgen Sie diese junge Frau?« fragte er mich auf englisch. Er hatte einen Akzent, aber ich konnte ihn nicht einordnen.

»Warum interessiert Sie das«, war meine Gegenfrage.

Die hätte ich lieber nicht stellen sollen, denn er kam mit zwei Schritten auf mich zu und hieb mir seine Faust aufs Kinn. Es tat weh. Hans und Fritz hatten ihre Kanonen auf mich gerichtet.

»Na, wenigstens 'ne klare Antwort«, sagte ich.

»Warum verfolgen Sie diese junge Frau?«

»Sie hat mit einigen Komplizen die Familie eines reichen und rachsüchtigen Amerikaners in die Luft gepustet. Er engagierte mich, um reinen Tisch zu machen.«

»Warum haben Sie sie dann nicht einfach umgelegt, als Sie sie hatten?«

»Erstens bin ich kein Killer, und zweitens war sie mein einziger Kontakt zu den übrigen Leuten. Ich wollte sie als Lockvogel, sie sollte mich zu den anderen führen.«

»Und, glauben Sie, daß das gelungen ist?«

»Bis zu einem gewissen Grade ja. Sie sind mir neu, aber der mit der Supernase und Hans und Fritz sehen so aus, als gehörten sie in meine Sammlung.«

»Wie viele sind es im ganzen?«

»Neun.«

»Sie haben bisher drei getötet oder gefangengenommen und vier weitere gefunden. Das Ganze hat Sie nicht allzuviel Zeit gekostet. Sie scheinen gut zu sein.«

Ich versuchte möglichst bescheiden auszusehen.

»Jemand, der seine Arbeit so routiniert macht, sollte sich nicht so leicht fangen lassen, mitten in einem Park, wie zu Stein erstarrt.«

Nun versuchte ich möglichst betroffen auszusehen.

Der mit der großen Nase sagte etwas in einer Sprache, die ich nicht verstand. Dann glitt er lautlos zur Tür hinaus.

»Welche Rolle spielen Sie bei all dem?« fragte ich den Kleinen.

»Leider habe ich diese Sammlung von Blödmännern und Verbrechern mit in meiner Organisation. Ich muß sagen, ich schäme mich ihrer, sie sind kindisch und amateurhaft, aber wir brauchen Leute, und ich kann sie mir nicht immer aussuchen. Ich habe wichtigere Dinge vor als Touristen in London in die Luft zu sprengen.«

»Gar nicht so einfach, gute Leute zu bekommen«, stimmte ich zu.

»Genau«, sagte er. »Sie wären sicher gut. Ich habe schon Männer zu Boden geschlagen mit dem Schlag, den ich Ihnen vorhin verabreicht habe.«

»Sie könnten's ja noch mal probieren, wenn Sie keine Pistolen im Hintergrund haben«, meinte ich.

»Oh, ich bin zwar nicht groß, aber schnell und voller Tricks. Doch wir werden Sie sowieso umbringen – da können wir leider nicht mehr herausfinden, wer von uns beiden der stärkere ist.«

»So, so, das haben Sie also vor, wenn Riesennase zurückkommt und meldet, daß draußen keiner mit 'ner MP rumschleicht.«

Der kleine Kerl lächelte. »Ein Amateur sind Sie auch nicht gerade«, sagte er. »Aber umlegen werden wir Sie in jedem Fall. Nur ist es immer besser, Bescheid zu wissen. Vielleicht nützen Sie uns ja auch als Geisel. Wir werden sehen.«

»Was für wichtige Dinge haben Sie denn vor?« fragte ich.

»Nun, die Freiheit für Afrika. Es gehört nicht den Negern, auch nicht den Kommunisten.«

»Wem denn?«

»Nun, uns.«

»Uns?«

»Dir und mir, allen Weißen. Der Rasse, die es aus dem Dunkel der Stammeswirren und der Menschenfresserei des 19. Jahrhunderts herausgeholt hat, denen, die dem Land die Zivilisation brachten.«

»Sie sind nicht zufällig Cecil Rhodes?«

»Mein Name ist Paul.«

»Und all Ihre Leute teilen Ihre Ansichten?«

»Nun, wir sind alle proweiß und antikommunistisch, das ist Basis genug.«

»Lassen Sie mich etwas fragen, Kathie«, sagte ich. »Sie sprechen doch Englisch, oder?«

»Ich spreche fünf Sprachen«, sagte sie. Sie saß noch genau dort, wo sie gesessen hatte, als ich hereinkam. Sie war sehr blaß, und als sie redete, bewegte sich nur der Mund.

»Wie können Sie solch einen Hosenanzug tragen, ohne daß man die französischen Slips durchsieht?«

Kathies Gesicht wurde flammend rot. »Dreckschwein«, flüsterte sie. Paul schlug mich, diesmal mit der Rechten, so daß ich jetzt symmetrische Schwellungen hatte.

»Reden Sie nicht so mit ihr.«

Kathie stand auf und ging hinaus, Paul hinterher. Hans und Fritz richteten ihre Schießeisen auf mich. Da drehte sich der Schlüssel in der Tür hinter mir, und Nase kam herein.

»Niemand«, sagte er. Hawk war hinter ihm. Zwischen den Zähnen klemmten Patronen, und ehe ich mich's versah, hatte er Fritz' Kopf weggepustet. Ich tauchte hinter einen Sessel. Hans schoß auf Hawk und traf seinen Genossen Nase direkt in die Stirn. Während der niedersank, schoß Hawk seine zweite Ladung auf Hans ab, der zusammensackte und, noch bevor er auf den Boden schlug, tot war. In Sekundenbruchteilen hatte Hawk die neuen Patronen eingesetzt. Ich rannte auf ihn zu. »Hier durch«, japste ich und zeigte auf die Tür, durch die Kathie und Paul verschwunden waren. Hawk war schon dort, während ich mir meine Pistole wiederholte.

»Abgeschlossen«, sagte Hawk.

Ich trat die Tür ein, und Hawk hechtete hindurch, ich hinterher. Es war ein Schlafzimmer mit Schiebetüren hinaus auf einen Hof. Der Raum war leer und die Türen offen.

»Verdammt«, war Hawks Kommentar.

»Bloß weg hier«, meinte ich.

16

Am nächsten Morgen sahen wir uns die dänischen Zeitungen an. Auf der Titelseite war ein Foto von Kathies Apartment und auf Seite zwei ein Bild, wie man Leichen auf einer Bahre hinaustrug. Doch da wir beide kein Dänisch lesen konnten, war daraus nicht allzuviel zu entnehmen. Ich schnitt mir die Geschichte auf jeden Fall heraus, konnte ja sein, daß ich mal einen Übersetzer fand. Wir sahen uns die Skizzen von Dixon an und kamen überein, daß Hans und Fritz dabei waren.

»Geht ja vorwärts«, meinte Hawk, »das sind jetzt sechs.«

»Hast ja gestern keine Zeit verloren, als du durch die Tür kamst«, entgegnete ich.

»So was wie: Halt, oder ich schieße? So'n Quatsch?«

»Wie hast du's überhaupt geschafft? Bist du Nase gefolgt?«

»So ähnlich. Sah ihn, wie er sich draußen umschaute und dachte mir schon, was er wollte. Also versteckte ich mich unter der Treppe im Schatten. Du weißt ja, man kann unsereinen da schlecht erkennen.«

»Vorausgesetzt, du lachst nicht«, sagte ich.

»Und die Augen muß man zumachen«, fügte er grinsend hinzu.

Wir saßen im Hotel beim Frühstück, das wir uns aus dem großen Buffet zusammengestellt hatten.

»Egal wie auch immer«, sagte Hawk, »er kam zurück, und als er die Tür aufmachte, war ich schon hinter ihm.« Er trank einen Schluck Kaffee.

»Wer war denn der, der mit Kathie weg ist?« fragte er nach einer Weile.

»Paul. Kleiner knallharter Bursche. Anderes Kaliber als das, womit wir's bis jetzt zu tun hatten. Echter Revolutionär.«

»Palästinenser?«

»Glaub' ich nicht, eher rechter Flügel. Er will Afrika von Negern und Kommunisten reinwaschen sozusagen.«

»Südafrikaner? Rhodesier?«

»Nein, nein«, erwiderte ich. »Ich meine, kann sein, daß er sich jetzt bei denen anschließt, aber seine Muttersprache schien mir eher so was wie Spanisch oder Portugiesisch zu sein.«

»Angola«, sagte Hawk.

Ich zuckte die Achseln. »Keine Ahnung. Er sagte nur, er sei proweiß und antikommi. Du hast sicher nicht gerade dazu beigetragen, seine Ansichten zu ändern.«

Hawk grinste wieder mal. »Der hat sich aber was vorgenommen. Schließlich gibt's 'ne ganze Menge Schwarze in Afrika.«

»Stimmt. Aber obwohl er vielleicht ein Phantast ist, blöd ist er jedenfalls nicht. Der Kerl wird noch 'ne Menge Ärger machen.«

Hawks Gesicht sah fröhlich und dabei hart aus. Er grinste sein humorloses Grinsen: »Ärger machen können wir auch«, meinte er.

»Richtig.«

»Also, was haben wir als nächstes auf dem Programm?«

»Weiß noch nicht«, antwortete ich, »muß erst mal nachdenken.«

»Okay, während du nachdenkst, könnten wir 'nen Spaziergang

zum Tivoli machen. Ich hab' schon so viel davon gehört, und wo ich nun mal hier bin . . .«

»Hast recht«, stimmte ich zu.

Ich zahlte und wir gingen los.

Tivoli gefiel uns. Viel Grün und nicht allzuviel Plastik. Den Lunch nahmen wir auf einer der Terrassen. Für Erwachsene gab es nicht viel mehr zu tun als den Kindern bei ihrem Vergnügen zuzusehen, manchmal war es auch ein Vergnügen, den Müttern der Kinder zuzusehen.

Der Lunch hingegen war ziemlich schlimm.

»Nicht grade Coney Island hier«, murmelte Hawk kauend.

»Auch nicht die *Vier Jahreszeiten*«, antwortete ich, während ich mich bemühte, ein besonders zähes Stück angebliches Kalbfleisch kleinzukriegen.

»Hättest eben Fisch essen sollen«, sagte Hawk, nachdem er mir eine Weile zugesehen hatte.

»Ich mag aber keinen Fisch.« Ich war etwas sauer. Hawk merkte es und fragte: »Hast du genügend nachgedacht?«

»Hmm«, nickte ich. »So wie's im Augenblick aussieht, sind wir in einem Boot ohne Ruder. Kathie wird sicher nicht in ihr Apartment zurückkehren, und wir haben sie und Paul vorläufig verloren.« Ich nahm mein Notizbuch heraus.

»Das einzige, das ich noch habe, ist eine Adresse in Amsterdam und eine in Montreal. Die habe ich aus ihren Pässen abgeschrieben. Außerdem habe ich von einem Brief, den sie bekam, den Absender hier, und der stimmt wiederum mit der ersten Amsterdamer Anschrift überein.«

»Aha, sieht so aus, als wäre Amsterdam unser nächster Hafen«, sagte Hawk und nippte an seinem Champagner, während er über den Glasrand hinweg eine junge Blondine in kurzer Hose und Bikinioberteil betrachtete. »Schade, Kopenhagen gefällt mir.«

»Amsterdam wird dir auch gefallen, wart's nur ab«, tröstete ich. Dann nahm ich einige Pfundnoten heraus und gab sie Hawk.

»Du könntest dir ein paar neue Sachen kaufen. Ich versuche inzwischen, uns nach Amsterdam zu verfrachten. Du kannst sicher hier gegenüber im Hauptbahnhof wechseln.«

»Das mach ich im Hotel, Mann. Ich kann dann gleich mein Gewehr loswerden. Ist nicht das Wahre beim Anprobieren.«

Hawk schlenderte los, und ich zahlte. Dann ging ich zum Bahnhof hinüber. Ich hatte dort zwar nichts zu tun, aber das riesige rote Backsteingebäude war so ein typischer europäischer Bahnhof, daß ich der Versuchung, darin herumzuspazieren nicht widerstehen konnte. Ich ließ mich schnell faszinieren von dem hallenhohen Innenraum mit seinen Geschäften und Arkaden, den Restaurants, Gepäckschließfächern und dem Klang eines babylonischen Sprachengewirrs neben den Lautsprecheransagen. Auf den verschiedenen Geleisen fuhren Züge nach Paris und Rom, nach Belgrad und München. Ein Gewusel wie in einem Ameisenhaufen und eine aufgeregte erwartungsvolle Stimmung, die mich ansteckte, herrschte hier. Fast eine Stunde lief ich auf diesem Bahnhof herum und ließ alles in mich hineinströmen. Das war Leben.

Ich dachte an Susan und wie schön es gewesen wäre, sie hier bei mir zu haben. Ich wußte, sie hätte diese Stimmung mit mir geteilt.

Schließlich fand ich den Weg zurück zum Hotel und buchte zwei Flüge nach Amsterdam für den nächsten Morgen.

17

Die KLM-Maschine überflog Holland in verhältnismäßig geringer Höhe, so daß man einen schönen Blick auf das weite, ebene Grün des Landes hatte, das nur durch die unzähligen Kanäle unterbrochen wurde. Ich war schon hier gewesen und fühlte mich ganz vertraut mit dem Blick, den ich mochte.

Wir tranken entsetzlichen Kaffee, den uns eine KLM-Stewardeß mit haarigen Achselhöhlen servierte.

»Find' ich ziemlich schlimm, den Blick untern Arm«, murmelte Hawk in seinen Kaffeebecher.

»Da schließ ich mich an«, meinte ich.

»Weißt du, woran mich so was immer erinnert?«

»Ja.«

Hawk lachte. »Dacht' ich mir, Mann. Was meinst du, werden wir Kathie in Amsterdam finden?«

»Weiß ich nicht, war jedenfalls das naheliegendste. Besser als Montreal. Kann natürlich auch sein, daß sie in Dänemark geblieben oder nach Pakistan abgeschwirrt ist, was weiß ich!«

»Du bist der Boss, solange du mich bezahlst, ist mein Job, nach dem Mädchen Ausschau zu halten, okay? Wo wohnen wir übrigens?«

»Im *Marriott*, beim Rijksmuseum. Wenn wir nichts zu tun haben sollten, dann zeig' ich dir die Rembrandts.«

»Ach du Schande«, sagte Hawk.

Vorne leuchtete das Zeichen zum Anschnallen auf, und zehn Minuten später hatten wir festen Boden unter den Füßen. Schiphol Airport war ebenso neu und glas-chromig wie Kopenhagen. Wir stiegen in einen Bus zum Hauptbahnhof und nahmen von dort ein Taxi ins Hotel. Das *Marriott* gehört zur amerikanischen *Marriott*-Kette und hat auch deren Charme, nämlich ungefähr den einer Tank- und Rastanlage an der Autobahn.

Hawk und ich hatten ein Doppelzimmer, es bestand schließlich keine Notwendigkeit, unsere Bekanntschaft zu verheimlichen.

Kurz danach waren wir unterwegs zu der Adresse, die ich Kathies Paß entnommen hatte. Wir begegneten wesentlich mehr Fußgängern als in jeder anderen Stadt, die ich kannte. Autos schienen hier keine Rolle zu spielen, das gängigste Fortbewegungsmittel schien das Fahrrad zu sein. Auf den Grachten fuhren glasüberdeckte Ausflugsboote. Es fiel auf, wie viele Jugendliche undefinierbaren Geschlechts hier zu sehen waren, die meisten hatten ihre Siebensachen auf dem Rücken, und die Nationalität konnte man durch den internationalen Einheitslook kaum feststellen.

Hawk beobachtete alles mit großer Aufmerksamkeit. Während er so geräuschlos und wiegend dahinschritt, völlig absorbiert und wie nach innen lauschend, hatte ich das Gefühl, daß die Leute ihm von sich aus Platz machten.

Die Leidsestraat war Einkaufsstraße ohne Verkehr. Alles sah sehr gepflegt aus, obwohl es auch Ramsch gab. Daneben Buchhandlungen, Käseläden und Restaurants und einige herrlich aufgemachte Delikatessenläden. Dann kamen wir an einen Heringsstand.

»Probier mal, Hawk«, ermunterte ich ihn, »du magst doch Fisch.«

»Roh?«

»Ja. Als ich letztesmal hier war, waren die Leute ganz wild darauf.«

»Warum ißt du's dann nicht?«

»Ich mag doch keinen Fisch.«

Hawk kaufte sich einen rohen Hering. Die Frau am Stand nahm ihn aus und belegte ihn mit Zwiebelringen, dann reichte sie ihn herüber. Hawk biß hinein.

Er lächelte genüßlich. »Nicht übel«, meinte er kauend. »Nicht übel, wenn's auch keine Kutteln sind.«

»Hawk«, sagte ich, »ich mache jede Wette, du weißt überhaupt nicht, was Kutteln sind?«

»Tscha, könntest du recht haben«, grinste er. Dann ließ er sich den Rest schmecken, während wir die Kalverstraat hinunterschlenderten, auch dies eine Fußgängerstraße.

»Sieht 'n bißchen aus wie Harvard Square«, meinte Hawk.

»Was zum Teufel machst du denn am Harvard Square?«

»Hatte da'ne Freundin. Sehr ausgefallene Lady.«

»Studentin?«

»Nein, Mann, bin doch kein Kleinmädchenjäger. Professor war sie. Sie sagte, ich hätte so 'ne elementare Gewalt, die sie unheimlich antörnt. Tjaha.«

»Und wie bist du mit ihrem Blindenhund ausgekommen?«

»Mensch, sie hatte selber zwei Augen, gute sogar. Sie fand mich einfach umwerfend, nannte mich ihren Wilden und meinte, Adam müsse so ausgesehen haben wie ich.«

»Hawk, gleich wird mir schlecht, und das über deinen neuen Schuhen.«

»Ja, ich weiß, aber es war auch ziemlich schlimm. Wir ham's nich' allzulange zusammen ausgehalten, war mir 'n bißchen zu bizarr. Aber im Bett war sie gut, Mann.«

»Hmm, ich glaube wir sind da«, unterbrach ich ihn.

Es war ein Buchladen. Bücher und Zeitschriften überall, viele in Englisch. Drin hing ein Schild an der Wand, auf dem stand: »Drei heiße Sex-Shows stündlich«, und ein Pfeil zeigte nach unten.

»Was für Bücher gibt's denn hier?« fragte Hawk.

Es gab alles mögliche von Faulkner bis Thomas Mann, von Shakespeare bis Gore Vidal.

Ebenso Zeitsctriften aller Sprachen und Stilrichtungen. Das war etwas, was mir hier gefiel, daß man alles in einem solchen Laden bekam und nicht wie zu Hause erst einen suchen mußte, der sich auf das bestimmte Gebiet, aus dem man gerade etwas brauchte, spezialisiert hatte.

Hawk unterbrach meine Gedanken und fragte: »Wenn Kathie hier wohnt, dann könnten wir mal im Regal unter K nachsehen.«

»Vielleicht oben«, schlug ich vor. »Dies ist jedenfalls die Adresse.«

»Meinst du, sie ist da drin?«

»Nun, das könnte man ja rausfinden.«

Hawk grinste. »Ja, richtig. Du nimmst die erste Schicht, und ich geh' inzwischen mal runter und sehe nach, ob sie in der Sexfilmschau auftritt.«

»Hmm.«

»Wollen wir rund um die Uhr hier Wache schieben?«

»Nein, nur tags.«

»Gut. Das Dumme ist ja wohl nur, daß das Mädchen uns beide kennt. Sie wird wahrscheinlich sehr empfindlich auf unseren Anblick reagieren, Mann.«

»Allerdings. Und wenn die Polizisten hier was taugen, könnte unser Stehkonvent Ärger bedeuten. Wir werden also zirkulieren. Die erste halbe Stunde geh' ich da rüber zu dem Jeansladen, dann lauf' ich zum Bonbonstand, und du gehst zum Jeansladen, das ändern wir alle halbe Stunde oder so.«

»Okay«, sagte Hawk, »wir können unsere Abwechslung auch unregelmäßig machen. Jedesmal, wenn wir aneinander vorbeigehen, legen wir fest, wie lange wir diesmal machen, um keinen gleichmäßigen Rhythmus aufkommen zu lassen.«

»Sehr gut. Wenn's keinen Hinterausgang gibt, dann muß sie ja mal an einem von uns vorbei.«

Hawk sah mich an. »Bleib 'nen Moment hier, ich check' das mit dem Hinterausgang.«

Ich nickte. »Wenn sie inzwischen rauskommen sollte, dann treffen wir uns im Hotel wieder.«

Nach einer Weile tauchte Hawk wieder auf. Er sah zufrieden aus.

»Na, was Neues gelernt?« fragte ich.

»Tja, wertvolle Hinweise für die nächste Begegnung mit 'ner Biene. Hätt' sonst nicht gewußt, was ich machen soll.«

»Diese Europäer sind wirklich zu aufgeklärt.«

18

Hawk fand also keinen Hintereingang. Wir hielten uns an unseren Plan und marschierten abwechselnd unter Kathies Fenster auf und ab – falls es Kathies Fenster waren. Dabei hielten wir uns möglichst dicht an der Mauer, damit sie uns – falls sie dort oben war – nicht gleich sehen konnte.

Im Modegeschäft an der nächsten Ecke favorisierte man in dieser Saison offenbar ein müdes Grün, das in einem formlos-schlabberigen Gebilde selbst an der Schaufensterpuppe scheußlich aussah. Der Bonbonstand offerierte mindestens zwanzig Sorten, ich war mir nicht ganz sicher, ob ich mich verzählt hatte oder nicht, und ein Kiosk, der Broodjes anbot, brachte es auf fünfundzwanzig verschiedene Arten, wobei Broodje – wie ich schnell heraus hatte – so etwas wie Sandwich bedeutete. Ganz großer Hit schien heute eines mit Roastbeef und Spiegelei zu sein, das jedesmal verlangt wurde, wenn ich vorbeikam.

Den ganzen Nachmittag über herrschte auf der Straße reger Betrieb. Eine nicht abreißende Kette von Touristen, hauptsächlich Japaner und Deutsche, und auffallend viele holländische Seeleute drifteten an uns vorüber. Außerdem fiel mir auf, daß wesentlich mehr Menschen hier zu rauchen schienen als zu Hause, und die Durchschnittsgröße schien mir geringer zu sein als in Amerika. Sandalen und Clogs waren hier bei Männern fast genau so oft zu sehen wie bei Frauen, und gelegentlich kam auch mal ein Polizist vorbei, jedoch weder Hawk noch ich wurden angesprochen.

Gegen acht Uhr abends hätte ich meine Statistiken zwar noch vervollständigen können, aber ich spürte Hunger und sagte deshalb bei unserem nächsten Treffen zu Hawk: »Wenn wir noch lange mit dem Essen warten, breche ich zusammen.«

»Wenn du mich mitnimmst, fang' ich dich auf«, grinste Hawk.

»Ich kenn' ein Restaurant nicht weit von hier. Es heißt: *The little Nun.* Da hab' ich gegessen, als ich letztesmal hier war.«

»So, und was hast du hier gemacht, letztesmal?«

»Vergnügungsreise, Junge. Mit einer Dame.«

»Susan?«

»Hmm.«

The little Nun war genauso, wie ich es in Erinnerung hatte. Polierter Steinfußboden, weißgetünchte Wände, niedrige Balkendecke, Butzenscheiben, echte Blumen in den Vasen und hervorragendes Essen. Zum Nachtisch brachten sie uns eine Fruchtkaltschale, wie ich sie noch nie vorher gegessen hatte.

Wir hatten beide das dumpfe Gefühl, daß wir das im Hinblick auf den vergangenen und auf den kommenden Tag verdient hatten. Und so war es dann auch. Wir pilgerten die Kalverstraat auf und ab. Bald kannte ich die Preise in sämtlichen Schaufenstern auswendig. Fünf Broodjes aß ich, drei aus Hunger, zwei aus Langeweile. Einer der Höhepunkte des Tages war der Gang zum öffentlichen WC beim Holländischen Fremdenverkehrsverein.

Abends aßen wir in einem indonesischen Restaurant die große Reistafel. Es gab ungefähr fünfundzwanzig verschiedene Schälchen mit Fleisch, Gemüse und Reis. Auch Hawk trank Amstel-Bier dazu. Champagner paßte nicht. Schließlich lehnte er sich mit seinem Glas in der Hand zurück und fragte: »Wie lange sollen wir noch vor diesem Buch- und Sex-Shop auf und ab gehen, Spenser?«

»Weiß nicht, wir sind ja erst zwei Tage dabei«, erwiderte ich.

»Schon, Mann, aber wir wissen ja nicht mal, ob sie überhaupt da drin ist. Vielleicht haben wir die ganze Zeit 'ner holländischen Großmutter den Hof gemacht!«

»Aber keiner ist reingegangen und keiner ist rausgekommen die ganzen zwei Tage. Ist das nicht irgendwie komisch?«

»Könnte ja sein, daß gar keiner da wohnt.«

Ich schob mir Fleisch mit Erdnüssen in den Mund und meinte: »Noch einen Tag, dann gehen wir rein und sehen nach, okay?«

Hawk nickte. »Was unternehmen find' ich jedenfalls besser als nur rumzuhängen und aufzupassen.«

»Wußte doch, daß du 'n Mann der Tat bist.«

»Bin ich«, sagte er. »Und das möglichst bald.«

Durch die laue Nacht, in der uns Musik und Gesprächsfetzen umgaben, gingen wir zum *Marriott* zurück. Die Empfangshalle war fast leer. In einem Sessel hing ein Mitglied des mit uns eingetroffenen südamerikanischen Fußballteams. Am Empfangscounter unterhielt sich der Liftboy leise mit dem Nachtportier. Aus der hauseigenen Bar irgendwo drang leise Musik durch die Gänge.

Wir fuhren schweigend zum achten Stock hoch. Schon von weitem sah ich das Bitte-nicht-stören-Schild an unserer Zimmertür. Hawk, der es auch gesehen hatte, schüttelte den Kopf. Nein, es war vorher nicht dagewesen. Ich legte mein Ohr an die Tür. Drin konnte ich die Bettfedern quietschen hören und dazu etwas, daß wie heftiges Atmen klang. Ich forderte Hawk auf, seinerseits zu lauschen. Dann verzogen wir uns um die Ecke.

»Das hört sich fast an, wie die heißen Sex-Shows«, sagte Hawk.

»Verrückt«, meinte ich.

»Na, könnte ja sein, daß eins von den Zimmermädchen meinte, wir würden unser teures Domizil nicht genug ausnützen.«

»Ist zwar möglich, aber unwahrscheinlich. Also, was dann?«

»Wir könnten einfach warten, ob jemand rauskommt.«

»Ich hab's satt, seit ich hier in Europa bin, steh' ich ständig auf Hotelkorridoren und an Straßenecken herum und warte.«

»Also, action«, Hawk zog seine Flinte hervor. Ich nahm den Zimmerschlüssel, und wir gingen zurück. Die Gänge waren leer.

Hawk legte sich flach vor der Tür auf den Boden, und ich steckte vorsichtig den Schlüssel ins Schloß, drehte ihn herum und nickte.

Dann zog ich mich aus der Feuerlinie zurück und stieß gleichzeitig die Tür auf. Meine Pistole hatte ich jetzt auch in der Hand.

Hawk sagte: »Ach du liebe Güte«, und gestikulierte.

Ich hielt mich an der Wand und sah um die Ecke. Zwei tote Männer lagen auf dem Boden. Auf dem Bett lag Kathie. Sie war nicht tot, sie war gefesselt. Ich öffnete die Tür zum Bad, keiner. Hawk war hinter mir. Er hatte die Zimmertür zugemacht, aber seine Waffe behielt ihre Stellung bei.

»Nichts«, sagte ich und schob meine Pistole zurück.

Hawk kniete sich zu den beiden Männern auf den Fußboden: »Beide tot«, meinte er nach einer kurzen Inspektion.

Ich nickte. Kathie lag da, Hände auf dem Rücken gefesselt, Füße zusammengebunden und über den Mund ein Pflaster geklebt. Ein Seil hielt sie auf dem Bett.

Hawk schaute auf sie herunter und meinte: »Das waren also keine Bumsgeräusche, sondern die gute alte Kathie, die versuchte, sich loszureißen.«

Sie gab einen komischen, halberstickten Laut von sich und wand sich voller Zorn in ihren Fesseln.

»Wie sind die beiden da umgekommen?« fragte ich Hawk.

»Jemand hat beiden eine Kugel dicht hinter dem Ohr in den Kopf gejagt.«

».22er?«

»Möglich. Ist schon 'ne Weile her, sie sind fast kalt.«

An Kathies rechtem Oberschenkel klebte ein Umschlag. Ich nahm ihn ab.

»Vielleicht hat er sie bei einer Tombola gewonnen«, sagte ich.

»Wetten, daß nicht!« Hawk hielt immer noch seine Flinte in der Hand, die jetzt lässig herunterhing. Ich öffnete den Umschlag.

Kathie machte wieder diese komischen Geräusche, und Hawk beugte sich vor, um mitzulesen. Da stand:

Wir haben Großes vor, und Sie sind uns dabei im Wege. Hätten wir genügend Zeit, würden wir Sie töten, aber offensichtlich sind Sie nicht so leicht umzubringen ebenso wie der Schwarze. Also haben wir uns entschlossen, Ihnen zu geben, was Sie wollten. Die beiden Toten sind die letzten derer, die Sie suchten. Wahrscheinlich werde ich es bereuen, das Mädchen nicht auch umgebracht zu haben, aber wir liebten uns einmal, und ich konnte sie nicht so einfach töten. Ich bin wohl sentimentaler als ich sein dürfte. Sie haben nun keinen Grund mehr, uns weiter zu belästigen. Wenn Sie das dennoch tun, dann allerdings werden wir unsere volle Aufmerksamkeit darauf verwenden, Sie und Ihren Helfer zu erledigen. Paul

»Schweinehund«, sagte ich.

»Hast du die Skizzen dabei?« fragte Hawk.

»Mal sehen.« Ich holte die Blätter heraus, und Hawk drehte mit dem Fuß die beiden Leichen um. Ich fand die Bilder, die zu den toten Gesichtern paßten und gab sie Hawk.

»Sieht so aus, als hätten wir sie alle. Und«, er deutete auf Kathie, »das ist dann Nummer neun.«

»Sollten wir sie losbinden?« fragte ich ihn.

»Sie sieht ziemlich giftig aus«, erwiderte Hawk.

Er hatte recht. Kathies Augen waren riesig und dunkel vor Wut. Seit wir hier waren, hatte sie nicht aufgehört, sich gegen die Fesseln zu stemmen. Zornig schnaubte sie unter ihrer Bandage hervor.

Ich sagte: »Wir sollten sie nach Waffen durchsuchen. Das ganze könnte ja auch eine üble Falle sein. Wir befreien sie von den Fesseln, und sie erschießt uns kaltblütig.«

Hawk lachte: »Du bist vielleicht mißtrauisch, Mann.« Er legte sein abgesägtes Gewehr auf den Tisch und ging zu ihr hinüber.

»Ich werde mal nachsehen.«

Ich schaute inzwischen aus dem Fenster auf die Straße acht Stockwerke unter uns. Alles sah friedlich aus. Drüben konnte ich einen der Fleete sehen, auf dem ein Touristenboot mit Kerzenbeleuchtung fuhr. Mit Susan hätte mir solch eine Fahrt bei Kerzenschein, Wein und Käse Spaß gemacht. Aber sie war nicht da. Wahrscheinlich würde Hawk sich überreden lassen, mitzukommen, aber ich bezweifelte, ob er mit mir Händchen halten würde.

Ich beobachtete, wie er systematisch Kathies Körper abtastete. Sie keuchte und wand sich unter seinen Händen. Ihr Gesicht war feuerrot, und der Atem kam in kurzen Stößen aus der Nase.

Hawk sah mich an: »Sie ist nicht bewaffnet.«

Ich zog vorsichtig das Pflaster von ihrem Mund ab. In tiefen Zügen sog sie die Luft durch den Mund ein. »Wird er mich vergewaltigen?« flüsterte sie heiser. Im linken Mundwinkel hatte sich Spucke in kleinen Bläschen gesammelt.

»Ich bin mir nicht ganz sicher, ob es eine Vergewaltigung sein würde«, antwortete ich.

»Werdet ihr beide mich wieder knebeln und mit mir machen, was ihr wollt, so hilflos hier auf dem Bett, ja?« Ihr Mund stand offen, und die Zunge strich nervös über die Lippen.

»N-nein«, sagte Hawk.

»Vielleicht später«, sagte ich.

Hawk zog sein Taschenmesser heraus und schnitt die Fesseln durch. Um an ihre Hände zu kommen, mußte er sie herumdrehen; dabei gab er ihr einen freundlichen Klaps auf den Hintern, wie man es wohl mit einem Sportskameraden tut. Sie schoß steil in die Höhe. »Nigger«, sagte sie eisig. »Rühr mich nie mehr an, du Nigger.«

»Nigger?« grinste Hawk fragend.

»Das ist Englisch und heißt soviel wie Neger, glaube ich.«

»Aha«, meinte er.

»Ich werde euch beide umbringen«, sagte Kathie plötzlich. »Sobald ich kann.«

»Damit werden wir noch eine Weile warten, Honey. Erst mal würde ich an deiner Stelle etwas Ordnung in meine Klamotten bringen.«

Sie saß auf dem Bettrand und versuchte ihr weißes Leinenkleid glattzustreichen, das ziemlich mitgenommen aussah.

»Ich möchte ins Bad«, sagte sie im Kleinmädchenton.

»Bitte, bitte, laß dir nur Zeit«, ich wies auf die Tür. Wir hörten, wie sie den Riegel von innen vorschob und Wasser laufen ließ.

Hawk ließ sich in einen Sessel fallen und fragte: »Was machen wir mit den beiden hier?«

»Ach«, erwiderte ich, »das weißt du auch nicht?«

19

Während Kathie im Bad war, schoben Hawk und ich die beiden Leichen unter die Betten.

Im Bad lief immer noch das Wasser, sonst war es still.

»Was meinst du, was sie macht?« fragte Hawk.

»Wahrscheinlich gar nichts, sie wird überlegen, was Sie tun soll, wenn sie wieder rauskommt.«

»Vielleicht parfümiert sie sich, falls wir sie doch vergewaltigen.«

»Hmm. Stille Wasser sind tief«, erwiderte ich, »aber ich schätze, ihre Vorstellungen von Lust sind eher, daß zum Beispiel ein Mussolini sie mit Hitler's *Mein Kampf* verdrischt.«

»Oder daß wir sie zu zweit vergewaltigen«, sagte Hawk.

»Vor allem du, Großer. Ich weiß genau, was man über euch erzählt.«

»Hm«, grinste Hawk, »schnell und rhythmisch.«

»So ähnlich, hab' ich mir sagen lassen.«

Ich holte eine Sprühdose mit Fleckenentferner heraus und begann, die Blutflecken auf dem Teppich einzusprühen.

»Nützt das was?« fragte Hawk.

»Bei meinen Anzügen jedenfalls. Ich bürste es nachher, wenn's getrocknet ist, einfach ab«, sagte ich.

»Wirst mal 'ne gute Ehefrau, Mann. Kochen kannst du auch . . .«

»Ja, aber meine Karriere liegt woanders.«

Kathie hatte das Wasser abgedreht und kam aus dem Bad. Sie hatte sich so gut es ging zurechtgemacht.

Aus meiner Position auf Händen und Knien sagte ich: »Setz dich hin. Willst du was essen oder trinken?«

»Ich habe Hunger«, antwortete sie.

»Bestell ihr was, Hawk«, bat ich.

»Die bieten hier so 'nen *Late night special* an«, sagte Hawk.

»Das ist Pastete nach Art des Hauses, Käse, Brot und Wein. Soll ich das bestellen?«

Kathie nickte wortlos, und ich meinte: »Klingt gut, warum essen wir nicht alle was?«

»Das kommt davon, wenn man dies indonesische Zeugs frißt, da hat man nach 'ner Stunde schon wieder Hunger«, war Hawks Kommentar.

Kathie saß auf einem Stuhl beim Fenster, Hände auf dem Schoß, Knie zusammengepreßt, Kopf gesenkt, während Hawk die Bestellung aufgab. Ich bürstete auf dem Teppich herum und bearbeitete die Rückstände mit kaltem Wasser.

Der Ober vom Zimmer-Service erschien, und Hawk nahm ihm den Tisch vorn an der Tür ab und stellte ihn mitten ins Zimmer.

»Na, komm Mädchen, iß was«, sagte er zu Kathie.

Sie setzte sich ohne ein Wort, und er goß ihr Wein ein. Sie trank, und ihre Hand zitterte dabei so sehr, daß sie sich den Wein mit der Serviette vom Kinn wischen mußte. Hawk schnitt sich Pastete und Brot ab und fragte: »Was machen wir mit ihr?«

»Weiß noch nicht«, sagte ich und trank von dem Wein. Er hatte ein richtig volles Aroma. Vielleicht sollte ich mich doch den Leuten anschließen, die dafür plädierten, Rotwein nicht zu kühlen.

»Also, was meinst du, Spenser. Ich denke, deinen Auftrag haben wir erfüllt. Frage ist nur, sollten wir auch tun, was der in seinem Wisch verlangt?«

»Weiß nicht«, murmelte ich kauend. »Diese Leberpastete ist 'ne Wucht.«

»Hmm. Sind die kleinen Nüsse Pistazien?«

»Ja«, erwiderte ich. »Willst du nach Hause?«

»Ich? Wieso, Mann? Mich erwartet keiner. Du bist doch der sentimentale Knochen, der zu seiner Susan will, oder?«

»Hmm.«

»Und außerdem, ich kann diesen Paul nicht leiden.«

»Hmm.«

»Ich mag nicht wie er uns umlegen wollte, und ich mag auch nicht wie er sagt, wenn wir ihm weiter im Wege sind, daß er uns dann um die Ecke bringen will, und am wenigsten mag ich, wie er seine Freundin ausliefert.«

»Hm, find' ich auch nicht gut. Wär' vielleicht besser, ihm noch ein bißchen auf den Fersen zu bleiben.«

»Ach, und noch was«, Hawks Gesicht verzog sich zu einem seiner strahlenden, humorlosen Lachen, »er hat mich Schwarzer genannt.«

»Rassistischer Bastard«, sagte ich.

»Warum sagen wir ihm nicht einfach, daß wir mit seinem Vorschlag nicht einverstanden sind?«

Kathie saß schweigend dabei und aß und trank.

»Weißt du, wo er ist, Kathie?«

Sie schüttelte den Kopf. Der Widerstand schien gebrochen.

Hawk sagte: »Natürlich weißt du, wo er ist. Es muß doch einen Ort geben, wo ihr euch trefft, wenn einer in Schwierigkeiten ist zum Beispiel.«

Sie schüttelte noch einmal den Kopf. Tränen begannen ihr über die Wangen zu laufen.

Hawk nahm einen Schluck Wein, setzte vorsichtig sein Glas ab und schlug ihr mitten ins Gesicht. Ihr Kopf fiel zurück, und dann schien sie völlig in sich zusammenzusinken. Schluchzen schüttelte sie, sie warf beide Hände übers Gesicht und weinte. Hawk nahm einen Schluck Wein und besah sie wie ein Tier im Zoo.

»Die ist aber zimperlich«, sagte er dann.

»Sie hat Angst«, sagte ich. »Jeder würde an ihrer Stelle Angst haben. Sie sitzt schließlich zwei Kerlen gegenüber, die sie noch vor kurzem umbringen wollte und dazu hat der Mann, den sie liebt, sie sitzenlassen, ja, sie ausgeliefert. Das ist schon ein ganz schön harter Brokken.«

»Wenn sie uns nicht bald erzählt, was wir wissen wollen, dann wird der Brocken erst richtig hart«, meinte Hawk sanft.

»Mensch, Hawk, das ist doch nicht dein Stil, ein Mädchen zusammenzuschlagen.«

»Emanzipation, Mann, sie hat ihre Chance gehabt, jetzt hab' ich meine.«

»Ich finde das nicht okay.«

»Dann geh ein Stück spazieren. Wenn du zurückkommst, wissen wir, was wir wissen wollen.«

Ich stand auf. Ich kannte die Spielregeln, aber Hawk?

»O mein Gott, bitte nicht«, schrie Kathie.

Hawk stand ebenfalls auf. Er legte sein Jackett ab, streifte die Schulterhalfter herunter und zog sich das Hemd aus. Ich hatte seinen Körper mit dem faszinierenden Muskelspiel unter der glänzend dunklen Haut schon immer bewundert. Ich machte einen Schritt auf die Tür zu.

»Lassen Sie mich nicht mit ihm allein!« Kathie war aus ihrem Stuhl gesprungen, dabei umgeknickt und kam nun auf Knien hinter mir hergekrochen. »Laß mich nicht von ihm . . . laß ihn mich nicht erniedrigen, bitte«, flehte sie.

Hawk trat zwischen sie und mich. Sie erwischte sein Hosenbein und umklammerte es. »Nein, bitte nicht«, Speichel glänzte in ihrem Mundwinkel, und die Nase lief ihr, sie rang nach Atem.

Ich sagte zu Hawk: »Im Augenblick könnten wir noch auf die Information verzichten.«

»Dein Problem ist deine verdammte Weichherzigkeit«, knurrte Hawk.

Ich zuckte die Achseln. »Trotzdem, wir müssen das im Moment doch nicht klären, oder?«

Dann nahm ich Kathies Arm und zog sie hoch. »Steh auf«, sagte ich zu ihr. »Wir tun dir schon nichts. Setz dich wieder. Wir unterhalten uns später noch.«

Im Bad nahm ich ein Handtuch, tauchte es ins Wasser und brachte es ihr, um das Gesicht abzuwaschen. Hawk sah schweigend zu, sein Gesichtsausdruck zeigte eine Mischung zwischen Ekel und Verständnislosigkeit. Dann sagte er: »Erinnerst du dich zufällig daran, daß sie nicht gezögert hat, die Familie eines Mannes auszulöschen? Und im Londoner Zoo? Da wärst du dran gewesen. In Kopenhagen hätte sie auch kalt lächelnd zugesehen, wie ihr Freund dich umlegte. Machst du dir gar nicht klar, was sie ist?«

»Doch, aber mich geht hauptsächlich an, was ich selber bin.«

»Mann, die Einstellung wird dich eines Tages das Leben kosten.«

»Hawk, laß es uns auf meine Art machen, okay?«

»Du zahlst, du bestimmst«, er zog sein Hemd wieder an.

Der Rest der Mahlzeit verlief schweigend.

»Also gut, Kathie«, sagte ich schließlich. »Ist Kathie dein richtiger Name?«

»Einer von ihnen.«

»Na, ich bin dran gewöhnt, also bleib' ich dabei.«

Sie nickte. Ihre Augen waren rotgerändert, aber trocken. Sie hing mehr in ihrem Stuhl, als daß sie saß.

»Erzähl von dir und der Organisation.«

»Ich darf das nicht.«

»So? Und wem bist du etwas schuldig?«

Sie sah in ihren Schoß und antwortete nicht.

»Also«, ermunterte ich sie, »erzähl.«

»Es ist Pauls Organisation.«

»Und was hat sie für Ziele?«

»Afrika soll weiß bleiben.«

Hawk grunzte.

»Bleiben?« fragte ich.

»Die Weißen sollen die Kontrolle über alles behalten, um die Neger davor zu bewahren, all das zu zerstören, was man ihnen an Zivilisation gebracht hat.« Sie sah Hawk nicht an.

»Und was hat das mit der Bombe in dem Londoner Restaurant zu tun?«

»Die Briten haben in Rhodesien Mist gemacht und in Südafrika. Dafür sollten sie bestraft werden.«

Hawk war aufgestanden und zum Fenster hinübergegangen. Er pfiff vor sich hin. Ich erkannte den »Saint James Infirmary Blues«.

»Was hast du in England gemacht?«

»Ich sollte dort die englische Gruppe organisieren. Paul hat mich hingeschickt.«

»Hattet ihr Verbindung mit der IRA?«

»Nein.«

»Aber versucht.«

»Ja.«

»Dachte ich mir, aber die haben mit ihrem eigenen Haß genug zu tun. Wieviele von der Gruppe sind noch in England?«

»Keiner. Sie . . . sie haben uns alle . . . ausradiert.«

»Genauso werden wir's auch mit dem Rest machen«, kam Hawks Stimme vom Fenster.

»Was wird in Kopenhagen für 'ne Suppe gekocht?«

»Ich verstehe Sie nicht.«

»Ich meine, warum bist du nach Dänemark gegangen, als du aus London verschwinden mußtest?«

»Paul war dort.«

»Und, was machte er da?«

»Er lebt da manchmal. Er hat viele Wohnungen.«

»Zum Beispiel das Apartment in Vester Søgade?«

»Ja.«

»Und die Wohnung in der Kalverstraat?«

»Ja.«

»Und dann hast du uns erkannt?«

»Paul. Er ist sehr vorsichtig.«

Ich sah zu Hawk hinüber. Der meinte: »Nicht schlecht, der Junge. Ich hab' ihn nich' gesehen.«

»Und?«

»Er rief mich an, ich sollte nicht rausgehen. Dann hat er Sie beobachtet, wie Sie mich beobachteten. Als Sie abends weggingen, hat er mich geholt.«

»Und ihr seid abgehauen?«

»Ja, zu Pauls derzeitigem Apartment.«

»Und heute, während wir vor dem leeren Zimmer auf und ab paradierten, hat Paul dich und die beiden Leichen hergebracht?«

»Ja, Milo und Antone. Sie dachten, wir wären hier, um Ihnen einen Hinterhalt zu legen. Ich dachte das auch.«

»Und dann hat Paul die beiden fertiggemacht?«

»Wie?«

»Ich meine umgebracht.«

»Ja, Paul und einer namens Zachary. Paul sagte, es sei Zeit, mal ein Opfer zu bringen. Dann hat er mich gefesselt und ist gegangen. Er sagte, es täte ihm leid.«

»Wo ist das Apartment?«

»Da ist sowieso keiner mehr.«

»Trotzdem.«

»Prinsengracht.« Sie sagte uns die Hausnummer, ich blickte Hawk an. Er nickte, zog sich seine Jacke über und verschwand.

»Was hat Paul jetzt für Pläne?«

»Das weiß ich nicht.«

»Aber irgend etwas mußt du doch wissen. Schließlich warst du bis vor kurzem seine Liebste.«

Ihre Augen füllten sich wieder mit Tränen.

»Und jetzt nicht mehr, du solltest dich langsam dran gewöhnen.«

Sie nickte.

»Also, hat er dir nichts erzählt?«

»Nein, er hat nie etwas erzählt. Wenn es soweit war, dann bekamen wir unsere Anweisungen.«

»Also weiß du nicht, was morgen passieren sollte?«

»Nein.«

»Und du glaubst auch nicht, daß er in dem Apartment in der Prinsengracht ist?«

»Nein, das wird leer sein, wenn der . . .«

»Sein Name ist Hawk, warf ich ein.

»Wenn er ankommt.«

»Falls es der Polizei gelingt, in eure Organisation einzudringen, wo würden sich eventuelle Reste treffen?«

»Jeder hatte zwei Leute, an die er sich wenden konnte.«

»Und wer wäre das in deinem Fall?«

»Milo und Antone.«

»Mist.«

»Ich kann Ihnen nicht helfen.«

»Vielleicht«, antwortete ich. Und vielleicht konnte sie es wirklich nicht.

20

Es verging keine Stunde, bevor Hawk zurück war. Er schüttelte nur den Kopf.

»Ausgeflogen, was?« fragte ich.

»Hmm.«

»Irgendwelche Hinweise?«

»Was für Hinweise«, wollte er wissen.

»Na, zum Beispiel einen Flugplan, in dem ein Flug nach Beirut unterstrichen ist, eine Buchungsbestätigung vom Pariser *Hilton* oder meinetwegen Informationen des Kalifornischen Fremdenverkehrsvereins, verstehst du?«

»Also dann: keine Hinweise, Mann.«

»Hat man sie weggehen sehen?«

»Nein.«

»Tja, dann ist das einzige, was wir genau wissen, daß sie nicht hier und nicht in der Prinsengracht sind.«

»Hat sie dir irgendwas Neues sagen können?« Er nickte in Kathies Richtung.

»Sie hat gesagt, was sie weiß.«

»Das glaubst aber auch nur du.«

»Jedenfalls haben wir's versucht. Möchtest du noch Wein? Ich hab' welchen bestellt, während du weg warst.«

»Ja.«

Ich goß Hawk und auch Kathie ein. »So, mein Mädchen«, sagte ich dann zu Kathie. »Er ist also abgehauen, und alles, was uns geblieben ist bist du. Wo könnte er hin sein?«

»Er könnte überall sein«, antwortete sie. Ihr Gesicht war leicht gerötet. Sie hatte ziemlich viel Wein getrunken.

»Er kann gehen, wohin er will.«

»Also gefälschte Pässe?« meinte Hawk.

»Ja, ich weiß nicht wie viele, aber genug.«

Hawk hatte seine Jacke ausgezogen und seine Waffe im Halfter über den Stuhl gehängt. Mit halb geschlossenen Augen lehnte er sich zurück, das Weinglas auf der Brust balancierend und die Füße auf dem kleinen Schreibtisch.

»Wohin würde er nicht gehen?« fragte er jetzt, ohne seine Stellung zu ändern.

»Ich verstehe nicht.«

»Red' ich vielleicht zu schnell, Süße? Paß auf und hör genau zu: Wo würde er *nicht* hingehen?«

Kathie trank einen Schluck Wein. Sie starrte Hawk mit derselben faszinierten Angst an, mit der angeblich ein Vogel die Baumschlange ansieht.

»Ich weiß es nicht.«

»Sie weiß es nicht«, sagte Hawk zu mir. »Mann, was haben wir uns da bloß eingefangen.«

»Was, zum Teufel, soll das, Hawk? Willst du alle Orte ausschließen, wo er nicht sein könnte, bis nur noch einer übrig bleibt?«

»Weißt du was Besseres?«

»Nein. Also, Kathie, wohin würde er ziemlich sicher nicht gehen?«

»Das kann ich nicht sagen.«

»Überleg mal. Würde er nach Rußland gehen?«

»O nein.«

»Rotchina?«

»Nein, nicht in ein kommunistisches Land.«

Hawk gestikulierte triumphierend. »Da haben wir's, mit ein paar einfachen Worten haben wir schon die halbe Welt ausgeschlossen.«

»Na, bestens, so kommen wir weiter«, grinste ich.

Hawk grummelte: »Weißt du ein besseres Spiel?«

Plötzlich sagte Kathie unvermittelt: »Waren die Olympischen Spiele schon?«

Wir starrten sie an. »Die Olympischen Spiele?«

»Ja.«

»Sie finden gerade statt.«

»Letztes Jahr hat er sich Karten dafür besorgen lassen. Wo ist es diesmal?«

Unisono antworteten wir: »In Montreal.«

Kathie nahm noch einen Schluck, kicherte etwas und sagte dann: »Da wird er hingefahren sein.«

»Und warum hast du das nicht eher gesagt?«

»Ich hab' nicht dran gedacht. Ich interessiere mich nicht für Sport, ich wußte nicht, wann oder wo die Spiele sind. Alles, was ich weiß ist, daß Paul Karten dafür hat.«

Hawk grunzte. »Ist ja beinah auf dem Heimweg, Mann.«

»In Montreal gibt es ein Restaurant, *Bacco's,* das wird dir gefallen«, sagte ich.

»Und was machen wir mit unserm Unterwäschefan hier?« fragte Hawk.

Sie sah wieder mal in ihren Schoß.

Das weiße Leinenkleid war ganz schlicht geschnitten. Um den Hals trug sie eine dicke silberne Kette, dazu hatte sie hochhackige weiße

Sandalen an, keine Strümpfe. Ihr Mund war noch von dem Pflaster etwas mitgenommen und die Augen verquollen. Das Haar sah nach dem langen Kampf auf dem Bett verfilzt und stumpf aus. »Sie ist alles, was wir haben«, sagte ich.

»Ich komme mit«, sagte sie mit ganz leiser, kleinlauter Stimme. Ein ziemlicher Unterschied zu der, mit der sie vor gar nicht allzu langer Zeit behauptet hatte, sie würde uns umbringen. Das heißt zwar nicht unbedingt, daß sie ihre Meinung geändert hatte, aber wer konnte schon sagen, ob nicht doch. Ich dachte, wir würden sie schon davon abhalten, uns umzubringen.

»Die Dame ist sehr schnell mit ihrem Seitenwechsel«, sagte Hawk.

»Den hat man ihr aufgezwungen«, erwiderte ich. »Wir nehmen sie mit, vielleicht brauchen wir sie noch.«

»Und wenn wir nicht hinsehen, sind wir tot.«

»Einer von uns wird immer hinsehen«, sagte ich. »Außerdem kennt sie als einzige diesen Zachary, der hier bei der Hinrichtung ihrer beiden Helfer mit dabei war.«

Hawk zuckte die Schultern und trank seinen Wein.

»So, also morgen geht's ab nach Montreal«, entschied ich.

»Und die beiden unter den Betten?«

»Die müssen wir morgen früh versorgen.«

»Na, hoffentlich fangen sie nicht an zu stinken.«

»Wenn wir vorher was unternehmen, dann haben wir das ganze Haus voll Polizei und kommen niemals nach Montreal. Wie spät ist es übrigens?«

»Halb vier.«

»Das wäre einundzwanzig Uhr dreißig in Boston, zu spät, um Jason Carroll noch anzurufen, ich hab' nur seine Büronummer.«

»Wer ist Jason Carroll?«

»Dixons Anwalt. Ist mir lieber, ich bespreche unseren Plan erst mal mit ihm oder mit Dixon selbst.«

»Vielleicht ist's ja auch deinem Portemonnaie lieber?«

»Nein, das hier mach' ich auf eigene Rechnung, aber Dixon hat ein Recht darauf, informiert zu werden.«

»Und ich hab' ein Recht auf meinen Schönheitsschlaf«, sagte Hawk. »Mit wem schläft sie?«

»Ich leg' eine der Matratzen auf den Boden, und sie kann auf dem Rost schlafen.«

»Aha, sie sieht richtig enttäuscht aus. Ich glaube, sie hat sich das anders vorgestellt.«

Kathie sagte: »Kann ich baden, bitte?«

Ich antwortete: »Na klar.«

Dann zerrte ich die Matratze von dem einen Bett und legte sie quer vor die Tür. Im Bad lief das Wasser.

Hawk zog sich bis auf den Slip aus und legte sich mit seinem Gewehr ins Bett. Ich legte mich auf die Matratze und meine Pistole unters Kopfkissen. Es war zwar etwas unbequem, aber lange nicht so unbequem, wie ich liegen würde, wenn Kathie heute Nacht die Waffe in die Hand bekäme. Als ich da so im Dunkel lag, stieg mir ein vager Geruch in die Nase, den ich schon früher nie leiden konnte: der Geruch von Verwesung. Ohne die Klimaanlage wäre es noch schlimmmer, aber bis morgen früh mußte ich aushalten.

Obwohl ich hundemüde war, konnte ich nicht eher einschlafen, als bis Kathie aus dem Bad über mich hinweggestiegen war und sich auf dem Bettrost eingerichtet hatte.

21

Am nächsten Morgen, nachdem wir unsere Rechnung bezahlt hatten, ließ Hawk einen der fahrbaren Wäschekörbe des Hotels mitgehen. Wir packten die beiden Leichen hinein, bedeckten sie mit schmutziger Wäsche und stellten den Korb in den Personallift. Dann drückte ich auf den obersten Knopf, und wir sahen zu, daß wir wegkamen. Bei all dem hatte immer einer von uns ein Auge auf Kathie, die aber keine Anstalten machte, Krach zu schlagen. Sie schien sich an uns ebenso zu klammern, wie wir uns an sie, das heißt, ich. Hawk hätte sie – wäre er allein gewesen – wahrscheinlich in ein Fleet geworfen.

In Shiphol erwischten wir eine KLM-Maschine nach London und von dort einen Anschlußflug nach Montreal, wo wir am frühen Nachmittag kanadischer Zeit ankamen. Wir tauschten Geld ein, holten unser Gepäck und stellten uns dann in die Schlange vor der Zimmervermittlungszentrale am Place Ville Marie.

Gegen sechzehn Uhr fünfzehn waren wir endlich zu dem Mann vorgedrungen, der im Häuschen saß und die Unterkünfte verteilte. Viertel vor sechs waren wir dann in einem Leihwagen unterwegs zum Boulevard St. Laurent. Ich fühlte mich so fit, als hätte ich einen Fünfzehnrundenkampf mit Dino, dem boxenden Rhinozeros, durchgestanden. Sogar Hawk sah ein wenig angeschlagen aus, und Kathie schien auf dem Rücksitz eingeschlafen zu sein. Die Adresse war in einem ruhigen, bürgerlichen Vorort. Die Leute hießen Boucher. Der Mann sprach Englisch, Frau und Tochter nur Französisch. Sie wollten während des Urlaubs ihre Doppelhaushälfte vermieten. Während der Spiele konnte man das mit Leichtigkeit. Sie lächelten und zeigten uns alles. Die Frau redete französisch auf Kathie ein und öffnete Küchenschränke. Hawk antwortete ihr ebenfalls in Französisch und in seinem sanftesten Tonfall.

Als sie weggefahren waren, fragte ich Hawk: »Woher kannst du denn Französisch?«

»Fremdenlegion, Mann, damals, als es in Boston nicht so gemütlich war, verstehst du?«

»Du verblüffst mich immer wieder, Junge.«

»Jaha, das und Vietnam und Algerien und so weiter.«

»Unglaublich.«

»Die Lady dachte, Kathie sei deine Frau«, sagte Hawk. Er grinste breit dabei. »Ich hab' ihr gesagt, sie sei deine Tochter und hätte von Haushaltsführung nicht viel Ahnung.«

»So? Und ich hab' dem Mann inzwischen erzählt, daß wir dich nur deshalb mitgebracht haben, damit du im Zirkusdreß vor der Tür stehen und uns die Pferde halten kannst.«

»Oh, ich bin ziemlich gut in allem, was ich mache. Vielleicht sollte ich dazu singen, was meinst du?«

Kathie saß in der Küche, verfolgte unser Geplänkel und schaute verständnislos drein.

Das Haus war klein, aber sehr liebevoll eingerichtet. Die Küche war holzgetäfelt und hatte neue Schränke, im angrenzenden Eßzimmer stand ein schöner alter Tisch, und an der Wand hing das Geweih eines sicher selbstgeschossenen Hirsches. Im Wohnraum fand sich wenig Mobiliar, doch alles wirkte sehr gepflegt und sauber. Oben drei Schlafräume und das Bad. Man merkte, daß die Leute, die hier wohnten, ihr Haus liebten, und ich fühlte mich hier mit Hawk und Kathie irgendwie fehl am Platze.

Hawk verschwand zum Einkaufen und kam wieder mit Bier, Wein, französischem Brot und Käse. Schweigend aßen wir. Danach ging Kathie nach oben in eines der kleinen Schlafzimmer, das angefüllt war mit alten Puppen und sonstigen Staubfängern. In ihrem Kleid, dem man langsam die Strapazen der letzten Tage ansah, legte sie sich hin und schlief. Hawk und ich schalteten den Fernseher ein und sahen uns einen Ausschnitt von den Olympischen Spielen an. Aber die Präsentation war ziemlich einseitig, da wir nur einen kanadischen Sender empfangen konnten und sie die wenig erfolgreichen kanadischen Sportler in den Vordergrund schoben.

Vor elf noch lagen wir im Bett, erschöpft von dem, was vorausgegangen war und dennoch rastlos in einem Haus, das so gar nicht zu uns passen wollte.

Ich schlief in dem Zimmer, das offensichtlich den Söhnen der Familie gehörte, denn zwei Betten und zwei Schreibtische standen darin, und an den Wänden hingen eine Menge Tierposter. Hawk hatte das elterliche Schlafzimmer.

Ich wachte auf, hörte Vogelgezwitscher, konnte aber nur ein fahles Dämmerlicht ausmachen. Am Fußende des Bettes stand Kathie. Sie knipste das Licht an. In der Stille hörte ich ihre kurzen, schweren Atemzüge. Sie war nackt. Ich sah mit einem Blick, daß sie zu jenen Frauen gehörte, die ohne Kleider am besten aussehen, die Proportionen waren wesentlich ausgewogener, als in Kleidern. Es schien nicht so, als hätte sie eine Waffe bei sich. Auch ich lag nackt auf dem Bett, denn die Nacht war warm. Irgendwie war mir die Situation peinlich, und ich zog mir die Decke über.

»Manche schlafen schlecht, wenn es so warm ist«, sagte ich.

Sie kam herum und kniete sich neben mir hin.

»Vielleicht hilft etwas warme Milch«, schlug ich vor.

Doch sie antwortete nicht, sondern nahm statt dessen meine Hand und legte sie sich zwischen die Brüste.

»Manchmal hilft auch Schafe zählen«, versuchte ich es noch einmal. Meine Stimme klang etwas heiser.

Ihr Atem hörte sich an, als käme sie von einem Waldlauf, und die Kuhle zwischen ihren Brüsten war feucht von Schweiß. Sie sagte: »Mach' mit mir, was du willst.«

»War das nicht mal ein Buchtitel?« erwiderte ich.

»Ich mach' alles«, sagte sie, »du kannst mich haben, ich will dein Sklave sein, alles.« Sie beugte sich über mich und begann mich systematisch zu küssen. Auf der Brust fing sie an. Ihr Haar roch nach Shampoo und ihr Körper nach Seife. Offenbar hatte sie gebadet.

»Ich bin kein Sklavenhändler, Kathie«, murmelte ich.

Ihre Küsse waren jetzt bei meinem Magen angelangt, und ich fühlte mich wie ein junger Hund, der eine heiße Hündin schnuppert.

»Kathie«, sagte ich, »wir kennen uns kaum, ich dachte, wir seien nur Freunde.«

Sie küßte weiter. Ich setzte mich auf und entzog ihr meine Hand, die sie die ganze Zeit über festgehalten hatte. Sie glitt aufs Bett und preßte ihren Körper gegen den meinen. Ihre linke Hand fuhr mir über den Rücken. »Stark, ah, so stark«, keuchte sie, »nimm mich, drück mich unter dich.«

Ich nahm sie bei den Handgelenken und drückte ihre Arme vor ihrem Körper herunter. Sie wand sich und lag auf dem Rücken, die Beine gespreizt, den Mund halb offen. Aus ihrer Kehle kamen seltsame, tierhafte Laute. In diesem Moment ging die Tür auf, und Hawk stand da in seinen Shorts, leicht vorgebeugt und auf alles vorbereitet. Doch sobald er die Situation überschaute, grinste er.

»Donnerwetter«, sagte er nur.

»Ist schon gut, Hawk«, hörte ich mich sagen, und meine Stimme klang sehr heiser.

»Das denke ich auch«, und damit schloß er die Tür hinter sich.

Ich konnte noch hören, wie er vor sich hinlachte.

Kathie schien von dem Intermezzo kaum gestört. »Er auch«, keuchte sie, »beide, wenn du willst.« Sie fühlte sich an, als hätte sie keine Knochen, wie sie in dieser verletzlichsten aller Stellungen auf dem Bett lag.

»Kathie«, sagte ich möglichst ruhig, »du mußt einen anderen Weg finden, um mit deinen Mitmenschen Kontakt zu halten. Töten und bumsen sind nur zwei Möglichkeiten, es gibt noch viele andere.« Ich krächzte buchstäblich und räusperte mich laut. Mein Körper fühlte sich an, als sei zuviel Blut darin.

»Bitte«, flüsterte sie, »bitte.«

»Nein, tut mir leid, aber nein.«

»Bitte«, sie zischelte nur noch, und ihr Körper bewegte sich auf und nieder. Ich hielt immer noch ihre Hände fest. Und je mehr ich sie festhielt und versuchte abzuwehren, desto mehr schien sie aufzuleben. Es war wahrscheinlich für sie erregender, gedemütigt zu werden. Schließlich, Peinlichkeit hin, Peinlichkeit her, mußte ich aufstehen. Ich nahm meine Levis vom Stuhl und quetschte mich hinein. Beim Zuziehen des Reißverschlusses war ich äußerst vorsichtig, aber dann fühlte ich mich etwas besser.

Kathie war nun allein, aber sie schien es gar nicht zu merken. Sie wälzte sich auf dem Bett hin und her, warf ihren Körper herum und stöhnte dabei. Ich wußte nicht, was ich tun sollte. Am liebsten hätte ich den Daumen in den Mund gesteckt, aber ich hatte Angst, daß Hawk mich dabei überraschen könnte. Ich wünschte, Susan wäre hier. Schließlich setzte ich mich auf das zweite Bett und beobachtete sie, jederzeit bereit, sie abzuwehren, sollte sie mich anspringen.

Der Fensterausschnitt wurde hellgrau, dann rosa, die Vogelstimmen wurden zum Konzert; irgendwo hörte man einen startenden Laster. Die Sonne ging auf. Im Nebenhaus hörte ich Wasser rauschen. Endlich hörte Kathie auf, sich herumzuwerfen. Hawk stand auf und ging duschen. Kathies Atem wurde ruhiger, und ich ging zu meinem

Koffer, nahm ein Hemd heraus und gab es ihr. »Das muß erst mal reichen. Später kaufen wir ein paar Sachen für dich.«

»Warum?« fragte sie. Ihre Stimme war normal, aber ausdruckslos und sehr sanft.

»Weil du welche brauchst. Das weiße Kleid muß in die Reinigung.«

»Ich meine, warum hast du mich nicht genommen?«

»Nun, man könnte sagen, ich bin vergeben.«

»Und du willst mich nicht?«

»Ein Teil von mir schon, doch. Aber es ist einfach nicht mein Stil. Das hat was mit Liebe zu tun. Und dein, äh, dein Annäherungsversuch stimmte irgendwie nicht.«

»Glaubst du, ich sei korrupt?«

»Ich glaube, du bist neurotisch.«

»Dreckschwein.«

»So kommen wir auch nicht weiter.«

Sie schwieg, und rote Flecken erschienen auf ihren Wangen.

Ich hörte, wie Hawk an der Tür vorbeiging und sagte: »Ich gehe jetzt in die Dusche. Wenn ich wiederkomme, solltest du hier raus sein. Dann frühstücken wir und überlegen, was wir weiter unternehmen.«

22

Mein Hemd reichte Kathie fast bis zu den Knien, und sie trug es bei unserem recht schweigsamen Frühstück. Hawk sah prachtvoll aus in einem weißen Hemd mit weiten Ärmeln. Im rechten Ohr trug er einen goldenen Ohrring und um den Hals eine goldene Kette. Die Bouchers hatten Eier und Toastbrot dagelassen, so machte ich Eier im Glas mit einem Spritzer Weißwein und Toast mit Apfelbutter.

Hawk aß mit Vergnügen, während Kathie nur herumstocherte und die Hälfte liegenließ.

Schließlich schlug ich vor: »Ihr könntet Kathie ein paar neue Sachen besorgen. Auf dem Weg hierher hab' ich unten an der Straße einen Laden gesehen.«

»Vielleicht will sie ja lieber mit dir gehen, Mann.«

Aber Kathie widersprach in diesem sanften, ausdruckslosen Tonfall: »Nein, ich gehe lieber mit dir, Hawk.« Zum erstenmal gebrauchte sie seinen Vornamen.

»Und, wirst du mich im Auto überfallen, Baby?«

Sie senkte den Kopf.

»Also, geht schon«, drängte ich. »Ich räume inzwischen hier auf und denke ein bißchen nach.«

»Tu dir nicht weh dabei«, sagte Hawk im Hinausgehen.

Ich sagte: »Kathie muß etwas anderes anziehen.«

Sie rührte sich nicht und sah mich auch nicht an.

»Los, Mädchen, beweg' deinen Hintern. Du hast doch gehört, was der Mann gesagt hat.« Das war Hawk, wenn er den bösen Mann markierte.

Kathie stand auf und ging nach oben.

Wir sahen uns an.

Ich nahm hundert kanadische Dollar aus meiner Brieftasche und gab sie Hawk. »Hier, kauf ihr was Vernünftiges, aber laß sie's nicht in Reizwäsche anlegen.«

»Na, nach dem, was ich letzte Nacht gesehen habe, braucht sie keine.«

»Vielleicht bist heute nacht du dran«, sagte ich.

»Hast sie wohl nicht befriedigen können, was?«

»Soweit ist es gar nicht gekommen.«

»Oha, Susan kann stolz auf dich sein.«

»Hmm.«

»Deshalb grubbelt sie heute morgen so mit dir rum.«

»Hawk, sie ist krank.«

»Von ihrer Psyche will ich ja auch nichts.«

Kathie kam in ihrem zerknitterten Kleid die Treppe herunter.

Ohne mich anzusehen, ging sie mit Hawk weg. Ich wusch ab, räumte alles auf und rief dann Jason Carroll an.

»Ich bin hier in Montreal«, sagte ich, als ich ihn an der Strippe hatte, »meine Aufgabe habe ich soweit erfüllt . . .«

»Ja«, erwiderte Carroll, »Flanders hat uns mit Zeitungsausschnitten versorgt, und Mr. Dixon ist, was die ersten fünf Personen seiner Liste angeht, zufrieden. Wenn Sie uns für die anderen noch . . .«

»Darüber können wir reden, wenn ich zurück bin. Was ich im Moment möchte, ist ein Gespräch mit Dixon.«

»Und worüber bitte?«

»Ich bin da auf eine Sache gestoßen, die mich veranlaßt, weiterzumachen.«

»Sie haben bereits eine erkleckliche Summe eingesteckt, Spenser.«

»Deshalb möchte ich ja mit Dixon reden. Sie können das nicht entscheiden.«

»Nun, ich weiß nicht . . .«

»Rufen Sie ihn an und sagen Sie ihm, daß ich ihn sprechen möchte. Ich gebe Ihnen meine Nummer hier.«

Ich las die Nummer vom Apparat ab und hing ein. Dann lehnte ich mich zurück und versuchte nachzudenken.

Wenn Paul und dieser Zachary in Montreal waren, dann würden sie sich irgendwann im Stadion sehen lassen. Einerseits konnte es natürlich sein, daß sie lediglich Sportfans waren, aber ich hatte eher das Gefühl, daß etwas im Busch war. Einige afrikanische Teams boykottierten zwar die Spiele, aber es gab noch genügend hier, die sich eine Gruppe wie Pauls als Opfer wählen konnte. Zur Polizei zu gehen, würde wenig Sinn haben. Nach dem furchtbaren Ereignis in München hatten die hier sowieso alle Hände voll zu tun, um die strengen Sicherheitsbestimmungen einigermaßen zu beachten. Sie würden uns wahrscheinlich sagen, wir sollten uns da raushalten. Und gerade das wollten wir ja nicht. Also: ohne Polizei.

Wenn Paul einen spektakulären Auftritt wollte, dann war das Olympiastadion genau der richtige Ort dafür. Die Aufmerksamkeit sämtlicher Medien war darauf gerichtet. Ja, wenn, dann mußte ich dort nach ihm suchen. Und dazu brauchten wir Eintrittskarten, die uns Dixon mit seinem Einfluß sicherlich verschaffen konnte.

Das Telefonklingeln unterbrach meine Überlegungen. Es war Carroll: »Mr. Dixon ist bereit, Sie zu empfangen«, sagte er.

»Warum nicht am Telefon?« fragte ich.

»Mr. Dixon macht prinzipiell keine Geschäfte übers Telefon. Er wird Sie empfangen, sobald Sie da sind.«

»Also gut. Ich bin ungefähr eine Flugstunde entfernt. Irgendwann im Laufe des Nachmittags werde ich da sein.«

»Gut, Mr. Dixon ist zu Hause. Er geht nie aus und schläft selten.« Ich tippte auf die Gabel und wählte als nächstes die Nummer des Flughafens. Ich buchte einen Flug am frühen Nachmittag. Dann versuchte ich es bei Susan Silverman, wo aber niemand abnahm. Inzwischen kamen Hawk und Kathie mit vier oder fünf Tüten bewaffnet zurück. Hawk hatte eine lange, in braunes Packpapier gewickelte Form bei sich.

»Hab' mir in 'nem Sportartikelladen 'n neues Gewehr besorgt«, sagte er. »Nachher werd' ich mir's gleich zurechtmachen.«

Kathie stieg schweigend mit ihren Tüten die Treppe hinauf.

»Ich muß nach Boston, morgen bin ich wieder da«, sagte ich.

»Dann grüß Susan von mir.«

»Wenn ich sie sehe.«

»Was meinst du damit? Weshalb gehst du denn überhaupt?«

»Ich will mit Dixon reden, und er macht's nicht am Telefon.«

»Na, schließlich hast du ja deinen Job erfüllt«, meinte Hawk.

»Und, was du nicht machen willst, mußt du auch nicht, oder?«

»Richtig. Inzwischen könntest du mit Kathie ein bißchen in der Nähe des Stadions herumhängen. Könnt' ja auch sein, daß ihr einen findet, der euch Tickets verkauft. Auch wenn's Schwarzmarktpreise sind, kauft sie und geht mal rein. Ich nehme an, dort wird Paul sich rumtreiben.«

»Wozu soll ich Kathie mitnehmen?«

»Na, falls statt Paul Zachary aufkreuzt oder irgendwer, den sie sonst noch kennt. Allein lassen können wir sie ja auch nicht.«

Hawk nickte. Dann fragte er: »Was willst du von Dixon?«

»Ich habe seinen Einfluß, seinen langen Arm nötig. Wir müssen unbedingt Tickets fürs Olympiastadion haben, zum Beispiel. Außerdem könnten wir uns plötzlich in der Lage finden, seine Rechtsberater zu brauchen, nicht? Außerdem möchte ich in dieser Sache, die ihm ungeheuer wichtig ist, nichts ohne seine Zustimmung tun.«

»Hab' ich dir nicht schon mal gesagt, daß mir dein verdammt moralisches Verhalten, oder was es auch immer ist, gelegentlich auf'n Wekker fällt, Mann?«

»Ich bin stark, weil meine Seele rein ist, Junge.«

»Was mach' ich übrigens, wenn mir Paul oder Zachary unter die Finger geraten?«

»Tu, was du am besten kannst.«

»Sowas hört man gern«, grinste er.

»Ich laß euch den Wagen und bestell' mir 'ne Taxe zum Flughafen.«

Zwanzig nach drei klingelte ich zum zweitenmal an Hugh Dixons Haustür in Weston. Ein Monat war inzwischen vergangen.

Derselbe kleine Orientale öffnete mir und begrüßte mich mit einer angedeuteten Verbeugung und den Worten: »Hier entlang bitte, Mr. Spenser.«

Dixon saß genau dort, wo er damals gesessen hatte, und die Katze schlief in seinem Schoß. Es war dasselbe Gefühl, das man hat, wenn man aus dem Krieg nach Hause kommt und feststellen muß, daß der Rasen noch genauso verunkrautet aussieht, die Küchendünste von gegenüber nicht besser riechen als vorher und daß es wahrscheinlich die ganze Zeit über so war.

Dixon schaute mich schweigend an.

Ich sagte: »Ihren Auftrag habe ich ausgeführt, Mr. Dixon.«

»Ich weiß. Fünf ganz sicher, und ich denke, ihr Wort für die übrigen ist genug. Carroll wird alles prüfen und Sie bezahlen.«

»Das kann warten, was ich jetzt möchte, ist etwas anderes. Ich habe vor, noch weiterzumachen.«

»Auf meine Kosten?«

»Nein.«

»Warum sind Sie dann hier?«

»Ich brauche Ihre Hilfe.«

»Inwiefern?«

»Während ich diese Leute für Sie jagte, fand ich heraus, daß sie nur die Spitze eines Eisbergs sind. Ich kenne den Rest und möchte ihn unschädlich machen.«

»War er an dem Anschlag auf meine Familie beteiligt?«

»Nicht direkt, nein. Aber er wird nicht zögern, eine andere Familie kaltblütig auszulöschen, wenn es in sein Konzept paßt.«

»Was also erwarten Sie von mir?«

»Ich brauche Eintrittskarten für die Olympischen Spiele, für alles, was im Stadion stattfindet, und außerdem Ihren rechtlichen Beistand, falls ich Schwierigkeiten mit der Polizei in Montreal bekomme.«

»Das müssen Sie mir genauer erklären.«

»Gut. Da ist ein Mann namens Paul, seinen Nachnamen kenne ich nicht, und wahrscheinlich einer, der Zachary heißt. Sie sind die Köpfe einer Terroristenorganisation, die sich *Liberty* nennt. Ich habe Grund anzunehmen, daß sie in Montreal sind und irgendeine Schweinerei während der Olympischen Spiele planen.«

»Also, jetzt fangen Sie mal ganz von Anfang an«, sagte Dixon.

Ich tat es, und als ich fertig war, drückte Dixon auf einen Knopf in seiner Armlehne. Der Orientale erschien.

»Lin, bring mir fünftausend Dollar«, befahl Dixon. Dann sagte er in seiner ausdruckslosen Stimme, die doch voller Emotionen war: »Ich bezahle das.«

»Nicht nötig, das geht auf meine eigene Rechnung«, entgegnete ich.

Aber Dixon schüttelte den Kopf. »Nein, lassen Sie. Ich habe genügend Geld und weiß nicht, wem ich es einmal vererben soll. Wenn Sie Schwierigkeiten haben, berufen Sie sich auf mich. Ich werde sehen, was sich machen läßt. Geben Sie mir Ihre Anschrift, und die Karten für die Spiele werden Ihnen dorthin geschickt.«

»Ich brauche jeweils drei.«

»Ja.«

Lin kam zurück, und Dixon sagte ihm, er solle mir das Geld geben. Ich steckte die Scheine in meine Brieftasche.

»Wenn Sie die Sache hinter sich haben, kommen Sie und erzählen Sie mir alles. Sagen Sie Ihrem Helfer, er soll es tun, falls Sie getötet werden.«

»Das werde ich, Mr. Dixon.«

»Ich hoffe, Sie kommen selbst«, sagte Dixon.

»Das hoffe ich auch. Auf Wiedersehen.«

Lin brachte mich hinaus und bestellte mir ein Taxi.

»Das is' aber 'ne ganz schöne Fahrt, Mann«, sagte der Taxifahrer, als ich ihm Smithfield als Ziel angab. »Das kost' Sie 'ne Kleinigkeit.«

»Ich hab' 'ne Kleinigkeit bei mir«, sagte ich.

»Okay.«

Auf der Uhr am Armaturenbrett war es viertel vor fünf. Ich summte leise: »Oh Susanna ...« vor mich hin.

»Was ham Sie gesagt, Mann?« fragte der Fahrer.

»Ich habe nichts gesagt, ich habe nur leise vor mich hingesungen«, antwortete ich höflich.

»Ach so, ich dachte, Sie wollten sich mit mir unterhalten. Aber wenn Ihnen nach Singen zumute is', dann singen Sie ruhig.«

23

Es bedeutete zwar einen Umweg, aber trotzdem ließ ich die Taxe erst zum *Sausage Kitchen* von Karl fahren, um ein paar deutsche Delikatessen einzukaufen. Anschließend zu *Donovan's* um vier Flaschen Dom Perignon zu holen. Damit hatte ich Dixons Geld fast ausgegeben.

Überall wurden an diesem heißen Tag Rasen gesprengt, waren die Leute leichtbekleidet in ihren Gärten beschäftigt, wurde gebadet, Barbecue veranstaltet und wurden Drinks herumgereicht.

In Susans kleinem Vorgarten blühten weiße Veilchen. Ich gab dem Taxifahrer ein reichliches Trinkgeld und nickte dem Nachbarn zu, der das tat, was ein Sprenger ebensogut hätte tun können. Aber wahrscheinlich hätte ihm das nicht soviel Spaß gemacht. Die Haustür verschloß Susan nie, und so ging ich hinein, nachdem ich mich vergewissert hatte, daß ihr kleiner blauer Nova nicht in der Garage stand. In der Küche legte ich den Champagner in den Kühlschrank. Die Uhr am Herd zeigte sechs. Ich machte mir eine Dose Bier auf und trank davon, während ich meine Einkäufe auspackte: Braten kalt, Mehrkornbrot, Bierwurst, Karls köstliche Leberwurst, die mir immer das Wasser im Mund zusammenlaufen ließ und die man in Scheiben schneiden, aber auch streichen konnte. Dann Kartoffelsalat, den Karl natürlich selbst herstellte und Mixed Pickles, sowie einen Topf mit Düsseldorfer scharfem Senf.

Ich nahm Susans Geschirr mit dem blauen Muster heraus und deckte den Tisch; ich schnitt die Leberwurst und legte sie zusammen mit dem kalten Braten auf Platten, holte eine Glasschale für die Pickles heraus und füllte den Kartoffelsalat in eine große Schüssel, die wahrscheinlich für Suppe gedacht war.

Aus dem Wohnzimmer holte ich »unsere« Sektgläser und stellte sie in den Kühlschrank. Ich hatte sie Susan zum Geburtstag geschenkt und hoffte nur, sie würde nicht eine Nachspeise darin anrichten, denn sie waren sündhaft teuer gewesen, und ich betrachtete sie immer als reserviert für besondere Gelegenheiten.

Es war ein eigenartiges Gefühl, hier in diesem stillen, vertrauten Haus zu sein, wo es überall schwach nach Susan duftete, wo sie gearbeitet, geschlafen, gegessen hatte, während ich irgendwo in der Welt zwei Männer umgebracht hatte.

Mit einer zweiten Dose Bier ging ich ins Bad und duschte. Mit ihrem Shampoo wusch ich mir die Haare, es roch nach Kräutern und Blumen. In dem Teil des Schrankes, den wir als meinen ansahen, fand ich eine Hose und Turnschuhe. Während ich mir die Haare kämmte, hörte ich einen Wagen auf dem Kies. Sie war es. Schnell warf ich mich aufs Bett, legte mich auf die Seite, die Wange in die aufgestützte Hand gestützt und erwartete sie. Mein Herz klopfte, meine Kehle fühlte sich trocken an, und irgendwie saß mir ein Kloß im Hals, der das Atmen schwer machte. Die Hintertür ging auf, dann Stille. Schließlich ging sie durch den Flur zum Wohnzimmer und kam schnurstracks auf die Schlafzimmertür zu. Die Klimaanlage summte laut. Und dann stand sie vor mir. Sie hatte einen Tennisschläger in der Hand und war in Tenniskleidung, das dunkle Haar zurückgebunden, die Wangen leicht gerötet und rundum goldbraun. Seit wir uns kannten, waren wir noch nie so lange getrennt gewesen. Ich sagte: »Zurück vom Kreuzzug kam der Ritter.«

»In der Küche sieht's aus, als seist du in ein deutsches Delikatessengeschäft eingebrochen«, lächelte sie, bevor sie den Schläger weglegte und mit einem Satz zu mir aufs Bett sprang.

»Anständige Mädchen küssen nicht mit offenem Mund«, sagte ich nach einer Weile.

Und sie: »Du riechst nach Parfüm, hast du dich in Dänemark umoperieren lassen?«

»Das ist dein Shampoo.«

»Gott sei Dank«, und wieder preßte sie ihren Mund auf meinen.

Ich schob meine Hand unter ihr Tennisdreß, kam aber nicht weiter, da meine Erfahrungen mit dieser Art von Bekleidung begrenzt waren.

Sie sah hoch: »Ich bin ganz verschwitzt«, meinte sie. »Ich muß erst baden.«

»Das darf doch nicht wahr sein«, sagte ich.

»Tut mir leid, aber es muß sein, ich kann nicht anders.«

»Kannst du nicht duschen?« fragte ich. »Könnte sein, daß ich mich vergesse, während du badest.«

»Es geht ganz schnell«, kicherte sie. »Beim Duschen geht meine Frisur zum Teufel.« Sie stand auf und ging ins Bad, um das Wasser anzustellen. Dann kam sie zurück und zog sich aus.

Ich hatte sie schon oft genug nackt gesehen, aber jedesmal fand ich sie aufs neue anziehend. Sie war nicht zierlich, sondern sah kräftig aus, mit flachem Bauch und festen Brüsten. Nackt wirkte sie immer etwas gehetzt, so als habe sie das Gefühl, jeden Augenblick könnte einer hereinkommen.

Kurz darauf hörte ich sie im Wasser planschen.

»Wenn du jetzt noch mit deiner Gummiente spielst, dann ertränke ich dich«, rief ich.

»Geduld«, rief sie zurück. »Ich bade in einem herrlichen Duft, der dich wild machen wird.«

»Ich bin wild genug.« Und damit zog ich Hose und Schuhe aus.

Kurz darauf kam sie, in ein riesiges Handtuch gewickelt, heraus. Langsam öffnete sie es, und ich sagte: »Hmm, find' ich gut, wenn jemand auf seine Figur achtet.« Dann ließ sie es fallen und kam in meine Arme.

»Ich bin froh, daß du gesund wiedergekommen bist«, flüsterte sie dicht an meinem Mund.

»Ich auch«, flüsterte ich zurück.

Dann küßte ich sie, und sie preßte ihren Körper an meinen. Ich konnte hören, wie sie tief ein und in einem langen Seufzer wieder ausatmete. Ihre Hand streichelte über meinen Rücken, die Hüften und das Hinterteil und stoppte, als sie an die Narbe kam.

»Was ist das?« sagte ihr Mund dicht an meinem.

»Schußverletzung.«

»Sieht so aus, als wärst du nicht der Angreifer gewesen.«

»Aber jetzt greife ich an«, erwiderte ich.

Dann redeten wir nicht mehr viel.

»Also schlicht gesagt in den Arsch«, meinte Susan später.
»Ich sehe es eher als Oberschenkelverletzung«, sagte ich.
»Das kann ich mir vorstellen. War's schlimm?«
»Unangenehm, aber nicht ernst«, antwortete ich.
Wir saßen in der Küche, aßen und tranken Champagner dazu. Draußen war es dunkel geworden, und hin und wieder flog ein Nachtfalter gegen die Scheiben.
»Erzähl mir alles, von Anfang an«, bat Susan.
Ich legte zwei dicke Scheiben kalten Braten auf das würzige Brot, strich Senf darauf und legte eine zweite Scheibe Brot darüber, dann biß ich hinein, kaute genußvoll und schluckte.
»Zwei Schüsse in den Hintern, und ich war mitten in der aufregendsten Sache, die ich bisher bearbeitet habe«, sagte ich.
Mixed Pickles und Champagner war wohl nicht ganz passend, aber im Leben paßt eben nicht immer alles.
»Nein, jetzt sei mal ernst. Ich möchte alles wissen. Du siehst müde aus, war wohl hart, das Ganze?«
»Allerdings bin ich müde, schließlich hab' ich mich vor nicht allzulanger Zeit dumm und dämlich gebumst.«
»Ach?«
»Ja, ach, ich kann mich erinnern, daß du ganz schön geschnauft und gestöhnt hast.«
»Ach was? Das war reine Langeweile, das war Gähnen, was du gehört hast.«
»Redet man so mit einem Verwundeten?«
»Na ja, ich bin jedenfalls froh, daß die Kugel nicht durchgegangen ist.«
Ich goß uns Champagner ein und hob mein Glas: »Auf unser Wiedersehen, mein Mädchen«, sagte ich, und sie lächelte mir ihr ganz spezielles Lächeln zu, das mich jedesmal irgendwie taumelig werden ließ. Aber das zeige ich nicht.
»Also, fang ganz vorn an, als ich dich am Flughafen abgesetzt habe. Du stiegst in die Maschine ein und . . .«
»Und acht Stunden später war ich in London, wo mich ein Mensch namens Flanders in Empfang nahm und wo ich dich zum erstenmal vermißte.« Und dann erzählte ich ihr alles. Es war gut, mit ihr zu reden. Sie verstand alles, sie fragte nicht viel, aber sie war interessiert.
»Was meinst du, was mit Kathie ist«, fragte ich, als ich geendet hatte.

»Ja, du hast sicher recht, sie braucht psychiatrische Behandlung, nach allem, was du über sie erzählt hast. Was denkst du, wie wird Hawk sich ihr gegenüber verhalten?«

»Oh, wenn sie in sein Bild paßt, dann gut, wenn nicht, dann wird er sie je nach Lust und Laune schlagen oder streicheln. Er hat keine Gefühle, glaube ich.«

»Keine Gefühle?«

»Nein, ich hab' jedenfalls nie welche bemerkt in all den Jahren, die ich ihn kenne. Weder Liebe noch Leidenschaft, weder Angst noch Zorn.«

»Aber damals, da hätte er dich doch umbringen sollen und hat es nicht getan«, meinte Susan nachdenklich.

»Irgendwie schätzt er mich wohl, so wie Wein zum Beispiel. Ich war ihm einfach sympathischer als der Kerl, für den er arbeitete. Ich hätte ihn sicher auch nicht umgebracht.«

»Bist du wie er?« fragte sie.

»Ich hab' Gefühle«, erwiderte ich, »ich liebe zum Beispiel.«

»Stimmt, und gar nicht schlecht. Komm, wir nehmen den Rest Champagner mit ins Bett. Wir können noch ein bißchen reden, und vielleicht hast du ja Lust, noch mal Liebe zu machen, wie man so schön sagt.«

»Susan«, tat ich empört, »ich bin ein Mann, der den besten Teil seines Lebens hinter sich hat.«

»Dann nimm's als Herausforderung«, meinte sie leichthin.

Später lagen wir dicht zusammen im Dunkel und sahen uns den Mitternachtsfilm an. Ich konnte die Dialoge fast auswendig, so oft hatte ich ihn schon gesehen.

»Wenn du ihn schon kennst, wie kannst du's aushalten, ihn noch mal anzusehen?« fragte Susan.

»Es ist nicht mehr die Handlung, die mich interessiert, es ist eher, als sähe ich einer Tanzveranstaltung zu, oder als hörte ich Musik, es sind einfach Muster, die zu einem schönen Ganzen zusammenlaufen.«

Sie lachte in die Dunkelheit. »Wie dein Leben. Nicht das Was zählt, sondern das Wie.«

»Vielleicht«, antwortete ich.

Nach einer Weile spürte ich ihre Hände auf mir. »Meinst du, wir sollten's noch mal probieren jetzt?« fragte sie.

»*With a little help from my friends«,* summte ich, und sie lachte weich. Ihre streichelnden Hände halfen bereits.

»Ich bin im Moment der einzige Freund, den du hast«, sagte sie mit

einem Lachen in der Stimme.
»Das genügt völlig.«

25

Am nächsten Tag fuhr Susan mich zum Flughafen. Keiner von uns sprach viel auf dieser Fahrt. Susan ist nicht der beste Fahrer, und ich hatte reichlich damit zu tun, meinen rechten Fuß gegen den Boden zu stemmen. Als wir da waren, meinte sie: »Allzu oft möchte ich dies hier nicht mehr machen. Wie lange dauert's diesmal?«
»Nicht lange«, sagte ich. »Eine Woche, jedenfalls nicht länger als die Olympischen Spiele.«
»Du hast mir versprochen, daß wir zusammen nach London fahren«, murmelte sie, »wenn du nicht kommst, um dein Versprechen einzulösen, dann werde ich wirklich sauer.«
Ich küßte sie auf den Mund, und sie küßte mich wieder. Ich sagte: »Ich liebe dich, Susan.«
Sie erwiderte leise: »Ich dich auch.« Dann ging ich hinein und war zwei Stunden und zwanzig Minuten später in Montreal.
Das Haus in der Nähe des Henri Dourassa Boulevard war leer. Ich schaute in den Kühlschrank. Hawk hatte eingekauft, Champagner war drin und Bier. Ich nahm ein Bier heraus und setzte mich damit vor den Fernseher. Um halb drei klopfte es an der Haustür. Ich nahm meine Pistole sicherheitshalber mit und machte auf. Ein Mann im Lederanzug stand draußen. Am Straßenrand hielt ein Dodge mit laufendem Motor und Quebecer Nummernschild.
»Ja, bitte?« grummelte ich.
»Mr. Spenser? Ich bin vom Dixon-Konzern. Dieser Umschlag hier ist für Sie, aber erst müßte ich wissen, ob Sie wirklich Mr. Spenser sind.«
Ich hielt ihm meinen Private-Investigator-Ausweis unter die Nase. Auf dem Foto darin sah ich aus wie ein Gangsterboß.
»Ja«, sagte der Mann, »das sind Sie.«
»Ich war auch entsetzt, als ich's zum erstenmal sah«, sagte ich, und er lachte automatisch. Dann nahm er den Umschlag von einer Hand in die andere und gab ihn mir schließlich. Mein Name stand darauf. Ich nahm ihn und sah den Mann an. »Danke.«
»Viel Spaß«, sagte er und ging zurück zu seinem Wagen.
Im Haus öffnete ich das dicke Bündel und nahm die Karten heraus. Es waren jeweils drei Stück für alle im Olympiastadion angesetzen Veranstaltungen. Sonst nichts.

Hawk und Kathie kamen, während ich mein viertes Bier trank.

Er öffnete eine Flasche Champagner und schenkte Kathie und sich selbst ein. »Was macht Susan?« fragte er. Er saß auf der Couch, Kathie neben ihm. Sie sagte gar nichts.

»Danke, ihr geht's gut, sie läßt grüßen.«

»Und Dixon?«

»Er macht mit. Ich denke, es hat ihm Auftrieb gegeben, etwas, das seine Gedanken in eine andere Richtung lenkt.«

»Besser als das Tagesprogramm im Fernsehen«, meinte Hawk.

»Und hier, irgendwas Besonderes?«

Er schüttelte den Kopf. »Wir haben uns umgesehen, Kathie und ich, aber sie kannte niemanden. Allerdings sind wir natürlich nicht rumgekommen. Das Stadion ist riesig.«

»Ihr habt also Tickets gekriegt?«

Hawk grinste. »Hmm. Ich fand's zwar ekelhaft, aber schließlich ist es dein Geld. Wär's meins, ich hätt' die vielleicht reingelegt, die Kerle.«

»Tja, und wie sind die Sicherheitsvorkehrungen?«

Hawk zuckte mit den Achseln. »Sie tun, was sie können, aber wie soll man siebzig- bis achtzigtausend Leute, die fast ständig in Bewegung sind, überwachen? Es treiben sich 'ne Menge Bullen rum, aber wenn ich jemanden umbringen wollte, dann könnte ich's. Kein Problem.«

»Und rauskommen?«

»Klar, mit etwas Glück. Es ist ein riesiges Areal, und dann die vielen Leute.«

»Na, morgen werden wir's ja sehen. Ich habe Karten. So umgehen wir die Wucherer«, sagte ich.

»Gut«, meinte Hawk und trank. Sobald sein Glas leer war, füllte Kathie es nach. Sie saß so, daß ihr Schenkel seinen berührte und sah ihn die ganze Zeit über an.

Ich nahm einen Schluck Bier. »Gefallen dir die Spiele, Kath?«

Sie nickte, sah mich aber dabei nicht an.

Hawk grinste. »Ich glaube, sie mag dich nicht besonders. Sie sagt, du seist kein richtiger Mann, schwach und so, meint sie. Sie hat den Eindruck, du seist degeneriert.«

»Ich hab' eben meine eigene Methode mit den Mädchen«, sagte ich.

Kathie wurde rot, sagte aber immer noch nichts. Sie konzentrierte sich auf Hawk.

»Hast du irgendwas Eßbares eingekauft oder nur Getränke?« fragte ich Hawk.

»Na, du hast mir doch was vorgeschwärmt von 'nem Lokal, das *Bacco's* heißt. Ich dachte, daß du uns vielleicht heute da hinführst, Kathie und mich. Da kannst du mal zeigen, daß du nicht degeneriert bist, Mann.«

»Okay, ich dusche, dann fahren wir«, sagte ich.

»Siehst du, Kathie«, grinste Hawk, »er ist ein Saubermann.«

Bacco's ist im älteren Teil von Montreal. Die Küche ist franko-kanadisch, und Hawk und ich genossen es sehr. Kathie saß attraktiv und höflich in einem ihrer neuen Kleider dabei. Ich glaube, sie konnte sich nicht amüsieren.

Dabei waren alle Voraussetzungen dafür gegeben. Montreal zeigte sich während der Spiele von seiner besten Seite, und überall gab es Straßenkonzerte und junge Leute, die draußen auf Treppen und Brunnenrändern saßen und tranken.

Wir stiegen wieder in unseren Mietwagen und fuhren zurück. Hawk und Kathie gingen gleich nach oben in das, was offensichtlich inzwischen ihr gemeinsames Schlafzimmer geworden war. Ich sah noch eine Weile beim Gewichtheben zu und ging dann auch ins Bett. Allein. Ich hatte nicht viel geschlafen in der letzten Nacht und war müde. Irgendwie fühlte ich mich alt und einsam. Dies Gefühl hielt mich ungefähr eine Viertelstunde lang wach.

26

Wir fuhren mit der U-Bahn zum Olympiastadion. Hawk und ich machten zwischen uns eine winzige Lücke für Kathie frei, indem wir uns jeder etwas gegen die umgebende Masse der Körper stemmten.

Da ich ja ein gewandter und erfahrener Weltenbummler war, konnte mich so etwas wie der Riesenkomplex um das Stadion eigentlich kaum erschüttern, und das komische Kribbeln in meinem Magen führte ich auf die Spannung des Jägers kurz vor der Sichtung seines Wildes zurück. Vor uns sahen wir die Restaurant-Pavillons und Kioske. Weiter drüben das Maisonneuve Sports Center, rechts die Maurice Richard Arena und links das Velodrome, dahinter, ähnlich dem Collosseum, der graue, nicht ganz fertig gewordene Monumentalbau des Stadions. Wir hörten Beifallsgeschrei aufrauschen, während wir über die lange, gewundene Rampe darauf zu gingen. Ich ertappte mich dabei, wie ich meinen Bauch einzog.

Hawk sagte: »Dieser Zachary soll ein Brutalinski sein.«

»Wie groß ist er?«

Hawk wandte sich fragend an Kathie: »Na, Kath?«

»Sehr groß«, antwortete sie ihm.

»Größer als ich oder Hawk?« fragte ich.

»O ja, richtig riesig.«

»Gut. Ich wiege ungefähr zweihundert amerikanische Pfund«, sagte ich, »was meinst du, wiegt er?«

»Er wiegt dreihundertfünfzehn. Ich weiß das, weil ich gehört habe, wie er es Paul mal erzählte.«

»Dreihundertfünfzehn, Junge, Junge.« Ich sah Hawk an.

»Und dabei ist er nur einen Meter vierundneunzig groß«, bemerkte Hawk.

»Du kannst ihn haben«, sagte ich zu ihm.

»Falls er damit einverstanden ist«, Hawk grinste nicht diesmal.

Hoffnungsvoll fragte ich Kathie: »Ist er fett?«

»Nein, nicht richtig. Er war mal Gewichtheber.«

»Na, Hawk und ich sind auch ganz gut im Training.«

»Nein, ich meine richtig, wie diese Russen. Er war sogar mal irgendwo Meister.«

»Und genauso sieht er auch aus?«

»Ja, genau. Paul und er haben sich oft im Fernsehen die Wettkämpfe im Gewichtheben angesehen. Zachary wirkt zwar fett, aber man merkt, daß alles Kraft ist.«

»Na, wenigstens kann man ihn dadurch gut ausfindig machen.«

»Hier weniger gut als anderswo«, meinte Hawk. »Will der denn auch Afrika retten?«

»Ja, ich kenne keinen, der Schwarze ... hmm, mehr haßt, als er.«

»Das wär' doch was für dich, Hawk«, sagte ich.

»Wir werden sehen.« Hawk war nachdenklich. »Wir beide sind zwar gut, Mann, aber ob wir's mit solchen Typen aufnehmen können? Mit dem Schießeisen ist hier in der Menge wohl nichts zu machen. Und dann ist da ja noch der andere Kerl.«

Wir waren am Eingang angelangt und zeigten unsere Karten vor. Ich konnte deutlich die Rufe der Menge hören und mußte vor mir selbst zugeben, daß ich ganz wild darauf war, endlich was zu sehen.

»Also, Hawk, du und Kathie, ihr geht rechtsrum, ich linksrum. Wir fangen unten an und arbeiten uns langsam nach oben. Aber paßt auf, daß Paul euch nicht zuerst sieht.«

»Paul nicht und auch nicht der gute alte Zach«, grinste Hawk.

»Gut. Wir treffen uns dann irgendwo wieder.«

Die beiden verschwanden in der Menge. Hawk schien zu gleiten, und ich war mir nicht ganz sicher, ob er nicht doch mit Zachary fertig werden würde. Ich machte mich auf meinen Weg und versuchte ebenfalls, zu gleiten. Als jedoch niemand mich beachtete, gab ich's auf. Was ich sah, gefiel mir, von den farblich harmonisch abgestimmten Sitzen, über den saftig grünen Rasen und die rote Aschenbahn unten bis hin zu den kurzen Shorts der Mädchen, die gerade beim Weitsprung waren. Ehe ich es richtig merkte, war ich völlig gefangen von diesen Spielen, an die ich vorher nicht allzuviele Gedanken verschwendet hatte. Berühmte Namen aus der Vergangenheit fluteten durch meinen Kopf, und ich fühlte mich gut.

Ein Platzanweiser unterbrach mich: »Haben Sie ihren Platz schon gefunden, Sir?«

»Ja, danke. Ich wollte nur noch mal da hinüber sehen.«

»Natürlich, Sir.«

Systematisch suchte ich nun die Reihen nach Paul ab. Ich hatte mich mit Sonnenbrille und Sportkappe einigermaßen unkenntlich gemacht, außerdem konnte ich damit rechnen, daß er mich hier wohl kaum erwartete. Es fiel mir schwer, mich zu konzentrieren und mich nicht von dem, was unten im Stadion vorging, ablenken zu lassen, aber schließlich hatte ich hier einen Job. Ich entdeckte viele Amerikaner, ausgerüstet mit Fernglas und Kamera. Eine wohlsituierte, gutgekleidete Menge, die sich die Tickets hier leisten konnte. Unten sammelten sich die Sprinter. Ich merkte, daß ich den Amerikanern heftig die Daumen drückte. Ich wollte einfach, daß sie gewinnen sollten. War ich jetzt ein Nationalist?

Und weiter durch die Reihen. Unten gewann ein großer, dunkelhäutiger Mann mit USA auf dem Trikot. Ich mußte einem Cola-Verkäufer Platz machen. Als ich schon fast einmal herum war, entdeckte ich Hawk und Kathie zwei Reihen über mir.

Sie hielt seinen Arm, und er tat, was ich auch tat.

Ich begann meine zweite Runde, ging, schaute durch die Reihen, stoppte, schaute ins Stadion hinunter, genoß, ging, schaute durch die Reihen ...

Irgendwo kaufte ich mir ein Hot Dog – das nicht gerade sehr olympisch in der Qualität war – und ein Bier. Kauend schaute ich lässig um mich, und da kam Paul den Mittelgang herunter. Unglaublich, ich mache mir die Mühe, Sitz für Sitz durchzusehen, und er läuft mir direkt in die Arme, während ich mit vollen Backen kaue. Superdetektiv!

Ohne mich eines Blickes zu würdigen, ging Paul an mir vorbei.

Ich aß in aller Ruhe auf, trank mein Bier aus und ließ mich hinter ihm her treiben. Jemanden, der wie Zachary aussah, konnte ich nicht entdecken, und ich war nicht böse darüber.

In der dritten Etage stellte sich Paul an eine Box und sah aufs Stadion hinunter. Einen Block weiter fand ich einen Platz und beobachtete ihn. Die Sportler sahen etwas kleiner aus von hier, aber sonst herrschte dasselbe faszinierende Hin und Her dort unten. Ein Häufchen Offizieller formierte sich gerade für eine Siegerehrung.

Paul ging weiter, ich hinterher. Bei dem Kiosk, der Toiletten und Waschraum beherbergte, hielt er an und sah sich um. Hier war nicht viel los, und ich mußte mich etwas im Hintergrund halten. Zwischen dem Waschraum und einer Mauer, die den Mittelgang abgrenzte, war eine Nische. Die hatte es ihm offenbar angetan, er umkreiste sie, ging hinein, kam wieder heraus, sah sich um und lehnte sich endlich gegen die Mauer. Dann zog er eine Art Teleskop-Fernglas heraus und sah hindurch nach unten, wobei er es an der Wand abstützte. Es schien nicht ganz einfach, das Ding richtig einzustellen. Aber schließlich nahm er einen dicken Markierungsstift und machte damit unter dem Glas einen Strich an die Wand. Ohne sich noch einmal umzusehen, schob er das Glas zusammen und verschwand in der Toilette. Nach drei Minuten war er wieder da. Es war inzwischen Mittag geworden, und wo eben noch gähnende Leere gewesen war, drängten sich nun die Menschen. Irgendwie gelang es mir, in dem Strom mitzuschwimmen und Paul dabei nicht aus den Augen zu verlieren. Ich blieb dran bis zur U-Bahn. Aber als der Zug Richtung Viau einlief, stand ich in der dritten Reihe und mußte fluchend zusehen, wie er einstieg, die Türen sich schlossen und er meinen Blicken entschwand.

27

Als ich wieder beim Stadion ankam, war es dort ruhig geworden. Für die Nachmittagswettkämpfe ließen sie die Leute erst in einer Stunde ein. Ich drückte mich in der Nähe des Eingangs herum, den wir am Morgen benutzt hatten, und nach kurzer Zeit sah ich Hawk mit Kathie im Schlepptau kommen. Als er mich sah, schüttelte er den Kopf.

Ich sagte: »Ich hab' ihn gesehen.«

»Allein?«

»Ja. Aber in der U-Bahn-Station hab' ich ihn verloren.«

»Scheiße.«

»Ja, aber er kommt wieder. Er hat sich in der dritten Reihe eine hübsch versteckte Schießscharte ausgesucht. Heute nachmittag können wir mal einen Blick draufwerfen.«

Kathie sagte zu Hawk: »Können wir was essen?«

Der wiederum wandte sich an mich: »Wollen wir das Zelt draußen ausprobieren?«

Ich nickte.

Neben Imbißbuden und Andenkenwagen, Briefmarkenverkäufern und einem fahrbaren WC hatten sie ein Zelt aufgebaut, von dessen Stangen ein bunter Flaggenwald wehte. Drin gab's hölzerne Tische und Bänke. Wir tranken Bier und aßen Würstchen. Mir machte es Spaß, die begeisterten und angeregten Leute zu beobachten. Kathie stellte sich bei »Damen« mit an.

»Na, was meinst du?« fragte Hawk, als wir allein waren.

»Tja, er hatte ein Fernglas bei sich und hat einen Punkt an der Wand bezeichnet. Mich würde mal interessieren, was man von da aus sehen kann.«

Als Kathie zurückkam, gingen wir. Die Nachmittagsbesucher wurden jetzt eingelassen, und wir ließen uns mit ihnen treiben. Pauls Strich war noch da, er selbst nirgends zu sehen, so daß wir die Bezeichnung nach einer Weile des Sicherns genauer unter die Lupe nehmen konnten. Wenn man sich an der Wand abstützte und die Wange in Höhe des Striches gegen die Mauer preßte, sah man einen Ausschnitt des Rasens.

»Warum gerade hier?« wunderte sich Hawk.

»Vielleicht, weil das der einzige, halbwegs verdeckte Platz ist, von dem aus man schießen kann.«

»Aber warum das Zeichen? Ich meine, man kann sich das doch einprägen.«

»Ja, das muß eine besondere Bedeutung haben. Mal sehen: Wenn du vorhättest, bei den Spielen Terror zu machen, welchen Zeitpunkt würdest du wählen?«

»Na, die Medaillenvergabe natürlich.«

»Genau. Und da erhebt sich die Frage, ob dieser Platz da unten nicht genau dafür gedacht ist.«

»Ist ja erst der Anfang, ich hab' noch keine offizielle Zeremonie gesehen.«

»Na, dann müssen wir eben warten und aufpassen.«

Und das taten wir. Ich beobachtete den bewußten Strich, und Hawk lief unterdessen mit Kathie im Stadion herum. Paul tauchte nicht wieder auf. Medaillen wurden auch nicht verteilt.

Aber am nächsten Tag war es soweit. Ich sah, daß meine Vermutung richtig gewesen war: Genau auf der Stelle, die man durch den Strich anpeilen konnte, standen die Podeste. Im Augenblick wurden die Medaillen fürs Diskuswerfen verteilt.

»Also, alles klar«, sagte ich später zu Hawk. »Wir wissen jetzt, was er vorhat. Wir müssen ihn nur noch erwischen.«

Hawk wiegte den Kopf hin und her: »Wie willst du sicher sein, daß er nicht im ganzen Stadion solche Striche verteilt hat?«

»Sicher sein kann ich da nicht, aber irgendwie hatte ich gedacht, daß du danach Ausschau halten würdest bei deinen Rundgängen und mir schon gesagt hättest, wenn's so wäre.«

Hawk grinste. »Richtig, Mann. Bleib du schön hier, Kath und ich drehen noch 'n paar Runden. Heute wird sowieso nichts mehr passieren, schätze ich, es sind keine weiteren Finalkämpfe mehr angesetzt.

Da hatte er recht. Auch am nächsten Tag warteten wir umsonst, und am übernächsten. Am dritten Tag erschien Paul, und er hatte Zachary bei sich.

Zachary war bei weitem nicht so groß wie ein Elefant, er hatte eigentlich höchstens die Ausmaße eines Brauereigauls. Unter dem blonden Crew-Cut saß eine niedrige Stirn, darunter sah ich ein blauweiß gestreiftes, ärmelloses Kleidungsstück und noch tiefer knielange Bermudas.

Paul hatte eine große blaue Tasche bei sich, auf der stand: *Olympique Montreal 1976.* Er sah auf die Uhr, stellte die Tasche ab und ging zu seinem Strich. Dort holte er das Fernglas wieder hervor und sah hindurch. Zachary verschränkte seine riesigen Arme vor seinem riesigen Körper und machte Paul auf diese Weise fast unsichtbar. Paul bückte sich jetzt und öffnete die Tasche. In der nächsten Biegung sah ich Hawk und Kathie. Langsam schob ich mich aus meiner Position und schlenderte ihnen entgegen. Als Hawk mich erkannte, hielt er sofort inne und scherte aus dem Durchgang aus. »Sind sie da?« fragte er mich, als ich ihn erreicht hatte.

»Richtig. Zachary ist auch dabei.«

»Woher weißt du, daß er's is'?«

»Wenn er's nicht ist, dann muß hier ein Walroß los sein.«

»Hm, ihre Beschreibung stimmt also?«

»Ziemlich«, sagte ich. »Du wirst ihn einfach lieben.«

Von unten tönte ein Gong herauf, und gleich anschließend klang die Stimme des Ansagers durch die Lautsprecher. Er sagte etwas auf Französisch.

»Es gibt Medaillen«, sagte Hawk.

»Also, dann los«, ich war schon unterwegs, hinter mir Hawk, dahinter Kathie.

Als wir die Ecke mit dem WC-Häuschen erreichten, hatte Paul schon ein Gewehr mit Zielfernrohr ausgepackt, Zachary stand schützend davor. Ich hielt meine Pistole auf sie gerichtet und sagte: »Keine Bewegung.« Hawk rückte in mein Blickfeld und hatte ebenfalls seine Waffe bereit.

Zachary versteckte eine kleine automatische Pistole hinter seinem dicken Oberschenkel. Paul wirbelte mit dem Gewehrlauf herum, und alle vier erstarrten wir, als die Tür des WC-Häuschens sich öffnete und drei Frauen mit zwei Kindern heraustraten. Eine sagte: »O mein Gott, nein.« Sie blieben wie angewurzelt stehen.

In diesem Augenblick erschien Kathie von der anderen Seite, machte einen Schritt auf Paul zu und begann, ihn mit beiden Händen ins Gesicht zu schlagen. Mit dem Gewehrlauf drückte er sie zur Seite. Die drei Frauen hatten sich von ihrem Schock erholt und schrien los. Eilig versuchten sie, aus der Gefahrenzone zu kommen, während von allen Seiten Leute herbeieilten. Ich sagte zu Hawk: »Nicht schießen.«

Er nickte und schwang gleichzeitig seine Waffe wie einen Baseballschläger herum. Der erste, den er damit voll auf den Kopf traf war Paul. Ohne einen Laut sackte er zusammen.

Zachary feuerte, traf mich aber nicht. Ich schlug mit dem Lauf meiner Pistole nach seiner Hand, was immerhin den Effekt hatte, daß er den Arm hochnehmen mußte und mich so auch beim zweitenmal verfehlte. Ich versuchte, meine Pistole in eine Position zu bringen, aus der ich ihn treffen, aber niemanden sonst verletzen konnte, dabei entwand er mir mit Leichtigkeit die Waffe, und sie fiel auf den Boden. Mit beiden Händen umklammerte ich nun seine Rechte, um den Pistolenlauf in eine andere Richtung zu drehen, von mir weg.

Hawk schlug mit seiner abgesägten Flinte auf Zachary ein, doch der duckte sich etwas, und Hawk traf nur die schwellenden Muskeln im Nacken. Während ich immer noch an seinem rechten Arm hing, erwischte Zachary Hawk mit dem linken und schleuderte Mann und Gewehr in verschiedene Richtungen. Wenigstens gelang es mir, während seine Aufmerksamkeit abgelenkt war, seinen Griff um die Pistole zu lösen. Mit beiden Händen kämpfte ich gegen seine Finger und hätte fast verloren, doch ich verdrehte mit letzter Kraftanstrengung seinen Zeigefinger, und die Waffe schlitterte auf dem Zementboden entlang.

Zachary grunzte und nahm mich in den Schwitzkasten. Bevor er jedoch diesen fatalen Griff schließen konnte, war Hawk auf ihm. Ich gab Zachary eins auf die Nase und wand mich nach unten aus seinen Armen. Während ich mich aufrichtete, sah ich Hawk durch die Luft wirbeln.

Eine kleine Menschenansammlung hatte sich um uns gebildet, und ich hörte jemanden nach der Polizei schreien. Verängstigtes Gemurmel in verschiedenen Sprachen war zu hören.

Zachary hatte sich ein paar Schritte zurückgezogen und stand jetzt gegen die Mauer gelehnt. Rechts von ihm tänzelte Hawk in Boxerpose, und links von ihm stand ich, leicht geduckt.

Hinter uns ein geschlossener Halbkreis von Zuschauern.

Zachary atmete schwer, Schweißperlen standen auf seiner Stirn. Sein Blick ging zu Hawk, unter dessen Auge sich eine Schwellung zu zeigen begann. Er schnaufte kaum hörbar und hielt die Hände lässig vor der Brust. Zwischen den Zähnen hindurch hörte ich ihn sanft die Melodie von »Do Nothing Till You Hear From Me« pfeifen.

Zachary sah zu mir hin, dann wieder zu Hawk. Dasselbe wiederholte sich noch einige Male, und ich wußte, daß die Zeit auf unserer Seite war. Noch ein paar Augenblicke, dann war sicher Polizei da. Zachary wußte das auch. Er holte tief Luft.

»Hawk«, sagte ich, und Zachary rannte los. Wir griffen beide nach ihm, aber er wehrte uns ab, Hawk mit der Schulter, mich mit dem Oberschenkel. Eigentlich hatte ich ihn am Bein erwischen wollen, aber er war zu schnell gewesen, und ich kam nicht tief genug. Die Menge schwankte und wogte, eine Öffnung entstand, Zachary brach hindurch und war auf dem Weg zum Mittelgang. Mit Blutgeschmack im Mund rappelte ich mich hoch. Auch Hawk schien zu bluten. Dann waren wir beide auf den Beinen und jagten hinterher.

»Was machen wir mit ihm, wenn wir ihn haben?« fragte Hawk neben mir.

»Gar nichts weiter, Bluthund«, sagte ich. Meine Lippe schwoll langsam an, und sprechen wurde schwierig. Vorbei an zwei verblüfften Platzanweisern rannten wir aus dem Stadion. Nur noch die große Terrasse rings um den Komplex trennte uns von den Stufen, die dann zu dem Vorplatz mit Restaurants und Verkaufsständen führten.

Zachary nahm die Stufen mit Leichtigkeit, immer zwei zugleich. Für einen Mann seines Gewichts war er ungeheuer beweglich und sehr schnell. Unten wandte er sich nach links auf das Schwimmstadion zu. Ich wagte den Sprung übers Geländer und landete zweieinhalb Meter tiefer auf seinem Rücken. Mein Gewicht ließ ihn stolpern, und schließlich fielen wir zusammen auf die Erde. Ich hatte zwar einen Arm um seinen Hals, aber er rollte sich geschickt über mich und riß sich los. Hawk kam im rechten Moment über die Treppe und trat nach Zacharys Kopf, was den jedoch nicht aufhalten konnte. Er rannte schon wieder. Hawk erwischte ihn noch mal mit einem rechten Haken am Hals, aber das entlockte dem Riesen lediglich ein Grunzen; er lief Hawk einfach um und war schon weiter. Wir lagen nun beide auf dem Boden und sahen uns an. »Könnte sein, daß du doch noch den kürzeren ziehst, Junge«, keuchte ich.

»Er kann zwar laufen, aber verstecken kann cr sich mit seiner Figur kaum«, meinte Hawk und war schon wieder hoch.

Zachary hatte sich in Richtung eines ausgedehnten Parks jenseits der Schwimmhalle gewandt.

»Der Hügel da, der schafft ihn«, sagte ich zu Hawk.

»Uns wird er aber auch ganz schön schlauchen«, grinste der.

Doch sein Atem ging ganz normal, und seine Bewegungen waren elastisch und gleichmäßig wie eh und je.

»Dreihundert amerikanische Pfunde da hoch zu transportieren, wird Schwierigkeiten machen. Wenn wir ihn haben, dann ist er wenigstens müde.«

Vor uns arbeitete Zachary wie eine Maschine. Sogar auf die Entfernung sah man sein schweißdurchtränktes Hemd. Aber meins fühlte sich auch feucht an. Ich schaute im Laufen an mir herunter. Es war Blut, das wahrscheinlich von meiner Lippe kam. Ich warf einen Blick auf Hawk. Der untere Teil seines Gesichts war blutverschmiert, und sein Hemd wirkte marmoriert. Das eine Auge hatte sich fast geschlossen.

Wir holten auf. All die Jahre des regelmäßigen Jogging zahlten sich aus. Ich fühlte mich ganz gut, und der Schweiß, der mir aus allen Poren zu schießen schien, machte es sogar leichter.

Es waren nicht viele Leute unterwegs, und die, denen wir begegneten, achteten kaum auf uns. Das gleichmäßige Laufen wirkte fast hypnotisch, ein regelmäßiges Auf und Ab von Armen und Beinen, wobei Hawk so gut wie geräuschlos lief.

Kurz vor dem höchsten Punkt des Hügels hatten wir Zachary eingeholt. Er hielt an, und ich konnte seinen stoßweisen Atem hören. Wie ein verwundeter Bär stand er da und wartete auf uns. Gegen die Sonne sah es aus, als hätte er sich auf die Hinterbeine erhoben. Wir hatten ihn gestellt.

28

Ohne uns auch nur anzusehen, verlangsamten Hawk und ich gleichzeitig unseren Lauf und blieben etwa anderthalb Meter vor Zacharys riesigem Körper stehen. Ein Stück entfernt bemerkte ich aus dem Augenwinkel zwei Sportler, die zu uns herüberstarrten.

Hawk hatte sich in eine Stellung zu Zacharys Rechten gebracht. Ich hielt mich mehr auf der Linken. Zachary beobachtete uns und wandte sich mal zu Hawk, mal zu mir, um uns im Auge zu behalten. Hawk bewegte sich langsam auf Zachary zu. Ich tat es ihm nach. Unser Opfer machte ein merkwürdiges Geräusch im Hals, so als wolle er sprechen, aber es kam nur eine Art Röcheln heraus. Hawks Schlag war offenbar nicht ganz wirkungslos geblieben. Jetzt machte er einen Schritt auf mich zu, und im selben Moment hieb ihm Hawk wieder auf die Kehle. Zachary würgte und fuhr herum, seine Faust hieb nach Hawk, aber der war schon außer Reichweite. Nun war ich dran und brachte einige gezielte Schläge auf den muskulösen Koloß an: links-rechts-links-rechts. Es fühlte sich an, als arbeite man am schweren Sandsack. Er krächzte und hatte blitzschnell seine Arme um mich gelegt, dann drückte er zu. Hawk bearbeitete ihn von hinten, trat ihm in die Weichteile, aber ohne nennenserten Effekt. Zachary preßte mich zusammen. Ich war geliefert. Vor meinen Augen tanzten rote Punkte, und in Panik drückte ich beide Hände unter sein Kinn und drückte langsam seinen Kopf nach hinten, meinen Rücken fest gegen seine Schraubstockumklammerung gepreßt. Hawk war hinter mir und zerrte Finger für Finger an Zacharys Händen. Der Griff löste sich, und ich war frei. Junge, Junge, das war knapp. Eine elegante Schlagkombination Hawks auf Zacharys Kinn hatte kaum mehr Wirkung, als daß sie den blonden Schädel nach hinten warf. Hawk sprang zurück und rieb sich das Handgelenk, was Zachary zu einem Schlag ausnutzte, der Hawk zu Boden warf. Ich trat den Koloß unsportlich zwischen die Beine. Er stöhnte auf. Hawk kroch aus seiner Reichweite und erhob sich. Seine Nase hatte angefangen zu bluten, und er sah aus, als käme er direkt vom Schlachthaus. Zachary ebenso. Wir waren alle blutverschmiert, mit dem eigenen und dem der anderen.

Ich war froh, daß Susan mich so nicht sehen konnte.

Zachary hatte offensichtlich Schwierigkeiten mit dem Luftholen, es hörte sich so an, als schwelle ihm langsam der Hals zu. Ganz entfernt hörte man eine Polizeisirene.

Hawk umkreiste Zachary nun langsam, er humpelte ein bißchen.

Zachary krächzte: »Nigger«, und spuckte nach Hawk. Ich nahm den Kreis von der anderen Seite auf, und wir machten ihn immer enger. Doch dann waren wir zu nah, Zachary griff sich Hawk. Mit einem Satz war ich auf seinem Rücken und versuchte, einen Nelson anzubringen. Aber mein Gegner war zu kräftig, er fing ihn ab. Immerhin gab das Hawk Gelegenheit sich loszumachen und wieder zwei Volltreffer auf Zacharys lädiertem Kehlkopf zu landen. Der Schmerzensschrei hörte sich nicht schön an.

Ich saß immer noch auf seinem Rücken. Wir waren beide glitschig von Schweiß und Blut. Um uns hing der ranzige Geruch aus Körperdunst und Erschöpfung. Es gelang mir, einen Arm unter Zacharys Kinn zu schieben, doch fehlte mir die Kraft es hochzuziehen. Hawk wußte nun, wo er hinschlagen mußte, und ich konnte förmlich fühlen, wie der ganze Körper vor Schmerz erschauerte, ich hoffte, wir würden länger aushalten können als er.

Er hatte mich jetzt am Hemd gegriffen und zerrte mich mit einer Hand über seine Schulter nach vorn, die andere Hand umfaßte meinen Oberschenkel, und im nächsten Augenblick fühlte ich mich durch die Luft fliegen und direkt auf Hawk landen. Jetzt lagen wir beide, und Zachary war schon da und trat auf uns ein. Er erwischte mich am Brustkasten, und ich sah wieder die roten Punkte. Dann kam ich irgendwie hoch, Hawk war neben mir, und wir formten erneut unseren Kreis. Zacharys Brust hob und senkte sich, aus seinem Hals kamen schreckliche Geräusche beim Atmen. Vor meinen Augen tanzten Kreise, und Hawk spuckte einen Zahn aus. Die Sirene hörte sich nicht mehr so entfernt an. Hawk knurrte: »Wenn wir ihn nicht bald haben, dann sind die Bullen hier.«

»Ich weiß«, erwiderte ich und ging auf Zachary zu. Er holte aus und schwang seine Faust gegen mich, aber er war langsamer geworden, er schien müde zu sein, und das Atmen machte ihm wirklich zu schaffen. Ich duckte mich und hieb ihm meinen besten Boxschlag in den Magen. Hätte die volle Kraft hinter seinem Konterschlag gesessen, er hätte mir wahrscheinlich damit den Kopf abgetrennt. Nun hatte Hawk wieder eine Gelegenheit, und er nutzte sie zu einigen Expertenschlägen in die empfindlichsten Teile. Zachary röchelte und wandte sich langsam Hawk zu. Seine Bewegungen wirkten nun wie die eines defekten Roboters.

Ich hieb ihm von hinten in den Nacken, es war kein Boxen mehr, sondern eher ein Handkantenschlag, wobei ich mein volles Gewicht hineinzulegen versuchte. Er strauchelte und drehte sich halb zu mir um. Ich wollte die Sache jetzt zu Ende bringen. Hawk tat es mir gleich und wandte dieselbe Schlagtechnik an.

Und wieder kam der Koloß ins Stolpern. Ich ließ eine Serie von Schlägen auf seinen Solarplexus los, und Hawk warf sich von der anderen Seite gegen ihn, um ihm seine Arme wie Knüppel ins Genick zu werfen. Doch noch war unser Kampf nicht vorbei. Zachary raffte sich noch einmal auf, drehte sich und schwang seinen Arm wie einen Baumstamm gegen Hawk, der mit dumpfem Schlag auf den Boden prallte. Dann war ich an der Reihe: Ich landete zwei Schläge auf seiner Nase, aber er grabschte nach meinem Hemd, hielt mich an der Knopfleiste und begann mich mit der rechten Faust zu bearbeiten. Ich konnte nichts tun, als mein Gesicht irgendwie zu schützen, indem ich den Hals einzog und die Arme möglichst hoch gegen die Ohren hielt. Es half nicht allzuviel. Irgendwie fühlte ich etwas aushaken. Mein linker Arm war gebrochen. Ich nahm alle Kraft zusammen und brachte meinen Unterarm mit voller Wucht gegen Zacharys Luftröhre. Gleichzeitig versuchte ich einen Kinnhaken.

Zachary grunzte. Dann war Hawk wieder da und trat ihn gegen die Wirbelsäule, Zachary knickte rückwärts, und Hawk schlug ihm mit einem Aufwärtshaken gegen die Kinnlade. Plötzlich lockerte sich der Griff um mein Hemd, ich fühlte, wie Zachary in den Knien einknickte und wich zur Seite, während er, Gesicht nach unten, zu Boden ging.

Hawk stand schwankend über ihm, Gesicht und Oberkörper blutverkrustet, sein Auge inzwischen geschlossen und die Oberlippe so aufgedunsen, daß man das Rosa der Innenseite sehen konnte. Die Sonnenbrille war weg, und vom Hemd war nicht viel übriggeblieben. Sein Mund bewegte sich etwas, und ich hatte das Gefühl, er versuchte zu lächeln. Ein dünner Blutfaden rann ihm übers Kinn, während er auf Zachary blickte. »Schlappschwanz«, kam es zwischen Hawks Lippen hervor.

Mein linker Arm hatte eine merkwürdige Stellung. Es tat zwar noch nicht besonders weh, aber ich wußte, das würde noch kommen. Die Vorderseite meines Hemdes war weg, meine Brust blutbeschmiert, die Nase fühlte sich an, als sei sie auch gebrochen. Das wäre dann das sechste Mal. Ich machte einen Schritt auf Hawk zu und wankte. Da merkte ich erst, daß ich genauso unsicher auf den Beinen stand wie er.

Ein Polizeiauto mit Blaulicht und Martinshorn kam in Sicht.

Ich konnte erkennen, daß einige Leute in unsere Richtung zeigten. Der Wagen hielt mit quietschenden Reifen neben uns, und zwei Polizisten, Pistole im Anschlag, sprangen heraus.

Hawk sagte leise zu mir: »Siehst du, Baby, wir ham's auch ohne die Bullen geschafft.« Ich streckte meine Rechte aus, sie zitterte. Hawk schlug ein, seine Hand fühlte sich an, als habe er keine Muskeln mehr darin. Zum Schütteln waren wir zu abgekämpft, so standen wir da, wie zwei kleine Jungen nach einer Prügelei, Hand in Hand und schwankend wie Rohre im Wind. Zachary bewegungslos vor uns auf der Erde.

»Ham's auch ohne die verrückten Bullen geschafft, Baby«, sagte Hawk wieder, und ein glucksendes Röcheln begleitete die Worte. Ich merkte, daß er lachte und fing ebenfalls an zu lachen.

Die beiden Polizisten standen vor uns und sahen uns an, Pistolen halb gesenkt, die Türen ihres Streifenwagens noch nachschwingend. Unten kam ein zweiter Wagen mit Sirene.

Einer fragte: »*Qu'est que c'est?*«

»*Je parle anglais*«, erwiderte ich lachend und nach Luft schnappend. »*Je suis Americain, mon gendarme.*«

Hawk war jetzt fast hysterisch vor Lachen, sein Körper wurde davon regelrecht erschüttert und wippte auf und ab. Dabei hing er eisern an meiner unverletzten Hand.

»Was, zum Teufel, machen Sie denn?« fragte der Polizist.

Und Hawk, der verzweifelt versuchte, gegen das Lachen anzugehen, das ihn in Wellen überrollte, keuchte: »Wir haben soeben die Goldmedaille in der neuen Disziplin Freilandschlägerei gewonnen.« Es war das Witzigste, was ich je gehört hatte – oder zumindest schien es mir im Augenblick so –, und ich prustete erneut los. Wir kicherten immer noch, als sie uns in das Auto einluden und uns zum nächsten Krankenhaus fuhren.

29

Man verarztete uns nach allen Regeln der Kunst, und sie behielten uns über Nacht im Krankenhaus. Hawk lag im Nachbarbett. Vor der Tür stand ein Polizist.

Mein Arm schmerzte ziemlich, so daß ich eine Spritze bekam. Den Rest des Tages und die Nacht verschlief ich. Als ich aufwachte, fiel mein erster Blick auf einen Mann in Zivil, der jedoch direkt nach Polizei roch. Er stellte sich vor:

»Mein Name ist Morgan von der RCMP«, sagte er und zeigt mir seine Marke. »Ich würde gern wissen, was genau los war.«

Hawk, der aufrecht im Bett saß und den *Montreal Star* vor sich hatte, lutschte etwas aus einem Strohhalm durch den Mundwinkel und sagte langsam durch seine genähte Lippe: »Paul ist tot. Kathie hat ihn erschossen, als er einen Fluchtversuch machte.«

»Fluchtversuch?« wiederholte ich ungläubig.

Hawk grunzte: »Hmm.« Sein Gesicht war völlig ausdruckslos.

Morgan fügte hinzu: »Wir haben das Mädchen im Augenblick noch unter Arrest.«

Ich fragte: »Was macht Zachary?«

»Er wird's überleben«, meinte Morgan. »Wir haben uns in der Zwischenzeit etwas mit ihm beschäftigt, Material ist in unseren Akten schon genug über ihn.«

»Kann ich mir denken«, sagte ich und versuchte meine Stellung zu ändern, aber es tat weh. Alles tat mir weh. Der linke Arm war bis zum Ellbogen in Gips, und uber der Nase fühlte ich einen Verband.

»Ja«, begann Morgan wieder, »wir haben natürlich vor den Spielen schon eine Liste aller aktenkundig gewordenen Terroristen angefertigt. Zachary war bekannt, und mehrere Länder fahnden nach ihm. Was wollten Sie von ihm?«

»Wir haben ihn davon abgehalten, einen Goldmedaillengewinner umzulegen. Ihn und Paul.«

Morgan war ein mittelgroßer, kräftig wirkender Mann mit dickem dunkelblondem Haar und Schnurbart. Das Kinn sprang etwas vor, und der Mund fiel zurück, so war der Bart gar nicht schlecht. Er trug eine randlose Brille, wie ich sie seit meinen Grundschultagen nicht mehr gesehen hatte.

»Das haben wir den Zeugenaussagen und Kathies Aussage entnommen. Übrigens ist Kathie wohl nicht ihr richtiger Name.«

»Stimmt, aber den richtigen kenne ich nicht.«

Morgan sah zu Hawk hinüber: »Und Sie?«

»Ich auch nicht.«

Morgan wandte sich wieder an mich: »Nun, das Zielgewehr und die Markierung an der Wand sagten uns schon einiges über den Plan. Aber wir hätten natürlich gern Informationen darüber, wie es kam, daß Sie genau zum richtigen Zeitpunkt am Ort des Geschehens waren und auch über einige Waffen, die wir dort fanden. Eine .38er ist auf Ihren Namen registriert, Mr. Spenser. Aber ein Gewehr mit abgesägtem Lauf, für das es in Kanada keine Erlaubnis gibt, scheint keinen Besitzer zu haben, obwohl Mr. – hm – Hawk – dafür ein Schulterhalfter besitzt.«

Hawk sah zur Decke hinauf und hob die Achseln. Er sagte nichts.

»Die anderen Waffen«, fuhr Morgan fort, »gehören zweifellos den Terroristen.«

Ich quetschte ein »Ja« heraus.

»So, und nun lassen Sie uns nicht länger um den heißen Brei herumreden«, sagte Morgan. »Sie sind beide nicht als Touristen hier. Was also hatten Sie vor? Ich möchte, daß Sie mir alles sagen.«

Ich fragte: »Kann ich bitte telefonieren?«

Morgan sah mich an: »Spenser, das hier ist kein Kino.«

Ich erwiderte: »Ich möchte mit meinem Auftraggeber reden. Er hat ein Recht auf Anonymität und ein Recht darauf zu wissen, wenn ich dies Recht mißachten soll, falls ich mich dazu entschließe.«

Morgan nickte in Richtung Telefon. Ich angelte mir den Hörer und rief Jason Carroll an. Er war sofort am Apparat.

»Hier ist Spenser«, sagte ich. »Erwähnen Sie nicht den Namen Ihres und meines Klienten. Ich habe erledigt, was ich wollte, aber die Polizei hat sich eingeschaltet und stellt Fragen.«

Carrolls Stimme sagte: »Ich fürchte, unser Klient wird damit nicht einverstanden sein. Wo sind Sie?«

»Ich bin im Krankenhaus.« Die Nummer stand auf dem Telefon, und ich las sie ab.

»Sind Sie schwer verwundet?«

»Nein, man läßt mich heute noch raus.«

»Ich werde den Klienten anrufen und mich wieder melden.«

Zu Morgan gewandt sagte ich: »Ich will Ihnen nicht auf den Wekker fallen, aber Sie sollten mir ein paar Stunden Zeit geben, bis ich mit meinem Klienten gesprochen habe. Gehen Sie inzwischen essen oder so. Wir haben Ihnen immerhin eine ziemliche Blamage erspart.«

Morgan nickte. »Das weiß ich. Deshalb werden Sie auch anständig behandelt. Aber soweit ich weiß, haben Sie Ihre Erfahrungen mit der Polizei gemacht und wissen auch, daß wir nicht so zuvorkommend sein müssen.«

Aus dem Nachbarbett kam ein Laut wie: »Ha.«

Ich sah Morgan in die Augen: »Stimmt. Aber die paar Stunden brauche ich einfach noch.«

Er nickte wieder. »Okay, ich komme wieder.« Dann lächelte er: »Draußen steht einer meiner Leute, falls Sie irgend etwas brauchen.«

»So einer mit 'nem knallroten Frack?« Das war wieder Hawk.

»Die tragen sie nur zu offiziellen Anlässen«, sagte Morgan, »für die Königin, nicht für Leute wie Sie.«

Als er weg war, fragte ich Hawk: »Meinst du wirklich, sie hat ihn umgebracht, weil er abhauen wollte?«

»Donnerwetter, nein. Wir waren noch nicht außer Sicht, da hat sie sich das Gewehr geschnappt und ihn umgepustet, das weißt du doch genauso gut wie ich, Mann.«

»Dachte ich mir.«

»Ich glaub' aber, sie werden ihr kaum das Gegenteil beweisen können. Wahrscheinlich haben sich die Leute auf uns und unsere Verfolgungsjagd konzentriert, während sie's tat.«

»Hmm, könnte sein.«

Drei Stunden später öffnete sich die Tür zu unserem Zimmer, und Hugh Dixon kam herein. Er saß in einem motorgetriebenen Rollstuhl.

Ich sagte: »Ich hatte nicht erwartet, Sie hier zu sehen.«

»Und ich nicht Sie hier«, war seine Antwort.

»Ist nicht so schlimm, ich habe schon Schlimmeres erlebt«, grinste ich und wies auf Hawk: »Das ist Hawk – und das ist Hugh Dixon.«

Hawk sagte artig: »Guten Tag.«

Dixon nickte einmal schweigend. Hinter ihm erschien sein orientalischer Diener in der Tür. Eine Schwester schaute herein und verschwand wieder. Dixon sah mich lange an.

»Irgendwie ist es schade«, sagte er dann. »Nun habe ich nichts mehr, woran ich mich halten kann.«

»Ich weiß«, sagte ich.

»Aber das ist nicht Ihr Fehler«, fuhr er fort. »Sie haben getan, was ich von Ihnen verlangte und noch mehr. Soweit ich gehört habe, sitzt der letzte hier im Gefängnis.«

Ich schüttelte den Kopf. »Nein, das Mädchen ist nicht in die Sache verwickelt, da habe ich mich geirrt.«

Hawk sah in die Luft. Dixon blickte mich schweigend an.

Ich fragte: »Wie sind Sie so rasch hierher gekommen?«

»Privatflugzeug«, sagte er. »So, sie ist also nicht die Richtige?«

»Nein, Sir«, erwiderte ich. »Das Mädchen habe ich nicht erwischt.«

Er sah mich noch eine Weile an, dann sagte er: »Gut. Sie bekommen trotzdem den vollen Betrag.« Damit nahm er einen Umschlag aus der Jackentasche und gab ihn mir. Ich öffnete ihn nicht. »Carroll ist bei der Polizei. Schwierigkeiten dürfte es wohl nicht mehr geben. Ich habe einigen Einfluß in Kanada.«

»Lassen Sie das Mädchen auch rausholen«, bat ich.

Ich hatte das Gefühl, sein Blick sei zentnerschwer. Dann nickte er: »Gut.« Und wir schwiegen wieder.

»Carroll wird die Krankenhauskosten begleichen.«

»Danke«, sagte ich.

»Ich danke Ihnen«, erwiderte Dixon. »Sie haben den Auftrag zu meiner Zufriedenheit ausgeführt. Ich bin stolz, daß ich Sie kennengelernt habe.« Damit streckte er mir die Hand hin, und ich ergriff sie. Anschließend rollte er seinen Stuhl zu Hawk und schüttelte auch ihm die Hand. »Sie sind anständige Leute«, sagte er. »Wenn Sie irgendwann einmal Hilfe brauchen sollten, wenden Sie sich an mich.« Dann wendete er seinen Stuhl und verließ uns. Der Butler schloß die Tür.

Ich öffnete den Umschlag. Der Betrag lautete über fünfzigtausend.

Zu Hawk sagte ich: »Er hat die Summe verdoppelt. Du kriegst die Hälfte davon.«

Aber Hawk schüttelte den Kopf: »Ich nehm' das, was wir ausgemacht haben.«

Dann schwiegen wir eine Weile, bis Hawk sagte: »Du willst also diese kleine Psychopathin wieder auf die Menschheit loslassen?«

»Hmm.«

»Sentimentaler Knochen. Du schuldest ihr doch nichts.«

»Sie war ein Lockvogel, und zwar meiner. Ich will sie nicht auch noch ausliefern. Vielleicht kann sie ja bei dir bleiben.«

Hawk verzog keine Miene, ich hörte nur: »Ha.«

»Gut, gut, ich dachte ja nur.«

»Sie gehört ins Gefängnis oder ins Irrenhaus«, sagte er.

»Wahrscheinlich, aber ich werd' sie nicht dahin schicken.«

»Irgend jemand wird's aber eines Tages tun.«

»Hmm.«

»Außerdem könnt sie auch noch 'n paar umlegen vorher, oder?«

»Hmm.«

»Spenser, du spinnst, weiß du das?«

»Hmm.«

30

Unter uns glitzerte das Wasser in der Abendsonne. Susan und ich standen auf der Westminster-Brücke und schauten die Themse an. Mein linker Arm hing noch in einer Schlinge, und ich hatte meinen blauen Blazer darübergeworfen, den mit den Messingknöpfen à la David Niven. Mit dem Arm kam ich zwar ins Hemd, nicht aber in die Jacke. Susan trug ein weißes, schwingendes Sommerkleid, das über und über mit blauen Punkten bedeckt war. Um die Taille hatte sie einen weißen Gürtel geschlungen, und weiße, hochhackige Riemchensandalen zeigten, was für schöne Beine sie hatte. Ihre Arme waren gebräunt, und ihr dunkles Haar glänzte in der Sonne. So lehnten wir am Geländer, berührten uns leicht, und ich genoß es, ohne Pistole zu sein und den Duft ihres Parfüms in der Nase zu spüren.

»Ah«, sagte ich, »dies England.«

Susan wandte mir ihr Gesicht zu, das weitgehend hinter einer riesenhaften Sonnenbrille verborgen war. Um den Mund hatte sie Lachfalten, die sich jetzt vertieften. »Wir sind drei Stunden in London«, sagte sie. »Du hast sämtliche englischen Lieder gesungen, die du kennst, hast Johnson, Chaucer, Dickens und Shakespeare zitiert – was willst du noch tun?«

»Ich will dich noch mal wie vorhin in der Dusche umarmen.«

»Aha.«

»Wo willst du essen?«

»Wähle du lieber.«
»Gut, im Post Office Tower.«
»Ist das nicht ein bißchen sehr touristenrummelig?«
»Na und, sind wir etwa Einheimische?«
»Also gut, der Post Office Tower.«
»Wollen wir zu Fuß gehen?«
»Ist es weit?«
»Ja.«
»Dann müssen wir leider Rücksicht auf meine Schuhe nehmen.«
»Gut, wir nehmen eine Taxe. Schließlich bin ich reich. Bleib bei mir, Schatz, und du wirst noch Hermelin tragen.«
Ich winkte einer Taxe und gab dem Fahrer die Adresse.
»Also Hawk wollte das Geld nicht teilen?« Susan legte ihre Hand auf meinen Oberschenkel. Ob der Fahrer wohl merkte, wenn ich sie hier im Taxi vergewaltigte? Wahrscheinlich. Ich sagte statt dessen: »Nein. Er stellte mir nur eine Rechnung aus über seine Unkosten und den Betrag, den wir vorher vereinbart hatten. Das ist wahrscheinlich seine Art, frei zu bleiben. Er hat eben seine Regeln.«
»Und Kathie?«
Ich zuckte die Achseln, und mein Jackett rutschte herunter.
Susan legte es mir wieder um. »Wir haben nichts mehr von ihr gehört, nachdem Dixon dafür gesorgt hat, daß sie freikam.«
»Ich glaube, es war nicht richtig, sie laufen zu lassen. So jemand sollte nicht ohne ärztliche Behandlung sein.«
»Du hast sicher recht«, sagte ich. »Aber ich wollte einfach nicht der sein, der sie hinter Schloß und Riegel bringt. Wenn ich's recht bedenke, dann sollte man auch Hawk nicht frei rumlaufen lassen.«
»Hmm. Und wie weißt du, ob deine Entscheidungen richtig sind?«
»Ich weiß es nicht. Manchmal ist es Glück, manchmal verlasse ich mich auf mein Gefühl, meinen Instinkt, manchmal ist es mir auch egal. Ich tu' eben, was ich kann.«
Sie lächelte: »Ja, das hab' ich vorhin im Hotel in der Dusche gemerkt. Sogar mit einem Arm tust du noch, was du kannst.«
»Ich bin eben ein starker Typ«, sagte ich.
Nach einer Weile, während das Taxi sich durch den Londoner Feierabendverkehr wand, sagte Susan nachdenklich: »Bei diesem Job haben eine Menge Leute dran glauben müssen.«
»Ja.«
»Und, macht dir das zu schaffen?«
»Ja.«
»Diesmal mehr als sonst?«

»Ja, es ist zu viel Blut geflossen«, sagte ich. »Vielleicht haben einige dieser Leute es verdient, zu sterben, aber ich mußte das irgendwie loswerden.«

»Aha, der Kampf mit Zachary«, sagte Susan.

»Verdammt, dir entgeht aber auch nichts, oder?«

»Nichts, was mit dir zu tun hat, schließlich liebe ich dich und kenne dich inzwischen ziemlich gut.«

»Ja, dieser Kampf, das war so was wie Gift ausschwitzen. Ich weiß nicht genau. Für Hawk auch, denke ich. Oder vielleicht hat er's nur als Wettbewerb angesehen, in dem er nicht verlieren wollte. Er ist nicht gewöhnt zu verlieren.«

»Das verstehe ich«, sagte Susan.

»Und verstehst du auch, daß es noch mehr gibt?«

»Was?«

»Dich«, flüsterte ich. »Den unsittlichen Antrag in der Dusche. Es ist so, als müsse ich heil von meinen Ausflügen zurückkommen, um dich lieben zu können.«

Sie rieb die Handfläche ihrer Linken an meiner Wange. »Ja, das weiß ich auch.«

Das Taxi hielt, und ich zahlte. Mein Trinkgeld war wieder mal zu hoch. Im Fahrstuhl hielten wir uns an den Händen, und oben bekamen wir gleich einen Tisch. Es war ein Wochentag und noch ziemlich früh am Abend.

»Sehr touristenlike«, murmelte Susan.

»Ja«, sagte ich ungerührt. »Aber es gibt Mateus Rosé und Amstel-Bier. Wir können beobachten, wie der Abend sich über London niedersenkt, und wir können Ente mit Kirschen essen. Zu allem kann ich noch Yeats zitieren.«

»Und später«, lächelte Susan, »gibt's vielleicht noch eine Dusche.«

»Es sei denn, ich trinke zuviel Amstel und esse zuviel Ente«, grinste ich zurück.

»In diesem Fall«, sagte Susan, »könnte man das Duschen auf den Morgen verschieben.«

Robert B. Parker

Bodyguard für eine Bombe

Action-Thriller

Übersetzt von Ute Tanner

Für Joan, David und
Daniel – mein Glück

1

Locke-Ober's Restaurant, Winter Place, gehört zum alten Boston wie der Turm vom Custom House. Die Innendekoration ist schlicht, die Ober tragen Frack, es gibt kleine separate Räume. Unten ist eine Bar, die *Men's Bar*, so genannt, bis sie eines schönen Mittags von einer Horde humorloser Frauen »befreit« wurde, die Knatsch mit einem Pfarrer bekommen hatten. Jetzt kann jeder da hinein und tun, was ihm Spaß macht. Sie nehmen Kreditkarten. Ich brauchte keine Kreditkarten, weil ich nicht zahlte. Das besorgte John Ticknor, und er brauchte auch keine Kreditkarte, weil er die Rechnung für das Essen an die Firma schicken ließ. Ich bestellte Hummer Savannah. Bei der Firma handelt es sich um den Verlag Hamilton Black, und der ist für zehn Millionen gut. Ticknor bestellte Fisch.

»Und bringen Sie uns bitte noch zwei Drinks.«

»Sehr wohl.« Der Ober nahm uns die Speisekarten ab und enteilte. Er trug eine Hörhilfe in jedem Ohr.

Ticknor schluckte seinen Negroni. »Trinken Sie nur Bier, Mr. Spenser?«

Der Ober brachte ein Heineken vom Faß für mich und den nächsten Negroni für Ticknor.

»Nein, manchmal auch Wein.«

»Aber keine harten Sachen?«

»Nicht oft. Die mag ich nicht, im Gegensatz zum Bier.«

»Und Sie halten sich immer an das, was Sie mögen.«

»Fast immer. Manchmal geht es nicht.«

Er nippte an dem Negroni. Nippen schien nicht seine Stärke zu sein.

»Wann zum Beispiel geht es nicht?«

»Wenn ich etwas tun muß, was ich nicht mag, um etwas tun zu können, was mir Spaß macht.«

Ticknor lächelte ein bißchen. »Klingt reichlich abstrakt.«

Ich wartete. Ganz klar, er versuchte mich zu taxieren. Dagegen hatte ich an sich nichts. Leute, die noch nie Typen wie mich angeheuert haben, reden fast immer erst ein bißchen um den heißen Brei herum.

»Ich mag auch Milch«, sagte ich, »und trinke sie. Gelegentlich.«

Ticknor nickte. »Tragen Sie eine Waffe?«

»Ja.«

Der Ober brachte unseren Salat.

»Wie groß sind Sie?«

»Einszweiundachtzig oder so.«

»Wieviel wiegen Sie?«
»Neunzig Komma sechs Kilo waren es heute nach dem Jogging.«
»Wie weit laufen Sie?«
Der Salat war ganz frisch gemacht und herrlich knackig.
»So an die fünf Meilen pro Tag. Manchmal zehn, wenn ich mich mal richtig ausarbeiten will.«
»Wie kommt es, daß Sie eine gebrochene Nase haben?«
»Ich hab' mal gegen Joe Walcott gekämpft, da war er aber schon auf dem absteigenden Ast.«
»Und der hat Ihnen die Nase gebrochen?«
»Wäre er nicht schon auf dem absteigenden Ast gewesen, hätte er mich umgebracht.«
»Damals waren Sie Boxer.«
Ich nickte. Ticknor spülte mit dem Negroni-Rest einen Happen Salat hinunter.
»Sie waren auch bei der Polizei?«
Ich nickte.
»Dort hat man Sie entlassen?«
»Stimmt.«
»Warum?«
»Wegen Widersetzlichkeit.«
»War dieser Vorwurf berechtigt?«
»Durchaus.«
Der Ober brachte die Vorspeise.
»Wie man hört, sollen Sie ja ein ziemlich harter Bursche sein.«
»Und ob. Vorhin hab' ich mir ernsthaft überlegt, ob ich den Hummer Savannah nehmen oder lieber einen von den Stühlen da verschlingen sollte.«
Ticknor lächelte wieder, aber nicht so, wie man einen willkommenen Bewerber um die Hand seiner Schwester anlächelt. »Man hat mir auch erzählt, Sie seien – ich zitiere – ein ganz geriebener Hund. Klang im übrigen durchaus freundschaftlich.«
»Uff«, sagte ich.
Ticknor aß zwei grüne Erbsen. Er war um die Fünfzig und wirkte sportlich. Squashspieler wahrscheinlich. Und Tennis. Vielleicht ritt er auch. Er trug eine randlose Brille, was man heute nicht mehr allzu oft sieht, hatte ein kantiges Harvardgesicht und einen ungebärdigen Bürstenschnitt. Kein Softie, trotz des Bryn-Mawr-Tonfalls.
»Wollen Sie eine Biographie bei mir bestellen, oder soll ich jemandem in Ihrem Auftrag die Knochen kurz und klein schlagen?«
»Ich kenne da gewisse Kritiker, die . . . Aber nein, weder noch.«

Er aß noch fünf Erbsen. »Was wissen Sie über Rachel Wallace?«
»*Sisterhood*«, sagte ich.
»Ach nee . . .«
»Ach doch. Ich habe eine gebildete Freundin, die liest mir manchmal was vor.«
»Wie finden Sie das Buch?«
»Ich finde, daß das meiste schon von Simone de Beauvoir gesagt worden ist.«
»Sie kennen ›Das andere Geschlecht‹?«
»Das dürfen Sie aber den Kameraden im Fitneßclub nicht verraten«, sagte ich. »Die halten mich sonst für schwul.«
»*Sisterhood* ist in unserem Verlag herausgekommen.«
»Ach so . . .«
»Ja, ich weiß, kein Mensch achtet bei einem Buch auf den Verlag. Wir bringen auch ihr neues Buch heraus.«
»Wie heißt es?«
»*Tyranny.*«
»Zugkräftiger Titel.«
»Es ist ein ungewöhnliches Buch«, sagte Ticknor. »Die Tyrannen sind hohe Tiere, die Lesbierinnen diskriminieren.«
»Zugkräftige Idee«, sagte ich.
Ticknor runzelte kurz die Stirn. »Die hohen Tiere haben Namen. Man hat Miss Wallace bedroht, falls das Buch tatsächlich herauskommt.«
»Aha«, sagte ich.
»Wie meinten Sie?«
»Mir geht so langsam ein Seifensieder auf.«
»Die Drohungen, ja . . . Ganz recht, darum geht es im wesentlichen. Wir möchten, daß Sie Miss Wallace beschützen.«
»Zweihundert Dollar pro Tag plus Spesen.«
»Spesen?«
»Manchmal braucht man ein bißchen Bargeld, wenn einem die Munition ausgeht und man sich neu eindecken muß, beispielsweise. Das geht dann auf Spesen.«
»Ich könnte jemanden bekommen, der es für die Hälfte macht.«
»Glaub' ich gern.«
Der Ober räumte ab und schenkte Kaffee ein.
»Ich bin nicht befugt, so hoch zu gehen.«
Ich nippte an meinem Kaffee.
»Hundertfünfunddreißig könnte ich Ihnen bieten.«
Ich schüttelte den Kopf.

Ticknor lachte. »Waren Sie mal Literaturagent?«

»Was habe ich vorhin gesagt? Ich mache nichts, was ich nicht mag, wenn es sich irgend vermeiden läßt.«

»Und für hundertfünfunddreißig mögen Sie nicht.«

Ich nickte.

»Können Sie sie schützen?«

»Sicher. Aber Sie wissen so gut wie ich, daß der Begriff Schutz relativ ist. Ich kann nicht verhindern, daß ein Psychopath sein Leben drangibt, um sie zu töten. Ich kann nicht verhindern, daß sich eine Horde wildgewordener Sexisten auf sie stürzt. Ich kann ihnen einen Denkzettel verpassen. Aber wenn sie ein auch nur einigermaßen normales Leben führen will, kann ich hundertprozentige Sicherheit nicht garantieren.«

»Das ist mir klar«, sagte Ticknor. Einen besonders glücklichen Eindruck machte er allerdings nicht.

»Was ist mit der Polizei?« fragte ich.

»Miss Wallace traut ihr nicht. Polizisten sind für sie – ich zitiere – Agenten der Repression.«

»Aha.«

»Sie lehnt es auch ab – ich zitiere wieder –, Tag und Nacht einen Haufen schießeisenbewehrter Schlägertypen auf den Fersen zu haben. *Ein* Leibwächter soll es sein, nicht mehr. Zuerst wollte sie unbedingt eine Frau haben.«

»Aber?«

»Aber ein Mann wäre, wenn es bei dem einen bleiben muß, dann doch besser, fanden wir. Schon im Hinblick auf die Körperkraft, bei einem Zweikampf mit einem Attentäter zum Beispiel.«

»Und damit hat sie sich einverstanden erklärt?«

»Ohne Begeisterung.«

»Ist sie lesbisch?« fragte ich.

»Ja«, bestätigte Ticknor.

»Und sie bekennt sich dazu?«

»Sogar sehr aggressiv. Stört Sie das?«

»Das Lesbische nicht, die Aggressivität schon. Wir werden viel Zeit miteinander verbringen. Ich möchte nicht den ganzen Tag Zoff mit ihr haben.«

»Ich kann Ihnen nicht versprechen, daß es ein angenehmer Job werden wird, Spenser. Sie ist kein einfacher Mensch. Sie ist eine hochintelligente Frau, und sie hat es geschafft, daß die Welt sich anhört, was sie zu sagen hat. Es war nicht leicht. Sie ist hart und zynisch und reagiert empfindlich auf jede Kränkung.«

»Vielleicht kann man sie ja ein bißchen milder stimmen«, sagte ich. »Eine Schachtel Pralinen, ein paar Blumen, gelegentlich ein nettes Kompliment . . .«

Ticknor sah aus, als hätte er auf etwas Saures gebissen.

»Versuchen Sie bei ihr bloß nicht, Witze zu reißen, dann geht sie sofort hoch.«

Er schenkte uns aus der silbernen Kanne Kaffee nach. Inzwischen war nur noch ein Tisch besetzt. Für unseren Ober spielte das keine Rolle. Er eilte herbei, sobald Ticknor die Kanne absetzte, nahm sie mit und erschien postwendend mit frischem Kaffee.

»Der einzige Vorbehalt, den ich habe«, sagte Ticknor, als der Ober sich zurückgezogen hatte, »ist die Möglichkeit eines Persönlichkeitskonflikts.«

Ich lehnte mich zurück und schlug die Arme übereinander.

»Sie machen sonst einen guten Eindruck auf mich«, sagte Ticknor. »Leute, die es wissen müssen, sagen, daß Sie so hart sind, wie Sie aussehen. Und daß Sie ein ehrlicher Kerl sind. Aber Sie spielen gelegentlich gern das Großmaul. Und Ihr Aussehen muß auf Rachel wie ein rotes Tuch wirken.«

»Das ist kein Kunststück«, sagte ich.

»Was ist kein Kunststück?«

»Das Großmaul zu spielen. Es ist eine Begabung.«

»Mag sein«, sagte Ticknor. »Aber es ist keine Begabung, die Ihnen bei Rachel Wallace Pluspunkte einbringt. Ebensowenig wie die Muskeln und der Machismo.«

»Ich kenne einen Typ, von dem ich mir einen lavendelfarbenen Anzug leihen könnte.«

»Wollen Sie den Job nicht?« fragte Ticknor.

Ich schüttelte den Kopf. »Was Sie suchen, Mr. Ticknor, ist ein Typ, der Mumm genug hat, sich als Kugelfang herzugeben und hart genug ist, um das zu überleben. Und aussehen soll er wie ein Teddybär und benehmen soll er sich wie eine höhere Tochter. Aber höhere Töchter pflegen keinen Waffenschein zu haben.«

Ticknor schwieg einen Augenblick. Der andere Tisch wurde frei, und jetzt waren wir in dem oberen Raum allein mit mehreren Kellnern und dem Geschäftsführer.

»Da haben Sie leider recht«, sagte Ticknor. »Wenn Sie den Job wollen, gehört er Ihnen. Zweihundert Dollar pro Tag plus Spesen. Und ich kann nur hoffen, daß es die richtige Entscheidung war.«

»Okay«, sagte ich. »Wann lerne ich Miss Wallace kennen?«

2

Das Kennenlernen fand an einem sonnigen Oktobertag statt. Ticknor und ich gingen durch das erste Herbstlaub zum *Ritz* und besuchten sie auf ihrem Zimmer.

Sie wirkte sympathisch. Eine Frau, etwa mein Alter, in einem Diana-von-Fürstenberg-Kleid, mit leichtem Make-up. Das lange, dunkle Haar glänzte sauber.

Ticknor machte uns miteinander bekannt. Sie schüttelte mir fest die Hand und musterte mich ausführlich. Gut, daß ich keine Räder hatte, sie hätte bestimmt prüfend dagegengetreten. »Sie sind besser, als ich dachte«, sagte sie.

»Was hatten Sie sich denn vorgestellt?«

»Einen Expolizisten mit dickem Hintern, schlechtem Atem und einem Anzug von der Stange.«

»Jeder macht mal einen Fehler«, sagte ich.

»Sehen Sie zu, daß es in unserer Beziehung möglichst wenige sind«, sagte sie. »Um das zu erreichen, müssen wir miteinander reden. Aber nicht hier. Ich hasse Hotelzimmer. Wir gehen in die Bar.«

Ich sagte okay, Ticknor nickte. Die Bar vom *Ritz* ist so, wie eine Bar sein soll, dunkel, ruhig, mit viel Leder und einem großen Fenster zur Arlington Street, von dem der Blick bis zum Public Garden hinübergeht. Die Scheiben sind aus getöntem Glas, dadurch ist es in der Bar immer schön schummrig. Ich trinke gern in der der Bar vom *Ritz*. Ticknor und Rachel Wallace bestellten Martini on the Rocks, ich ein Bier.

»Paßt zu Ihnen«, sagte Rachel Wallace, als ich das Bier bestellte.

»Wenn ich eine Pink Lady haben will, lachen die Leute mich aus.«

»John hat mir schon erzählt, daß Sie ein Witzbold sind. Wenn wir einigermaßen miteinander auskommen wollen, sollten Sie sich von Anfang an klar darüber sein, daß ich Witze nicht schätze, ob sie nun gut oder schlecht sind.«

»Aber ab und zu leise für mich über die Kapriolen lächeln, die das Leben so schlägt, das darf ich doch?«

Sie wandte sich an Ticknor. »Er ist indiskutabel, John, schick ihn weg.«

Ticknor nahm einen großen Schluck. »Ich bitte dich, Rachel. Er ist genau richtig, der Beste, den wir bekommen können. Deine Spitze wegen des Biers war wirklich nicht nötig. Sei doch vernünftig, Rachel.«

Ich trank einen Schluck Bier. In einer kleinen Schüssel auf dem

Tisch waren Erdnüsse. Ich aß ein paar.

»Er kannte dein Buch«, sagte Ticknor. »Noch ehe wir miteinander gesprochen hatten.«

Sie angelte mit dem Zahnstocher die Olive aus dem Glas, biß eine Hälfte ab, hielt die andere gegen die Unterlippe und sah mich an. »Was halten Sie von *Sisterhood*?«

»In meinen Augen ist es nur ein Neuaufguß von Simone de Beauvoir.«

Ihre Haut war sehr hell, der geschminkte Mund wirkte dunkel dagegen. Das Lächeln fiel mehr auf dadurch. »Vielleicht geht es doch mit Ihnen. Ich sehe es eher so, daß ich Simone de Beauvoir zu aktuellen Fragen der Zeit in Beziehung bringe, aber Neuaufguß würde ich auch akzeptieren. Es ist unverblümt. Sie sagen, was Sie denken.«

Ich aß noch ein paar Erdnüsse.

»Warum haben Sie Simone de Beauvoir gelesen?«

»Meine Freundin hat mir das Buch zum Geburtstag geschenkt.«

»Was war Ihrer Meinung nach ihre einleuchtendste Erkenntnis?«

»Ihre Idee, daß Frauen ›die anderen‹ sind. Machen wir nachher ein Quiz?«

»Ich möchte mir gern ein Bild über Ihre Einstellung zu Frauen und Frauenfragen machen.«

»Das ist unsinnig«, sagte ich. »Sie sollten sich ein Bild darüber machen, wie gut ich schieße und wie hart ich zuschlage und wie schnell ich mich ducken kann. Dafür kriege ich nämlich zweihundert Mäuse pro Tag. Meine Einstellung zu Frauen ist irrelevant. Ebenso meine Erkenntnisse über ›das andere Geschlecht‹.«

Sie sah mich an. Lehnte sich in den schwarzen Lederpolstern der Eckbank zurück. Rieb behutsam die Hände gegeneinander.

»Na gut, wir werden es versuchen. Aber auf ein paar Grundregeln muß ich bestehen. Sie sind ein großer, gutaussehender Mann. Sie hatten vermutlich etlichen Erfolg bei Frauen. Ich bin nicht wie diese Frauen. Ich bin Lesbierin. Ich habe keinerlei sexuelles Interesse an Ihnen oder an anderen Männern. Flirtversuche sind daher völlig überflüssig. Und ebenso überflüssig ist es, daß Sie das persönlich nehmen. Ist für Sie die Vorstellung, mit einer lesbischen Frau zu tun zu haben, peinlich oder eher pikant?«

»Weder noch. Gibt es eine dritte Möglichkeit?«

»Das hoffe ich.« Sie winkte dem Ober und bestellte eine neue Runde. »Ich habe viel zu tun«, fuhr sie fort. »Ich muß Bücher schreiben und veröffentlichen, ich muß Reden halten und mich für meine Sache einsetzen, und außerdem habe ich auch noch ein

Privatleben. Ich gedenke nicht, mich in irgendeinem sicheren Haus zu vergraben und das Leben an mir vorbeigehen zu lassen, was immer irgendwelche Frömmler sagen oder tun mögen. Wenn Sie den Job übernehmen, muß Ihnen das klar sein.«

»Es ist mir klar«, sagte ich.

»Ich habe ein aktives Liebesleben mit wechselnden Partnerinnen. Darauf müssen Sie sich einstellen. Etwaige feindselige Gefühle mir oder den Frauen gegenüber, mit denen ich schlafe, müssen Sie für sich behalten.«

»Werde ich gefeuert, wenn ich rot werde?«

»Ich habe Ihnen schon einmal gesagt, daß ich für Witze nichts übrig habe. Sind Sie damit einverstanden oder nicht?«

»Einverstanden.«

»Schließlich muß ich verlangen, daß Sie mir vom Hals bleiben, sofern nicht mein Leben in unmittelbarer Gefahr ist. Daß Sie in meiner Nähe sein und Augen und Ohren aufsperren müssen, ist mir klar. Ich weiß nicht, wie ernst die Drohungen gemeint sind. Sie werden die Sache wohl ernst nehmen müssen, das weiß ich. Aber wenn es nicht gerade um Tod oder Leben geht, will ich nichts von Ihnen hören. Was ich brauche, ist ein echter Schatten.«

»Einverstanden«, sagte ich und leerte mein Glas. Der Ober kam vorbei, griff sich die leere Erdnußschale und brachte eine volle. Rachel Wallace sah, daß ich ausgetrunken hatte, und gab dem Ober einen Wink. Ticknor sah sein Glas an, sah Rachels Glas an. Rachels Glas war noch voll. Ticknor verzichtete auf eine Bestellung.

»Sie sehen sehr ordentlich aus«, sagte sie. »Das ist ein guter Anzug, gut geschnitten. Haben Sie sich extra in Schale geworfen, oder sehen Sie immer so aus?«

»Für heute habe ich mich in Schale geworfen. Normalerweise trage ich ein hellblaues Trikot mit einem großen roten S auf der Brust.« Es war schummrig in der Bar, aber ihr Lippenstift hatte eine kräftige Farbe, und einen Augenblick hatte ich den Eindruck, daß sie lächelte. Vielleicht juckte ihr aber auch nur ein Mundwinkel.

»Ich lege Wert darauf, daß Sie vorzeigbar sind.«

»Das kann ich versprechen. Wenn Sie allerdings Wert darauf legen, daß ich dem Anlaß entsprechend angezogen bin, müssen Sie mir rechtzeitig Bescheid sagen.«

»Natürlich.«

Ich versuchte an etwas anderes als an Erdnüsse zu denken. Eine Schale war genug.

»So, das wär's von meiner Seite. Jetzt sind Sie dran. Sie müssen ja auch Ihre Regeln haben. Oder Fragen oder sonst etwas. Reden Sie frei von der Leber weg.«

Ich trank einen Schluck Bier. »Ich habe schon Mr. Ticknor gesagt, daß ich für Ihre Sicherheit nicht hundertprozentig garantieren kann. Wenn ich bei Ihnen bin, sind die Chancen größer, daß kein Attentäter Sie erwischt. Aber ein Fanatiker oder ein Verrückter kommt trotzdem an Sie heran.«

»Das ist mir klar«, sagte sie.

»Ihre sogenannte Intimsphäre ist mir im Grunde genommen schnuppe. Aber ich muß wissen, was läuft. Wenn Sie sich mit Unbekannten einlassen, gehen Sie unter Umständen mit einem Mörder ins Bett.«

»Unterstellen Sie mir Promiskuität?«

»Die Andeutung kam von Ihnen. Wenn ich da auf der falschen Rille bin, um so besser. Ihre Freundinnen werden Sie ja kaum umbringen wollen.«

»Ich denke, über mein Privatleben brauchen wir jetzt nicht mehr zu sprechen. John, bestellen Sie sich um Himmels willen noch was zu trinken, Sie sehen ja ganz verzweifelt aus.«

Er lächelte und winkte dem Ober.

»Sonst noch was?« fragte sie mich.

»Eins vielleicht noch. Ich bin zu Ihrem Leibwächter bestellt, und zu diesem Job gehört, daß ich Ihnen sagen werde, was Sie tun und was Sie nicht tun können. Ich kenne mich in diesem Geschäft sehr viel besser aus als Sie. Denken Sie daran, ehe Sie mich anblaffen. Ich werde Ihnen aus dem Weg gehen, soweit ich kann, aber immer wird es nicht möglich sein.«

Sie streckte mir über den Tisch hinweg die Hand hin. »Wir werden es versuchen, Spenser«, sagte sie. »Vielleicht klappt's, vielleicht auch nicht, aber einen Versuch ist die Sache jedenfalls wert.«

3

»Okay«, sagte ich. »Jetzt erzählen Sie von den Morddrohungen.«

»Schmähbriefe habe ich schon immer bekommen, aber in jüngster Zeit waren es auch Anrufe.«

»Seit wann geht das?«

»Seit der Versendung der Rezensionsexemplare.«

Ticknor ergriff das Wort. »Nach dem Satz kommen die Fahnen, und Verfasser und Lektoren lesen Korrektur. Fahnen heißen sie, weil es meist lange Streifen sind, drei Druckseiten oder mehr auf einem Blatt.

Für Kritiker und andere Interessenten schneiden wir die Fahnen auseinander, binden sie in billiger Broschur und versenden sie.« Ticknor hatte inzwischen seinen dritten Martini zur Hälfte intus und schien sich wieder bedeutend besser zu fühlen. Ich kämpfte gegen meine Erdnußgelüste.

»Sie haben eine Liste der Leute, an die Sie diese Dinger schicken?«

Ticknor nickte. »Bekommen Sie morgen.«

»Okay. Die Anrufe kamen also, nachdem die Rezensionsexemplare heraus waren. Bitte weiter.«

Rachel Wallace aß die Olive aus ihrem Marini. Ihre Zähne waren klein und gleichmäßig und wirkten gepflegt. »Es war eine Männerstimme«, sagte sie. »Er hat mich eine Lesbe genannt. Scheißlesbe, wenn ich mich recht erinnere. Und wenn ich zulasse, daß das Buch erscheint, hat er gesagt, bin ich tot, sobald es auf den Markt kommt. Seit einer Woche kommt jeden Tag so ein Anruf.«

»Immer mit demselben Inhalt?«

»Nicht wortwörtlich, aber so ungefähr. Es läuft immer darauf hinaus, daß eine Veröffentlichung des Buches für mich den Tod bedeuten würde.«

»Ist es immer dieselbe Stimme?«

»Nein.«

»Schade.«

»Warum?« fragte Ticknor.

»Weil damit die Chance, daß wir es mit einem verdrehten Einzelgänger zu tun haben, gesunken ist«, sagte ich. »Daß Sie das Buch zurückziehen, kommt vermutlich für Sie nicht in Frage.«

»Auf gar keinen Fall«, erklärte Rachel Wallace.

»Wir hatten es ihr angeboten«, sagte Ticknor. »Wir würden nicht auf der Erfüllung des Vertrages bestehen.«

»Es war auch von einer Rückzahlung der Vorschüsse die Rede«, ergänzte Rachel Wallace.

»Geschäft ist Geschäft, Rachel, das ist nun mal unsere Sache.«

»Und meine Sache sind die Rechte der Frau, die sexuelle Befreiung und das Schreiben.« Sie sah mich an. »Ich kann nicht zulassen, daß jemand mir Angst macht. Ich kann nicht zulassen, daß man mich mundtot macht. Begreifen Sie das?«

»Ja«, sagte ich, »das begreife ich.«

»Und das ist nun Ihre Aufgabe: Sie sollen dafür sorgen, daß ich reden kann«, erklärte sie.

»Was steht denn so Schreckliches in dem neuen Buch?« wollte ich wissen.

»Zunächst war es nur als Abhandlung über sexuelle Vorurteile gedacht. Diskriminierung von Frauen, Homosexuellen, besonders lesbischen Frauen auf dem Arbeitsmarkt. Aber das hat sich dann ausgeweitet. Sexuelle Vorurteile gehen Hand in Hand mit anderen Formen der Korruption. Wer gegen die Bedingungen der Chancengleichheit am Arbeitsplatz verstößt, schreckt auch vor anderen Unregelmäßigkeiten nicht zurück, Bestechung, Erpressung, organisiertem Verbrechen. Ich habe, wenn ich sie fand, Namen genannt. Mein Buch wird viele Leute treffen. Verdient haben es alle.«

»Es handelt sich um große Firmen«, sagte Ticknor. »Um Kommunalverwaltungen, Politiker, die Stadtverwaltung, die katholische Kirche. Sie hat praktisch sämtliche lokalen Machtstrukturen aufs Korn genommen.«

»Mit Schwerpunkt Boston?«

»Ja«, bestätigte sie. »Ich sehe die Stadt als Mikrokosmos. Statt mich in Verallgemeinerungen über eine ganze Nation zu ergehen, nehme ich eine Großstadt unter die Lupe. Synekdoche nennen das die Rhetoriker.«

»Sieht denen ähnlich«, sagte ich.

»Es gibt also einen ganzen Haufen potentieller Delinquenten«, sagte Ticknor.

»Kann ich das Buch auch mal lesen?«

»Ich habe ein Exemplar mitgebracht.« Ticknor holte es aus seiner Aktentasche. Es hatte einen grünen Schutzumschlag. Der Titel – in roten Lettern – füllte fast die ganze Vorderseite, ein Foto von Rachel Wallace fast sie ganze Rückseite. »Frisch aus der Presse«, erklärte er.

»Ich nehme es mir heute abend vor«, versprach ich. »Wann trete ich meinen Dienst an?«

»Sofort«, sagte Rachel Wallace. »Sie sind hier, Sie haben eine Waffe bei sich. Und ganz ehrlich: Ich habe Angst. Ich werde nicht nachgeben, aber ich habe Angst.«

»Was haben Sie für heute abend geplant?« fragte ich.

»Wir trinken hier noch etwas, dann essen wir zusammen. Danach gehe ich auf mein Zimmer, arbeite bis Mitternacht und gehe dann zu Bett. Wenn ich in meinem Zimmer bin und die Tür abgeschlossen habe, können Sie wahrscheinlich gehen. Die Sicherheitsvorkehrungen sind hier recht gut. Beim geringsten Geräusch vor meiner Tür würde ich mich nicht scheuen, den Hausdetektiv anzurufen.«

»Und morgen?«

»Morgen holen Sie mich um acht ab. Am Vormittag muß ich einen Vortrag halten, nachmittags habe ich eine Autogrammstunde.«

»Ich bin für heute abend verabredet«, sagte ich. »Kann ich meine Freundin mitbringen?«

»Sie sind nicht verheiratet?«

»Stimmt.«

»Ist das nur eine zufällige Verabredung, oder sind Sie fest gebunden?«

»Das letztere.«

»Für die Spesen Ihrer Freundin können wir aber nicht aufkommen«, sagte Ticknor.

»Gleich fange ich an zu weinen.«

»Ja, sicher, bringen Sie meinetwegen heute Ihre Freundin mit. Überall können Sie natürlich nicht mir ihr herumziehen.«

»Sie ist nicht der Typ, der sich herumziehen läßt. Sie können von Glück sagen, wenn sie heute abend überhaupt mitkommt.«

»Ihr Ton gefällt mir nicht. Es ist völlig legitim, wenn ich Wert darauf lege, daß Sie sich durch Ihre Freundin nicht von der Arbeit ablenken lassen, für die Sie von uns bezahlt werden. Um wen würden Sie sich im Gefahrenfall zuerst kümmern, um sie oder um mich?«

»Um sie.«

»Dann darf ich wohl darauf bestehen, daß die Anwesenheit Ihrer Freundin bei uns nicht zu einer ständigen Einrichtung wird.«

»Keine Sorge, das würde sie wohl kaum aushalten.«

»Vielleicht überlege ich es mir noch einmal wegen heute abend«, sagte Rachel Wallace.

»Vielleicht überlege ich es mir auch noch mal«, sagte ich.

»Nun haltet mal die Luft an«, mischte sich Ticknor ein. »Rachel hat das bestimmt nicht böse gemeint. Sie hat im Grunde recht, Spenser, das müssen Sie doch einsehen.«

Ich schwieg.

»Das mit dem Essen heute abend ist durchaus verständlich«, fuhr Ticknor fort. »Sie hatten sich verabredet und konnten nicht wissen, daß Rachel Sie schon heute abend brauchen würde. Bestimmt ist Rachel mit einem Essen zu dritt einverstanden.«

Rachel schwieg.

»Vielleicht könnten Sie die Dame anrufen und Sie bitten, sich irgendwo mit Ihnen zu treffen.«

Daß Ticknor »Dame« sagte, schmeckte Rachel nicht, aber sie hielt sich zurück und beließ es bei einem giftigen Blick, den er entweder nicht bemerkte oder wohlweislich ignorierte.

»Wo essen wir?« sagte ich zu Rachel.

»Im besten Restaurant der Stadt. Haben Sie einen Vorschlag?«

»Das beste Restaurant der Stadt ist nicht in der Stadt, sondern in Marblehead. Es heißt *Rosalie*.«

»Was für eine Küche?«

»Norditalienisch-eklektisch, aber im wesentlichen einfach Rosalie.«

»Keine Fleischbällchen? Keine Pizza?«

»Nein.«

»Kennen Sie den Laden, John?«

»Ich bin selbst noch nicht dort gewesen, aber es soll ausgezeichnet sein.«

»Einverstanden. Sagen Sie Ihrer Freundin, daß wir sie um sieben dort erwarten. Ich bestelle einen Tisch.«

»Meine Freundin heißt Susan. Susan Silverman.«

»In Ordnung«, sagte Rachel Wallace.

4

Rosalie befindet sich in einem renovierten Bürohaus in einem der bescheideneren Viertel von Marblehead. Aber die bescheideneren Viertel von Marblehead sind immer noch obere Mittelklasse. In den Büros haben sie vermutlich früher mal Clips für Hundertdollarscheine vertrieben.

Das Restaurant ist im ersten Stock. Gleich hinter der Tür kommt man in eine kleine Bar. Dort stand Susan, ein Glas Chablis in der Hand, und redete mit einem jungen Mann in Cordjacke und kariertem Hemd. Er hatte einen martialischen Schnurrbart mit aufgezwirbelten Enden, mit dem man ihn, wie ich genüßlich überlegte, bequem hätte erdrosseln können.

Wir blieben einen Augenblick in der Tür stehen. Susan hatte uns noch nicht bemerkt, Rachel sah sich nach dem Geschäftsführer um. Susan trug eine zweireihige Kamelhaarjacke mit dazu passendem Rock, eine waldgrüne Hemdbluse und hohe Stiefel. Wenn ich sie in ungewohnter Umgebung unerwartet sah, hatte ich immer das Gefühl, daß jetzt eigentlich ein Fanfarenstoß fällig gewesen wäre. Ich trat an den Barhocker neben ihr. »Entschuldigen Sie, Miss, aber wenn ich Sie so sehe, fängt mein Herz an zu singen wie ein Apriltag auf den Schwingen des Frühlings.«

Susan wandte sich um. »Das sagen sie alle.« Sie deutete auf den jungen Mann mit dem martialischen Schnurrbart. »Das ist Tom.« In ihren Augen tanzte ein durchtriebenes Lachen. »Tom hat mich netterweise zu einem Glas Chablis eingeladen.«

Der Geschäftsführer, angetan mit einem Samtanzug plus Weste, stand jetzt neben Rachel. »Nimm deinen Wein und komm mit«, sagte ich zu Susan.

Sie lächelte Tom zu, und wir gingen zu Rachel hinüber.

»Rachel Wallace«, sagte ich. »Susan Silverman.«

Susan streckte die Hand aus. »Guten Abend, Rachel. Ihre Bücher sind große Klasse.«

»Danke. Freut mich, Sie kennenzulernen.«

Der Geschäftsführer brachte uns zu unserem Tisch und legte uns die Speisekarten vor. Ich setzte mich Susan gegenüber, Rachel Wallace saß links neben mir. Sie war eine gutaussehende Frau, aber neben Susan wirkte sie, als wenn jemand sie mit zuviel Weißmacher gewaschen hätte. Sie war eine bemerkenswerte, intelligente Person, eine nationale Figur, aber wenn ich sie so mit Susan verglich, tat sie mir leid. Na ja, eigentlich taten mir alle Frauen leid, wenn ich sie mit Susan verglich.

»Erzählen Sie mir ein bißchen von Spenser«, sagte Rachel. »Kennen Sie ihn schon lange?«

»Getroffen habe ich ihn 1973«, sagte Susan. »Aber gekannt haben wir uns schon immer.«

»Das kommt dir nur so vor, wenn du mich reden hörst«, sagte ich.

Rachel ignorierte mich. »Und wie ist er?«

»So, wie er sich gibt«, sagte Susan. Wir bestellten die Drinks.

»Nein, ich meine im einzelnen. Es ist gut möglich, daß irgendwann einmal mein Leben von ihm abhängt. Ich muß das wissen.«

»Ich sage es nicht gern, wenn er dabeisitzt, aber dafür können Sie sich keinen Besseren wünschen.«

»Oder zumindest keinen, der ebensogut ist«, sagte ich.

»Du solltest versuchen, von deinem Hang zur Übertreibung wegzukommen«, mahnte Susan. »Du bist zu selbstgenügsam.«

»Wird er es schaffen, seine Aversion gegen radikalen Feminismus so weit zu überwinden, daß er mich hinreichend beschützen kann?«

Susan machte große Augen. »Darauf solltest du vielleicht besser selbst antworten.«

»Bisher steht noch gar nicht eindeutig fest, daß ich eine Aversion gegen radikalen Feminismus habe. Ja, bisher steht noch nicht einmal einwandfrei fest, daß Sie eine radikale Feministin sind.«

»Die Erfahrung hat mich gelehrt, daß ich eine solche Aversion getrost voraussetzen kann«, sagte Rachel Wallace. »Damit liege ich in den seltensten Fällen falsch.«

»Kann ich mir vorstellen«, sagte ich.

»Manchmal kann er wirklich ein Ekelpaket sein«, meinte Susan. »Er weiß ganz genau, daß Sie ein paar beruhigende Worte von ihm erwarten, und er tut Ihnen nicht den Gefallen. Schön, dann übernehme ich das eben. Radikaler Feminismus ist ihm – so oder so – ziemlich schnuppe. Aber wenn er sagt, daß er Sie beschützen wird, dann tut er das auch.«

»Ich bin kein Ekelpaket«, sagte ich. »Mit der bloßen Feststellung, daß ich keine Aversion gegen radikalen Feminismus habe, ist ihr nicht geholfen. Jedenfalls dürfte ihr damit nicht geholfen sein. Beweise kann ich erst im Ernstfall erbringen. Nicht mit Worten.«

»Doch«, widersprach Susan. »Auch Worte können etwas beweisen. Und die Stimme. Du bist so verdammt unabhängig, daß du dich einfach nicht erklären willst.«

Die Kellnerin brachte Wein für Susan, Beck's Bier für mich und noch einen Martini für Rachel Wallace. Die fünf von heute nachmittag schienen völlig ohne Wirkung geblieben zu sein.

»Vielleicht sollte ich doch nicht überall mit ihr herumziehen«, sagte ich zu Rachel.

»Machismo«, sagte Rachel. »Das ist wie ein Futteral. Er kann sich nicht erklären, er kann sich nicht entschuldigen, vermutlich kann er auch nicht weinen, kann keinerlei Emotionen zeigen.«

»Aber kotzen kann ich. Soll ich mal?«

Rachel Wallace fuhr herum. Ihr Gesicht war verkrampft. Susan berührte beruhigend ihren Arm. »Geben Sie ihm Zeit. Man gewöhnt sich an ihn. Er ist schwer einzuordnen, aber er wird auf Sie achtgeben und aufpassen, daß Ihnen kein Leid geschieht.« Susan nippte an ihrem Wein. »Ganz bestimmt.«

»Gibt er auch auf Sie acht?« wollte Rachel wissen.

»Wir geben aufeinander acht«, sagte Susan. »Im Augenblick bin ich am Zuge.«

Rachel Wallace lächelte, ihr Gesicht entspannte sich. »Ja«, sagte sie, »das merke ich.«

Wir bestellten unser Essen.

Ich löffelte friedlich Rosalies Karottencremesuppe, als Rachel Wallace sagte: »John hat mir erzählt, daß Sie mal Preisboxer waren.«

Ich nickte und konnte mir schon denken, wohin das Gespräch führen würde.

»Und Sie waren in Korea?«

Ich nickte wieder.

»Und bei der Polizei?«

Ich nickte.

»Und jetzt machen Sie das hier.«

Es war eine Feststellung, ein Nicken war nicht erforderlich.

»Warum haben Sie aufgehört zu boxen?«

»Ich hatte einen Leistungseinbruch.«

»Waren Sie kein guter Boxer?«

»Ich war gut, aber ich war nicht Spitze. Als guter Boxer hat man keine Chance. Nur die an der Spitze führen ein Leben, das lebenswert ist. Außerdem ist es auch kein besonders sauberes Geschäft.«

»Haben Sie sich an der Gewalttätigkeit gestoßen?«

»Nicht im Ring.«

»Es hat Ihnen nichts ausgemacht, Ihren Gegner blutig zu schlagen?«

»Er war ja aus eigenem freien Willen dabei. Die Handschuhe sind gepolstert. Schön, Pazifismus ist was anderes, aber wenn schon Gewalt, dann soll sie kontrolliert und reguliert und gesteuert sein. Ich habe nie jemanden schwer verletzt und bin selber auch nie schwer verletzt worden.«

»Ihre Nase ist gebrochen, das sieht man.«

»Ja, die hat's sogar mehrmals erwischt, aber das ist unbedeutend. Es tut weh, aber es zählt nicht.«

»Und Sie haben getötet.«

»Ja.«

»Nicht nur in der Army.«

»Nein.«

»Was sind das für Menschen, die so etwas tun?«

Susan betrachtete gedankenvoll die Einrichtung. »Ist das nicht ein fabelhafter Eisschrank?« sagte sie. »Sehen Sie sich bloß diese Messingscharniere an.«

»Wechseln Sie nicht das Thema«, sagte Rachel Wallace. »Lassen Sie ihn antworten.«

Es klang für meinen Geschmack etwas zu scharf. Aber ich wußte, daß Susan keine Schützenhilfe von mir brauchen würde. Sie ließ sich nicht überfahren.

»Ich habe das Thema nicht seinetwegen gewechselt, sondern meinetwegen«, sagte sie. »Was glauben Sie, wie oft ich diese Unterhaltung schon gehört habe?«

»Mit anderen Worten: Wir langweilen Sie.«

Susan lächelte. »Getroffen.«

»Ich langweile viele Leute«, sagte Rachel. »Das stört mich nicht. Um zu erfahren, was ich erfahren will, nehme ich das gern in Kauf.«

Die Kellnerin brachte meinen Kalbsbraten Giorgio. Ich aß ein bißchen davon.

»Was wollen Sie erfahren?«

»Warum Sie sich auf Gewalttätigkeit und Gefahr einlassen.«

Ich trank langsam ein halbes Glas Bier und aß noch einen Happen Kalbsbraten. »Die Gewalttätigkeit ist, glaube ich, nur eine Art Nebenwirkung. Ich habe immer angestrebt, ein Leben ohne Fremdbestimmung zu führen, und ich habe immer versucht, Dinge zu tun, in denen ich gut bin. Ich habe bestimmte Begabungen, und die versuche ich einzusetzen.«

»Die Antwort befriedigt mich nicht«, sagte Rachel.

»Aber mich.«

»Da ist etwas, was er nicht ausspricht«, erklärte Susan, »und was er sich vielleicht nicht einmal selber eingesteht: Am liebsten wäre er Sir Gawain gewesen. Er ist einfach fünfhundert Jahre zu spät geboren. Wenn Sie das begriffen haben, haben Sie schon beinah die Antwort auf Ihre Fragen.«

»Sechshundert Jahre«, sagte ich.

5

Irgendwie brachten wir das Essen hinter uns. Susan fragte Rachel nach ihren Büchern und nach ihrer Arbeit, und damit kam sie auf ein Thema, das Rachel sehr viel mehr lag.

Susan macht so etwas sehr gut. Nach dem Essen mußte ich Rachel ins *Ritz* zurückfahren. Ich verabschiedete mich von Susan auf dem Parkplatz hinter *Rosalie*, wo wir den Wagen abgestellt hatten.

»Sei nicht gemein zu ihr«, sagte Susan leise. »Sie hat furchtbare Angst, und bis jetzt hat sie sich weder mit dir noch mit ihrer Angst abgefunden.«

»Daß sie Angst hat, kann ich ihr nicht verdenken. Aber ich kann ja schließlich nichts dafür.«

»Spenser, ich muß noch arbeiten«, ließ sich Rachel aus meinem Wagen vernehmen.

»Himmelherrgott«, sagte ich zu Susan.

»Sie hat Angst«, wiederholte Susan. »Deshalb ist sie so giftig. Überleg mal, wie dir zumute wäre, wenn du sie als einzigen Schutz und Schirm hättest.«

Ich gab Susan eins hintendrauf, entschied, daß ein Kuß kitschig gewesen wäre, und machte ihr die Tür zu ihrem MG auf. Zufrieden nahm ich zur Kenntnis, daß sie den Nova abgestoßen hatte. Ein Chevy war nichts für sie, sie war ein Sportwagentyp.

Durchs offene Fenster sagte Susan: »Du hast mir die Tür bloß aufgehalten, um sie zu ärgern.«

»Ja, Baby, aber ich fahre jetzt mir ihr heim.«

Susan legte den Gang ein und zischte mit ihrem Sportwagen ab. Ich setzte mich neben Rachel und startete.

»Was ist denn das für ein Baujahr?« frage Rachel.

»1968. Ich hätte mir schon längst einen neuen zugelegt. Aber die bauen ja heute keine Kabrios mehr.«

»Susan ist ein sehr attraktives Mädchen«, sagte Rachel.

»Stimmt auffallend.«

»Es spricht für Sie, daß Susan Sie mag.«

»Das hilft mir bei vielen Leuten weiter.«

»Man merkt, daß Sie sich gern haben.«

Ich nickte.

»Es ist nicht meine Art von Liebe, aber ich weiß sie bei anderen zu würdigen. Eine so lebendige Beziehung muß sehr schön für Sie sein.«

»Auch das stimmt auffallend«, sagte ich.

»Sie mögen mich nicht.«

Ich zuckte die Schultern.

»Sagen Sie es ruhig offen.«

»Das tut nichts zur Sache.«

»Sie mögen mich nicht, und das, wofür ich eintrete, mögen Sie auch nicht.«

»Wofür treten Sie ein?«

»Für das Recht jeder Frau, so zu sein, wie sie sein will. Ihr Leben nach den eigenen Neigungen zu gestalten, ohne sich den Launen der Männer beugen zu müssen.«

»Uff«, sagte ich.

»Ist Ihnen klar, daß ich den Namen meines Vaters trage?«

»Das wußte ich nicht.«

»Ich hatte keine Wahl. Man hat ihn mir einfach angehängt.«

»Das trifft auch auf mich zu«, sagte ich.

Sie sah mich an.

»Jawohl, dieser Name wurde mir genauso angehängt wie Ihnen der Ihre. Ich hatte keine Wahl. Ich hätte gern Spade geheißen. Samuel Spade. Das wäre ein dufter Name gewesen. Aber nein, ich muß mich mit einem Namen herumschlagen, bei dem die gebildeteren Zeitgenossen sofort an einen englischen Dichter aus dem 16. Jahrhundert denken, der ein Werk mit dem schönen Namen ›Die Feenkönigin‹ verbrochen hat. Und das mir.«

Marblehead lag hinter uns, wir fuhren auf der Route 1A durch Swampscott.

»Das kann man nicht vergleichen«, sagte sie.

»Warum nicht?«

»Weil ich eine Frau bin und man mir den Namen eines Mannes gegeben hat.«

»Man hätte Sie in jedem Fall nicht um Ihre Zustimmung gebeten. Hätten Sie den Namen Ihrer Mutter angenommen, wäre das auch nur wieder der Name Ihres Großvaters gewesen.«

Vor mir war ein blauer Buick Electra. Am Drive-in-Kino auf dem Lynnway nahm er Gas weg. Ein Dodge hinter mir ging auf die linke Spur und blieb neben mir.

»Legen Sie sich auf den Boden«, sagte ich.

»Was – «, setzte sie an. Ich legte ihr die rechte Hand auf den Nacken und drückte ihren Kopf nach unten. Mit der Linken warf ich das Steuer herum und fuhr dicht auf den Buick auf, dann ging ich nach links, schnurrte mit der Stoßstange an der rechten Seite des Dogde entlang – und war an den beiden vorbei. Mit durchgetretenem Gaspedal, den Ellbogen auf der Hupe, raste ich über die General Edwards Bridge, der Buick und der Dodge waren noch immer hinter mir. Den Ellbogen hatte ich auf der Hupe, weil ich in der Hand den Revolver hielt.

Auf dem Lynnway war es hell und zu belebt und noch zu früh am Abend. In Point of Pines verschwand der Buick, der Dodge folgte ihm. Ich ging auf die Überholspur, um einem Wagen auszuweichen, schwenkte wieder nach rechts und nahm etwas Gas weg.

Rachel Wallace hatte sich auf dem Boden vor dem Beifahrersitz zusammengerollt. Ich legte den Revolver aus der Hand. »Das ist das Gute bei einem 68er Chevy: eine Beule mehr oder weniger macht ihm nicht viel aus«, sagte ich.

»Darf ich mich aufrichten?« fragte sie. Ihre Stimme war ganz ruhig.

»Ja.«

Sie schob sich wieder auf den Beifahrersitz.

»War das nötig?«

»Ja.«

»War wirklich jemand hinter uns her?«

»Ja.«

»Wenn das stimmt, haben Sie ihre Sache gut gemacht. Ich hätte nicht so rasch reagiert.«

»Danke.«

»Das ist kein Kompliment, nur eine Feststellung. Haben Sie die Nummern?«

»Ja. 469AAG, D60240, beide in Massachusetts zugelassen. Aber das nützt uns wenig, wenn wir es nicht mit absoluten Amateuren zu tun haben, und so wie die beiden mich eingekesselt hatten, ehe ich überhaupt wußte, was los war, sind das Leute, die ihr Handwerk verstehen.«

»Sie meinen also, sie hätten die beiden eigentlich früher bemerken müssen?«

»Ja. Ich war zu sehr von unseren Namensproblemen gefesselt.«

»Dann trage ich einen Teil der Schuld, weil ich Sie abgelenkt habe.«

»Aber es ist nicht Ihr Job. Sie wissen es nicht besser. Ich schon.«

»Es ist ja noch einmal gutgegangen.«

»Wenn der Typ vor uns in dem Buick nur einen Tick besser gewesen wäre, hätten wir es nicht geschafft.«

»Er hätte Sie abgeschnitten?«

Ich nickte. »Und der Dodge hätte uns in aller Ruhe abgeknallt.«

»Sie meinen, er hätte *Sie* abgeknallt. Ich lag auf dem Boden, und außerdem waren Sie viel näher dran.«

Ich zuckte die Achseln. »Unwichtig. Hätten Sie den Zusammenstoß überlebt, hätte die Bande einfach abgewartet und dann Sie aufs Korn genommen.«

»Sie machen einen so – so gelassenen Eindruck.«

»Bin ich aber nicht. Es macht mir Angst.«

»Nun ja, mir natürlich auch. Aber Sie hatten offenbar damit gerechnet. Keine moralische Empörung. Keine Bestürzung, keine – ach, ich weiß nicht, wie ich es nennen soll. Sie tun, als wäre so etwas an der Tagesordnung.«

»Empörung, Bestürzung . . . Das bringt uns nicht weiter. Jedenfalls darüber zu sprechen bringt uns nicht weiter.«

Wir passierten die Hunderennbahn, kurvten um Bell Circle herum. Im Rückspiegel tat sich nichts.

»Dann spielt also moralische Empörung bei Ihrer Arbeit schon eine Rolle?«

Ich schüttelte den Kopf. »Für mich spielt einzig und allein eine Rolle, ob ich mich bei meiner Arbeit wohl fühle.«

»Sie sind wirklich verdammt bockbeinig.«

»Es gibt Arbeitgeber, die das als einen Vorteil empfinden.«

Sie sah den Revolver an. »Sollten Sie den nicht wegstecken?«

»Ich würde ihn lieber da liegenlassen, bis wir im *Ritz* sind.«

»Ich habe in meinem ganzen Leben noch keinen Revolver angefaßt.«

»Eine vorzügliche Erfindung«, sagte ich. »Wenn er gut ist. Sehr präzise.«

»Ist der hier gut?«

»Ja. Eine sehr schöne Handfeuerwaffe.«

»Es gibt keine schönen Waffen.«

»Wenn die Herren vom Lynnway wieder auftauchen«, meinte ich, »gefällt meine Kanone Ihnen vielleicht besser.«

Sie schüttelte den Kopf. »Soweit ist es also gekommen. Manchmal wird mir ganz übel, wenn ich daran denke.«

»Woran?«

»In diesem Land – dem Land der Freien, wie es so schön in dem Lied heißt – brauche ich zu meinem Schutz einen Mann mit einem Revolver. Nur, weil ich so bin, wie ich bin.«

»Da kann einem wirklich kotzübel werden«, sagte ich.

6

Am nächsten Morgen um halb neun holte ich Rachel Wallace in ihrem Zimmer ab, und wir gingen ins *Ritz Café* zum Frühstück. Ich trug meine Leibwächterklamotten: Jeans, T-Shirt, Cordjacke und flotte neue Pumas, königsblaues Wildleder mit einem kühnen goldenen Streifen. Die Smith and Wesson Police Special steckte im Schulterhalfter.

»Wir geben uns also heute leger«, stellte Rachel Wallace fest. »Wenn Sie heute abend in diesem Aufzug erscheinen, läßt man Sie nicht ins Restaurant.«

»Arbeitskleidung«, sagte ich. »Ich kann mich gut drin bewegen.«

Sie nickte und aß ein Ei. Sie selbst trug ein diskretes graues Kleid mit einem Seidenschal. »Rechnen Sie damit, sich bewegen zu müssen?«

»Wahrscheinlich ist es nicht, aber wie sagen doch die Jungs im Pentagon so schön: Man muß seine Pläne auf die Kapazität des Feindes abstellen und nicht auf seine Absichten.«

Sie zeichnete die Rechnung ab. »Kommen Sie.« Sie griff nach ihrer Aktentasche, die unter dem Tisch gestanden hatte, und wir gingen durch die Halle. Sie holte ihren Mantel aus der Garderobe, einen hellbraunen Trenchcoat, der nicht billig gewesen war. Ich hütete mich, ihr hineinzuhelfen, und sah mich statt dessen lieber in der Halle um. Die paar Leute, die dort herumsaßen, sahen aus, als ob sie hier hineingehörten. Hätte ich mich nicht so gut gekannt, wäre ich der einzige gewesen, der mir verdächtig vorgekommen wäre.

Vom Eingang Arlington Street her kam eine junge Frau in einem grünen Tweedkostüm und brauner Baskenmütze auf uns zu.

»Guten Tag, Miss Wallace. Der Wagen wartet.«
»Kennen Sie die Frau?« fragte ich.
»Ja«, sagte Rachel. »Linda Smith.«
»Ich meine persönlich. Nicht nur per Telefon oder per Post.«
»Ja, wir hatten schon ein paarmal miteinander zu tun.«
»In Ordnung.«
Wir traten hinaus auf die Arlington Street, ich ging voran. Auf der Straße herrschte das übliche Neun-Uhr-morgens-Gerenne. Am Gehsteig stand eine braune Volvo-Limousine mit laufendem Motor, der Portier hatte die Hand an der Beifahrertür. Als er Linda sah, machte er die Tür auf. Ich sah kurz in den Wagen und trat beiseite. Rachel Wallace stieg ein, der Portier machte die Tür zu. Ich setzte mich nach hinten, und Linda Smith klemmte sich hinters Steuer.
»Kennen Sie Mr. Spenser, Linda?« fragte Rachel, während wir uns in den Verkehr einfädelten.
»Nein. Freut mich, Sie kennenzulernen, Mr. Spenser.«
»Ganz meinerseits, Miss Smith.« Das Miss würde Rachel gefallen.
»Spenser betreut mich während der Tour«, sagte Rachel.
»Ja, ich weiß. John hat es mir erzählt.« Sie warf mir im Rückspiegel einen Blick zu. »Sie sind der erste Leibwächter, der mir bewußt begegnet ist.«
»Wir sind ganz gewöhnliche Sterbliche«, sagte ich. *»Wenn ihr uns stecht, bluten wir nicht?«*
»Gebildet auch noch«, sagte Linda Smith.
»Wann sollen wir in Belmont sein?« fragte ich.
»Um zehn«, antwortete Linda.
»Und was tut sich da?«
»Miss Wallace wird vor den ›Freunden der Bibliothek‹ einen Vortrag halten.«
»Unheimlich liberales Pflaster haben Sie sich da ausgesucht.«
»Das braucht nicht Ihre Sorge zu sein, Spenser«, sagte Rachel Wallace schroff. »Ich habe immer gesagt, daß ich überall sprechen werde, vor jedem Publikum. Ich will von meiner Meinung überzeugen, und es liegt mir nichts daran, die zu überzeugen, die ohnehin schon meiner Meinung sind.«
Ich nickte.
»Wenn es Ärger gibt, auch recht. Dafür werden Sie bezahlt.«
Ich nickte.
Viertel vor zehn waren wir an der Bibliothek. Vor dem Gebäude gingen zehn Männer und Frauen mit Plakaten auf und ab.
Ein Streifenwagen mit zwei friedlich wartenden Cops stand auf der

anderen Straßenseite.

»Setzen Sie sich hinter die Cops«, sagte ich.

Linda hielt hinter dem Streifenwagen, und ich stieg aus. »Bleiben Sie einen Augenblick hier.«

»Ich denke nicht daran, mich vor ein paar Demonstranten im Auto zu verkriechen.«

»Machen Sie meinetwegen ein grimmiges Gesicht, wenn Sie das beruhigt. Ich will nur ein Wort mit den Cops reden.«

Ich trat an den Streifenwagen heran. Der Mann am Steuer war jung und sah aus, als ob er ein loses Mundwerk hatte. Ich traute ihm zu, daß er mir sehr deutlich die Meinung sagen und dabei lachen würde. Er kaute an einem Zahnstocher, wie man sie in Cocktailhappen spießt. An dem Ende, das er nicht kaute, war noch die kleine Zellophanrüsche.

Ich bückte mich und sprach durchs offene Fenster. »Ich begleite die heutige Vortragende. Kann es Ärger mit den Demonstranten geben?«

Er sah mich zehn, zwölf Sekunden an und spielte mit der Zunge an seinem Zahnstocher herum.

»Wenn's welchen gibt, sind wir ja auch noch da. Oder denken Sie, wir wollen ein Exemplar von ›Im Winde verweht‹ abstauben?«

»Bei Ihnen hätte ich eigentlich mehr auf Comics getippt.«

Er lachte. »Was sagst du dazu, Benny?« fragte er seinen Partner. »Denkt, er ist der Größte. Das kann ja gut werden.«

Benny hatte die Beine weit von sich gestreckt und den Hut über die Augen gezogen. Er sagte nichts und machte keine Bewegung. »Wer ist denn die heutige Vortragende?« fragte der junge Cop.

»Rachel Wallace.«

»Nie gehört.«

»Hoffentlich hat sie das nicht mitgekriegt. Ich gehe jetzt mit ihr hinein.«

»Nur zu. Für'n Supermann wie Sie dürfte das ja 'ne Kleinigkeit sein.«

Ich ging zurück zu unserem Wagen und machte Rachel Wallace die Tür auf.

»Was haben Sie gemacht?« fragte sie beim Aussteigen.

»Wieder mal einem Cop auf den Schlips getreten. Das war in diesem Jahr der dreihunderteinundsechzigste, und der Oktober ist noch nicht herum.«

»Haben Sie herausbekommen, was das für Demonstranten sind?«

Ich schüttelte den Kopf. Wir gingen über die Straße, Linda Smith und ich hatten Rachel in die Mitte genommen. Linda war blaß und angespannt. Rachels Gesicht wirkte wie aus Stein.

»Da ist sie«, sagte einer der Demonstranten. Sie drehten sich alle um und rückten dichter zusammen. Linda sah mich an, sah zu den Cops hinüber, dann ging wir weiter.

»Wir wollen Sie hier nicht haben«, rief eine der Frauen.

Eine andere kreischte: »Schwule Bande.«

»Meinen die mich?« fragte ich.

»Nein«, sagte Rachel.

Eine Frau mit breitem Gesicht und schulterlangem grauen Haar trug ein Schild mit der Aufschrift: »Ein homosexuelles Amerika ist das Ziel der Kommunisten.« Eine elegante Dame im Schneiderkostüm hielt ein Plakat hoch: »Homosexuelle kriegen keine Kinder. Sie brauchen Konvertiten.«

»Wetten, daß da eigentlich Proselyten stehen sollte?« sagte ich. »Nur wußte leider niemand, wie man das schreibt.«

Keiner lachte, aber an so was hatte ich mich schon fast gewöhnt. Als wir näher herankamen, verschränkten sie die Arme und versperrten den Eingang. In der Mitte stand ein großer, kräftiger Mann mit kantigem Kinn und dichtem braunen Haar. Harvard, schätzte ich. Dunkler Anzug, silbergraue Krawatte, rosige Wangen, klare Augen. Wahrscheinlich noch aktiv in der Altherrenriege. Eine imponierende Gestalt, der Fels, auf dem die Demonstrantenschar gegründet war. Ganz gewiß ein Feind von Atheismus, Kommunismus und Homosexualität. Und mit ziemlicher Sicherheit ein großes Arschloch.

Rachel Wallace ging auf ihn zu. »Bitte entschuldigen Sie –«

Es wurde ganz ruhig. Der mit dem kantigen Kinn schüttelte langsam und nachdrücklich den Kopf.

Rachel sagte: »Sie behindern mein Recht der Rede- und Versammlungsfreiheit. Es ist ein Recht, das mir verfassungsgemäß zusteht.«

Niemand rührte sich. Ich warf einen Blick auf den Streifenwagen. Der junge Cop war ausgestiegen und lehnte mit übereinandergeschlagenen Armen an der Tür auf der Beifahrerseite. Der schwarze Ledergürtel war reichlich mit Munition bestückt: chemische Keule, Handschellen, Schlagstock, Revolver, eine Sammlung Schlüssel an einem Ring. Wahrscheinlich wäre er uns gern zu Hilfe gekommen, aber die Ausrüstung war zu schwer.

»Wenn Sie wollen, verschaffe ich Ihnen Zugang zur Bibliothek.«

»Wie denn?«

»Ich könnte zum Beispiel diesem Matinee-Idol eins in die Fresse geben, und dann könnten wir in aller Ruhe über ihn rübersteigen.«

»Ich warne Sie, mein Freund. Das könnte ein schwerer Fehler sein«, sagte er. In seiner Stimme schwang eine Menge Geld.

»Da bin ich aber neugierig«, sagte ich.
»Das kommt nicht in Frage, Spenser«, sagte Rachel scharf. »So weit werde ich mich nie erniedrigen.«
Ich zuckte mit den Schultern und sah zu dem jungen Cop hinüber. Sein Partner saß immer noch im Streifenwagen, den Hut über den Augen. Vielleicht war es eine Gummipuppe. Die Stadt muß sparen. Der junge Cop grinste mich an.
»Unsere Bürgerrechte sind in Gefahr«, rief ich. »Was gedenken Sie dagegen zu unternehmen?«
Er stieß sich vom Wagen ab und kam gemächlich zu uns herüber. Sein angekauter Zahnstocher wippte im Mund herum. Der Griff seines Dienstrevolvers schlug ihm gegen das Bein. An der Uniformbluse hatte er eine Reihe militärischer Auszeichnungen. Vietnam, schätzte ich.
»Das kann man natürlich so sehen«, sagte er, als er bei uns angekommen war. »Man kann es aber auch so sehen, daß ihr hier eine Ruhestörung verursacht.«
»Würden Sie uns bitte in die Bibliothek begleiten, Officer?« fragte Rachel Wallace. »Ich halte das für Ihre Pflicht.«
»Wir sind hier, um die Verbreitung einer unmoralischen und schädlichen Lehre zu verhindern«, sagte der mit dem kantigen Kinn. »Das ist *unsere* Pflicht. Ich meine, Sie sollten Elementen, die sich vorgenommen haben, die amerikanische Familie zu zerstören, nicht auch noch Hilfestellung geben.«
Der Cop sah Rachel an.
»Darum geht es überhaupt nicht«, erklärte sie. »Wir haben jedes Recht, die Bibliothek zu betreten, man hat mich eingeladen, dort einen Vortrag zu halten, und ich werde ihn halten. Tun Sie Ihre Pflicht.«
Inzwischen hatten sich auch Zuschauer eingefunden, vorüberfahrende Wagen nahmen Gas weg und stauten den Verkehr, während die Fahrer festzustellen versuchten, was bei uns los war. Am Rand der Menge standen dreckig grinsend ein paar Halbwüchsige.
»Vielleicht hilft es Ihnen bei Ihrer Entscheidungsfindung, Officer«, tönte der mit dem kantigen Kinn, »wenn ich Ihnen sage, daß ich ein persönlicher Freund von Chief Garner bin. Es wird ihn interessieren, von mir zu hören, was sich hier abgespielt hat und wie sich seine Leute verhalten haben.«
Der junge Cop sah mich an. »Ein Freund vom Chief«, sagte er.
»Entsetzlich. Den müssen Sie natürlich mit Samthandschuhen anfassen.«

Der junge Cop grinste breit. »Genau.« Er wandte sich wieder an den mit dem kantigen Kinn. »Hau ab, Jack.« Plötzlich grinste er überhaupt nicht mehr.

Unserem Matinee-Idol gab es einen Ruck. »Wie meinten Sie?«

»Verpissen Sie sich. Die Frau da mag sein, wie sie will, aber sie hat wenigstens nicht versucht, mich einzuschüchtern. Das habe ich nämlich gar nicht gern. Diese Leute kommen hier rein, das können Sie dem Chief ausrichten, wenn Sie ihn sehen. Entweder an Ihnen vorbei oder über Sie weg. Sie können sich's aussuchen.«

Das Gesicht des jungen Cops war nur Zentimeter von dem des tapferen Streiters für Sitte und Moral entfernt, und da er sechs Zentimeter kleiner war, mußte er zu ihm aufsehen. Inzwischen war auch sein Partner aufgetaucht. Er war älter und schwerer, trug einen Bierbauch vor sich her und hatte große Hände mit starken Gelenken. In der rechten Hand hielt er seinen Schlagstock, mit dem er sich gedankenvoll gegen die Hüfte schlug.

Die Leute rechts und links von dem mit dem kantigen Kinn ließen los und verkrümelten sich. Er sah Rachel an. »Sie sind eine widerliche, verächtliche Person«, zischte er. »Wir werden nie zulassen, daß Sie damit durchkommen, Sie Linksgewebte, Sie.«

Ich deutete nach links. »Da könnte es Ärger geben«, sagte ich zu den Cops.

Sie wandten sich beide um, und in diesem Augenblick verpaßte ich dem Kerl mit der rechten Faust einen Schlag in den Solarplexus. Er schnappte nach Luft und klappte zusammen wie ein Taschenmesser. Ich schaute die Straße hinunter. »Hab' mich wohl geirrt«, sagte ich.

Das Matinee-Idol stand noch immer vornübergebeugt da, hatte die Arme um den Leib gelegt und wiegte sich hin und her. Mit einem gut gezielten Schlag in den Solarplexus kann man einen Mann für ein, zwei Minuten total kampfunfähig machen.

Der junge Cop sah mich ausdruckslos an. »Kommt mir auch so vor. Tja, dann wollen wir mal . . .«

Als wir an unserem schönen Mann vorbeikamen, sagte der ältere Cop: »Man kotzt nicht auf die Straße, Freundchen. Das verstößt gegen die Hygienebestimmungen.«

7

In der Bibliothek und unten in dem kleinen Vortragssaal merkte man nichts mehr von dem Zwischenfall. Die älteren, grauhaarigen und in der Mehrzahl übergewichtigen Bürger meist weiblichen Geschlechts saßen friedlich auf Klappstühlen und glotzten geduldig auf das kleine Podium und das leere Lesepult.

Die beiden Cops hatten uns bis zur Tür gebracht. »Wir bleiben draußen sitzen, bis Sie fertig sind«, sagte der Jüngere.

Rachel wurde mit der Präsidentin der Bibliotheksgesellschaft bekannt gemacht, die sie den Zuhörern vorstellen sollte. Der junge Cop sah zu ihr hinüber. »Wie heißt sie doch gleich?«

»Rachel Wallace«, sagte ich.

»Ist sie schwul oder was?«

»Sie ist Schriftstellerin«, erklärte ich. »Und Feministin. Und homosexuell. Sie läßt sich so leicht nicht ins Bockshorn jagen.«

Der Cop schüttelte den Kopf. »Allerhand, 'ne richtige Lesbe«, sagte er zu seinem Partner. »Also, wir sind draußen«, erklärte er, wieder zu mir gewandt, und ging zum Ausgang. Auf der dritten Stufe drehte er sich noch einmal um. »Sie haben einen guten Schlag. Gibt nicht viele, die auf so geringe Distanz so viel Wucht dahinter haben.« Dann folgte er seinem Partner.

Im Vortragssaal hatte sich Rachel Wallace inzwischen auf einen Klappstuhl neben dem Pult gesetzt, die Hände im Schoß gefaltet, die Füße gekreuzt. Die Präsidentin stellte sie vor. An einem Tisch rechts vom Pult lagen etwa zwei Dutzend von Rachels Büchern. Ich lehnte mich rechts von der Tür an die Wand und besah mir die Zuhörer. Einen verdächtigen Eindruck machte niemand. Nur ganz wach schienen nicht alle zu sein. Linda Smith stand neben mir.

»Ganz gut besucht«, sagte ich.

Sie zuckte die Schultern. »Eins kommt zum anderen. Haben Sie den Mann da draußen geschlagen?«

»Nur einmal.«

»Bin gespannt, was sie dazu sagt«, meinte Linda Smith.

Jetzt zuckte ich die Schultern.

Die Präsidentin war mit ihrer Einführung fertig, und Rachel trat ans Pult. Die Zuhörer klatschten höflich.

»Ich bin heute aus dem gleichen Grunde hier«, sagte Rachel, »der mich auch zum Schreiben zwingt: Um über bestimmte Grundwahrheiten zu Ihnen zu sprechen.«

»Glauben Sie, daß viele von den Leuten hier ihre Bücher gelesen haben?« flüsterte ich Linda zu.

Sie schüttelte den Kopf. »Die meisten sehen einfach gern mal eine Schriftstellerin, die man anfassen kann.«

»Das Wort Frau kommt vom lateinischen *domina*, das heißt Herrin. So definiert uns schon die Sprache allein vom Standpunkt des Mannes her.«

Die Zuhörer hörten brav und um Verständnis bemüht zu. Wenn ich sie so ansah, hatte ich den Eindruck, daß es kaum Berührungspunkte zwischen ihnen und Rachel gab. In der Mehrzahl waren es Mitglieder der Bibliotheksgesellschaft, die gern lasen, in der Bibliothek herumsaßen und viel Freizeit hatten. Unter anderen Umständen hätten sie eine Lesbierin bedenkenlos über den Haufen geknallt.

»Ich bin nicht hier, um Ihre sexuellen Neigungen zu ändern«, sagte Rachel Wallace gerade. »Ich bin hier, um Ihnen zu sagen, daß sexuelle Neigungen keine legitime Basis für Diskriminierung, für schlechte Behandlung in der Öffentlichkeit ist. Ich bin hier, um Ihnen zu sagen, daß eine Frau auch ohne Ehemann und ohne Kinder Erfüllung finden kann, daß eine Frau keine Gebärmaschine ist, daß sie es nicht nötig hat, sich zur Sklavin ihrer Familie, zur Hure ihres Mannes zu machen.«

Ein älterer Mann in grauem Anzug lehnte sich zu seiner Frau hinüber und flüsterte etwas. Ihre Schultern zitterten vor unterdrücktem Lachen. Ein Vierjähriger, der neben seiner Großmutter gesessen hatte, rutschte von seinem Klappstuhl herunter, marschierte durch den Mittelgang und baute sich vor Rachel auf. In der letzten Reihe saß eine dicke Frau in rotem Kleid und las *Mademoiselle*.

»Wie viele Bücher verkauft man mit so etwas?« flüsterte ich Linda Smith zu.

Sie zuckte die Schultern. »Schlecht zu sagen. Wir gehen einfach davon aus, daß persönliche Auftritte immer gut sind. Je mehr, um so besser. Große Auftritte wie in der *Today Show*, kleine wie hier. Man deckt einfach ein bestimmtes Gebiet ab.«

»Haben Sie noch Fragen?« sagte Rachel. Die Zuhörer glotzten. Ein Mann in weißen Socken und Hausschuhen, der in der ersten Reihe saß, war eingeschlafen. In der Stille klang das Rascheln beim Umschlagen der Seiten von *Mademoiselle* unnatürlich laut. Die Frau im roten Kleid schien es nicht zu merken.

»Wenn das nicht der Fall ist, danke ich Ihnen allen herzlich für Ihr Kommen.«

Rachel ging an dem kleinen Jungen vorbei zu Linda und mir. Auf einem Tisch standen Schalen mit Keksen und eine große Kaffeemaschine mit einem Daumenabdruck am Hahn. »Gut gemacht«, sagte Linda.

»Danke«, antwortete Rachel.

»Dürfen wir Ihnen Kaffee und Erfrischungen anbieten?« fragte die Präsidentin.

»Nein, danke.« Rachel gab mir ein Zeichen, und wir gingen zur Tür.

»Wirklich keine Erfrischung?« fragte ich, als wir durch den Seiteneingang die Bibliothek verließen.

»Drei Martinis und ein warmes Essen«, sagte Rachel. »Was haben wir heute nachmittag, Linda?«

»Eine Autogrammstunde in Cambridge.«

Rachel fröstelte. »Du liebe Güte.«

Draußen war niemand zu sehen, nur die beiden Cops saßen brav in ihrem Streifenwagen. Die Demonstranten waren weg, der Rasen vor der Bibliothek wirkte leer und harmlos. Ich zielte mit Daumen und Zeigefinger auf den jungen Cop, während wir in Linda Smiths Wagen stiegen. Er nickte. Wir fuhren los.

»Sie und der junge Polizeibeamte scheinen sich ja auf Anhieb verstanden zu haben. Kannten Sie ihn?«

»Nicht persönlich, aber wir haben vergleichbare Erfahrungen. Ich war in seinem Alter ganz ähnlich wie er.«

»Das kann ich mir gut vorstellen«, sagte Rachel ohne erkennbare Begeisterung. »Was für Erfahrungen sind das? Und woher wissen Sie das?«

Ich zuckte die Schultern. »Ich glaube nicht, daß ich Ihnen das erklären kann.«

»Versuchen Sie's. Ich bin ja schließlich nicht ganz bescheuert.«

»Wir wissen, was weh tut«, sagte ich, »und was nicht. Wir wissen um Angst und um Tapferkeit. Und um angewandte Theorien.«

»Und das konnten Sie mit einem Blick feststellen?«

»Nur zum Teil. Er hatte Kampfauszeichnungen an seiner Uniformbluse.«

»Orden?«

»Ja, manche Cops tragen sie im Dienst. Er ist offensichtlich stolz darauf.«

»Und danach haben Sie ihn dann beurteilt.«

»Nicht nur danach. Auch nach seinem Gang, dem Mund, der Kopfhaltung. Nach seiner Reaktion auf den Anführer der Demonstration.«

»In meinen Augen war der Junge eine Machismo-Parodie.«

»Keine Parodie. Eine Originalausgabe.«

»Jede Originalausgabe ist eine Parodie«, sagte sie.

»Ich glaube, Sie haben es nicht begriffen.«

»Jetzt werden Sie überheblich. Ich verbitte mir die Frauen-verstehen-eben-doch-nichts-Masche.«

»Ich habe gesagt, daß Sie es nicht begriffen haben. Ich habe nicht gesagt, daß Sie es nicht begriffen haben, weil sie eine Frau sind.«

»Und als Sie den armen vernagelten Sexisten dort vor der Bibliothek niedergeschlagen haben, da haben Sie sich wahrscheinlich gefühlt wie Sir Galahad, der meinen guten Namen schützen wollte«, giftete sie. »Aber Sie haben sich nicht benommen wie Sir Galahad, sondern wie ein ganz ordinärer Schläger. Ich wünsche nicht, daß Sie sich so benehmen. Wenn Sie noch einmal einen Menschen schlagen, sofern nicht mein Leben auf dem Spiel steht, sind Sie entlassen.«

»Und wenn ich Ihnen die Zunge rausstrecke?«

»Ich meine es ernst.«

»Das merke ich.«

Und dann trat absolute Funkstille ein. Linda Smith fuhr durch Watertown in Richtung Cambridge.

»Ich finde, der Vortrag ist recht gut angekommen, Rachel«, sagte sie. »Es war ein schwieriges Publikum, aber ich habe den Eindruck, daß du sie überzeugt hast.«

Rachel gab keine Antwort.

»Wir könnten in Cambridge im *Harvest* essen«, sagte Linda. »Dann können wir hinterher zu Fuß zu der Buchhandlung gehen.«

»Einverstanden«, sagte Rachel. »Ich habe Hunger, und ich brauche was zu trinken.«

8

Im Mund noch einen leichten Geschmack nach fritierten Krabben mit Senffrüchten, stand ich in der Tür des *Crimson Book Store* auf der Massachusetts Avenue und sah Rachel Wallace beim Autogrammschreiben zu. Der gegenüberliegende Harvard Yard glänzte in dem Herbstregen, der angefangen hatte, als wir beim Essen saßen.

Rachel saß an einem Klapptisch neben der Kasse. Auf dem Tisch lagen zwanzig Exemplare ihres neuen Buches und drei blaue Filzschreiber. Ein großes Schild im Schaufenster verkündete, daß sie heute von eins bis drei hier Autogramme zu geben gewillt war. Es war jetzt zwei Uhr zehn, und bisher waren wir drei Bücher losgeworden. Sechs Kunden waren hereingekommen, hatten sich das Buch angesehen und waren wieder gegangen.

Linda hielt sich in der Nähe des Klapptisches auf, trank Kaffee und schleppte gelegentlich einen Kunden an. Ich besah mir die Leute, die hereinkamen, genau, aber bisher hatte sich nichts Besonderes getan. Um zwei Uhr fünfzehn erschien eine Halbwüchsige in Levi's und roter Trainingsjacke mit der Aufschrift *Brass Kaydettes*.

»Sind Sie wirklich Schriftstellerin?« fragte sie Rachel.

»Ja, das bin ich.«

»Und Sie haben das Buch hier geschrieben?«

»Ja.«

»Möchtest du es kaufen?« fragte Linda. »Dann gibt dir Miss Wallace ein Autogramm.«

Das Mädchen ignorierte sie. »Ist es ein vernünftiges Buch?«

Rachel Wallace lächelte. »Ich denke schon.«

»Wovon handelt es?«

»Davon, wie es ist, eine Frau zu sein, von der Benachteiligung der Frauen, von der Korruption, die zu weiterer Korruption führt.«

»Ach so. Ist es aufregend?«

»Direkt aufregend vielleicht nicht. Eindrucksvoll wäre wohl der treffendere Ausdruck.«

»Ich möchte nämlich auch Schriftstellerin werden«, sagte die Kleine.

Rachels Lächeln war auffallend schmal geworden. »Ach, wirklich?«

»Wo kriegen Sie eigentlich Ihre Ideen her?«

»Ich denke sie mir aus«, sagte Rachel. Ihr Lächeln war kaum noch mit der Lupe zu sehen.

»Ach so.« Das Mädchen griff sich eins von Rachels Büchern, sah es sich an, drehte es um, sah sich die Rückseite an, las ein bißchen in dem Waschzettel und legte es wieder aus der Hand. »Ist das 'n Roman?«

»Nein.«

»Ist aber so lang wie 'n Roman.«

»Ja«, sagte Rachel.

»Und warum isses dann kein Roman?«

»Weil es ein Sachbuch ist.«

»Hm.«

Die Kleine hatte rotbraune Zöpfe und trug eine Zahnspange. Sie nahm noch einmal das Buch in die Hand und blätterte müßig darin herum.

Große Pause.

»Willst du es kaufen?« fragte Rachel Wallace.

Die Kleine schüttelte den Kopf. »Nee, ich hab' sowieso kein Geld.«

»Dann leg es wieder hin und geh woanders hin«, sagte Rachel.

»Wieso? Ich mach doch gar nichts«, sagte die Kleine.

Rachel sah sie an.
»Bin ja schon fertig«, maulte das Mädchen und verließ das Geschäft.
»Reizend gehen Sie um mit Ihren künftigen Lesern«, sagte ich.
»Rotzgöre«, fauchte Rachel. »Wo kriegen Sie Ihre Ideen her . . . Himmelherrgott, was glaubt sie denn? Jeder fragt mich das. Es ist eine idiotische Frage.«
»Wahrscheinlich versteht sie's nicht besser.«
Rachel Wallace sah mich an und sagte nichts. Ich hatte so das dunkle Gefühl, daß sie mich nicht für besonders aufgeweckt hielt.
Jetzt kamen zwei junge Männer herein. Der eine war klein und dünn, er hatte einen Bürstenschnitt und trug eine goldgeränderte Brille, einen gelben Anorak mit hochgeschlagener Kapuze und blaue Baumwollhosen, deren Aufschläge etwa vier Zentimeter über dem oberen Rand seiner Halbschuhe aufhörten. Der andere, viel größer, sah aus wie ein fetter Gewichtheber. Er konnte nicht älter als fünfundzwanzig sein, aber die Haare gingen ihm schon aus. Er trug ein rot-schwarz-kariertes Flanellhemd, eine schwarze Steppweste und über Schnürstiefeln aufgekrempelte Jeans. Die Hemdsärmel hatte er hochgerollt.
Der Kleine hatte eine weiße Tortenschachtel bei sich. Ich trat unauffällig ein bißchen näher an Rachel heran. Die beiden wirkten reichlich deplaziert in einer Buchhandlung. Als sie vor Rachels Tisch stehenblieben, schob ich die Hand in die Jacke und legte sie auf den Griff meines Revolvers. Als der Kleine die Tortenschachtel aufmachte, setzte ich mich in Bewegung. Er holte eine Schokoladencremetorte hervor und hatte sie schon in Wurfposition, als ich ihn mit der Schulter rammte. Die Torte hatte nicht mehr den richtigen Schwung und traf Rachel an der Brust. Ich hatte den Revolver in der Hand, und als der Dicke nach mir griff, schlug ich ihm mit dem Lauf aufs Handgelenk. Der Kleine hatte das Gleichgewicht verloren, kippte hintenüber und fiel hin.
»Keine Bewegung«, sagte ich. Klingt immer gut, wenn man eine Kanone in der Hand hat. Der Dicke preßte sein Handgelenk gegen den Bauch. »War doch bloß 'ne Torte, Mann«, sagte er.
Der Kleine war an der Tür zusammengesackt. Der Schlag hatte ihm den Atem genommen. Ich sah Rachel an. Die Torte hatte ihre linke Brust getroffen und rutschte jetzt langsam, eine breite Schokoladen- und Schlagsahnespur hinterlassend, an ihrem Kleid herunter.
»Hinlegen, Gesicht nach unten, Hände auf den Hinterkopf.« Der Kleine tat, was ich sagte. Er kriegte langsam wieder Luft. Der Dicke

sagte: »Hey, Mann, ich glaub', du hast mir das Handgelenk gebrochen.«

»Hinlegen«, wiederholte ich.

Er gehorchte. Ich kniete mich hin und filzte beide rasch mit der Linken, während ich mit der Rechten den Revolver hielt. Sie waren nicht bewaffnet.

Der Geschäftsführer und Linda Smith bemühten sich, mit Papiertaschentüchern die Schokoladencreme von Rachel abzuwischen. Die Kunden hatten sich stumm und eher betreten als erschrocken um uns geschart. Ich stand auf.

Rachels Gesicht war gerötet, ihre Augen sehr blank.

»Süßes für die Süßen«, sagte ich.

»Rufen Sie die Polizei«, verlangte sie.

»Sie wollen Anzeige erstatten?«

»Allerdings. Anzeige wegen tätlicher Beleidigung.«

Vom Boden her ließ sich der Dicke vernehmen: »War doch bloß 'ne blöde Torte, Lady.«

»Halten Sie Ihre Dreckschleuder«, zischte Rachel. »Dafür bring' ich Sie ins Gefängnis, darauf können Sie sich verlassen.«

»Könnten Sie die Cops anrufen, Linda?« bat ich.

Sie nickte und ging zum Telefon hinter dem Ladentisch.

Rachel sah die im Halbkreis um sie versammelten fünf Kunden und zwei Verkäufer an, die dumme Gesichter machten.

»Was glotzen Sie so blöd? Kümmern Sie sich um Ihre eigenen Angelegenheiten. Los, verziehen Sie sich.«

Die fünf Kunden verließen das Geschäft, die beiden Verkäufer machten sich wieder an den Büchern auf einem der Auslagetische zu schaffen.

»Damit dürfte die Autogrammstunde vorbei sein«, sagte Rachel.

»Ich weiß. Aber wir müssen auf die Cops warten, die sind stinksauer, wenn Sie vorher abhauen.«

Linda Smith legte den Hörer auf. »Sie sind schon unterwegs.«

Tatsächlich erschien gleich darauf ein Streifenwagen mit zwei Uniformierten. Sie wollten meine Lizenz und meinen Waffenschein sehen, und sie filzten die beiden Verdächtigen routiniert und gründlich. Ich sagte ihnen gar nicht erst, daß ich das schon besorgt hatte, sie hätten es sowieso noch einmal gemacht.

»Und Sie möchten gegen die beiden Anzeige erstatten, Lady?« fragte einer der Streifenpolizisten.

»Mein Name ist Rachel Wallace. Allerdings möchte ich das.«

»Okay, Rachel«, sagte der Cop. Er hatte ein feines Netz roter

Äderchen auf beiden Wangen. »Wir nehmen sie mit. Gefundenes Fressen für den Sergeant, Jerry. Tätliche Beleidigung mit 'ner Torte.«

Sie schoben die beiden jungen Männer zur Tür. »War doch bloß 'ne blöde Torte, Lady«, sagte der Dicke.

Rachel lehnte sich vor. »Scheißkerl.«

9

Schweigend fuhren wir zurück zum *Ritz*. Der Verkehr war noch nicht übertrieben dicht, und Linda Smith hätte sich beim Fahren nicht unbedingt so grimmig zu konzentrieren brauchen. Als wir über die Massachusetts Avenue Bridge fuhren, sah ich, wie der Regen Dellen in die glatte Wasserfläche des Charles River schlug. Es war ein schöner Blick von der Brücke auf die Biegung des Flusses bis hinunter zum Hafen. Man hatte mehr davon, wenn man zu Fuß ging, aber vom Wagen aus war es auch nicht schlecht. Die rote Backsteinstadt auf dem Beacon Hill war von hier aus deutlich zu sehen, überragt von der goldenen Kuppel des Bulfinch State House. Die sie umgebenden modernen Hochhäuser hatten von hier aus nicht das Übergewicht. Es war, als könnte man durch den Regen zurückblicken auf die Stadt, wie sie einmal gewesen war und wie sie vielleicht hätte werden sollen.

Linda Smith bog in die Commonwealth ein. »Sie meinen, ich hätte nicht Anzeige erstatten sollen«, sagte Rachel zu mir.

»Nicht meine Sache.«

»Aber einverstanden sind Sie nicht damit.«

Ich zuckte die Schultern. »Belastet nur unnötig Gerichte.«

»Die beiden haben mich beleidigt und erniedrigt. Sollte ich sie einfach laufenlassen?«

»Ich hätte ihnen einen Tritt in den Hintern geben können«, sagte ich.

»Ich weiß, Ihre Patentlösung.« Sie sah aus dem Fenster.

»Nein, aber in manchen Fällen eine durchaus brauchbare Lösung. Ihnen liegt daran, daß die beiden bestraft werden. Was glauben Sie, was sie kriegen? Eine Nacht im Gefängnis, vielleicht fünfzig Dollar Geldstrafe. Dazu müssen zwei Streifenpolizisten, ein diensthabender Beamter, ein Richter, ein Staatsanwalt, ein Verteidiger und weiß der Teufel wer noch aufgeboten werden. Die ganze Sache kostet den Staat etwa zweitausend Dollar. Sie werden wahrscheinlich einen Vormittag im Gericht zubringen müssen, ebenso die beiden Beamten, die die Verhaftung vorgenommen haben. Ich hätte es sehr viel schneller erreicht, daß die beiden sich an die Brust schlagen, und das hätte keinen Cent gekostet.«

Sie starrte weiter aus dem Fenster.

»War doch bloß 'ne blöde Torte, Lady.«

Jetzt sah sie mich an und lächelte fast. »Sie haben sehr schnell reagiert«, sagte sie.

»Ich wußte nicht, daß es eine Torte sein würde.«

»Hätten Sie ihn erschossen?« Jetzt sah sie nicht mehr aus dem Fenster, sie sah mich an.

»Notfalls ja. Ich hätte es beinah getan, ehe ich sah, daß es eine Torte war.«

»Was sind das für Menschen, die so etwas tun?«

»Mit Torten werfen?«

»Nein. Andere Menschen erschießen.«

»Das haben Sie mich schon einmal gefragt. Ich kann Ihnen auch diesmal keine bessere Antwort bieten. Vielleicht nur soviel: Seien Sie froh, daß es solche Menschen gibt. Wenn das so weitergeht, haben Sie es vor Ende der Woche noch mit einer Horde wildgewordener chauvinistischer Kameltreiber zu tun.«

»Sie reden, als ob ich etwas dafür könnte. Aber das ist doch nicht wahr. Ich bin nicht schuld an den Schwierigkeiten, die machen mir immer die anderen, weil sie etwas gegen meine Ansichten haben.«

Linda Smith bog in die Arlington Street ein und hielt vor dem *Ritz*. »Bleiben Sie im Wagen«, sagte ich.

Ich stieg aus, sah nach rechts, nach links, in die Halle. Der Portier stürzte zum Wagen. Rachel sah mich an. Ich nickte. Sie stieg aus und betrat das Hotel.

»Wir gehen noch was trinken«, sagte sie.

Ich nickte. An einem Tisch am Fenster saßen zwei Geschäftsführer bei Scotch on the Rocks, an einem anderen Tisch saß ein Pärchen im Collegealter, fein herausgeputzt und ein bißchen verlegen. Er hatte ein Bier vor sich, sie einen Champagnercocktail, jedenfalls sah es so aus. Hoffentlich war es einer.

Rachel schwang sich auf einen Barhocker, ich setzte mich neben sie und blickte um. Außer uns, den Geschäftsleuten und den Collegekindern war niemand zu sehen. Rachel streifte die Kapuze zurück, behielt aber den Mantel an, damit man den Fleck auf ihrem Kleid nicht sah.

»Bier, Spenser?«

»Ja, bitte.«

Sie bestellte. Bier für mich, einen Martini für sich. Für die Bar vom *Ritz* war ich viel zu schlampig angezogen. Ich hatte den Eindruck, daß sich der Barkeeper leicht verfärbte, als ich hereinkam, aber er sagte nichts und werkelte weiter, als täte ihm mein Anblick nicht in der Seele weh.

Eine junge Frau betrat die Bar. Sie trug einen langen, cremefarbenen Wollrock, schwere schwarze Stiefel, eine weiße Bluse mit schwarzem Seidenschal und hatte einen grauen Ledermantel über dem Arm. Sehr modisch. Der Rock saß gut, besonders über den Hüften. Sie sah sich um, entdeckte uns an der Bar und kam geradewegs auf uns zu. Na also, dachte ich, der alte Zauber wirkt noch.

Die junge Frau stand jetzt vor uns. »Rachel«, sagte sie und streckte die Hand aus.

Rachel Wallace drehte sich um, sah sie an, lächelte und nahm ihre Hände. »Julie. Julie Wells.« Sie lehnte sich vor und gab ihr einen Kuß. »Wie schön, dich zu sehen. Setz dich.«

Julie schwang sich auf den Barhocker neben Rachel. »Ich hörte, daß du in der Stadt bist«, sagte sie, »und wußte, daß du hier wohnst, da habe ich heute früher Schluß gemacht und bin mal vorbeigekommen. Ich habe bei dir auf dem Zimmer angerufen, und als niemand sich meldete, habe ich mir gedacht, so wie ich meine Rachel kenne, sitzt sie in der Bar.«

»Da sieht man, wie gut du mich kennst«, meinte Rachel. »Kannst du mit mir essen?«

»Sicher. Ich hab' sogar gehofft, daß du mich einladen würdest.«

Der Barkeeper kam zu uns herüber und sah Julie fragend an. »Scotch sour on the rocks«, bestellte sie.

»Und für mich noch einen Martini«, sagte Rachel. »Noch ein Bier, Spenser?«

Ich nickte. Der Barkeeper entfernte sich. Julie musterte mich vorsichtig. Ich lächelte ihr zu. »Wir sind auf Tour«, sagte ich. »Rachel spielt den Leierkasten, und ich geh mit einem Hut herum.«

»Na so was«, sagte Julie und sah Rachel an.

»Er heißt Spenser«, erläuterte Rachel. »Ich habe Drohungen bekommen wegen meines neuen Buches. Der Verleger meinte, ich brauchte einen Leibwächter. Spenser hält sich für sehr komisch.«

»Freut mich, Sie kennenzulernen«, sagte Julie.

»Ganz meinerseits. Sind Sie schon lange mit Rachel befreundet?«

Sie lächelten sich zu. »Ja, doch, ich denke schon. Was meinst du, Rachel?«

»Ja«, antwortete Rachel, »das kann man schon sagen. Ich habe Julie letztes Jahr kennengelernt, als ich wegen der Recherchen für *Tyranny* hier war.«

»Sind Sie Schriftstellerin, Julie?«

Sie hatte ein sehr schönes Lächeln. Ich verspürte ein leichtes Ziehen in der Herzgegend.

»Nein, leider nicht. Ich bin Modell.«

»Welche Agentur?«

»Carol Cobb. Kennen Sie sich in der Branche aus?«

»Nein, aber ich bin von Natur aus neugierig.«

Rachel schüttelte den Kopf. »Glaub ihm kein Wort. Er will dich nur kontrollieren. Und das gefällt mir nicht.« Sie sah mich an. »Es ist mir klar, daß Sie Ihren Job ernst nehmen müssen und daß Sie nach den heutigen Ereignissen besonders mißtrauisch geworden sind. Aber Julie Wells ist eine gute Freundin von mir. Wir haben von ihr nichts zu befürchten. Ich wäre Ihnen verbunden, wenn Sie sich in Zukunft auf mein Urteil verlassen würden.«

»Ihr Urteil ist mir in diesem Falle nicht zuverlässig genug. Ich bin – im Gegensatz zu Ihnen – nicht persönlich engagiert. Wie gut kann eine Freundschaft sein, die erst seit dem letzten Jahr besteht?«

»Das genügt, Spenser.«

»Laß doch, Rachel«, sagte Julie begütigend. »Er *muß* vorsichtig sein. Was sind das für Drohungen? Wie ernst sind sie zu nehmen?«

Rachel wandte sich ihr zu. Ich trank einen Schluck Bier. »Man hat mich angerufen und mir gedroht für den Fall, daß *Tyranny* veröffentlicht wird.«

»Aber wenn du auf einer Promotionstour bist, bedeutet das doch, daß das Buch schon heraus ist.«

»Faktisch ja, allerdings ist das offizielle Erscheinungsdatum erst der 15. Oktober. Aber viele Buchhandlungen führen es schon.«

»Ist irgend etwas passiert?«

»Gestern abend gab es einen Zwischenfall, heute vormittag eine Protestdemonstration. Ich glaube allerdings nicht, daß da ein Zusammenhang besteht.«

»Die echte Gefahr war der Zwischenfall gestern abend. Das andere war wohl tatsächlich nur ein Protest.«

»Was war gestern abend?« fragte Julie.

»Spenser behauptet, daß gestern abend jemand versucht hat, uns von der Straße abzudrängen.«

»Behauptet?« wiederholte Julie.

»Ich lag am Boden, und er fuhr wie ein Wilder im Zickzackkurs, und dann war der Wagen hinter uns weg. Also kann ich selbst es nicht mit Sicherheit sagen. Wenn ich allerdings davon überzeugt wäre, daß niemand hinter uns her war, wäre Spenser jetzt seinen Job schon los.«

»Erzählen Sie mir bloß nicht, daß Sie mich nicht gern bei sich haben. Ihr Mädchen braucht eben doch einen Mann, der sich um euch kümmert.«

Sie warf mir ihren Drink ins Gesicht. Mädchen können nicht werfen. Das meiste landete auf meinem Hemd.

»Jetzt sind wir beide dreckig«, sagte ich. »Partnerlook.«

Der Barkeeper trat zu uns. Julie legte ihre Hand auf Rachels Arm. »Ist etwas, Madam?« fragte der Barkeeper.

Rachel schwieg und atmete geräuschvoll durch die Nase.

»Nein, alles in Ordnung«, sagte ich. »Sie hat mit mir herumgealbert, da ist ihr das Glas aus der Hand gerutscht.«

Der Barkeeper tat, als ob er überzeugt wäre, lächelte und entfernte sich. Knapp dreißig Sekunden später war er mit einem frischen Martini für Rachel wieder da. »Das geht auf Rechnung des Hauses, Madam.«

»Warum glauben Sie, daß die Sache gestern abend ernst war?« fragte Julie mich.

»Es war ein Profijob«, erklärte ich. »Die wußten genau, was sie taten. Wir hatten Glück, daß wir ungeschoren davongekommen sind.«

»Rachel ist manchmal biestig«, sagte Julie. Sie tätschelte Rachels linke Hand. »Aber sie meint es nicht immer so. Manchmal tut es ihr hinterher sogar leid.«

»Mir auch«, sagte ich und überlegte, ob ich die andere Hand tätscheln sollte. Mein T-Shirt klebte mir feucht an der Brust, aber ich faßte es nicht an. Es ist wie mit einem Insektenstich: kratzen verboten.

»Julie und ich essen heute abend auf meinem Zimmer«, sagte Rachel. »Bis morgen um acht brauche ich Sie nicht mehr.«

»Ich warte besser, bis Julie heimgeht«, sagte ich.

Sie sahen sich an. Dann sagte Rachel: »Falls sie heimgeht . . .«

»Ach so.« Natürlich, sie waren ja gut befreundet, sehr gut befreundet.

»Ich komme mit hinauf und bleibe auf dem Gang, bis der Zimmerkellner da war.«

»Das ist nicht nötig.« Rachel wich meinem Blick aus.

»Doch ist es nötig. Ich nehme meinen Job ernst, Rachel. Niemand wird Sie in der Lobby schnappen, nur weil Sie sauer auf mich sind.«

Sie sah zu mir auf. »Ich bin nicht sauer. Ich schäme mich, daß ich mich so dumm benommen habe.«

Julie strahlte mich an. Siehst du, sagte ihr Lächeln, siehst du? In Wirklichkeit ist sie furchtbar nett.

»Auf jeden Fall warte ich, bis Sie abgeschlossen haben«, entschied ich. »Keine Angst, ich falle Ihnen nicht auf den Wecker, ich bleibe auf dem Gang.«

Sie nickte. »Vielleicht ist es wirklich besser so.«

Wir leerten unsere Gläser, Rachel zeichnete die Rechnung ab, und wir gingen zu den Aufzügen, ich zuerst, die beiden Frauen hinterher. Im Lift hielten Julie und Rachel Händchen. Der Rock saß immer noch straff über Julies Hüften. War ich ein Sexist? War es gemein, wenn ich dachte: Schade drum? Ich stieg zuerst aus. Der Gang war leer. Vor Rachels Zimmer nahm ich ihr den Schlüssel ab und schloß auf. Das Zimmer war dunkel, still. Ich trat ein und machte Licht. Der Raum war leer, auch das Badezimmer. Rachel und Julie kamen herein.

»Ich bin draußen«, sagte ich. »Wenn der Zimmerkellner kommt, lassen Sie die Kette vorgelegt und warten Sie, bis Sie mich sehen. Ich komme dann mit hinein.«

10

Auf dem Gang mit der goldfarbenen Tapete herrschte gedämpft-diskrete *Ritz*-Atmosphäre. Ich überlegte, ob sie vor dem Abendessen miteinander ins Bett gehen würden. Ich an ihrer Stelle hätte es gemacht. Aber ich hoffte, daß sie es nicht tun würden, das Mittagessen war lange her, und wenn sie es machten, wie ich es gemacht hätte, würde es bis zum Abendessen noch eine Weile dauern.

Ich lehnte mich an die Wand gegenüber der Tür. Wenn sie jetzt miteinander im Bett waren, wollte ich nichts davon mitbekommen. Rein theoretisch ließ mich die Vorstellung der Liebe zwischen zwei Frauen kalt, aber wenn meine Phantasie auf Touren kam und ich mir vorstellte, wie sie es wohl trieben, war es irgendwie schlecht und erniedrigend. Nun waren ja Susan und ich bei Gott auch keine Superturner, für Schwanensee sind eben nur ganz wenige prädestiniert. »Was ist richtig? Wenn du dich gut danach fühlst«, sagte ich laut in den leeren Gang hinein. Stammte von Hemingway. Smarter Typ, dieser Hemingway. War wohl selten vorgekommen, daß der sich ohne Abendessen auf Hotelkorridoren herumdrückte.

Ein großer dünner Mann mit schwarzem Schnurrbart und doppelreihigem grauen Nadelstreifenanzug kam links von mir aus einem Zimmer und ging an mir vorbei zum Aufzug. Er hatte eine silberne Nadel im Kragen unter dem bescheidenen Krawattenknoten. Seine schwarzen Schuhe glänzten. Klassetyp. Zum Teufel mit ihm. Wahrscheinlich besaß er – im Gegensatz zu mir – keinen Smith and Wesson

Kaliber 38 mit einem vierzölligen Lauf. Da haste deine Klasse, knurrte ich hinter ihm her.

Etwa eine Viertelstunde später kam eine Hausdame an mir vorbei und ging zum Dienstbotenaufzug. Die hatte vermutlich auch keinen 38er Smith and Wesson bei sich.

Ich vertrieb mir die Zeit damit, festzustellen, wie viele Texte zu Johnny-Mercer-Songs ich auswendig konnte. Ich hatte gerade »Memphis in June« beim Wickel, als ein freundlicher, grauhaariger Mann mit einer großen roten Nase aus dem Aufzug stieg und auf mich zukam. An der Blazertasche steckte ein Namensschildchen: »Stellvertr. Geschäftsführer.«

Über der rechten Hüfte saß der Blazer ein bißchen stramm. Das läßt sich nicht vermeiden, wenn man den Revolver in einem Hüfthalter hat. Er lächelte. Die linke Hand war halb zur Faust geballt und tippte im Takt seiner Schritte gegen seinen Oberschenkel.

»Können Sie nicht in Ihr Zimmer, Sir?« fragte er sehr liebenswürdig. Er war groß und hatte einen ziemlichen Bauch, wirkte aber weder weichlich noch langsam. Die Zähne waren überkront.

»Hausdetektiv, stimmt's?« sagte ich.

»Callahan, stellvertretender Geschäftsführer.«

»Spenser. Ich hol' jetzt meine Brieftasche heraus, um mich auszuweisen.«

»Sie sind kein Hausgast, Mr. Spenser?«

»Nein. Ich habe einen Job hier. Ich passe auf Rachel Wallace auf, die bei Ihnen wohnt.«

Ich gab ihm meine Lizenz. »Nettes Foto«, sagte er.

»Nicht meine Schokoladenseite.«

»Es ist *en face*.«

»Eben«, sagte ich.

»Irre ich mich, oder tragen Sie eine Waffe unter dem linken Arm, Mr. Spenser?«

»Ja. Damit wären wir quitt. Sie tragen die Kanone an der rechten Hüfte.«

Er lächelte wieder und tippte sich mit der Faust an den Oberschenkel.

»Tja, Sie bringen mich da etwas in Verlegenheit, Mr. Spenser. Wenn Sie tatsächlich Miss Wallace bewachen, kann ich Sie schwerlich bitten, das Hotel zu verlassen. Es ist natürlich auch denkbar, daß Sie lügen. Wir sollten uns bei ihr erkundigen.«

»Nicht jetzt. Sie hat Besuch.«

»Bedaure, aber es wird sich nicht vermeiden lassen.«

»Woher weiß ich, daß Sie wirklich der Hausdetektiv sind?«

»Stellvertretender Geschäftsführer«, sagte er. »Steht doch auf meiner Jacke.«

»So eine Jacke kann sich jeder beschaffen. Woher weiß ich, daß es kein Trick ist, damit sie die Tür aufmacht?«

Er schob die Unterlippe vor. »Interessanter Einwand. Passen Sie auf, wir gehen bis zu den Aufzügen und rufen sie übers Haustelefon an. Von dort können Sie den Gang übersehen, und ich kann Sie im Auge behalten.«

Ich nickte. Wir belauerten uns gegenseitig, während wir zusammen zum Telefon gingen. Am meisten interessierte mich die halbgeschlossene Faust. Für einen Mann von seiner Größe war es eine kleine Faust. Am Telefon klemmte er den Hörer zwischen Wange und Schulter und wählte mit der rechten Hand. Er kannte die Nummer auswendig. Es dauerte lange, bis sie sich meldete.

»Entschuldigen Sie bitte die Störung, Miss Wallace . . . Miss Wallace . . . Ja . . . Hier Callahan, stellvertretender Geschäftsführer. Ist ein gewisser Spenser bei Ihnen als Leibwächter angestellt? Ja . . . Bitte beschreiben Sie ihn . . . Nein, wir haben ihn gerade vor Ihrem Zimmer gesehen, und da wollte ich nur wissen, ob – Ja, Madam, ja, natürlich. Danke.« Er legte auf.

»Okay«, sagte er mit einem breiten, freundlichen Grinsen. »Geprüft und für gut befunden.« Er steckte die linke Hand in die Seitentasche seines Blazers und nahm sie wieder heraus.

»Was hatten Sie da in der Hand?« fragte ich. »Eine Rolle 25-Cent-Stücke?«

»Zehner«, sagte er. »Ich habe eine kleine Hand.«

»Wer hat mich verpfiffen, die Hausdame?«

Er nickte.

»Verstehe. Behalten Sie Miss Wallace besonders im Auge?«

»Ein bißchen schon, soweit es geht. Ein Mann von der Mordkomission hat uns angerufen. Sie hat Morddrohungen bekommen.«

»Quirk?«

»Ja. Kennen Sie ihn?«

Ich nickte.

»Sind Sie mit ihm befreundet?«

»Soweit würde ich nicht gehen.«

Wir schlenderten zurück zu Rachels Zimmer. »Guter Cop«, sagte Callahan.

Ich nickte. »Harter Bursche.«

»Habe ich auch gehört. Einer der härtesten, die's hier bei uns gibt.«

»Einer von dreien.«
»Wer noch?«
»Ein gewisser Hawk. Bei dem könnten Sie mit Ihrer Zehnerrolle nicht landen.«
»Und der dritte?«
Ich grinste verlegen und zog den Kopf ein. »Na ja . . .«
Das breite Lächeln war wieder da. »Gut, daß es nicht ernst geworden ist«, sagte er. Seine Stimme war ruhig. Er schien seine Panik gerade noch unterdrücken zu können. »Jedenfalls nicht heute nacht.« Er nickte mir zu. »Alles Gute noch«, sagte er und ging gelassen davon. Ich mußte ihn zu Tode erschreckt haben.

Ich hielt mich wieder an Johnny Mercer und war beim dritten Vers von »Midnight Sun«, als der Zimmerkellner mit einem Servierwagen aus dem Aufzug kam. Er blieb vor Rachels Tür stehen und nickte mir lächelnd zu. Die Tür öffnete sich, und ein Ausschnitt von Rachels Gesicht erschien in dem Spalt hinter der Kette.

»In Ordnung, Rachel, ich bin da«, sagte ich. Der Kellner lächelte, als hätte ich wer weiß was Gescheites gesagt. Die Tür klappte zu und wurde dann ganz aufgemacht. Rachel trug einen bodenlangen Bademantel, dunkelbraun mit weißen Biesen, und kein Make-up. Julie Wells war nicht im Raum, aber die Tür zum Badezimmer war geschlossen, und ich hörte die Dusche prasseln. Die Betten waren ein bißchen zerdrückt, aber nicht aufgeschlagen.

Der Kellner begann den Tisch zu decken. Ich stellte mich ans Fenster und sah ihm zu. Als er fertig war, zeichnete Rachel Wallace die Rechnung ab, legte ein Trinkgeld drauf und gab sie ihm zurück. Er lächelte sie an, lächelte mich an und verschwand.

Rachel besah sich den Tisch. In der Mitte standen Blumen.

»Sie können für heute gehen, Spenser«, sagte sie. »Wir essen und gehen dann schlafen. Seien Sie morgen um acht hier.«

»Ja, Madam. Wohin geht es?«

»Zum Fernsehen, zu einer Talkshow.«

Julie Wells kam aus dem Badezimmer. Sie hatte sich ein kleines Handtuch um den Kopf und ein großes um den Leib gewickelt, das einiges, aber nicht alles verdeckte. »Hi, Spenser«, sagte sie und lächelte mich an. Alle lächelten mich an. So was Liebes, ein richtiger Schatz . . .

»Hi.« Ich kam mir überflüssig vor. Die Atmosphäre war entschieden antimännlich, sie beengte mich. »Okay, Rachel, dann sage ich für heute gute Nacht. Machen Sie nicht auf, auch nicht, um den Wagen auf den Gang zu rollen. Bis morgen um acht.«

Sie lächelten beide und sagten nichts. Ich ging im normalen Tempo zur Tür. Nicht im Laufschritt. »Vergessen Sie die Kette nicht«, sagte ich. »Und legen Sie den Riegel vor.«

Sie lächelten, nickten. Julies Handtuch schien vor meinen Augen ganz zu schrumpfen. Mein Mund war etwas trocken. »Ich bleibe draußen, bis ich den Riegel höre.«

Lächeln, Nicken.

»Gute Nacht«, sagte ich, ging hinaus, machte die Tür zu. Ich hörte den Riegel scharren, die Kette klirren. Ich fuhr nach unten und trat hinaus auf die Arlington Street. Mein Mund war noch immer trocken. Mir war ziemlich mies.

11

Ich lehnte an der Rauhputzwand von Studio 2 und sah zu, wie Rachel Wallace sich darauf vorbereitete, ihr Buch und ihre Sache zu vertreten. Ein halbes Dutzend bärtiger Techniker in Jeans und Turnschuhen rannte herum und machte sich an den Apparaturen zu schaffen.

Rachel saß in einem Regiestuhl an einem niedrigen Tisch, ihr gegenüber die Fernsehjournalistin, auf dem Tisch zwischen ihnen lag ein Exemplar von *Tyranny*. Rachel saß ganz still und sah in die Kamera. Die Fernsehmieze, eine Kunstblondine mit langen falschen Wimpern, pfaffte an einer Mentholzigarette, als wäre es die letzte vor der Hinrichtung. Ein Techniker befestigte ein kleines Mikro an dem Aufschlag von Rachels grauer Kostümjacke. Ein zweiter Techniker hockte, ein Klemmbrett in der Hand, unter einer der Kameras. Er hatte Kopfhörer auf.

»Zehn Sekunden, Shirley«, sagte er. Die Fernsehmieze nickte und drückte ihre Zigarette in einem Aschenbecher aus, der hinter ihrem Stuhl auf dem Boden stand. Ein Mann neben mir rutschte auf seinem Klappstuhl herum. »Herrje, was bin ich nervös«, sagte er. Er sollte nach Rachel sprechen. Über die Wachtelzucht. Der Techniker unter der Kamera gab Shirley ein Zeichen.

Sie lächelte. »Hallo«, sagte sie. »Ich bin Shirley. Und hier ist Ihre Sendung *Kontakte*. Heute bei uns zu Gast ist die feministisch-lesbische Aktivistin Rachel Wallace. Rachel hat ein neues Buch geschrieben, *Tyranny*, das erbarmungslos die Ausbeutungstaktik von Staat und Industrie den Frauen, insbesondere den homosexuellen Frauen gegenüber, enthüllt. Nach der nächsten Werbung werden wir uns mit Rachel über ihr Buch und die dort angesprochenen Probleme unterhalten.«

Auf dem Monitor erschien ein Werbespot für Tönungsshampoos.

Der Typ mit den Kopfhörern sagte: »Gut gemacht, Shirley.« Shirley griff sich die nächste Zigarette aus der Schachtel, die auf dem Tisch hinter Rachels Buch lag, und zündete sie an. Sie hatte sie schon fast zur Hälfte inhaliert, als der Typ unter der Kamera sich wieder meldete: »Zehn Sekunden.« Sie drückte den Glimmstengel aus und lehnte sich ein bißchen vor. Als das Bild im Monitor erschien, sah man sie im Profil, wie sie Rachel ernsthaft anblickte.

»Rachel«, fing sie an, »was ist aus Ihrer Sicht zur Beschäftigung von Lesbierinnen an Mädchenschulen zu sagen?«

»Die Belästigungen von Schulkindern«, sagte Rachel, »erfolgen in der Mehrzahl der Fälle durch heterosexuelle Männer. Der Anteil der Belästigungen von Kindern durch Lesbierinnen ist – und das habe ich auch in meinem Buch ausgeführt – so gering, daß er statistisch überhaupt nicht ins Gewicht fällt.«

»Aber wie wäre eine Lesbierin als Vorbild für die Kinder zu beurteilen?«

»Das kommt darauf an, was für ein Mensch sie ist. Wir fragen ja auch bei anderen Lehrern nicht nach ihren sexuellen Neigungen. Frigiden Frauen ist es ebensowenig verboten, Kinder zu unterrichten wie impotenten Männern. Ich habe nicht den Eindruck, daß die Kinder an unseren öffentlichen Schulen überhaupt in die Verlegenheit kommen, die sexuellen Gewohnheiten ihrer Lehrer zu kopieren. Und wenn ein Lehrer durch sein Liebesleben angeblich so überzeugend auf seine Schüler wirkt, frage ich mich, warum es nicht möglich ist, Homosexuelle wieder auf den sogenannten Pfad der Tugend zurückzuführen, indem man ihnen heterosexuelle Lehrer vor die Nase setzt.«

»Aber wäre es nicht denkbar, daß eine lesbische Lehrerin gewissermaßen unterschwellig ihre Schüler zur Homosexualität verleiten könnte?«

»Diese Frage habe ich bereits beantwortet, Shirley.«

Shirley lächelte sonnig. »In Ihrem Buch prangern Sie Verletzungen der Bürgerrechte durch staatliche und private Arbeitgeber an. Viele der Beschuldigten sitzen hier in Massachusetts. Wären Sie bereit, ein paar Namen zu nennen?«

Langsam merkte man Rachel ihren Ärger an. »Die Namen stehen in meinem Buch.«

»Aber nicht alle unsere Zuschauer haben es gelesen«, wandte Shirley ein.

»Haben Sie es gelesen?« fragte Rachel.

»Leider bin ich noch nicht ganz fertig damit«, sagte Shirley. Der

Mann unter der Kamera gab ihr einen Wink. »Nach dem nächsten Werbespot erfahren Sie weitere interessante Einzelheiten über Rachels Enthüllungen.«

»Ich habe den Eindruck, daß Shirley die Antworten gar nicht mitbekommt«, flüsterte ich Linda Smith zu, die in einem flotten Tweedkostüm neben mir stand.

»Das geht vielen so«, meinte Linda. »Die sind in Gedanken immer schon bei der nächsten Frage.«

»Und das Buch hat sie auch nicht gelesen.«

Linda schüttelte lächelnd den Kopf. »Die wenigsten tun das. Verdenken kann man es ihnen nicht. Manchmal interviewen sie mehrere Schriftsteller in einer Woche, von all den anderen Gesprächen abgesehen.«

»Muß unheimlich stressig sein, Tag für Tag Interviews zu machen, ohne daß man überhaupt weiß, wovon man redet.«

»Das ist nicht nur im Fernsehen so«, sagte Linda. »Hoffentlich platzt Rachel nicht der Kragen. Sie ist eine gute Interviewpartnerin, aber sie läßt sich zu leicht provozieren.«

»Wenn sie das Interview hätte machen müssen, hätte sie vorher das Buch gelesen.«

»Mag sein. Aber Shirley North hat viele Anhänger in und um Boston, und wenn in einer ihrer Sendungen ein Buch besprochen wird, ist das gut für den Absatz. Bridgedamen lieben sie.«

Zum Schluß eines Werbespots für Strumpfhosen zeigte das Werbemädchen den Zuschauern den sorgfältig ausgearbeiteten Zwickel. Dann war Shirley wieder im Bild.

»In Ihrem Buch, Rachel, bezeichnen Sie Homosexualität als alternativen Weg zur Liebe. Sollte ihn Ihrer Meinung nach jeder einmal ausprobieren?«

»Jede Frau sollte das tun, wozu es sie drängt«, sagte Rachel. »Wem die Vorstellung nicht zusagt, sollte sich selbstverständlich an heterosexuelle Liebe halten. Worauf es mir ankommt, ist folgendes: Frauen, die sich für diese Alternative entscheiden, dürften dafür nicht bestraft werden. Sie schaden niemandem damit.«

»Widerspricht gleichgeschlechtliche Liebe den göttlichen Geboten?«

»Es wäre vermessen, wenn ich mir anmaßen wollte, Ihnen die göttlichen Gebote erklären zu wollen. Das überlasse ich denen, die glauben, mit dem lieben Gott auf du und du zu stehen. Ich kann nur so viel sagen, daß ich noch kein Zeichen seiner Mißbilligung empfangen habe.«

»Und wie steht es mit dem Argument, gleichgeschlechtliche Liebe sei etwas Unnatürliches?«

»Diese Behauptung setzt voraus, daß es so etwas wie unveränderliche Naturgesetze gibt. Dazu kann ich nichts sagen. Sartre meinte, die Existenz habe wohl Vorrang vor der Wesenheit, und vielleicht seien wir dazu bestimmt, uns im Verlauf unseres Lebens unsere eigenen Naturgesetze zu schaffen.«

»Ja, gewiß. Setzen Sie sich für lesbische Ehen ein?«

»Hören Sie, Shirley«, sagte Rachel, »ich habe über Korruption auf Kommunal- und Bundesebene und in großen Konzernen geschrieben. Ihre Fragen zielen nur auf pikante Einzelheiten ab. Im wesentlichen ging es bei unserem Gespräch bisher nur um Sex. Das erscheint mir unausgewogen.«

Shirley lächelte noch sonniger und klimperte mit den langen Wimpern. »Das ist eine sehr interessante Feststellung, Rachel. Schade, daß wir nicht mehr Zeit füreinander haben, aber ich weiß, Sie müssen weiter.« Sie hob Rachels Buch hoch. »Holen Sie sich Rachels neues Werk, *Tyranny,* Verlag Hamilton Black. Es wird Ihnen gehen wie mir: Sie werden es verschlingen. Ganz, ganz herzlichen Dank, Rachel. Kommen Sie bald einmal wieder.«

»Danke«, murmelte Rachel.

»So, und jetzt zu unserer nächsten Einblendung.«

Der Mann unter der Kamera stand auf. »Okay, nächster Spot. Vielen Dank, Miss Wallace.« Ein Techniker nahm Rachel das Mikro ab. Shirley verabschiedete sich nicht von ihr. Sie inhalierte gierig soviel Mentholrauch wie möglich, ehe der Spot über Deodorants zu Ende ging.

»Da war alles dran, Rachel, ehrlich«, sagte Linda.

Rachel sah mich an. Ich zuckte die Achseln.

»Was wollen Sie damit sagen?« fragte sie.

»Daß Sie sich in einer schwierigen Situation tapfer geschlagen haben. Bei einem Interview mit Shirley North hat keiner eine Chance.«

Rachel nickte. »Aber nein«, sagte Linda eifrig. »Ich fand sie super.«

Rachel schwieg, während wir vorbei an dem Nachrichtenstudio, das jetzt leer und schäbig wirkte, vorbei an den kleinen Büros, in denen getippt wurde, in die Halle gingen. Auf dem großen Monitor gegenüber dem Empfang sah man Shirley im Gespräch mit dem Mann, der Wachteln züchtete.

Ich machte ein seriöses Gesicht, wie Shirley es getan hatte, und fragte mit hoher Stimme: »Sagen Sie, treiben Wachteln es nur mit Wachteln oder auch mit anderen Vögeln?«

Rachel schnaubte kurz, Linda lächelte. Draußen trennten wir uns, Rachel und ich nahmen meinen Wagen, Linda fuhr in eine andere Richtung.

Wir rollten über die Soldiers' Field Road, der Charles River wand sich links von uns durch die Landschaft. Ganz klein und schmal sah er hier aus. Ich schaute Rachel an. Sie weinte. Lautlos liefen ihr die Tränen über die Wangen. Sie hatte die Hände im Schoß gefaltet und die Schultern vorgebeugt und zitterte ein bißchen. Ich sah wieder geradeaus. Mir fiel nichts ein, was ich hätte sagen können. Das Weinen wurde nicht heftiger, aber es hörte auch nicht auf. Der einzige Laut war ihr ruckartiges Ein- und Ausatmen, während sie weinte. Wir fuhren am Harvard Stadium vorbei.

»Sie kommen sich vor wie ein Monstrum, was?«

Sie nickte.

»Lassen Sie sich nicht unterkriegen«, sagte ich.

»Ein Monstrum«, sagte sie. Ihre Stimme war leicht belegt und nicht ganz fest, aber wer die Tränen nicht sah, hätte nicht ohne weiteres sagen können, daß sie weinte. »Eine Jahrmarktskuriosität. So scheinen uns alle zu sehen. Verführen Sie kleine Mädchen? Schleppen Sie sie zu seltsamen Lesbenriten? Benutzen Sie einen Vibrationsstab? Ach verdammt, diese Schweine.«

Ihre Schultern begannen heftiger zu zittern.

Ich streckte ihr die rechte Hand hin, die Handfläche nach oben. Wir fuhren an der Harvard Business School vorbei, meine Hand war ausgestreckt, ihre Schultern bebten. Dann legte sie ihre linke in meine rechte Hand, und ich hielt sie ganz fest.

»Lassen Sie sich nicht unterkriegen«, wiederholte ich.

Sie umschloß meine Hand mit der ihren, und so legten wir den Rest der Strecke zurück, Hand in Hand, während ihr Körper langsam ruhiger wurde. In der Arlington Street ließ sie mich los und machte ihre Handtasche auf. Als wir vor dem *Ritz* anhielten, war ihr Gesicht trocken, sie hatte ein bißchen Make-up aufgelegt und sich wieder aufgerappelt.

Der Portier machte ein Gesicht, als hätte ich neben ihm das Bein gehoben, als ich ausstieg und auf den Chevy deutete. Aber er nahm mir den Schlüssel ab, ohne etwas zu sagen. Dienst ist Dienst. Wir fuhren nach oben und gingen wortlos bis zu ihrem Zimmer. Sie machte die Tür auf. Ich ging zuerst hinein.

»Um eins müssen wir zur First Mutual Insurance Company. Ich bin dort mit einer Frauengruppe verabredet. Können Sie mich um halb eins abholen?« Ihre Stimme war jetzt ganz ruhig.

»Wird gemacht.«

»Ich möchte mich ein bißchen ausruhen. Wenn Sie mich entschuldigen würden . . .«

»Klar. Um Viertel vor eins bin ich hier.«

»Ja«, sagte sie. »Danke.«

»Schließen Sie hinter mir ab«, sagte ich.

Sie nickte. Ich ging hinaus und wartete, bis ich hörte, wie der Riegel vorgeschoben wurde, dann fuhr ich nach unten in die Halle.

12

»Ich treffe mich in der First Mutual Insurance mit einer Gruppe weiblicher Angestellter«, sagte Rachel. »Es ist ihre Mittagszeit, und sie haben mich gebeten, mit ihnen zu essen. Ich weiß, daß Sie in meiner Nähe bleiben müssen, aber es wäre mir lieb, wenn Sie nicht bei uns sitzen würden.« Wir gingen die Boylston Street hinunter.

»Okay. Wenn ich Ihr Buch noch richtig in Erinnerung habe, ist die First Mutual eine von den ganz üblen Kunden.«

»Das haben Sie gesagt. Aber es stimmt schon, bei der Stellenvergabe und der Bezahlung wird dort eindeutig diskriminiert. In der Geschäftsführung sitzen fast keine Frauen. Die Einstellung Homosexueller wird strikt abgelehnt, und wenn man einem Mitarbeiter irgendwas in der Richtung nachweisen kann, wird er gefeuert.«

»Haben Sie nicht auch Diskriminierungen gegenüber den Kunden beobachtet?«

»Ja. Geschäfte mit Schwarzen werden tunlichst vermieden.«

»Wie heißt doch gleich der Werbeslogan der Firma?«

Rachel lächelte. »›Uns geht es um den Menschen.‹«

Wir fuhren in den zwanzigsten Stock. Die Cafeteria war am Ende des Ganges. Eine junge Frau in Kamelhaarhosen und einer Weste unter dem dunkelblauen Blazer wartete draußen; sie ging Rachel entgegen. »Rachel Wallace?« Sie trug eine goldgeränderte Brille mit kleinen Gläsern und kein Make-up. Ihr braunes Haar war sehr schlicht geschnitten.

Rachel streckte ihr die Hand hin. »Ja. Sie sind Dorothy Collela?«

»Kommen Sie herein. Wir sitzen alle an einem Tisch in der Ecke.« Sie warf mir einen unsicheren Blick zu.

»Mein Name ist Spenser«, sagte ich. »Ich bin nur mit Miss Wallace mitgekommen. Kümmern Sie sich gar nicht um mich.«

»Setzen Sie sich zu uns?« fragte Dorothy.

Rachel sagte: »Nein, Mr. Spenser bleibt nur in meiner Nähe für den Fall, daß ich ihn brauche.«

Dorothy lächelte etwas verständnislos und führte Rachel zu einem langen Tisch, an dem noch acht Frauen saßen. Ich postierte mich so, daß ich Rachel sehen, aber nicht hören konnte und den anderen Leuten in der Cafeteria nicht im Wege war.

An dem langen Tisch scharrten Stühle, Rachel wurde vorgestellt, und dann gingen alle Frauen bis auf zwei zur Essensausgabe. Das Stammgericht war Hacksteak Oriental, und ich beschloß, mir das Mittagessen zu schenken.

Die Decke der Cafeteria war niedrig und mit vielen Leuchtstoffröhren bestückt. Die Wände waren an drei Seiten gelb gestrichen, die vierte Seite des Raums bestand aus großen Fenstern mit Blick auf die Bay. Das grelle Gelb tat fast körperlich weh. Musik rieselte durch den Mittagslärm. Es hörte sich an wie Mantovani, aber diese Konservenmusik klingt immer so.

Rachel kam mit ihrem Tablett zurück und setzte sich. Sie hatte auch auf das Hacksteak Oriental verzichtet und sich nur ein Sandwich und eine Tasse Tee geholt.

Ein junges Ding, das bestimmt vor kurzem noch die Schulbank gedrückt hatte, kam auf mich zu. Die Kleine trug sehr teure, knallenge Klamotten, eine blaue Discobrille mit Glitzerschmuck und roch wie ein französischer Sonnenuntergang.

Sie lächelte mich an. »Na, Foxy, was gibt's da Schönes zu sehen?«

»Ein Girl Größe 38 in einem Kleid Größe 36«, sagte ich.

»Du solltest mal das Girl ohne das Kleid sehen«, sagte sie.

»Brauchbarer Vorschlag.«

Sie setzte sich zu zwei gleichaltrigen Mädchen an den Tisch. Sie flüsterten miteinander, sahen zu mir hin und lachten. Unverheiratete Mädchen, die gerade angefangen haben zu arbeiten, gehören zu den bestangezogenen Frauen dieser Welt.

Zwei Herren in gedeckten Anzügen und ein uniformierter Wachmann betraten die Cafeteria und gingen zu Rachels Tisch. Ich pirschte mich näher heran. Es sah aus, als würde ich zu tun bekommen.

»Wir haben sie eingeladen«, sagte Dorothy gerade.

»Dazu waren Sie nicht berechtigt«, sagte der im gedeckten Anzug. Es war ein kleines graues Fischgrätmuster. Er trug eine Brille, hatte ein kantiges, sehr glatt rasiertes Gesicht, kurzes Haar, auf Hochglanz polierte Schuhe, einen kleinen Krawattenknoten mit schlichter Nadel. Aufsteigertyp.

»Wer sind Sie?« fragte Rachel.

»Timmons, der Personaldirektor.« Er sprach sehr schnell. »Das ist Mr. Boucher, unser Sicherheitsbeauftragter.« Den uniformierten Wachmann stellte er nicht vor, der gehörte nicht zur Aufsteigerriege. Boucher war eher rundlich und hatte einen buschigen Schnurrbart. Der Wachmann hatte keinen Revolver, aber aus seiner rechten Hüfttasche sah die Schlinge eines Schlagstocks hervor.

»Und warum soll ich gehen?« fragte Rachel.

»Weil Sie gegen die Firmenregeln verstoßen.«

»Wie das?«

»Im Firmenbereich ist keinerlei Werbung erlaubt«, erklärte Timmons. Ich überlegte, ob er nervös war, oder ob er immer so schnell redete. Ich stellte mich hinter Rachels Stuhl, schlug die Arme übereinander und sah Timmons an.

»Und wofür werbe ich Ihrer Meinung nach?« fragte Rachel.

Timmons gefiel es nicht, daß ich dort stand, aber er wußte nicht so recht, was er dagegen machen sollte. Er sah mich an, sah rasch wieder weg, dann sah er Boucher an und wieder mich und dann Rachel. Er machte den Mund auf, um Rachel anzusprechen, unterbrach sich, sah wieder mich an.

»Wer sind Sie?« fragte er.

»Ich bin die Zahnfee.«

»Die – was?«

»Die Zahnfee«, wiederholte ich. »Wo ich scharf hinsehe, werden Zähne locker.«

Timmons machte lautlos den Mund auf und zu.

»Wir verbitten uns Ihre Unverschämtheiten, Mister«, sagte Boucher.

»Die kapieren Sie ja doch nicht«, sagte ich.

»Mr. Spenser ist mit mir gekommen«, erklärte Rachel.

»Dann gehen Sie eben beide«, befand Boucher, »oder wir lassen Sie entfernen.«

»Wie viele Sicherheitskräfte haben Sie?« fragte ich Boucher.

»Das geht Sie gar nichts an«, gab er zurück. Knallhart, der Bursche. Dachte er jedenfalls.

»Mag sein. Vielleicht geht es aber Sie etwas an. Eine ganz Menge sogar. Wenn Sie uns entfernen wollen, werden Sie nämlich einiges an Leuten auf die Beine stellen müssen.«

Der Wachmann machte ein unbehagliches Gesicht. Er kannte wohl seine Grenzen, vielleicht paßte ihm aber auch nur die Gesellschaft nicht, in der er sich befand.

»Ich wünsche das nicht, Spenser«, sagte Rachel. »Wir werden passiven Widerstand leisten.«

In der Cafeteria war es – sah man von den schreiend-gelben Wänden ab – sehr ruhig geworden.

»Sind Sie bereit, geräuschlos von hier zu verschwinden?« fragte Boucher.

»Nein«, sagte Rachel. »Dazu bin ich nicht bereit.«

»Dann bleibt uns nichts anderes übrig.« Er wandte sich an den Wachmann. »Schaff sie raus, Spag.«

»Das können Sie doch nicht machen«, wandte Dorothy ein.

»Ich an Ihrer Stelle würde jetzt erst mal abwarten und das mit Ihrem Boss bereden«, sagte Timmons. »Ich meinerseits rede bestimmt mit ihm.«

Spag trat vor. »Kommen Sie schon, Miss«, sagte er leise.

Rachel rührte sich nicht.

»Pack sie, Spag«, sagte Boucher.

Spag nahm behutsam ihren Arm. »Kommen Sie, Miss, Sie müssen jetzt gehen.« Immer wieder sah er unruhig zu mir herüber. Er mochte um die fünfzig sein und brachte nicht mehr als achtzig Kilo – einige davon reines Fett – auf die Waage. Er hatte schütteres braunes Haar und Tätowierungen an den Unterarmen. Er zog leicht an Rachels Arm. Sie machte sich schwer.

»Herrgott, Spag, jetzt zerr sie endlich von dem Stuhl runter«, sagte Boucher. »Sie hat die Firma widerrechtlich betreten, du hast das Recht dazu.«

Spag ließ Rachels Arm los und richtete sich auf. »Nein, das mache ich nicht.«

»Herrgott noch mal«, sagte Timmons.

»Na schön, dann machen wir es«, entschied Boucher. »Brett, du nimmst den anderen Arm.« Er trat vor, packte Rachel unter dem linken Arm, Timmons nahm ihren rechten Arm, aber als sie Rachel von ihrem Stuhl heruntergezogen hatten, machte sie sich schwer, und darauf waren sie nicht vorbereitet. Sie konnten die Last nicht halten und ließen sie fallen. Sie blieb mit gespreizten Beinen sitzen. Der Rock war ihr halb bis zur Hüfte hochgerutscht. Sie zog ihn nach unten.

»Ich muß jetzt eingreifen«, sagte ich zu Spag. »Spielen Sie da noch mit?«

Spag sah Rachel an, die auf dem Boden saß, sah Timmons und Boucher an. »Nee«, sagte er. »Ich hab' früher mal ehrliche Arbeit gemacht.«

Boucher war jetzt hinter Rachel getreten und hatte ihr die Hände unter die Achseln geschoben. »Lassen Sie Miss Wallace los«, sagte ich.

»Ich habe doch gesagt, daß wir es bei passivem Widerstand belassen werden, Spenser«, sagte Rachel.

»Sie halten sich da raus«, schnarrte Boucher, »oder Sie kriegen eine Menge Ärger.«

»Lassen Sie sie los, oder ich verpasse Ihnen eine, während Sie sich bücken.«

»Hey«, sagte Timmons, aber nicht sehr laut.

Boucher ließ Rachel los und richtete sich auf. In der Cafeteria waren alle aufgestanden und sahen zu. Für Boucher stand eine Menge auf dem Spiel. Er tat mir leid. Sein Publikum bestand hauptsächlich aus jungen Frauen. Ich streckte Rachel die Hand hin. Sie griff zu und stand auf.

»Verdammt«, sagte sie. Als ich mich zu ihr umwandte, sprang Boucher mich an. Er war nicht dick, aber er war langsam. Ich beugte die Schultern und erwischte ihn an der Brust. Er grunzte. Ich richtete mich auf, und er taumelte rückwärts in Timmons hinein.

»Wenn Sie mich noch mal ärgern, schmeiß ich Sie über den Tresen«, erklärte ich.

»Idiot«, sagte Rachel und schlug mir ins Gesicht. Boucher machte einen zweiten Versuch. Ich schlug ihm mal kurz auf die Nase, ließ einen rechten Haken folgen, er taumelte zurück, erwischte gut und gern fünfzig Teller auf der Essensausgabe und ging zu Boden.

»In den Tresen ist fast so gut wie über den Tresen«, sagte ich. Timmons steckte in der Klemme. Er mußte etwas tun. Er versuchte es mit einem weit ausholenden Schlag. Ich zog den Kopf zurück, packte seinen Kragen mit der linken und seinen Hosenboden mit der rechten Hand, trug ihn die drei Schritte zur Essensausgabe, grätschte die Beine, beugte mich nach hinten, hob ihn hoch und warf ihn über den Tresen. Mit einem Arm landete er in der Soße, mit der Brust im Kartoffelbrei, dann rollte er über die breite Fläche der Essensausgabe und fiel auf der anderen Seite zu Boden.

»Klasse, Foxy«, sagte die Kleine mit dem engen Kleid und fing an zu klatschen. Die meisten Frauen taten es ihr nach. Ich ging zu Rachel. »Kommen Sie«, sagte ich. »Inzwischen hat bestimmt schon jemand die Polizei verständigt. Hier hilft nur noch Würde. Warten Sie mit allem, bis wir draußen sind.«

13

»Sie Idiot, Sie gottserbärmlicher Idiot«, sagte Rachel. Wir gingen zu Fuß zurück zum *Ritz*. »Begreifen Sie denn nicht, daß es sehr viel mehr gebracht hätte, wenn die beiden mich vor aller Augen abgeschleppt hätten?«

»Möchte wissen, was das hätte bringen sollen.«

»Ein geschärftes Bewußtsein bei den Frauen, die jetzt einmal persönlich miterlebt haben, auf welche Art und Weise die Firmenleitung ihren Sexismus abreagiert.«

»Welcher Leibwächter sieht tatenlos zu, wie zwei Rowdys mit Hochschulabschluß seinen Schützling gewaltsam aus dem Raum entfernen?«

»Ein intelligenter Leibwächter. Einer, der was von seinem Job versteht. Sie bekommen Ihr Geld, um mein Leben zu schützen, und nicht, um Ihre Anfälle von Ritterlichkeitswahn an mir auszulassen.« Wir bogen in die Arlington Street ein. Am Sockel des Denkmals von William Ellery Channing stand ein kleiner grauhaariger Mann, der zwei Mäntel übereinander trug, und kotzte sich aus.

»Vorhin, da waren Sie die Verkörperung all dessen, was ich aus tiefster Seele hasse«, sagte Rachel, »all der Dinge, gegen die ich kämpfe, die ich anprangere: Machismo, Gewalt, diese gockelhaftmaskuline Arroganz, die einen Mann dazu treibt, sich zum Verteidiger jeder Frau aufzuschwingen, mit der er zusammen ist, ungeachtet ihrer Wünsche und Bedürfnisse.«

»Nur nicht so zartfühlend. Sagen Sie doch ruhig ganz offen, daß Ihnen mein Verhalten nicht gepaßt hat.«

»Es hat mich erniedrigt. Es hat mich zu einer hilflosen, abhängigen Person abgestempelt, die zu ihrem Schutz einen großen, starken Mann braucht. Und dieses Image hat sich durch Ihr Verhalten auch auf die anderen Frauen übertragen, die gedankenlos anfingen zu klatschen, als es vorbei war.«

Wir standen vor dem *Ritz*. Der Portier lächelte uns zu. Wahrscheinlich war er froh und dankbar, daß ich meinen Wagen nicht dabei hatte.

»Mag sein, daß es so war«, sagte ich. »Vielleicht ist das, was Sie sagen, aber auch nur eine blasse Theorie, die mit der Praxis wenig zu tun hat. Theorien oder die langfristigen Folgen des Klassenkampfes oder weiß der Teufel was, das alles interessiert mich nicht. Dazu habe ich kein Verhältnis. Bei mir zählen nur Tatsachen. Und ich konnte einfach nicht zusehen, daß die Burschen Sie in meinem Beisein abschleppten.«

»Sicher, von Ihrem Standpunkt aus hätte Sie das entehrt. Ich war nur der Anlaß, nicht die Ursache. Die Ursache für Ihr Verhalten ist Ihr Stolz. Reden Sie sich nur nicht ein, Sie hätten es für mich getan.«

Das Lächeln des Portiers wirkte inzwischen etwas gezwungen.

»Ich würde es wieder tun«, sagte ich.

»Das glaube ich Ihnen aufs Wort. Aber nicht mit mir. Zwischen uns ist es aus. Ich will Sie nicht mehr sehen. Unsere Ziele sind zu verschieden, und ich gedenke nicht, Ihrem blöden Stolz zuliebe von meinen lebenslangen Überzeugungen abzugehen.«

Sie drehte sich um und betrat das Hotel. Ich sah den Portier an. Er starrte zum Public Garden hinüber. »Ich habe das unangenehme Gefühl«, sagte ich, «daß sie gar nicht so unrecht hat.«

»Mann, das ist hart«, meinte er. »Sehr hart.«

Ich ging die Arlington zurück bis zur Boylston und einen Block bis zur Berkeley Street. Ich hatte verschiedene Möglichkeiten. Ich konnte zum *Dockside Saloon* gehen und dort die Biervorräte leersaufen. Ich konnte nach Smithfield fahren, auf Susan warten und ihr erzählen, daß Women's Lib für mich erst mal gestorben war. Oder ich konnte etwas Nützliches tun. Ich entschied mich für das Nützliche und ging weiter die Berkeley Street hinauf.

Das Bostoner Polizeipräsidium steht im Schatten einer großen Versicherungsgesellschaft, wahrscheinlich vermittelt das den Cops ein Gefühl der Geborgenheit. Martin Quirks Büro war so wie immer. Kahl und aufgeräumt. Auf dem Schreibtisch standen nur ein Telefon und ein Plexiglaswürfel mit Familienfotos.

Quirk hing am Telefon, als ich in der Tür erschien. Er hatte den Schreibtischsessel zurückgekippt, die Füße auf den Schreibtisch gelegt und den Hörer mit der Schulter ans Ohr gedrückt. Er deutete auf den harten Besucherstuhl und ich setzte mich.

»Greifbare Beweise«, sagte Quirk ins Telefon. »Was haben Sie an greifbaren Beweisen zu bieten?« Er hörte zu. Sein Tweedjackett hing über der Sessellehne, das weiße Hemd war frisch gewaschen und gestärkt, die Manschetten waren einmal über den kräftigen Handgelenken umgeschlagen. Er trug Halbschuhe mit Messingschnallen, in denen man sich hätte spiegeln können. Die graue Hose hatte eine messerscharfe Bügelfalte, die schwarze Strickkrawatte war korrekt gebunden und saß so, wie eine Krawatte sitzen soll. In dem dichten, kurzgeschnittenen schwarzen Haar war noch keine graue Strähne.

»Weiß ich«, sagte er ins Telefon. »Aber es bleibt uns nichts weiter übrig. Ja, kapiert.« Er legte auf und sah mich an. »Trägst du eigentlich nie einen Schlips?«

»Das wäre zuviel gesagt. Neulich habe ich einen getragen, zum Abendessen im *Ritz*.«

»Solltest du öfter mal machen. Du siehst aus wie ein abgetakelter Hippie.«

»Du bist bloß neidisch auf mein jugendliches Image«, sagte ich. »Du bist eben ein richtiger Schreibtischhengst, der sich täglich in Schale schmeißen muß, und ich nicht. Das ist der Unterschied.«

»Nicht der einzige«, sagte Quirk. »Was willst du?«

»Wissen, was dir über die Morddrohungen bekannt ist, die Rachel Wallace bekommen hat.«

»Warum?«

»Weil ich bis vor einer halben Stunde ihr Leibwächter war.«

»Und?«

»Sie hat mich gefeuert. Ich war ihr zu maskulin.«

»Besser als andersrum«, sagte Quirk.

»Aber weil ich für den ganzen Tag bezahlt worden bin, habe ich mir gedacht, ich könnte eben noch mal bei dir vorbeikommen und fragen, was bei euch anliegt.«

»Viel kann ich dir nicht sagen. Sie kam wegen der Drohungen zu uns, und wir sind der Sache nachgegangen. Viel ist dabei nicht herausgekommen. Ich habe Belson gebeten, sich ein bißchen umzuhören. Aber niemand wußte was.«

»Was meinst du, wie ernsthaft sind diese Drohungen zu nehmen?«

Quirk zuckte die Schultern. »Könnte schon was dran sein. Profis sind nach Belson allerdings nicht im Spiel. Sie hat eine Menge Namen genannt und etliche peinliche Vorwürfe gegen Firmen und Amtspersonen hier in der Stadt erhoben, aber nichts geschrieben, was einen ins Gefängnis oder um die Karriere bringen könnte.«

»Mit anderen Worten: Wenn die Drohungen echt sind, dann kommen sie wahrscheinlich von einem Spinner oder einer Gruppe von Spinnern, die gegen Feministinnen oder gegen Schwule oder gegen beides sind.«

»Würde ich sagen«, bestätigte Quirk. »Durch den Schulbuskonflikt haben sich damals sämtliche rechtskonservativen Spinner am Ort zusammengefunden. Wenn jetzt irgendeine radikale Sache aufs Tapet kommt, gibt es immer ein halbes Dutzend Randgruppen, die bereit sind, ganz gewaltig auf den Putz zu hauen. Viele von ihnen haben jetzt nämlich nichts Rechtes mehr zu tun, nachdem die Rassenintegration in den Schulen zur Routine geworden ist. Sie haben ja dieses Jahr sogar die Cops aus der South Boston High abgezogen.«

»Mal was Neues von der Schulfront«, sagte ich. »Im Athen Amerikas ist das ja eigentlich auch nicht mehr als recht und billig.«

Quirk grunzte, verschränkte die Hände hinter dem Kopf und lehnte sich noch weiter zurück. Unter den Hemdsärmeln spielten die Muskeln.

»Wer gibt denn jetzt auf sie acht?« fragte er.

»Niemand, soweit ich weiß. Deshalb interessiert es mich ja, wie authentisch die Drohungen sind.«

»Du weißt ja, wie das ist«, sagte Quirk. »Wir haben keine Fakten. Mit anonymen Anrufen ist bekanntlich kein Staat zu machen. Aber ich würde sagen, daß die Gefahr echt ist.«

»Ich auch«, sagte ich. »Und warum?«

»Weil man ihr gedroht hat, ihr etwas anzutun, wenn das Buch nicht zurückgezogen wird. Ist doch irgendwie sonderbar, nicht? Es waren ja schon Rezensionsexemplare im Umlauf, damit war also das Kind bereits in den Brunnen gefallen.«

»Das könnte aber auch nur darauf hindeuten, daß es einfach der Anruf eines Spinners oder eine ganze Serie von Spinneranrufen war.«

»Woher weiß ein Spinner von dem Buch? Oder von ihr? Zugegeben, ganz hieb- und stichfest ist das nicht. Der Spinner könnte im Verlag sitzen oder in der Druckerei oder an irgendeiner Stelle, wo ihm das Buch in die Hände gefallen ist. Aber es ist ernster, das habe ich so im Gefühl. Ich wittere irgendwo ganz konkret organisierten Widerstand.«

»Mist«, sagte ich.

»Du bist nicht meiner Meinung.«

»Doch, das ist es ja. Ich habe auch das Gefühl, daß etwas dran ist. Die Leute wollen die Zurücknahme des Buches erzwingen, und zwar nicht, weil Geheimnisse enthüllt, sondern weil es sich für etwas einsetzt, was sie nicht hören wollen.«

Quirk nickte. »Genau. Es geht ihnen nicht darum, ein Geheimnis zu hüten. Wenn wir recht haben – und wir mutmaßen beide nur –, geht es um den Widerstand gegen ihre Meinung und gegen alles, was sie unternimmt, um diese Meinung zu verbreiten. Aber wie gesagt, das sind reine Mutmaßungen.«

»Nun – wir sind beide gut im Mutmaßen«, sagte ich. »Wir haben immerhin Erfahrung in diesem Geschäft.«

Quirk zuckte die Schultern. »Wir werden sehen.«

»Außerdem ist vor zwei Tagen ein Anschlag auf sie verübt worden, der einen ziemlich professionellen Eindruck machte.«

»Ist ja toll, wie prompt du damit zu den zuständigen Stellen gekommen bist.«

»Jetzt bin ich ja da«, sagte ich »Hör zu.«

Er hörte zu.

Ich erzählte ihm von dem Zwischenfall mit den beiden Wagen auf dem Lynnway. Ich erzählte ihm von den Demonstranten in Belmont und den Tortenwerfern in Cambridge. Ich erzählte ihm von den jüngsten Vorkommnissen in der Cafeteria der First Mutual.

»Ihr Freiberufler habt doch ein aufregendes Leben«, sagte Quirk.

»Es wird wenigstens nie langweilig.«

»Die Sache auf dem Lynnway ist das einzige, was in meinen Augen ernst ist«, meinte Quirk. »Gib mir die Zulassungsnummern.«

Ich gab sie ihm.

»Könnte natürlich ein Zufall sein.«

»Sie schienen sich auszukennen.«

»Heutzutage kennen sich in solchen Dingen alle aus. Sie sehen den Scheiß ja ständig im Fernsehen. Kojak und Genossen. Die wissen schon, wo's langgeht.«

»Stimmt. Könnte sogar ein Mosaikstein sein.«

»Verschwörung?« Quirk hob die Augenbrauen.

»Möglich.«

»Aber wahrscheinlich?«

Ich zuckte die Achseln. »Es gibt mehr Dinge im Himmel und auf Erden, als Eure Schulweisheit sich träumt, Horatio.«

»So was Gebildetes wie dich hab' ich nur noch einmal erlebt«, sagte Quirk. »Bei 'nem Sittlichkeitsverbrecher, den wir im Sommer 1967 aus dem Verkehr gezogen haben.«

»Gebildet ist nicht dasselbe wie gut.«

»Ist mir auch schon aufgefallen. Aber eine Verschwörung kauf' ich dir nicht ab, falls du nicht mehr aufzuweisen hast.«

»Ich mir auch nicht«, sagte ich. »Könnt ihr sie irgendwie im Auge behalten?«

»Ich sprech' noch mal mit Callahan vom *Ritz*. Ich werde ihm sagen, daß du nicht mehr mitmachst, er soll die Augen aufsperren.«

»Das ist alles?«

»Das ist alles«, bestätigte Quirk. »Ich hab' sowieso nicht genug Leute. Ständig kann ich keinen Mann für sie delegieren. Bei öffentlichen Auftritten kann ich vielleicht die Sicherheitsvorkehrungen ein bißchen verstärken. Aber wir wissen doch beide, wie's aussieht: Wenn sie nicht will, kann ich sie ebensowenig schützen wie du. Und selbst wenn sie es wollte, hinge es noch davon ab, wie ernst es einem ist, sie abzuservieren.«

»Aber wenn jemand sie umgelegt hat, dann geht's los, dann hast du plötzlich ein Dutzend Leute übrig.«

»Verpiß dich«, sagte Quirk. Die Falten von der Nase zu den Mundwinkeln waren tief eingekerbt. »Mir brauchst du nicht zu erzählen, was Polizeiarbeit ist. Ich sitze noch hier, ich hab' die Brocken nicht hingeschmissen.«

Ich stand auf. »Tut mir leid. Ich bin stinksauer, und das bekommst du zu spüren.«

Quirk nickte. »Wenn ich was über diese beiden Wagen erfahre, – willst du's wissen?«

»Klar.«

»Okay.«

Ich ging.

14

Susan und ich standen auf dem Quincey Market, aßen Austern, tranken Bier und stritten uns. Ein bißchen jedenfalls.

»Warum hast du dich nicht rausgehalten?« fragte Susan. »Rachel hatte dich darum gebeten.«

»Und daß die Typen sie rausschleiften, das hätte ich mir mit ansehen sollen?«

»Ja.« Susan schlürfte eine Auster aus der Schale. Am Austernstand gibt's keine Gabeln. Nur Austern oder Muscheln oder Garnelen und Bier aus Pappbechern. Schüsseln mit Austernzangen und Flaschen mit Cocktailsoße stehen zur Selbstbedienung da.

»Das hätte ich nicht fertiggebracht«, sagte ich. Durch den Hauptgang der Markthalle mit dem hohen Dachgewölbe strömten die Besucher. Ein Mann mit Bart und Skimütze und grünem Rollkragenpullover beäugte Susan und flüsterte seinem Begleiter etwas zu. Der sah Susan an und nickte. Sie lächelten beide, dann merkten sie, daß ich sie ansah, schauten weg und gingen weiter. Ich bestellte noch ein Bier, Susan nahm einen Schluck aus ihrem Becher.

»Warum hättest du das nicht fertiggebracht?«

»Es wäre mir wie eine Vergewaltigung vorgekommen.«

»Vergewaltigung?«

Ich zuckte die Schultern. »Sagen wir: Ich hätte meinem Stolz Gewalt antun müssen.«

Susan nickte. »So kommen wir der Sache schon näher. Übrigens – warum reagierst du eigentlich immer so sauer, wenn jemand meine Figur bewundert? Mich freut's. Wäre es besser, wenn sie es nicht täten?«

»Meinst du die beiden Witzblattfiguren da vorn?«

»Ja. Und ein Mann, der meine Hinterfront bewundert, ist nicht unbedingt eine Witzblattfigur.«

»Ich hab' denen doch gar nichts getan.«

»Finster angesehen hast du sie.«

»Wenn die sich so leicht Angst einjagen lassen . . .«

»Wär's dir lieber, wenn sie gesagt hätten, ich müßte auch langsam ein Korsett tragen?«

»Grrr«, sagte ich.

»Eben. Warum hast du sie also so angestarrt?«

»Mein Stolz . . .«

»So kommen wir der Sache schon näher.«

»Waren wir da nicht eben schon mal?«

Sie lächelte und bestellte noch ein Bier. »Ja, aber wir sind nicht fertig geworden.«

»Was hätte ich also tun sollen, als diese beiden Typen sie packten?«

»Du hättest dabeistehen und dafür sorgen können, daß sie ihr nicht weh taten. Hättest zugreifen können, falls sie um Hilfe gerufen hätte. Die Tür aufhalten können, wenn . . .«

»Jetzt halt aber mal die Luft an.«

»Oder du hättest mir ihr zusammen passiven Widerstand leisten können, damit hättest du es ihnen ganz schön schwer gemacht.«

»Das bestimmt nicht. Ich hätte es vielleicht geschafft, nicht einzugreifen – oder könnte es schaffen, wenn ich noch einmal in die Verlegenheit käme. Aber mich einfach rausschleifen lassen, das hätte ich nicht gekonnt.«

»Schön, das konntest du also nicht. Aber du hättest Rachel nicht die Chance für einen Triumph zu verbauen brauchen.«

»So habe ich das nicht gesehen.«

»Natürlich nicht. So siehst du es auch nicht, wenn jemand auf einer Party versucht, mich anzumachen, und du ihn sofort mit deinem berühmten Blick durchbohrst.«

»Und ich dich um die Chance bringe, selber erfolgreich mit ihm fertig zu werden.«

»Natürlich«, sagte Susan. Sie hatte einen Stips Cocktailsoße in einem Mundwinkel. Ich wischte ihn mit dem Daumen weg. »Normalerweise brauche ich deinen Schutz nicht«, fuhr sie fort. »Ich bin immerhin eine Reihe von Jahren auch ohne dich ganz gut durchgekommen. Wenn ich jemanden abhängen wollte, habe ich das auch allein geschafft.«

»Und wenn mal einer sich nicht abhängen läßt?«

»Dann rufe ich dich. Du bist nicht weit weg. Seit wir uns kennen, hast du dich auf einer Party nie weiter als drei Meter von mir entfernt.«

Ich trank mein Bier aus. »Komm, gehen wir zur anderen Seite rüber.« Es war fast halb fünf, und für Market-Verhältnisse war nicht viel Betrieb. »Wenn du lieb bist, kauf' ich dir ein Croissant.«

»Es ist ja nicht meinetwegen.« Sie hakte sich bei mir ein, ihr Kopf reichte mir knapp bis über die Schulter. Ihr Haar roch ganz leicht nach Blumen. »Ich verstehe dich, und so ganz unsympathisch sind mir deine Besitzerinstinkte ja auch nicht. Außerdem liebe ich dich, und da sieht man die Dinge manchmal anders.«

»Wir könnten da drüben ins Treppenhaus gehen und uns wieder vertragen«, sagte ich.

»Später. Du hast mir versprochen, daß wir ganz viel herumlaufen und essen und trinken und Leute ansehen.«

»Und danach?«

»Wer weiß«, sagte Susan.

»Können wir dann nicht ein bißchen schneller herumlaufen?«

Der Quincey Market ist alt und liebevoll restauriert. Es ist ein riesiges Areal aus Granitblöcken. Links und rechts von dem breiten Mittelgang stehen Stände, an denen man Fruchtjoghurt, Kielbasy auf Brot mit Sauerkraut, Hummerbrötchen, Fischsandwiches, Baguettes, Landpasteten, griechischen Salat, Huhn süßsauer, Baklava, Omas Plätzchen, Austern, Käse, frisches Obst am Spieß, Eiskrem, Käsekuchen, Grillhähnchen, Pizza, Krapfen, Ente in Gelee, Roastbeef-Sandwiches mit Chutney auf frischem Brot, Sojabohnensprossen, getrocknete Pfirsiche, Riesencashews und andere Nüsse kaufen kann. Außen gibt es Fleischerläden, Käseläden, einen Stand, auf dem der Kaffee stets frisch gemahlen wird, Obstbuden, einen Stand, der koreanische Ginsengwurzeln anbietet. Rechts und links von der Markthalle sind Arkaden mit weiteren Ständen und Straßencafés, und in den restaurierten Backsteinbauten gegenüber haben sich Kleidergeschäfte und Spezialitätenläden und Restaurants niedergelassen. Quincey Market nimmt für sich in Anspruch, Bostons Touristenattraktion Nummer eins zu sein, und das gehört sich auch so. Wenn man mit einem Mädchen über den Markt geht, fällt es schwer, nicht Händchen zu halten. Jongleure und Wandermusikanten sind unterwegs. Leer ist der Markt nie, und wenn Hochbetrieb herrscht, ist kein Durchkommen. Wir blieben stehen, kauften zwei Spieße mit frischem Obst und aßen sie im Gehen.

»Was du sagst, ist durchaus vernünftig, Schatz«, sagte ich, »aber mit dem Gefühl kann ich das einfach nicht nachvollziehen.«

»Ich weiß«, meinte Susan. »Wahrscheinlich wirst du das nie können. Du bist mit einem starken Familiensinn groß geworden. Aber du hast keine Familie, und deshalb überträgst du diese massiven Beschützerinstinkte auf deine Klienten und auf mich.«

»Mag sein, daß du nicht ausgesprochen schutzbedürftig bist, aber Klienten haben einfach einen Anspruch auf meinen Schutz.«

»Deshalb blüht ja auch dein Geschäft. Du brauchst Leute, die Schutz brauchen. Was würdest du wohl sonst mit deinem Beschützerinstinkt anfangen?«

Ich warf meinen leeren Spieß in einen Abfalleimer. »Ich würde ihn in voller Breite auf dich konzentrieren.«

»Gott bewahre mich«, sagte Susan.

»Ich glaube kaum, daß ich mich noch ändern werde«, meinte ich.

»Das sollst du auch gar nicht. Ich liebe dich, und ich verstehe dich, und ich hoffe, du bleibst so lieb, wie du bist. Eigentlich müßtest du jetzt aber begreifen, weshalb Rachel Wallace gewisse Bedenken deinetwegen hatte.«

»Aber sonst bin ich doch ein schlauer Bursche, nicht?« sagte ich.

»Das bist du wirklich«, beteuerte Susan. »Wollen wir uns ein Joghurt teilen?«

15

Es war drei Wochen vor Weihnachten, und an meinem Fenster wehten vereinzelte weiße Flocken vorbei, als ich erfuhr, daß sie sich Rachel Wallace geschnappt hatten.

Ich hatte die Füße auf den Schreibtisch gelegt, trank schwarzen Kaffee, aß einen Krapfen und wartete auf den Anruf eines gewissen Anthony Gonsalves aus Fall River. Das Telefon läutete. Es war nicht Gonsalves.

»Spenser? John Ticknor, Hamilton Black. Könnten Sie gleich mal vorbeikommen? Offenbar ist Rachel Wallace entführt worden.«

»Haben Sie die Polizei verständigt?« fragte ich.

»Ja.«

»Okay, ich komme sofort.«

Ich legte auf, zog meine wattierte Jacke über Rollkragenpullover und Schulterhalfter und machte mich auf den Weg. Mein Büro war in diesem Jahr Ecke Massachusettes Avenue und Boylston Street in einem kleinen dreieckigen Turm über einem Tabakwarengeschäft. Der Wagen stand an einem Schild mit der Aufschrift: »Parken verboten. Bushaltestelle.« Ich stieg ein und fuhr die Boylston Street hinunter. Der Schnee schmolz , sobald er die Fahrbahn berührte, aber an den Straßenrändern und auf den Gehsteigen und Simsen blieb er noch eine Weile liegen.

Die bunten Lichter an dem Weihnachtsbaum im Prudential Centre brannten schon, obgleich es erst Viertel vor vier war. Ich bog am Charles River links in die Beacon Street ein und rollte auf der Anhöhe vor dem State House in eine Parkbucht mit dem Schild: »Reserviert für Mitglieder des General Court.« Rechts senkte sich der Park bis zur Tremont Street, in den Bäumen waren Lichterketten angebracht, weiter zur Park Street hin war eine große Krippenszene aufgebaut. Auf dem Gras schimmerte der Schnee weiß, aber auf den Gehwegen schmolz er rasch. Am Informationsstand hatten sie Rentiere in Gehegen, und ein Typ mit Plakattafeln auf Bauch und Rücken stand daneben und verteilte Prospekte an die Spaziergänger, die versuchten, die Tiere mit Popcorn zu füttern.

Ticknors Büro war im obersten Stockwerk, mit Blick auf den Coomon. Es hatte eine hohe Decke und große Fenster; überall lagen Bücher und Manuskripte herum. Gegenüber von seinem Schreibtisch standen eine Couch und ein niedriger Tisch, auf dem große gelbe Umschläge lagen. Ticknor saß auf der Couch, hatte die Füße auf den Tisch gelegt und sah zu dem Prospektverteiler hinüber. Detective Sergeant Frank Belson saß neben ihm auf der Couch und trank in vorsichtigen Schlucken einen Kaffee. Ein geschniegelter junger Fatzke stand hinter Ticknors Schreibtisch und telefonierte.

Belson nickte mir zu. Ich musterte den Geschniegelten. »Büro des District Attorney?«

Belson nickte. »Cronin. Stellvertretender Anklagevertreter.«

»Ich bin sehr froh, daß Sie gekommen sind, Spenser«, sagte Ticknor. »Sie kennen Sergeant Belson?«

Ich nickte.

Ticknor sagte: »Das ist Roger Forbes, unser Anwalt.«

Ich schüttelte dem großen grauhaarigen Mann mit den hohen Backenknochen und den eingefallenen Wangen, der etwas unbehaglich in der Ecke zwischen Couch und Bücherregal stand, die Hand.

»Wir haben den Medien gegenüber noch nichts erwähnt«, sagte Cronin ins Telefon.

»Was habt ihr vorliegen?« fragte ich Belson.

Er reichte mir ein Blatt Papier. Der Text war sauber getippt, zweizeilig, keine Ausstreichungen, nichts ausgeixt, übersichtlicher Rand, Absätze jeweils fünf Anschläge eingerückt. Gutes, schweres Briefpapier.

»Sintemalen Rachel Wallace mehrere Bücher geschrieben hat, die Gott und Vaterland beleidigen; sintemalen sie sich in direktem Widerspruch zur Bibel und zu Anstand und Sitte für lesbische Liebe eingesetzt hat; sintemalen sie unser Volk und unsere Kinder durch die öffentlichen Medien verdirbt, die sich aus gedankenloser Habsucht dieser Frau bedienen; sintemalen unsere Staatsdiener, die in ihrer Stupidität jeder radikalen Verschwörung auf den Leim zu gehen bereit sind, nicht reagieren, haben wir uns gezwungen gesehen, einzugreifen.

Wir haben sie entführt und halten sie gefangen. Es ist ihr kein Leid geschehen, und es wird ihr kein Haar gekrümmt werden, wenn Sie sich an unsere Anweisungen halten. Wir verlangen kein Geld. Wir haben gehandelt angesichts eines moralischen Gebots, das höher ist als menschliches Gesetz, und diesem Gebot werden wir folgen, und führte es uns auch in den Tod.

Halten Sie sich bereit für weitere Mitteilungen. Wir werden unsere Forderungen an Sie zur Weiterleitung an die zuständigen Stellen richten. Diese unsere Forderungen sind nicht übertragbar. Werden sie nicht erfüllt, so ist die Welt besser dran, wenn Rachel Wallace tot ist.

Verein zur Restitution amerikanischer Moral (RAM)«

Ich las den Text zweimal. Beim zweitenmal stand immer noch dasselbe drin. »Eigenartiger Stil«, sagte ich zu Ticknor.

»Wären Sie besser mit ihr ausgekommen«, meinte er, »wäre dieser Brief vielleicht nie geschrieben worden.« Sein Gesicht war leicht gerötet.

»Ihr habt natürlich alles geprüft«, sagte ich zu Belson.

»Versteht sich. Sie ist tatsächlich verschwunden. Ihr Hotelzimmer ist leer, die Koffer, die Sachen in den Schubläden, alles noch da. Sie sollte heute nachmittag im Radio sprechen, kam aber nicht ins Studio. Zuletzt ist sie gestern abend gegen neun gesehen worden, da hat der Zimmerkellner ein paar Sandwiches heraufgebracht, eine Flasche Gin, eine Flasche Vermouth und zwei Gläser. Er sagt, es habe jemand geduscht, er weiß aber nicht, wer es war. Die Badezimmertür war geschlossen.«

»Keine Hinweise?«

»Nichts«, sagte Belson. Er war mager, hatte ein schmales Gesicht und einen so starken Bartwuchs, daß die untere Hälfte seines Gesichts bläulich wirkte, obgleich er sich mindestens zweimal täglich rasierte. Seine Fünfzehn-Cents-Zigarren rauchte er so ökonomisch, daß ihm zum Schluß das glühende Ende fast die Lippen verbrannte. Auch jetzt hatte er wieder einen dieser Glimmstengel im Mund, der schon ziemlich zerkaut und mitgenommen aussah.

»Quirk kommt noch?« fragte ich.

»Ja, er muß gleich da sein. Er mußte heute nachmittag aufs Gericht und hat mich schon vorgeschickt. Daß du da bist, erleichtert uns die Sache natürlich.«

Cronin legte den Hörer auf und sah mich an. »Wer sind Sie?«

Ticknor übernahm die Antwort. »Mr. Spenser war als Leibwächter für sie engagiert worden. Wir dachten, daß er vielleicht etwas Licht auf diese seltsame Geschichte werfen könnte.«

»Schöner Leibwächter«, sagte Cronin. »Wissen Sie was?«

»Nicht viel.«

»Habe ich mir gleich gedacht. Wenn die anderen Sie dabeihaben wollen, habe ich nichts dagegen, aber stören Sie uns nicht. Eine falsche Bewegung, und Sie können was erleben.«

Ich sah Belson an. Der grinste. »Die schicken uns jedes Jahr härtere Burschen«, sagte er.

»Eine Steigerung ist jetzt eigentlich nicht mehr möglich«, sagte ich. »Der ist so hart, härter geht's nicht.«

»Schluß mit dem Unfug«, sagte Cronin. »Ist Ihnen dieser Mann persönlich bekannt, Sergeant?«

»Jawohl, Sir, er ist mir persönlich bekannt, Sir. Soll ich ihn umlegen, Sir?«

»Was ist denn plötzlich in Sie gefahren, Belson? Ich habe Ihnen eine einfache Frage gestellt.«

»Spenser ist in Ordnung«, erklärte Belson. »Er kann uns helfen.«

»Möchte ich mir auch ausgebeten haben«, sagte Cronin. »Spenser, Sie erzählen Sergeant Belson alles, was Sie über den Fall wissen. Wenn es sich lohnt, Belson, nehmen Sie es offiziell zu Protokoll.«

»Jawohl, Sir, sofort«, sagte Belson und zwinkerte mir zu.

Cronin wandte sich an Ticknor. »Sie kennen sich von Berufs wegen mit Worten aus. Kommt Ihnen irgend etwas in der Ausdrucksweise, am Stil bekannt vor?«

»Wenn es ein Manuskript wäre, würden wir es sofort zurückschikken«, sagte Ticknor. »Mehr kann ich dazu nicht sagen. Ich habe nicht die leiseste Ahnung, wer den Brief geschrieben haben könnte.«

Cronin hörte gar nicht richtig zu. Er wandte sich an Forbes, den Anwalt. »Gibt es hier einen Raum, in dem wir mit den Leuten von den Medien sprechen könnten, Herr Kollege?« Er redete mit Forbes fast wie mit einem Gleichgestellten. Ein Jurastudium ist in manchen Fällen eben doch ein Plus.

»Gewiß«, sagte Forbes. »Wir haben einen sehr ordentlichen Sitzungsraum im zweiten Stock.« Er wandte sich an Ticknor. »Ich gehe mit ihm in den Hamilton Room, John.«

»Gute Idee«, sagte Ticknor. Forbes ging voraus. An der Tür blieb Cronin noch einmal stehen. »Ich will alles wissen, was der Bursche da weiß, Sergeant. Quetschen Sie ihn aus wie eine Zitrone.«

Ich setzte mich auf die Kante von Ticknors Schreibtisch. »Hoffentlich läuft der nicht mit einer Kanone bewaffnet durch Boston«, sagte ich.

»Cronin?« Belson lachte. »1973, als ich meine erste Prüfung gemacht habe, ist der mit der Uni fertig geworden. Er bildet sich ein, wenn er so richtig schön den wilden Mann mimt, merken die Leute nicht, daß er überhaupt keinen Durchblick hat und nur in ein öffentliches Amt gewählt werden will.«

»Da hat er falsch gedacht«, sagte Ticknor. Belson hob zustimmend die Augenbrauen, aber das sah Ticknor nicht, weil er hinter Belson stand.

»Auf welchem Wege haben Sie den Brief bekommen?« fragte ich Ticknor.

»Er wurde dem Wachmann unten am Empfang übergeben«, antwortete er. Er reichte mir den Umschlag, auf dem in Maschinenschrift nur Ticknors Name stand.

»Beschreibung?«

Belson beantwortete die Frage. »Da unten werden täglich Hunderte von Sachen abgegeben. Der Wachmann hat nicht darauf geachtet. Er kann sich nicht einmal erinnern, ob es ein Mann oder eine Frau war.«

»Das ist nicht seine Schuld«, erklärte Ticknor. »Die Druckereien liefern ständig Fahnen und dergleichen, dazu kommen Manuskripte von Agenten, Schriftstellern und Lektoren, Illustrationen und was weiß ich noch alles. Walt wird nicht dafür bezahlt, sich zu merken, wer was bringt.«

Ich nickte. »Es spielt auch keine Rolle. Wahrscheinlicher ist, daß den Brief ein Taxifahrer abgegeben hat. Außerdem helfen einem auch gute Beschreibungen selten weiter.«

Belson nickte. »Ich lasse schon bei den Taxigesellschaften herumfragen. Aber ebensogut können die Entführer das Ding auch selber abgegeben haben. Überhaupt kein Risiko.«

»Soll die Presse eingeschaltet werden?« fragte Ticknor.

»Viel schaden kann es nicht«, meinte ich. »Wenn es nach Cronin geht, wird die Sache sowieso in der Öffentlichkeit breitgetreten. Es scheint, als wäre die Organisation auf Publicity aus. In dem Brief steht nichts davon, daß die Presse rausgehalten werden soll. Das gleiche gilt für die Polizei.«

»Genau«, bestätigte Belson. »In den meisten Kidnapping-Briefen steht: Gehen Sie nicht zur Polizei. Aber Entführungsfälle mit politischer oder sozialer oder was auch immer für einer Motivation sind meist auf Publicity aus. Außerdem hat Cronin es bereits der Presse gesagt. Also ist die Frage – ja, was? Welches Wort suche ich?«

»Akademisch«, sagte Ticknor. »Hypothetisch. Zwecklos. Überholt. Reine Theorie.«

»Das meinte ich«, sagte Belson.

»Was also können wir tun?« fragte Ticknor.

»Nicht viel«, sagte Belson. »Herumsitzen, warten, uns ein bißchen umhören. Beim FBI nachfragen, ob dort was über RAM vorliegt. Wir können das Papier und das Farbband analysieren lassen, aber das Ergebnis ist vorhersehbar, nämlich gleich Null. Irgendwann wird sich jemand mit uns in Verbindung setzen und Forderungen stellen.«

»Das ist alles?« fragte Ticknor geknickt. Er sah mich an.

»Mir gefällt es auch nicht«, erklärte ich. »Aber es ist im Grunde wirklich alles. In solchen Fällen müssen wir meist warten, bis sich jemand mit uns in Verbindung setzt. Je mehr Kontakte wir haben, desto besser, desto mehr haben wir nämlich in der Hand und desto besser ist die Chance, daß wir die Burschen finden. Und Rachel.«

»Aber woher wissen wir, daß sie überhaupt Kontakt aufnehmen werden?«

»Genau kann man das nie wissen«, erklärte Belson. »Aber man rechnet einfach damit. Sie haben es angekündigt. Sie hatten einen Grund für ihre Tat. Sie wollten etwas. Soviel kann man schon sagen. Jeder will schließlich etwas.«

Die Zigarre war inzwischen so weit heruntergebrannt, daß Belson den Kopf schief halten mußte, damit der Rauch ihm nicht in die Augen stieg.

»Aber was wird inzwischen aus Rachel? Stellen Sie sich doch vor, wie ihr zumute sein muß. Wenn die Kerle sie mißbrauchen? Wir können doch nicht einfach hier sitzen und warten.«

Belson sah mich an. »Es wird uns nichts weiter übrig bleiben«, sagte ich. »Es ist sinnlos, über Alternativen nachzudenken, wenn man keine hat. Sie ist zäh, sie hält das durch.«

»Aber allein mit diesen Halbwahnsinnigen . . .«, sagte Ticknor.

»Denken Sie an was anderes«, riet ihm Belson. »Haben Sie eine

Idee, wer sich hinter dieser Gruppe verbergen könnte?«

Ticknor schüttelte nervös den Kopf, als hätte er eine Fliege im Ohr. »Nein. Keine Ahnung. Wie nennt sie sich? RAM?«

Belson nickte. »Wissen Sie, ob Miss Wallace im Verlagsgeschäft Feinde hatte?«

»Nein, ich meine, nicht in diesem Sinne. Rachel hat eine scharfe Zunge, sie gilt als schwierig, sie tritt für Dinge ein, mit denen sich nicht alle identifizieren können. Aber ein Menschenraub, nein, das hätte niemand fertiggebracht.«

»Die Entscheidung darüber überlassen Sie besser uns. Wir möchten von Ihnen eine Liste all jener Leute, die Miss Wallace nicht leiden konnten, die mit ihr stritten, die nicht einer Meinung mit ihr waren, soweit sie Ihnen einfallen.«

»Na hören Sie . . . Auf so eine Liste müßte ich ja fünfzig Prozent aller amerikanischen Literaturkritiker setzen.«

»Lassen Sie sich nur Zeit.« Belson hatte ein Notizbuch hervorgeholt und lehnte sich in seinem Sessel zurück.

»Aber Sergeant, ich kann doch nicht einfach wahllos irgendwelche Namen herbeten. Damit ziehe ich diese Leute in eine Mordermittlung hinein.«

»Ich denke, Sie machen sich so große Sorgen um die arme Rachel?«

Es war die alte Leier, ich kannte derartige Diskussionen in- und auswendig. »Ich fang mal an, mich nach Rachel umzusehen«, sagte ich. »Wenn die RAM sich meldet, sagen Sie mir bitte Bescheid.«

»Ich bin nicht befugt, Ihnen den Fall zu übertragen, Spenser«, sagte Ticknor.

»Ich auch nicht«, sagte Belson, der sich insgeheim zu amüsieren schien.

»Gehört zum Service«, sagte ich.

Ich verließ Ticknors Büro, ging an zwei Kriminalbeamten vorbei, die gerade eine Sekretärin vernahmen, zum Lift, fuhr hinunter, trat auf die Straße und begann meine Suche.

16

Der *Boston Globe* sitzt in einem Haus auf dem Morrison Boulevard, das aussieht wie eine Kreuzung aus Lagerhaus und Mittelschule in Suburbia. Früher waren sie im Zentrum, in der Washington Street, und das Haus sah aus, wie sich das für einen Zeitungsverlag gehört. Aber da gab es auch noch die *Post* und den *Daily Record*. Lang, lang ist's her.

Es war der Tag nach Rachels Entführung, und es schneite wieder. Ich sprach mit Wayne Cosgrove von der Lokalredaktion über die Politik der Rechten. Er hatte vor drei Jahren eine Serie darüber geschrieben.

»RAM? Nie gehört.« Cosgrove war fünfunddreißig und hatte einen blonden Bart. Er trug Cordhosen und ein graues Wollhemd und eine braune Tweedjacke. Die Füße, die er auf die Schreibtischplatte gelegt hatte, steckten in Lederstiefeln mit Gummisohle und gelben Schnürsenkeln. Ein blauer gefütterter Parka mit Kapuze hing über der Stuhllehne.

»Siehst ja unheimlich trendy aus, Wayne«, sagte ich.

»So ein Jahr in Harvard macht eben eine Menge aus.« Er stammte aus Newport News, Virginia. Man hörte es.

»Das sehe ich. Willst du nicht mal sehen, ob du über RAM was in deinen Unterlagen hast?«

»Unterlagen? Ich höre immer Unterlagen, Gringo. So was brauche ich nicht.«

»Du hast überhaupt keine Unterlagen?«

Er zuckte die Schultern. »Na ja, ein paar schon, aber was sich wirklich lohnt, das hab' ich hier oben in meiner eigenen Birne, und über RAM ist da nichts gespeichert. Aber das will nichts heißen. Diese Gruppen kommen und gehen wie Imbißbuden. Oder sie ändern die Namen oder bilden Splittergruppen. Möglicherweise hätte ich von RAM auch nichts gehört, wenn ich die Serie vorgestern geschrieben hätte, und doch könnten sie heute schon Stadtgespräch sein. Als ich die Serie machte, hatten sich die meisten Spinner auf das Busproblem gestürzt, Schwarz und Weiß in einer Schule und so weiter. Die Katholen hatten Angst, die bösen Nigger könnten ihre Töchter vögeln, und um das zu verhindern, fiel ihnen nichts Gescheiteres ein, als die Nigger von ihren Töchtern fernzuhalten. Spricht nicht gerade für die Disziplin der Töchter, aber wenn man damals 'ne Gruppe gründen wollte, brauchte man sich bloß auf die Straße zu stellen und ›Nigger, Nigger!‹ zu brüllen.«

»Ist das nicht eine Technik, die in einem ganz bestimmten Gebiet entwickelt wurde?«

»Genau«, sagte Cosgrove. »In meiner Heimat hat man mit dieser Masche ganze Wahlkämpfe bestritten, und ihr Nordlichter habt nur bedauernd mit der Zunge geschnalzt und uns die Miliz geschickt.«

»Ich hab' so was läuten hören, daß du vor ein paar Jahren in Mississippi an Freiheitsmärschen und anderen einschlägigen Aktionen teilgenommen hast.«

»Einer meiner Großväter stammte aus dem Norden«, sagte Cosgrave. »Da muß ich wohl irgendwas geerbt haben.«

»Und wo sind jetzt all die braven Bostoner, die ›niemals‹ schrien und Schulkinder mit Steinen bewarfen?«

»Die meisten sagen jetzt: Möglichst nie«, meinte Cosgrove. »Aber ich weiß schon, worauf du hinauswillst. Ja, sicher, ein paar von denen, die inzwischen mitgekriegt haben, daß viele Nigger gar nicht die Absicht haben, ihre Töchter zu vögeln, haben jetzt Angst, die Schwulen könnten sich an ihre Söhne ranmachen und gründen Gruppen, um Schwule mit Steinen zu bewerfen.«

»Bestimmte Kandidaten?«

»Komm, kannst du mich nicht was Leichteres fragen? Du weißt so gut wie ich, daß das Zentrum der Ultrarechten hier Fix Farrell ist. Schätzungsweise hat der sogar was gegen die Eskimos.«

»Ja, ich weiß, aber ich schätze, daß ein Mann wie Farrell sich nicht auf so eine Sache einlassen würde.«

»Weil er im Stadtrat sitzt? Sag mal, wie alt bist du eigentlich?«

»Ich behaupte nicht, daß er sauber ist, ich behaupte nur, daß er so ein Tamtam nicht nötig hat. Ein Typ wie er braucht Leute wie Rachel Wallace, die liefern ihm ja das Feindbild. Für Farrell ist nichts damit gewonnen, daß sie entführt wird und ihr Buch in der Versenkung verschwindet. Ihm kann es nur recht sein, wenn sie fleißig die Werbetrommel dafür rührt. Um so begeisterter kann er über sie herziehen.«

Cosgrove tippte sich nachdenklich mit dem Radiergummiende eines gelben Bleistifts an die Zähne. »Keine schlechte Einschätzung«, sagte er.

»Was meinst du, ob er mir sagen würde, wen man sich da am besten vornimmt?«

Cosgrove schüttelte sehr entschieden den Kopf. »Nichts. Farrell liefert niemanden ans Messer, der ihm vielleicht mal seine Stimme gibt. Und im übrigen kann einer, der eine lesbische Emanze ablehnt, nach Fix Farrell kein ganz schlechter Mensch sein.«

»Glaubst du, die Leute von RAM würden ihm trauen?« fragte ich.

»Woher, zum Teufel, soll ich das wissen«, sagte Cosgrave. »Wirklich, Spenser, du bist die reinste Nervensäge.«

»Aber ein Klasse-Leibwächter«, meinte ich.

Cosgrove zuckte die Schultern. »Ich höre mich mal um, rede in der Lokalredaktion drüber. Wenn ich was erfahre, rufe ich an.«

»Danke«, sagte ich und zog ab.

17

Ich kenne einen Typ vom Ku-Klux-Klan. Er heißt Manfred Roy, und ich hatte ihn, als ich noch bei der Polizei war, mal wegen Besitzes von Pornomaterial hochgehen lassen. Das ist schon eine Weile her, damals war man in Sachen Porno bedeutend strenger als heute. Manfred verpfiff den Typ, von dem er das Zeug hatte, verpfiff die Freunde, die beim Kauf dabeigewesen waren, wir ließen die Anklage fallen, und die Sache kam nicht in die Presse. Er wohnte bei seiner Mutter, und hätte sie es erfahren, wäre sie sehr enttäuscht von ihm gewesen. Als ich von der Polizei wegging, behielt ich Manfred im Auge. An den Ku-Klux-Klan kommt man normalerweise nicht so ohne weiteres heran, und wenn man mal einen Kontakt hat, muß man ihn sich warmhalten.

In diesem Jahr verdiente sich Manfred seine Brötchen als Herrenfriseur in einem Salon im Erdgeschoß des Park Square Building. Er war ein mickriger kleiner Kerl mit kurzgeschnittenen weißblonden Haaren. Unter dem weißen Kittel trug er ein kariertes Wollhemd, Jeans und blankgeputzte braune Halbschuhe.

Ich setzte mich und las den *Globe*. Dabei stieß ich auf einen Bericht über die Stadtratsdebatte zu einem Bürgerschaftsproblem. Ich las den ersten Absatz, weil der Artikel von Wayne Cosgrave war, aber den zweiten Absatz kriegte ich nicht mal aus alter Freundschaft zu Ende.

Vier Friseure schnippelten an Kunden herum. Einer, ein Dicker mit Elvis-Presley-Tolle, die mit Haarspray festzementiert war, sah mich an. »Der Nächste bitte.«

»Nein, danke. Ich warte auf den da.« Ich deutete auf Manfred, der gerade einem weißhaarigen Mann die Haare schnitt.

Manfred sah mich an, sah wieder den Weißhaarigen an, kapierte, wer ich war, und beobachtete mich im Spiegel. Ich blinzelte ihm zu, und er wandte rasch den Blick ab.

Fünf Minuten später hatte er den Weißhaarigen abgefertigt. Ich stand auf. »Tut mir leid, Sir«, sagte Manfred. »Ich mache jetzt Mittag, vielleicht kann einer meiner Kollegen . . .«

Ich lächelte freundlich und legte ihm einen Arm um die Schulter. »Um so besser, Manfred. Ich wollte sowieso mal wieder so richtig gemütlich mit dir quatschen. Ich lad dich zum Essen ein.«

»Ja also – eigentlich war ich verabredet . . .«

»Auch recht. Ich quatsche auch mit deinen Freunden. Mensch, Manfred, wir haben uns schließlich eine Ewigkeit nicht mehr gesehen.«

Der Figaro mit der Tolle sah zu uns hin. Manfred zog seinen weißen Kittel aus, und wir gingen zusammen hinaus. Im Vorbeigehen griff ich mir mein Jackett vom Garderobenständer.

Draußen sagte Manfred: »Verdammt, Spenser, Sie bringen es noch so weit, daß man mich feuert.«

»Sei doch nicht so unfreundlich, Manfred«, tadelte ich. »Richtig unchristlich ist das. Ich bin nur vorbeigekommen, um dir guten Tag zu sagen und dich zum Lunch einzuladen.«

»Können Sie mich nicht endlich in Ruhe lassen?«

»Hast du noch eine von deinen aufblasbaren Gummipuppen?«

Wir gingen durch die Arkaden des Park Square Building, das früher mal der letzte Schrei gewesen, dann immer weiter verlottert und jetzt wieder im Kommen war. Manfred sah auf seine Füße.

»Damals war ich noch anders«, sagte er. »Da hatte ich Christus noch nicht gefunden.«

»Du auch?«

»Das verstehen Sie ja doch nicht.«

Am Ausgang zur St. James Avenue war ein kleiner Sandwichstand. Ich blieb stehen. »Wie wär's mit einem Sandwich und einem Kaffee, Manfred? Ich spendier dir auch Joghurt und einen Apfel, wenn du willst.«

»Ich habe keinen Hunger.«

»Auch recht. Stört dich hoffentlich nicht, wenn ich was esse.«

»Warum essen Sie nicht allein und lassen mich in Ruhe?«

»Ich kauf mir einfach hier ein Sandwich, und dann schlendern wir zusammen zum Busbahnhof rüber und sehen nach, ob sich was tut, vielleicht ein kleiner Fall von Rassenschande oder so.«

Ich erstand ein Thunfischsandwich auf Vollkornbrot, einen Apfel und einen Becher schwarzen Kaffee. Den Apfel steckte ich in die Tasche, das Sandwich aß ich im Gehen. Am anderen Ende der Arkaden, dort, wo früher das *Park Square Cinema* gewesen war, blieben wir stehen. Ich war mit meinem Sandwich fertig und trank den Kaffee in kleinen Schlucken.

»Du bist noch beim Klan, Manfred?«

»Selbstverständlich.«

»Wie ich höre, bist du Regionalmanager für Massachusetts oder Allerhöchster Kaiserlicher Alligator geworden oder wie man das nennt.«

Er nickte.

»Herzlichen Glückwunsch«, sagte ich. »Nächstens kommst du noch ganz groß raus.«

»Sie sind ein Narr, wie all diese Liberalen. Ihr werdet eine Rasse von Bastarden werden. Eine Zivilisation, die in zehntausend Jahren entstand und die höchste Kultur der Menschheit hervorgebracht hat, wird ausgelöscht werden, ertränkt in einem Meer von Mischlingen und Primitiven. Profitieren werden davon nur die Kommunisten.«

»Jede Zivilisation, die einen Trottel wie dich hervorbringt, Manfred«, erklärte ich, »kann eine Blutauffrischung vertragen.«

»Sie haben eben keine Ahnung.«

»Aber ich bin nicht gekommen, um mit dir über ethnische Probleme zu diskutieren.«

»Da würden Sie auch den kürzeren ziehen.«

»Wahrscheinlich«, räumte ich ein. »Du bist ein professioneller Fanatiker. Du verbringst dein ganzes Leben damit, über diesen Quatsch zu sülzen. Du bist Fachmann, das ist dein Beruf. Meiner nicht. Aber selbst wenn ich bei der Diskussion den kürzeren ziehe, bei der Prügelei danach gewinne ich. Wollen wir wetten?«

»Und Ihre Leute werfen uns Gewalttätigkeit vor«, sagte Manfred. Er stand sehr gerade an der Wand unter der kahlen Fläche, an der früher die Kinoplakate geklebt hatten. Auf seinem Gesicht war ein bißchen Farbe.

»Meine Leute?« wiederholte ich. »Ich rede von mir und von dir, nicht von uns und unseren Leuten.«

»Sie verstehen nichts von Politik«, erklärte Manfred. »Mit den Begriffen Ich und Du bringt man keine gesellschaftlichen Veränderungen zustande.«

»Hör zu, Manfred, ich brauche eine Auskunft über eine Gruppe von Leuten, die genauso vernagelt sind wie du. Sie nennen sich RAM – Verein zur Restitution amerikanischer Moral.«

»Warum fragen Sie das mich?«

»Weil du genau der Typ bist, der in solchen Gruppen herumhängt und über eine Restitution der Moral redet. Wahrscheinlich kommst du dir dann nicht so mies vor, wie du bist.«

»Ich weiß nichts über RAM.«

»Die Gruppe kämpft gegen Feminismus und Homosexualität und wahrscheinlich für Gott und rassische Reinheit. Von denen mußt du doch schon mal gehört haben.«

Manfred schüttelte den Kopf. Er sah wieder auf seine Füße. Ich hielt ihm meine Faust unters Kinn, bis ich ihm in die Augen sehen konnte. »Ich will wissen, was das für eine Gruppe ist, Manfred.«

»Nie gehört, das schwöre ich.«

»Dann solltest du dich mal ein bißchen umhören, Manfred.«

Er versuchte, sich loszumachen, aber ich verstärkte den Druck nach oben noch ein bißchen, da ließ er es sein.

»Ich werde mir doch nicht für Sie die Hände dreckig machen.«

«Und ob du das machen wirst, mein Junge. Es gibt niemanden, für den du dir nicht die Hände dreckig machen würdest. Du bist ein Hosenscheißer, und du machst, was man dir sagt. Kommt nur drauf an, wieviel Druck man dahinter setzt.«

Er wandte den Blick ab. Ein paar Leute, die aus der Bank kamen, blieben stehen, sahen uns an und machten dann, daß sie wegkamen.

»Es gibt verschiedene Arten von Druck, Manfred. Ich könnte jeden Tag bei euch im Laden aufkreuzen und dich nerven, bis sie dich rausschmeißen. Ich könnte zu deinen Freunden gehen und ihnen erzählen, wie die Cops dich hochgenommen haben, weil du eine aufblasbare Gummipuppe hattest und wie schön du gesungen hast, um freizukommen.« Sein Gesicht war noch um einige Schattierungen röter geworden. »Oder«, fuhr ich fort, »ich könnte dir eines Tages die Fresse polieren, bis ich weiß, was ich wissen will.«

»Sie – Sie Arsch mit Ohren«, stieß Manfred zwischen zusammengebissenen Zähnen hervor.

Ich verstärkte den Druck, bis er auf den Zehenspitzen balancierte.

»Uns verunglimpfen, das ist alles, was ihr könnt, Sie und Ihre Leute.«

Ich ließ ihn los. »Ich komme morgen wieder vorbei, mal sehen, was du mir dann erzählen kannst.«

»Vielleicht bin ich dann nicht da.«

»Ich habe deine Adresse, Manfred, ich finde dich schon. Keine Bange.«

Er stand noch immer sehr gerade an der Wand. Sein Atem ging keuchend. Seine Augen waren blank, fast fiebrig.

»Also dann bis morgen, Manfred.«

18

Ich trat hinaus auf die Arlington Street, wandte mich nach links und ging, an meinem Apfel kauend, die Boylston hinunter. Die Schaufenster waren weihnachtlich geschmückt, der Schnee fiel leicht und weiß. Ob Rachel Wallace wohl von ihrem Gefängnis aus den Schnee sehen konnte? Weihnachtszeit, freudige Zeit . . . Wenn ich durchgehalten hätte . . . Ich schüttelte den Kopf. Das war nun wirklich blödsinnig. Vermutlich war eine Entführung in der Vorweihnachtszeit nicht viel unangenehmer als in anderen Monaten.

Wichtig war jetzt einzig und allein, sie zu finden. Automatisch blieb ich vor der Buchhandlung Brentano stehen und besah mir die Bücher in der Auslage. Ich versprach mir nicht allzuviel von Manfred, er war ein boshafter Zwerg, fanatisch und dumm. Das alles war Cosgrove nicht, aber er war Reporter bei einer liberalen Zeitung. Wenn er auf etwas stieß, konnte es nur ein Zufall sein. Freiwillig würde ihm niemand was erzählen.

Ich aß meinen Apfel auf und warf den Griebsch in den Papierkorb an einem Laternenpfosten. Dann besah ich mir die Delikatessen bei Malben. Von dort aus konnte ich auf der anderen Straßenseite nachsehen, was Hai-Hai an neuen japanischen Spezialitäten hatte, wahrscheinlich lohnte auch ein Blick auf die Kleider von Louis, ich konnte mal kurz ins Institute of Contemporary Art reinschauen, konnte nach Hause gehen, eine Stunde pennen . . . Verdammt, nein. Ich lief zurück zum Büro, holte den Wagen und fuhr nach Belmont.

Der Schnee blieb noch nicht liegen, als ich den Storrow Drive hinunterfuhr, es war früher Nachmittag und wenig Betrieb auf den Straßen. Rechts war der Charles River, sehr schwarz, sehr kalt. Am Ufer trugen Jogger ihre Winterklamotten spazieren. Ein sehr beliebtes Modell waren lange Unterhosen unter Shorts, dazu ein Joggingshirt mit Kapuze und blaue Trainingsschuhe mit weißen Streifen. Ich trug lieber ein Sweatshirt mit abgeschnittenen Ärmeln über einem schwarzen Rollkragenpulli, dazu blaue Trainingshosen, in der Farbe passend zu meinen Laufschuhen. Die Vielfalt ist es, die Amerika groß gemacht hat.

Ich überquerte den Charles River, fuhr ein Stück durch Cambridge und über die Belmont Street nach Belmont hinein. Als ich mir an einer Mobil-Tankstelle auf der Trapelo Road den Weg zum Polizeirevier auf der Concord Avenue erklären ließ, begann der Schnee auf den Straßen liegenzubleiben.

Ich erzählte dem Diensthabenden, wer ich war. Der war so beeindruckt, daß er sekundenlang aufsah, ehe er wieder anfing, in einem Spiralbuch herumzukritzeln.

»Ich suche einen Ihrer Streifenpolizisten. Junger Kerl, so um die fünfundzwanzig, sechsundzwanzig. Etwa einssiebzig, achtzig Kilo, sehr keß, Orden auf der Uniformbluse.«

»Das muß Foley sein«, sagte der Sergeant, ohne aufzublicken. »Klugscheißer.«

»Klappern gehört zum Handwerk«, sagte ich. «Wo finde ich ihn?«

Der Sergeant beäugte irgend etwas Amtliches unter dem Schreibtisch. »Er hat die Tour am Wasserwerk. Ich laß ihn rufen. Kennen

Sie *Friendly*?«

»Ja, ich bin auf dem Weg hierher dran vorbeigefahren.«

»Gut, ich laß ihm sagen, daß er Sie da erwarten soll. Auf dem Parkplatz.«

Ich bedankte mich und fuhr zu *Friendly's Ice Cream Parlor*. Fünf Minuten später erschien ein Belmonter Streifenwagen und hielt auf dem Parkplatz. Ich stieg aus meiner Kutsche, ging in dem dichten Schneetreiben zu dem Streifenwagen hinüber und setzte mich auf die Rückbank. Foley saß am Steuer. Sein Partner war wieder der ältere Cop mit dem Bierbauch, der sich auf dem Beifahrersitz lümmelte und den Hut tief in die Stirn gezogen hatte.

Foley rückte ein Stück zur Seite und grinste mich an. »Jemand hat sich also Ihre Lesbe geschnappt«, stellte er fest.

»Das haben Sie richtig elegant formuliert.«

»Und Sie tappen total im dunkeln und greifen nach jedem Strohhalm. Und jetzt wollen Sie, daß ich Ihnen verrate, wer der Typ ist, dem Sie in den Bauch geboxt haben.«

»Was schätzen Sie, wann wird der Junge zum Chief befördert?« fragte ich den Bierbauch.

Der Bierbauch tat, als hätte er nichts gehört.

»Hab' ich recht oder nicht?« erkundigte sich Foley.

»Klar haben Sie recht. Wissen Sie, wer es ist?«

»Weiß ich. Nach dem Tamtam vor der Bibliothek hab' ich mir die Zulassungsnummer notiert, ehe er abgerauscht ist, und später, als ich ein bißchen Zeit hatte, hab' ich mir die Daten geben lassen. Der Typ heißt English. Lawrence Turnbull English junior. Beruf: Finanzberater. Im Klartext: Er tut nichts. Die Familie hat zwischen zwölf und fünfzehn Millionen, und er berät sich höchstens mal mit dem Vermögensverwalter, wie man den Kies am besten unter die Leute bringt. Das dürfte alles sein, was er an Arbeit bringt. Ansonsten geht er fleißig in die Sauna, spielt Tennis und schützt die Demokratie vor den Niggern und den Homos und den Roten und den Prolos und den Liberalen und so weiter und so fort.«

Der Bierbauch rückte sich bequemer im Beifahrersitz zurecht. »Er hat einen IQ zwischen acht und zehn.«

»Benny hat recht«, bestätigte Foley. »Wenn der sich die Puppe geschnappt hat, vergißt er garantiert, wo er sie versteckt hat.«

»Wo wohnt er?« fragte ich.

Foley angelte ein Notizbuch aus der Hemdentasche, riß eine Seite heraus und gab sie mir. »Seien Sie ein bißchen vorsichtig mit ihm. Immerhin ist er ein Freund vom Chief.«

»Ja«, sagte ich. »Danke.«

Auf der Trapelo Road rumpelte ein Schneepflug vorbei, als ich aus dem Streifenwagen stieg und zu meinem Wagen ging. Die Fensterscheiben waren voller Schnee, ich mußte ihn erst abkratzen, ehe ich losfahren konnte. In der Tankstelle von vorhin ließ ich mir erklären, wo das Haus von English war.

Es war ein schickes Viertel von Belmont, das Haus war groß und verbaut, wie eins dieser alten Sommerfrischehotels aus dem 19. Jahrhundert. Vermutlich lag in dem Schnee dahinter ein Jagdgebiet. Der Schneepflug hatte vor der Einfahrt einen kleinen Hügel aufgehäuft, und ich mußte meinen Wagen mühsam durchquetschen. Die Einfahrt selbst war geräumt, sie führte im Bogen hinter dem Haus vorbei zu einer Garage mit vier Türen. Rechts davon war eine Hintertür, die ich verschmähte. Ich ging zurück zum vorderen Eingang. Ein junges Ding in Dienstmädchendreß machte auf. Schwarzes Kleid, weißes Schürzchen, Spitzenhäubchen – wie im Kino.

»Ist Ihr Herr daheim, schönes Kind?«

»Wie bitte?« fragte sie verblüfft.

»Ich meine Mr. English. Ist er da?«

»Wen darf ich bitte melden?«

»Spenser im Auftrag von Rachel Wallace. Sie können ihm sagen, daß wir uns schon mal begegnet sind. Vor der Bibliothek von Belmont.«

»Bitte, warten Sie hier«, sagte das Mädchen, verschwand und war neunzig Sekunden später wieder da. »Hier entlang, bitte.«

Wir betraten ein kleines holzgetäfeltes Zimmer mit einem Feuer im Kamin und vielen Büchern in eingebauten Regalen links und rechts davon. English saß in einem rot-goldenen Ohrensessel am Feuer. Er trug eine Hausjacke mit schwarzen Samtaufschlägen und schmauchte eine Meerschaumpfeife. Er hatte eine dunkelgefaßte Brille auf und den Zeigefinger der rechten Hand in einem zugeklappten Buch von Harold Robbins.

Als ich hereinkam, stand er auf, streckte mir aber nicht die Hand hin. Wahrscheinlich wollte er seine Seite nicht verschlagen. »Was wollen Sie, Mr. Spenser?« fragte er.

»Sie wissen vielleicht, daß gestern Rachel Wallace entführt wurde.«

»Ich habe es in den Nachrichten gehört.« Wir standen noch immer.

»Ich suche sie.«

»Ja?«

»Können Sie mir helfen?«

»Wie könnte ich das?« fragte English. »Was habe ich mit ihr zu tun?«

»Sie haben vor der Bibliothek demonstriert, als sie dort ihren Vortrag halten wollte. Sie haben Miss Wallace eine Linksgewebte genannt. Wenn ich mich recht erinnere, sagten Sie, Sie würden nie zulassen, daß sie damit durchkommt, oder etwas in dem Sinne.«

»Das leugne ich ganz entschieden«, erklärte English. »Ich habe mit der Demonstration von meinem verfassungsgemäßen Recht auf Redefreiheit Gebrauch gemacht. Ich habe keinerlei Drohungen geäußert. Sie haben mich angegriffen.«

Das hatte er also nicht vergessen.

»Wir sollten uns nicht erregen, Mr. English. Reden wir doch ganz sachlich miteinander.«

»Ich will nichts mit Ihnen zu tun haben. Es ist empörend, daß Sie meinen, ich könnte Kenntnis von einer Straftat haben.«

»Andererseits«, fuhr ich fort, »gibt es natürlich auch noch eine andere Möglichkeit: die Polizei. Da gibt es einen Sergeant, einen gewissen Belson, der wird seine Angstgefühle gerade noch im Zaum halten können, wenn Sie von Ihrem Freund, dem Chief, anfangen. Er würde es für seine Pflicht halten, Sie mit zur Berkeley Street zu nehmen und den Angaben nachzugehen, daß Sie Rachel Wallace vor Zeugen bedroht haben. Und wenn Sie ihn ärgern, ist es sogar denkbar, daß er Sie über Nacht dabehält und zu den Wermutbrüdern und Homos und Pennern sperrt.«

»Mein Anwalt . . .«, sagte English.

»Also auf Anwälte«, sagte ich, »reagiert Belson geradezu allergisch. Manchmal wird er so nervös, daß er glatt vergißt, wo er seinen Mann hingesteckt hat. Und dann muß der Anwalt mit seiner Verfügung durch die ganze Stadt laufen und jeden Knast einzeln inspizieren und sich seinen schicken Mantel bekotzen lassen, ehe er seinen Klienten hat.«

English machte den Mund auf und wieder zu, aber Worte kamen nicht heraus.

Ich setzte mich in seinen rot-goldenen Sessel. »Woher wußten Sie, daß Rachel zur Bibliothek kommen würde?« fragte ich.

»Es stand in der Zeitung.«

»Wer hat die Demonstration organisiert?«

»Das Komitee hat es einstimmig beschlossen.«

»Was für ein Komitee?«

»Das Vigilantenkomitee.«

»Wetten, daß ich Ihr Motto kenne?« sagte ich.

»Unwandelbare Wachsamkeit . . .«, fing er an.

»Geschenkt. Wer ist der Leiter des Komitees?«

»Der Vorsitzende bin ich.«

»Donnerwetter, und noch immer so bescheiden?«

»Ich finde das nicht komisch, Spenser«, sagte er.

»Ganz meinerseits. Könnten Sie für die Zeit ab Montag abend um neun ein Alibi beibringen?«

»Natürlich. Die Frage ist eine Unverschämtheit.«

»Na, dann los.«

»Was soll das heißen?«

»Los, bringen Sie ein Alibi für die Zeit ab Montag abend um neun.«

»Ich denke nicht daran. Ich brauche Ihnen überhaupt nichts zu sagen.«

»Das hatten wir doch alles schon mal, Laurence. Entweder sagen Sie es mir jetzt, oder Sie sagen es Belson, mir ist es schnuppe.«

»Ich habe nichts zu verbergen.«

»Komisch, genau dieses Stichwort hatte ich jetzt erwartet. Aber bei mir zieht das nicht. Vielleicht beeindruckt es die Cops.«

»Ich habe wirklich nichts zu verbergen«, beteuerte er. »Ich war von Montag abend von halb acht bis Viertel nach elf in einer Ausschußsitzung, dann bin ich heimgefahren und habe mich schlafen gelegt.«

»Hat jemand Sie heimkommen sehen?«

»Meine Mutter und die Dienstboten.«

»Und am nächsten Tag?«

»Um Viertel nach neun war ich beim Old Colony Trust, dort bin ich um elf weggegangen, habe im Klub Tennis gespielt und dann dort gegessen. Nach dem Essen bin ich heimgefahren, gegen Viertel nach drei war ich wieder hier. Bis zum Abendessen habe ich gelesen, und nach dem Abendessen ...«

»Okay, das genügt. Natürlich prüfe ich das noch nach. Mit wem haben Sie Tennis gespielt?«

»Meine Freunde ziehe ich auf gar keinen Fall in diese Sache hinein, das wäre ja noch schöner. Damit Sie sie belästigen und beleidigen können, nicht wahr?«

Ich ließ es dabei bewenden. In diesem Punkt würde er sich stur stellen. Er wollte nicht, daß seine Klubfreunde von dem Interesse der Polizei an ihm erfuhren, und für seinen Ruf tut ein Typ wie English fast alles. Außerdem ließ sich das, ebenso wie der Name des Klubs und des Komitees, leicht anderweitig feststellen.

»Belästigen?« sagte ich. »Beleidigen? Wirklich, Lawrence, das ist nicht nett von Ihnen. Sicher, ich gehöre nicht Ihrer Gesellschaftsklasse an, aber ich weiß immerhin, was sich gehört.«

»Sind Sie fertig?«

»Vorläufig ja. Ich werde Ihr Alibi überprüfen und mich möglicherweise noch genauer für Ihre Angelegenheiten interessieren. Aber auch wenn das Alibi in Ordnung ist, werden Sie nicht sofort von meiner Liste gestrichen. Sie brauchten es nicht selbst zu tun, es genügt, wenn Sie die Tat veranlaßt haben oder wenn Sie wissen, wer es war.«

»Wenn Sie mich weiterhin belästigen, werde ich Sie verklagen«, erklärte English.

»Und wenn Sie irgendwie in der Sache Rachel Wallace mit drinhängen«, sagte ich, »komme ich wieder und schlage Sie krankenhausreif.«

English kniff die Augen zusammen. »Ist das eine Drohung?«

»Sehr richtig. Eine glasklare, bildschöne Drohung.«

English sah mich einen Augenblick aus verengten Augen an, dann sagte er: »Sie gehen jetzt besser.«

»Ich habe an sich nichts dagegen«, meinte ich. »Aber denken Sie an meine Worte. Was Sie mir auch verheimlichen, ich kriege es raus, und dann komme ich zurück, und das wird verdammt schmerzhaft für Sie sein.«

Er erhob sich und machte die Tür auf.

»Ein Mann in meiner Stellung hat so seine Möglichkeiten, Spenser.« Er schaute mich noch immer aus zusammengekniffenen Augen an, er bildete sich wohl ein, daß er wer weiß wie gefährlich aussah.

»Die werden Ihnen nichts helfen«, sagte ich und ging. Es hatte aufgehört zu schneien. Hinter dem Haus stand eine Plymouth-Limousine neben meinem Wagen. Als ich näher kam, kurbelte jemand das Fenster herunter, und Belson grinste mich an.

»Wußte doch, daß das dein Schlitten ist. Was rausgekriegt?«

Ich lachte. »Ich habe eben English mit dir gedroht, damit er mit mir redet. Jetzt hätte er sich das Gespräch mit mir sparen können.«

»Steig ein«, sagte Belson.

Ich setzte mich auf die Rückbank. Belson hockte auf dem Beifahrersitz, ein Cop, den ich nicht kannte, saß am Steuer. Belson machte uns nicht miteinander bekannt.

»Wie kommst du hierher?« fragte ich.

»Du hattest Quirk von dem Zwischenfall vor der Bibliothek erzählt«, sagte Belson, »und als wir uns Linda Smith vornahmen, hat sie ihn auch erwähnt. Als Quirk davon anfing, hatte ich die Sache schon auf meiner Liste. Als wir die Kollegen in Belmont anriefen, sagten die uns, daß du einen Vorsprung von einer Stunde vor uns hättest. Was hast du rausgekriegt?«

»Nicht viel. Für die kritische Zeit hat er ein perfektes Alibi.«

»Schieß los. Wir sagen English keinen Muckser, daß wir uns getroffen haben. Mal sehen, ob er uns dasselbe erzählt.«

Ich sagte Belson, was ich von English erfahren hatte. Der unbekannte Cop notierte sich ein paar Stichworte. Als ich fertig war, stieg ich aus dem Plymouth in meinen eigenen Wagen um. Durchs offene Fenster sagte ich zu Belson: »Wenn was dabei herauskommt, wär ich für einen Tip dankbar.«

»Danke, gleichfalls«, sagte Belson.

Ich kurbelte das Fenster hoch und rollte aus der Auffahrt. Als ich zur Straße kam, sah ich, wie Belson und der andere Cop ausstiegen und zur Haustür gingen. Der kleine Schneehaufen, der bei meinem Kommen die Auffahrt versperrt hatte, war weg. Ein Mann in Englishs Stellung hat so seine Möglichkeiten.

19

Der Haupteingang zur Boston Public Library war früher am Copley Square gegenüber der Dartmouth Street. Er hatte eine breite Freitreppe, und innen gab es eine prachtvolle Marmortreppe zum großen Lesesaal und steinerne Löwen und gewölbte Deckenbögen. Man fühlte sich wie in einer Bibliothek, und es sah aus wie in einer Bibliothek, und selbst wenn ich dort nur irgendwelche Baseballdaten nachschlagen wollte, kam ich mir vor wie ein Professor.

Dann wurde angebaut und der Haupteingang in die Boylston Street verlegt. Ich hörte richtig die Architekten tönen: Getreu dem alten Geist, aber mit einer zeitgenössischen Aussage. Wenn ich mich jetzt dort in den Einfluß Eleanor von Aquitaniens auf die Literatur versenkte, kam ich mir vor, als wenn mir gleich jemand ein Pfund Hackfleisch und ein Toastbrot verkaufen würde.

An der großen Glastür sprach mich eine junge Frau in Jeans und einem Fehmantel an. Sie brauche Geld für den Bus nach Springfield, sagte sie. Vorn fehlte ihr ein Zahn, und auf der rechten Wange hatte sie eine Beule. Ich gab ihr nichts.

Ich ging durch den Anbau in den alten Trakt, sah mich ein bißchen um und freute mich daran, dann nahm ich mir im Lesesaal den *Globe* auf Mikrofilm vor. Ich wollte mich genauer über das Belmonter Vigilantenkomitee informieren. Dort saß ich den ganzen Tag. Neben mir pennte ein übelriechender alter Typ in einem langen Mantel, den Kopf auf das Lesegerät vor sich gelegt. Den Mantel hatte er, obgleich es sehr warm war, bis zum Hals zugeknöpft. Niemand störte ihn.

Mittags aß ich beim Chinesen gegenüber. Als ich zurückkam, war der Alte weg, aber die zahnlückige Frau drückte sich immer noch am Eingang herum. Um fünf hatte ich sieben Seiten mit Notizen vollgeschrieben und fing langsam aber sicher an zu schielen. Wäre ich kein so harter Bursche gewesen, hätte ich mir vielleicht doch überlegt, ob ich mir nicht eine Lesebrille zulegen sollte. Wie wohl Bogie mit Brille ausgesehen hätte? Ich stellte das Lesegerät ab, brachte die letzte Mikrofilmkassette zurück, zog meinen Mantel an und kaufte in einem Schnapsladen zwei Flaschen Asti Spumante.

Und dann machte ich mich auf den Weg nach Smithfield, zu Susan. Mühsam hungerte ich mich durch endlose Staus bis zur Ausfahrt Smithfield durch. Draußen in den Vororten war der Schnee noch weiß. In den Fenstern standen Kerzen, Kränze hingen an den Türen, ein paar Leute hatten Santa-Claus-Figuren auf dem Dach und bunte Lichter im Garten.

An dem Messingtürklopfer von Susans Haus hing ein Weißtannenzweig. Ich parkte in der Auffahrt, und sie machte auf, noch ehe ich an der Tür war.

Sie gab mir einen Kuß, nahm mir die Flaschen ab, und wir gingen hinein. In dem kleinen Wohnzimmer brannte ein Feuer im Kamin, und auf dem Kaffeetisch standen *caponata* und Fladenbrot. Ein herzhaftes Aroma mischte sich in den Holzrauchgeruch. Ich schnüffelte. »Zwiebeln«, sagte ich, »und Paprikaschoten.«

»Ja«, sagte sie. »Und Champignons. Und Reispilaw. Und wenn das Feuer heruntergebrannt ist, kannst du zwei Steaks grillen, und dann essen wir.«

»Und dann?«

»Dann legen wir vielleicht Wayne King auf und tanzen Walzer bis zum Morgengrauen. Willst du ein Bier?«

»Ich weiß, wo es ist.«

»Das glaub ich dir aufs Wort.«

»Weißweinschorle für dich?«

Sie nickte. Ich holte ein Beck's aus ihrem mohnroten Kühlschrank, goß Weißwein aus einem großen grünen Krug in ein hohes Glas, tat Eis, Soda und einen Spritzer Zitronensaft dazu und gab es ihr. Wir gingen wieder ins Wohnzimmer und setzten uns auf die Couch, und ich legte meinen Arm um ihre Schulter und lehnte meinen Kopf zurück und machte die Augen zu.

»Du siehst aus, als wenn heute der Drachen gewonnen hätte«, sagte sie.

»Falsch. Nicht mal gesehen habe ich einen. Ich habe den ganzen Tag in der Bibliothek gesessen und mir Mikrofilme angesehen.«

Sie trank einen Schluck. »Ihr Freiberufler habt doch ein aufregendes Leben.« Sie griff nach meiner linken Hand, die auf ihrer Schulter lag.

»Manche Leute finden es ehrlich aufregend, nach der Wahrheit zu suchen.«

»Hast du sie gefunden?«

»Nur zum Teil«, sagte ich. Susan zeichnete mit ihrem Zeigefinger kleine Kreise auf meinen Handrücken. »Ein paar Fakten habe ich gefunden. Mit der Wahrheit tut man sich meist schwerer.«

Ich nahm ein Stück Fladenbrot, tunkte es in *caponata* und trank einen Schluck Bier dazu.

»Es ist gar nicht so einfach, dich im Arm zu halten und gleichzeitig zu essen«, sagte ich.

»Vielleicht wäre das für dich die einleuchtendste Definition des Begriffes Dilemma«, sagte sie. Sie trank langsam ihren Wein, ich machte mein Bier leer. Im Kamin rutschte ein Scheit nach unten. Ich holte mir noch ein Bier aus der Küche. Auf dem Rückweg blieb ich in der Tür stehen und sah sie an.

Sie trug eine weiße Hemdbluse, die aussah wie ein Herrenhemd, einen teuren braunen Rock und braune Lederstiefel, die Art, die um den Knöchel Falten schlagen. Die Füße hatte sie auf den niedrigen Tisch gelegt. Um den Hals trug sie zwei dünne goldene Ketten, die trug sie fast immer, und große goldene Ohrringe. Sie war sorgfältig zurechtgemacht. Um die Augen hatte sie ganz feine Fältchen, und ihr schwarzes Haar glänzte. Sie beobachtete mich. Man spürte ihre Vitalität, ihre heitere Zielstrebigkeit, und hatte das Gefühl, als sei sie in Bewegung, obgleich sie ganz still saß. Selbst im Ruhezustand pulsierte das Leben in ihr. »Tatkraft, beherrscht durch Anmut, ja, das trifft es vielleicht«, sagte ich.

»Wie meinst du?«

»Ich versuchte gerade einen Ausdruck für diese dynamische Ruhe zu finden, die du ausstrahlst.«

»Das ist ein Oxymoron«, sagte sie.

»Dafür kann ich nichts.«

»Du weißt ganz genau, was ein Oxymoron ist«, sagte sie. »Du sollst nur wissen, daß ich das weiß.«

»Du weißt alles, was du wissen mußt«, sagte ich.

»Setz dich und erzähl, was du in der Bibliothek ausgegraben hast.«

Ich setzte mich neben sie, legte meine Füße auf den Tisch und meinen Arm wieder um ihre Schulter, lehnte den Kopf zurück und machte die Augen zu. »Das Belmonter Vigilantenkomitee ist als Organisation beachtlicher, als ich dachte. Gegründet hat es während des Koreakrieges der Vater von English, um der Drohung kommunistischer Subversion in diesem Land entgegenzuwirken. Der alte English konnte bis zu seinem Tod im Jahr 1965 die Roten erfolgreich abwehren. Danach wurde das Familienunternehmen – das, soweit ich feststellen konnte, ausschließlich darin besteht, Antikommunismus zu betreiben – von seinem einzigen Sohn, Lawrence Turnbull English jr., weitergeführt. Es gab auch eine Tochter, Geraldine Julia English, aber die hat im Goucher College studiert, heiratete und verschwand von der Bildfläche. Wahrscheinlich ist sie im College von all diesen linken Professoren radikalisiert worden. Bleiben also Lawrence junior, Harvard 1961, und seine furchterregende Frau Mama. Die beiden bewohnen mit ihren fünfzehn Millionen den alten Familiensitz, kümmern sich um das Komitee, verbreiten die Heilsbotschaft, gründen neue Ortsgruppen und machen kurzen Prozeß mit Abtrünnigen. Das Komitee hat Ortsgruppen in den meisten Colleges, einigen Oberschulen und überall in Boston und Umgebung. Nach der letzten Zählung – 1977 – sind es sechsundneunzig. Als das Schulbusproblem noch akut war, schossen sie in Boston selbst wie die Pilze aus dem Boden. Lawrence junior stand persönlich auf den Barrikaden, als die Busse in die South Boston High-School einrollten. Er ist einmal wegen Behinderung des Verkehrs verhaftet worden und einmal, weil er den Anordnungen eines Polizisten nicht Folge leistete. In beiden Fällen wartete im Auftrag der Frau Mama schon jemand mit der Kaution auf dem Revier, als die Cops ihn brachten. Beim zweitenmal zeigte er einen Cop namens Thomas J. Fogarty wegen angeblicher Brutalität an, einen Kerl wie einen Kleiderschrank. Offenbar hat der ihm mit seiner Stiefelspitze in den Wagen geholfen. Die Klage wurde abgewiesen.«

»Und mehr hat dieser English nicht zu tun, als sich um das Vigilantenkomitee zu kümmern?«

»Ich weiß nur das, was in der Zeitung steht«, sagte ich. »Aber wenn das stimmt, ist es tatsächlich seine einzige Beschäftigung. Ein echter Patriot. Er muß schließlich darauf schauen, daß seine fünfzehn Millionen nicht den Roten in die Hände fallen.«

»Und die Tochter hat nichts damit zu tun?«

»Über die habe ich nichts gefunden. Zuletzt war sie 1968 erwähnt, als sie einen Typ aus Philadelphia geheiratet hat. Da war sie zwanzig.«

»Was macht sie jetzt?« fragte Susan und zeichnete wieder Kreise auf meinen Handrücken.

»Weiß ich nicht. Weshalb fragst du?«

»Einfach so aus Neugier. Ich versuche eben, mich für deine Arbeit zu interessieren, mein Schatz.«

»Das ist die Rolle, die der Frau geziemt«, sagte ich wohlwollend.

»Ich habe heute Sprechtag für die Eltern lernbehinderter Kinder gehabt«, meinte sie.

»Ist das Pädagogenslang für Kinder, die einen Dachschaden haben?«

»Du bist wirklich ein Herzchen. Nein, es sind Schüler mit Schreib- und Leseschwächen und dergleichen.«

»Wie waren die Eltern?«

»Die erste Mutter wollte wissen, ob das in seine Akte aufgenommen werden müßte. Der Junge ist in der elften Klasse und kann nicht richtig lesen. Was für eine Akte sie denn meinte, habe ich sie gefragt. Ja, wenn das mit der Leseschwäche in den Akten steht, sagte sie, beeinträchtigt das am Ende seine Chance, in ein gutes College zu kommen.«

»Die weiß wenigstens, worauf es ankommt.«

»Und die nächste Mutter – die Väter lassen sich meist gar nicht erst sehen – sagte, wir wären dazu da, ihrem Kind etwas beizubringen, und sie hätte es satt, sich ständig meine Ausreden anzuhören.«

»Da war es in der Bibliothek offenbar gemütlicher«, stellte ich fest.

»Das Feuer sieht inzwischen ganz brauchbar aus«, sagte sie. »Machst du uns die Steaks?«

»Wo steht geschrieben, daß das Grillen von Steaks eine Rolle ist, die dem Mann geziemt?«

Um ihre Augen sprangen lauter kleine Fältchen auf. »Direkt unter dem Absatz, in dem ausgeführt wird, wie Steak und Pilze auf die Manneskraft wirken.«

»Ich fange gleich an«, sagte ich.

20

Kurz vor acht ging Susan in den weißverschneiten Vorortmorgen hinaus. Ich wusch das Geschirr vom Abend ab, machte das Bett und duschte. Es war witzlos, sich jetzt in den Pendlerstrom zu stürzen.

Elf Minuten nach zehn war ich in den Arkaden des Park Square Buildung, um mich mit Manfred Roy zu unterhalten. Der war nicht da. Der Chef sagte mir, Manfred habe sich krank gemeldet.

»Wohnt er noch in der Commonwealth Avenue?«

»Ich weiß nicht, wo er wohnt«, sagte der Friseur.

»Ich geh mal vorbei und schau nach, wie's ihm geht«, meinte ich.

Der Friseur zuckte die Schultern und wandte sich wieder seinem Kunden zu. Ich schlenderte die zwei Blocks die Berkeley Street hinunter zur Commonwealth. Der Schnee in der Allee war noch weiß und sauber. In der Mitte war ein Streifen geräumt, auf dem die Leute ihre Hunde spazierenführten. Drei Kinder spielten Hopse. Eine Frau mit einem Bullterrier kam vorbei. Der Terrier trug ein kariertes Deckchen und zerrte an der Leine. Ich hatte den Eindruck, daß in seinen Schweinsäuglein ein verlegener Ausdruck stand, aber das war vermutlich zu menschlich gedacht.

Ecke Dartmouth Street blieb ich stehen und wartete auf die Verkehrsampel. Gegenüber, vor Manfreds Haus, saßen vier Männer in einem blauen Pontiac Bonneville. Einer kurbelte das Fenster herunter und rief zu mir herüber: »Heißen Sie Spenser?«

»Genau. S-p-e-n-s-e-r, wie der englische Dichter.«

»Wir wollen mit Ihnen reden«, sagte er.

Sie stiegen aus dem Wagen. Der Typ, der mich angeredet hatte, war groß und eckig, wie aus Legosteinen zusammengesetzt. Er trug eine blaue Strickmütze, einen karierten Lumberjack und braune Hosen, die nicht bis zu den Schuhen herunterreichten. Seine Hemdsärmel waren zu kurz, die knochigen Handgelenke sahen hervor. Er hatte sehr große Hände mit eckigen Knöcheln. Sein Kinn bewegte sich ständig, und als er über die Straße kam, spuckte er einen Tabakstrahl in die Gegend.

Die anderen drei waren schwere Jungs in jedem Sinne des Wortes. Der Kleinste hatte O-Beine, Narben um die Augen und eine Knollennase. Ich kannte diese Anzeichen und wußte, wo man so etwas kriegt. Entweder hatte er nicht so früh aufgehört wie ich, oder er hatte mehr Fights verloren. Sein Gesicht sah aus wie eine Mondlandschaft.

Die vier bauten sich vor mir auf. »Was machen Sie hier?« fragte der Große.

»Ich bin amtlich angestellter Rattenzähler«, sagte ich. »Mit euch vieren und Manfred habe ich schon fünf.«

»Das ist ein Klugscheißer, George«, sagte der O-beinige Boxer. »Den bieg ich dir grade.«

George schüttelte den Kopf. »Wenn Sie nicht aufpassen, können Sie sich mächtigen Ärger einhandeln«, sagte er zu mir. »Wir wünschen nicht, daß Sie Manfred belästigen.«

»Seid Ihr auch im Klan?«

»Wir sind nicht hier, um Konversation zu machen, mein Freund«, sagte George.

»Also, Sie sind bestimmt im Klan«, entschied ich. »So geläufig wie Sie reden und mit Ihren schicken Klamotten . . . Wo steckt Manfred? Hat er von der Mami Ausgehverbot gekriegt?«

Der Boxer legte seine rechte Hand flach auf meine Brust und schob mich zwei Schritte zurück. »Hau ab, oder wir machen Gulasch aus dir«, sagte er. Er war langsam. Ich hatte zwei Linke und eine Rechte landen können, ehe er die Hände hochkriegte. Er setzte sich in den Schnee.

»Kein Wunder, daß deine Visage so zugerichtet ist«, sagte ich. »Keine Spur von Reflexen.«

Der Boxer hatte ein bißchen Blut unter der Nase. Er wischte es mit dem Handrücken weg und rappelte sich auf. »Jetzt kannste was erleben«, sagte er.

George griff nach mir, und ich erwischte ihn am Hals. Er taumelte zurück. Jetzt stürzten sich die anderen beiden auf mich, und wir fielen alle drei in den Schnee. Jemand traf mich an der Schläfe, ich drückte mit den Handballen eine Nase hoch, der Besitzer der Nase brüllte auf, George trat mir mit seinen eisenbeschlagenen Arbeitsstiefeln in die Rippen. Ich rollte weg, stieß irgend jemandem die Finger in die Augen und kam wieder auf die Füße. Im Vorbeigehen verpaßte mir der Boxer eine gute Kombination. Hätte ich ihm direkt gegenübergestanden, wäre ich zu Boden gegangen. Einer sprang mich von hinten an. Ich griff hoch, packte ihn am Haar, bückte mich und warf ihn über die Schulter auf eine Parkbank. Der Boxer verpaßte mir einen Kinnhaken, ich taumelte, er schlug noch einmal zu, und ich rollte von ihm weg in Richtung George, der die Arme um mich schlang und mich festzuhalten versuchte. Ich hob beide Fäuste bis in die Höhe seiner Ohren und schlug zu. Sein Kopf war dazwischen. Er grunzte und lockerte den Griff, ich machte mich los, aber da traf mich etwas Schwereres als eine Faust, und in meinem Kopf war es plötzlich sehr laut und sehr rot, und ich ging zu Boden.

Als ich die Augen aufmachte, lagen Schneeflocken auf meinen Wimpern, sie sahen wie Salzkristalle unter dem Mikroskop aus. Um mich herum war alles still. Dann hörte ich ein Schnüffeln. Ich sah nach links, registrierte eine schwarze Nase mit rosa Rand, die mich beschnupperte. Ich drehte den Kopf ein bißchen und sagte: »Wuff.« Die Nase verschwand. Sie gehörte zu einem furchtsamen jungen Dalmatiner, der mit gegrätschten Vorderbeinen dastand und unschlüssig mit dem Schwanz wedelte.

Es erwies sich als zu schwierig, den Kopf hochzuhalten. Ich legte ihn wieder in den Schnee. Der Hund kam näher, beschnupperte mich wieder. »Digger!« schrie jemand. Der Hund scharrte unentschlossen mit den Pfoten.

»Digger!« Der Hund rannte weg. Ich holte tief Luft. Sämtliche Rippen taten mir weh. Ich atmete aus, wieder ein, stützte mich mit den Händen ab und erhob mich auf die Knie. Alles verschwamm mir vor den Augen, mein Magen rebellierte, und ich mußte mich übergeben. Danach taten meine Rippen noch mehr weh. Eine Weile blieb ich so hocken, auf Händen und Knien, mit gebeugtem Kopf, wie ein Pferd nach dem Rennen. Ich konnte jetzt wieder besser sehen, erkannte Schnee und die Hundespuren, dahinter die Beine einer Parkbank. Ich kroch hin, hielt mich an der Bank fest, richtete mich langsam auf. Eine Minute sah ich alles wie durch einen Nebel, dann verzog er sich. Noch ein paar Atemzüge, und ich war einigermaßen wieder da. Ich sah mich um. Die Allee war wie ausgestorben, nur ganz weit hinten sah ich den Dalmatiner hinter einem Mann und einer Frau herrennen. Der Schnee um mich herum war schmutzig und zertrampelt. Der Pontiac, der vor Manfreds Haus gehalten hatte, war weg. Ich betastete mit der linken Hand meinen Mund. Er war geschwollen, aber Zähne waren zum Glück nicht locker, auch meine Nase schien in Ordnung zu sein.

Ich ließ die Bank los und machte einen Schritt. Meine Rippen waren steif und schmerzten. Mein Schädel dröhnte. Ich griff an meinen Hinterkopf. Er war geschwollen und naß von Blut. Ich nahm eine Handvoll Schnee von der Bank und hielt ihn an die Schwellung. Dann machte ich wieder einen Schritt und noch einen. Jetzt war der Motor angesprungen. Bis zu meiner Wohnung waren es drei Blocks. Bis die Sonne sank, würde ich es wohl schaffen.

Ich schaffte es noch vor Sonnenuntergang. Es war knapp Mittag, als ich aufschloß und hinter mir abriegelte. Ich schluckte zwei Aspirin mit Milch, machte mir einen sehr schwarzen Kaffee, tat einen großen Schuß Whiskey und einen Teelöffel Zucker hinein und schlürfte das Gebräu, während ich mich auszog. Ich besah mich im Badezimmerspiegel. Ein Auge war geschwollen, die Unterlippe wund. Am Hinterkopf hatte ich eine Platzwunde und an der rechten Schläfe eine mordsmäßige Beule. Aber Rippen waren offenbar nicht kaputt, die vier Schläger hatten nur die Oberfläche ein bißchen angekratzt. Ich duschte heiß und lange, zog mich um und trank noch mehr Kaffee mit Whiskey. Dann briet ich mir zwei Lammkoteletts, aß Schwarzbrot dazu, trank wieder Kaffee mit Whiskey und machte in der Küche Ordnung. Ich war in lausiger Verfassung, aber zumindest lebte ich noch, und nach der vierten Tasse Whiskey-Kaffee fühlte ich mich schon etwas weniger lausig.

Ich warf einen Blick auf mein Bett, überlegte, ob ich mich eine Minute hinlegen sollte, ließ es dann aber sein. Ich nahm meinen Revolver heraus, prüfte ihn, schob ihn ins Hüfthalfter und verließ die Wohnung.

Ich ging die drei Blocks zurück zu Manfreds Haus sehr viel schneller als vor zwei Stunden in umgekehrter Richtung. Nicht gerade federnden Schrittes, aber stetig und zielbewußt.

21

Auf mein Klingeln kam Manfreds Mutter zur Tür. Sie war klein und dünn, trug ein durchgehend geschnittenes Kleid mit Streifen und Turnschuhe an den Füßen. In einen hatte sie vorn ein Loch geschnitten, um den Druck auf den Ballen zu mildern. Das Haar war kurz und sah aus wie mit dem Taschenmesser abgesäbelt. Sie trug kein Make-up.

»Guten Abend«, sagte ich. »Ist Manfred Roy zu Hause?«

Sie musterte mich unbehaglich. »Er ißt gerade.« Sie hatte eine sehr tiefe Stimme.

Ich setzte einen Fuß in die Wohnung. »Ich warte gern. Sagen Sie ihm nur, ich hätte eine erfreuliche Nachricht für ihn. Wegen Spenser.«

»Wer ist es denn, Ma?« rief Manfred von drinnen.

»Er hat eine erfreuliche Nachricht wegen Spenser, sagt er.« Ich lächelte leutselig.

Manfred erschien auf der Bildfläche. Er hatte eine Serviette im Gürtel stecken und einen kleinen Schnurrbart aus Milchtropfen auf der Oberlippe. Als er mich sah, erstarrte er.

»Die erfreuliche Nachricht ist, daß ich nicht ernstlich verletzt bin«, sagte ich. »Na, ist das nicht schön?«

Manfred wich einen Schritt zurück. »Davon ist mir nichts bekannt, Spenser.«

»Wovon?« fragte seine Mutter. Ich schob mich vorsichtig an ihr vorbei.

»Wovon, Manfred?« wiederholte ich. Seine Mutter hatte noch immer eine Hand auf dem Türknauf.

»Daß Sie zusammengeschlagen worden sind, damit hatte ich nichts zu tun.«

»So? Da bin ich aber anderer Meinung, Manfred.«

»Was wollen Sie hier?« fragte Mrs. Roy. »Sie haben gesagt, daß Sie eine erfreuliche Nachricht haben. Sie haben sich mit Lügen hier Einlaß verschafft.«

»Stimmt. Aber hätte ich nicht gelogen, hätten Sie mich nicht hereingelassen, und ich hätte die Tür eintreten müssen. Da ist eine Lüge allemal billiger.«

»Sie werden doch nicht meiner Mutter drohen?« fragte Manfred.

»Nein, Manfred. Ich bin hergekommen, um dir zu drohen.«

»Manfred, ich hole die Polizei«, sagte Mrs. Roy. Sie war schon im Treppenhaus.

»Nein, Ma, nicht«, bat Manfred. Mrs. Roy blieb stehen und sah ihn an. In ihren Augen stand stummer Jammer.

»Warum soll ich nicht zur Polizei gehen, Manfred?«

»Die – die würden das nicht verstehen«, sagte Manfred. »Er würde sie auch anlügen, und die würden ihm glauben. Ich würde Schwierigkeiten bekommen.«

»Schicken die Nigger Sie?« fragte mich Mrs. Roy.

»Ich vertrete eine Frau namens Rachel Wallace, Mrs. Roy. Sie ist entführt worden. Meiner Meinung nach weiß Ihr Sohn etwas von der Sache. Ich habe gestern mit ihm darüber gesprochen und gesagt, daß ich ihn heute wieder aufsuchen würde. Heute vormittag warteten vier Männer, die wußten, wie ich hieß und mich sofort erkannten, in einem Wagen vor Ihrem Haus. Als ich heran war, schlugen sie mich zusammen.«

Der Jammer in Mrs. Roys Augen vertiefte sich noch, ein Jammer, der sie bestimmt schon lange begleitete. Ein ganzes Leben lang. Der Jammer um den, von dem sie immer wieder gehört hatte, daß er nicht guttat, daß er nicht vorwärtskam, daß er in Schwierigkeiten steckte, nach dem ständig die sonderbarsten Leute fragten, der kam und ging, ohne ihr zu sagen, was los war. Der Jammer – ja, irgendwann hatte sich wohl die Erkenntnis nicht mehr verdrängen lassen –, der Jammer um einen mißratenen Sohn.

»Damit hab' ich nichts zu tun gehabt, Ma. Von einer Entführung weiß ich nichts, ehrlich. Spenser will mich bloß schikanieren. Er weiß, daß ich seine Niggerkumpel nicht leiden kann. Ein paar von meinen Freunden mögen es nicht, wenn er mich schikaniert.«

»Mein Junge hatte damit nichts zu tun«, sagte Mrs. Roy, heiser vor Erregung.

»Dann sollten Sie die Polizei rufen, Mrs. Roy. Ich begehe Hausfriedensbruch. Und ich gedenke nicht, Ihre Wohnung freiwillig zu verlassen.«

Mrs. Roy regte sich nicht. Sie stand mit einem Fuß im Treppenhaus, mit dem anderen in der Wohnung.

Manfred wandte sich plötzlich um und rannte zurück in die Wohnung. Ich lief hinterher. Links war die Küche, rechts ein kurzer Gang, von dem zwei Türen abgingen. Manfred verschwand durch die erste, und als ich ihn einholte, angelte er gerade eine kurze Automatikpistole aus der Nachttischlade. Mit dem rechten Ballen knallte ich die Schublade zu. Manfreds Hand war noch drin. Er schrie kurz auf. Mit der Linken packte ich ihn am Hemd und stieß ihn gegen die Wand. Dann nahm ich die Waffe aus der Schublade. Es war eine Mauser HSC, eine 7,65-mm-Pistole, wie sie deutsche Piloten im Zweiten Weltkrieg hatten.

Ich nahm den Patronenstreifen heraus und schob mir die Pistole in die Hüfttasche.

Manfred stand an der Wand und nuckelte an den eingeklemmten Fingern. Seine Mutter war uns nachgekommen und stand neben ihm, die Hände in die Hüften gestemmt. »Was hat er dir da weggenommen?«

Ich zeigte ihr die Pistole. »Das da, Mrs. Roy. Sie lag in der Schublade.«

»Es ist zum Schutz, Ma.«

»Hast du einen Waffenschein, Manfred?«

»Klar, hab' ich.«

»Zeig mal her.«

»Hab' ich gar nicht nötig. Sie sind kein Cop mehr.«

»Du hast gar keinen Waffenschein, stimmt's?« Ich grinste. »Weißt du, was das Gesetz von Massachusetts zum Thema Handfeuerwaffen sagt?«

»Ich hab' einen Waffenschein.«

»In Massachusetts erhält jeder, dem der Besitz einer Handfeuerwaffe ohne gültigen Waffenschein nachgewiesen wird, eine Gefängnisstrafe von einem Jahr. Eine Aussetzung zur Bewährung ist nicht möglich. Ein Jahr Knast, Manfred.«

»Hast du einen Waffenschein, Junge?« fragte seine Mutter.

Er schüttelte den Kopf. Inzwischen hatte er alle Finger der eingeklemmten rechten Hand in den Mund gesteckt.

Mrs. Roy sah mich an. »Verraten Sie's nicht.«

»Warst du schon mal im Knast, Manfred?«

Manfred schüttelte den Kopf. Die Finger hatte er immer noch im Mund.

»Da geht's übel zu, Manfred. Homosexualität ist gang und gäbe hinter Gittern. Und Haß gibt es, viel Haß. Kleine blonde Typen sind da sehr gefragt.«

»Verraten Sie's nicht«, wiederholte die Mutter. Sie hatte sich zwischen Manfred und mich gestellt. Manfred hatte die Augen fast ganz geschlossen. In den Augenwinkeln saßen Tränen.

Ich lächelte mein nettestes Lächeln. »Vielleicht läßt sich da was machen«, sagte ich. »Ich suche Rachel Wallace. Wenn du mir hilfst, kriegst du deine Mauser zurück, und den Bullen sag ich auch nichts.«

Ich sah Manfred an, aber ich sprach auch für die Mutter.

»Ich weiß nichts davon«, brabbelte Manfred durch seine Finger hindurch. Er schien geschrumpft zu sein wie einer, der Magenschmerzen hat.

Ich schüttelte bekümmert den Kopf. »Reden Sie mit ihm, Mrs. Roy. Ich möchte ihn nicht hochgehen lassen. Bestimmt brauchen Sie ihn hier, als männlichen Schutz gewissermaßen.«

Mrs. Roys Gesicht war kalkweiß, die Falten um Mund und Augen waren leicht gerötet. Sie atmete schwer, als wäre sie schnell gelaufen, der Mund stand ein bißchen offen, und ich sah, daß sie vorn keine Zähne mehr hatte.

»Mach, was er sagt, Manfred.« Sie sah Manfred nicht an, sie stand zwischen uns, und ihr Blick war auf mich gerichtet.

Ich sagte nichts. Einen Augenblick schwiegen wir alle. Es war sehr still. Manfred schnüffelte ein bißchen. In den Abflußrohren klopfte es.

Mrs. Roy sah noch immer mich an. »Tu jetzt, was er sagt, Junge. Du steckst in der Klemme. Ständig steckst du in der Klemme. Dreißig Jahre alt und hängst noch immer deiner Mutter am Schürzenzipfel, und wenn du mal weggehst, dann nur zu diesen blöden Sitzungen. Warum läßt du die Nigger nicht in Ruhe? Überlaß die doch der Regierung. Warum suchst du dir nicht endlich einen guten Job oder bildest dich weiter oder nimmst dir eine Freundin oder gehst mal weg, ohne daß du gleich in Schwierigkeiten kommst? Der Mann da bringt dich in den Knast, wenn du nicht tust, was er sagt. Verdammt, du *wirst* tun, was er sagt, dafür werde ich sorgen.« Sie hatte angefangen zu weinen, und ihr häßliches kleines Gesicht wurde noch um ein paar Grade häßlicher.

Manfred heulte auch. »Ma«, sagte er.

Ich lächelte, so nett ich konnte.

Sie legte schluchzend die Arme um ihn. »Mein ganzes Leben lang, dieses ganze miese Leben lang hab' ich dich am Hals gehabt, und du warst immer so sonderbar, und ich hab' mich gesorgt und gesorgt, ganz allein, kein Mann im Haus.«

»Ma«, sagte Manfred, und jetzt heulten sie beide wie die Schloßhunde.

Mir war sehr mies zumute.

»Ich suche Rachel Wallace«, sagte ich, »und ich werde sie finden. Dafür ist mir kein Preis zu hoch. Keiner.«

»Ma«, sagte Manfred. »Nicht doch, Ma. Ich mach ja, was er sagt. Nicht, Ma.«

Ich verschränkte die Arme, lehnte mich an den Türrahmen und sah Manfred an. Es fiel mir nicht leicht. Am liebsten hätte ich auch losgeheult.

»Was wollen Sie von mir, Spenser?«

»Ich will, daß du dich hinsetzt und mir alles erzählst, was du von der Entführungsgeschichte gehört hast oder kombinierst oder vermutest.«

»Ich will Ihnen ja helfen, aber ich weiß wirklich nichts.«

»Das werden wir dann sehen. Reiß dich jetzt zusammen, wir setzen uns hin und reden. Mrs. Roy, vielleicht könnten Sie uns einen Kaffee machen.«

Sie nickte und ging in die Küche, Manfred und ich gingen ins Wohnzimmer. Die Polstermöbel waren aus grellfarbigem Samtimitat mit Schondeckchen auf den Armlehnen, keine handgearbeiteten, sondern die Sorte, die es bei Woolworth zu kaufen gibt. In einer Ecke stand ein großer neuer Farbfernseher.

Ich setzte mich in einen der plüschigen Sessel. Manfred hatte immer noch die Serviette im Gürtel stecken.

»Was wollen Sie wissen?« fragte er.

»Wer könnte sich deiner Meinung nach Rachel Wallace geschnappt haben? Und wo könnte sie jetzt sein?«

»Ehrlich, Spenser, ich habe keine Ahnung.«

»Welches ist die am stärksten antifeministisch ausgerichtete Gruppe, die du kennst?«

»Antifeministisch?«

»Ja. Wer zetert am lautesten über Women's Lib?«

»So eine Gruppe kenn ich nicht.«

»Was weißt du über RAM, Verein zur Restitution amerikanischer Moral?«

Ich hörte Manfreds Mutter in der Küche mit Geschirr klappern.

»Nie davon gehört.«

»Und wie steht's mit dem Belmonter Vigilantenkomitee?«

»Ja, das kenn ich, das ist die Gruppe von Mr. English. Wir haben damals bei der Schulbusgeschichte mit ihm zusammengearbeitet.«

»Du kennst English?«

»Na klar. Stinkreich, sehr bedeutender Mann. Wir hatten engen Kontakt.«

»Wie hart ist er?«

»Er wird den moralischen Verfall und den gottlosen Kommunismus keine Handbreit Boden gewinnen lassen.«

»Halt mir keine Reden, Manfred, für dieses Gesülze bin ich zu alt. Ich will wissen, ob er den Mumm hat oder verrückt genug ist, jemanden zu entführen. Oder ob er die Beziehungen hat, jemanden damit zu beauftragen.«

»Mr. English würde nicht zögern, das Rechte zu tun«, erklärte Manfred.

»Meinst du, er weiß, wie man eine Entführung deichselt? Und keine Phrasen, wenn ich bitten darf.«

Manfred nickte.

»Wer würde so was für ihn machen?«

Manfred schüttelte den Kopf. »Namen weiß ich nicht, ehrlich nicht. Ich seh ihn bloß manchmal mit seinen Leuten, und das sind eben Typen, die sich in so was auskennen.«

Mrs. Roy brachte Nescafé in weißen Bechern, auf denen Gemüsebilder waren. Sie hatte ein paar Kekse auf einen Teller gelegt und stellte die beiden Becher und den Teller auf einen gelben Plastiktisch mit einer Plexiglasplatte, die man von weitem für Rauchglas halten sollte.

»Danke, Mrs. Roy«, sagte ich.

Manfred und seine Mutter sahen sich nicht an. Sie nickte mir zu und ging zurück in die Küche. Sie wollte nicht hören, was Manfred mir erzählte.

»Ich hab' gehört, daß er alles durchziehen kann, was er will, und daß man bei ihm an der richtigen Adresse ist, wenn man 'ne schwierige Sache erledigen will oder jemanden für 'ne Sonderaufgabe braucht.«

»Zum Beispiel?« Ich nahm einen Schluck Kaffee. Sie hatte das Wasser dazugegeben, ehe es heiß genug war, und der Kaffee hatte sich nicht ganz aufgelöst. Ich schluckte und setzte den Becher ab.

»Na, Sie wissen schon . . .«

»Nein, Manfred, ich weiß es eben nicht. Zum Beispiel?«

»Na, wenn man zum Beispiel Leute braucht für 'ne Klopperei, um mal richtig Putz zu machen oder so.«

»Wie die Gorillas, die mich heute früh zusammengeschlagen haben?«

»Die hab' ich nicht bestellt, Spenser. Die kommen vom Klan. Sie sollten dafür sorgen, daß ich nicht belästigt werde. Wir halten eben zusammen.«

Manfred bemühte sich sehr um Würde in der Stimme, aber er sah noch immer zu Boden, und man tut sich schwer mit seiner Würde, wenn man zu Boden sieht.

»Hast du mal seine Mutter oder seine Schwester kennengelernt?«

»Nein.«

»Weißt du irgendwas über die?«

»Nein.«

»Manfred, so kommen wir nicht weiter.«

»Ich geb mir ja Mühe, Spenser. Ich weiß wirklich nichts. Ich hab' noch nie was von dieser Rachel Sowieso gehört.«

»Wallace«, sagte ich. »Rachel Wallace.«

22

Manfred und ich redeten noch eine Stunde, aber es kam nichts dabei heraus. Es hatte sich kaum gelohnt, sich dafür zusammenschlagen zu lassen. Als ich ging, kam Mrs. Roy nicht heraus, um sich zu verabschieden, und Manfred gab mir nicht die Hand. Ich rächte mich, indem ich ihnen nicht frohe Weihnachten wünschte.

Es war kurz nach drei, als ich wieder auf die Straße trat. Die Wirkung von Whiskey und Aspirin hatte nachgelassen, und ich hatte Schmerzen. Drei Blocks weiter winkte mein Bett, aber dort konnte ich nicht nach Rachel Wallace suchen, sondern nur ein Schläfchen halten. Also ging ich lieber drei Blocks zum Präsidium, um mit Quirk zu reden.

Belson war bei ihm. Quirk hatte die Jacke ausgezogen und die Hemdsärmel aufgerollt.

»Du siehst ja reizend aus«, sagte er.

»Bin in eine Tür gerannt.«

»Ungefähr fünfzehnmal«, stellte Belson fest. »Willst du Anzeige erstatten?«

Ich schüttelte den Kopf. Das Gesicht tat mir weh bei der Bewegung. »Ich wollte mal nachsehen, was ihr im Fall Rachel Wallace schon herausgekriegt habt.«

»Nichts Gescheites«, sagte Quirk.

»Hat sich bei den Autonummern was ergeben?«

Quirk nickte. »Der Buick gehört Swisher Cody, der war in den Fünfzigern ein großer Basketballer an der Hyde Park High, das hat ihm den Spitznamen eingebracht. Der Dodge gehört einer gewissen Mary Stevenson, die sagt, daß im allgemeinen ihr Freund damit fährt. Der Freund heißt Michael Mulready, Kumpel von Swisher. Beide erklären, daß sie in der Nacht, in der sie dich nach deiner Aussage von der Straße abgedrängt haben sollen, zusammen mit Mulreadys Vetter Mingo in seiner Wohnung in Watertown Karten gespielt haben. Mingo bestätigt das. Cody war schon wegen Scheckbetrugs im Knast, Mingo ebenfalls.«

»Und ihr habt sie laufenlassen«, sagte ich.

Quirk zuckte die Schultern. »Selbst wenn wir nicht ihnen, sondern dir glauben, was haben wir gegen sie in der Hand? Verkehrsgefährdung durch Leichtsinn? Wir lassen sie beobachten.«

»Und?«

»Bisher nichts. Sie arbeiten beide im Lagerhaus von Sears in Dorchester. Wenn sie Feierabend haben, gehen sie noch irgendwo ein Bier trinken, dann fahren sie heim und legen sich schlafen. Manchmal fahren sie auch nach Watertown und spielen Karten mit Vetter Mingo.«

»Was ist mit English?«

Quirk nickte Belson zu.

»Das meiste weißt du schon«, sagte der. »Er ist Vorsitzender des Vigilantenkomitees.«

»Unwandelbare Wachsamkeit ist der Preis der Freiheit«, sagte Quirk.

»Hat dir Spenser wieder Bücher geliehen, Marty?« wunderte sich Belson.

Quirk schüttelte den Kopf. »Nein, mein Junge macht gerade amerikanische Geschichte. Er ist fast so clever wie Spenser.«

»Vielleicht verwächst sich's noch«, tröstete ich ihn. »Was habt ihr sonst noch über English?«

Belson zuckte die Schultern. »Nichts, was für dich neu wäre. Er hat Geld und glaubt, daß ihn das zu einer wichtigen Persönlichkeit macht, was vermutlich sogar stimmt. Er hat den Intelligenzquotienten einer Feldmaus. Und er hat ein Alibi für die Zeit, in der Rachel Wallace wahrscheinlich entführt worden ist. Kennst du die Mutter?«

»Nein, aber ich habe Fotos von ihr gesehen.«

»Bemerkenswerte Frau, was?« Er sah Quirk an. »Wenn es zu einer Verhaftung kommt, Marty, mußt du dir ein paar harte Jungs von der Sitte mitnehmen, wir beide sind der nicht gewachsen.«

»Ist sie so nett, wie sie aussieht?« fragte ich.

»Nett ist gar kein Ausdruck«, meinte Belson. »Sie hat dabeigesessen, als wir Sohnemann verhörten, und hat so ziemlich alle Fragen beantwortet, die ihm zugedacht waren. Schließlich habe ich sie gefragt, warum sie ihn nicht auf den Schoß nimmt, damit er bloß noch die Lippen zu bewegen braucht. Sie hat gesagt, sie würde dafür sorgen, daß ich in diesem Staat keine Anstellung mehr bei der Polizei bekomme.«

»Und da hast du es mit der Angst gekriegt?«

»Ach wo«, sagte Belson. »Mir ist ein Stein vom Herzen gefallen. Ich hab' schon gedacht, sie bringt mich um.«

»Ist sie auch in dem Komitee aktiv?« fragte ich.

»Gesagt hat sie es nicht«, antwortete Belson, »aber ich schätze, ja. Ich habe so das Gefühl, daß sie überall dort aktiv ist, wo Söhnchen aktiv ist. Der kriegt keinen Steifen, ohne sie zu fragen.«

»Habt ihr die Familie überprüft? Es gibt da noch eine Schwester.«

»Was glaubst du eigentlich, wie wir hier arbeiten? Natürlich haben wir die Familie überprüft. Die Schwester heißt Geraldine.«

»Weiß ich. Geraldine Julia English, Goucher College, Abschluß 1968.«

»Geraldine Julia English«, fuhr Quirk fort, als hätte ich überhaupt nichts gesagt, »1968 Eheschließung mit einem gewissen Walton Wells, Scheidung 1972. Arbeitet zur Zeit als Modell in Boston.«

»Wells«, sagte ich.

»Ja. Walton Wells. Hört sich schick an, was?«

»Dann heißt sie also jetzt Geraldine Julia Wells.«

»Du hast dich geirrt, Marty. So clever wie Spenser kann dein Junge unmöglich sein.«

»Für welche Agentur arbeitet sie?«

»Carol Cobb«, antwortete Belson.

»Unter ihrem jetzigen Namen?«

»Ja.«

»Aber mit dem zweiten statt mit dem ersten Vornamen . . .«

»Hast recht, Frank, Spenser ist wirklich der Größte.«

»Sie nennt sich Julie Wells, stimmt's?«

Belson nickte.

»Meine Herren«, sagte ich, »ich präsentiere Ihnen hiermit Ihre heiße Spur. Julie Wells, Schwester von Lawrence Turnbull English junior, ist mit Rachel Wallace befreundet.«

»Wie eng befreundet?« fragte Quirk.

»Sehr eng.«

»Woher weißt du das?« wollte Quirk wissen.

Ich sagte es ihm.

»Wirklich nett, daß du gleich damit gekommen bist«, meinte Quirk. »Sehr lobenswert, daß du gleich zu Beginn der Ermittlungen ihren Namen erwähnt hast, so daß wir wirklich jede Spur verfolgen konnten. Hoch anzurechnen ist dir das, wirklich.«

»Ich hätte es euch sagen sollen«, gab ich zu.

»Allerdings. Mit so was kannst du dir ganz schön die Finger verbrennen, ist dir das klar?«

»Du bist nicht der Heilige Geist, Quirk, keiner von euch ist das. Ich bin nicht verpflichtet, euch jeden Tag zu melden, was ich weiß. Meiner Meinung nach war das Mädchen in Ordnung, und ich wollte sie nicht in die Sache hineinziehen. Stellt euch mal die Schlagzeilen im *Herald American* vor: Lesbenfreundin unter Mordverdacht . . .«

»Und damit, du Klugscheißer, hast du vielleicht ganz gewaltig danebengegriffen, und vielleicht ist deine liebe Rachel jetzt schon tot, weil du uns eben nicht gemeldet hast, was du weißt.«

»Vielleicht hat es aber auch überhaupt nichts zu bedeuten, und ihr macht aus jeder Scheißmücke einen Elefanten.« Ich hatte mich zurückgelehnt und einen Fuß auf die Kante von Quirks Schreibtisch gestützt. Er lehnte sich vor und schlug mir den Fuß weg.

»Nimm deine stinkenden Schweißfüße von meinem Schreibtisch.«

Ich stand auf, Quirk ebenfalls.

»Na fein«, sagte Belson. »Auf in den Kampf, Kameraden. Nur zu, kämpft bis zum letzten Blutstropfen; der Sieger geht dann Rachel Wallace suchen.« Er strich ein Streichholz an der Schuhsohle an und setzte die nächste Zigarre in Gang.

Quirk stand noch immer. »Wieviel zahlst du eigentlich für diese verdammten Glimmstengel?«

»Fünfzehn Cents pro Stück«, antwortete Belson paffend.

Quirk setzte sich. »Da haben sie dich aber ganz schön angeschissen.«

»Die sind ihr Geld schon wert«, erklärte Belson. »Sie riechen bloß nicht gut.«

Ich setzte mich ebenfalls wieder.

»Okay«, sagte Quirk. »Julie Wells gehört also zur Familie English.« Er hatte sich in seinem Sessel zurückgelegt und starrte zur Decke. »Außerdem ist sie eng mit Rachel Wallace befreundet, also lesbisch oder zumindest bisexuell.« Ich stellte meinen Fuß wieder auf Quirks Schreibtischkante. »Ihr Bruder demonstriert gegen Rachel Wallace, nennt sie eine Linksgewebte und erklärt, daß sie unmoralisch ist und ihr Einhalt geboten werden muß.«

»Somit haben wir auf der einen Seite einen Familienkonflikt«, spann Belson den Faden weiter, »auf der anderen Seite ein zumindest sonderbares Zusammentreffen.«

»Vielleicht ist es wirklich nicht mehr als das«, sagte ich.

Quirks Blick löste sich von der Decke, er kippte den Sessel nach vorn, bis er mit den Füßen wieder auf der Erde war. »Möglich. Aber diese Einstellung bringt uns nicht weiter.«

»Wir setzen uns am besten mal zusammen und überlegen, wie wir an die Sache herangehen«, sagte ich. »Wir wollen sie doch nicht überrumpeln – oder?«

»Du hast deine Chance verpaßt, dich mit uns zusammenzusetzen, du Klugscheißer. Wie's gemacht wird, entscheiden wir.«

»Willst du mir einen Denkzettel verpassen, Quirk, oder willst du Rachel Wallace finden?«

»Beides. Und jetzt verschwinde.«

»Gib mir wenigstens die Adresse von Cody und Mulready.«

»Hau ab, hab' ich gesagt.«

Die klassische Antwort »Ich komme wieder« lag mir auf der Zunge, aber dann schluckte ich sie doch lieber herunter und verschwand wortlos. Belson blies mir einen Rauchring nach.

23

Als ich heimging, fühlte ich mich obermies. Mein Gesicht tat weh und meine Rippen auch. Ich hatte heute pausenlos allen möglichen Leuten auf den Schlips getreten. Jetzt brauchte ich jemanden, der mir sagte, was für ein toller Typ ich doch war. Ich rief Susan an. Sie war nicht zu Hause. Ich trank eine Flasche Bier, nahm zwei Aspirin, machte mir ein Hackbratensandwich mit Salat, trank noch zwei Bier und ging ins Bett. Ich träumte, daß ich in einem Burgverlies gefangengehalten wurde und daß Susan vorbeikam und immer nur lächelte, wenn ich um Hilfe rief. Fünf vor sieben wachte ich auf und hatte eine Stinkwut auf sie.

Beim Aufstehen vergaß ich meine Wut auf Susan und war statt dessen wütend auf meinen Körper. Ich konnte kaum laufen. Mühsam schlurfte ich ins Badezimmer, stellte mich unter die Dusche und reckte und streckte mich, während das heiße Wasser über mich lief. Ich blieb ungefähr eine halbe Stunde drin. Danach frühstückte ich – Maisbrot, Landwurst und eine gegrillte Tomate – und las den *Globe*. Dann steckte ich meine Kanone ein und machte mich auf die Suche nach Mulready und Cody.

Es schneite wieder, als ich über den Southeast Expressway nach Dorchester fuhr, und der auffrischende Wind wirbelte den Schnee in der Luft herum. Der Strom der Pendler kam mir entgegen, aber auch auf unserer Seite ging es durch den Schnee nur langsam und vorsichtig voran. Am Lagerhaus von Sears hielt ich an und ließ mir sagen, wo der Abholraum war.

Quirks Weigerung, mir die Adresse zu geben, war kindisch. Daß die beiden bei Sears arbeiteten, hatte er mir schon gesagt, also wußte er genau, daß ich sie dort aufspüren würde. Unreif. Kleinlich.

Ich schlug den Flauschkragen meiner Jacke hoch, setzte eine blaue Strickmütze und meine Sonnenbrille auf. Dann sah ich in den Rückspiegel. Total unkenntlich; eine meiner besten Tarnungen. Spenser spielt einen Mann in Winterkleidung. Ich stieg aus.

»Sind Swisher oder Michael da?« fragte ich die junge Frau an der Ausgabe.

»Cody und Mulready?«

Ich nickte.

»Die sind hinten. Ich kann sie rufen.«

»Das wäre nett. Sagen Sie nur, daß Mingo da ist.«

»Swisher Cody, Michael Mulready, bitte zur Ausgabe«, sagte sie ins Mikrophon. »Ein Mr. Mingo möchte Sie sprechen.«

Im Abholraum waren noch mehr Leute, zwei davon Männer. Ich stellte mich hinten an. Knapp zwei Minuten später kamen zwei Burschen durch die Pendeltür hinter dem Abholtisch und sahen sich um. Der eine war groß, hatte eine rotgeäderte Knollennase und lange Koteletten. Das kurze Haar war rötlichgrau gesprenkelt. Der andere war viel jünger, sein schwarzes Haar war kunstgerecht gefönt, er hatte einen dicken schwarzen Schnurrbart und eine Muschelkette um den Hals. Modisch voll auf der Höhe.

»Tag, Swisher«, sagte ich.

Der Große mit den roten Haaren wandte sich als erster um, dann sahen sie mich beide an.

»Ich hab' 'ne Nachricht für euch von Mingo«, sagte ich. »Könnt ihr mal rüberkommen?«

Der mit dem Schnurrbart ging auf die Klappe des Ausgabetisches zu, aber der Rothaarige bremste ihn, sagte etwas, was ich nicht verstand, dann sahen sie mich beide wieder an, der mit dem Schnurrbart sagte auch etwas, und dann verschwanden sie mit affenartiger Geschwindigkeit durch die Pendeltür. Soviel für meine meisterliche Tarnung.

»Entschuldigung«, sagte ich zu der Frau, die gerade dran war, und hechtete über den Ausgabetisch.

»Sir, Sie können doch nicht . . .«, sagte die junge Dame, aber da stand ich schon im Lagerraum mit den langen Reihen von Abholware. Durch den Mittelgang sausten Cody und Mulready zum hinteren Ausgang. Der mit dem Schnurrbart, Mulready, war ein, zwei Schritte hinter Cody. Einen brauchte ich nur. Ich holte sie ein, als sie sich mit einer Tür mühten, auf der »Nur Notausgang« stand. Cody hatte sie gerade aufbekommen, als ich Mulready von hinten ansprang. Cody verschwand draußen im Schnee. Mulready zog ich von der Tür zurück.

Er drehte sich um und versuchte mich mit dem Knie in die Leisten zu stoßen. Ich griff ihm vorn ins Hemd und knallte ihn gegen die Wand. Die Tür, die einen pneumatischen Schließer hatte, ging langsam zu. Ich trat sehr nah an Mulready heran.

»Hast du wirklich einen Vetter, der Mingo Mulready heißt?«

»Verdammt, was soll denn das? Lassen Sie mich los, sind Sie verrückt geworden?«

»Du weißt ganz genau, was das soll, mein Junge. Denn als du mich erkannt hast, bist du getürmt.«

Ich knallte ihn noch einmal gegen die Wand. Mit ziemlichem Nachdruck. »Ihr habt in Lynn versucht, mich und Rachel Wallace von der Straße abzudrängen. Ich suche Rachel Wallace, und ich werde sie finden, und es ist mir scheißegal, ob dabei was zu Bruch geht.«

Hinter mir hörte ich eilige Schritte. »He, Sie da«, rief jemand.

Ich zerrte Mulready von der Wand weg und warf ihn gegen die Verriegelung des Notausgangs; die Tür ging auf. Ich stieß Mulready mit solcher Wucht nach draußen, daß er im Schnee liegenblieb, und folgte ihm. Hinter uns ging die Tür wieder zu. Mulready versuchte, sich aufzurappeln. Ich trat ihm in den Magen. Mit meinem schweren, dicksohligen, doppelt isolierten Stiefel. Er schnappte nach Luft, fiel auf den Rücken, versuchte, sich wegzurollen, aber ich landete mit beiden Knien auf seiner Brust. Er stieß einen Krächzlaut aus.

»Ich hau dich zu Mus, wenn du nicht genau das machst, was ich dir sage.« Ich stand auf, zog ihn hoch, packte ihn am Kragen und schleppte ihn ab zu meinem Wagen. Es ging ganz leicht, er war vor Schmerz zusammengekrümmt und kriegte keine Luft. Ich setzte ihn auf den Fahrersitz, schob ihn mit dem Fuß auf den Beifahrersitz hinüber, setzte mich ans Steuer und legte den Rückwärtsgang ein. Im Rückspiegel sah ich, wie drei, vier Männer und die Frau aus dem Abholraum im Notausgang auftauchten. Ich schaltete in den dritten Gang und rollte vom Gelände. Der Wachmann am Tor winkte uns. Ich achtete nicht auf ihn, sondern wandte mich nach rechts auf den Southeast Expressway.

Im Rückspiegel war alles klar. Der Schnee fegte schräg über die Straße. Mulready bekam langsam wieder Luft.

»Wo wollen Sie denn mit mir hin?« fragte er gepreßt.

»Kleine Spazierfahrt. Ich stell dir ein paar Fragen, und wenn du sie alle beantwortet hast und ich damit zufrieden bin, setz ich dich irgendwo ab.«

»Ich weiß überhaupt nichts.«

»Dann halte ich einfach irgendwo und mache dich am besten gleich kalt.«

»Aber wozu denn bloß, Mann? Wir haben Ihnen nichts getan, wir wollten Sie nicht umbringen. Wir sollten Ihnen und der Puppe bloß 'n bißchen Angst einjagen.«

»Du meinst Miss Wallace, du Laus.«

»Wie?«

»Du nennst sie Miss Wallace, verstanden? Nicht ›die Puppe‹.«

»Okay, klar, Miss Wallace, ist schon recht. Wir wollten Ihnen oder Miss Wallace nichts tun, Mann.«

»Wer hat Ihnen das aufgetragen?«

»Was meinen Sie?«

Ich schüttelte den Kopf. »Du wirst dich noch um Kopf und Kragen reden, mein Junge.« Ich holte den Revolver unter dem Jackett hervor und hielt ihn Mulready unter die Nase. »Smith and Wesson, .38er Kaliber, vierzölliger Lauf. Nicht ideal für weitere Entfernungen, aber gerade recht, um einen umzunieten, der neben einem sitzt.«

»Legen Sie die Kanone weg, Mann. Ich hab' bloß die Frage nicht verstanden, ehrlich. Ich gab mir ja Mühe, Ehrenwort. Die Scheißkanone da, die brauchen Sie nicht, ehrlich.«

Ich steckte den Revolver weg. Wir waren jetzt in Milton, der Verkehr war bei dem schlechten Wetter sehr dünn. »Wer hat euch aufgetragen, uns damals auf dem Lynnway Angst einzujagen?«

»Mein Vetter, Mann, dieser Mingo, der hat uns das gesagt. Zwei Große sollten dabei rausspringen für uns. Mingo, Mann. Kennen Sie den?«

»Warum hat Mingo verlangt, daß ihr mir und Miss Wallace Angst einjagt?«

»Weiß ich nicht, Mann, ehrlich, für uns waren das einfach zwei leicht verdiente Scheine. Das reine Kinderspiel, hat Swisher gesagt, und er weiß, wie man so was macht, hat er gesagt. Der war nämlich schon mal im Knast, der Swisher. Warum er das will, das hat Mingo nicht verraten, Mann, er hat uns einfach die Scheine hingeblättert, und wir haben nicht weiter gefragt. Zwei Stunden Fahrt, Mann, das ist 'n ganz guter Preis. Wir haben nicht mal gewußt, wer Sie waren.«

»Wie habt ihr uns dann erkannt?«

»Mingo hat uns 'n Foto von der Pup – von Miss Wallace gegeben. Wir sind ihr nachgefahren, als Sie mit ihr in Marblehead waren, dann haben wir gewartet, bis Sie zurückgefahren sind, viel Verkehr war ja nicht, und dann haben wir eben gemacht, was Mingo uns gesagt hat.«

»Was macht dieser Mingo?«

»Sie meinen, wovon er lebt?«

»Ja.«

»Er arbeitet für irgendso 'ne reiche Kuh in Belmont.«

»Als was?«

»Weiß ich nicht. Der macht alles, fährt sie rum, trägt ihre Sachen, wenn sie eingekauft hat, macht Besorgungen. Der hat ausgesorgt, Mann.«

»Wie heißt sie?«

»Die reiche Kuh?« Mulready zuckte die Achseln. Er hatte sich wieder ein bißchen berappelt. Ich hatte die Pistole weggesteckt, und er redete jetzt ganz vernünftig. »Weiß ich nicht. Kann mich nicht erinnern, daß Mingo das jemals gesagt hat.«

Am Furnace Brook Parkway ging ich von der Autobahn herunter, wendete und fuhr wieder in Richtung Norden.

»Wohin fahren wir jetzt?« fragte Mulready.

»Wir besuchen Vetter Mingo. Du wirst mir zeigen, wo er wohnt.«

»Nee, Mann, das geht nicht. Der bringt mich um, der Mingo.«

»Ja, aber erst später. Wenn du nicht spurst, bist du auf der Stelle tot.«

»Nee, Mann, Sie kennen Mingo nicht. Das ist ein ganz gemeiner Hund. Das eine kann ich Ihnen flüstern, Mann, lassen Sie sich bloß mit dem nicht ein.«

»Ich hab' es dir schon einmal gesagt, Michael: Ich suche Rachel Wallace, und es ist mir scheißegal, ob dabei etwas zu Bruch geht. Etwas oder jemand. Du zum Beispiel.«

»Na schön, ich sag's Ihnen, aber danach müssen Sie mich aussteigen lassen. Ich möchte nicht, daß Mingo rauskriegt, daß ich es war. Sie kennen den Mingo nicht, Mann.«

»Wie heißt er wirklich?« fragte ich.

»Eugene. Eugene Ignatius Mulready.«

»Wir schauen im Telefonbuch nach«, sagte ich.

In Milton ging ich von der Autobahn herunter, und wir hielten vor einer Telefonzelle, aber Watertown stand nicht im Telefonbuch.

»Es steht in dem Buch, in dem die westlichen Vororte sind«, sagte Michael. »In dem hier sind nur Boston und die südlichen Vororte.«

»Gut beobachtet. Dann rufen wir eben die Auskunft an.«

»Mann, denken Sie, ich schwindele Sie an? Nee, Mann, würde ich nie machen. Wo Sie 'ne Kanone haben und alles. Ich meine, ich bin doch kein Weihnachtsmann.«

Ich warf eine Münze ein und wählte die Auskunft. »Einen Anschluß in Watertown«, sagte ich. »Eugene I. Mulready. Die Adresse, Michael . . .«

Er sagte sie mir, und ich sagte sie dem Mädchen von der Auskunft.

»Die Nummer ist acht-neun-neun«, sagte sie, »sieben-drei-sieben-null.«

Ich bedankte mich und legte auf. Die Münze kam zurück.

»Okay, Michael, hau ab.«

»Von hier aus?«

»Allerdings.«

»Ich hab' bloß mein Jackett an, Mann, ich frier mir einen ab.«

»Ruf dir 'n Taxi.«

»'n Taxi? Von hier? Soviel Kies hab' ich nicht.«

Ich nahm die Münze aus dem Rückgabefach. »Hier, ruf deinen Kumpel Swisher an, der soll dich abholen.«

»Und wenn er nun nicht zu Hause ist?«

»Du bist alt genug, Michael, dir wird schon was einfallen. Aber eins sag ich dir: Wenn du Mingo anrufst und ihn warnst, wirst du nicht mehr viel älter werden.«

»Klar ruf ich den nicht an, Mann, dann müßte ich ihm ja sagen, daß ich ihn verpfiffen habe.«

»Eben«, sagte ich und stieg wieder ein. Michael Mulready stand bibbernd da, die Hände in den Hosentaschen, die Schultern hochgezogen.

»Einen Tip geb ich Ihnen noch«, sagte er. »Wenn Sie denken, Sie können mit Mingo so umspringen wie mit mir, sind Sie schief gewickelt.«

»Abwarten«, sagte ich, startete und ließ ihn auf dem Gehsteig stehen.

24

Watertown war Belmont benachbart, aber nur in geographischem Sinne. Es war eine reine Arbeitergegend, die Häuser waren schäbig, oft von zwei Familien bewohnt und standen dicht an dicht. Das Fahren war jetzt mühsam, es schneite stark, und der Verkehr bewegte sich zähflüssig und übervorsichtig.

Mingo Mulready wohnte in einem würfelförmigen, zweigeschossigen Haus mit breiter Veranda. Die Holzverschindelung war blau gestrichen, das Dach mit bunten Asbestzementplatten belegt. Ich parkte auf der anderen Straßenseite und ging hinüber.

Das Haus hatte zwei Eingänge, an der linken Tür stand »Mulready«. Ich läutete. Nichts. Ich wartete eine Minute, läutete noch einmal, dann ließ ich den Klingelknopf etwa zwei Minuten nicht mehr los. Mingo war nicht zu Haus. Ich ging zurück zu meinem Wagen. Vermutlich fuhr er noch die reiche Kuh durch Belmont. Ich schaltete das Radio ein und hörte die Mittagsnachrichten. Dabei fiel mir erstens auf, daß von den Meldungen, die sie in den Nachrichten brachten, nie auch nur eine irgendwas mit mir zu tun hatte, und zweitens, daß es Essenszeit war. Ich fuhr zehn Blocks zur Eastern Lambuun Bakery auf der Belmont Street, kaufte eine Packung frisches Fladenbrot, ein Pfund Schafskäse und ein Pfund Oliven. Das Brot war noch warm. Dann erstand ich in dem Schnapsladen gegenüber eine Sechserpackung Beck's Bier, fuhr zurück, postierte mich wieder gegenüber von Mingos Haus, aß und ließ mich von einem kleinen örtlichen Sender mit Jazz und Big-Band-Musik berieseln. Um drei fuhr ich einen Block weiter zu einer Tankstelle, tankte, ging aufs Klo und fuhr zurück zu Mingo.

Ich hatte so das Gefühl, daß diese Art von Job vor fünfzehn Jahren weniger öde gewesen war; da hatte ich auch noch geraucht. Wahrscheinlich kam es mir aber nur so vor. Um Viertel nach vier erschien Mingo auf der Bildfläche. Er fuhr einen braunen Thunderbird. Wir trafen uns vier Schritte vor seinem Haus.

»Sind Sie Mingo Mulready?« fragte ich.

»Wer will das wissen?« fragte er.

»Jetzt sage ich: ›Ich!‹, und dann sagen Sie: ›Wer sind Sie?‹, und dann . . .«

»Was, zum Teufel, redest du da für Stuß?« sagte er.

Er war massiv genug, um sich solche Sprüche leisten zu können, und war offenbar daran gewöhnt, damit durchzukommen. Er war etwa so groß wie ich und vermutlich fünfundzwanzig oder dreißig Pfund schwerer. Das Haar war superkurz, er hatte kleine Augen und eine Knopfnase in dem teigigen Gesicht, so daß er aussah wie ein unsympathischer, zu blaß geratener Pfefferkuchenmann. Er trug einen dunklen Anzug, weißes Hemd und schwarze Handschuhe, aber keinen Mantel.

»Sind Sie Mingo Mulready?« wiederholte ich.

»Wer das wissen will, hab' ich gefragt«, sagte er. »Und wenn ich darauf nicht schnell genug eine Antwort kriege, können Sie was erleben.«

Ich hatte ungefähr auf Gürtelhöhe die rechte in die linke Hand gelegt. Während er redete, drückte ich die rechte Hand unter die

Linke, und als ich mit der Linken losließ, schnellte die Rechte nach oben, und die Handkante traf Mingo unter der Nase. Blut schoß hervor, und er taumelte zwei Schritte zurück. Es war ein guter Treffer.

»Deshalb wollte ich wissen, ob du Mingo bist«, erklärte ich. Ich verpaßte ihm einen linken Haken. »Weil ich nicht einen Unschuldigen zusammenschlagen wollte.« Eine gerade Rechte landete auf Mingos Nase. Er fiel hin. »Aber du bist ein solcher Kotzbrocken, daß du es verdienst, selbst wenn du nicht Mingo Mulready bist.«

Ein Schlappschwanz war er nicht. Ich hatte ihn überrumpelt und noch zwei gute Treffer gelandet, aber er blieb nicht am Boden, er rappelte sich wieder auf und warf mich in den Schnee. Ich legte ihm die Ballen beider Hände unters Kinn und schob seinen Kopf zurück, hebelte ihn von mir weg und rollte mich beiseite. Er versuchte es noch einmal, aber jetzt merkte man doch, daß er dreißig Pfund zuviel hatte. Es war hauptsächlich Fett, und er rang schon nach Atem. Ich traf ihn zweimal in den Magen, dann trat ich ein paar Schritte zurück und schlug ihm zweimal auf die blutige Nase. Er klappte zusammen. Ich verpaßte ihm noch ein paar Kinnhaken, rechts, links, rechts, links. Sein Atem pfiff, die Arme sanken nach unten. Er war schon in der ersten Runde müde geworden.

»Bist du Mingo Mulready?« fragte ich.

Er nickte.

»Bestimmt? Ich hab' gehört, daß der ein harter Brocken ist.«

Er nickte wieder und hechelte.

»Dann hab' ich wohl was Falsches gehört«, sagte ich. »Du arbeitest für eine reiche Frau in Belmont?«

Er starrte mich an.

»Wenn du wieder zu Atem kommen willst, solltest du meine Fragen beantworten, Freundchen, sonst zeig ich dir, daß das, was bisher passiert ist, bloß ein Spaziergang war.«

Er nickte.

»Stimmt also. Wie heißt sie?«

»English.«

»Hat sie dir aufgetragen, deinen Vetter und seinen Kumpel anzuheuern, um mich von der Straße zu drängen?«

»*Sie*?« fragte er.

»Jawohl, mich. Mich und Rachel Wallace. Wer hat dir gesagt, daß du uns belästigen solltest?«

Er sah zur Straße hinüber. Sie war leer. Der Schnee fiel dünn, aber stetig, und es war dunkel geworden. Er sah zum Haus hin, in dem kein Licht brannte.

»Ich weiß nicht, was Sie meinen.«

Ich traf ihn mit der Linken an der Kehle. Er keuchte und griff sich an den Hals.

»Wer hat dir gesagt, daß du Rachel Wallace von der Straße abdrängen solltest? Wer hat dir aufgetragen, deinen Vetter und seinen Kumpel anzuheuern? Wer hat dir die beiden Großen gegeben?«

Er konnte kaum sprechen. »English«, Krächzte er.

»Die Alte oder der Sohn?«

»Der Sohn.«

»Warum?«

Er schüttelte den Kopf. Ich bewegte die linke Faust. Er wich zurück. »Ich schwör's bei meiner Mutter. Ich stell denen keine Fragen, sie bezahlen mich gut, sie behandeln mich anständig.« Er mußte husten und spuckte Blut. »Ich stell keine Fragen, ich mach, was sie sagen, es sind wichtige Leute.«

»Okay«, sagte ich. »Denk dran, ich weiß jetzt, wo du wohnst. Ich komm vielleicht noch mal wieder. Wenn ich erst lange nach dir suchen muß, könnte ich sehr, sehr böse werden.«

Er sagte nichts. Ich wandte mich um und ging zu meinem Wagen. Es war jetzt sehr dunkel, ich konnte ihn im Schnee nur mit Mühe erkennen. Ich machte die Tür auf. Die Innenbeleuchtung ging an. Auf dem Beifahrersitz saß Frank Belson. Ich stieg ein und machte die Tür zu.

»Stell bloß den Motor an, damit die Heizung in Gang kommt«, sagte er. »Ich kann gar nicht so schnell zittern, wie ich friere.«

25

»Willst du ein Bier?« fragte ich. »Hinten auf dem Rücksitz sind noch vier.«

»Im Dienst trinke ich nicht«, sagte er und nahm zwei Flaschen Bier aus dem Karton. »Sag mal, was ist denn das für 'n komisches Bier? Das hat ja nicht mal 'ne Lasche zum Aufmachen.«

»Im Handschuhfach ist ein Öffner«, sagte ich.

Belson machte die beiden Flaschen auf, gab mir eine und nahm selbst einen langen Zug.

»Was hast du aus Mingo rausgekriegt?«

»Ich denke, ich bin in Ungnade gefallen?«

»Du kennst doch Marty. Er geht schnell hoch, aber ebenso schnell regt er sich auch wieder ab. Was hast du aus Mingo rausgekriegt?«

»Habt ihr nicht mit ihm gesprochen?«

»Wir haben uns gedacht, daß du nachdrücklicher mit ihm reden kannst als wir. War offenbar auch gar nicht so falsch. Aber ich hab' erwartet, daß du mehr Mühe mit ihm haben würdest.«

»Ich habe ihn überrumpelt«, sagte ich. »Es war ein schlechter Start für ihn.«

»Trotzdem«, meinte Belson. »Früher war er verdammt gut.«

»Ich auch.«

»Weiß ich. Also, schieß schon los.«

»English steckte hinter dem Zwischenfall auf dem Lynnway.«

»Und Mingo hat seinen Vetter damit beauftragt?«

»Genau.«

»Hast du das von dem Vetter?«

»Ja. Er und Cody haben die Dreckarbeit gemacht, Mingo hat ihnen zwei Große dafür gegeben. Das Geld hatte er von English. Ich habe heute früh Vetter Michael in die Zange genommen.«

»Ich weiß.«

»Sag mal, was soll das eigentlich? Ihr fahrt mir einfach hinterher und seht zu, wie ich mich abrackere?«

»Ich hab' dir ja erzählt, daß wir Cody und Mulready haben beschatten lassen«, erklärte Belson. »Als du auftauchtest, machten die Kollegen Meldung. Ich hab' ihnen gesagt, daß sie sich nicht einmischen sollen, weil ich mir dachte, daß du bestimmt mehr rausbekommst, denn dich kann ja keiner wegen Brutalität im Dienst rankriegen. Auf der Fahrt hat unser Mann euch verloren, aber ich habe mir gleich gedacht, daß du hier landen würdest, und bin hergefahren. So um halb zwei war ich hier, und seitdem sitze ich eine Straße weiter. Hast du noch was rausbekommen?«

»Nein. Aber mit English scheinen wir richtig zu liegen. Habt ihr euch die Tortenwerfer aus Cambridge mal angesehen?«

Belson leerte sein Bier und machte die nächste Flasche auf. »Ja, aber da ist nichts drin. Das sind zwei Ultrarechte, weiter nichts. Sie haben noch nie im Knast gesessen und haben weder Kontakte zu English noch zu Mingo Mulready oder dem Vigilantenkomitee oder sonstwem. Sie studieren übrigens noch. Beide.«

»Okay. Und was ist mit Julie Wells? Hast du schon mit ihr gesprochen?«

Belson klemmte die Bierflasche zwischen die Knie, holte eine halb aufgerauchte Zigarre aus der Hemdentasche, zündete sie an und fing an zu paffen. Dann nahm er die Zigarre aus dem Mund, trank einen Schluck Bier, schob die Zigarre wieder zwischen die Lippen und sagte: »Sie ist unauffindbar, nicht etwa umgezogen oder so, aber wir treffen sie einfach in ihrer Wohnung nicht an, sooft wir es auch versuchen. Wir sehen uns aber nach ihr um. Gewissermaßen.«

»Ist ja herrlich. Und glaubt ihr, daß ihr sie bald finden werdet – gewissermaßen?«

»Hätten wir von der Sache früher erfahren, hätten wir sie natürlich im Auge behalten.«

»Wißt ihr was über Mingo? Du scheinst ihn zu kennen.«

»Kann man wohl sagen. Über den gibt's schon 'ne dicke Akte. Er hat alles mögliche hinter sich, hat als Rausschmeißer gearbeitet und als Ringer, hat es mit Scheckbetrug versucht und hat auch schon gesessen. Tätliche Beleidigung und bewaffneter Raubüberfall. Einmal haben wir ihn uns auch wegen Mordverdachts gekauft, aber die Zeugen wollten alle nicht reden, da mußten wir ihn wieder laufenlassen. Reizenden Burschen hat sich der English da für seine Momma als Fahrer angelacht.«

»Werdet Ihr English observieren?« fragte ich.

»Observieren? Spenser, mein Junge, du siehst entschieden zu viel in die Glotze.«

»Werdet ihr ihn beobachten lassen, ja oder nein?«

»Wir werden es versuchen. Aber du weißt ja, die leidige Personalsituation . . .«

»Und außerdem stinkt er vor Geld und ist mit ein paar Stadträten und einem Senator befreundet.«

»Du kennst ja Marty. Und du kennst mich. Aber du kennst auch die Realitäten. Wenn Druck von oben kommt, müssen wir nachgeben. Oder uns eine andere Stellung suchen.«

»Hat es schon Druck gegeben?«

Belson schüttelte den Kopf. »Noch nicht.« Er leerte die Flasche.

»Und die Belmonter Kollegen?«

»Die haben versprochen, daß sie uns unter die Arme greifen werden, wenn Not am Mann ist.«

»Ist jemand auf Julie Wells' Wohnung angesetzt?«

»Ja. Wir fragen auch regelmäßig in der Agentur nach. Aber dort ist sie nicht.«

»Soll ich dich zu deinem Wagen bringen?« fragte ich.

Er nickte. Ich fuhr um den Block und setzte ihn in der Straße hinter Mingos Haus ab. »Wenn du was findest, könntest du uns ja mal anrufen«, sagte Belson.

»Könnte ich.«

»Danke für das Bier«, sagte er, schlug die Tür zu und fuhr los. Es dauerte fast eineinhalb Stunden, bis ich in meiner Wohnung war. Dort erwartete mich Susan.

»Ich hatte heute nachmittag einen Workshop über die geistige und körperliche Entwicklung Heranwachsender, und danach war das Wetter zu schlecht zum Heimfahren. Ich habe meinen Wagen auf dem Parkplatz stehenlassen und bin zu Fuß hergekommen«, erklärte sie.

»Du hast eine günstige Gelegenheit verpaßt«, sagte ich.

»Was für eine?«

»Dich nackt auszuziehen und mich mit einem Martini an der Tür zu begrüßen.«

»Ich hatte schon mit dem Gedanken gespielt. Aber du magst ja keine Martinis.«

»Ja, dann . . .«

»Aber ich habe Feuer gemacht, und wir könnten uns davorsetzen und was trinken oder so.«

»Oder so«, sagte ich und nahm sie in die Arme.

Sie schüttelte den Kopf. »Heute war den ganzen Tag von dir die Rede.«

»Bei dem Workshop über die geistige und körperliche Entwicklung Heranwachsender?«

Sie nickte. »Du zeigst sämtliche Symptome.«

Ich ließ sie los und ging in die Küche. »Mal sehen, was ich uns zu essen zaubern kann. Vielleicht pulverisiertes Einhorn mit einem Schuß Spanischer Fliege.«

»Mach irgendwas, Schatz, ich nehme ein Bad und wasche mal rasch die Strümpfe in deinem Waschbecken durch.«

»Die Arbeit eines Hausmanns hört nimmer auf«, seufzte ich und öffnete den Kühlschrank. Im unteren Fach stand Bier. Wenn wir einschneiten, hatte ich wenigstens einen ordentlichen Vorrat. Im Gemüsefach lagen Basilikum und ein Bund Petersilie vom Quincey Market. Ein bißchen angewelkt, aber noch brauchbar. Ich machte ein Bier auf. Im Badezimmer hörte ich Wasser laufen.

»Auf dein Wohl«, sagte ich laut.

»Hör mal, Schatz, machst du mir auch einen Drink?« rief Susan zurück. »Ich bin in zehn Minuten fertig.«

»Bitte sehr, bitte gleich.«

Im Tiefkühlfach lag ein Pfundbeutel Brokkoli. Ich nahm ihn heraus. In einem großen blauen Topf brachte ich vier Liter und in einem kleineren Topf mit Dampfeinsatz eine Tasse Wasser zum Kochen. Dann tat ich zwei Knoblauchzehen, eine Handvoll Petersilie, eine Handvoll Basilikum, Salz und Öl und eine Handvoll geschälte Pistazien in die Küchenmaschine und mixte alles gründlich durch. Die

Küchenmaschine hatte ich von Susan zum Geburtstag bekommen und nahm sie deshalb so oft wie möglich. Eigentlich, fand ich, war es ein etwas albernes Spielzeug, aber das Geschenk hatte ihr so viel Spaß gemacht, daß ich ihr das nie sagen würde. Als das Wasser kochte, schaltete ich beide Platten aus. Ich hörte Susan in der Wanne herumplantschen. Die Tür war einen Spalt breit offen. Sie hatte die Haare hochgesteckt, und ihr nasser Körper glänzte.

»Nicht schlecht für dein Alter«, sagte ich.

»Hab' ich's mir nicht gedacht? Voyeurismus ist ein typisches Stadium in der Entwicklung Heranwachsender.«

»Nicht schlecht für jedes Alter«, meinte ich.

»Du kannst mir jetzt den Drink machen«, sagte sie. »Ich komme gleich raus.«

In der Küche mixte ich fünf Teile Gin mit einem Teil Limonensaft, schüttelte sie mit Eis durch und goß die Mischung in ein Glas mit zwei Eiswürfeln. Ich war gerade fertig geworden, als Susan in die Küche kam. Sie hatte den Morgenrock mit den kurzen Ärmeln an, den sie mir zu Weihnachten geschenkt hatte. Ich trug ihn nie, dafür nahm sie ihn, wenn sie bei mir übernachtete. Er ist braun mit schwarzen Biesen und schwarzem Gürtel. Wenn ich ihn anhabe, sehe ich aus wie Bruce Lee. Sie nicht.

Sie setzte sich auf einen Küchenhocker und führte sich langsam ihren Drink zu Gemüte. Die Haare hatte sie noch hochgesteckt, sie hatte kein Make-up aufgelegt, und ihr Gesicht glänzte. Sie sah aus wie fünfzehn, bis auf die Zeichen von Reife und Persönlichkeit um Augen und Mund.

Ich trank noch ein Bier und brachte meine beiden Töpfe wieder zum Kochen. In den großen tat ich ein Pfund Spaghetti, in den kleinen den gefrorenen Brokkoli, und stellte die Zeituhr auf neun Minuten.

»Essen wir vor dem Feuer?« fragte ich.

»Selbstverständlich.«

»Dann trenn dich mal von deinem Drink und faß mit an.«

Wir stellten den Eßtisch und zwei Stühle vors Feuer und deckten auf, während die Spaghetti kochten und der Brokkoli dampfte. Die Zeituhr klingelte. Ich ging in die Küche, goß den Brokkoli ab und probierte die Spaghetti. Sie brauchten noch eine Minute. Inzwischen ließ ich den Mixer noch einmal kurz laufen, damit sich Öl und Gewürze gut vermischten. Jetzt waren die Nudeln gut. Ich goß sie ab, tat sie wieder in den Topf und gab die Gewürz-Öl-Mischung und die Brokkoli dazu. Ich brachte den Topf, den Rest von meinem mittäglichen Fladenbrot und eine gekühlte Flasche Soave Bolla herein. Dann hielt ich Susan den Stuhl, und sie setzte sich. Ich legte noch ein Holzscheit aufs Feuer und goß einen Schluck Wein in ihr Glas. Sie kostete kritisch, nickte mir zu, und ich füllte unsere Gläser.

»Würden Madam gestatten, daß ich mich zu ihr setze?« fragte ich.

»Vielleicht«, sagte sie.

Ich trank einen Schluck Wein.

»Und vielleicht«, sagte sie, »gehen wir später miteinander ins Bett.«

Ich mußte lachen, verschluckte mich und bespuckte mein Hemd.

»Vielleicht aber auch nicht«, fügte sie hinzu.

»Weib, spiel nicht mit mir, während ich trinke«, sagte ich, als ich wieder zu Atem gekommen war. »Sonst nehme ich dich mit Gewalt.«

»Ach, ich Unglückliche«, flötete sie.

Ich legte uns Spaghetti und Brokkoli auf. Draußen schneite es ununterbrochen. Im Zimmer brannte nur eine Lampe. Es war hauptsächlich das Feuer aus duftendem Obstbaumholz, das den Raum erhellte. Die Glut warf einen rosigen Schein. Wir schwiegen. Die Flamme zischte leise, während sie die letzten Saftspuren aus dem Holz trieb. Ich war überhaupt nicht mehr sauer, die Spaghetti schmeckten großartig, der Wein war kalt, und wenn ich Susan ansah, fühlte ich ein Ziehen in der Kehle. Wenn ich jetzt noch Rachel Wallace fand, war ich fast bereit, an Gott zu glauben.

26

Die Sonne erhob sich an diesem kurzen Dezembertag freudlos und unsichtbar über den Schneemassen Bostons. Ich sah auf den Wecker. Es war sechs. Draußen war es sehr still, der Schnee erstickte die üblichen Morgengeräusche. Ich lag auf der rechten Seite, den linken Arm um Susans nackte Schulter gelegt. Ihr Haar hatte sich in der Nacht gelöst und lag über dem Kissen. Ihr Gesicht war mir zugewandt, ihre Augen geschlossen. Sie schlief mit leicht geöffneten Lippen, ein leiser Weingeruch kam zu mir herüber. Ich stützte mich auf einen Ellbogen und sah aus dem Fenster. Es schneite noch immer, der Schnee wehte ein wenig schräg an der Scheibe vorbei, es war also windig. Ohne die Augen zu öffnen, zog mich Susan zu sich heran, deckte uns zu, schmiegte sich an mich und lag still.

»Möchtest du bald frühstücken«, fragte ich, »oder hattest du andere Pläne?«

Sie legte ihr Gesicht an meine Schulter. »Du hast eine kalte Nase«, sagte sie undeutlich.

Ich ließ meine Hand an ihrem Körper herabgleiten und klopfte ihr rundes Hinterteil. Sie legte mir die Hand ins Kreuz und kam noch ein bißchen näher.

»Ich dachte immer, Männer in deinem Alter hätten Potenzprobleme«, sagte sie.

»Haben wir auch«, meinte ich. »Vor zwanzig Jahren war ich doppelt so geil.«

»Dann mußten sie dich wohl in einem Käfig halten?« Sie ließ ihre Finger auf meiner Wirbelsäule spazierengehen.

»Ja. Aber ich konnte durch die Gitter greifen.«

»Kann ich mir vorstellen.« Noch immer mit geschlossenen Augen, hob sie den Kopf und küßte mich mit geöffnetem Mund. Es war fast acht, als ich aufstand und duschte.

Susan ging unter die Dusche, während ich Frühstück machte und das Feuer neu schürte. Dann saßen wir vor dem Kamin, aßen Maisbrot und Walderdbeermarmelade und tranken Kaffee dazu.

Als um Viertel nach neun das Maisbrot aufgegessen und das Marmeladenglas leer war, als der *Globe* gelesen und die *Today Show* gelaufen war, rief ich beim Kundendienst an. Jemand hatte eine Telefonnummer hinterlassen und gebeten, ich möchte mich dort melden.

Ich wählte. Beim ersten Anschlag meldete sich eine Frauenstimme.

»Hier Spenser«, sagte ich. »Ich sollte diese Nummer anrufen.«

»Hier ist Julie Wells.«

»Wo stecken Sie?«

»Das spielt keine Rolle. Ich muß Sie sprechen.«

»Ich Sie auch. Wo können wir uns treffen?«

»Bei dem Schnee?«

»Machen Sie einen Vorschlag, ich komme schon durch.«

»Im Coffeeshop vom Parker House.«

»Wann?«

»Halb elf. Es darf aber sonst niemand erfahren, daß ich dort bin, Spenser.«

»Jetzt sagen Sie: ›Achten Sie darauf, daß Ihnen niemand folgt.‹ Und ich sage: ›Keine Angst, ich paß schon auf.‹«

»Machen Sie keine Witze, mir ist es ernst.«

»In Ordnung, ich komme.«

Susan war im Badezimmer und beschäftigte sich mit ihrem Make-up. Ich steckte den Kopf herein. »Ich muß mich mal kurz um meinen Job kümmern.« Sie machte sich mit einem bleistiftartigen Gebilde an einem Mundwinkel zu schaffen. »Hm«, sagte sie, ließ sich aber sonst nicht weiter stören.

Wenn Susan sich auf etwas konzentriert, ist nichts zu machen. Ich zog meine weißen Cordhosen an, meine dunkelblaue Wollbluse und meine schweren Stiefel. Ich steckte die Kanone ins Hüfthalfter an meinem Gürtel, zog mir die Jacke an, schlug den Flauschkragen hoch, streifte Strickmütze und Handschuhe über und begab mich in den Schneesturm hinaus.

Der Schnee, der noch immer in Massen herunterkam, war so ziemlich das einzige, was sich auf der Straße bewegte. Der Verkehr war zum Erliegen gekommen, die Fahrbahnen waren über einen halben Meter hoch mit Schnee bedeckt, und an manchen Stellen waren die Schneewehen so hoch, daß die Autos darunter verschwanden. Die Arlington Street war teilweise geräumt, dort kam man besser vorwärts. Als es bergauf ging, mußte ich gegen Wind und Schnee ankämpfen. Ich zog die Mütze über Ohren und Stirn. Es sah nicht gerade schick aus, aber manchmal muß man eben mit der Natur Kompromisse schließen. Ein riesiger gelber Bulldozer mit einem gewaltigen Schneepflug kam langsam die Beacon Street herunter. Es war kein Mensch und kein Hund unterwegs, auf der Straße waren nur ich und der Bulldozer und der Schnee. Als der Schneepflug vorbei war, lief es sich sehr viel einfacher.

Auf dem Hügel sah ich das State House vor mir liegen, aber die goldene Kuppel war in dem weißen Geflimmer nicht zu erkennen. Bergab ging es leichter. Als ich das Park House, Beacon Street Ecke Tremont, erreicht hatte, war mir kalt und ein bißchen wunderlich zumute in der leeren flockenerfüllten Stille mitten in der Stadt.

In der Halle vom Parker House saßen eine ganze Menge Leute herum, und der Coffeeshop war fast bis auf den letzten Platz gefüllt. Julie Wells saß allein an einem Zweiertisch am Fenster und sah in den Schnee hinaus.

Sie trug einen silbrigen Skiparka, dessen Reißverschluß offenstand. Die Kapuze hatte sie zurückgeschlagen, und der Pelz des Futters verflocht sich mit ihren Haarspitzen. Unter dem Parka trug sie einen weißen Rollkragenpullover. Mit ihren großen goldenen Ohrringen und den langen Wimpern sah sie aus wie 1,8 Millionen. Susan sah aus wie zwei Millionen.

Ich gab meiner Mütze wieder einen flotteren Sitz und setzte mich zu ihr. Das Parker House war früher mal so eine Art Bostoner Institution gewesen, war dann ziemlich heruntergekommen und erlebte jetzt sein Comeback, aber der Coffeeshop mit dem Blick auf die Tremont Street war schon etwas Besonderes. Ich machte meine Jacke auf.

»Guten Morgen«, sagte ich.

Sie lächelte ziemlich lau. »Freut mich, daß Sie gekommen sind. Ich wußte wirklich nicht, wen ich sonst hätte anrufen sollen.«

»Ich hoffe, Sie haben nicht weit laufen müssen«, meinte ich. »Selbst für einen Olympioniken wie mich gab es ein paar beschwerliche Momente.«

»Mir steigt jemand nach«, sagte Julie.

»Das kann ich keinem verdenken.«

»Nein, im Ernst. Ich habe ihn vor meiner Wohnung gesehen, er ist mir ständig gefolgt.«

»Wissen Sie, daß die Polizei Sie sucht?«

»Wegen Rachel?«

Ich nickte. Die Kellnerin kam, und ich bestellte Kaffee und Vollkorntoast. Vor Julie Wells stand ein Teller mit einer fast unberührten Omelette. Die Kellnerin verschwand.

»Das mit der Polizei weiß ich«, sagte sie. »Ich habe in der Agentur angerufen, da hat man mir erzählt, daß die Polizei dort war. Aber die würde mich doch nicht derart beschatten?«

Ich zuckte die Schultern. »Sagen Sie doch den Cops, daß jemand hinter Ihnen her ist. Wenn der Schatten ein Polizeibeamter ist, hat sich damit die Sache geklärt. Ansonsten können die Cops etwas unternehmen.«

Sie schüttelte den Kopf.

»Keine Polizei?«

Sie schüttelte wieder den Kopf.

»Und warum nicht?«

Sie stocherte mit der Gabel in ihrer Omelette herum.

»Aber Sie verstecken sich nicht nur vor einem Typ, der Ihnen folgt, nicht wahr?«

»Nein.«

»Sie wollen überhaupt nicht mit der Polizei reden.«

Sie fing an zu weinen. Ihre Schultern zitterten ein bißchen, ihre Unterlippe zuckte leise, und in ihren Augen standen Tränen, aber sie machte es so diskret, daß keiner der anderen Gäste etwas merkte.

»Ich weiß nicht, was ich tun soll«, sagte sie. »Ich will in diese ganze Geschichte nicht hineingezogen werden, man soll mich in Ruhe lassen.«

»Haben Sie eine Vorstellung, wo Rachel sein könnte?« fragte ich.

Sie schnaubte sich in ein rosa Kleenex und holte zittrig Luft.

»Was soll ich tun?« fragte sie mich. »Ich weiß keinen, mit dem ich sonst darüber reden könnte.«

»Wissen Sie, wo Rachel ist?«

»Natürlich nicht, woher sollte ich? Wir waren befreundet, ein Liebespaar, wenn Sie so wollen, aber wir waren nicht leidenschaftlich ineinander verliebt. Und wenn die Leute . . .«

»Die Leute sollen nicht erfahren, daß Sie lesbisch sind.«

Sie fröstelte. »Gott, wie mir dieses Wort zuwider ist. Es ist so – so klinisch, wie ein Name für eine seltene Krankheit . . .«

»Und trotzdem möchten Sie nicht, daß es bekannt wird?«

»Sie sagen das so abwertend. Aber es geht nicht darum, daß ich mich schäme. Ich habe mich für ein Leben entschieden, das anders ist als Ihr Leben und das Leben der meisten anderen Menschen, aber ich habe keinen Grund, mich dessen zu schämen. Es ist etwas völlig Natürliches.«

»Warum reden Sie dann nicht mit der Polizei? Möchten Sie nicht, daß Rachel Wallace gefunden wird?«

Sie verkrampfte die Hände ineinander und preßte sie an die Lippen. Wieder standen ihr Tränen in den Augen. »Die arme Rachel. Ob sie noch lebt?«

Die Kellnerin kam mit meinem Toast und meinem Kaffee.

»Das weiß ich nicht«, sagte ich. »Aber ich gehe davon aus, denn sonst bliebe mir nichts mehr zu tun.«

»Und Sie suchen nach ihr?«

»Ich suche nach ihr.«

»Wenn ich irgend etwas wüßte, was Ihnen weiterhelfen könnte, würde ich es Ihnen sagen. Aber was nützt es Rachel, wenn mein Name durch die Presse geht? Wenn die Leute in der Agentur . . .«

»Was es ihr nützt, kann ich nicht sagen. Ich weiß ja nicht, was Sie wissen. Ich weiß nicht, warum Ihnen jemand folgt – oder gefolgt ist, denn ich nehme an, daß Sie ihn abgeschüttelt haben.«

Sie nickte. »Ich habe ihn in der U-Bahn abgehängt.«

»Wer könnte es sein? Warum folgt er Ihnen? Ist es nicht ein auffälliges Zusammentreffen, daß Sie von dem Augenblick an, als Rachel entführt wurde, einen Schatten haben?«

»Ich weiß es nicht. Ich weiß überhaupt nichts. Wenn man mich nun auch entführen will? Ich weiß nicht, was ich tun soll.«

Sie starrte auf die menschenleere, schneebedeckte Straße.

»Warum gehen Sie nicht zu Ihrer Mutter und Ihrem Bruder?« fragte ich.

Sie sah mich an. Ich aß ein Stück Toast.

»Was wissen Sie von meiner Mutter und meinem Bruder?«

»Ich kenne ihre Namen, und ich kenne ihre politischen Ansichten, und ich weiß, wie sie zu Rachel Wallace stehen, und ich kann mir vorstellen, wie sie reagieren würden, wenn sie wüßten, daß sie und Rachel intim miteinander waren.«

»Waren Sie – haben Sie – Sie haben nicht das Recht . . .«

»Ich habe den beiden gegenüber Ihren Namen nicht erwähnt. Der Polizei habe ich Ihren Namen genannt, allerdings erst, als es unbedingt sein mußte.«

»Warum mußte es sein?«

»Weil ich Rachel suche und weil ich alles tun werde, was in meiner Macht steht, um sie zu finden. Als ich darauf gekommen war, daß Sie die Schwester von Lawrence English sind, dachte ich, daß wir vielleicht eine Spur haben. Die Polizei sucht auch nach ihr.«

»Sie meinen, mein Bruder könnte . . .«

»Ich meine, daß er etwas mit der Sache zu tun hat. Sein Fahrer hatte zwei Typen angeheuert mit dem Auftrag, Rachel und mich von der Straße zu drängen. Ihr Bruder hat vor Rachels Vortrag in der Bibliothek eine Demonstration organisiert, er hat sie als Linksgewebte beschimpft, und er ist der Leiter eines Vereins gefährlicher Spinner, denen so etwas durchaus zuzutrauen wäre.«

»Ich wußte früher nicht, daß ich schwul bin«, sagte sie. »Ich dachte nur, ich sei eben nicht sehr zärtlich. Dann habe ich geheiratet und hatte ein schlechtes Gewissen wegen meiner Frigidität. Wir ließen uns scheiden. Du bist wie ein Wachsapfel, sagte er, wunderschön von außen, aber wenn man hineinbeißt, bleibt nur ein fader Geschmack zurück. Ich ging zu einer Gruppentherapie für Geschiedene, und dort lernte ich eine Frau kennen, die ich mochte, und es kam zu einer Beziehung. Und da merkte ich, daß ich nicht hohl und leer war. Ich konnte lieben. Ich konnte Leidenschaft empfinden. Es war der größte Augenblick in meinem Leben. Ich bekam einen Orgasmus. Es war, als ob – ich weiß nicht, womit ich es vergleichen soll . . .«

»Als ob ein Gericht den Schuldspruch zurückgenommen hätte.«

Sie nickte. »Genau. Ich war nicht schlecht, ich war nicht frigide, ich hatte nur falsch geliebt.«

»Aber da waren die Mama und der Herr Bruder.«

»Sie kennen die beiden?«

»Nur den Bruder.«

»Die würden das nie verstehen, nie akzeptieren. Für sie wäre es so ungefähr das Schlimmste, was passieren könnte. Ich wünschte für sie – und vielleicht auch für mich –, daß es anders gekommen wäre, aber das ist eben nicht möglich, und es ist besser, so zu sein, wie ich bin, als erfolglos nach etwas zu streben, was ich nie werde sein können. Deshalb kann ich nicht zur Polizei gehen. Ich kann es meiner Familie nicht sagen. Die anderen sind mir egal. Es geht nur um die beiden. Ich weiß nicht, auf was für Gedanken sie kommen würden.«

»Vielleicht auf den Gedanken, Rachel zu entführen«, sagte ich.

27

»Kann ich Ihnen noch etwas bringen?« fragte die Kellnerin.

Julie und ich schüttelten den Kopf. Die Kellnerin gab mir die Rechnung, und ich legte einen Zehndollarschein darauf.

»Das würden sie nicht tun«, sagte Julie. »Das könnten sie nicht. Sie wüßten gar nicht, wie man so was macht.«

»Sie können sich Berater leisten. Ihr Fahrer hat im Knast gesessen. Er heißt Mingo Mulready und weiß sehr wohl, wie man so was macht.«

»Aber *sie* wissen es nicht.«

»Vielleicht nicht. Vielleicht handelte aber der Typ, der Sie verfolgt hat, im Auftrag Ihres Bruders. Sie wohnen seit längerer Zeit nicht mehr zu Hause.«

»Ich bin dreißig, Spenser.«

»Haben Sie ein gutes Verhältnis zu Ihrer Mutter und Ihrem Bruder?«

»Nein. Sie waren mit meiner Heirat und später auch mit meiner Scheidung nicht einverstanden. Es war ihnen nicht recht, daß ich ins Goucher College ging, es ist ihnen nicht recht, daß ich als Modell arbeite. Ich könnte mit ihnen nicht unter einem Dach leben.«

»Machen die beiden sich Sorgen um Sie?«

Sie zuckte die Schultern. Weil sie nachdenken mußte, weinte sie nicht mehr; sie wirkte ruhiger. »Früher haben sie das sicher getan«, meinte sie. »Lawrence spielt gern das Familienoberhaupt, und Mutter läßt ihn gewähren. Wahrscheinlich halten sie mich für unentschlossen und schwach.«

»Warum lassen die beiden sich von einem Gauner wie Mulready chauffieren?«

Wieder zuckte Julie die Schultern. »Lawrence ist sehr engagiert in seinem Vigilantenkomitee. Ich nehme an, daß er hier und da in Situationen gerät, in denen er meint, einen Leibwächter zu brauchen. Und dafür hält er sich dann wohl diesen Mulready.«

»Der Schnellste ist der aber auch nicht mehr«, sagte ich.

Die Kellnerin nahm meinen Zehner und brachte auf einer Untertasse das Wechselgeld zurück.

»Mal angenommen, sie haben tatsächlich Rachel entführt. Wo würden die beiden sie verstecken?«

»Das weiß ich nicht.«

»Natürlich wissen Sie das. Wo würden Sie Rachel verstecken, wenn Sie Ihr eigener Bruder wären und Rachel Wallace entführt hätten?«

»Ich bitte Sie, Spenser . . .«

»Überlegen Sie es sich einmal. Mir zuliebe.«

»Das ist doch lächerlich.«

»Ich habe mich eine halbe Meile durch einen Schneesturm gekämpft, weil Sie mich darum gebeten hatten«, sagte ich. »Und ich habe nicht gesagt, daß das lächerlich ist.«

Die Kellnerin erschien wieder an unserem Tisch. »Kann ich Ihnen noch etwas bringen?«

Ich schüttelte den Kopf. »Wir verschwinden jetzt besser«, sagte ich zu Julie. »Sonst wird sie noch unangenehm.«

Julie nickte. Wir verließen den Coffeeshop und suchten uns ein Zweisitzersofa in der Halle.

»Wo im Haus?« fragte ich.

»Kennen Sie es?«

»Ich war vor ein paar Tagen draußen.«

»Dann wissen Sie ja, wie groß es ist. Es hat an die zwanzig Zimmer, einen riesigen Keller, die Fahrerwohnung über der Garage, weitere Räume unter dem Dach.«

»Würde den Dienstboten nichts auffallen?«

»Nicht unbedingt. Die Köchin verläßt nie ihre Küche, und das Mädchen hat in manchen Räumen gar nichts zu suchen. Als ich da war, hatten wir nur die Köchin und ein Dienstmädchen.«

»Und den getreuen Mingo.«

»Den haben sie eingestellt, als ich schon weg war, ich kenne ihn gar nicht.«

»Ich mache Ihnen einen Vorschlag«, sagte ich. »Gehen wir in meine Wohnung in der Marlborough Street, es ist nicht weit. Dort zeichnen wir einen Plan vom Haus Ihres Bruders.«

»Es gehört meiner Mutter«, sagte Julie.

»Auch recht. Wir zeichnen einen Plan, und später sehe ich mich dort mal um.«

»Wie wollen Sie das machen?«

»Erst der Plan. Los, kommen Sie.«

»Ich weiß nicht, ob ich einen Plan zustandebringe.«

»Sicher bringen Sie den zustande. Ich helfe Ihnen. Wir unterhalten uns ein bißchen, und nach und nach fällt Ihnen alles wieder ein.«

»In Ihrer Wohnung?«

»Ja, aber das ist ganz ungefährlich. Meine Freundin ist auf Besuch, die wird dafür sorgen, daß ich Ihnen nicht zu nahe trete, und auf dem Weg dorthin sind wir zu sehr eingemummt.«

»Das meinte ich nicht.«

»Schön, dann können wir ja gehen.«

Wir wagten uns wieder hinaus. Ich hatte den Eindruck, daß es nicht mehr so stark schneite, aber der Wind wirbelte die Flocken hin und her, so daß ich nicht sicher sein konnte. Nach einem halben Block nahm Julie meinen Arm und ließ ihn bis zur Marlborough Street nicht mehr los. Außer uns waren noch zwei große gelbe Schneepflüge unterwegs.

Susan saß auf der Couch am Kamin und las ein Buch von Robert Coles. Sie trug Jeans, die sie vor zwei Wochen bei mir gelassen hatte, und eins meiner T-Shirts – die Größe XL war vorn aufgedruckt –, das ihr fast bis zu den Knien reichte.

Ich machte die beiden miteinander bekannt, dann nahm ich Julies Parka und hängte ihn in die Garderobe. Als ich am Badezimmer vorbeikam, stellte ich fest, daß Susans Wäsche auf der Stange des Duschvorhangs zum Trocknen hing, und überlegte, was sie wohl unter den Jeans anhaben mochte, schob aber den Gedanken rasch beiseite. Erst die Arbeit. Ich holte einen linierten gelben Block, ein Plastikdreieck und einen schwarzen Kugelschreiber aus einer Schublade in der Küche, und Julie und ich saßen drei Stunden an der Frühstückstheke und zeichneten das Haus ihrer Mutter. Nicht nur den Grundriß, sondern auch die Einrichtung.

»Ich war seit einem Jahr nicht mehr dort«, sagte sie zwischendurch einmal.

»Ich weiß, aber große Stücke stellen die Leute selten um. Betten und Sofas und dergleichen bleiben meist an Ort und Stelle.«

Wir machten einen Grundriß des Hauses und zeichneten dann auf einzelnen Bogen jedes einzelne Zimmer auf. Ich numerierte sämtliche Räume und Blätter.

»Warum wollen Sie das alles wissen, mit Möbeln und allem?«

»Man muß immer versuchen, soviel wie möglich herauszubekommen. Ich weiß noch nicht einmal genau, wie ich vorgehen werde, ich sammle einfach Informationen.«

Susan hatte einen großen Teller mit Schinkenbroten gemacht, und wir setzten uns vor den Kamin, aßen die Schinkenbrote und tranken Kaffee dazu.

»Für eine Frau machst du ein sehr ordentliches Feuer«, sagte ich zu Susan.

»Es war ganz leicht. Ich habe einfach zwei trockene Sexisten

aneinandergerieben.«
»Die Brote schmecken toll«, sagte Julie zu Susan.
»Ja. Mr. Macho bezieht seinen Schinken irgendwo vom Land.«
»Aus Millerton«, ergänzte ich. »Mit Salz und Melasse gepökelt und in Hickoryrauch geräuchert, ohne Nitrate.«
Julie sah mich an. »Was ist mit der anderen Sache?«
»Dem Schatten?« fragte ich.
Sie nickte.
»Gehen Sie nach Hause, lassen Sie sich ruhig sehen, ich sorge dafür, daß Sie ihn loswerden.«
»Nach Hause?«
»Ja. Nachdem er Sie verloren hat, wird er sich vor Ihrem Haus postieren, bis Sie kommen. Was soll er sonst tun?«
»Ich glaube nicht, daß er heute da ist.«
»Wenn er nicht gestern schon da war«, wandte Susan ein. »Vorhin hat der Gouverneur im Fernsehen gesprochen. Die Autobahn ist für Privatfahrzeuge gesperrt, Busse und Bahnen verkehren nicht, die Stadt ist praktisch abgeschnitten.«
»Ich will nicht nach Hause«, sagte Julie.
»Sie können natürlich auch eine Weile untertauchen, aber ich muß wissen, wo ich Sie erreichen kann.«
Sie schüttelte den Kopf.
»Sie haben verschiedene Möglichkeiten, Julie«, sagte ich, »aber irgendwo ist auch mal Schluß. Sie sind irgendwie in den Fall Rachel Wallace verstrickt, wenn ich auch nicht genau weiß, wo Sie hingehören, und ich kann Sie einfach nicht laufenlassen. Außer Ihnen habe ich nicht viel. Ich muß wissen, wo ich Sie erreichen kann.«
Sie sah mich an, sah Susan an, die ihren großen braunen Becher mit Kaffee in beiden Händen hielt und ins Feuer blickte. Dann nickte sie nachdrücklich. Dreimal.
«Okay. Ich bin in der Tremont Street 164. Eine der Kolleginnen aus der Agentur ist in Chicago, ich kann dort wohnen, solange sie weg ist. Fünfter Stock.«
»Ich bringe Sie hin«, sagte ich.

28

Der Tag nach dem schweren Schneesturm war herrlich. Die Sonne strahlte, der Schnee war noch weiß, kein Auto war unterwegs, die ganze Stadt gehörte den Menschen und den Hunden, und in der gemeinsamen Krise waren alle nett zueinander.

Susan und ich gingen die Massachusetts Avenue hinauf. Sie hatte sich im November, als wir in New Hampshire auf Antiquitätenjagd waren, einen alten Waschbärpelz gekauft. Den trug sie jetzt, zusammen mit hohen Pelzstiefeln und einer Wollmütze mit Pompom. Wir waren jetzt zweieinhalb Tage zusammen, und hätte ich gewußt, wo Rachel Wallace war, hätte es eine sehr schöne Zeit sein können. Aber ich wußte nicht, wo Rachel Wallace war. Schlimmer noch, ich ahnte, wo sie sein könnte, und kam nicht hin. Ich hatte Quirk angerufen und ihm berichtet, was ich wußte. Gegen einen Mann in Englishs Position konnte er nicht ohne triftigen Grund vorgehen, und wir waren uns darüber einig, daß es diesen triftigen Grund nicht gab. Ich wüßte nicht, wo Julie Wells steckte, hatte ich Quirk gesagt. Das glaubte er mir nicht, aber durch den Schneenotstand ging im Präsidium alles drunter und drüber, und niemand tauchte mit Daumenschrauben auf, um mich in ein hochnotpeinliches Verhör zu nehmen.

Susan und ich wollten sehen, ob ein Geschäft geöffnet hatte, in dem sie sich ein bißchen Wäsche und vielleicht ein, zwei Blusen kaufen konnte, und ich trottete deprimiert neben ihr her. Die Autobahn war für den Verkehr gesperrt, Züge verkehrten nicht.

Susan kaufte bei Saks duftige Wäsche, ein Paar Jeans und zwei Blusen. »Gehen wir nach Hause?« fragte sie. »Wir könnten eine Wäscheschau machen.«

»Ich glaube nicht, daß die Sachen mir passen.«

»Du sollst sie ja auch gar nicht vorführen.«

»Verdammt noch mal, ich laufe hin«, sagte ich.

»Wohin?«

»Nach Belmont.«

»Nur damit du um die Wäscheschau herumkommst?«

Ich schüttelte den Kopf. »Wie weit wird es sein? Zwölf, fünfzehn Meilen, höchstens. Bei einem Stundenschnitt von drei Meilen bin ich in vier, fünf Stunden da.«

»Bist du sicher, daß sie dort ist?«

»Nein. Aber es ist denkbar, und wenn sie dort ist, trifft zumindest teilweise mich die Schuld. Ich muß einfach hin.«

»Andere Leute trifft noch viel mehr Schuld. Die Kidnapper zum Beispiel.«

»Ich weiß. Aber wenn ich bei ihr geblieben wäre, hätte man sie nicht gekidnappt.«

Susan nickte. »Warum rufst du nicht die Cops in Belmont an?«

»Denen geht es wie Quirk, sie können nicht so ohne weiteres ins Haus. Sie brauchen einen Durchsuchungsbefehl, und den bekommen sie nicht, ohne daß ein hinreichender Verdacht vorliegt. Ich habe nichts in der Hand. Und außerdem . . . Wenn sie nun Mist bauen?«

»Mit anderen Worten: Du willst es selber machen.«

»Vielleicht.«

»Selbst wenn du Rachel damit in Gefahr bringst?«

»Ich will sie nicht in Gefahr bringen. Es geht um ihr Leben. Ich habe einfach zu mir das größte Zutrauen.«

»Und weil du mit den Kidnappern abrechnen willst«, sagte Susan, »bist du bereit, es allein zu wagen und euer beider Leben aufs Spiel zu setzen. Nur weil deine Ehre befleckt ist oder du dir das einbildest.«

Ich schüttelte den Kopf. »Ich möchte nicht, daß das ein Cop übernimmt, der zuletzt zwei Schuljungen mit fünf Gramm Haschisch hoppgenommen hat.«

»Und Frank Belson oder Quirk können es nicht machen, weil sie nicht zuständig sind und keinen Durchsuchungsbefehl haben und so weiter, ja?«

Ich nickte. Wir bogen in die Arlington Street ein.

»Kannst du dir nicht Hawk zu Hilfe holen?«

Ich schüttelte den Kopf.

»Warum nicht?«

»Ich gehe allein.«

»Das habe ich mir gedacht. Und wenn dir nun was passiert?«

»Zum Beispiel?«

»Angenommen, jemand erschießt dich, wenn du dich ins Haus schleichst. Wenn du mit deiner Vermutung recht hast, sind diese Leute zu so etwas fähig.«

»Dann sagst du Quirk alles, was du weißt, und bittest Hawk, die Suche nach Rachel Wallace fortzusetzen.«

»Ich weiß nicht einmal, wo Hawk steckt.«

»Wenn mir etwas passiert, wird er sich melden und fragen, ob er etwas tun kann.«

Wir waren an der Ecke Marlborough Street angekommen. Susan blieb stehen und sah mich an. »Das weißt du so genau?«

»Ja.«

Sie schüttelte den Kopf und hörte eine ganze Weile nicht mehr damit auf. »Wirklich, ihr seid wie eine Sekte oder ein Geheimbund. Ihr habt Rituale und Verhaltensmuster, die gewöhnliche Sterbliche nicht begreifen.«

»Wer ist ›ihr‹?«

»Leute wie du, Hawk, Quirk und dieser Polizist, den du kennengelernt hast, als der Junge entführt wurde.«

»Healy.«

»Ja, Healy. Ihr seid so komplex programmiert wie Wildebeests. Von gesundem Menschenverstand keine Spur.«

»Wildebeests?« wiederholte ich.

»Oder siamesische Kampffische.«

»Der Vergleich mit einem Löwen oder Panther wäre mir sympathischer.«

Wir gingen zu meiner Wohnung. »Einigen wir uns auf Ochse. Nicht so stark, aber fast so intelligent.«

Susan ging nach oben, ich ging in den Keller, holte einen Armvoll Kaminholz und brachte es über die Hintertreppe hinauf. Es war früher Nachmittag. Wir aßen etwas und sahen uns die Nachrichten im Fernsehen an. Das Fahrverbot bestand noch.

»Warte wenigstens bis morgen«, sagte Susan. »Dann kannst du gleich früh losgehen.«

»Und bis dahin?«

»Wir können uns vor den Kamin setzen und lesen.«

»Und wenn uns das zu langweilig wird, können wir immer noch Schattenfiguren an die Wand werfen. Hast du schon mal meinen Gockel gesehen?«

»Ach, nennt man das jetzt so?« fragte Susan. Ich legte ihr den Arm um die Schulter und drückte sie an mich, und wir fingen an zu lachen. Wir verbrachten den Rest des Tages auf der Couch vor dem Kamin. Hauptsächlich mit Lesen.

29

Am nächsten Morgen um halb acht war ich unterwegs. Ich hatte eine Taschenlampe in der Hüfttasche, ein kurzes Stemmeisen im Gürtel, meine Grundrisse in der Hemdentasche und wie immer Klappmesser und Revolver bei mir. Susan gab mir einen Abschiedskuß, stand aber nicht mit mir auf und versagte sich weitere Bemerkungen über Wildebeests.

Von der Marlborough Street zur Massachusetts Avenue Bridge war zwischen mannshohen Schneewänden ein schmaler Pfad freigeschaufelt. Der Charles River war zugefroren – eine stille, weiße Fläche. Ich wandte mich nach Westen. Das Laufen hatte ich vor Jahren auf Regierungskosten gelernt, als ich von Pusan zum Yalu und zurück marschiert war. Ich trabte vor mich hin. Nach der ersten Meile hatte ich einen vernünftigen Rhythmus gefunden und spürte sogar, daß mir Schweiß den Rücken herunterlief.

Es war nicht so weit, wie ich gedacht hatte. Um Viertel vor elf war ich in Belmont auf der Trapelo Road, um elf stand ich zwei Häuser von der Residenz der Familie English entfernt auf der anderen Straßenseite. Wenn ich Rachel Wallace fand, würde ich den Rückweg nicht zu Fuß machen müssen, die Cops würden mich fahren. Vielleicht.

Das Haus war dreigeschossig. An der Vorderseite zog sich eine breite Veranda entlang. Hinten war ein langer Flügel angebaut, dem sich eine Remise mit einem kleinen Zwiebelturm anschloß. Dort stellte Mingo vermutlich die Familiencadillacs unter. Julie hatte gesagt, daß eine Hintertür zu einer kleinen Diele und von dort in die Küche führte. Von der Diele ging die Hintertreppe ab. Von der Veranda führten hohe Glastüren in die Bibliothek, in der ich mit English gesprochen hatte. Der Garten war nicht so groß, wie man es bei einem so imposanten Haus erwartet hätte. Im vorigen Jahrhundert gab es Land genug, da hatte niemand sich darum gerissen. Jetzt, wo es keins mehr gibt, sind alle scharf darauf. Das nächste Haus stand in etwa sechzehn Metern Entfernung, auf der anderen Seite lief im Abstand von etwa drei Metern eine Straße entlang, der Garten war hinten etwa dreißig Meter tief. Ein Maschendrahtzaun umgab das Grundstück, nur vorn war eine durch die Einfahrt unterbrochene Mauer. Weder von der Einfahrt noch vom Zaun war in dem hohen Schnee viel zu sehen. Ich mußte fast zweieinhalb Stunden kreuz und quer durch den Schnee stapfen, ehe ich mich hinreichend orientiert hatte. Zum Schluß war ich total verschwitzt, und das Schulterhalfter unter meinem linken Arm scheuerte. Aber ich hatte mir gesagt, daß die Kanone im Schulterhalfter besser aufgehoben war als in einem Hüfthalfter, das einem auf einem Zehnmeilenmarsch ständig gegen die Beine schlägt.

Inzwischen waren auch wieder Menschen auf der Straße, sie schippten Schnee oder gingen zum Einkaufen, man hörte Lachen und nachbarliches Hallo, es war eine Art Belagerungsmentalität, die Kameradschaft fördert. Ich besah mir das Haus. Im oberen Stockwerk waren links, rechts und vorn alle Fensterläden geschlossen. Ich ging nach hinten.

Falls ich je dort hineinkam, wußte ich, wo ich zuerst nachsehen würde. Falls . . . Julie hatte mir gesagt, daß sie eine Einbruchssicherung hatten, die ihre Mutter immer vor dem Schlafengehen anstellte. Demnach empfahl es sich, das Haus zu betreten, ehe die Frau Mama ins Bett ging. Es wäre nützlich zu wissen, wer im Haus war. Mingo vermutlich – mir war, als hätte ich seinen braunen Thunderbird hinten an der Remise unter einer Schneewehe hervorschauen sehen –, dann sicher ein, zwei Dienstmädchen, Momma und Lawrence. Alle, die vor Beginn des Schneesturms im Haus waren, würden jetzt auch noch drin sein. Man sah keine Spuren, offenbar hatte noch niemand Schnee geschippt, die weiße Fläche war glatt und ungebrochen.

Wie kam ich am besten ins Haus? Natürlich konnte ich es mit dem uralten Gasmanntrick versuchen, aber die Chancen dafür standen schlecht. Mingo kannte mich. English kannte mich. Zumindest eins der Mädchen kannte mich. Wenn sie mich schnappten, wurde alles nur noch schlimmer, sie würden unter Umständen Rachel umbringen, sie würden, wenn sie konnten, mich umbringen. Und damit hatte dann Rachel niemanden mehr, der nach ihr suchte, wie ich es tat. Hawk würde sie früher oder später finden, aber er war nicht so engagiert wie ich. Allerdings würde er kurzen Prozeß machen. Vielleicht würde er sie schneller finden. Er würde English aus einem Fenster im 20. Stock halten, bis er ihm sagte, wo Rachel steckte.

Es war keine schlechte Methode, überlegte ich. Die Frage war nur, wieviel Leute ich erledigen mußte, ehe ich English aus dem Fenster halten konnte. Fünf waren auf jeden Fall im Haus – Mingo, English, Momma und zwei Mädchen –, aber wer weiß, vielleicht saß das gesamte Vigilantenkomitee da drin und wetzte die Messer.

Es war zwei Uhr. Nichts geschah. Typen wie English brauchten, wenn's drauf ankam, ihre Burg bis zum April nicht wieder zu verlassen. Sie hatten Lebensmittel in der Kammer und Schnaps im Keller und Öl im Tank und konnten in aller Ruhe überwintern. Hatten sie auch eine Geisel auf dem Dachboden? Warum war kein Kontaktversuch gemacht worden? Warum waren keine weiteren Lösegeldbriefe gekommen, keine weiteren Drohungen wegen des Buchs?

Um Viertel nach zwei stapfte ich durch den an manchen Stellen hüfthohen Schnee bis zur Haustür und klingelte. Wenn sie mich erkannten, konnte ich es auch nicht ändern. Ein Mädchen öffnete.
»Ich möchte Mr. English sprechen.«

»Wen darf ich bitte melden?«

»Joseph E. McCarthy.«

»Einen Moment, bitte«, sagte sie und wollte mir die Tür vor der Nase zumachen.

»Augenblick mal. Es ist kalt, wir hatten einen Schneesturm. Kann ich nicht in der Diele warten?«

Sie zögerte, ich lächelte sie gewinnend, aber ein bißchen von oben herab an, und sie nickte. »Natürlich, Sir, entschuldigen Sie bitte. Kommen Sie doch herein.«

Ich kam herein. Sie machte die Tür hinter mir zu und verschwand in einem Zimmer, dessen Tür sie ebenfalls hinter sich schloß. Ich ging so leise wie möglich die Treppe hinauf.

Den Grundriß des Hauses hatte ich grob im Kopf. Nicht umsonst hatte ich den gestrigen Tag hauptsächlich damit verbracht, vor dem Kamin Julies Pläne zu studieren. Die Treppe zum Dachboden war in einem kleinen Schlafzimmer im Obergeschoß im hinteren Teil des Hauses. Alles war still, nur einen Fernseher hört ich irgendwo laufen. In dem kleinen Zimmer roch es nach Veilchenparfüm und Mottenkugeln. Die Tür zur Treppe war dort, wo ich sie erwartet hatte. Es war eine grüne Holztür, die mit einem Vorhängeschloß gesichert war.

Hinter mir blieb es ruhig. Das Mädchen war wohl inzwischen wiedergekommen, um mir auszurichten, daß Mr. English keinen Joseph E. McCarthy kannte oder daß der, den er kannte, ihm schwerlich hier einen Besuch abstatten würde. Ich nahm mein kleines Stemmeisen aus dem Gürtel. Die Krampe des Vorhängeschlosses war nicht neu, die Tür ebensowenig. Das Mädchen würde mich unten nicht sehen, würde verblüfft nach draußen schauen, sich vielleicht unten ein bißchen umsehen, und dann würde es English sagen, daß Mr. McCarthy weggegangen war. Ich schob das flache Ende des Stemmeisens unter die Krampe und zog das Schloß samt Schrauben und allem Drum und Dran aus dem Holz. Wahrscheinlich war das Geräusch nicht ganz so laut wie der Urknall, es kam mir nur so vor, weil meine Nerven überreizt waren. Die Tür ging nach innen auf, die Treppe führte sehr steil nach oben. Ich machte die Tür zu und raste die Treppe hinauf wie ein hungriger Affe, der eine Kokosnuß gesichtet hat. Oben war es stockdunkel. Ich knipste die Taschenlampe an und nahm sie zwischen die Zähne, um die Hände frei zu haben. In der rechten Hand hielt ich das Stemmeisen.

Der Dachboden war bis auf zwei Kammern in den Giebelenden nicht ausgebaut, die Fenster waren mit Sperrholz abgedeckt. Ein rascher Blick sagte mir, daß das Sperrholz angeschraubt, nicht angenagelt war, vermutlich, damit man es nicht so rasch wieder herunterbekam. Ich versuchte es an der einen Tür. Abgeschlossen. Die andere öffnete sich sofort. Ich trat ein, das Stemmeisen in der Hand wie eine Waffe. Der Raum war leer bis auf ein altes Metallbett, einen Kabinenkoffer und drei Schuhkartons. Auch hier waren die Fenster mit Sperrholzplatten abgedeckt. Also mußte Rachel in dem Raum gegenüber sein – wenn sie überhaupt im Haus war. Aber daß sie im Haus war, das spürte ich. Vor der verschlossenen Tür hing wieder ein Vorhängeschloß, diesmal ein neues. Ich horchte. Drinnen war alles still. Unten hörte ich Schritte. Ich schob das Stemmeisen unter die

Krampe, riß das Schloß heraus. Adrenalin pumpte durch meinen Körper. Ich warf das Schloß mit einem Ruck meterweit durch die Gegend. Ich hatte noch die Taschenlampe zwischen den Zähnen; Speichel rann mir übers Kinn. Jetzt nahm ich die Lampe in die Hand und trat ein. Der Gestank war überwältigend. Ich ließ den Strahl der Taschenlampe herumwandern. Auf einem eisernen Bettgestell, in eine graue Decke gewickelt, lag Rachel Wallace. Sie sah schrecklich aus. Das Haar verfilzt, kein Make-up, die Augen verquollen. Ich drehte die Taschenlampe um und leuchtete mich an.

»Ich bin es, Spenser.«

»Mein Gott«, stieß sie heiser hervor.

Plötzlich ging das Licht an. Unten mußte ein Schalter gewesen sein, den ich übersehen hatte. Ich knipste die Taschenlampe aus, steckte sie in die Tasche und griff nach meinem Revolver. »Legen Sie sich unters Bett«, sagte ich.

Rachel gehorchte. Ihre Füße waren nackt. Schritte kamen die Treppe herauf, hielten inne. Sie hatten das demolierte Schloß bemerkt. Es schien sich um drei Personen zu handeln. Die einzige Lichtquelle im Raum war eine nackte Birne an der Decke. Ich zerschlug sie mit dem Stemmeisen. Jetzt kam nur von außen etwas Licht herein.

Eine Frauenstimme fragte: »Wer ist da?« Es war eine alte Stimme, die aber weder schwach noch zittrig klang. Ich sagte nichts. Rachel gab keinen Laut von sich.

»Sie sind widerrechtlich hier eingedrungen. Verlassen Sie das Haus. Ich habe zwei bewaffnete Männer bei mir. Sie haben keine Chance.«

Ich ging zu Boden und rollte in Richtung Tür. Draußen standen Mingo mit einer doppelläufigen Flinte und English mit einer Automatikpistole. Zwischen und ein paar Schritte vor ihnen stand eine Frau, die aussah wie ein besonders häßliches und ekelhaftes Mannsbild. Sie war etwa einssiebzig, breit gebaut, hatte ein kantiges Gesicht und kurzes graues Haar. Die schwarzen Augenbrauen trafen sich über der Nasenwurzel.

»Geben Sie auf«, sagte sie sehr sicher und ohne jede Angst. Sie war offenbar daran gewöhnt, daß alle parierten, wenn sie was sagte.

»Es ist vorbei, Momma«, sagte ich. »Die Polizei weiß, daß ich hier bin. Sie weiß, daß ich Rachel Wallace gesucht habe. Jetzt habe ich sie gefunden. Werft die Waffen weg, dann hole ich sie hier raus, bringe sie heim und rufe dann erst die Polizei. Soviel Zeit bleibt euch noch zum Untertauchen.«

»Untertauchen?« wiederholte Momma English. »Sie verlassen dieses Haus, und zwar sofort. Sie und Ihre widerliche Lesbe.« Mingo hatte die Flinte angelegt und sah in die Dachkammer hinein.

»Letzte Chance«, sagte ich, rollte einmal herum und richtete mich dann auf, den Revolver vorgestreckt und mit der Linken abgestützt. Mingo feuerte eine Salve an den Fleck, an dem ich gelegen hatte, und ich traf ihn unter dem rechten Auge. Er fiel nach hinten, in Richtung Treppe. English begann ins Zimmer hineinzuschießen, unbestimmt, wohl ungefähr in Richtung meines Mündungsfeuers, aber voller Panik und ohne viel Zeit zum Zielen. Er ballerte vier Runden in das dunkle Zimmer. Ich schoß zweimal, sorgfältig zielend.

Eine Kugel erwischte ihn in der Stirn, die zweite im Hals. Er fiel lautlos nach vorn. Wahrscheinlich war er tot, noch ehe er den Boden berührte. Ich sah, wie Momma sich bückte. Jetzt kippt sie um, dachte ich, dann begriff ich, daß sie nach der Kanone angelte, war mit drei Sprüngen bei ihr, schlug ihr die Waffe aus der Hand und riß die Frau am Kragen hoch. Sie hatte ein Speichelbläschen in einem Mundwinkel und wollte mit gekrümmten Fingern auf meine Augen losfahren. Ich hielt sie auf Armeslänge von mir weg – meine Arme waren länger als ihre – und sah zu Mingo hinüber, der schlaff am Fuß der Treppe lag. Er war tot. So was sieht man.

»Sie sind tot, Mrs. English«, sagte ich. »Beide. Ihr Sohn ist tot.«

Sie spuckte mich an und grub ihre Fingernägel in mein Handgelenk und versuchte, mich in den Arm zu beißen. »Mrs. English, ich werde Sie schlagen.«

Jetzt biß sie wirklich zu. Es tat nicht weh, weil der Jackenärmel dazwischen war, aber es brachte mich in Wut. Ich legte die Kanone weg und schlug ihr ins Gesicht. Sie begann zu schreien, ohne Worte, laut, unartikuliert, und dann schlug ich mit der rechten Faust zu. Sie fiel hin, legte das Gesicht an den Rücken ihres toten Sohnes und fing an zu heulen. Ich griff mir Englishs Pistole, steckte sie in die Tasche, ging die Treppe hinunter, griff mir Mingos Flinte, holte die Kugel aus dem Lauf, steckte sie ebenfalls in die Tasche und ging wieder nach oben.

Rachel stand in der Tür, besah sich das Gemetzel und blinzelte ins Licht. Sie hatte sich in die graue Decke gewickelt und hielt sie am Hals fest.

»Jetzt habe ich dich«, sagte ich.

Tränen begannen ihr übers Gesicht zu laufen, und ich nahm sie in die Arme. Sie weinte. Und ich weinte auch. Und zwischendurch sagte ich: »Jetzt hab' ich dich, Herrgott, endlich hab' ich dich.«

Sie sagte gar nichts.

30

Die ersten Cops waren Streifenpolizisten, drei Wagenladungen trotz des Schneenotstandes, und einer davon war Foley, der junge Cop mit den Orden. Sie kamen, eingewiesen von dem verängstigten Mädchen, das sie gerufen hatte, mit gezogener Waffe die Bodentreppe hinauf. Er war der erste und erkannte Rachel sofort.

»Sie geriebener Hund, Sie«, sagte er. »Da haben Sie die Frau tatsächlich gefunden.«

Sein Partner, der mit dem Bierbauch, kniete neben English nieder und tastete nach seinem Hals. Dann zog er und ein anderer Streifenpolizist Momma English von ihrem toten Sohn weg. Während der eine Cop sie festhielt, legte der mit dem Bierbauch das Ohr an Englishs Brust, sah den jungen Cop an und schüttelte den Kopf.

»Mausetot«, sagte er. »Genau wie der Typ da unten.« Er nickte zu Mingo hinüber. »Zwei Kopfschüsse«, stellte er fest, stand auf und sah mich an. Ich hatte noch immer die Arme um Rachel gelegt. »Was heulen Sie denn?« meinte er. »Stellen Sie sich mal vor, wie denen zumute sein muß.«

Foley fuhr herum. »Halt's Maul. Ich weiß, warum sie weint. Du hast ja keine Ahnung. Sei du bloß still.«

Der ältere Cop schüttelte den Kopf und sagte nichts mehr.

»Haben Sie die beiden umgelegt?« fragte Foley.

Ich nickte.

»Der Chief wird mit Ihnen reden wollen«, sagte Foley. »Und mit ihr auch.«

»Jetzt nicht. Ich bringe sie nach Hause.«

Foley sah mich an. Vielleicht dreißig Sekunden lang. »In Ordnung«, sagte er.

»Mann, der Chief macht uns zur Schnecke. Der Typ hier nietet zwei Menschen um, einer davon heißt Lawrence English, und wir lassen ihn ruhig abziehen. Wir haben zwei Leichen am Hals, Foley.«

»Ich brauche einen Wagen«, sagte ich zu Foley.

Er nickte. »Kommen Sie mit.«

»Foley, hast du den Verstand verloren?« fragte sein Partner.

Foley trat ganz nah an den älteren Kollegen heran. »Ist schon gut, Benny. Du bist kein schlechter Cop. Aber du hast einfach keinen Durchblick, und den kriegst du auch nicht mehr, dazu bist du schon zu alt.«

»Der Chief wird dir die Dienstmarke abnehmen und mir auch, weil ich nichts unternommen habe.«

»Nicht deine Schuld, Benny. Du hast mich eben nicht bremsen können.«

»Wenn Sie zulassen, daß dieser Mörder entkommt«, sagte Momma English, »und diese entartete Person mitnimmt, werde ich dafür sorgen, daß Sie alle Ihre Jobs verlieren.«

Außer Foley und Benny waren noch vier Cops da. Einer war nach unten gegangen, um zu telefonieren, einer stützte Mrs. English. Die anderen beiden waren unentschlossen. Einer hatte die Dienstwaffe in der Hand, allerdings ganz locker, als hätte er nur vergessen, sie wegzustecken.

»Die beiden haben meinen Sohn ermordet«, sagte sie mit schleppender Stimme. »Sie hat lange genug Unmoral und Sittenverderbnis gepredigt, dem muß ein Riegel vorgeschoben werden. Wir hätten sie unschädlich gemacht, hätte er sich nicht eingemischt. Jetzt tun Sie Ihre Pflicht. Sie ist ein Krebsgeschwür, eine schwärende Wunde.« Speichel rann ihr aus dem linken Mundwinkel, sie atmete schwer durch die Nase. »Sie hat unschuldige Frauen verführt und zerstört und sie zu unsäglichen Handlungen verleitet.« Ihre Nase begann zu laufen.

»Foley, wir gehen«, sagte ich.

Er nickte und drängte sich an Benny vorbei, wir folgten ihm. Rachel hatte immer noch die Decke um sich geschlagen.

»Sie hat mir meine Tochter gestohlen«, kreischte Momma uns nach.

»Mensch, Foley . . .« sagte einer der anderen Cops.

Foley sah ihn böse an, dann gingen wir die Treppe hinunter. Im ersten Stock standen stumm und ängstlich die beiden Mädchen. Der Cop am Telefon sprach gerade mit dem Präsidium. Als wir an ihm vorbeigingen, sah er auf und machte große Augen. »Wo wollt ihr denn hin?« fragte er.

Foley schüttelte den Kopf.

»Der Chief fährt gleich los, Foley.«

Wir gingen weiter. Auf der Veranda hob ich Rachel hoch und trug sie durch den hüfthohen Schnee. Die Streifenwagen standen mit rotierendem Blaulicht vor der Tür.

»Der erste«, sagte Foley.

Er setzte sich ans Steuer, Rachel und ich setzten uns nach hinten. Er schaltete die Sirene ein, und wir fuhren los.

»Wohin?« fragte Foley.

»Boston. Marlborough Street.«

Foley fuhr die ganze Strecke mit heulender Sirene, und da außer Cops und Schneepflügen nichts unterwegs war, schafften wir es in einer Viertelstunde.

»Wenn wir zu Ihnen wollen, machen Sie nicht auf, verstanden?« sagte Foley. »Und ich arbeite ab nächster Woche in 'ner Wagenwaschanlage.«

Ich stieg mit Rachel aus. Ich hatte sie die ganze Fahrt über im Arm gehalten. Ich sah Foley an und nickte.

»Kann man nichts machen«, sagte er und brauste los.

Ich trug Rachel zur Haustür und klingelte, bis Susans Stimme aus der Sprechanlage kam. »Wer ist da?«

»Ich«, sagte ich, schlagfertig wie immer.

Sie drückte den Türöffner, ich holte den Lift mit meinem Ellbogen und stieß mit der Stiefelspitze an meine Wohnungstür. Susan machte auf und sah Rachel. »Das ist ja toll«, sagte sie.

Ich setzte Rachel auf die Couch.

»Möchtest du was trinken?« fragte ich sie.

»Ja, gern.«

»Bourbon?«

»Mit Eis, bitte.«

Sie hatte die graue Decke noch immer fest um sich geschlagen. Ich ging in die Küche, holte eine Flasche Wild Turkey, drei Gläser und einen Eimer Eis und machte jedem einen Drink. Susan hatte das Feuer in Gang gehalten, es paßte gut zum Wild Turkey. Wir tranken.

»Brauchst du einen Arzt?« fragte ich.

»Nein, ich glaube nicht. Sie haben mich nicht mißbraucht. Nicht so jedenfalls.«

»Möchtest du darüber reden?« fragte Susan.

»Später. Ich werde darüber reden und wahrscheinlich darüber schreiben. Im Augenblick aber würde ich am allerliebsten baden und frische Sachen anziehen und vielleicht etwas essen.« Sie trank einen Schluck Bourbon. »Ich habe in der letzten Zeit nicht direkt opulent gespeist«, setzte sie mit einem schmalen Lächeln hinzu.

Ich wollte aufstehen. »Nein«, sagte sie. »Bleibt noch einen Augenblick, bis ich ausgetrunken habe.«

Und dann saßen wir – ich und Rachel auf der Couch, Susan im Ohrensessel –, tranken unseren Bourbon und sahen ins Feuer. Man hörte keinen Straßenlärm, und bis auf das Prasseln der Flammen und das Ticken der alten Uhr mit dem hölzernen Laufwerk, die mir mein Vater vor Jahren geschenkt hatte, war es ganz still im Zimmer.

Rachel leerte ihr Glas. »Bitte noch einen, den nehme ich mit ins Bad.«

»Wenn du mir deine Sachen gibst, kann ich sie in die Waschmaschine stecken. Unser edler Ritter ist nämlich aufs modernste einge-

richtet.«
Rachel schüttelte den Kopf. »Ich habe nichts an, sie haben mir alles weggenommen. Bis auf die Decke.«
»Ich kann dir was geben«, sagte Susan.
Rachel lächelte. »Danke.«
Susan zeigte Rachel das Badezimmer. »Saubere Handtücher sind da«, sagte sie. »Während er weg war, habe ich mich hausfraulich betätigt.«
Rachel machte die Tür hinter sich zu, ich hörte, wie sie Wasser einließ. Susan kam zu mir herüber.
»Wie fühlst du dich?«
»Okay«, sagte ich.
»War es schlimm?«
»Ja.«
»Es war English?«
Ich nickte. Sie fuhr mir zärtlich durchs Haar.

31

Während Rachel im Bad war, machte ich rote Bohnen mit Reis. Susan holte den Rest Maisbrot hervor, ich hackte grüne Paprikaschoten und Schalotten. Als Rachel zum Essen kam, hatte sie sich mit Susans Make-up ein bißchen zurechtgemacht, trug ein Paar von Susans Jeans und eins meiner weiten Sweatshirts. Die Ärmel hatte sie aufgerollt, sie bildeten einen Wulst an ihren Armen, über den Ellbogen. Sie hatte sich die Haare gewaschen und gefönt, sie waren glatt und glänzend.
»Möchtest du noch Bourbon?« fragte ich. Sie nickte.
Ich schenkte ihr nach, und sie setzte sich an den Eßtisch und trank langsam. Ich servierte die Bohnen und den Reis mit dem gewürfelten Gemüse und Tomaten aus der Dose und stellte eine Schüssel geriebenen Cheddar dazu. Susan und ich tranken Bier, Rachel blieb beim Bourbon. Wie damals bei den Martinis zeigte sie überhaupt keine Wirkung.
Zuerst sprachen wir wenig. Rachel aß schnell. Als sie fast fertig war, sagte sie: »Julie ist die Tochter von diesem Weib, hast du das gewußt?«
»Ja«, sagte ich.
»Sie haben mich ihretwegen entführt.«
»Das hatte ich mir schon beinah gedacht.«
»Sie wollten mich dafür bestrafen, daß ich ihre Tochter verführt habe. Sie wollten uns trennen. Sie wollten sicherstellen, daß niemand

Julie und mich je zusammen sah. Der Gedanke, ihre Tochter könnte eine Lesbierin sein, überstieg einfach ihre Vorstellungskraft. Sie hat sich wohl eingebildet, Julie würde ohne mich wieder normal werden.«

Das *normal* klang sehr sarkastisch.

»Es ging also gar nicht um deine Bücher?« fragte Susan.

»Vielleicht auch darum. Besonders bei dem Mann. Es war ihm offenbar wohler, wenn er sich einreden konnte, es ginge bei der Entführung um eine gerechte Sache. Er nannte es eine politische Tat.«

»Und was wollten sie mit dir anstellen?« fragte ich.

»Das weiß ich nicht. Ich glaube fast, sie wußten es selber nicht. Der eigentliche Kidnapper, der Große, der für sie arbeitete . . .«

»Mingo«, sagte ich. »Mingo Mulready.«

»Ich glaube, der wollte mich umbringen.«

»Du hättest ihn belasten können, wenn du am Leben geblieben wärst.«

Rachel nickte. »Und sie haben kein Hehl daraus gemacht, wer sie waren. Ich habe sie alle gesehen, und sie haben mir gesagt, daß sie Julies Angehörige sind.«

»Haben sie dich schlecht behandelt?« fragte Susan.

Rachel sah auf ihren leeren Teller herunter.

»Möchtest du noch etwas?« fragte ich.

Sie schüttelte den Kopf. »Nein, danke. Es ist sehr gut, aber ich kann nicht mehr.«

»Noch Bourbon?«

»Weißt du, daß du mich das ständig fragst, seit ich hier bin? Du hältst Bourbon offenbar für ein besonders geeignetes Stärkungsmittel.«

»Ich bin eben um dein Wohl besorgt«, sagte ich.

»Ich weiß. Ja, danke, noch einen. Auch ich halte Bourbon für ein besonders geeignetes Stärkungsmittel.«

Ich mixte ihr den Bourbon.

»Ich möchte wissen, warum sie mich nicht umgebracht haben«, fuhr sie fort. »Ich hatte eigentlich damit gerechnet. Ich lag da oben im Dunkeln, und jedesmal, wenn sie kamen, fragte ich mich, ob sie gekommen waren, um mich zu töten.«

»Wahrscheinlich hatten sie nicht genug Mumm«, meinte ich. »Sie hätten sich vermutlich einen Trick ausdenken müssen, damit Mingo es ihnen abnimmt.«

»Zum Beispiel?«

»Sie hätten der Polizei ein Ultimatum stellen können, ein unmögliches Ultimatum. Dann hätten sie sagen können, daß es nicht ihre

Schuld war, daß sie es tun mußten, um deinen Giftspritzereien ein Ende zu bereiten, weil die amtlichen Stellen vom Antichrist oder von den Roten oder, weiß der Teufel, von wem mit Blindheit geschlagen waren.«

»Am meisten hat mich die Mutter gehaßt.« Rachel sah Susan an. »Es war keine Mißhandlung im Sinn von Folterungen oder dergleichen, ich war nicht gefesselt, sie haben mich nicht geschlagen. Aber die Mutter wollte mich demütigen. Und der Sohn auch. Julies Bruder.«

»Lawrence«, sagte ich.

»Ja, Lawrence.« Sie fröstelte.

»Was hat Lawrence getan?« fragte Susan sanft.

»Meist brachte er mir das Essen, und dann setzte er sich aufs Bett und fragte mich nach meiner Beziehung zu Julie. Er verlangte genaue Einzelheiten. Und dann hat er mich angefaßt.«

»Herrgott . . .« sagte ich.

»Es hat ihn wohl erregt, wenn ich darüber sprach, wie Julie und ich uns liebten. Und er sagte, er in seiner Position hätte selten Gelegenheit, mit einer Frau zusammenzusein, er müßte sehr vorsichtig sein, er sei in einer exponierten Stellung und könne es nicht riskieren, von einer Frau kompromittiert zu werden. Und danach hat er mich immer angefaßt . . .« Sie hielt inne.

»Hat er dich vergewaltigt?« fragte Susan leise.

»Nicht im herkömmlichen Sinne. Er . . .« Rachel zögerte, suchte nach Worten. »Das konnte er nicht. Er bekam keine Erektion.«

»Wahrscheinlich hat Momma ihm die verboten«, sagte ich.

Susan sah mich stirnrunzelnd an.

»Ich habe versucht, nicht über Julie und über die Liebe zu sprechen« fuhr Rachel fort und starrte in ihr halbvolles Bourbonglas, »weil ich wußte, wie das auf ihn wirkte. Aber wenn ich nichts sagte, drohte er mir. ›Sie sind in meiner Gewalt‹, sagte er. ›Ich kann alles mit Ihnen machen, was ich will, also tun Sie besser, was ich sage.‹ Und natürlich stimmte das. Ich mußte tun, was er sagte. Es war eine Art Paradigma für die Mann-Frau-Situation, gegen die ich schon so lange kämpfe und die ich zu ändern versuche.«

»Aber es war nicht nur Lawrence, es war auch seine Mutter«, wandte Susan ein.

»Ja, sie auch. Die Stammesmutter, die versucht, die Welt vor Wandlung zu bewahren, die sich dagegen wehrt, daß sie als zentrale Figur plötzlich unbedeutend oder – noch schlimmer – lächerlich wird.«

»Ob sie sich darüber wohl im klaren waren?« fragte ich.

Susan zuckte die Schultern.

»Bewußt haben sie es wohl nicht begriffen«, sagte Rachel. »Unbewußt schon. Für sie war es eine Art Rollenspiel, in dem sich die Welt so darstellte, wie sie die Welt haben wollten.«

»Wer hat dir deine Sachen weggenommen?« fragte Susan.

»Die Mutter. Sie wollte mich damit wohl demütigen. Sie ließ mich von Lawrence und diesem anderen nackt ausziehen, als sie mich in die Dachkammer brachten.«

»Vielleicht wollte sie damit auch Lawrence etwas Gutes tun«, meinte Susan.

Rachel trank einen Schluck Bourbon und sah Susan an. »Vielleicht. Daran hatte ich noch nicht gedacht. Vielleicht hat sie tatsächlich gespürt, daß er sexuell nicht in Ordnung war und meinte, die Gelegenheit zu einer hübschen, unkomplizierten Vergewaltigung würde ihm helfen.« Sie leerte ihr Glas, und ich schenkte ihr nach, ohne zu fragen.

»Du hast noch nicht viel darüber gesagt, wie du zu dem allen stehst«, sagte Susan. »Du hast uns erzählt, was geschehen ist. Aber vielleicht wäre es ganz gut, etwas von deinen Gefühlen loszuwerden.«

»Ich weiß nicht recht«, meinte Rachel. »Ich habe gelernt, meine Gefühle zu beherrschen. Da geht es mir vielleicht ähnlich wie ihm.« Sie nickte zu mir herüber. »In meiner Situation bleibt mir gar nichts anderes übrig. Über meine Gefühle werde ich schreiben. Ich schreibe besser, als ich spreche. Eins allerdings weiß ich: Gefangen zu sein ist eine demütigende, eine erniedrigende Erfahrung. In eines anderen Menschen Hand zu sein, nicht über das eigene Schicksal bestimmen zu können, zerstört die Persönlichkeit, es ist erschreckend und entsetzlich – ich weiß nicht recht, wie ich es sagen soll, entsetzlich . . .«

»Es macht die Selbstachtung kaputt«, sagte Susan.

»Ja«, bestätigte Rachel. »Du fühlst dich wertlos, verächtlich, als hättest du die Mißhandlung verdient, als wärst du irgendwie selber schuld an deiner Lage.«

»Und bei sexueller Mißhandlung wird dieses Gefühl wahrscheinlich noch verstärkt.«

Rachel nickte. Ich machte das nächste Bier auf und trank es fast auf einen Zug leer. Zu dieser Unterhaltung hatte ich wenig beizutragen. Ich hob Susan die Bierflasche entgegen, aber sie schüttelte den Kopf.

Rachel wandte sich mir zu, trank einen Schluck Bourbon und streckte mir das Glas hin. »Und jetzt zu dir«, sagte sie. Inzwischen klangen ihre Worte doch ein bißchen verwischt. »Es gibt da etwas, was ich sagen muß. Und es fällt mir nicht leicht. Als ich in deiner

Badewanne lag und versuchte, ein wenig von diesem ganzen Schmutz wegzuspülen, habe ich darüber nachgedacht, was ich sagen sollte und wie ich es sagen sollte.« Sie sah Susan an. »Ich möchte dich bitten, mir dabei zu helfen. Vielleicht ahnst du, wo mein Problem liegt.«

Susan lächelte. »Ich springe ein, wenn's nötig ist. Aber ich habe so das Gefühl, daß du mich nicht brauchen wirst.«

»Es gibt vieles, was nicht gesagt zu werden braucht«, meinte ich.

»Aber dies schon«, beharrte Rachel. »Ich habe immer gewußt: Wenn jemand mich findet, wirst du es sein. Wenn ich mir in meiner Phantasie meine Rettung vorstellte, war es nie die Polizei, die auf der Bildfläche erschien. Das warst immer du.«

»Ich hatte mehr Grund«, sagte ich.

»Ja, oder du glaubtest es jedenfalls, weil du meintest, für mich verantwortlich zu sein.«

Ich schwieg. Das Bier war ausgetrunken. Ich stand auf, holte eine neue Flasche.

»Und du hast es so gemacht, wie ich es erwartet hatte. Du hast die Tür aufgebrochen und hast zwei Menschen erschossen und hast mich auf den Arm genommen und mich fortgetragen. Tarzan aus dem Urwald.«

»Ich habe nur ein kleines Gehirn, das muß ich irgendwie ausgleichen«, sagte ich.

»Du hast kein kleines Gehirn, sonst hättest du mich nicht gefunden. Und nachdem du mich gefunden hattest, mußtest du wahrscheinlich so handeln, wie du gehandelt hast. Wie damals. Du konntest nicht passiv bleiben, als sie mich aus der Versicherung herauswerfen wollten. Das hätte dein Mannsein gefährdet. Ich fand das damals und finde es noch heute bedauerlich und beschränkt. Aber du konntest nicht zulassen, daß diese Leute mich entführten. Auch das gefährdete dein Mannsein. Also verdanke ich dem, was ich nach wie vor mißbillige, in diesem Fall meine Sicherheit, vielleicht mein Leben.«

Sie hielt inne. Ich sagte nichts. Susan hatte sich vorgelehnt, das Kinn auf die linke Faust gestützt, und sah Rachel an. Hier kam ihr brennendes Interesse am Menschen zum Vorschein, man spürte es förmlich.

Rachel hielt sich an ihren Bourbon. »Das ist ein Versuch, danke zu sagen. Aus ehrlichem Herzen. Ich werde nie vergessen, wie du plötzlich in der Dachkammer aufgetaucht bist, um mich zu holen, und ich werde nie vergessen, wie du die beiden getötet hast und wie froh ich war und wie wir uns in den Armen hielten. Und ich werde nie vergessen, wie du geweint hast.«

»Ich zahle jeden Preis, wenn du es nicht weitererzählst«, sagte ich. »Wenn sich das rumspricht, ist mein Image hin.«

Aber sie ließ sich nicht unterbrechen. »Und um dieser Augenblicke willen werde ich dich immer liebhaben.« Ihr Glas war leer, ich füllte es. »Aber ich bin Lesbierin und Feministin. Du verkörperst noch immer viel von dem, was ich anprangern muß.« Sie hatte Schwierigkeiten mit dem »anprangern«. »Ich habe nach wie vor viel an dir auszusetzen.«

»Ich könnte nie jemanden achten, der nichts an mir auszusetzen hätte, Rachel«, sagte ich.

Sie stand auf, kam langsam, Schritt für Schritt, zu mir herüber, nahm mein Gesicht in beide Hände und küßte mich. Dann ging sie in mein Schlafzimmer, legte sich aufs Bett und war sofort eingeschlafen.

Wir konnten gerade noch den Tisch abräumen, ehe die Polizei kam.

32

Wir hatten sie lange auf dem Hals, den Chief der Belmonter Polizei und noch zwei Cops aus Belmont; einen Mann vom Büro des District Attorney in Middlesex; Cronin, den geschniegelten Fatzke aus dem Büro des District Attorney in Suffolk; und Quirk und Belson.

Cronin wollte unbedingt Rachel aus dem Bett holen, und ich sagte, wenn er das täte, würde ich ihn krankenhausreif schlagen. Er sagte zu Quirk, er solle mich verhaften, und Quirk sagte, wenn er nicht den Mund halten könne, sollte er lieber unten im Wagen warten. Cronin wurde rot wie eine Poinsettia, er machte den Mund auf, sah Quirk an und machte den Mund wieder zu.

Wir einigten uns schließlich dahin, daß ich meine Aussage zu Protokoll geben würde und die Cops mit der Vernehmung von Rachel Wallace bis morgen früh warten würden. Es war spät, als sie gingen. Cronin warf mir einen giftigen Blick zu und sagte, er würde sich mein Gesicht merken. Dazu, meinte ich, hätte er wohl kaum genug Geist. Susan sagte, sie sei froh, die Herren kennengelernt zu haben, und wünschte ihnen frohe Feiertage.

Quirk drückte ihr die Hand, Belson blies mir einen Rauchring zu, und dann zogen sie alle ab.

Wir setzten uns im Wohnzimmer auf die Couch. Das Feuer war am Erlöschen, nur noch ein paar Kohlen glühten in der grauen Asche.

»Wir haben in den letzten Tagen viel Zeit hier verbracht«, sagte Susan.

»Wir hätten es schlechter treffen können.«

»Ich finde, wir hätten es eigentlich kaum besser treffen können«, meinte Susan.

»Unter Umständen müssen wir noch sehr viel mehr Zeit hier verbringen«, sagte ich, »denn sie liegt in unserem Bett.«

»Das letzte Opfer«, meinte Susan.

»Wir können ja mal überlegen, wie wir das Beste daraus machen.«

»Du hast heute zwei Menschen töten müssen«, sagte Susan. »Macht dir das zu schaffen?«

»Ja.«

»Willst du darüber reden?«

»Nein.«

»Manchmal ist es aber gut, wenn man sich mal ausspricht.«

»Vielleicht könnte ich mich sexuell besser ausdrücken«, sagte ich.

»Na schön, wenn es der Behandlung dient . . . Aber du mußt leise sein, wir wollen doch Rachel nicht wecken.«

»Nach einer halben Flasche Bourbon?«

»Peinlich wäre es doch«, meinte Susan.

»Tja, dann wirst du wohl dein Lustgestöhn ein bißchen bremsen müssen.«

»Ich werde es versuchen. Frohe Weihnachten.«

Viel später hörten wir Rachel im Schlaf aufschreien, und ich stand auf und setzte mich an ihr Bett, und sie nahm meine Hand und ließ sie fast bis zum Morgengrauen nicht mehr los.

Robert B. Parker

Finale im Herbst

Action-Thriller

Übersetzt von Malte Krutzsch

Für David Parker
und Daniel Parker
mit Achtung und Bewunderung
von ihrem Vater, der mit ihnen
herangereift ist.

1

Die Stadtsanierer hatten wieder zugeschlagen. Sie hatten mich, einen Wahrsager und einen Buchmacher von der Ecke Massachusetts Avenue und Boylston vertrieben, waren mit Sandgebläsen, gebleichter Eiche und Hängepflanzen angerückt, und als ich das letztemal vorbeischaute, sah es aus, als wollten sie das Ganze in ein Marin-County-Freudenhaus verwandeln. Ich war weiter unten in die Boylston Street gezogen, zur Ecke Berkeley in den ersten Stock. Hier war ich einen halben Block von Brook Brothers entfernt und direkt über einer Bank. Ich fühlte mich zu Hause. In der Bank trieb man ungefähr das, was der Wahrsager und der Buchmacher auch getrieben hatten. Nur waren die Leute besser angezogen.

Ich stand am Fenster meines Büros und sah hinaus auf einen milden, verregneten Januartag mit einer Temperatur weit über zehn Grad und ohne Anzeichen von Schnee. Auf der anderen Seite der Boylston konnte ich rechts *Bonwit Teller* sehen. Links das Polizeipräsidium. In den Schaufenstern im *Bonwit* lockten Puppen in enger Lederkleidung und in Ketten. Das Polizeipräsidium neigte eher zu *Dacron*. Im Eckfenster der Werbeagentur auf der anderen Straßenseite lehnte eine schwarzhaarige junge Frau in hochtaillierten grauen Hosen über einem Reißbrett. Ihr Rücken war dem Fenster zugekehrt.

»Mein Kompliment Ihrem Schneider«, sagte ich laut. Meine Stimme klang seltsam in dem leeren Raum. Die Schwarzhaarige ging weg, und ich setzte mich an meinen Schreibtisch und schaute auf das Bild von Susan Silverman. Es war die Vergrößerung eines Farbfotos aus dem vorigen Sommer. Wir hatten es in ihrem Garten aufgenommen. Ihr gebräuntes Gesicht und die rosa Bluse strahlten lebhaft aus dem dunklen, stillen Grün der Bäume. Ich war noch in Susans Gesicht vertieft, als die Tür meines Büros aufging und eine Frau, den Popelinregenmantel mit Gürtel über dem Arm, hereinkam.

»Mr. Spenser?« sagte sie.

»Ich wußte doch, es würde aufwärtsgehen mit meiner Kundschaft, wenn ich über eine Bank ziehe«, sagte ich.

Sie lächelte mich wundervoll an. Ihre blonden Haare standen in hübschem Kontrast zu ihren schwarzen Augen und den dunklen Brauen. Sie war zierlich und sehr schick und elegant. Sie trug einen geschneiderten, schwarzen Westenanzug, zum weißen Hemd eine schwarze Frackschleife mit langen Enden, wie einst Brett Maverick, und schwarze Stiefel mit sehr hohen, dünnen Absätzen. Das Gold, das sie an sich hatte, sah echt aus – goldene Ohrringe, goldene Uhr, goldene Ketten um den Hals, goldene Kettenarmbänder, ein breiter goldener Ehering und ein großer, in Gold gefaßter Diamant. Ich war optimistisch im Hinblick auf mein Honorar.

Sie sagte: »Sind Sie Mr. Spenser?«

Ich sagte: »Ja«, und stand auf, um ihr einen Stuhl heranzuziehen. Sie hatte einen sicheren Gang, eine sehr ausgewogene Figur, und als sie saß, hielt sie den Rücken gerade. Ich ging wieder hinter den Schreibtisch, setzte mich und lächelte. Früher hatten sie angefangen, sich auszuziehen, wenn ich lächelte, aber mein Lächeln muß wohl nachgelassen haben. Die schwarzen Augen musterten mich eingehend. Die Hände waren auf dem Schoß gefaltet. Die Beine übereinandergeschlagen, das Gesicht ernst. Sie musterte mein Gesicht, beide Schultern, meinen Brustkorb, und soviel von meinem Bauch, wie hinter dem Schreibtisch von ihm zu sehen war.

Ich sagte: »Ich habe eine verschwollene Narbe hinten auf dem rechten, ähm, Oberschenkel, wo mich vor drei Jahren jemand angeschossen hat.«

Sie nickte.

»Meine Augen sehen vielleicht etwas komisch aus, weil ich mal Boxer war. Das ist Narbengewebe.«

»Anscheinend haben Sie auch schon oft eins auf die Nase gekriegt«, sagte sie.

»Ja«, sagte ich.

Sie musterte mich noch ein wenig. Meine Arme, meine Hände. Ob es voreilig wäre, wenn ich ihr anbieten würde, die Hose herunterzulassen. Wahrscheinlich.

Ich sagte: »Hab' aber noch alle Zähne. Hier.« Ich entblößte sie.

»Mr. Spenser«, sagte sie. »Können Sie mir verraten, warum ich Sie engagieren sollte?«

»Weil Sie sonst durch Ihr Bemühen, mich einzuschätzen, so gar nichts gewonnen hätten. Sie hätten die ganze Zeit damit vertan, mich mit Ihrer anspruchsvollen Eleganz und Ihrer vollendeten Beherrschung zu beeindrucken und würden leer ausgehen.«

Sie musterte meine Stirn.

»Und mit einem Jagdhut und einem Trenchcoat sehe ich sehr verwegen aus.«

Sie sah mich direkt an und schüttelte leicht den Kopf.

»Und ich habe einen Revolver«, sagte ich. Ich nahm ihn von meiner Hüfte und zeigte ihn.

Sie drehte den Kopf weg und blickte zum Fenster hinaus, wo es dunkel geworden war und Lichter durch den Regen schimmerten.

Ich steckte die Waffe ein und faltete die Hände, legte meine Ellbogen auf die Armlehnen des Sessels und stützte das Kinn auf. Ich ließ den Sessel auf seiner Federung zurückkippen, saß da und wartete.

»Mr. Spenser, können Sie derart die Zeit verschwenden?«

»Ja, ich kann.«

»Schön, aber ich nicht«, sagte sie, und ich formte den Satz mit den Lippen nach, während sie ihn aussprach. Das ärgerte sie.

»Wollen Sie den Auftrag nicht haben?«

»Ich weiß nicht«, sagte ich. »Ich weiß nicht, was es für ein Auftrag ist.«

»Nun, ich möchte einen Beweis für Ihre Fähigkeiten, bevor ich mit Ihnen darüber spreche.«

»Werte Dame, ich habe Ihnen mein Narbengewebe und meine Kanone gezeigt. Was brauchen Sie denn noch?«

»Der Auftrag erfordert Feingefühl. Mit Schußwaffen hat das nichts zu tun. Es geht um ein Kind.«

»Vielleicht sollten Sie Dr. Spock engagieren.«

Stille. Sie schaute auf meine Hände, die mein Kinn stützten.

»Ihre Hände sehen sehr stark aus«, sagte sie.

»Möchten Sie sehen, wie ich eine Nuß knacke?« sagte ich.

»Sind Sie verheiratet?«

»Nein.«

Sie lächelte wieder. Es war ein gutes Lächeln. Hundert, hundertfünfzig Watt. Aber ich hatte schon bessere gesehen. Susan hätte sie glatt an die Wand lächeln können. Sie bewegte leicht ihren Körper auf dem Stuhl. Sie blieb dabei schön gerade, aber irgendwie kam eine schlängelnde Bewegung durch.

Ich sagte: »Wenn Sie mir zuzwinkern, rufe ich eine Polizistin.«

Sie schlängelte wieder, ohne sich zu rühren. *Wie macht sie das nur?*

»Ich muß Ihnen vertrauen«, sagte sie. »Sonst habe ich niemand. Ich muß mich an Sie wenden.«

»Hart«, sagte ich. »Sicher hart für eine Frau, so allein.«

Schlängeln. Lächeln. Seufzen. »Ja. Ich muß jemand finden, der mir hilft. Werden Sie es sein?« Sie beugte sich etwas vor. Sie befeuchtete ihre Unterlippe. »Werden Sie mir helfen?«

»Sterne würd' ich pflücken«, sagte ich, »vom blauen Himmelszelt.«

»Verulken Sie mich nicht«, sagte sie. »Ich bin verzweifelt.«
»Weswegen sind Sie verzweifelt?«
»Wegen meines Sohns. Sein Vater hat ihn mitgenommen.«
»Und was soll ich für Sie tun?«
»Ihn zurückholen.«
»Sind Sie geschieden?«
»Ja.«
»Haben Sie das Sorgerecht?«
»Ja, natürlich. Ich bin seine Mutter.«
»Hat sein Vater Anspruch auf Besuche?«
»Schon, aber es handelt sich nicht um Besuch. Er hat Paul weggeholt und will ihn nicht zurückgeben.«
»Und das Gericht?«
»Es gibt eine Vernehmung, und Mel soll vorgeladen werden, aber sie können ihn nicht finden.«
»Ist Mel Ihr Mann?«
»Ja. Ich habe also mit der Polizei gesprochen, und da hieß es, wenn sie ihn finden könnten, würden sie ihm eine Vorladung ins Haus schicken. Aber ich weiß, daß sie nicht nach ihm suchen werden.«
»Wahrscheinlich nicht. Die haben mitunter viel zu tun.«
»Und deshalb möchte ich, daß Sie ihn suchen und mir Paul zurückbringen.«
»Wie denkt der Junge denn über die ganze Sache?«
»Natürlich möchte er bei seiner Mutter sein, aber er ist erst fünfzehn. Er hat nichts zu sagen. Sein Vater hat ihn einfach mitgenommen und versteckt.«
»Vermißt Mel denn Paul so sehr?«
»Er vermißt ihn nicht. An Paul liegt ihm so oder so nichts. Er will mir auf diese Weise nur eins auswischen. Er gönnt mir Paul nicht.«
»Also hat er ihn mitgenommen.«
»Ja.«
»Sehr rücksichtsvoll gegenüber dem Kind«, sagte ich.
»Das ist Mel doch gleichgültig. Er will mir weh tun. Aber daraus wird nichts.«
Es war keine schlängelnde Bewegung zu sehen, als sie den letzten Satz sprach. »Ich möchte, daß Sie den Jungen wieder zu mir bringen, weg von seinem Vater. Paul gehört von Rechts wegen mir.«
Ich war still.
»Ich kann jedes angemessene Honorar bezahlen«, sagte sie. »Ich

habe eine ausgezeichnete Abfindung bekommen.« Sie war wieder ganz flott und geschäftsmäßig.

Ich zog Luft ein und ließ sie durch die Nase heraus. Ich blickte sie an.

Sie blickte zurück.

»Was ist?« sagte sie.

Ich schüttelte den Kopf. »Nach einem wahren Vergnügen hört sich das nicht an«, sagte ich.

»Mr. Spenser«, die Unterlippe war wieder feucht, der Mund ein wenig offen, die Zungenspitze glitt am inneren Rand der Lippe entlang. »Bitte. Ich habe sonst niemand. Bitte.«

»Es ist fraglich, ob Sie nicht jemand anders brauchen«, sagte ich, »aber ich werde mich an die Sache heranwagen unter einer Bedingung.«

»Welcher?«

»Sie sagen mir Ihren Namen, damit ich weiß, wohin die Rechnung geht.«

Sie lächelte. »Giacomin«, sagte sie. »Patty Giacomin.«

»Wie der Schlußmann der alten Rangers.«

»Bitte?«

»Ein Herr gleichen Namens war früher mal Hockeyspieler.«

»Oh. Ich kenne mich mit Sport leider nicht so aus.«

»Keine Schande«, sagte ich. »Da hat's an der Erziehung gehapert. Sie können überhaupt nichts dafür.«

Sie lächelte wieder, wenn auch diesmal ein wenig unsicher, als wüßte sie jetzt, wo sie mich engagiert hatte, nicht genau, ob sie mich haben wollte. Ein Gesichtsausdruck, den ich schon oft gesehen habe.

»Okay«, sagte ich. »Dann erzählen Sie mal, was Ihnen so durch den Kopf geht, wo der alte Mel sein könnte.«

Ich zog einen linierten weißen Notizblock heran, ergriff einen Bleistift und hörte zu.

2

Nach 120 000 Meilen hatte mein 68er Chevy mit Klappverdeck das Zeitliche gesegnet. Auch mit Isolierband ist nicht alles zu retten. Mit einem Teil von Huge Dixons Belohnung hatte ich Susan ihren kastanienbraunen MGB mit Weißwandreifen und verchromtem Gepäckständer auf dem Dach abgekauft, und um Viertel nach zehn am nächsten Morgen saß ich in diesem Wagen vor einem Apartmentgebäude am Hammond Pond Parkway in Chestnut Hill. Laut Patty Giacomin wohnte dort die Freundin ihres Mannes. Sie wußte das, weil sie einmal ihrem Mann dorthin gefolgt war und gesehen hatte, wie er hineinging und mit einer Frau aus seinem Büro wieder herauskam, die Elaine Brooks hieß.

Ich hatte sie gefragt, woher sie wisse, daß es eine Freundin und nichts rein Geschäftliches sei, und Patty Giacomin hatte mir einen Blick von so vernichtender Verachtung zugeworfen, daß ich mich zufriedengab. Sie wußte nicht, wo ihr Mann wohnte. Über sein Büro konnte sie ihn nicht erreichen. Dort wußte niemand, wo er war. Die Freundin war das einzige, was uns einfiel.

»Er wird da auftauchen«, hatte Patty gesagt, »sofern er nicht eine neue hat. Ein bißchen Honig braucht er immer.«

Also saß ich da mit leerlaufendem Motor und eingeschalteter Heizung. Die Temperatur war seit gestern um 22 Grad gefallen, und der Januar in Boston war wieder normal. Ich drehte das Radio an. Ein Diskjockey mit einer Stimme wie ranziger Speck schilderte, wie sehr ihm die neue Platte von Neil Diamond gefiel. Dann begann Neil Diamond, seine neue Platte zu singen. Ich schaltete sie ab.

Eine Menge Autos fuhren vorüber, die unter der Route 9 dem Einkaufszentrum von Chestnut Hill zustrebten. Es gab zwei *Bloomingdales* in Chestnut Hill. Susan und ich waren vierzehn Tage vor Weihnachten mal zum Einkaufen hergefahren, aber sie hatte sich über Reizüberflutung beklagt, und wir mußten es abbrechen.

Ein Jogger mit über die Ohren gezogener Strickmütze und der Aufschrift TENNESSEE TECH STAFF auf seiner blauen Jacke zog vorbei. Noch in der Kälte hatte sein Lauf etwas elastisch Leichtes. Etwa drei Stunden vorher war ich selber am Ufer des Charles entlanggelaufen, und der Wind vom Fluß her war streng gewesen wie der puritanische Gott. Ich sah auf meine Uhr. Viertel vor elf. Ich drehte wieder das Radio an und probierte herum, bis ich Tony Ennamos Jazzshow fand. Er brachte einen Beitrag über Sonny Rollins. Ich hörte zu.

Um elf war die Sendung zu Ende, und ich stellte das Radio wieder ab. Ich öffnete meinen nüchtern braunen Schnellhefter und sah mir die anderthalb Seiten Notizen an. Mel Giacomin war vierzig. Er betrieb eine Versicherungsagentur in Reading, und bis zu seiner Scheidung hatte er in der Emerson Road in Lexington gewohnt. Seine Frau lebte dort weiterhin mit ihrem fünfzehnjährigen Sohn

Paul. Soweit seine Frau wußte, lief die Agentur gut. Außerdem führte er vom selben Büro aus noch ein Immobiliengeschäft und besaß, hauptsächlich in Boston, mehrere Apartmenthäuser. Die Ehe war von Anfang an schwierig gewesen, seit fünf Jahren in der Auflösung, und vor anderthalb Jahren hatten Mann und Frau sich getrennt. Er war ausgezogen. Wohin, erfuhr sie nicht. Die Scheidungsverhandlungen wurden bitter, und erst vor drei Monaten war das Urteil rechtskräftig geworden.

Giacomin war in den Worten seiner Frau »ein Hurenbock« und, wie sie meinte, sehr aktiv unter den jüngeren Frauen in seinem Büro und anderswo. Ich betrachtete sein Foto. Lange Nase, kleine Augen, großer Hängeschnurrbart. Halblang getragenes Haar, über den Ohren. Auf der Rückseite las ich die Beschreibung von der Hand seiner Frau: Einsfünfundachtzig, 210 bis 225 Pfund (Gewicht schwankt, je nachdem, wieviel er trinkt, sich bewegt und Diät hält). Er war im Footballteam von Furman gewesen, und das merkte man noch.

Ich hatte auch ein Bild von dem Jungen. Er hatte die Nase seines Vaters und kleine Augen. Sein Gesicht war schmal und mürrisch, die dunklen Haare lang. Sein Mund war klein und die Oberlippe geformt wie ein klassischer Bogen.

Ich sah erneut auf meine Uhr. Halb zwölf. Er war wahrscheinlich nicht für Sex am Vormittag. Wie sie aussah, wußte ich nicht. Ein Foto stand nicht zur Verfügung, und Patty Giacomins Beschreibung war vage. Blondgelockte Dauerwelle, mittelgroß, gute Figur. »Kurvenstark«, hatte Patty gesagt. Um neun, halb zehn und zehn nach zehn hatte ich Giacomins Büro angerufen, und sie war noch nicht dort gewesen. Er selbst auch nicht. Und niemand wußte, wann mit ihnen zu rechnen war. Ich sah wieder auf die Uhr. Viertel vor zwölf. Ich war das Sitzen leid. Ich fuhr den MG um die Ecke auf die Heath Street, stellte ihn ab und ging zurück zu dem Apartmenthaus. Auf der Tafel hinter der Eingangstür war Elaine Brooks im dritten Stock aufgeführt, Apartment 315. Ich drückte auf den Summer. Nichts geschah. Ich drückte nochmals und hielt den Finger drauf. Nach fast einer Minute sagte eine belegte weibliche Stimme durch die Sprechanlage hallo. Die Stimme hatte eine Minute vorher noch geschlafen.

Ich sagte: »Harry?«

Sie sagte: »Was?«

»Harry, ich bin's, Herb!«

»Hier gibt es keinen Harry, verdammt noch mal!«

»Was?«

»Du hast falsch geklingelt, du Arschloch!«

Ich sagte: »Oh, Entschuldigung.« Die Verbindung brach ab.

Sie war da drin, und ich hatte sie aufgeweckt. Sie würde nicht gleich weggehen. Ich ging wieder zu meinem Wagen, fuhr die zwei- oder dreihundert Meter zu *Bloomingsdale's* und kaufte einen großen silbernen Weinkühler für hundert Eier. So blieben mir zwei Dollar fürs Mittagessen. Falls ich zum Mittagessen kam. Ich hatte Hunger. Aber das war ich gewöhnt. Ich hatte immer Hunger. Ich ließ den Weinkühler als Geschenk einpacken und fuhr zurück zu dem Apartmenthaus. Diesmal parkte ich genau davor und ging ins Foyer und klingelte wieder bei Elaine Brooks. Sie meldete sich beim ersten Summen, und ihre Stimme war etwas frischer geworden.

»Päckchen für Mrs. Brooks«, sagte ich.

»Legen Sie es nur ins Foyer«, sagte sie. »Ich hol's mir dann gleich.«

»Mr. Giacomin wollte, daß es Ihnen persönlich übergeben wird, Madame. Er wollte es extra nicht in den Flur gelegt haben oder so was. Er wollte, daß Sie es direkt bekommen.«

»Okay, bringen Sie es rauf.«

Ich sagte: »Ja, Madam.« Die Tür summte, und ich ging hinein. Ich trug grauweiße Levi's Cordjeans, Mokassins, ein blaues Wollhemd und eine beige Popelinjacke mit Schafsfellfutter und -kragen. Vielleicht ein bißchen schick für einen Taxifahrer, falls sie merkte, wie teuer das Hemd war, aber sie merkte es wahrscheinlich nicht.

Ich nahm den Lift zum dritten Stock und zählte die Nummern bis 15. Ich klopfte. Eine Pause entstand, während sie wohl durch den kleinen Spion lugte. Dann öffnete sich die Tür an einer Sicherheitskette und ein schmaler Gesichtsausschnitt und ein Auge schauten zu mir raus. Damit hatte ich gerechnet. Deswegen hatte ich den Kühler gekauft. In der Verpackung war er viel zu groß, um durch den Türspalt, den die Kette ließ, zu passen. Ich hielt den Karton hoch und schaute auf die kleine Öffnung.

Sie sagte: »Okay, einen Moment«, und schloß die Tür. Ich hörte, wie die Kette heruntergiltt; dann ging die Tür auf. Die *Bloomingdale's*-Verpackung schafft es noch immer. Vielleicht sollte ich mehr auf sie bauen und weniger auf mein Lächeln.

Die Tür war auf. Elaine sah aus wie beschrieben, nur besser. Und sie hatte Kurven. Die hat Dolly Parton auch. Sie hatte ihre Frisur und ihr Gesicht zurechtgemacht, war aber noch nicht angezogen. Sie trug einen langen braunen Morgenmantel mit weißem Schnurbesatz und schmalem, vorn zugezogenem Gürtel. Ihre Füße waren nackt, die Zehennägel lackiert. Es half nicht viel. Mir ist noch kein Zehennagel vorgekommen, den ich mochte.

»Da wären wir, Madam«, sagte ich.

Sie nahm das Paket. »Irgendeine Nachricht?«

»Nicht an mich, Madam. Vielleicht innen. Mir sagte Mr. Giacomin nur, ich solle es Ihnen selbst aushändigen.«

»Gut, vielen Dank«, sagte sie.

»Okay.« Ich rührte mich nicht.

Sie sah mich an. »Oh«, sagte sie. »Einen Augenblick bitte.« Sie schloß die Tür und verschwand für mehr oder weniger einen Augenblick, dann ging die Tür wieder auf und sie gab mir einen halben Dollar. Ich betrachtete ihn irgendwie verdrießlich.

»Danke«, sagte ich.

Sie schloß kommentarlos die Tür, und ich ging hinunter zum Wagen. Ich wendete auf dem Vorplatz und parkte ein Stück weiter oben an der Straße, so daß ich das Haus im Rückspiegel sehen konnte. Und ich wartete.

Zwei Dinge hatte ich vielleicht erreicht. Das eine sicher – ich wußte, wie sie aussah, und so konnte ich ihr folgen, wenn sie fortging; sonst hätte ich darauf warten müssen, daß der alte Mel aufkreuzte. Das zweite war vielleicht, daß sie ihn anrief, um sich für das Geschenk zu bedanken, und er ihr sagen würde, er hätte ihr doch gar keins geschickt. Das würde sie aufrütteln und den einen zum andern führen. Oder es würde sie besonders vorsichtig machen, und ich würde ihn nicht durch sie finden können. Die Chancen standen aber für mich. Und wenn seine Frau recht hatte, war er zu geil, um ihr auf ewig fernzubleiben.

Mit den Jahren hatte ich erkannt, daß es besser ist, die Dinge aufzurühren, als es nicht zu tun. Wenn die Dinge in Bewegung kamen, erreichte ich mehr. Oder es schien mir so.

3

Als sie herauskam, verpaßte ich sie beinahe. Ich hatte die Haustür im Auge behalten und sah gerade noch, wie sie in einem schwarzen Buick Regal hinter dem Gebäude hervorkurvte. Ich ordnete mich, durch einen Wagen getrennt, hinter ihr ein, als sie auf Route 9 schwenkte und in westlicher Richtung fuhr. Sie hatte keinen Grund, nach Verfolgern Ausschau zu halten, und ich hatte keinen Grund, raffiniert vorzugehen. Ich blieb konstant einen oder zwei Wagen hinter ihr, bis zur 128 Nord und von dort weiter über Route 93, bis wir zur Route 125 in Andover kamen. Die 125 war schwieriger. Sie verlief durch den Harold Parker State Forest und war nahezu verlassen. Wenn ich hier zu dicht folgte, fiel es ihr vielleicht doch auf. Ich ließ mich weit zurückhängen und hätte sie um ein Haar wieder verpaßt, als sie kurz vor Route 114 abbog und in die Chestnut Street in Andover fuhr. Die rote Ampel war meine Rettung. Der Wagen, der vor ihr gewesen war, hatte an der Ampel gehalten, aber sie war nicht da. Sie mußte unmittelbar davor links abgebogen sein. Ich riß den MG herum und beschleunigte auf der Chestnut Street. Es war ein enger, gewundener Abschnitt der Straße, und der MG machte viel mehr Tempo als der Buick. Bald sah ich sie dann auch, ungefähr zweihundert Meter vor mir. Ich verlangsamte und ließ sie wieder vorziehen. Nach etwa einer Meile hielt sie auf der rechten Straßenseite. Ich bog einen Block hinter ihr rechts ein und hielt außer Sicht. Ich stieg aus und ging um die Ecke. Ihr Wagen war noch dort; Elaine verschwand rechts in einem großen weißen Haus.

Ich ging hin. Es war ein Zweifamilienhaus, Parterre und erster Stock. Die Haustür stand offen, dahinter kamen zwei weitere Türen. Die rechte führte offensichtlich zu der unteren Wohnung, die, vor der ich stand, nach oben. Ich horchte an der Tür zur Parterrewohnung. Ich konnte einen Fernseher und das Geschrei eines Babys hören. Das war wohl kaum Giacomin. Falls sie Giacomin besuchte. Genausogut konnte sie hier sein, um mit einer alten Tante Malefiz zu spielen.

Ich probierte den Knauf an der Tür nach oben. Er drehte sich, aber die Tür ging nicht auf. Über dem Knauf war die runde Fassung eines Schnappschlosses. Sie waren leicht, wenn der Türpfosten nicht zu dicht abschloß. Ich holte einen dünnen Plastikkeil aus meiner Jackentasche und versuchte es. Der Türpfosten war nicht dicht. Ich stieß den Schnapper zurück und öffnete die Tür. Die Treppe führte geradeaus hoch zu einem Absatz, dann in einem Bogen nach rechts. Ich ging hinauf. Oben war noch eine Tür. Ich horchte daran. Außer einem Radio konnte ich gedämpfte Unterhaltung hören.

Ich legte meine Hand auf den Knauf und drehte ihn sachte. Die Tür war nicht verschlossen. Ich öffnete sie leise und trat in einen großen Flur. Geradeaus war ein Eßzimmer. Rechts von mir ein Wohnzimmer, durch einen Türbogen. In dem Wohnzimmer saß, vornübergebeugt in einem roten Plüschsessel, Elaine Brooks und sprach mit einem großen Mann mit langer Nase und kleinen Augen und hängendem Schnurrbart. *Elementar, mein lieber Watson, elementar.*

Sie konnte mich nicht sehen, da sie mir den Rücken zukehrte. Aber er sah mich. Er stand da mit einem Glas in der Hand, während sie zu ihm sprach, und als ich die Tür öffnete, schauten wir uns direkt an. Ich hatte mir nie überlegt, wie man einer solchen Situation begegnet – sollte ich heftig »Aha!« sagen oder einfach vorwurfsvoll starren? Er war schneller als ich. Er wußte genau die richtigen Worte.

Er sagte: »Was, zum Teufel, wollen Sie?«

»Perfekt«, sagte ich. »So muß es heißen.«

Elaine Brooks drehte sich um und sah mich an. Ihre Augen weiteten sich.

»Das ist er, Mel«, sagte sie. »Das ist der Bursche, der mir das Päckchen von dir gebracht hat.«

Giacomin trug ein goldenes Ban-Lon-Rollkragenhemd und eine grüne Polyesterhose, die einen grünen Knopfverschluß am Bund und keine Gürtelschlaufen hatte. Am kleinen Finger seiner rechten Hand steckte ein Silberring in der Form einer Schlange, die sich in den Schwanz beißt. Am kleinen Finger der linken Hand steckte ein Silberring mit eingefaßtem Amethyst. Das Ban-Lon-Hemd schmeichelte seiner Figur nicht. Er war fett um die Mitte herum. Er sagte: »Ich habe Sie etwas gefragt. Ich möchte eine Antwort, und zwar gleich.«

Ich sagte: »Sie sollten nicht so ein Ban-Lon-Hemd tragen, wenn Sie Leute einschüchtern wollen. Es haut nicht hin. Aber Cary Grant würde in Ban-Lon auch nicht gut aussehen, wissen Sie.«

»Wozu haben Sie ihr das Geschenk gebracht? Wie kommen Sie dazu, in mein Haus einzudringen?«

Ich bemerkte, daß er seinen Bauch etwas eingezogen hatte, aber viel ist bei Bierspeck nicht zu wollen. Ich sagte: »Mein Name ist Spenser. Ich weiß, es klingt abgedroschen, aber ich bin Privatdetektiv. Ihre Frau hat mich beauftragt, ihren Sohn zu suchen.«

»Meine Exfrau«, sagte er. »Hat sie Ihnen schon angeboten, mit Ihnen zu pennen?«

»Nein. Ich war überrascht. Die meisten Frauen zögern da nicht.« Ich blickte zu Elaine Brooks. »Ob man mir langsam meine Jahre ansieht, was meinen Sie? Ich bin heute schon zweimal abgeblitzt.«

Giacomin sagte: »Hören Sie, Jack, mir reicht's mit Ihnen. Raus hier.«

Ich schüttelte den Kopf. »Nein. Ich muß bleiben und mich erst ein bißchen über Ihren Sohn unterhalten. Fangen wir noch mal neu an. Tun wir, als wäre ich nicht hier eingedrungen, als hätten Sie mich nicht angeschnauzt. Und auch, als hätte ich nicht herumgewitzelt. Es ist eine schlechte Angewohnheit, aber manchmal kann ich nicht widerstehen.«

»Der Junge ist nicht hier. Jetzt sehen Sie zu, daß Sie verschwinden, sonst werfe ich Sie eigenhändig die Treppe runter.«

»Ich sagte Ihnen doch, wir müssen miteinander reden. Ich bin sehr hartnäckig. Meinen Sex-Appeal mag ich verloren haben, aber stur bin ich immer noch. Ich finde den Jungen, und ich bin ziemlich sicher, daß Sie mir dabei helfen können.«

Giacomin sah mich an. Er war ein großer Bursche, und er hatte Football gespielt, und wahrscheinlich war er rauhen Umgang gewohnt. Aber wahrscheinlich wußte er auch etwas über die Kraftreserven aus seiner alten Footballzeit, und ich glaube, ihm kam der Verdacht, daß er mich nicht die Treppe runterwerfen könnte.

»Ich weiß nicht, wo er ist«, sagte Giacomin.

»Machen Sie sich überhaupt Gedanken darüber, daß seine Mutter es auch nicht weiß?«

»Hat sie Ihnen das gesagt?«

»Nicht direkt. Sie sagte mir, er wäre bei Ihnen.«

»Aber ich habe Ihnen gesagt, daß er nicht hier ist. Also gehen Sie jetzt, oder muß ich die Polizei rufen?«

»Sie müssen die Polizei rufen«, sagte ich.

»Glauben Sie, ich bring das nicht?«

»Ich glaube, Sie bringen das nicht«, sagte ich.

»Meinen Sie, Sie könnten mich davon abhalten?«

»Das ist nicht nötig. Ich will es auch nicht. Ich treffe mich gern mit Polizisten. Wenn man brav ist, lassen sie einen manchmal mit ihren Handschellen spielen.«

Er sah mich an. Elaine Brooks sah mich an. Wäre ein Spiegel dagewesen, hätte ich mich auch angesehen. Aber da war keiner. Also sah ich sie an. In der Stille hörte ich einen Fernseher laufen. Es schien nicht von unten zu kommen.

»Schauen Sie, Jack, Sie gehen mir ziemlich auf die Nerven«, sagte Giacomin. »Was wollen Sie eigentlich?«

»Ich will Ihren Sohn wieder zu seiner Mutter bringen. Das sagte ich Ihnen bereits.«

»Und ich sagte Ihnen, er ist nicht hier.«

»Vielleicht sollte ich mich mal umsehen und mich davon überzeugen.«

»Haben Sie einen Durchsuchungsbefehl?«

»Einen Durchsuchungsbefehl? Sie müssen aufhören, *Starsky und Hutch* anzusehen«, sagte ich. »Ich bin kein Bulle. Ich bekomme keine Durchsuchungsbefehle.«

»Sie können nicht einfach hier hereinschneien und mein Haus durchsuchen.«

»Warum nicht?«

Wir sahen uns noch etwas länger an. Ich war ziemlich sicher, daß der Junge dort war. Weshalb hätten sie sonst nicht die Polizei rufen sollen? Ich brauchte nur dazubleiben. Sie würden nachgeben. Etwas anderes würde ihnen nicht einfallen.

Giacomin hörte gerade so lange auf, mich anzusehen, daß er seine Freundin ansehen konnte. Sie hatte nichts zu bieten. Er sah wieder mich an.

»Na schön«, sagte er. »Ich hab' genug. Entweder Sie gehen jetzt, oder ich schmeiße Sie hochkant raus.«

»Tun Sie das nicht«, sagte ich. »Sie sind nicht mehr in Form. Ich würde Ihnen weh tun.«

Giacomin blickte mich an und sah weg. Ich wußte, er würde es bleiben lassen.

»Zum Teufel auch«, sagte er mit einer kurzen wegwerfenden Handbewegung. »Das ist keine Schlägerei wert. Nehmen Sie ihn mit. Er ist hinten im Flur.« Giacomin deutete mit dem Kopf. Er sah weder mich noch Elaine Brooks an.

Aber der Junge war nicht hinten im Flur. Er war direkt um die Ecke im Eßzimmer. Jetzt kam er durch den Türbogen in Sicht.

»Hast ja toll um mich gekämpft, Papachen«, sagte er.

Es war ein kleiner dünner Junge. Seine Stimme klang weinerlich. Er trug ein kurzärmliges weißes Hemd mit Längsstreifen, das um den Nabel offenstand, kastanienbraune Cordhosen und Top-Siders, von denen nur noch einer den ledernen Schnürriemen hatte.

Giacomin sagte: »Vergiß nicht, mit wem du sprichst, Kleiner.«

Der Junge grinste ohne Humor. »Ich weiß. Ich weiß schon, mit wem ich spreche, Paps.«

Giacomin wandte sich von ihm ab und schwieg.

Ich sagte: »Mein Name ist Spenser. Deine Mutter schickt mich, damit ich dich zu ihr zurückbringe.«

Der Junge zuckte ausdrucksvoll mit den Schultern. Ich bemerkte, daß die Hose ihm zu groß war. Sie hing im Schritt durch.

»Möchtest du zurück?« sagte ich.

Er zuckte wieder die Schultern.

»Würdest du lieber hierbleiben?«

»Bei ihm?« Die weinerliche Stimme des Jungen war voller Abneigung.

»Bei ihm«, sagte ich. »Oder wäre es dir lieber, bei deiner Mutter zu wohnen?«

»Ist mir egal.«

»Und Ihnen?« fragte ich Giacomin. »Auch egal?«

»Das Biest hat doch sonst alles gekriegt«, sagte er. »Sie kann ihn auch noch haben. Vorläufig.«

Ich sagte: »Okay, Paul. Hast du Sachen, die du packen mußt?«

Er zuckte die Schultern. Die Allzweckgeste. Vielleicht sollte ich sie selber mehr üben.

»Er hat nichts zu packen«, sagte Giacomin. »Alles, was hier ist, gehört mir. Sie kriegt nichts davon.«

»Raffiniert«, sagte ich. »Gefällt mir, wenn ein Mann stilvoll aus einer Ehe aussteigt.«

»Was soll das denn heißen?«

»Würden Sie nicht verstehn«, sagte ich. »Hat der Junge einen Mantel? Es hat minus sieben Grad draußen. Ich sorge dafür, daß sie ihn zurückschickt, wenn Sie wollen.«

Giacomin sagte zu seinem Sohn: »Hol deinen Mantel.«

Der Junge ging zur Garderobe im Flur und holte eine blaue Matrosenjacke heraus. Sie war zerknittert, als hätte sie zusammengeknüllt auf dem Boden gelegen anstatt zu hängen. Er zog sie an, knöpfte sie aber nicht zu. Ich öffnete die Tür zur Treppe, und er ging hinaus und die Stufen hinunter. Ich sah Giacomin an.

»Nur damit Sie's wissen, Jack«, sagte er. »Sie haben sich damit eine Menge Ärger eingehandelt.«

Ich sagte: »Spenser ist mein Name, mit S wie der Dichter. Ich stehe im Bostoner Telefonbuch.« Ich trat durch die Tür und zog sie zu. Dann öffnete ich sie noch mal und steckte meinen Kopf in den Flur. »Unter Zäh«, sagte ich. Und schloß die Tür und ging hinaus.

4

Der Junge saß neben mir auf dem Beifahrersitz und starrte aus dem Fenster. Seine Hände zappelten auf dem Schoß. Seine Fingernägel waren abgekaut. Er hatte Niednägel. Ich bog am Fuß der Chestnut Street rechts ab und fuhr südwärts, an der Akademie vorbei.

Ich sagte: »Bei wem würdest du lieber wohnen, bei deiner Mutter oder bei deinem Vater?«

Er zuckte die Schultern.

»Heißt das, du weißt es nicht, oder es ist dir egal?«

»Ich weiß es nicht.«

»Heißt das, du weißt die Antwort auf meine Frage nicht, oder du weißt nicht, bei wem du lieber wohnen würdest?«

Der Junge zuckte wieder die Schultern. »Kann ich das Radio anstellen?« sagte er.

Ich sagte: »Nein. Wir unterhalten uns.«

Er zuckte die Schultern.

»Möchtest du lieber adoptiert werden?«

Diesmal zuckte er die Schultern nicht.

»Ein Mündel sein, unter Amtsvormundschaft?«

Nichts.

»Einer Bande von Taschendieben beitreten und in den Slums von London hausen?«

Er sah mich an, als wäre ich verrückt.

»Ausreißen und zum Zirkus gehen? Ein Floß bauen und den Mississippi hinuntertreiben? Als blinder Passagier auf einem Piratenschiff mitfahren?«

»Sie sind nicht sehr komisch«, sagte er.

»Das höre ich von vielen Leuten«, sagte ich. »Bei wem würdest du lieber wohnen, deiner Mutter oder deinem Vater?«

»Was wollen Sie machen, wenn ich's Ihnen nicht sage?« fragte er.

»Herumfahren und komisch zu dir sein, bis du um Gnade winselst.«

Er sagte nichts. Aber er zuckte auch nicht die Schultern. Und er schaute mich an. Kurz.

»Möchtest du, daß ich umkehre und dich wieder zu deinem Vater bringe?«

»Wo ist da schon der Unterschied?« sagte der Junge. »Was kümmert Sie das? Es geht Sie doch nichts an. Warum lassen Sie mich nicht in Ruhe?«

»Weil du im Moment in meiner Obhut bist, und ich versuche, mir darüber klarzuwerden, was am besten für dich ist.«

»Ich denke, meine Mtter hat Sie engagiert. Warum tun Sie denn nicht, was sie Ihnen gesagt hat?«

»Vielleicht bin ich mit dem nicht einverstanden, was sie von mir verlangt.«

»Aber sie hat Sie doch engagiert«, sagte er.

»Sie hat mir hundert Dollar gegeben, einen Tageslohn. Wenn du nicht willst, daß ich dich zu ihr bringe, schaffe ich dich wieder zu deinem Vater und gebe ihr den Hunderter zurück.«

»Wetten, daß nicht«, sagte er. Er starrte dabei aus dem Fenster.

»Überzeug mich davon, daß es besser wäre, du wärst bei ihm, dann tu' ich es.«

»Okay, ich wäre lieber bei ihm«, sagte der Junge. Sein Gesicht war noch dem Fenster zugekehrt.

»Warum?« fragte ich.

»Da. Ich hab' ja gewußt, Sie würden's nicht tun.« Er drehte sich um und sah mich an, als hätte er etwas gewonnen.

»Davon war nicht die Rede«, sagte ich. »Ich habe dich nach Gründen gefragt. Es ist nämlich wichtig, wonach man sich ein Elternteil aussucht. Das machst du mir nicht, um eine Wette zu gewinnen.«

Er starrte wieder aus dem Fenster. Wir waren in North Reading und fuhren weiter nach Süden.

»Sieh mal, Paul, mir geht's darum, daß du entscheidest, was du am liebsten tun möchtest. Sind die Fragen zu schwer für dich? Willst du aufpassen, wie ich dabei die Lippen bewege?«

Immer noch mit dem Gesicht zum Fenster sagte er: »Mir ist es egal, bei wem ich wohne. Sie sind beide blöd. Es kommt nicht darauf an. Sie sind beide gräßlich. Ich hasse sie.«

Die quengelige Stimme war ein bißchen zittrig. Als könnte er anfangen zu heulen.

»Mistkerl«, sagte ich. »Daran hatte ich nicht gedacht.«

Wieder sah er mich so schräg triumphierend an. »Na, und was machen Sie jetzt?«

Ich hatte Lust, die Schultern zu zucken und aus dem Fenster zu sehen. Ich sagte: »Wahrscheinlich bringe ich dich zu deiner Mutter zurück und behalte die hundert Dollar.«

»Das habe ich mir gedacht«, sagte der Junge.

»Soll ich lieber etwas anderes tun?«

Er zuckte die Schultern. Wir waren über den Reading Square und fast auf der 128. »Kann ich jetzt das Radio anstellen?« fragte er.

»Nein«, sagte ich. Ich wußte, daß das kleinlich war, aber der Junge ärgerte mich. In seiner quengeligen, sturen Verzweiflung raubte er mir den letzten Nerv. Immer herzlich bleiben. Böse Kinder gibt es gar nicht.

Der Junge grinste fast.

»Möchtest du wissen, warum ich dich zu deiner Mutter bringe?« sagte ich.

»Um die hundert Dollar zu kriegen.«

»Klar. Aber es sind nicht die hundert Dollar allein. Es ist auch eine Art, sich zu orientieren.«

Der Junge zuckte die Schultern. Machte er das oft genug, würde ich anhalten und seinen Kopf aufs Pflaster knallen.

»Wenn alle Möglichkeiten, die man hat, mies sind«, sagte ich, »dann versucht man, die am wenigsten miese zu wählen. Anscheinend bist du mit deiner Mutter wie mit deinem Vater gleich schlecht dran. Es scheint dir egal zu sein, wo du unglücklich bist. Wenn ich dich zurück zu deinem Vater bringe, bist du unglücklich und ich bekomme nichts. Wenn ich dich wieder zu deiner Mutter bringe, bist du unglücklich und ich bekomme hundert Dollar. Also bringe ich dich zu deiner Mutter. Verstehst du?«

»Klar, Sie wollen den Hunderter.«

»Bei einem Cent wäre es auch nicht anders. Es ist eine Orientierungshilfe. Es ist eine Methode, sich von den Umständen nicht herumstoßen zu lassen.«

»Und Mami gibt Ihnen Geld«, sagte er. »Vielleicht dürfen Sie sie auch ficken.« Er beobachtete mich genau, um zu sehen, wie schockiert ich sein würde.

»Dein Vater hat das auch schon angedeutet«, sagte ich. »Deine Mama ist auf Sex aus, ja?«

Der Junge sagte: »Weiß nich'.«

»Oder meinst du, ich bin so unwiderstehlich, daß kein Weg daran vorbeiführt?«

Der Junge zuckte die Schultern. Mir war, als ob ich das noch genau zweimal vertragen könnte, bevor ich anhielt. »Ich will nicht darüber reden«, sagte er.

»Dann hättest du es nicht aufbringen sollen.«

Er war still.

Ich bog von Route 28 ab und fuhr auf die 128 Süd in Richtung

Lexington.

»Außerdem finde ich, es ist schlechtes Benehmen, so vor einem Fremden von deiner Mutter zu sprechen.«

»Wieso?«

»Es gehört sich nicht«, sagte ich.

Der Junge zuckte die Schultern und starrte zum Fenster hinaus. Er hatte noch ein Schulterzucken gut.

»Was hätten Sie gemacht, wenn mein Vater eine Schlägerei mit Ihnen angefangen hätte?«

»Ich hätte ihn bezwungen.«

»Und wie?«

»Kommt darauf an, wie zäh er ist.«

»Er war mal Footballspieler und hebt immer noch Gewichte im Sportzentrum.«

Ich zuckte die Schultern. Es war ansteckend.

»Meinen Sie, Sie könnten ihn verprügeln?« sagte er.

»Schon«, sagte ich. »Er ist zwar ein großer Kerl und wahrscheinlich auch stark, aber ich verdiene mit so was mein Geld. Und ich bin besser in Form.«

»Tolle Sache«, sagte er.

»Ich hab's nicht aufgebracht.«

»Muskeln interessieren mich nicht.«

»Na schön.«

»Sie halten sich wohl für was Großes mit Ihren Muskeln?« sagte er.

»Ich halte sie bei meiner Arbeit für nützlich«, sagte ich.

»Also, ich finde sie fies.«

Ich nahm kurz die Hände vom Steuer und drehte die Handflächen nach oben.

»Wieso sind Sie Detektiv geworden?« fragte er.

»Wie der eine Mann sagte: Weil ich nicht singen und tanzen kann.«

»Für mich ist das ein furchtbar proletenhafter Beruf.«

Ich drehte nochmals die Handteller nach oben. Wir fuhren am Burlington Mall vorüber. »Welche Ausfahrt muß ich nehmen?«

»Die Vier und die Zweifünfundzwanzig Richtung Bedford«, sagte er. »Was finden Sie denn an so 'ner proletenhaften Arbeit?«

»Sie erlaubt mir, ein ungebundenes Leben zu führen«, sagte ich. »Meinst du auch bestimmt Richtung Bedford?«

»Ja. Ich zeige es Ihnen.« Und das tat er. Wir nahmen die Ausfahrt

Bedford, bogen rechts ab, wieder rechts, und kamen über eine Überführung nach Lexington. Die Emerson Road lag nicht weit von der Landstraße; eine Gruppe gleichaltriger Häuser mit sehr viel Holz und Glas und wenig Stein und Ziegeln. Sie war neu, fügte sich aber gut in das Stadtbild. Ich parkte in der Einfahrt, und wir stiegen aus. Der Wind hatte jetzt, am späten Nachmittag, zugenommen. Wir kämpften uns gegen ihn durch zur Hintertür.

Der Junge stieß sie auf und trat ins Haus, ohne anzuklopfen oder sich sonstwie anzukündigen.

5

Ich klingelte einmal lang und folgte ihm hinein. Auf der linken Seite waren zwei weiße Türen mit Einzelfüllung und rechts eine kurze Treppe. An der Wand vor der Treppe hing ein großer, chromgerahmter Druck von Mondrian. Als ich hinter dem Jungen die Stufen hinaufging, kam seine Mutter aus dem Wohnzimmer.

Der Junge sagte: »Freu dich, ich bin wieder daheim.«

Patty Giacomin sagte: »Oh, Paul, ich hatte dich so bald nicht erwartet.«

Sie trug rosa Seide – spitz zulaufende Hosen und ein weites Oberteil. Das Oberteil fiel über die Hose und wurde um die Taille von einem goldenen Gürtel gehalten.

Ich stand zwei Stufen hinter Paul. Einen Augenblick war es still. Dann sagte Patty Giacomin: »Nun, kommen Sie rauf, Mr. Spenser. Trinken Sie etwas. Paul, laß Mr. Spenser vorbei.«

Ich trat ins Wohnzimmer. Zwei Gläser und eine Karaffe, in der Martini zu sein schien, standen auf dem niedrigen Glastisch vor der Couch. Im Kamin brannte Feuer. Zum Essen gab es Boursinkäse auf einem kleinen Tablett und einen Teller mit Gebäck, das wie Kekse aus Weizenschrot aussah. Und vor der Couch stand, höflich erhoben, der Inbegriff moderner Eleganz. Er hatte wahrscheinlich meine Größe und war schlank wie ein Wiesel. Graues Fischgrätjackett mit ebensolcher Weste, anthrazitfarbene Hosen, schmale rosa Krawatte unter spitzem Kragen und schwarze Schuhe von Gucci. Aus der Brusttasche des Jacketts quoll ein rosa und anthrazit gemustertes Tuch. Seine Haare waren kurz geschnitten, um die Ohren ausrasiert, und er trug einen kurzgestutzten Kinn- und Schnurrbart. Außerdem hatte er eine Fliegerbrille mit rosa getönten Gläsern in einem sehr dünnen schwarzen Gestell auf, zum Sehen oder zum Gesehenwerden, konnte ich nicht beurteilen. Das Rosa der Krawatte glänzte.

Patty Giacomin sagte: »Paul, du kennst Stephen ja. Stephen, das ist Mr. Spenser. Stephen Court.«

Stephen streckte seine Hand aus. Sie war manikürt und gebräunt. Zweifellos St. Thomas. Sein Händedruck war fest, aber nicht kraftvoll. »Sehr erfreut«, sagte er.

Paul grüßte er nicht, und Paul sah ihn nicht an. Patty sagte: »Trinken Sie ein Glas mit uns, Mr. Spenser?«

»Sicher«, sagte ich. »Haben Sie Bier?«

»Ach herrje, das weiß ich gar nicht. Paul, sieh doch mal im Kühlschrank nach, ob Bier da ist.«

Paul hatte seinen Mantel nicht ausgezogen. Er ging zu dem Fernseher am Bücherschrank, schaltete ihn an, ohne einen Kanal zu wählen, und warf sich auf einen schwarzen Lehnstuhl von Naugahyde, während der Apparat warmlief. Eine Wiederholung aus der Serie *Die Brady-Bande* setzte ein. Sie war laut.

Patty Giacomin sagte: »Paul, um Himmels willen«, und drehte den Apparat leiser. Unterdessen ging ich rechts durch in die Küche, wo ich im Kühlschrank eine Dose Schlitz fand. Es waren noch zwei drin, und kaum etwas anderes. Ich ging mit meinem Bier zurück ins Wohnzimmer. Stephen hatte sich gesetzt, die Beine so gelagert, daß die Bügelfalten seiner Hose keinen Schaden litten, und nippte an seinem Martini. Patty stand neben ihm, ihr Glas in der Hand.

»Hatten Sie viel Mühe, Paul zu finden, Mr. Spenser?«

»Nein«, sagte ich. »Es war leicht.«

»Hatten Sie mit seinem Vater Schwierigkeiten?«

»Nein.«

»Nehmen Sie doch einen Kräcker und Käse«, sagte sie.

Ich bediente mich. Boursin und Kräcker ist zwar nicht mein Leibgericht, aber seit dem Frühstück war viel Zeit vergangen. Ich spülte ihn mit Bier herunter. Bis auf die jetzt leisere *Brady-Bande* war es still.

Stephen nahm einen kleinen Schluck von seinem Martini, lehnte sich leicht zurück, bürstete ein Fusselchen unbestimmter Art von seinem linken Revers und sagte: »Sagen Sie, Mr. Spenser, was machen Sie eigentlich?« Ich hörte einen mißfälligen Unterton, aber wahrscheinlich bin ich zu empfindlich.

»Ich bin Diskjockey bei Régine«, sagte ich. »Hab' ich Sie da nicht schon gesehen?«

Patty Giacomin ergriff schnell das Wort. »Mr. Spenser«, sagte sie,

»dürfte ich Sie um einen wirklich großen Gefallen bitten?«
Ich nickte.
»Ich, also, ich weiß, es war schon so viel, daß Sie mir Paul zurückgebracht haben, aber, na ja, es ging eben viel schneller, als ich dachte, und Stephen und ich haben einen Tisch in einem Restaurant bestellt . . . Könnten Sie mit Paul vielleicht zu McDonald's oder sonst irgendwohin gehen? Ich bezahle selbstverständlich.«
Ich blickte zu Paul. Er saß immer noch in seinem Mantel da und starrte auf *Die Brady-Bande*. Stephen sagte: »Es gibt hier ein recht anständiges Chinarestaurant, Sezuan- und Mandarinküche.«
Patty Giacomin hatte ihre Handtasche vom Kaminsims genommen und stöberte darin herum. »Ja«, sagte sie, »das *Yangtze River*. Paul kann es Ihnen zeigen. Das ist eine gute Idee. Paul ißt da immer gern.« Sie holte einen Zwanziger aus der Handtasche und reichte ihn mir. »Hier. Das müßte reichen. Es ist nicht sehr teuer.«
Ich nahm den Zwanziger nicht. Ich sagte zu Paul: »Hast du Lust, hinzugehen?« und dann zuckte ich zur gleichen Zeit die Schultern wie er.
»Was soll das denn?« sagte er.
»Ich übe mich im Timing. Dein Schulterzucken ist so ausdrucksstark, daß ich versuche, mir genauso eins zuzulegen. Möchtest du was essen gehen?«
Er wollte die Schultern zucken, bremste sich und sagte: »Ist mir egal.«
»Gut, aber mir nicht«, sagte ich. »Komm. Ich bin am Verhungern.«
Patty Giacomin hielt mir immer noch den Zwanziger hin. Ich schüttelte den Kopf. »Sie baten mich um einen Gefallen, nicht um eine Dienstleistung. Geht auf meine Rechnung.«
»Aber Spenser«, sagte sie. »Seien Sie doch nicht albern.«
»Komm, Junge«, sagte ich zu Paul. »Gehen wir. Ich werde dich mit meiner Kenntnis des Orients berauschen.«
Der Junge bewegte sich auf dem Stuhl. »Na los«, sagte ich. »Ich hab' Hunger wie ein Löwe.«
Er stand auf. »Wann kommst du spätestens nach Hause?« fragte er seine Mutter.
»Ich bin vor zwölf wieder da«, sagte sie.
Stephen sagte: »Nett, Sie kennengelernt zu haben, Spenser. War schön, dich zu sehen, Paul.«
»Gleichfalls«, versicherte ich. Wir gingen hinaus.

Als wir wieder im Wagen saßen, sagte Paul: »Warum tun Sie das?«
»Was, dich zum Abendessen mitnehmen?«
»Ja.«
»Du hast mir leid getan«, sagte ich.
»Wieso?«
»Weil du weggewesen warst und sich über deine Rückkehr anscheinend niemand gefreut hat.«
»Ist mir egal.«
»Das ist wahrscheinlich auch am klügsten so«, sagte ich. »Wenn du es fertigbringst.« Ich bog von der Emerson Road ab. »Wo lang?« fragte ich.
»Links«, sagte er.
»Ich glaube, ich brächte das nicht fertig.«
»Was?«
»Es mir egal sein zu lassen. Ich glaube, wenn ich am ersten Abend daheim weggeschickt würde, um mit einem Fremden zu essen, wäre ich ziemlich traurig.«
»Aber ich bin's nicht.«
»Gut«, sagte ich. »Willst du bei diesem Chinesen essen?«
»Ist mir egal.«
Wir kamen zu einer Kreuzung. »Wo lang?« fragte ich.
»Links«, sagte er.
»Ist das der Weg zu dem Chinarestaurant?«
»Ja.«
»Gut, dann essen wir da.«
Wir fuhren durch Lexington, durch dunkle, meist verlassene Straßen. Es war ein kalter Abend. Die Leute blieben drinnen. Lexington sieht aus, wie man es sich vorstellt. Eine Menge weißer Häuser im Kolonialstil, viele davon echt. Eine Menge grüne Fensterläden. Eine Menge Butzenscheiben und kleine Fensterchen. Wir kamen ins Stadtzentrum, den Park zu unserer Rechten. Das Denkmal dcs Unabhängigkeitssoldaten regungslos in der Kälte. Niemand knipste ein Bild von ihm.
»Es ist da drüben«, sagte Paul, »um den Platz rum.«
Im Restaurant fragte er: »Wieso wollten Sie nicht, daß sie es bezahlt?«
»Es schien mir nicht richtig«, sagte ich.
»Aber wieso nicht? Warum sollen Sie denn bezahlen? Sie hat massenhaft Geld.«
»Wenn wir vorsichtig bestellen«, sagte ich, »kann ich mir das hier

schon leisten.«

Der Kellner kam. Ich bestellte ein Beck's Bier für mich und eine Coca für Paul. Wir schauten uns die Karte an.

»Was kann ich nehmen?« fragte Paul.

»Alles, was du willst«, sagte ich. »Ich bin dick im Geschäft.«

Wir sahen uns die Karte näher an. Der Kellner brachte das Bier und die Coca. Er hielt Papier und Bleistift bereit. »Möchten Sie bestellen?«

»Nein«, sagte ich. »Wir sind noch nicht fertig.«

»Okay.« Er ließ uns allein.

Paul sagte: »Ich weiß nicht, was ich nehmen soll.«

Ich sagte: »Was schmeckt dir denn?«

Er sagte: »Ich weiß nicht.«

»Ah ja.« Ich nickte. »Irgendwie hatte ich so eine Ahnung, daß du das sagen würdest.«

Er starrte auf die Karte.

»Wie wär's, wenn ich für uns beide bestelle?« sagte ich.

»Und wenn Sie etwas bestellen, was ich nicht mag?«

»Dann ißt du es eben nicht.«

»Aber ich hab' Hunger.«

»Dann entscheide dich für etwas.«

Er starrte noch ein bißchen auf die Speisekarte. Der Kellner kam wieder angeschlendert. »Möchten Sie bestellen?«

Ich sagte: »Ja. Wir nehmen zweimal Peking-Ravioli, Ente in Pflaumensoße, das Mu-Schu-Fleisch und zwei Schalen weißen Reis. Und ich bekomme noch ein Bier dazu und er noch eine Coca.«

Der Kellner sagte: »Okay.« Er nahm die Speisekarten und ging.

Paul sagte: »Ich weiß nicht, ob das Zeug mir schmeckt.«

»Das werden wir bald sehen«, sagte ich.

»Schicken Sie meiner Mutter eine Rechnung?«

»Für das Essen?«

»Ja.«

»Nein.«

»Ich versteh immer noch nicht, wieso Sie für mein Abendessen bezahlen wollen.«

»Bin mir nicht sicher. Es hat mit Schicklichkeit zu tun.«

Der Kellner kam und ließ die Ravioli und zwei Flaschen Würzöl auf den Tisch plumpsen.

»Was ist denn Schicklichkeit?« fragte Paul.

»Das Angemessene. Etwas richtig machen.«

Er sah mich ausdruckslos an.
»Möchtest du Ravioli?« sagte ich.
»Nur eins«, sagte er. »Zum Probieren. Sie sehen mies aus.«
»Ich dachte, du ißt gerne hier.«
»Das hat meine Mutter nur so gesagt. Ich war noch nie hier.«
»Tu ein bißchen von dem Öl drauf«, sagte ich. »Nicht viel. Es ist ziemlich scharf.«
Er schnitt seinen Ravioli durch und aß ihn halb. Er sagte zwar nichts, aß die andere Hälfte aber auch. Der Kellner brachte das übrige Essen. Wir aßen jeder vier von den Ravioli.
»Das Mu Schu legst du auf diese kleinen Pfannkuchen. So. Schau her. Dann rollst du es so auf. Und ißt es.«
»Die Pfannkuchen sehen nicht aus, als ob sie gar sind«, sagte Paul.
Ich aß von dem Mu-Schu-Fleisch. Er nahm sich einen Pfannkuchen und aß, wie ich es ihm gezeigt hatte.
Ich sagte: »Willst du noch eine Coca?«
Er schüttelte den Kopf. Ich bestellte noch ein Bier.
»Trinken Sie viel?«
»Nein«, sagte ich. »Nicht so viel, wie ich möchte.«
Er spießte mit der Gabel ein Stück Ente auf und wollte es auf seinem Teller zerschneiden.
»Das wird mit den Fingern gegessen«, sagte ich. »Dazu brauchst du Messer und Gabel nicht.«
Er blieb bei Messer und Gabel. Er schwieg. Ich schwieg. Um Viertel nach sieben waren wir mit Essen fertig. Um halb acht kamen wir bei ihm zu Hause an. Ich parkte und stieg mit ihm aus dem Wagen.
»Ich hab' keine Angst, alleine reinzugehen«, sagte er.
»Hab' ich auch nicht«, sagte ich. »Aber es macht nie Spaß, in ein leeres Haus zu kommen. Ich geh mit dir rein.«
»Das brauchen Sie nicht«, sagte er. »Ich bin viel alleine.«
»Ich auch«, sagte ich.
Wir gingen zusammen zum Haus.

6

Es war Freitag abend, und Susan Silverman und ich waren im *Garden* und sahen den Celtics und den Phoenix Suns beim Basketballspiel zu. Ich aß Erdnüsse, trank Bier und erklärte Susan die Feinheiten des Spiels. Ich unterhielt mich ganz gut. Sie war gelangweilt.

»Dafür mußt du mich entschädigen«, sagte sie. Sie hatte an dem Pappbecher mit Bier in ihrer Hand kaum genippt. Auf dem Rand war ein Halbmond aus Lippenstift.

»Champagner in Pappbechern gibt es hier nicht«, sagte ich.

»Auch keinen Graves?«

»Willst du, daß ich mir Prügel einfange? Soll ich raufgehen und ein Fläschchen süffigen weißen Bordeaux verlangen?«

»Warum jubeln die alle?« sagte sie.

»Westphal hat den Ball gerade rückwärts über den Kopf ins Netz gebracht. Hast du's nicht gesehen?«

»Er ist nicht so gut wie die Celtics.«

»Nein, aber die Fans geben Szenenapplaus. Außerdem war er's früher.«

»Ich finde das sehr langweilig«, sagte sie.

Ich hielt ihr meine Erdnüsse hin. Sie nahm sich zwei.

»Nachher darfst du mich küssen«, sagte ich.

»Das Spiel gefällt mir schon besser«, meinte sie.

Cowens landete einen Weitwurf.

»Wie kommt es, daß die meisten Spieler schwarz sind?« fragte Susan.

»Es ist ein Spiel für Schwarze«, sagte ich. »Hawk meint, es sei ererbt. Im Dschungel hätte es lauter Schulhöfe gegeben.«

Sie lächelte und nippte an dem Bier. Sie schnitt ein Gesicht. »Wie kannst du bloß so viel von dem Zeug trinken?«

»Übung«, sagte ich. »Jahrelange Übung.«

Walter Davis landete einen hohen Ball.

»Was wolltest du vorhin von dem Jungen erzählen, den du am Mittwoch besucht hast. Wie hieß der?«

»Paul Giacomin«, sagte ich.

»Ja«, meinte Susan. »Du wolltest doch über ihn reden.«

»Aber nicht, während ich mir das Spiel ansehe.«

»Kannst du nicht gleichzeitig zuschauen und reden? Wenn du's nicht kannst, dann kauf mir was zu lesen.«

Ich schälte eine Erdnuß. »Ich weiß nicht«, sagte ich. »Er geht mir einfach nicht aus dem Kopf. Er tut mir leid.«

»Welche Überraschung.«

»Daß er mir leid tut?«

»Dir würde sogar der ›Große Böse Wolf‹ leid tun«, sagte Susan.

Westphal hob mit links einen Ball rein. Die Celtics verloren an

Boden.

»Der Junge ist völlig verwahrlost«, sagte ich. »Er ist mager. Er hat anscheinend überhaupt kein Entscheidungsvermögen. Seine einzige feste Überzeugung ist, daß seine Eltern beide blöd sind.«

»Die Meinung ist für einen Fünfzehnjährigen nicht grad so ungewöhnlich«, sagte Susan. Sie nahm sich noch eine Erdnuß.

»Schon, aber in diesem Fall könnte der Junge recht haben.«

»Das weißt du ja nun nicht. Du kennst sie nicht lange genug, um das wirklich zu beurteilen.«

Die Suns holten sich acht Punkte nacheinander. Die Celtics unterbrachen.

»Besser als du«, sagte ich. »Ich war mit dem Jungen zusammen. Seine Kleidung ist nicht richtig und sie paßt nicht. In einem Restaurant ist er hilflos. Keiner hat ihm je was beigebracht.«

»Also, wie wichtig ist es denn, ob einer weiß, wie man sich im Restaurant benimmt?« sagte Susan.

»An sich ist es nicht wichtig«, sagte ich. »Es ist nur ein Beispiel, verstehst du? Ich meine, niemand hat sich für ihn mal Zeit genommen. Niemand hat ihm irgend etwas erklärt, selbst die einfachsten Dinge nicht, wie anziehen und essen gehen. Er ist vernachlässigt worden. Kein Mensch hat ihn erzogen.«

Die Celtics brachten den Ball vom Innenkreis ins Spiel. Phoenix fing ihn und erzielte einen Korb. Ich schüttelte mit dem Kopf. Vielleicht, wenn Cousy wieder aus dem Ruhestand käme.

Susan sagte: »Ich kenne zwar den Jungen nicht, aber ich kenne sehr viele Jugendliche. Das ist schließlich mein Fach. Du würdest staunen, wie sich Kinder in dem Alter gegen Belehrung durch die Eltern sträuben. Sie durchlaufen die ödipale Phase, was sich unter anderem oft darin äußert, daß sie aussehen und sich aufführen, als hätten sie keinen, der sich um sie kümmert, auch wenn sie jemand haben. Es ist eine Art Rebellion.«

Die Celtics vergaben den Ball. Die Suns rafften Punkte.

Ich sagte: »Kannst du dir etwas unter einer Abdankung vorstellen?«

»Wie bei einem König oder einem Offizier?«

»Nein, ich meine das Spiel. Was du hier siehst, ist eine Abdankung«, sagte ich.

»Sind die Celtics am Verlieren?«

»Ja.«

»Möchtest du gehen?«

»Nein. Es ist nicht nur, wer gewinnt. Ich sehe gerne zu, wie sie spielen.«

Sie sagte: »Hmm.«

Ich holte mir noch eine Tüte Erdnüsse und ein Bier. Fünf Minuten vor Schluß, und das Spiel stand 114 zu 90. Ich blickte zu den Sparren hoch, wo die Namen der alten Spieler hingen.

»Das hättest du sehen müssen«, erklärte ich Susan.

»Was?« Sie wischte eine Erdnußschale von ihrem Schoß. Sie trug französische Bluejeans, die in schwarzen Stiefeln steckten.

»Cousy und Sharman, und Heinsohn und Lostcotoff und Russell. Havlicek, Sanders, Ramsey, Sam Jones und K. C. Jones, Paul Silas und Don Nelson. Und den Krieg, den sie mit den Knicks hatten, mit Al McGuire gegen Cousy. Und Russell gegen Chamberlain. Bill Russell hättest du sehen müssen.«

Sie sagte: »Gähn.« Die Ärmel ihres schwarzen Rollkragenpullovers waren halb hochgeschoben, und die Haut ihrer Arme war glatt und weiß im Kontrast. An der goldenen Kette um ihren Hals hing ein kleiner Diamant. Sie hatte ihren Verlobungsring abgelegt, als sie sich scheiden ließ, und den Stein neu fassen lassen. Ihre Haare waren zu einem Strauß sehr zeitgemäßer kleiner Afrolocken frisiert. Ihr Mund war breit, und ihre großen dunklen Augen ließen heimliches Gelächter ahnen.

»Andererseits«, sagte ich, »hätte Russell dich sehen sollen.«

»Gib mir 'ne Erdnuß«, sagte sie.

Der Endstand war 130 zu 101, und im *Garden* war es fast leer, als der Summer ertönte. Es war fünf vor halb zehn. Wir zogen unsere Mäntel an und strebten dem Ausgang zu. Es war leicht. Kein Geschiebe, kein Gedränge. Die meisten Leute waren längst gegangen. Genauer gesagt, die meisten waren gar nicht erst gekommen.

»Es ist gut, daß Walter Brown das nicht mit anzusehen braucht«, sagte ich. »Zu Russells Zeiten mußte man kämpfen, um hier rein und raus zu kommen.«

»Das war bestimmt aufregend«, sagte Susan. »Schade, daß es mir entgangen ist.«

In der Causeway Street, unter der Überführung, war es sehr kalt. Ich sagte: »Hast du noch Lust, zum Market zu gehen? Oder sollen wir nach Hause?«

»Es ist kalt«, sagte Susan. »Fahren wir zu mir, und ich koch uns was Gutes.« Sie hatte den Kragen ihrer Waschbärjacke hochgeschlagen, so daß ihr Gesicht darin nur gerade noch zu sehen war.

Die Heizung meines MG gewann auf Route 03 die Oberhand, und wir konnten uns aufknöpfen, bevor wir nach Medford kamen. »Die Sache mit dem Jungen ist die«, sagte ich, »er ist wie eine Geisel. Seine Mutter und sein Vater hassen sich und benutzen ihn, um miteinander abzurechnen.«

Susan schüttelte den Kopf. »Gott, Spenser, wie alt bist du denn? Natürlich tun sie das. Sogar Eltern, die sich nicht hassen, tun das. Normalerweise überleben es die Kinder.«

»Der Junge wird es nicht überstehen. Er ist zu allein.«

Susan schwieg.

»Er hat keinerlei Stärken«, sagte ich. »Er ist weder klug noch stark noch hübsch, nicht spaßig und nicht zäh. Das einzige, was er hat, ist eine Art bissiger Gemeinheit. Das reicht nicht.«

»Und was gedenkst du, deswegen zu unternehmen?« sagte Susan.

»Nun, adoptieren werde ich ihn nicht.«

»Wie wär's denn mit einer staatlichen Stelle? Dem Jugendamt zum Beispiel, oder etwas Ähnlichem?«

»Die haben schon genügend Ärger damit, ihren Anteil vom Bundesetat herauszuschinden. Ich würd' sie nicht mit einem Kind belasten wollen.«

»Ich kenne Leute, die für den Staat in der Sozialhilfe arbeiten. Einige sind mit großem Ernst dabei.«

»Und kompetent?«

»Einige.«

»Würdest du den Prozentsatz nennen?«

»Von denen, die mit Ernst dabei und kompetent sind?«

»Ja.«

»Du hast gewonnen«, sagte sie.

Wir bogen auf Route 128. »Also was schlägst du vor?« fragte Susan.

»Ich schlage vor, wir lassen ihn sausen«, sagte ich. »Mir fällt nichts ein, was man da ändern könnte.«

»Aber es bedrückt dich.«

»Klar, es bedrückt mich. Was ich wiederum auch gewohnt bin. Die Welt ist voll von Leuten, die ich nicht retten kann. Daran gewöhnt man sich. Ich hab' mich bei der Polizei daran gewöhnt. Jeder Polizist lernt das. Man muß, sonst ist man selbst auch geliefert.«

»Ich weiß«, sagte Susan.

»Andererseits sehe ich den Jungen vielleicht noch mal wieder.«

»Beruflich?«

»Ja. Der alte Herr wird ihn sich wiederholen. Sie wird versuchen, ihn zurückzukriegen. Sie sind zu dumm und zu schäbig, als daß sie das sein ließen. Es würde mich nicht wundern, wenn sie noch mal anriefe.«

»Dann wäre es klug von dir, nein zu sagen. Wenn du dich noch mal darauf einläßt, gibt es dir auch kein besseres Gefühl.«

»Ich weiß«, sagte ich.

Wir waren still. An der Ausfahrt Smithfield Center bog ich von Route 128 ab und fuhr zu Susans Haus.

»Ich hab' eine Flasche neuen Beaujolais«, sagte Susan in der Küche. »Wie wär's, wenn ich uns ein paar Cheeseburger mache und wir sie essen und dazu den Beaujolais trinken?«

»Kannst du mir mein Brötchen rösten?« sagte ich.

»Aber sicher kann ich«, sagte Susan. »Und wer weiß, vielleicht fache ich später noch dein Feuer an, Großer.«

»O Honigmund«, sagte ich. »Du verstehst wirklich, mit einem Mann zu reden.«

Sie gab mir die Flasche Wein. »Wo der Korkenzieher ist, weißt du. Mach sie auf und laß ihn ein bißchen atmen, bis ich die Cheeseburger fertig hab'.«

Das tat ich.

7

Patty Giacomin rief mich im April an einem Dienstag nachmittag um vier an. Ich hatte seit drei Monaten nichts von ihr gehört.

»Können Sie sofort zu mir kommen?« fragte sie.

Ich hatte mit den Füßen auf dem Schreibtisch in meinem Büro gesessen, die Frühlingsluft geschnuppert und *Ein ferner Spiegel* von Barbara Tuchman gelesen. Ich ließ den Finger auf der Seite, während ich ins Telefon sprach.

»Ich bin ziemlich beschäftigt«, sagte ich.

»Sie müssen kommen«, sagte sie. »Bitte.«

»Hat Ihr Mann wieder den Jungen geholt?«

»Nein. Er ist nicht mehr mein Mann. Nein, aber Paul wäre beinahe verletzt worden. Bitte, die versuchen es vielleicht noch mal. Bitte kommen Sie jetzt.«

»Sind Sie in Gefahr?«

»Nein. Ich weiß es nicht – vielleicht doch. Sie müssen herkommen.«

»Okay«, sagte ich. »Falls Gefahr droht, rufen Sie die Polizei. Ich bin in einer halben Stunde da.«

Ich hängte ein, legte mein Buch weg und brach auf nach Lexington.

Als ich ankam, erwartete Patty Giacomin mich an der Haustür. Sie trug ein weißes Stirnband, ein grünes Seidenhemd, einen beigen Plaidrock und gelbbraune Stiefel von Frye. Ihre Taille umschloß ein breiter brauner Gürtel, und ihr beinahe brauner Lippenstift glänzte. Wahrscheinlich hatte sie eben erst die Badewanne ausgeschrubbt.

»Ist der Junge okay?« fragte ich.

Sie nickte. »Treten Sie ein. Vielen Dank, daß Sie gekommen sind.«

Wir gingen durch den Flur und die drei Stufen hinauf ins Wohnzimmer. Vor dem großen Fenster auf der anderen Seite des Zimmers waren Blüten zu sehen.

»Möchten Sie etwas trinken?« fragte sie.

»Wie letztes Mal. Ein Bier, wenn Sie haben.«

Sie ging in die Küche und brachte mir eine Dose Budweiser und einen Bierkrug.

»Den Krug brauche ich nicht«, sagte ich. »Aus der Dose trinkt es sich auch gut.«

Irgendwo im Haus lief ein Fernsehgerät. Das bedeutete, daß Paul wahrscheinlich da war.

Patty goß sich ein Glas Sherry ein. »Setzen Sie sich doch«, sagte sie.

Ich nahm die Couch. Sie setzte sich mir gegenüber in einen Sessel und arrangierte ihre Beine. Ich schaute auf ihre Knie. Sie nippte ihren Sherry. Ich trank einen Schluck Bier.

Sie sagte: »War viel Verkehr?«

Ich sagte: »Mrs. Giacomin, ich bin Ihnen, so schnell es ging, zu Hilfe geeilt. Jetzt reden Sie mir nicht von Verkehrsverhältnissen.«

»Entschuldigen Sie. Es ist nur, weil ich mir jetzt, wo Sie hier sind, ein bißchen albern vorkomme. Vielleicht war meine Reaktion übertrieben.« Sie trank noch etwas von ihrem Sherry. »Aber trotzdem, verdammt auch, irgendwer hat versucht, mir Paul wieder wegzunehmen.«

»Ihr Mann?«

»Er selbst nicht, aber ich bin sicher, er steckt dahinter.«

»Was ist passiert?«

»Ein Fremder hielt Paul auf dem Heimweg von der Schule an und sagte ihm, daß sein Vater ihn sehen wolle. Paul wollte aber nicht mit ihm mitkommen, da stieg der Mann aus seinemWagen und lief ihm nach. Aber an der Kreuzung vor der Schule stand ein Polizist, und als Paul auf den zulief, setzte sich der Mann wieder ins Auto und fuhr weg.«

»Und Paul kam nach Hause?«

»Ja.«

»Dem Polizisten hat er nichts gesagt?«

»Nein.«

»Hat er denn – ich weiß, es ist ein alter Hut, aber ich war früher bei der Polizei –, er hat sich nicht die Autonummer gemerkt, oder?«

»Glaub ich nicht. Davon sagte er nichts.«

»Und den Mann kannte er auch nicht?«

»Nein.«

Wir schwiegen. Ich trank das Bier aus. Sie schlürfte weiter Sherry. Ich sah auf ihre Knie.

»Haben Sie die Polizei informiert?« sagte ich.

»Nein.«

»Glauben Sie, er hat einen Freund geschickt, um den Jungen abzuholen? Und der Freund war übereifrig?«

»Ich weiß nicht«, sagte sie. Ein wenig Schenkel zeigte sich jetzt über den Knien. »Er kennt schreckliche Leute. Geschäftlich verkehrt er mit ein paar richtigen Schlägertypen. Ich bin sicher, daß es einer von denen war.«

»Breite Revers? Dunkle Hemden? Weiße Schlipse? Große Hüte?«

»Ich meine es ernst«, sagte sie. »Ich glaube, er war mit Leuten bekannt, die auf der falschen Seite des Gesetzes stehen. Vielleicht stand er manchmal selber auf der falschen Seite.«

»Wie kommen Sie darauf?«

»Ach, ich weiß nicht, nur so ein Gefühl. Mit was für Leuten er sich abgab. Wie verschlossen er manchmal war.« Sie breitete die Arme aus. »Ein Gefühl nur. Möchten Sie noch ein Bier?«

»Gern.«

Sie ging in die Küche und holte mir eins, zog die Lasche für mich hoch und gab es mir. Dann schenkte sie sich ein zweites Glas Sherry ein.

»Haben Sie einen Plan?« fragte ich.

Sie stand vor mir, die Beine auseinander, die eine Hand auf der

Hüfte, und sah mich an. *Vogue Magazine*.

»Einen Plan?«

»Für mich, Sie wissen schon. Was soll ich tun?«

»Ich möchte, daß Sie hier bei uns bleiben«, sagte sie.

»Alle Wetter«, sagte ich. »Sie sind die fünfte schöne Frau heute, die mich darum bittet.«

»Ich möchte, daß Sie Paul beschützen, und ehrlich gesagt, auch mich. Ich weiß nicht, was Mel tun könnte.«

»Wollen Sie andeuten, daß er zu allem fähig ist?«

»Ja. Das ist er. Ich weiß, Sie lachen über mich, aber Sie kennen ihn ja nicht. Ich habe Angst.«

Sie setzte sich auf die Kante des Sessels, die Knie aneinandergepreßt, die Hände, deren eine das Glas Sherry hielt, auf die Knie gepreßt. Sie beugte sich zu mir vor und befeuchtete ihre Unterlippe mit der Zungenspitze. Verwundbar.

»Sie möchten, daß ich ganz herziehe und hier die Nacht verbringe und alles?«

Sie schlug die Augen nieder. »Ja«, sagte sie.

»Das ist ziemlich teuer. Das heißt, Sie müssen mich vierundzwanzig Stunden täglich bezahlen.«

»Das geht schon, ich habe Geld. Es ist mir egal. Ich brauche hier jemand.«

»Für wie lange?« sagte ich.

Sie sah überrascht aus. »Ich weiß nicht. Darüber habe ich nicht nachgedacht.«

»Ich kann nicht hierbleiben, bis der Junge einundzwanzig ist. Bewachen ist eine vorübergehende Maßnahme, verstehen Sie. Auf lange Sicht müssen Sie eine bessere Lösung finden.«

»Werde ich auch«, sagte sie. »Werde ich schon. Aber für eine kleine Weile eben. Ich habe Angst. Paul hat Angst. Wir müssen einen Mann hierhaben.«

Ich blickte an ihr vorbei, und im Schatten am Ende der Treppe stand Paul und lauschte. Wir schauten uns an. Dann drehte er sich um und verschwand. Ich sah wieder auf seine Mutter.

Sie hob den Blick. »Werden Sie bleiben?« fragte sie.

»Natürlich. Ich muß nur nach Hause und eine Tasche packen.«

»Dann kommen wir mit«, meinte sie. Sie lächelte. »Paul und ich fahren mit Ihnen. Ich würde sowieso gern mal sehen, wie Sie wohnen.«

»Tja, ich habe einen Sportwagen. Da ist nur Platz für zwei.«

»Wir nehmen meinen«, sagte sie. »Dann sind wir bei Ihnen in Sicherheit. Und auf dem Rückweg können wir irgendwo essen. Oder hätten Sie gerne etwas Selbstgekochtes? Sie Ärmster, wahrscheinlich essen Sie nur immer in Lokalen. Sind Sie verheiratet? Nein, sind Sie wohl nicht. Ich glaube, das weiß ich schon.« Sie rief die Treppe hinauf. »Paul. Paul, komm runter. Mr. Spenser bleibt bei uns.« Sie trank den Rest ihres Sherrys.

»Wir können uns ruhig unterwegs ein Sandwich kaufen«, sagte ich.

»Nein. Wenn wir zurückkommen, koche ich Ihnen etwas zu Abend. Keine Widerrede . . . Paul, los, wir wollen bei Mr. Spenser einige Sachen abholen, damit er bleiben kann.«

Paul kam die paar Stufen von seinem Zimmer herunter ins Wohnzimmer. Er hatte ein langärmliges Hemd mit lauter pastellfarbenen Blumen an, eine schwarze Kordhose und die Top-Sider-Mokassins. Allenfalls war er seit Januar noch dünner geworden.

Ich nickte ihm zu. Er war still. Seine Mutter sagte: »Hol deinen Mantel, wir fahren zu Mr. Spenser, um seinen Koffer abzuholen.«

Paul zog die Matrosenjacke an, die er auch im Januar getragen hatte. Zwei Knöpfe fehlten. Aber es war ohnehin zu warm, um sie zuzuknöpfen. Wir stiegen in Patty Giacomins handgeschalteten Audi Fox und fuhren nach Boston. Wir gingen in mein Apartment, wo Paul den Fernseher anwarf und sich mit den Händen in den Taschen seiner Seemannsjacke davorsetzte. Seine Mutter sagte mir, die Wohnung sei schön und bezeichnete sie als Junggesellenbude. Sie schaute sich Susans Bild auf dem Bücherregal an und fragte nach ihr. Sie bemerkte, daß die Küche fleckenlos sauber sei. Ich verstaute einiges zum Anziehen, Rasierzeug und eine Schachtel 38er Munition in meinem Koffer und sagte, ich sei fertig. Patty fragte, ob mir das Alleineleben nicht zu einsam wäre. Manchmal schon, sagte ich. Paul starrte auf eine Wiederholung von *Meine drei Söhne*.

Sie meinte, für einen Mann sei es wohl einfacher, alleine zu leben. Ich sagte, dessen sei ich mir nicht sicher, aber ich hätte Freunde und oft viel zu tun. Das mit Susan versuchte ich nicht zu erklären.

Auf dem Rückweg nach Lexington hielten wir bei einem *Star Market*, und Patty Giacomin löste an der Kreditkasse einen Scheck ein und kaufte verschiedene Lebensmittel. Dann fuhren wir zu ihr nach Hause, und sie kochte für uns zu Abend.

Steak und Bratkartoffeln und Erbsen, dazu eine Flasche portugiesischen Rosé. Erfindungsreich.

Nach dem Essen guckte Paul wieder in die Röhre, und Patty

Giacomin räumte den Tisch ab. Ich erbot mich, ihr zu helfen.

»Aber nein«, sagte sie. »Bleiben Sie nur ja sitzen. Es ist ein Vergnügen, wieder mal einen Mann zu bedienen.«

Ich sah auf meine Uhr. Es war noch keine zehn.

8

Das Giacomin-Haus war in drei Ebenen angelegt. Ich hatte ein Zimmer im vorderen Teil. Gegenüber war ein kleines Bad mit Dusche. Nebenan war ein Hobbyraum, in dem ein Pingpongtisch stand, und neben dem Bad war ein Büro, das Mel Giacomin gelegentlich zur Arbeit benutzt hatte, als er noch hier wohnte. Im nächsten Teil befand sich das Wohnzimmer, mit Eßzimmer und Küche um die Ecke. Im dritten Teil gab es ein Bad und drei weitere Schlafzimmer. Dort schlief Patty Giacomin und ebenso Paul.

Am nächsten Morgen fuhr ich Paul um fünf Minuten vor halb acht zur Schule. Er aß nichts zum Frühstück. Seine Mutter war hinter geschlossener Tür im Bad, als er ging. Ich brachte ihn direkt zum Eingang der Schule.

Als er ausstieg, sagte ich: »Wann hört die Schule auf?«

Er sagte: »Um fünf nach zwei wahrscheinlich. Ich weiß nicht genau.«

»Wenn sie aus ist«, sagte ich, »warte ich hier am Eingang. Geh nicht woanders raus. Geh mit keinem irgendwohin außer mit mir.«

Er nickte und schlurfte über den Schulhof. Ich bemerkte, daß er ungekämmt war. Ich saß im Wagen und schaute ihm nach, bis er außer Sicht war, dann wendete ich und fuhr zur Emerson Road zurück. Patty Giacomin war aus dem Bad heraus, gebadet und gepudert, und glänzte vor Make-up. Sie trug eine rote Schürze mit gelben Blumen und darunter eine kastanienbraune Bluse, weiße Karottenhosen und weiße Sandalen. Ihre Zehennägel waren lakkiert. Kaffee lief durch eine Filtermaschine, Speck schmorte, und im Toaster steckte Toast. Der Eßtisch war für zwei gedeckt und der Orangensaft schon in den Gläsern. Marmelade stand bereit, und ein Brettchen mit Butter.

»Setzen Sie sich,« sagte sie. »Das Frühstück ist fast fertig.«

»Paul weiß gar nicht, was er verpaßt, wenn er einfach so in die Schule abmarschiert«, sagte ich.

»Oh, er frühstückt nie. Er haßt das. Bin eigentlich auch froh darüber. Er ist morgens immer so ein Muffel. Wie möchten Sie die

Eier?«
»Leicht überbacken.«
»Hinsetzen«, sagte sie. »Es ist gleich soweit.«
Ich setzte mich.
»Trinken Sie Orangensaft«, sagte sie. »Warten Sie nicht erst. Ich setz mich auch gleich.«
Ich trank meinen Orangensaft. Gekühlt. Der Toast sprang heraus. Patty Giacomin legte die vier Scheiben auf einen Teller, schob vier frische Scheiben nach und stellte den Teller auf den Tisch.
Ich sagte: »Soll ich sie mit Butter bestreichen?«
»Ja, danke.«
Ich bestrich den Toast. Patty legte vier Streifen Speck und zwei leicht überbackene Eier auf meinen Teller und stellte ihn vor mich hin. Sie selbst nahm ein Ei und zwei Streifen Speck. Dann setzte sie sich und trank ihren Orangensaft.
»Das ist sehr nett«, sagte ich.
»Na, wo Sie doch hier schon eine Frau und einen Jungen am Hals haben, fand ich, Sie sollten wenigstens anständig bewirtet werden.«
Ich schüttete Kaffee ein, erst in ihre Tasse, dann in meine.
»Jetzt am Wochenende müßt ihr Männer euch allerdings behelfen«, sagte sie.
Ich aß ein Stück Speck und einen Happen Ei.
»Übers Wochenende werde ich weg sein«, sagte sie.
Ich nickte.
»Ich möchte in New York Freunde besuchen.«
Wieder nickte ich und aß weiter.
»Ich fahre jeden Monat mal dahin, geh' ins Theater, in eine Ausstellung. Es ist sehr anregend.«
»Ja«, sagte ich. Ich aß den Rest meiner Eier.
Sie schnitt ein Stückchen von ihrem Ei ab. »Kennen Sie New York, Mr. Spenser?«
»Das, was jeder meint, wenn er das fragt. Ich kenne das Zentrum von Manhattan.«
»Ja, das stimmt wohl. Das verstehen wir unter New York, wenn wir zum Besuch hinfahren.« Sie trank etwas Kaffee.
»Wer ist denn sonst bei Paul geblieben, wenn Sie hingefahren sind? Jemand von Pinkerton?«
Sie lächelte mich an. »Nein, ich habe eine Frau kommen lassen, Mrs. Travitz normalerweise; manchmal sprang auch Sally Washburn ein. Ich habe immer jemanden geholt.«

»Glauben Sie, es macht Paul etwas aus, mit mir allein zu bleiben?«

Sie sah mich ein wenig überrascht an, als hätte ich eine dumme Frage gestellt. »Aber nein. Paul mag Sie. Er versteht, daß ich schon mal hier raus muß. Daß ich mir eine Erfüllung suchen muß. Er begreift, daß ich nicht nur Mutter sein kann, wie ich auch nicht nur Ehefrau sein konnte.«

»Natürlich«, sagte ich.

»Es ist bemerkenswert, finde ich, wie lange die Frauen gebraucht haben, um den Wert und die Notwendigkeit der Selbstverwirklichung zu erkennen«, sagte sie.

»Ist doch zu erstaunlich«, sagte ich. »Wie lange es gedauert hat.«

»Ja. New York ist in gewisser Weise mein Sicherheitsventil.«

»Man kommt auch mal zum Einkaufen, wenn man dort ist«, sagte ich.

Sie nickte. »Ja, normalerweise lasse ich mir einen Tag Zeit für die Fifth Avenue.«

»Paul schon mal mitgenommen?«

»Ach Gott, nein. Er hätte überhaupt keinen Spaß dabei und müßte sich zu allem zwingen. Nein, er würde es mir verderben. Sie haben keine Kinder, nicht?«

»Nee.«

Sie lachte schnaubend. »Da haben Sie Glück«, sagte sie. »Doppeltes Glück, Sie sind ein Mann, und Sie haben keine Kinder.«

»Was ist mit der Selbstverwirklichung und dem?«

»Das meine ich ernst. Ich kämpfe darum. Aber was nützt es einer alleinstehenden Frau?«

»Wieso ist Verheiratetsein denn so wichtig?« sagte ich.

»Weil es die Dollars bringt«, sagte sie. »Als ob Sie das nicht wüßten.«

»Bin mir nicht sicher, ob ich es weiß, aber ich war nie verheiratet.«

»Sie wissen, was ich meine. Männer haben Geld. Eine Frau braucht einen Mann, um dranzukommen.«

»Ich frage mich, ob Gloria Steinem Nachhilfeunterricht gibt«, sagte ich.

»Ach, so ein Krampf«, sagte Patty Giacomin. Sie war hochrot. »Wahrscheinlich klopfen Sie wie jeder hier liberale Sprüche, aber Sie wissen schon, wie es in Wirklichkeit aussieht. Die Männer haben das Geld und die Macht, und wenn eine Frau etwas davon will, schnappt sie sich am besten einen Mann.«

Ich zuckte die Schultern. Mir dämmerte allmählich, wie Paul zu dieser Gewohnheit gekommen war.

»Ich kenne einige Leute, die Ihnen vielleicht widersprechen würden«, sagte ich. »Aber ich gehöre nicht zu ihnen. Ich bin zu sehr damit beschäftigt, mein Geld zu zählen und meine Machtstellung auszubauen.«

Sie lächelte. »Sie sehen ziemlich kräftig aus«, sagte sie. »Heben Sie Gewichte?«

»Manchmal«, sagte ich.

»Das dachte ich mir. Mein Mann, mein früherer Mann, trainierte das auch.«

»Nicht genug«, sagte ich.

»Das stimmt, Sie haben ihn ja gesehen, nicht? Er ist dick geworden. Aber als wir uns kennenlernten, sah er wirklich gut aus.«

»Glauben Sie wirklich, daß er noch mal die Finger nach Paul ausstrecken wird?« fragte ich.

»Ganz bestimmt«, sagte sie. »Er ist, er ist . . .« Sie suchte nach Worten. »Ich weiß nicht, er ist eben so. Er muß abrechnen. Er verträgt es nicht, wenn er verliert.«

»Die Eroberung der Fahne«, sagte ich.

»Wie bitte?«

Ich schüttelte den Kopf. »Nur so gedacht.«

»Nein, bitte sagen Sie es mir. Sie hatten doch etwas. Sind Sie unzufrieden mit mir?«

»Meine Aufgabe ist, dafür zu sorgen, daß Ihrem Jungen nichts passiert.«

»Aber Sie sagten doch vorhin etwas. Bitte wiederholen Sie das.«

»Ich sagte, die Eroberung der Fahne. Ihr Junge ist wie eine Trophäe, um die Sie beide kämpfen.«

»Also, dieser Scheißkerl kriegt ihn jedenfalls nicht«, sagte sie.

»Stimmt«, sagte ich.

»Warum nehmen Sie Ihren Kaffee nicht mit ins Wohnzimmer und lesen die Zeitung?« sagte Patty. »Dann räume ich hier schon mal auf.«

Ich ging.

Sie fuhrwerkte in ihrer geblümten Schürze herum, verstaute das Geschirr im Geschirrspüler und fegte den Boden. Als mein Frühstück sich gesetzt hatte und ich mit Zeitunglesen fertig war, zog ich mich in meinem Zimmer um und ging hinaus, um zu laufen.

Der Winter war vorbei. Das Wetter war gut, und irgendwo hörte man wahrscheinlich den Ruf der Taube. Was ich hörte, waren vor allem Spatzen. Ich joggte in Richtung Innenstadt und fühlte die Frühlingssonne auf meinem Rücken. Die Luft war immer noch scharf. Es war nicht Sommer geworden, aber nach einer Meile lief mir angenehm der Schweiß, ich fühlte Kraft in meinen Beinen, und meine Muskeln waren locker. Noch andere Läufer waren draußen, zumeist Frauen um diese Tageszeit. Wahrscheinlich auf der Jagd nach einem Mann, um sich an dem Geld und der Macht zu beteiligen. Wahrscheinlich der Grund, warum Susan sich an mich gehängt hatte. Arme alte Patty. Sie hatte das ganze Zeug im *Cosmopolitan* gelesen und kannte das ganze Vokabular der Selbstverwirklichung, aber alles, was sie letztlich wollte, war ein Mann mit Geld und Macht.

Vor mir joggte eine junge Frau. Sie trug das Oberteil eines beige-blauen Trainingsanzugs und knappe blaue Shorts. Ich verlangsamte, um hinter ihr zu bleiben und ihren Lauf in den knapp geschnittenen Shorts zu würdigen. Frauen sahen im Frühling wirklicher aus. So wie diese. Sie hatte noch keine Gelegenheit gehabt, sich im neuen Jahr Farbe zu holen, und ihre Beine waren weiß und sahen verwundbar aus. Gute Beine allerdings. Ich fragte mich, ob sie, wenn ich ihr Geld und Macht bot, mit mir joggen würde. Es war möglich. Es war aber auch möglich, daß sie dann beschleunigte und davonlief und es mir nicht gelingen würde, sie einzuholen. Das wäre demütigend. Ich nahm Tempo auf und zog an ihr vorbei. Sie hatte große goldene Ohrringe an und schenkte mir ein Lächeln unter guten Kameraden, als ich überholte. Ich versuchte, mächtig und reich auszusehen, aber sie legte keinen Schritt zu, um mich noch zu erwischen.

Ich lief hinunter durch Lexington Mitte, am Denkmal vorbei, und kehrte in einem weiten Bogen zur Emerson Road zurück. Es dauerte etwa eine und eine viertel Stunde, das hieß, ich hatte sieben oder acht Meilen zurückgelegt. Pattys Wagen war fort. Ich machte ein paar Dehnübungen, nahm eine Dusche und zog mich an. Ich hörte Pattys Wagen vorfahren. Und als ich hinausging, kam sie gerade mit ein paar Lebensmitteln in die Küche gefegt.

»Hallo«, sagte sie. »Möchten Sie was zu Mittag?«

»Sind Sie auf mein Geld und meine Macht aus?« fragte ich.

Sie sah mich rasch von der Seite an. »Vielleicht«, meinte sie.

9

Am Wochenende verbesserte Paul seinen Fernsehdurchschnitt. Patty Giacomin war abgereist, um sich in New York selbstzuverwirklichen. Ich hatte das Wohnzimmer für mich, und Paul rührte sich aus seinem Zimmer nur, um hin und wieder einen Ausflug in die Küche zu unternehmen, wo er oft minutenlang in den Kühlschrank starrte. Er aß kaum etwas. Das Starren in den Kühlschrank war scheinbar nur ein Zeitvertreib.

Ich mußte bei ihm bleiben, also konnte ich nicht laufen oder in Susans Haus Schränke einbauen, wie ich es versprochen hatte. Die meiste Zeit hindurch las ich, über Enguerrand de Coucy und das Leben im vierzehnten Jahrhundert. Am Samstag nachmittag sah ich mir am Bildschirm ein Baseballspiel an. Gegen sechs am Samstag nachmittag rief ich Paul von der Treppe aus.

»Willst du was zu Abend essen?«

Er antwortete nicht. Ich brüllte noch einmal. Er kam an seine Zimmertür und sagte: »Was?«

»Ob du Abendbrot möchtest.«

»Ist mir egal.«

»Also, ich werd was machen«, sagte ich, »ich hab' Hunger. Wenn du etwas haben willst, gib mir Bescheid.«

Er ging in sein Zimmer zurück. Ich konnte das Geschnatter eines alten Spielfilms hören.

Ich ging in die Küche und ermittelte. Ein paar Schweinekoteletts waren da. Ich sah in den Schrank. Reis war da. Ich fand Pignolien und eingemachte Ananas, Knoblauch und eine Dose Mandarinen. Nochmals inspizierte ich den Kühlschrank. Auch Sahne war da. Rahm wäre besser gewesen, aber man behilft sich. Außerdem sah ich zwölf Dosen Schlitz, die Patty Giacomin hineingelegt hatte, bevor sie weggefahren war. Sie hatte nicht gefragt. Wenn sie gefragt hätte, würde ich Beck's bestellt haben. Aber man behilft sich. Ich öffnete eine Dose. Ich trank etwas. Frisch und schön spritzig, keine Spur von Tannin.

Ich löste Fleisch vom den Knochen und schnitt es zurecht. Die Reste warf ich weg. Einen Fleischklopfer schien Patty Giacomin nicht zu besitzen, also klopfte ich die Schweinsmedaillons mit dem Rücken eines Fleischmessers. Ich goß ein wenig Öl in die Bratpfanne, ließ es heiß werden und legte das Fleisch zum Bräunen hinein. Ich trank den Rest meines Schlitz' und öffnete eine neue

Dose. Als das Fleisch angebraten war, gab ich eine Knoblauchzehe dazu und, nachdem der Knoblauch aufgeweicht war, etwas Ananassaft und bedeckte die Pfanne. Ich setzte Reis mit Hühnerbrühe, Pignolien, Thymian, Petersilie und einem Lorbeerblatt an und schob das Ganze in den Ofen. Nach etwa fünf Minuten nahm ich den Deckel von der Bratpfanne, ließ den Ananassaft verkochen, goß Sahne hinzu und ließ auch diese kurz einkochen. Danach gab ich Ananasstücke und einige Mandarinenschnitze hinein, schaltete den Herd ab und legte den Deckel auf die Pfanne, damit sie warm blieb. Dann deckte ich den Küchentisch für zwei. Ich war bei meiner vierten Dose Schlitz, als der Reis fertig war. Der halbe Kopfsalat aus dem Kühlschrank war mit einer Soße aus Essig und Öl, die ich mit Senf und zwei kleingehackten Knoblauchzehen verfeinerte, schnell angemacht.

Ich holte zwei Teller heraus, verteilte Reis und Fleisch auf beide, goß für Paul ein Glas Milch ein und ging mit meiner Dose Bier zum Fuß der Treppe.

»Dinner«, brüllte ich laut. Dann ging ich zurück und setzte mich zum Essen.

Ich war halb damit fertig, als Paul erschien. Er sagte nichts. Er zog den Stuhl mir gegenüber heraus und setzte sich an den Platz, den ich gedeckt hatte.

»Was ist das?« fragte er.

»Schweinefleisch, Soße, Reis und Salat«, sagte ich. Ich nahm einen Bissen Fleisch und spülte ihn mit einem Schluck Bier herunter. »Und Milch.«

Paul stupste das Schweinsmedaillon mit seiner Gabel an. Ich aß Reis. Er pickte mit den Fingern ein Salatblatt aus der Schüssel und aß es.

Ich sagte: »Was hast du gesehen?«

Er sagte: »Fernsehen.«

Ich nickte. Er stupste das Schweinsmedaillon noch einmal. Dann nahm er eine kleine Gabel voll Reis und aß sie.

Ich sagte: »Was hast du im Fernsehen angeschaut?«

»Spielfilm.« Er schnitt ein Stück Fleisch ab und aß es.

Ich sagte: »Was für einen Spielfilm?«

»*Charlie Chan in Panama*.«

»Mit Warner Oland oder Sidney Toler?« fragte ich.

»Sidney Toler.« Er langte in die Salatschüssel und nahm eine Gabel voll Salat und stopfte sie sich in den Mund. Ich sagte nichts. Er

aß etwas Fleisch und Reis.
»Ha'm Sie das gekocht?«
»Ja.«
»Woher wissen Sie denn, wie das geht?«
»Hab's mir beigebracht.«
»Und wo haben Sie das Rezept her?«
»Ich hab's erfunden.«
Er sah mich verständnislos an.
»Na, irgendwie halt ausgedacht. Ich hab' schon eine Unmenge Sachen gegessen, und unter anderem auch in Lokalen, wo es Essen mit Soße gibt. So bin ich irgendwie draufgekommen, wie Soßen gehen.«
»Kriegt man das in einem Restaurant?«
»Nein, ich hab's mir ausgedacht.«
»Ich versteh' nicht, wie Sie das können.«
»Es ist einfach, wenn man erst weiß, daß Soßen nur auf wenige verschiedene Arten zubereitet werden. Man kocht zum Beispiel eine Flüssigkeit auf, bis sie sirupartig dick ist, dann gibt man den Rahm dazu. Was dabei herauskommt, ist im Prinzip Rahm mit Ananasgeschmack, oder Rahm mit Weingeschmack, Rahm mit Biergeschmack, oder was du willst. Echt, das ginge sogar mit Cola, aber wer hätte da Appetit drauf?«
»Mein Vater hat nie gekocht«, sagte Paul.
»Meiner schon«, sagte ich.
»Er meinte, Mädchen würden kochen.«
»Halb hatte er recht«, sagte ich.
»Hm?«
»Mädchen kochen zwar, Jungen aber auch. Männer auch und Frauen auch, verstehst du? Er hatte recht.«
»Ja, klar.«
»Was hast du dir denn abends gemacht, wenn deine Mutter nicht daheim war?«
»Die Frau, die nach mir sehen kam, hat für mich gekocht.«
»Hat dein Vater auch mal nach dir gesehen?«
»Nein.«
Wir waren mit essen fertig. Ich räumte den Tisch ab und stellte das Geschirr in die Spülmaschine. Die Töpfe hatte ich schon gewaschen.
»Gibt's Nachtisch?« sagte Paul.
»Nein. Möchtest du dir ein Eis holen oder so was?«
»Okay.«

»Wo kriegen wir eins her?« fragte ich.

»Baskin-Robbins«, sagte er. »Es ist in der Innenstadt. Nicht weit von da, wo wir mal essen waren.«

»Okay«, sagte ich. »Gehen wir.«

Paul kaufte sich eine große gemischte Portion mit Sahne. Ich verzichtete.

Auf der Heimfahrt fragte er: »Wieso haben Sie sich denn kein Eis gekauft?«

»Das ist ein Kompromiß von mir«, sagte ich. »Wenn ich Bier trinke, esse ich keinen Nachtisch.«

»Tun Sie nie beides zusammen?«

»Nein.«

»Niemals?«

Ich senkte meine Stimme und warf mich in die Brust, während ich fuhr. Ich sagte: »Ein Mann muß tun, was er zu tun hat, Junge.«

Es war dunkel, und ich konnte nicht gut sehen. Mir schien, daß er beinahe lächelte.

10

Es war schon fast der erste Mai, und ich war immer noch da. Jeden Morgen servierte Patty Giacomin mir das Frühstück, jeden Mittag ein Lunch, jeden Abend ein Dinner. Anfangs hatte Paul abends mit uns gegessen, aber seit einer Woche nahm er ein Tablett mit auf sein Zimmer, und Patty und ich aßen alleine. Pattys Vorstellung von Delikatesse war, die Brokkoli mit Miracle Whip zu garnieren. Das störte mich nicht. Ich hatte sogar das Essen bei der Armee gemocht. Was mich störte, war das zunehmende Gefühl von Intimität. Neuerdings gab es zum Essen immer Wein. Der Wein war dem Essen entsprechend: *Blue Nun*; *Riunite* in Rot, Weiß und Rosé; eine Flasche kalte Ente. Ich aß das Bratenfleisch und schlürfte den Lambrusco, und sie erzählte mir von ihrem Tagesablauf, sprach vom Fernsehen oder wiederholte einen Witz, den sie gehört hatte. Ich fing an, Paul zu beneiden.

Es war so warm, daß ich das Verdeck herunterlassen konnte, als ich Paul an einem Donnerstagmorgen vor der Schule absetzte und zurück zur Emerson Road fuhr. Die Sonne war stark, der Wind sanft, ich ließ bei voller Lautstärke ein Sarah-Vaughan-Band laufen. Sie sang *Thanks for the Memories*, und ich hätte mich fühlen müssen wie ein ganzes Blasorchester. Aber so war es nicht; ich fühlte mich wie eine Nachtigall ohne ein Lied. Es war kein Frühlingsfieber. Es war Gefangenschaft.

Zwar konnte ich jeden Morgen meine Meilen einbringen, doch seit mehr als zwei Wochen war ich in keiner Halle gewesen. Ich hatte Susan in dieser Zeit nicht gesehen. Ich war keine zwölf Meter von einem Giacomin entfernt gewesen, seit ich nach Lexington gekommen war. Ich brauchte einen Sandsack zum Boxen, ich brauchte Hanteltraining auf der Bank, ich mußte unbedingt Susan sehen. Ich fühlte mich verkrampft und reizbar und dünnhäutig vor Ärger, als ich in die Einfahrt einbog.

Auf dem Küchentisch standen Blumen, und er war für zwei gedeckt, ein Glas Orangensaft jeweils schon eingeschenkt. Und auf der Anrichte lief die Küchenmaschine. Aber Patty Giacomin war nicht in der Küche. Es brieten keine Eier. Kein Speck. Gut. Mein Cholesterinspiegel war mittlerweile wohl schon in Lichtjahren bemessen. Ich nahm eins der Gläser mit Orangensaft und trank ihn. Das leere Glas stellte ich in die Spülmaschine.

Patty Giacomin rief aus dem Wohnzimmer: »Sind Sie das?«

»Ja, ich bin's«, sagte ich.

»Kommen Sie mal rein«, sagte sie. »Ich möchte Ihre Meinung zu etwas hören.«

Ich ging ins Wohnzimmer. Sie stand am anderen Ende, vor dem großen Aussichtsfenster, das auf ihren Garten hinausging. Die Morgensonne drang herein und wirkte als ein fast dramatischer Beleuchtungseffekt.

»Was halten Sie davon?« fragte sie.

Sie trug einen metallisch blauen Frisiermantel und stand da in Mannequinpose, einen Fuß im rechten Winkel nach außen, die Knie leicht nach vorn, die Schultern zurück, so daß ihre Brüste vorragten. Das Sonnenlicht war hell genug und der Mantel dünn genug, um mehr als ahnen zu lassen, daß sie nichts darunter anhatte.

Ich sagte: »Jesus Christus.«

Sie sagte: »Schön?«

Ich sagte: »Sie müßten eine Rose zwischen den Zähnen halten.«

Sie krauste die Stirn. »Gefällt Ihnen mein Mantel nicht?« Ihre Unterlippe schob sich etwas vor. Sie drehte sich, während sie sprach, und wandte sich mir zu, die Beine auseinander, die Hände auf den Hüften. Die helle Sonne zeichnete ihre Silhouette durch den Stoff.

»Doch. Der Mantel ist hübsch«, sagte ich. Mir war ein bißchen fiebrig. Ich räusperte mich.

»Warum kommen Sie nicht her und schauen sich's von nahem an?« sagte sie.

»Ich kann furchtbar viel sehen von hier aus«, sagte ich.

»Aber möchten Sie nicht mehr sehen?« sagte sie.

Ich schüttelte den Kopf.

Sie lächelte behutsam und ließ den Mantel aufgehen. Er hing gerade herunter und rahmte ihren nackten Körper ein. Das Blau paßte hübsch zu ihrer Hautfarbe.

»Möchten Sie es sich bestimmt nicht näher ansehen?« sagte sie.

Ich sagte: »Jesus Christus, wer schreibt Ihren Dialog?«

Ihr Gesicht erstarrte.

»Was?«

»So würde es in *Das Partnerspiel* zugehen, wenn es jemand verfilmen dürfte.«

Sie wurde rot. Der offene Frisiermantel ließ sie weniger sexy als verwundbar erscheinen.

»Sie wollen mich nicht«, stieß sie flüsternd hervor.

»Natürlich will ich Sie. Ich will jede gutaussehende Frau, der ich begegne, und wenn sie mir ihr Schambein entgegenreckt, werde ich feuerheiß. Aber so geht das nicht, Kindchen.«

Ihr Gesicht blieb rot. Ihre Stimme blieb ein Flüstern, wenn sie auch jetzt rauher und weniger bühnenhaft klang.

»Warum?« sagte sie. »Warum geht es so nicht?«

»Nun, zunächst einmal, es ist gestellt.«

»Gestellt?«

»Ja, als ob Sie *Die verführerische Frau* gelesen und sich Notizen gemacht hätten.«

Ihre Augen füllten sich. Sie ließ die Hände an den Seiten herunterhängen.

»Und nicht nur das. Dazu kommt Paul, zum Beispiel. Und eine Frau, die ich kenne.«

»Paul? Verdammt, was hat denn Paul damit zu tun?« Sie flüsterte jetzt nicht mehr. Ihre Stimme war scharf. »Brauche ich eine Erlaubnis von Paul, um zu bumsen?«

»Von Erlaubnis ist nicht die Rede. Es würde Paul nicht gefallen, wenn er es herausfände.«

»Was wissen Sie denn von meinem Sohn?« sagte sie. »Was glauben Sie, was ihn das kümmert? Meinen Sie, er würde dann weniger von mir halten als jetzt?«

»Nein«, sagte ich. »Er würde weniger von mir halten.«

Sie stand bewegungslos für vielleicht fünf Sekunden. Dann faßte sie bedächtig an ihren Mantel und streifte ihn über die Schultern zurück und ließ ihn zu Boden fallen. Sie war nackt bis auf ein Paar Sandaletten, die offenbar aus transparentem Kunststoff bestanden. »Das meiste haben Sie schon gesehen«, sagte sie. »Möchten Sie alles sehen?« Sie drehte sich langsam im Kreis, um 360 Grad, die Arme seitlich abgehoben. »Was gefällt Ihnen am besten?«

Ihre Stimme war jetzt sehr rauh, und sie hatte Tränen auf den Wangen. »Wollen Sie mich bezahlen?« Sie kam zu mir herüber. »Sie halten mich für eine Hure, vielleicht wollen Sie mir Geld geben. Zwanzig Dollar, Mister? Ich mach es Ihnen gut.«

»Hören Sie auf«, sagte ich.

»Wer sollte Paul denn erzählen, daß Sie es mit seiner nuttigen Mutter getrieben haben? Wer würde denn erfahren, daß Sie säuisch gewesen sind?«

Ihre Stimme zitterte und brach sich. Sie weinte.

»Sie würden es ihm sagen, wenn eine gute Gelegenheit käme. Oder Sie würden es seinem Vater sagen, und sein Vater ihm. Außerdem ist da auch diese Frau, die ich kenne.«

Patty Giacomin drückte sich an mich. Ihre Schultern hoben und senkten sich, sie weinte heftig. »Bitte«, sagte sie. »Ich war doch immer gut. Ich habe gekocht. Ich bezahle Sie. Tun Sie das bitte nicht.«

Ich legte meine Arme um sie und tätschelte ihren bloßen Rücken. Sie begrub ihr Gesicht an meiner Brust, während sie die Arme lang hängen ließ, und so, splitternackt bis auf die durchsichtigen Schuhe, schluchzte sie eine ganze Weile hemmungslos. Ich streichelte ihren Rücken und versuchte, an andere Dinge zu denken. *Carl Hubbell warf in einer Starbegegnung Cronin, Ruth, Gehrig, Simmons und Jimmy Foxx aus dem Feld.* War das 1934? Das Heulen nahm zu, es schien sich von sich selbst zu nähren. Ich legte mein Kinn auf ihren Kopf. *Wer spielte mit Cousy im Holy Cross? Kaftan. Joe Mullaney? Dermie O'Connell. Frank Oftring.* Ihr Körper preßte sich an mich. Ich überlegte schärfer: *Die absolute Spitzenauswahl aller Stars, die ich gesehen hatte; Musial; Jackie Robinson; Reese; und Brooks Robinson. Williams; DiMaggio; Mays; Roy Campanella; Sandy Koufax, linker Werfer; Bob Gibson, rechter Werfer; Joe Page in der Reserve.* Sie weinte jetzt weniger.

»Kommen Sie«, sagte ich. »Sie ziehen sich an, ich nehme eine kalte Dusche, und dann frühstücken wir.«

Sie rührte sich nicht, aber das Weinen hörte auf. Ich hörte auf zu streicheln. Sie trat weg und bückte sich anmutig, um den Frisiermantel aufzuheben. Sie zog ihn nicht über. Sie sah mich nicht an. Sie ging hinaus zu ihrem Zimmer.

Ich ging in die Küche und stellte mich an die offene Hintertür und atmete eine Menge später Aprilluft ein. Dann goß ich Kaffee in eine Tasse und trank davon und verbrühte mir ein bißchen die Zunge. Unübertroffen als Gegenmittel.

Es vergingen vielleicht fünf Minuten, bis sie aus dem Schlafzimmer kam. In der Zwischenzeit durchstöberte ich die Küche und brachte ein Omelett mit Kartoffeln und Zwiebeln zusammen. Es brutzelte, als sie in die Küche kam. Ihr Make-up war gut und ihr Haar frisiert, aber ihr Gesicht hatte noch das häßlich gerötete Aussehen, das vom Weinen kommt.

»Setzen Sie sich«, sagte ich. »Heute morgen werden Sie bedient.« Ich schüttete ihr Kaffee ein.

Sie setzte sich und nippte an dem Kaffee.

Ich sagte: »Das ist zwar peinlich jetzt, aber es muß nicht so peinlich sein. Ihr Angebot schmeichelt mir. Sie sollten es nicht als Zurückweisung auffassen, daß ich ablehnte.«

Sie trank wieder Kaffee, schüttelte leicht den Kopf und schwieg.

»Schauen Sie«, sagte ich. »Sie haben eine miese Scheidung hinter sich. Sechzehn Jahre hindurch oder länger sind Sie Hausfrau gewesen, und jetzt ist mit einemmal kein Mann im Haus. Sie fühlen sich etwas verloren. Und dann ziehe ich ein. Sie fangen an, für mich zu kochen. Stellen Blumen auf den Tisch. Ziemlich bald sind Sie wieder eine Hausfrau. Dieser Morgen mußte kommen. Sie mußten sich als die Frau im Haus beweisen, verstehen Sie? Es wäre eine Art Bestätigung gewesen. Und es hätte einen Zustand bestätigt, den ich nicht will und den Sie nicht wirklich wollen. Ich bin an eine andere Frau gebunden. Ich habe mich verpflichtet, Ihren Sohn zu schützen. Seine Mami bumsen, so angenehm das wäre, ist nicht produktiv.«

»Warum nicht?« Sie blickte auf, als sie es sagte, und sah mich an.

»Zunächst mal könnte es irgendwann die Frage aufwerfen, ob ich dafür bezahlt werde, Paul zu schützen oder mit Ihnen zu schlafen, Ihr Ehemann-Ersatz zu sein.«

»Mein Gigolo?«

»Damit sollten Sie aufhören. Die Dinge unter irgendeinem schönen Kennwort zu fassen. Sie sind eine Hure, ich bin ein Gigolo, dergleichen mehr.«

»Nun, was war ich denn, wenn ich keine Hure war?«

»Eine gutaussehende Frau, die Liebe braucht und dieses Bedürfnis ausgedrückt hat. Es ist nicht Ihre Schuld, daß Sie sich damit an den Falschen gewandt haben.«

»Nun, es tut mir leid. Es war peinlich. Ich war wie eine dumme Hilfsarbeiterin.«

»Mir ist nicht bekannt, ob in den unteren Schichten dergleichen soviel öfter vorkommt als bei uns Bessergestellten. Aber es war nicht einfach peinlich. Es war auch in mancher Hinsicht sehr nett. Ich meine, es freut mich doch, Sie ohne Kleider gesehen zu haben. Das ist ein Vergüngen.«

»Ich brauche Männer«, sagte sie.

Ich nickte. »Die haben die Dollars«, sagte ich.

»Das stimmt immer noch«, meinte sie. »Aber es ist nicht das einzige.«

Ich nickte wieder.

»Frauen sind so verdammt langweilig«, sagte sie. Sie zog das *a* in die Länge.

»Irgendwann bringe ich Sie mal mit einer Bekannten von mir zusammen, einer Frau namens Rachel Wallace«, sagte ich.

»Die Schriftstellerin?«

»Ja.«

»Die kennen Sie? Die feministische Autorin? Na ja, in der Theorie ist das gut und schön. Aber wir kennen doch beide die Wirklichkeit.«

»Und die wäre?«

»Daß wir sehr viel weiter kommen, wenn wir schöne Augen machen und mit dem Hintern wackeln.«

»Ja«, sagte ich. »Sehen Sie nur, wohin es Sie gebracht hat.«

Mit einem raschen Schwung der rechten Hand fegte sie die halbvolle Kaffeetasse samt Untertasse vom Tisch und auf den Boden. In derselben Bewegung stand sie von ihrem Stuhl auf und verließ die Küche. Ich hörte, wie sie die kleine Treppe zu ihrem Schlafzimmer hinaufging und die Tür zuschlug. Mein Omelett mit Zwiebeln und Kartoffeln hatte sie nicht mal probiert. Ich warf es weg.

11

Zwei Tage nach dem Friesiermantelintermezzo kamen sie wegen des Jungen. Es war am Abend. Nach dem Essen. Patty Giacomin öffnete die Tür, als es klingelte, und sie kamen rein und schubsten sie nach hinten durch. Paul sah in seinem Zimmer fern. Ich war bei der Lektüre von *Ein ferner Spiegel*, Kapitel sieben. Ich stand auf.

Sie waren zu zweit, und keiner von beiden war Mel Giacomin. Der das Schubsen besorgte, war klein, plump und dickbäuchig. Er trug die häßlichste Perücke, die ich je gesehen habe. Sie sah aus wie eine dunkelbraune Dynel-Schimütze, die er sich über die Ohren gezogen hatte. Sein Partner war größer und nicht so füllig. Er hatte einen Bürstenschnitt und seine blaue Strickmütze so umgeschlagen, daß sie aussah wie ein schlampiges Schiffchen.

Der Kleine sagte: »Wo ist der Junge?«

Der Lange sah auf mich und sagte: »Spenser. Kein Mensch hat mir erzählt, daß du dabei bist.«

Ich sagte: »Tag, Buddy.«

Der Kleine fragte: »Wer ist das?«

»Ein Privatschnüffler«, sagte Buddy. »Heißt Spenser. Bist du am Arbeiten, Spenser?«

Ich sagte: »Ja.«

»Mir hat keiner gesagt, daß du hier wärst.«

»Mel wußte nichts davon, Buddy. Er kann nichts dafür.«

»Von Mel hab' ich nicht geredet«, sagte Buddy.

»Ach, komm schon, Buddy, sei nicht blöd. Wer sonst sollte euch nach dem Jungen schicken?«

Der Kleine sagte: »Geht dich einen Dreck an. Laß das Bübchen aufmarschieren.«

Ich sagte zu Buddy: »Wer ist denn dein Freund mit dem Kopf in der Tüte?«

Buddy ließ ein winziges Lächeln sehen.

Der Kleine sagte: »Wie ist die Bemerkung gemeint, Schlappsack?«

»Sie soll besagen, daß du aussiehst, als hättest du dir eine Bademütze aus Kunstrasen übergestülpt. Die drolligste Zudecke, die mir je vorgekommen ist.«

»Quassel nur weiter, Schlappsack, dann sehn wir mal, wie drollig du bist.«

Buddy sagte: »Bleib auf dem Teppich, Harold.« Er wandte sich an mich. »Wir sind gekommen, um den Jungen wieder zu seinem alten Herrn zurückzubringen. Wir wußten zwar nicht, daß du hier bist, aber das ändert nichts an dem Plan.«

Ich sagte: »Nein.«

»Nein, wir können ihn nicht mitnehmen, oder nein, es ändert an dem Plan nichts?« fragte Buddy.

»Ncin, ihr könnt ihn nicht mitnehmen«, sagte ich.

Harold zog einen schwarzledernen Totschläger aus seiner Hüfttasche und klopfte damit sanft an seine Handfläche.

»Das wird mir gefallen«, sagte er. Und ich versetzte ihm eine kurze linke Gerade auf die Nase, mit einer seitlichen Drehung im Stoß, um alles hineinzulegen und weniger Angriffsfläche zu bieten. Das Blut schoß aus Harolds Nase, er wankte drei Schritte zurück und fuchtelte zum Ausgleich mit den Armen. Der Totschläger traf eine Tischlampe, die er zerschmetterte. Harold fand sein Gleichgewicht. Mit einer Hand drückte er das Blut ab, das ihm aus der Nase kam, und schüttelte kurz den Kopf, als hätte er eine Fliege im Ohr.

Buddy hob ein wenig traurig die Schultern. Harold ging erneut auf mich los, und ich versetzte ihm den gleichen Schlag am gleichen Punkt, ein bißchen fester. Er setzte sich hin. Sein Gesicht und sein Hemd waren voller Blut.

»Jesus Maria, Buddy«, sagte er. »Beweg dich. Uns beide kann er nicht schaffen.«

»Doch, er kann«, sagte Buddy. Harold wollte aufstehen. Seine Knie waren weich. Buddy sagte: »Laß es sein, Harold. Er bringt dich um, wenn du's noch mal probierst.«

Harold war auf den Beinen, versuchte das Bluten aus seiner Nase zu stoppen. Er hielt noch den Totschläger in der rechten Hand, schien sich aber nicht mehr daran zu erinnern. Er sah verwirrt aus.

Ich sagte: »Den hast du als Muskelmann mitgebracht, Buddy?«

Buddy zuckte mit den Achseln. »Für das Weib hätte er gelangt«, meinte er. »Auf Friseure und Autohändler, die mit der Schutzgebühr im Rückstand sind, versteht er sich gut.« Buddy breitete die Hände aus.

»Wieso ist Mel nicht selbst gekommen?«

»Ich kenne keinen Mel.«

»Komm schon, Buddy. Willst du dich mit den Bullen von Lexington über Hausfriedensbruch und tätlichen Angriff unterhalten?«

»Was dann aber wohl passiert? Ob die mich mit ihrem Knüppel windelweich hauen?«

»Knast ist Knast, Junge. Spielt keine Rolle, wer dich reinbringt. Lange keinen Urlaub mehr in Walpole verbracht, du und Harold?«

»Wie wär's, wenn wir hier einfach verschwinden?« sagte Harold. Es hörte sich dumpf an. Er hatte seine Nase mit einem Taschentuch verstopft.

Ich langte hinter mich und zog meinen Revolver aus dem Hüfthalfter. Ich zeigte ihn den beiden. Ich lächelte.

Buddy sagte: »Also, wir kennen Mel. Wir dachten, wir könnten ihm einen Gefallen tun. Er hatte gehört, daß seine alte Dame einen Schnüffler als Leibwache angestellt hatte. Wir dachten, wir könnten das Kind für ihn holen. Wir wußten nicht, daß du es warst. Wir dachten, es wäre irgendein Heuler, der früher Bankwächter war. Gott, wir haben nicht mal 'ne Kanone mitgebracht.«

»Woher kennst du Mel, Buddy?«

Buddy zuckte wieder die Achseln. »Zufällig getroffen, weißt du. Wollten ihm nur einen Gefallen tun.«

»Was hat er euch bezahlt?«

»Hundert für jeden.«

»Oberklasse«, kommentierte ich.

»Bis ein andermal«, sagte Buddy. »Komm, Harold. Wir ziehen ab.«

Harold blickte auf den Revolver. Er blickte auf Buddy. Buddy sagte: »Komm schon«, und wandte sich zur Tür. Harold sah noch einmal mich an. Dann schob er hinter Buddy her.

Patty sagte: »Spenser.«

Ich schüttelte den Kopf und steckte die Waffe weg. »Sagt Mel, wenn er weiterhin Leute herschickt, die uns belästigen, werde ich böse.« Buddy nickte und ging die drei Stufen zum Flur hinunter. Harold folgte ihm.

»Die nächsten, die er schickt, werden nicht rausgehen«, sagte ich.

Buddy blieb stehen und blickte zurück. »Du warst nie ein Schütze«, sagte er. »Das ist dein Fehler.« Dann ging er zur Haustür hinaus und Harold nach ihm. Ich hörte, wie sie sich hinter ihnen schloß.

Patty Giacomin blieb stehen, wo sie die ganze Zeit über gestanden hatte. »Warum haben Sie sie gehen lassen?« fragte sie.

»Wir hatten ein Abkommen«, sagte ich. »Wenn sie meine Fragen beantworten, würde ich sie nicht ausliefern.«

»Davon ist nicht gesprochen worden«, sagte sie.

»Stimmt, aber Buddy und ich wußten es beide.«

»Woher kennen Sie ihn? Wer sind die Leute?«

»Harold kenne ich nicht. Buddy begegnet mir immer mal. Er arbeitet in den Docks, und er gaunert. Wenn es Arbeit gibt, entlädt er Schiffe. Gibt es keine, dann stiehlt er. Er ist ein Laufbursche. Sie hätten gerne die Versicherung für Ihr abgebranntes Lagerhaus, Sie geben Buddy ein paar Dollar und er steckt es an. Sie möchten eine Mercedes-Limousine, Sie bezahlen Buddy und er stiehlt eine für sie. Ein Lebensmittelhändler schuldet Ihnen Geld, will's aber nicht bezahlen, und Buddy geht hin und kassiert. Nichts Schweres, nichts Kompliziertes.«

»Er gehört ins Gefängnis«, sagte Patty.

»Ja, wird wohl so sein. Er war schon mal drin. Er wird wieder reinkommen. Er ist kein so übler Kerl.«

»Also ich finde ihn ziemlich übel«, sagte sie. »Er ist in mein Haus eingedrungen, hat mich grob behandelt, versucht meinen Sohn zu entführen. Ich finde ihn sehr übel.«

»Klar, das kann ich mir denken. Aber das liegt nur daran, daß Sie keine Leute kennen, die tatsächlich sehr übel sind.«

»Und Sie kennen welche?«

»Allerdings«, sagte ich.

»Nun, ich bin mal froh, daß ich keine kenne. Hoffentlich hat Paul das nicht mit angesehen.«

»Doch, er hat«, sagte ich. Ich nickte zur Treppe hin. Im Dunkel des oberen Flurs, drei Stufen oberhalb des Wohnzimmers, stand Paul und schaute herunter.

»Paul«, sagte sie. »Seit wann bist du da?«

Er schwieg.

Ich sagte: »Seit Buddy und Harold hereinkamen.«

»Hab' keine Angst, Paul«, sagte sie. »Es ist in Ordnung, Mr. Spenser hat sie weggeschickt. Er läßt nicht zu, daß sie uns belästigen.«

Paul kam die Stufen herunter und blieb auf der mittleren stehen.

»Wieso haben Sie sie nicht erschossen?« fragte er.

»Das brauchte ich nicht«, sagte ich.

»Hatten Sie Angst, es zu tun?«

Patty Giacomin sagte: »Paul.«

»Hatten Sie Angst?«

»Nein.«

»Der Mann sagte, Sie hätten einen Fehler. Sie wären kein Schütze.«

»Stimmt.«

»Was meinte er damit?«

Patty sagte: »Paul, das genügt. Wirklich. Du bist sehr unverschämt.«

Ich schüttelte den Kopf. »Nein. Das alles dreht sich doch um ihn.

Er hat ein Recht, Fragen zu stellen.«

»Was meinte er damit?« sagte Paul.

»Er meinte, wenn ich schneller bereit wäre, Menschen zu töten, würde meine Drohung besser wirken.«

»Und würde sie's?«

»Wahrscheinlich.«

»Warum sind Sie nicht schneller bereit?«

»Hat mit der Heiligkeit des Lebens zu tun. Solchen Sachen.«

»Haben Sie schon mal jemand getötet?«

Patty sagte: »Paul!«

»Ja.«

»Und?«

»Ich mußte. Ich tu's nicht, wenn ich es nicht muß. Nichts ist absolut.«

»Wie meinen Sie das?« Er kam hinunter zum Wohnzimmer ins Licht.

»Ich meine, daß man Regeln für sich aufstellt und dabei weiß, daß man gegen sie verstoßen muß, weil sie nicht immer funktionieren.«

Patty sagte: »Ich weiß nicht, was ihr beide daherredet, aber ich möchte, daß ihr damit aufhört. Ich will nichts mehr vom Töten hören, und ich will nicht mehr über diese beiden Männer sprechen. Es ist mein Ernst. Ich möchte, daß es aufhört.« Sie klatschte in die Hände, als sie den letzten Satz sprach. Paul sah sie an, als wäre sie eine Küchenschabe, und drehte sich um und ging zurück auf sein Zimmer.

»Ich glaube, ich brauche einen Drink«, sagte Patty. »Könnten Sie mir etwas zurechtmixen?«

»Sicher«, sagte ich. »Was soll es sein?«

12

Als sie es das nächstemal versuchten, war es gemeiner. Patty Giacomin war Lebensmittel einkaufen, als ich losfuhr, um Paul von der Schule abzuholen. Als ich mit Paul ins Haus zurückkam, klingelte das Telefon. Paul nahm den Hörer ab, dann hielt er ihn mir hin.

»Es ist für Sie«, sagte er.

Ich nahm den Hörer, und Paul blieb in der Tür zwischen Wohnzimmer und Küche, um aufzupassen, wer es war. Es war eine Stimme, die ich nicht kannte.

Sie sagte: »Spenser?«
Ich sagte: »Ja.«
Sie sagte: »Hier ist jemand, der mit Ihnen sprechen möchte.«
Ich sagte: »Okay.« Schlagfertigkeit heißt mein Spiel.
Es gab ein Schlurfen am anderen Ende, dann kam die Stimme von Patty Giacomin. Sie klang zittrig.
»Spenser. Dieser Buddy und ein paar andere Männer haben mich. Sie sagen, wenn Sie ihnen Paul nicht geben, lassen sie mich nicht weg.«
Ich sagte: »Okay, geben Sie mir Buddy. Wir werden etwas aushandeln.«
Sie sagte: »Spenser . . .«, und dann meldete sich Buddys Stimme.
»Bist du das?«
»Ja«, sagte ich.
Buddy sagte: »Hier ist der Plan. Du bringst den Jungen zur Bostoner Seite der Mass. Avenue Bridge. Wir bringen Muttchen zur Cambridge-Seite. Wenn wir sehen, daß du den Jungen losschickst, schicken wir Muttchen in die andere Richtung. Hast du begriffen?«
»Ja. Machen wir's gleich?«
»In 'ner Stunde. Wir sind in einer Stunde da.«
»Okay.«
»Spenser?«
»Ja?«
»Verpatz das nicht. Ich hab' Leute bei mir, die keine Harolds sind, verstanden?«
»Ja.«
Buddy hängte ein.
Ich brach die Verbindung ab und wählte die Auskunft.
»Harbour-Health-Klub in Boston«, sagte ich dem Telefonisten. Ich sah auf meine Uhr. Fünf vor halb drei. Der Telefonist gab mir die Nummer. Ich drückte sie in die Tasten des Apparats. Es läutete. Eine Frau kam dran.
Ich sagte: »Henry Cimoli bitte.«
Die Frau sagte: »Ein Momentchen.« Es klang, als ob sie Kaugummi kaute.
Henry sagte: »Hallo.«
Ich sagte: »Spenser. Ich brauche Hawk. Weißt du, wo er steckt?«
»Er steht vor mir.« Manchmal ist es besser, Glück zu haben, als tüchtig zu sein.
Ich sagte: »Gib ihn mir.«

Nach einer Sekunde sagte Hawk »Hmm« in den Apparat.

»Kennst du Buddy Hartman?« fragte ich.

Hawk sagte: »M-hmm.«

Ich sagte: »Er und ein paar andere haben eine Frau. Sie wollen sie gegen einen Jungen austauschen, den ich habe. Um fünf vor halb vier werden sie auf der Cambridge-Seite der Mass. Avenue Bridge sein. Ich bin dann auf der Bostoner Seite. Wir werden sie gleichzeitig losschicken. Wenn sie sich auf halbem Weg treffen, möchte ich, daß du Buddy und seine Freunde kurzhältst, während ich auf die Brücke fahre und sie beide aufgreife, den Jungen und die Frau.«

Hawk sagte: »Das sind fünf Minuten Arbeit, aber ich muß hinfahren und auch wieder heim. Kostet dich zwei Scheine.«

»Ja, ich hab' keine Zeit, mit dir ums Honorar zu feilschen. Bin auf dem Weg.«

»Ich werd' da sein«, sagte Hawk. Wir hängten ein.

Paul starrte mich an.

Ich sagte: »Komm, wir müssen deine Mutter holen.«

»Wollen Sie mich denen geben?«

»Nein.«

»Und wenn die versuchen, mich zu erschießen?«

»Das werden sie nicht. Komm, wir reden im Auto.«

Im Wagen fragte ich: »Hast du gehört, was ich am Telefon zu Hawk sagte?«

»Wer ist denn Hawk?«

»Freund von mir, spielt keine Rolle. Was ich sagte, hast du gehört?«

»Ja.«

»Okay. Ich kann nicht glauben, daß wir hier etwas furchtbar Gefährliches besprechen. Aber ich möchte, daß du folgendes tust. Wenn ich dich nachher rausschicke, gehst du über die Mass. Avenue Bridge in Richtung Cambridge los.«

»Wo ist die Mass. Avenue Bridge?«

»Führt am MIT über den Charles. Du wirst sehen. Wenn deine Mutter bei dir angelangt ist, sagst du ihr: ›Flach auf den Boden legen, Spenser kommt‹ und wirfst dich aufs Pflaster. Falls sie nicht runtergeht, befiehl es ihr. Ich werde auf die Brücke fahren und dann aus dem Auto steigen. Sag ihr, daß sie sich ans Steuer setzen soll. Du steigst auf der anderen Seite ein.«

»Was ist mit diesem Buddy?«

»Um den kümmert sich Hawk, bis ich hinkomme.«

»Aber wenn er's nun nicht tut?«

Ich lächelte. »Das sagst du, weil du Hawk nicht kennst. Hawk wird die Cambridge-Seite übernehmen.« Ich schrieb Susans Adresse auf ein Stück Papier. »Deine Mutter soll mit dir dorthin fahren.«

Der Junge war nervös. Er gähnte wiederholt. Ich konnte hören, wie er schluckte. Sein Gesicht sah verkniffen und farblos aus. »Was, wenn sie nicht da ist?« sagte er.

»Kein Grund, weswegen sie nicht da sein sollte«, sagte ich.

»Was, wenn die Sache nicht klappt?«

»Ich werde dafür sorgen, daß sie klappt«, sagte ich. »Darin bin ich gut. Vertrau mir.«

»Was würden die machen, wenn die mich bekämen?«

»Dich zu deinem Vater bringen. Du wärst nicht schlechter dran als jetzt. Beruhige dich. Du hast nichts zu verlieren. Dein Vater würde dir nicht weh tun.«

»Vielleicht doch«, sagte Paul. »Er mag mich nicht. Er will nur mit meiner Mutter abrechnen.«

Ich sagte: »Schau, Junge, es hat keinen Wert, endlos über Dinge nachzudenken, die man nicht steuern kann. Jetzt ist Zeit, damit aufzuhören. Du hast es schwer gehabt, und es sieht nicht so aus, als würde es sich bessern. Es ist Zeit, erwachsen zu werden. Es ist Zeit, mit dem Reden aufzuhören und bereit zu sein. Verstehst du?«

»Bereit wofür?«

»Für alles, was auf dich zukommt. Dein Ausweg aus einem miesen Familienleben besteht darin, daß du früh erwachsen wirst, und damit könntest du genausogut gleich anfangen.«

»Was soll ich denn tun?«

»Was ich dir sage. Und jammere dabei so wenig, wie du kannst. Das wäre mal ein Anfang.«

»Aber ich hab' Angst«, sagte er. Empörung lag in seiner Stimme.

»Das ist ein normaler Zustand«, sagte ich. »Er ändert aber gar nichts.«

Er war still. Wir passierten die Mount-Auburn-Klinik und fuhren über den Charles auf die Soldier's Field Road. Das Harvard-Stadion rechts sah aus, wie es aussehen sollte, rund und gewaltig, mit überwölbten Durchgängen und Efeu an den Wänden. Die Sportanlagen erstreckten sich über weite Flächen im Umkreis. Die Soldier's Field Road wurde zum Storrow Drive, und an der BU verließ ich den Storrow und folgte der komplizierten Schleife, bis ich über die Commonwealth stadteinwärts kam. An der Mass. Avenue gab es eine Unterführung. Ich ließ sie links liegen und bog auf die Mass. Avenue, fuhr an der Auffahrt vom Storrow Drive vorbei und parkte mit eingeschalteter Warnblinkanlage auf der Brücke. Es war zwanzig nach drei. Neben mir grollte Pauls Magen. Er rülpste leise.

»Sehen Sie sie?« fragte er.

»Nein.«

Ein Wagen hinter mir hupte drauflos, und der Fahrer sah böse drein, als er vorbeikam. Zwei Jugendliche in einem Buick fuhren um uns herum. Der auf dem Fahrersitz zeigte mir einen Vogel. Der Beifahrer nannte mich durch sein runtergedrehtes Fenster ein Arschloch. Ich ließ die Cambridge-Seite der Brücke nicht aus den Augen.

Um fünf vor halb sagte ich zu Paul: »Okay. Es ist Zeit, daß du losgehst. Sag mir, was du tust.«

»Ich gehe zur Mitte rüber, und wenn meine Mutter bei mir ankommt, sag' ich ihr, daß sie sich hinlegen soll, Sie würden kommen, und dann leg' ich mich auch hin.«

»Und wenn sie sich nicht fallen läßt?« fragte ich.

»Sag ichs ihr noch mal.«

»Und wenn ich auftauche, passiert was?«

»Ich steig auf der einen Seite ein. Sie auf der anderen. Wir fahren zu der Adresse.«

»Gut. Okay, lauf über die Straße. Sie werden sie auf ihrer Seite losschicken.«

Er blieb einen Moment sitzen. Rülpste noch mal. Gähnte. Dann öffnete er die Tür des MG und trat hinaus auf den Gehsteig. Er überquerte die Straße und begann langsam auf das Cambridge-Ufer zuzugehen. Er ging ungefähr drei Schritte und blickte sich nach mir um. Ich grinste ihm zu und zeigte ein V mit den Fingern. Er ging weiter. Am anderen Ende der Brücke sah ich seine Mutter aus einem schwarzen Oldsmobile steigen und auf uns zukommen.

Die Mass. Avenue Bridge ist offen. Sie ruht auf Bögen, die auf Sockeln ruhen. Es gibt keinen Oberbau. An Sommerabenden lädt sie zum Spazierengehen ein. Es heißt, daß ein paar MIT-Studenten sie einmal ausgemessen haben, indem sie wiederholt einen Kommilitonen namens Smoot auf den Boden legten und seine Körperlänge absteckten. Alle sechs Fuß ungefähr sieht man immer noch Reste der Angaben ein Smoot, zwei Smoots auf das Pflaster gepinselt. Ich habe mir nie merken können, wie viele Smoots die Brücke lang war.

Er war fast bei seiner Mutter. Dann trafen sie sich. Auf der anderen Seite der Brücke setzte sich das Oldsmobile langsam in Bewegung. Der Junge warf sich aufs Pflaster. Seine Mutter zögerte erst, kauerte sich dann neben ihn und raffte ihren Rock. *Flach*, murmelte ich, *Flach, verdammt noch mal.*

Ich warf den MG an und fuhr auf Paul und seine Mutter zu. Auf der anderen Seite beschleunigte das Oldsmobile. Ein Ford Kombi kam vom Memorial Drive her um die Ecke, schwenkte unter viel quietschendem Gummi und grellem Gehupe auf die falsche Fahrbahn und rammte den Olds von der Seite, schleuderte ihn gegen den hohen Bordstein und nagelte ihn fest. Bevor die Wagen noch standen, rollte Hawk mit einer Kanone von der Größe eines Hockeyschlägers auf der Fahrerseite heraus und zielte über die Haube des Kombis hinweg. Ich durchschnitt den Verkehr und lenkte den MG zwischen den Olds und den beiden Giacomins an den Gehsteig. Von weiter unten hörte ich Schüsse. Ich riß die Handbremse hoch, schaltete auf Leerlauf und kletterte aus dem MG.

»Patty, einsteigen, fahren Sie mit Paul nach Smithfield, er hat die Adresse. Erklären Sie, wer Sie sind, und warten Sie dort auf mich. Los.«

Wieder krachte ein Schuß, aus etwa fünf Smoots Entfernung. Ich hatte meine Waffe draußen und lief auf den Olds zu, als ich den MG mit quietschenden Reifen abfahren hörte. Ich war fast bei dem Olds, als ich sah, wie Hawk über die Haube des Kombi sprang, auf der Fahrerseite in den Olds griff und mit der linken Hand jemand zum Fenster herauszog. Mit dem Lauf seiner Waffe stieß er dem anderen die Pistole aus der Hand, verlagerte leicht sein Gewicht, schob dem Mann die rechte Hand mitsamt der Kanone in den Unterleib und warf ihn über das Geländer in den Charles River.

Ein großer Bursche mit einer Tweedmütze kletterte aus dem Rücksitz des Olds, als ich hinter dem Wagen herumkam. Ich drehte mich auf dem linken Fuß seitwärts und trat ihm mit dem rechten ins Kreuz. Er stürzte lang hin, und eine Waffe, die wie eine Beretta aussah, knallte aufs Pflaster, während er fiel. Sie schlitterte zwischen den Stangen des Geländers durch und in den Fluß. Ich schaute in den Wagen und sah Buddy auf der Fahrerseite am Fußboden hocken, zusammengekauert unterm Armaturenbrett. Hawk schaute zum anderen Fenster herein, die riesige Kanone im Anschlag.

Hawk sagte: »Scheiße«, lang und gedehnt, wie es seine Art war. Von der Bostoner Seite der Brücke her hörte ich eine Sirene. Hawk genauso. Er steckte die Panzerbüchse unter seine Jacke.

»Laß uns abhauen«, sagte ich.

Er nickte. Wir liefen die Mass. Avenue hinunter und in eines der MIT-Gebäude.

Wir kamen in einen überfüllten Korridor, der mit Modellschiffen in Glaskästen gesäumt war.

»Bemüh' dich, wie ein geistig reger, neunzehn Jahre alter Wissenschaftler auszusehen«, sagte ich.

»Bin doch einer, Chef. Bin ein Doktor der Rauferei.«

Hawk trug hautenge, unverwaschene Jeans, die in schwarzen Stiefeln steckten. Sein schwarzes Seidenhemd war fast bis zur Taille aufgeknöpft, und die Kanone war unter einer weißen Lederweste mit breitem Kragen verborgen, den Hawk hochgeschlagen trug. Sein Kopf war geschoren und glänzte wie schwarzes Porzellan. Er war so groß wie ich, vielleicht um Haaresbreite größer, und an seinem Körper war kein Fleisch, nur Muskeln auf Knochen, in harten Paketen. Die schwarzen Augen über den hohen Backenknochen waren humorvoll und ohne Gnade.

Wir gingen aus einer Seitentür am Ende des Korridors. Hinter uns waren immer noch Sirenen. Wir schlenderten über den MIT-Campus weiter weg von der Mass. Avenue.

»Tut mir leid um deinenWagen«, sagte ich.

»Is' nicht mein Wagen, Mann«, sagte Hawk.

»Du hast in geklaut?«

»'türlich. Hau doch meine eigene Kiste nicht drauf, Mann.«

»'türlich nicht«, sagte ich. »Ob sie wohl den Burschen schon aus dem Charles gefischt haben?«

Hawk grinste. »Verdammt«, sagte er. »Wünschte, die Bullen hätten sich nicht so beeilt. Ich wollte die alle reinschmeißen.«

13

Wir wanderten auf verschlungenen Pfaden durch den MIT-Komplex zum Kendall Square hinunter und erwischten die U-Bahn zur Park Street. Wir gingen über den Common hinauf zur Beacon, wo Hawks Wagen vor dem Rathaus parkte, an einem Schild mit der Aufschrift RESERVIERT FÜR MITGLIEDER DER GENERALVERSAMMLUNG. Es war ein silbergrauer Jaguar XJ 12.

Hawk sagte: »Du schuldest mir zwei Scheine, Junge.«

Ich sagte: »Nimm mich mit zu Susan.«

»Nach Smithfield?«

»Ja.«

»Das ist im Wald, Mann. Das ist der hinterste, tiefste Urwald da draußen.«

»Hawk, es ist dreizehn Meilen nördlich. In zwei Stunden wären wir hingelaufen.«

»Dinner«, sagte Hawk. »Dinner und Champagner, ich kauf den Champagner. Gibt es Champagner in den Wäldern, Junge?«

»Wir können am Handelsposten vorbeifahren«, sagte ich. »Kostet allerdings viele *wampum*.«

Wir stiegen ein, Hawk setzte den Jaguar in Gang, und wir schnurrten nordwärts über die Mystic Bridge. Hawk legte ein Olatunji-Band auf, und der Wagen bebte vor Schlagzeug bis nach Saugus, wo Hawk von Route 1 abbog und in einem *Marginett's* drei Flaschen Taittinger Blanc de Blancs kaufte. Zu fünfundvierzig Dollar die Flasche schmälerte das ziemlich den Gewinn an den zweihundert, die ich ihm zu bezahlen hatte. Er brachte auch zwei Sechserpacken Beck's Bier mit.

»Zwecklos, an dich Champagner zu verschwenden«, meinte er. »Du bist mit Bier geboren, du stirbst mit Bier. Im Handschuhfach ist ein Öffner.«

Hawk schälte die Folie vom Hals einer Flasche Taittinger und drehte mit einem Knall den Korken heraus. Ich öffnete eine Flasche Bier. Hawk trank vom Hals seiner 45-Dollar-Champagnerflasche, während er den Jaguar die Route 1 hinaufkutschierte.

»Der Unterschied zwischen dir und mir, Junge«, meint er. »Hier hast du ihn.« Er trank noch einen Schluck Champagner.

»Solange es einen gibt«, sagte ich, »genügt jeder Unterschied.«

Er lachte leise und drehte sein Olatunji-Band lauter auf. Es war Viertel vor sechs, als wir in Susans Auffahrt einbogen. Mein MG war dort, nebem dem Wagen, den Susan sich für den MG gekauft hatte. Es war ein großer roter Ford Bronco mit weißem Dach und Vierradantrieb, ein Hochleistungs-Drum-und-Dran mit großen Reifen und weißer Reliefbeschriftung.

Hawk sah ihn sich an und sagte: »Was ist das denn, Mann?«

»Das ist Suzes neues Gefährt. Zu Weihnachten besorg ich ihr noch Fuchsschwänze und ein paar große Schaumgummiwürfel.«

»Ein Riesenbrummer«, sagte Hawk.

Wir gingen hinein. Susan war die einzige Person, die ich kenne, für die Hawk etwas zu empfinden schien. Er grinste, als er sie sah. Sie sagte »Hawk« und kam zu uns und küßte ihn. Er gab ihr die zwei ungeöffneten Flaschen Champagner.

»Hab' uns ein Geschenk mitgebracht«, sagte er. »Spenser hat ein Abendessen versprochen.«

Sie schaute mich an. »Was bin ich – Howard Johnson's Restaurant?«

»Steht dir wirklich gut, wenn du dich ärgerst«, sagte ich.

Sie nahm den Champagner und ging murmelnd zur Küche hinüber. »Ich armer Wirt an der verdammten Landstraße.«

»Du hast vergessen, mein Bier mitzunehmen«, sagte ich.

Sie ging weiter. Hawk und ich traten ins Wohnzimmer. Paul sah sich im Fernsehen ein Kegelturnier an. Patty war etwas am Trinken, das nach Bourbon on the rocks aussah.

»Das ist Hawk«, sagte ich. »Patty Giacomin und ihr Sohn Paul.«

Paul blickte auf Hawk und dann wieder auf die Kegelrunde. Patty Giacomin lächelte und wollte aufstehen, überlegte es sich aber und blieb sitzen.

»Sind Sie der andere?« fragte sie.

Hawk sagte: »Ja.« Er trank etwas Champagner aus der Flasche.

Susan kam herein. Sie brachte vier geriffelte Sektgläser auf einem Tablett und eine weitere Flasche Champagner in einem Kühler.

»Vielleicht möchtest du es mal mit einem Glas versuchen«, sagte sie zu Hawk.

»Könnt ich wohl mal, Missy Susan«, meine er.

Sie fragte Patty: »Darf Paul auch ein Glas trinken?«

Patty sagte: »Oh, sicher.«

Susan sagte: »Hättest du gerne ein Glas, Paul?«

Paul sagte: »Okay.«

Patty Giacomin wandte sich an Hawk. »Ich möchte Ihnen danken für das, was Sie heute getan haben.«

Paul sagte: »Keine Ursache.«

»Ich meine es wirklich ernst. Es war so mutig von dir, ich hatte so schreckliche Angst. Es war wundervoll, daß Sie uns geholfen haben.«

»Spenser gab mir zweihundert Dollar«, sagte Hawk. »Ich nehme an, sie werden auf seiner Spesenrechnung auftauchen.«

»Sind Sie auch Detektiv?« fragte Patty.

Hawk lächelte. »Nein«, sagte er. »Nein, bin ich nicht.« Sein Gesicht strahlte vor Heiterkeit.

Ich sagte: »Ich werde mal das Bier wegstellen«, und ging in die Küche. Susan kam mir nach.

»Was glaubst du eigentlich, was wir diesen Leuten vorsetzen sollen?« fragte sie.

»Hast du Kuchen da?« sagte ich.

»Es ist mein Ernst. Ich habe nichts im Haus, um fünf Personen zu bewirten.«

»Ich fahre etwas holen«, sagte ich.

»Und läßt mich deine Gäste unterhalten?«

»Das steht dir frei«, sagte ich. »Aber mir liegt nichts an einem Streit.«

»Dann tu' mir so was nicht an. Ich sitze ja hier nicht einfach herum und warte darauf, daß deine Probleme hereinschneien.«

»Liebst du mich, liebst du meine Probleme«, sagte ich.

»Manchmal frage ich mich, ob das eine lohnende Perspektive ist.«

»Da haben wir's«, sagte ich, »du redest schon wieder diesen Bildungsindustriejargon.«

Sie schaute in den Kühlschrank. »Wenn ich Perspektive sagen will, dann, dann sage ich Perspektive. Ich hab' noch diesen Williamsburg-Speck da. Wir könnten einen Schwung Sandwiches mit Speck, Tomaten und Salat machen.«

»Und dazu noch ein paar von diesen Mixpickles, die wir letzten Herbst eingelegt haben.«

»Und Schnittblumen in der Vase und das Meyer-Davis-Orchester? Geh lieber wieder rein und hilf bei der Konversation mit. Hawk muß drauf und dran sein, aus der Haut zu fahren.«

»Nicht Hawk«, sagte ich. »Ihn stört Schweigen nicht. Er will nicht reden – er wird nicht reden. Auf Geplauder läßt er sich selten ein.«

»Er läßt sich überhaupt auf wenig ein«, sagte Susan, »oder?«

»Nein. Er ist völlig zu. Komm mit rein und wir reden ein bißchen, dann ziehen wir alle in die Küche und machen Sandwiches und essen. Käse ist auch da, ein paar Äpfel auch. Es wird ein Festmahl.« Ich klopfte ihr leicht auf den Hintern. »Außerdem brauchen wir deinen Rat.«

»Dir geb ich den Rat, Großer, deine Finger bei dir zu lassen.«

Ich öffnete noch eine Dose Bier, und wir gingen zurück ins Wohnzimmer. Hawk hatte sich in einem Ohrensessel am Kamin ausgestreckt, die Beine lang vor sich, den Körper lässig zurückgelehnt. Als wir hereinkamen, nahm er einen kleinen Schluck aus seinem Sektglas und stellte es auf den Tisch am Sofa zurück. Patty und Paul sahen sich die 6-Uhr-Nachrichten an. Niemand sprach.

Ich setzte mich in einen Schaukelstuhl auf der anderen Seite des

Kamins, Hawk gegenüber.

Ich sagte: »Paul, du hast es gut gemacht heute.«

Er nickte.

»Patty«, sagte ich, »erzählen Sie mir, was passiert ist.«

»Ich kam aus dem Supermarkt, und drei Männer mit Schußwaffen zwangen mich, in das Auto zu steigen. Der eine, der in unser Haus kam, war mit dabei.«

»Buddy?«

»Ja. Er setzte sich vorn neben den Fahrer, und der andere Mann setzte sich mit mir nach hinten und wir fuhren zu einer Telefonzelle in Boston. Dann fuhren wir zu der Brücke, und sie befahlen mir, auszusteigen und loszugehen. Ansonsten sprachen sie überhaupt nicht mit mir und sagten kein Wort.«

»Hast du einen von ihnen erkannt, Hawk?«

»Der Kerl, den ich in den Fluß warf, ist Richie Vega. Er hat früher Massagesalons ausgenommen.«

Patty sagte: »Mein Gott, wo findet Mel solche Leute als Handlanger?«

Hawk hob den Kopf ein bißchen und sah mich an. Ich zuckte die Schultern. Er ließ sein Kinn wieder auf die Brust sinken. Patty Giacomin fragte Hawk: »Kennen Sie meinen Mann?«

Hawk sagte: »Nein. Nicht wenn er sich Mel Giacomin nennt.«

»Aber so heißt er.«

Hawk nickte.

Patty sagte: »Wissen Sie, worum es hier eigentlich geht?«

Hawk sagte: »Nein.«

»Sie haben gegen drei Männer gekämpft, die bewaffnet waren, und haben einen in den Fluß geworfen, und Sie wissen nicht mal, warum?«

Hawk sagte: »Ja, stimmt.«

»Und Sie sind kein Detektiv oder so was?«

»Nee.«

Paul sah herüber und lauschte. Wir hatten ihn von der Röhre abgelenkt.

»Ein Schläger?«

»Ja, so etwas Ähnliches«, sagte ich.

Die Nachrichtensprecher scherzten gequält mit dem Wetteransager im Fernsehen.

Ich sagte zu Susan: »Ich weiß nicht, wieviel Patty dir erzählt hat, seit sie ankam, aber dir und Hawk zuliebe geh ich es ganz schnell mal durch.«

Ich tat es.

Als ich fertig war, herrschte Schweigen. Hawk schien fast zu schlafen. Nur die Abendnachrichten quäkten in der Ecke.

Susan sagte: »So kann es aber doch nicht weitergehen. Sie und Ihr Mann werden verhandeln müssen.«

»Nach dem, was er sich heute geleistet hat?« meinte Patty. »Mit diesem Mann rede ich nicht.«

»Und das Gesetz?« sagte Susan.

»Das Gesetz hat mir bereits das Sorgerecht zugesprochen.«

»Aber Entführung«, sagte Susan. »Entführung ist rechtswidrig.«

»Sie meinen, ihn bei der Polizei anzeigen?«

»Sicher. Sie können wenigstens zwei der Männer identifizieren. Hawk und Spenser können bezeugen, daß Sie tatsächlich entführt wurden. Bestimmt könnte die Polizei es zu Ihrem Mann zurückverfolgen.«

Susan sah mich an. Ich nickte. Hawk nahm einen Schluck Champagner und stellte das Glas behutsam auf den Tisch zurück. Er lag fast in dem Sessel, die ausgestreckten Füße über Kreuz.

»Er würde mich umbringen«, sagte Patty.

»Heißt das, Sie scheuen sich, die Polizei zu informieren, aus Angst davor, was Ihr Mann tun würde?«

»Ja. Er wäre außer sich. Er würde . . . Ich kann das nicht.«

»Aber er hat Sie doch schon entführen lassen. Haben Sie nicht schon Angst vor ihm?«

»Er hätte mich aber nicht verletzen wollen. Wenn ich es verraten würde, wäre er . . . Ich kann nicht. Ich kann das nicht tun.«

»Sie haben also vor, mich für die Dauer zu engagieren?« sagte ich.

»Ich kann nicht. Ich kann Sie nicht immer weiter bezahlen. Mir . . . mir geht das Geld aus.«

Hawk lächelte in sich hinein. Ich blickte zu Susan.

Sie sagte: »Was ist mit Paul? Kann er so aufwachsen?«

Patty Giacomin schüttelte den Kopf.

Wir waren alle still. Paul sah wieder fern. Die Politiksendung lief jetzt. Setzte Maßstäbe.

Patty sagte: »Er will ja nicht mich haben. Er will Paul. Wenn ich ihn verraten würde . . .«

»Kämen Sie unter Beschuß«, sagte ich. »Anstatt Paul.«

Susan sagte: »Das ist es, oder?«

Patty schüttelte den Kopf. »Ich weiß nicht«, sagte sie. »Was ändert das schon? Ich gehe nicht zur Polizei. Ich gehe nicht.«

Ihre Stimme zitterte. »Noch habe ich Geld. Wir werden etwas unternehmen.«

Ich sagte: »Was?«

Sie sagte: »Sie nehmen Paul mit.«

»Mit wohin?« sagte ich.

»Weiß ich nicht. Irgendwohin. Ich bezahle Sie dafür«, sagte sie.

»Ich halte Paul versteckt, damit Ihr Mann ihn nicht finden kann?«

»Ja. Ich bezahle es.«

»Könnten sie denn nicht denselben Trick noch mal versuchen, den sie heute versucht haben?«

»Ich ziehe zu einem Bekannten. Mel wird mich nicht finden.«

»Weshalb nehmen Sie Paul dann nicht gleich mit?« sagte ich. »Kostet viel weniger.«

»Er wird nicht zulassen, daß ich Paul mitbringe.«

»Ihr Bekannter?«

»Ja.«

»Das ist nicht zufällig der alte Disko-Stephen? Den ich traf, als ich damals Paul nach Hause brachte?«

Sie nickte.

Ich sagte: »Wahrscheinlich fürchtet er, seine Kaschmirpullover könnten verknautschen, wenn es zu voll wird.«

»So ist er nicht. Sie kennen ihn nicht«, sagte sie.

»Na ja, ein Freund in der Not . . .«

»Nehmen Sie Paul zu sich?« fragte Patty.

Ich schaute zu ihm hinüber. Er starrte angestrengt auf den Bildschirm. Seine Schultern waren steif und verspannt. Er konzentrierte sich darauf, uns nicht zu beachten.

»Klar«, sagte ich. »Es würde mich freuen.«

Susan sah mich mit geweiteten Augen an. Hawk gab ein Geräusch von sich, das wie ein leiser Lockruf der Schweinezüchter klang.

»Wir sind schließlich alle Brüder«, sagte ich aufs Geratewohl. »Wir müssen uns gegenseitig helfen.«

Susan schüttelte ihren Kopf.

14

Wir aßen unsere Sandwiches und tranken den Champagner in der Küche, ohne viel zu reden.

Für fünfzig Dollar extra, erklärte Hawk, würde er Paul und seine Mutter nach Hause bringen und dort bleiben, bis ich eintraf.

Weder Mutter noch Sohn sahen darüber sehr glücklich aus, doch sie fuhren.

»Nur keine Angst«, meinte Hawk, als sie aufbrachen. »Ein paar von meinen besten Freunden sind Weiße.«

Patty Giacomin warf mir einen Blick zu.

»Er ist okay«, sagte ich. »Er ist beinahe so gut wie ich. Im Dunkeln womöglich besser. Sie werden sicher sein.«

Paul sah mich an. »Wann wollen Sie mich denn abholen?« fragte er.

»Morgen. Ich komme heute nacht noch, und morgen packen wir und ziehen los.«

»Der kommt, Junge«, sagte Hawk. »Soviel steht beim alten Spenser fest, er ist berechenbar. Er sagt, er will was machen – er macht es.« Hawk schüttelte den Kopf. »Blöd«, meinte er.

Sie gingen hinaus. Susan und ich standen in der Tür und sahen zu. Dann kam Hawks Jaguar surrend in Gang, und sie waren fort. Ich schloß die Tür, drehte mich um und nahm Susan in die Arme.

»Couch oder Bett, kleine Lady?« sagte ich.

»Gott, du bist meisterhaft«, sagte sie.

»Vielleicht könntest du ja mit den Füßchen um dich treten und mit deinen kleinen Fäusten mir lieb auf die Brust trommeln?«

»Sei froh, wenn ich dir nicht die Hacken in die Leiste stemme«, sagte sie, »nach dieser verflixten unangekündigten Gesellschaft.«

»Du meinst, ich muß dir jetzt verstärkt meine Aufmerksamkeit zuwenden?«

»Ja«, sagte sie. »Aber du kannst sie auch im Schlafzimmer verstärken. Da ist es bequemer.«

Ich ging mit ihr ins Haus. »Du riechst gut«, sagte ich.

»Weiß ich«, sagte sie. »Halston.«

Die Schlafzimmertür war angelehnt. Ich stieß sie mit dem Fuß auf und ging hinein.

»Du solltest mich küssen«, sagte sie. »Meine Schreie ersticken.«

Ich setzte mich auf den Bettrand und küßte sie. Ich ließ die Augen offen. Im Licht aus dem Flur konnte ich sehen, daß sie ihre schloß. Sie nahm den Kopf zurück und schlug die Augen auf und sah in mein Gesicht.

Ich sagte: »Deine Lippen haben's immer noch in sich, Baby.«

Ihr Gesicht war ernst und still, aber ihre Augen funkelten. »Du hast noch gar nichts gesehen«, sagte sie.

Es war spät, als wir fertig waren. Unsere Kleidungsstücke waren überall verstreut und der Bettbezug arg verknittert. Ich lag mit klopfendem Herzen auf dem Rücken, und meine Brust hob und senkte sich. Susan lag neben mir. Sie hielt meine Hand.

»Hast du dich überanstrengt?« sagte sie.

»Dein Widerstand war heftig«, sagte ich.

»Mmnn«, sagte sie.

Aus dem Wohnzimmer kam schwach das Geräusch des Fernsehers, den Paul angelassen hatte. Die Vorstellung, daß er in einem leeren Raum seine Show ablieferte, gefiel mir.

»Was hast du eigentlich mit diesem Jungen vor, Süßer?« fragte Susan.

»Ich dachte mir, daß wir das mal durchsprechen sollten«, sagte ich.

»Wir?«

»Du kennst dich mit Jugendlichen aus.«

»Ich kenne mich mit Erziehungsfragen aus«, sagte sie. »Da besteht ein Unterschied.«

»Ich werde Hilfe brauchen.«

»Du wirst mehr brauchen als das. Der Junge muß ja schwierig sein. Auch ohne ihn zu kennen, läßt sich das voraussagen. Mein Gott, er ist ein Möbelstück in einem Scheidungsvertrag. Was weißt du denn über die Bedürfnisse eines neurotischen Heranwachsenden?«

»Ich dachte, ich könnte dich fragen.«

»Ausgehend von meiner Erfahrung mit dir?«

»Ich bin nicht neurotisch.«

Susan wandte mir ihr Gesicht zu. Im Halbdunkel sah ich sie lächeln. Sie drückte meine Hand. »Nein«, sagte sie, »bist du nicht. Du bist kompliziert, aber du bist nicht mal ein bißchen neurotisch.«

»Der Junge muß von seinen Eltern weg«, sagte ich.

»Die herkömmliche Weisheit ist das aber nicht, außer in extremeren Fällen als diesem.«

»Vielleicht stimmt die herkömmliche Weisheit, wenn die Alternative darin besteht, im Jugendfürsorge- und Pflegeheimsystem zu landen.«

»Aber nicht, wenn er bei dir sein kann?«

»Nicht, wenn er bei mir sein kann«, sagte ich.

»Du meinst, du kannst das Leben für ihn verbessern?«

»Ja.«

»Wie lange hast du denn vor, ihn zu behalten?«

»Ich weiß es nicht.«

»Es ist schon schwer genug, Kinder aufzuziehen, die man liebt«, sagte Susan. »Ich habe das an den Mißerfolgen gesehen, immer und immer wieder. Eltern, deren Kinder einfach furchtbar versaut sind. Eltern, die ihre Kinder lieben und trotzdem ihr Leben restlos verpfuscht haben. Ich glaube, in diesem Fall sind deine Augen größer als dein Magen, Herzblatt.«

»Was ist mit diesem Grundstück in Maine?« sagte ich.

Susan stützte sich auf einem Ellbogen auf. »Fryeburg?« fragte sie.

»Ja. Ich sagte dir, daß ich ein Haus darauf bauen wollte.«

»Wenn sich die Gelegenheit ergäbe.«

»Das ist die Gelegenheit.«

»Du und Paul?«

»Ja.«

Sie war still, lag nackt neben mir, auf ihrer rechten Seite, den Kopf auf den rechten Ellbogen gestützt. Ihr Lippenstift war verschmiert. Die Intelligenz in ihrem Gesicht war wie Energie, ein sichtbares Schimmern fast. Daß sie schön war, fiel nur als erstes auf.

»Arbeitserleichterung«, sagte sie.

»Der Junge ist nie zur Handlungsfähigkeit erzogen worden«, sagte ich. »Er weiß überhaupt nichts. Er hat keinen Stolz. Er hat nichts, worin er gut ist. Er hat nichts als die Röhre.«

»Und du hast vor, ihn zu unterweisen?«

»Ich werde ihm beibringen, was ich kann. Ich kann Zimmermannsarbeit. Ich kann kochen. Ich kann boxen. Ich kann handeln.«

»Und in der Koje bist du auch nicht so schlecht, Großer.«

Ich grinste. »Das zu lernen überlassen wir vielleicht ihm selbst.«

Sie schüttelte den Kopf. »Du stellst das alles so einfach dar. Es ist nicht einfach. Man bringt niemandem etwas bei, der nicht lernen will. Es ist nicht bloß eine intellektuelle Übung. Es ist eine Sache des Gefühls, der Psychologie. Ich meine, der Junge könnte wirklich krank sein.«

»Er hat nichts zu verlieren«, sagte ich. »Verglichen mit einem Nachmittag voller Fernsehshows ist alles besser. Himmel noch mal, der Junge sieht sich Familienserien an.«

»Das tu' ich auch.«

»Aber an deiner Degeneriertheit ist nicht mehr zu rütteln«, sagte ich. »Außerdem tust du noch andere Dinge.«

»Nur mit dir, Schmuckstück.«

»Willst du dich daran beteiligen?« sagte ich.

»An der Errettung von Paul Giacomin?«

»Ja.«

»Beraten will ich gerne«, sagte sie. »Ich möchte aber nicht, daß du zuviel in die Sache investierst. Die Erfolgsaussichten sind gering. Was wird, wenn seiner Mutter nächste Woche das Geld ausgeht?«

»Darüber zerbrechen wir uns den Kopf, wenn es passiert.«

»Es wird bald passieren«, sagte Susan.

»Weibliche Intuition?«

»Glaub mir«, sagte sie. »Es dauert nicht lange.«

Ich zuckte die Schultern.

»Du wirst ihn trotzdem behalten«, sagte sie.

Ich schwieg.

»Bestimmt wirst du's«, sagte sie, »du großer, gottverdammter Trottel. Du weißt es genau.«

»Er muß schleunigst erwachsen werden«, sagte ich. »Er muß selbständig werden. Das ist die einzige Hoffnung für ihn. Bei ihm muß mit fünfzehn die Kindheit aufhören. Seine Eltern sind Dreck. Er kann nicht mehr von ihnen abhängig sein. Er muß selbständig werden.«

»Und du willst ihm zeigen, wie?«

»Ja.«

»Also, besser wäre keiner dafür. Du bist der selbständigste Mensch, der mir je begegnet ist. Aber es sind grimmige Aussichten für einen fünfzehn Jahre alten Jungen.«

»Was hältst du denn von seinen Aussichten, wenn er nicht schleunigst erwachsen wird?«

Susan war still und schaute auf mich nieder. »Der Frühling wird dieses Jahr ein bißchen spät sein«, sagte sie.

»Für Paul? Ja.« Ich lachte ohne Freude. »Der Frühling ist vorbei. Das Finale wird für Paul im Herbst sein. Wenn ich es schaffe.

»Und wenn er es schafft«, sagte Susan.

15

Es war Anfang Mai und die Sonne war prall und warm. Die Forsythien hatten zu blühen begonnen. Die Vögel waren da, und die Jogger waren raus aus den Trainingshosen, weiß glänzten ihre Beine in der Frühlingssonne. Paul Giacomin kam mit einem großen grünen Plaidkoffer und einem zugeschnürten weißen Wäschesack aus dem

Haus. Er trug immer noch seine Matrosenjacke. Er brauchte einen Haarschnitt. Seine Kordhose war zu kurz. Er hatte mit den zwei Gepäckstücken zu kämpfen.

Ich fuhr Susans Bronco. Ich stieg aus und nahm Paul den Koffer ab und verfrachtete ihn nach hinten. Er packte den Wäschesack daneben und ließ die Zugschnur über die Wagenklappe hinaushängen. Ich schnippte die Schnur rein und ließ mit dem Schlüssel das Fenster hoch. Patty Giacomin kam heraus zu dem Bronco. Hellgrüne Hose, lavendelgrünes Hemd, weißer Blazer. Große Sonnenbrille, leuchtender Lippenstift. Stephen war bei ihr. Er war ebenso schön wie sie – Jeans mit einem Pierre-Cardin-Aufnäher, Stiefel von Frye, ein halbgeknöpftes tailliertes Hemd ohne Kragen, blau in blau längsgestreift, offene graue Kammgarnweste. Sein dunkel kastanienbrauner Pontiac Firebird stand in der Auffahrt der Giacomins.

»Der Firebird stimmt nicht«, sagte ich. »Er paßt nicht zum übrigen Stil.«

»Ach wirklich«, sagte Stephen. »Und was würden Sie vorschlagen?«

»Einen Z vielleicht, oder einen Porsche. Diesen sauberen, kultivierten Euro-Look ausbauen, verstehen Sie?«

Stephen lächelte. »Möglich«, meinte er.

Patty sagte zu ihrem Sohn: »Ich schreib dir mal.«

Er nickte. Sie machte Anstalten, ihn an sich zu drücken. Anscheinend wollte ihr das nicht recht gelingen, und es endete damit, daß sie ihm kurz einen Arm um die Schultern legte und ihm auf den Rücken klopfte. Er ließ es still geschehen. Dann stieg er in den Bronco. Der hohe Tritt zum Vordersitz war schwierig, und er hatte seine Mühe damit, bis er sich schließlich hinaufwand. Ich stieg auf der Fahrerseite ein.

Patty sagte: »Wiedersehn.«

Paul sagte: »Wiedersehn«, und wir fuhren davon. Als wir von der Emerson Road abbogen, sah ich, daß Paul Tränen in die Augen stiegen. Ich beobachtete die Straße. Er weinte nicht. Wir nahmen Route 3 zur 495, die 495 zur 95, und fuhren auf der 95 nordwärts zum Portsmouth Circle. Während dieser Zeit sprach Paul kein Wort. Er saß und starrte aus dem Fenster in die immer gleiche Landschaft entlang den Highways. Ich spielte über die Stereoanlage ein Band von Johnny Hartman, nach der Devise, daß es nie zu früh sei, ihm Bildung beizubringen. Er hörte nicht hin. Am Portsmouth Circle nahmen wir die Schnellstraße nach Spaulding und dann Route 16.

Jetzt waren wir im ländlichen Neuengland. Eine Autostunde von Boston grasten Kühe. Es gab Scheunen und Futtersilos und Kleinstädte mit Mühlen, die nicht mehr mahlten, im Zentrum.

Gegen halb zwei am Nachmittag erreichten wir North Conway in New Hampshire. Ich hielt an einem Restaurant namens *Horsefeathers* gegenüber dem Anger in der Ortsmitte. Auf dem Anger war ein Softballfeld, und ein paar Kinder spielten eine Runde ohne Schiedsrichter.

Ich sagte: »Laß uns was essen.«

Er sagte nichts, stieg aber mit aus, und wir gingen in das Restaurant. Wir waren im ländlichen Neuengland gewesen. Jetzt umgab uns ländlicher Chic. North Conway ist im Winter ein vielbesuchtes Skigebiet, und ringsum in New Hampshire wimmelt es von Ferienhäusern, bis hin über die Grenze nach Maine. Das *Horsefeathers* hatte Messing und Hängepflanzen, es sah nicht anders aus als die Restaurants in San Franzisko.

Das Essen war gut, und um zwanzig nach zwei saßen wir wieder im Wagen, unterwegs nach Fryeburg. Um Viertel nach drei parkten wir schon am Rand des Kimball Lake. Das Land, das Susan als Teil der Scheidungsabfindung von ihrem Mann erhalten hatte, umfaßte nahezu drei Hektar Boden, inmitten von Wäldern, am Ende einer unbefestigten Straße. Zwar gab es Häuser entlang dem See, die zu nahe waren, als daß man sich wie Henry Thoreau hätte fühlen können, doch abgeschieden war es schon. Susans Exehemann hatte hier gejagt und gefischt. An einem Ende des Grundstücks hatte er eine kleine Hütte gebaut, mit fließendem Seewasser zum Duschen, einem Trinkwasserbrunnen, elektrischem Strom und Wasserklosett, aber ohne Zentralheizung. Im Wohnzimmer gab es einen freistehenden Kamin, die kombüsenartige Küche war mit einem kleinen Elektroherd und einem alten Kühlschrank ausgestattet; daneben gab es zwei kleine Schlafzimmer mit Bettgestellen aus Metall und ohne Schränke. Susan und ich kamen gelegentlich hierher, um über einem Holzfeuer Steaks zu grillen, im See zu schwimmen und durch die Wälder zu bummeln, bis die Insekten einen Schlußpunkt setzten.

»Hier bleiben wir?« sagte Paul.

»Ja. Wir werden in dieser Hütte wohnen, und morgen fangen wir an, eine neue und bessere zu bauen.«

Paul sagte: »Wie meinen Sie das?«

Ich sagte: »Wir werden ein Haus bauen. Du und ich.«

»Das können wir doch nicht.«

»Doch, wir können. Ich weiß wie. Ich bringe es dir bei.«

»Woher wissen Sie denn, wie man ein Haus baut?«

»Mein Vater war Zimmermann.«

Der Junge sah mich bloß an. Ihm war nie in den Sinn gekommen, daß Häuser von Leuten gebaut wurden. Manchmal wurden sie von Bauunternehmen aufgestellt, und manchmal entstanden sie wohl einfach von selbst.

»Komm, ausladen. Wir werden hier sehr beschäftigt sein. Es gibt eine Menge zu tun.«

»Ich habe keine Lust, ein Haus zu bauen«, sagte Paul.

»Ich werde Hilfe brauchen. Alleine kann ich es nicht. Es ist mal gut, mit den Händen zu arbeiten. Es wird dir gefallen.«

»Wird es nicht.«

Ich zuckte die Schultern. »Wir werden sehn«, sagte ich. »Hilf mir ausladen.«

Der Rücksitz des Bronco war vorgeklappt, so daß eine Menge Laderaum blieb. Der Laderaum war voll. Er enthielt die große alte Werkzeugkiste, die meinem Vater gehört hatte. Auch eine Handkreissäge, die ich im Vorjahr gekauft und manchmal in Susans Keller gebraucht hatte, war dort. Außerdem ein Satz Hanteln, eine Drükkerbank, ein Sandsack, ein Punchingball, mein Koffer, eine große grüne Kühlbox mit leicht verderblichen, ein großer Karton mit anderen Lebensmitteln, ein Ithaca-Jagdgewehr mit halbautomatischem Nachladeschloß, Munition, einiges Angelzeug, zwei Schlafsäcke, Stiefel, eine fünfzellige Taschenlampe, eine Axt, Bücher, eine Machete, ein Karton mit Schallplatten, zwei Schaufeln, eine Hacke und dreißig Meter Seil.

Ich schloß die Hütte auf und öffnete alle Fenster. Wir fingen an, die Sachen hineinzutragen und zu verstauen. Vieles war zu schwer für Paul, und alles, was er trug, faßte er irgendwie verkehrt an. Er griff nur mit den Spitzen seiner Finger zu. Als ich ihn bat, das Gewehr hineinzubringen, nahm er es ungelenk beim Lauf, anstatt es im Gleichgewicht zu halten. Eine der Schaufeln packte er am Blatt. Als wir fertig waren, stand ihm der Schweiß im Gesicht, und er sah rot und erhitzt aus. Er hatte immer noch seine Matrosenjacke an.

Es war fünf durch, als wir aufhörten. Die Insekten waren draußen, und es wurde kühl. Im letzten Herbst hatten Susan und ich ein billiges Stereogerät für die Hütte gekauft. Ich legte das 1938er Jazzkonzert von Benny Goodman auf, während ich Feuer machte. Ich trank ein Bier, während ich das Abendbrot in Angriff nahm. Paul hatte sich den See lange genug angeschaut. Er kam herein und nahm sich eine Coca aus dem Kühlschrank und ging ins Wohnzimmer. Im nächsten Augenblick war er wieder bei mir.

»Haben Sie keinen Fernseher mitgebracht?« sagte er.

»Nein«, sagte ich.

Er schnaubte böse und ging zurück ins Wohnzimmer. Ich stellte mir vor, daß er den Plattenspieler anstarrte. Alles in der Not.

Ich öffnete eine große Dose Bohnen und gab sie zum Erhitzen in eine Pfanne. Während sie heiß wurden, legte ich saure Gurken und Roggenbrot, Ketchup, Teller und Besteck heraus. Dann briet ich zwei Steaks. Wir aßen an einem Tisch im Wohnzimmer, da die Küche zu klein war, hörten dabei die Goodman-Band, sahen dem flackernden Feuer zu, rochen den Holzrauch. Paul trug immer noch die Matrosenjacke, obwohl es im Zimmer gut warm war.

Nach dem Essen nahm ich mein Buch heraus und fing an zu lesen. Paul griff sich die Plattenalben und schaute sie an und legte sie angewidert zurück. Er sah aus dem Fenster. Er ging hinaus, um sich dort umzuschauen, kam aber fast sofort wieder herein. Die Insekten waren draußen, da es dunkel wurde.

»Sie hätten einen Fernseher mitbringen sollen«, sagte er irgendwann.

»Lies«, sagte ich. »Es sind Bücher da.«

»Ich lese nicht gerne.«

»Immer noch besser, als bis zum Schlafengehen auf die Lichtleitungen zu starren, oder?«

»Nein.«

Ich las weiter.

Paul sagte: »Was ist das für ein Buch?«

»Ein ferner Spiegel«, sagte ich.

»Wovon handelt es?«

»Vom vierzehnten Jahrhundert.«

Er war still. Saft quoll aus dem Rand eines Holzscheites und tropfte auf die heiße Asche darunter.

»Wozu lesen Sie denn etwas über die Vierzehnhunderter?« sagte Paul.

»Dreizehnhunderter«, sagte ich. »Genau wie die Neunzehnhunderter das zwanzigste Jahrhundert sind.«

Paul zuckte die Achseln. »Also, warum lesen Sie darüber was?«

Ich legte das Buch hin. »Ich möchte wissen, wie das Leben damals war«, sagte ich. »Mir gefällt das Gefühl der Verbundenheit über sechshundert Jahre hinweg, das ich dabei bekommen kann.«

»Ich finde, das ist langweilig«, sagte Paul.

»Verglichen womit?« sagte ich.

Er zuckte die Achseln.

»Ich finde, es ist langweilig im Vergleich zu einer Parisreise mit Susan Silverman«, sagte ich. »Alles ist relativ.«

Er schwieg.

»Ich weiß mehr über das Menschsein, wenn ich mehr über das Leben damals weiß. Ich kann alles eher in einem richtigen Verhältnis sehen. Die Zeit war voll von Leuten, die für Dinge, die ihnen erstrebenswert schienen, getötet, gefoltert, gelitten, gekämpft und sich abgequält haben. Jetzt sind sie seit sechshundert Jahren tot. Worum geht es eigentlich, Ozymandias?«

»Hm?«

»›Ozymandias‹? Das ist ein Gedicht. Hier, ich zeig's dir.« Ich stand auf und suchte ein Buch aus dem Karton, den ich noch nicht ausgepackt hatte.

»Hör zu«, sagte ich. Ich las ihm das Gedicht vor. Bewußt in dem vom Feuer erhellten Raum. Es war etwa auf seinem Niveau.

Er sagte: »Is' das Ihre Freundin?«

Ich sagte: »Was?«

Er sagte: »Susan Silverman. Das Ihre Freundin?«

»Ja«, sagte ich.

»Wollt ihr heiraten?«

»Ich weiß nicht.«

»Lieben Sie sie?«

»Ja.«

»Und was ist mit ihr?« sagte er.

»Ob sie mich liebt?«

Er nickte.

»Ja«, sagte ich.

»Warum heiratet ihr dann nicht?«

»Weiß nicht genau. Hängt vor allem an der Frage, wie wir uns beeinflussen würden, nehme ich an. Würde ich sie in ihrer Arbeit behindern? Sie mich in meiner? Dergleichen Dinge.«

»Würde sie denn nicht die Arbeit aufstecken?«

»Nein.«

»Warum nicht? Ich würd's . Ich würde nicht arbeiten, wenn ich nicht müßte.«

»Sie mag ihre Arbeit. Gibt ihr ein gutes Gefühl zu sich selbst. Mir auch. Wenn man sie nur des Geldes wegen täte, würde man sie natürlich aufgeben wollen. Aber wenn man arbeitet, weil's einem gefällt . . .« Ich machte eine Handbewegung. »Was tust du denn gerne?«

Er zuckte die Schultern. »Dieser Typ Hawk, ist das Ihr Freund?«

»Irgendwie.«

»Mögen Sie ihn?«

»Irgendwie. Ich kann auf ihn zählen.«

»Mir kommt er unheimlich vor.«

»Na, ist er auch. Er ist nicht gut. Aber er ist ein guter Mann. Kennst du den Unterschied?«

»Nein.«

»Wirst du aber«, sagte ich. »Es ist ein Unterschied, den ich dir helfen werde kennenzulernen.

16

Am nächsten Morgen weckte ich Paul um sieben.

»Warum muß ich aufstehen?« fragte er. »Ich hab keine Schule.«

»Wir haben eine Menge zu tun«, sagte ich.

»Ich will nicht aufstehen.«

»Also, du mußt. Ich mache Frühstück. Möchtest du irgendwas Besonderes?«

»Ich will gar keins.«

»Okay«, sagte ich. »Aber bis zum Mittagessen gibt es nichts mehr.«

Er starrte mich aus zusammengekniffenen Augen an, noch nicht ganz wach.

Ich ging in die Küche und mischte etwas Teig für Maisbrot. Während das Brot im Backofen war und der Kaffee durchlief, nahm ich eine Dusche; nach dem Anziehen nahm ich das Brot heraus und ging in Pauls Zimmer. Er war wieder eingeschlafen. Ich rüttelte ihn wach.

»Komm, Junge«, sagte ich. »Ich weiß, du willst nicht, aber du mußt. Du wirst dich an den Zeitplan gewöhnen. Schließlich wird er dir sogar gefallen.«

Paul vergrub sich tiefer in den Schlafsack und schüttelte mit dem Kopf.

»Doch«, sagte ich. »Du mußt. Wenn du erst mal aufgestanden und geduscht bist, geht's dir gut. Laß mich nicht grob werden.«

»Was machen Sie denn, wenn ich nicht aufsteh'?« brummelte Paul in den Schlafsack.

»Dich rausziehen«, sagte ich. »Dich unter die Dusche halten. Dich abtrocknen, dich anziehen. Und so weiter.«

»Ich werde nicht aufstehen«, sagte er.

Ich zerrte ihn raus, zog ihn aus und hielt ihn unter die Dusche. Es dauerte ungefähr eine halbe Stunde. Es ist nicht leicht, jemand im Zaum zu halten, sei es auch ein Kind, wenn man ihm nicht weh tun will. Ich wusch ihm die Haare und hielt ihn unter den Strahl, um das Shampoo auszuspülen, dann zog ich ihn aus der Wanne und gab ihm ein Handtuch.

»Willst du, daß ich dich anziehe?« sagte ich.

Er schüttelte den Kopf, legte sich das Handtuch um und ging in sein Zimmer. Ich ging in die Küche und stellte das Maisbrot, Erdbeermarmelade und eine Schale gemischtes Obst auf den Tisch. Während ich auf ihn wartete, aß ich eine Apfelsine und eine Banane. Ich goß mir eine Tasse Kaffee ein. Ich trank ein wenig. Ich hatte ihn nicht davor gewarnt, wieder ins Bett zu gehen. Meinem Gefühl nach wäre das beleidigend gewesen. Ich wollte, daß er von selbst herauskam. Falls er nicht kam, hatte ich an Boden verloren. Ich trank ein wenig mehr Kaffee. Das Maisbrot kühlte ab. Ich blickte auf die Tür seines Zimmers. Ich mochte kein kaltes Maisbrot.

Die Zimmertür ging auf, und er kam heraus. Er hatte Jeans an, die offensichtlich gekürzt und wieder herausgelassen worden waren, seine abgewetzten Top-Siders und ein grünes Polohemd mit einem Pinguin auf der linken Brust.

»Willst du Milch oder Kaffee?« sagte ich.

»Kaffee.«

Ich schenkte ihm ein. »Was nimmst du dazu?«

»Ich weiß nicht. Hab' noch nie welchen getrunken.«

»Dann kannst du eigentlich mit Sahne und Zucker anfangen«, sagte ich. »Kalorien sind nicht dein Problem.«

»Finden Sie, daß ich mager bin?«

»Ja. Es gibt Maisbrot, Marmelade, Obst und Kaffee. Greif zu.«

»Ich möchte nichts.«

Ich sagte: »Okay«, und schnitt das Brot an. Paul nippte an dem Kaffee. Es sah nicht aus, als ob er ihm schmeckte. Nach dem Frühstück wusch ich das Geschirr ab und fragte Paul: »Hast du Turnschuhe?«

»Nein.«

»Okay, als erstes fahren wir mal rüber nach North Conway und kaufen dir welche.«

»Ich brauche keine«, sagte er.

»Doch«, sagte ich. »Eine Zeitung bringen wir auch mit.«

»Woher wollen Sie denn wissen, ob's da welche gibt?«

»In North Conway? Da werden wahrscheinlich mehr schicke Turnschuhe als Aspirin verkauft. Wir finden schon welche.«

Auf der Fahrt nach North Conway fragte Paul: »Weshalb haben Sie mich so zum Aufstehen gezwungen?«

»Aus zwei Gründen«, sagte ich. »Erstens brauchst du eine Struktur, irgendeine Einteilung in deinem Leben, damit du einen Sinn für Ordnung bekommst. Zweitens hätte ich es irgendwann doch tun müssen. Da dachte ich, bringst es hinter dich, ist genausogut.«

»Sie müßten es doch gar nicht, wenn Sie mich schlafen ließen.«

»Von wegen. Du würdest mir so lange zusetzen, bis du raushättest, wie weit ich gehe. Du mußt mich testen, damit du mir trauen kannst.«

»Was sind Sie, ein Kinderpsychologe?«

»Nein. Susan sagte mir das.«

»Na ja, sie spinnt.«

»Ich weiß zwar, du kennst es nicht besser, aber das ist gegen die Regeln.«

»Was?«

»Schlecht von der geliebten Person eines anderen zu sprechen, verstehst du? Ich möchte nicht, daß du über sie Schlechts sagst.« Wir waren im Zentrum von Fryeburg.

»Entschuldigung.«

»Okay.«

Wir schwiegen, während wir durch die kleine gastliche Stadt mit ihren hübschen Häusern fuhren. Es war vielleicht eine Viertelstunde bis North Conway. Wir kauften Paul ein Paar Nike LDVs, genau wie meine, nur Größe 7, und ein Paar Trainingshosen.

»Hast du ein Sportsuspensorium?« sagte ich.

Paul schien verlegen. Er schüttelte den Kopf. Wir kauften eines, außerdem noch zwei Paar weiße Wollsocken. Ich bezahlte, und wir fuhren zurück nach Fryeburg. Es war zehn, als wir zur Hütte kamen. Ich gab ihm die Tüte mit seinen Sachen.

»Geh, zieh dir das Zeug an, dann machen wir einen Lauf«, sagte ich.

»Einen Lauf?«

»ja.«
»Ich kann nicht laufen«, sagte er.
»Du kannst es lernen«, sagte ich.
»Ich will aber nicht.«
»Ich weiß, aber wir fangen es leicht an. Keine weite Strecke. Wir laufen ein bißchen, gehen ein bißchen. Jeden Tag ein Stück weiter. Es wird dir guttun.«
»Sie wollen mich dazu zwingen?«
»Ja.«
Er ging sehr langsam in die Hütte. Ich ging mit ihm hinein. Er ging auf sein Zimmer. Ich ging in meines. Nach etwa zwanzig Minuten kam er heraus. Die neuen Laufschuhe sahen lächerlich gelb aus, die neue Trainingshose für seine dünnen Beine etwas zu weit, und sein dürrer Oberkörper in der Frühlingssonne blaß und verzittert. Ich war ebenso gekleidet, nur waren meine Sachen nicht neu.
»Strecken wir uns mal«, sagte ich. »Geh in die Knie, bis du mit beiden Händen leicht auf den Boden kommst. So. Gut. Jetzt versuch, ohne daß du die Hände vom Boden nimmst, deine Knie durchzustrecken. Nicht krampfhaft, nur gleichmäßiger Druck. So bleiben wir dreißig Sekunden.«
»Wozu ist das gut?« sagte er.
»Um den unteren Rüken und die Kniesehnenmuskeln an der Hinterseite der Schenkel zu lockern. Jetzt hinhocken, so, den Hintern durchhängen lassen, und bleib so auch wieder dreißig Sekunden. Es bewirkt ungefähr das gleiche.«
Ich zeigte ihm, wie man die Wadenmuskeln dehnt und die Schenkelstrecker lockert. Er gab sich bei allem sehr ungeschickt und zaghaft, wie um zu beweisen, daß er es nicht konnte. Ich bemerkte nichts dazu. Ich war dabei, auszuknobeln, wie ich mit einer Waffe laufen könnte. Normalerweise lief ich ohne. Aber normalerweise hatte ich auf niemanden als mich selbst aufzupassen, wenn ich lief.
»Okay«, sagte ich. »Wir sind klar für einen Dauerlauf. Laß mich noch etwas aus dem Haus holen.« Ich ging hinein und holte meine Waffe. Es war eine Smith & Wesson.38. Ich nahm sie aus dem Halfter, prüfte die Ladung und ging mit der Waffe in der Hand hinaus.
»Wollen Sie damit laufen?« sagte Paul.
»Das beste, was mir eingefallen ist«, sagte ich. »Werd' sie einfach in der Hand behalten.« Ich hielt sie um Trommel und Abzugsbügel fest, nicht am Knauf. Sie war nicht auffällig.

»Haben Sie Angst, daß die uns finden?«

»Nein, aber es schadet nichts, sicherzugehen. Wenn man kann, rechnet man besser mit Möglichkeiten statt mit Wahrscheinlichkeiten.«

»Hm?«

»Komm, laufen wir mal. Ich erklär dir's unterwegs.«

Wir fingen mit einem langsamen Tempo an. Paul sah aus, als wäre er vielleicht noch nie gelaufen. Seine Bewegungen wirkten unkoordiniert, und er nahm jeden Schritt, als müßte er erst darüber nachdenken.

»Sag Bescheid, wenn du gehen mußt. Wir haben es nicht eilig.«

Er nickte.

Ich sagte: »Wenn du über etwas Wichtiges nachdenkst, zum Beispiel, ob dein Vater noch mal versuchen könnte, dich zu entführen, dann ist es besser, du überlegst dir, was du am ehesten unternehmen könntest, falls er es versucht, anstatt dir auszurechnen, wie wahrscheinlich es ist, daß er's versucht. Du kannst dir nicht ausrechnen, ob er's versucht, das liegt bei ihm. Du kannst entscheiden, was du unternimmst, falls er es tut. Das liegt bei dir. Verstanden?«

Er nickte. Ich sah ihm an, daß er zum Sprechen schon zu sehr außer Atem war.

»Ein Mittel, um besser zu leben, besteht darin, die Entscheidungen, die man treffen muß, auf das zu gründen, was man steuern kann. Wenn man es kann.«

Wir liefen eine Erdstraße hinauf, die von der Hütte zu einer breiteren Erdstraße führte. Sie war vielleicht eine halbe Meile lang. Zu beiden Seiten gab es Hundsbeeren und kleine Ahorn- und Birkenschößlinge unter den großen weißen Kiefern und Ahornbäumen, die über uns schwankten. Einige Himbeersträucher fingen eben an zu knospen. Es war kühl unter dem scheckigen Laubdach der Bäume, aber nicht kalt.

»Wir biegen hier mal rechts ab«, sagte ich, »und laufen ein Stück die Straße entlang. Kein Grund zur Hast. Halt an, wenn dir danach ist, und wir gehen ein Stück.« Er nickte wieder. Die Straße war breiter jetzt. Sie ging rund um den See, und alle hundert Meter zweigte ein Seitenweg zu einer Hütte ab. Die Namen der Eigentümer waren auf kitschig rustikale Schilder gemalt und jeweils am Kopf der Abzweigung an einen Baum genagelt. Wir hatten vielleicht eine Meile hinter uns, als Paul aufhörte zu laufen. Er beugte sich vor und hielt sich die Seite.

»Stechen?«

Er nickte.

»Nicht vorbeugen«, sagte ich. »Beug dich nach hinten. So weit zurück, wie du kannst. Das gleicht es aus.«

Er befolgte meinen Rat, was ich nicht gedacht hätte. Ein alter Holzweg mündete links von uns. Wir lenkten hinein. Paul ging mit durchgebogenem Kreuz.

»Wie weit sind wir gelaufen?«

»Ungefähr eine Meile«, sagte ich. »Verdammt gut für das erstemal.«

»Wie weit können Sie laufen?«

»Zehn, fünfzehn Meilen. Ich weiß nicht genau.«

Auf einem gefällten Baumstamm überquerten wir eine schmale Klamm, in der die Frühjahrsschmelze noch zum See hinunterbrauste. In einem Monat würde es hier trocken und staubig sein.

»Kehren wir mal um«, sagte ich. »Vielleicht kannst du, wenn wir wieder auf die Straße kommen, noch ein bißchen laufen.«

Paul sagte nichts. Neben uns behackte ein rotköpfiger Specht einen Baum. Als wir zurück zur Straße kamen, fiel ich wieder in einen langsamen Trab. Paul ging noch ein paar Meter, dann drehte er auf und kam in langsamen, eckigen Laufschritten hinter mir her. Wir machten etwa eine halbe Meile in Richtung auf den Weg zu unserer Hütte. Ich beendete den Lauf und fing an zu gehen. Paul hörte im selben Augenblick auf zu laufen wie ich.

Als wir wieder in der Hütte waren, sagte ich: »Zieh dir einen Pulli an, eine dünne Jacke oder sowas. Dann bauen wir ein paar Geräte auf.«

Ich zog ein blaues Sweat-Shirt über, von dem die Ärmel abgetrennt waren. Paul zog ein graues, langärmeliges Sweat-Shirt an, das ein Emblem der Patrioten Neuenglands vornedrauf hatte. Die Ärmel waren zu lang.

Wir brachten die Drückerbank hinaus, den Sandsack, den Punchingball samt Schlagbrett und die Werkzeugkiste. Paul trug ein Ende des Werkzeugkastens und ein Ende der Drückerbank.

»Den Sandsack hängen wir dort an dem Ast auf«, sagte ich. »Den Punchingball können wir am Stamm befestigen.«

Paul nickte.

»Und die Drückerbank stellen wir hier unter den Baum, wo sie dem Sandsack nicht im Weg ist. Wenn es regnet, werfen wir eine

Plane drüber.«

Paul nickte.

»Und wenn wir sie aufgestellt haben, werde ich dir zeigen, wie man sie benutzt.«

Paul nickte wieder. Ich wußte nicht, ob ich Fortschritte machte oder nicht. Anscheinend hatte ich seinen Willen gebrochen.

»Was hältst du davon, Junge«, sagte ich.

Er zuckte die Schultern. Vielleicht hatte ich seinen Willen doch nicht gebrochen.

17

Das Aufbauen dauerte etwa eine Stunde. Den größten Teil davon nahm das Aufhängen des Punchingballs in Anspruch. Schließlich nagelte ich das Schlagbrett an zwei dicke Äste, die sich in etwa der richtigen Höhe ausspreizten. Für mich. Paul würde sich auf eine Kiste stellen müssen. Ich mußte dreimal hin und her, um die Gewichte zu holen. Paul trug einige von den kleinen Hanteln. Ich transportierte erst die Langhantel mit so vielen Scheiben, wie ich konnte, an den Enden der Stange, und ging dann zurück und holte in zwei Touren die restlichen Scheiben.

»Also, nach dem Lunch«, sagte ich, »werden wir zwei Stunden trainieren und dann ist Feierabend für heute. Normalerweise würden wir morgens trainieren und nachmittags an dem Haus bauen, aber heute sind wir spät dran, weil wir deine Sachen besorgen mußten, also fangen wir morgen nachmittag mit dem Haus an.«

Zum Lunch aßen wir Schafskäse und Fladenbrot mit Pickles, Oliven, Zwergtomaten und Gurkenscheiben. Paul trank Milch. Ich trank Bier. Paul meinte, der Schafskäse röche schlecht. Vor der Hütte standen zwei Klappstühle, und so setzten wir uns nach dem Essen raus. Es war halb zwei. Ich stellte das Kofferradio an. Die Sox spielten gegen die Tigers.

Paul sagte: »Ich mag kein Baseball.«

»Hör nicht hin.«

»Aber ich kann nicht anders, wenn es läuft.«

»Okay, ein Handel. Ich mag das Spiel. Was magst du?«

»Mir egal.«

»Okay. Ich hör mir die Spiele an, wenn sie kommen. Zu jeder anderen Zeit kannst du dir anhören, was du willst. Fair?«

Paul zuckte die Schultern. Auf dem Wasser gab ein Seetaucher

seine ulkigen Laute von sich.
»Das ist ein Seetaucher«, sagte ich. Paul nickte.
»Ich will keine Gewichte heben«, sagte er. »Ich will nicht lernen, an den Punchingbällen zu boxen. Der Kram gefällt mir nicht.«
»Was würdest du lieber tun?« fragte ich.
»Weiß ich nicht.«
»Wir werden das nur wochentags machen. Samstag und Sonntag halten wir uns frei und tun was anderes.«
»Was denn?«
»Alles, was du willst. Wir werden uns die Gegend ansehen. Wir können fischen, jagen, ins Museum gehen, schwimmen, wenn es wärmer wird, uns ein Baseballspiel anschauen, falls du es doch schätzen lernst, ins Kino gehen, ins Theater, nach Boston fahren und herumlungern. Hab' ich schon irgendwas getroffen, was dir gefällt?«
Paul zuckte die Schultern. Ich nickte. Gegen halb drei hatten die Sox gegen Eckersley drei Läufe aufgeholt und unser Essen hatte sich gesetzt.
»Gehen wir ran«, sagte ich. »Für den Anfang machen wir von jeder Übung mal drei Serien. Wir drücken auf der Bank, üben Drehungen, Schwünge, Räder, ein bißchen Reißen, ein bißchen Stoßen. Wir probieren Kombinationen am Sandsack, und ich zeig dir, wie man mit dem Punchingball umgeht.«
Ich hängte eine große Feldflasche mit Wasser an einen der Baumäste. Sie war mit rotgestreiftem Deckenstoff bezogen, und ich kam mir immer wie Kit Carson vor, wenn ich aus ihr trank.
»Trink soviel Wasser, wie du möchtest. Ruh dich aus zwischendurch. Nur keine Hast. Wir haben noch den ganzen Tag.«
»Ich weiß doch gar nicht, wie das alles geht.«
»Ich weiß es. Ich werde es dir zeigen. Zuerst sehen wir mal, wieviel du verkraften kannst. Wir fangen mit der Drückerbank an.«
Ich legte die große York-Hantelstange ohne Gewichte auf die Kraftständer.
»Versuch das«, sagte ich.
»Ganz ohne Gewichte?«
»Sie ist schwer genug. Versuch es als Anfang. Wenn sie zu leicht ist, können wir Gewicht zulegen.«
»Was soll ich tun?«
»Ich zeig's dir.« Ich legte mich mit dem Rücken auf die Bank, nahm die Hantelstange mittelbreit in den Griff, hob sie von den Ständern, senkte sie auf meine Brust und drückte sie senkrecht auf

Armlänge hoch. Dann ließ ich sie auf meine Brust herunter und drückte sie nochmals hoch. »Ungefähr so«, sagte ich. »Versuch es zehnmal hintereinander, wenn du kannst.«

Ich legte die Stange auf die Ablage zurück und stand auf. Paul legte sich auf die Bank.

»Wo muß ich sie halten?«

»Breite die Hände ein bißchen aus, so. Das ist gut. Laß die Daumen so nach innen, damit du dir, falls es zu schwer ist, nicht die Daumen brichst. Ich deck' dich hier.«

»Was ist decken?«

»Ich halte zur Sicherheit eine Hand dran, damit du sie nicht auf dich fallen läßt.«

Paul brachte die Stange mühsam von der Ablage herunter. Sie war zu schwer für ihn. Seine dünnen Arme zitterten vor Anstrengung, als er sie auf seine schmale Brust sinken ließ. Ich hatte die eine Hand leicht auf dem Mittelpunkt der Stange.

»Okay«, sagte ich. »Gut. Gut. Jetzt stoß sie hoch. Einatmen, jetzt aus und hoch mit der Stange, drücken, ausatmen, drücken.« Ich feuerte ihn an.

Paul bog den Rücken durch und kämpfte. Seine Arme zitterten noch mehr. Ich legte ein wenig Druck unter die Stange und half ihm. Er bekam sie gestreckt.

»Jetzt auf die Ablage rauf«, sagte ich. Ich half ihm, sie herüberzuführen und einzuhängen. Sein Gesicht war hochrot.

»Gut«, sagte ich. »Das nächstemal machen wir zwei.«

»Ich kann's doch gar nicht«, sagte er.

»Klar kannst du. Hast es doch gerade getan.«

»Sie haben mir geholfen.«

»Nur ein bißchen. Die eine Sache bei Gewichten ist, daß man am Anfang schnell Fortschritte erzielt. Das macht Mut.«

»Ich kann sie noch nicht mal ohne Gewichte heben«, sagte er.

»In ein paar Monaten stemmst du mehr als du selbst wiegst«, sagte ich. »Komm. Auf ein neues.«

Er versuchte es noch einmal. Diesmal mußte ich ihm mehr helfen.

»Ich werde schlechter«, sagte er.

»Natürlich, weil du müde wirst. Der dritte Versuch wird noch schwerer sein. Das ist der springende Punkt dabei. Du beanspruchst den Muskel, wenn er ermüdet ist, und er versagt schneller, und neue Muskeln werden schneller aufgebaut.« Ich hörte mich allmählich an wie Arnold Schwarzenegger. Paul lag mit gerötetem Gesicht still auf der Bank. Feine blaue Adern verliefen unter der fast durchscheinenden Haut seiner Brust. Das Schlüsselbein, die Rippen und das Brustbein, alles zeichnete sich deutlich durch die straffe Haut ab. Er wog keine hundert Pfund.

»Letzter Versuch«, sagte ich. Er nahm die Stange von den Ablagesäulen, und diesmal mußte ich festhalten, damit sie nicht auf ihn fiel. »Hoch jetzt«, sagte ich. »Treib sie hoch. Das hier ist die, die am meisten zählt. Weiter, komm, hoch, hoch, hoch. Gut, gut.«

Wir legten die Stange zurück auf die Ständer. Paul setzte sich auf. Seine Arme zitterten immer noch leicht.

»Machen Sie mal«, sagte er.

Ich nickte. Ich brachte an jedem Ende der Stange zwei 50-Pfund-Scheiben an und legte mich auf die Bank. Ich hob die Hantel von der Ablage und brachte sie auf meine Brust.

»Beobachte, welche Muskeln sich bewegen«, sagte ich zu Paul, »so lernst du, was eine Übung für dich tut.« Ich drückte das Gewicht hoch, ließ es herunter, drückte es hoch. Bei jedemmal atmete ich aus. Ich wiederholte es zehnmal und legte die Hantel auf die Ständer zurück. Dünner Schweiß hatte sich auf meiner Stirn gebildet. Über uns flatterte ein Kernbeißer mit rosaroter Brust in den Ahornbaum und ließ sich nieder. Ich machte eine zweite Serie. Der Schweiß überzog meinen Brustkorb. Der milde Wind kühlte ihn.

Paul sagte: »Wieviel können Sie stemmen?«

»Ich weiß es nicht genau. Es ist irgendwie gut, wenn man das nicht so wichtig nimmt. Man fährt besser, wenn man sich beim Training an das hält, womit man fertig wird, und nicht darauf sieht, wer mehr stemmen kann und wer nicht und wieviel man selbst hochbringt. Ich kann mehr stemmen als das.«

»Wieviel ist das denn?«

»Zweihundertfünfundvierzig Pfund.«

»Trainiert Hawk mit Gewichten?«

»Manchmal.«

»Kann er so viel stemmen wie Sie?«

»Wahrscheinlich.«

Ich machte eine dritte Serie. Als ich fertig war, ging mir etwas die Puste, und der Schweiß rieselte an meiner Brust herunter.

»Jetzt schwingen wir ein bißchen«, sagte ich. Ich zeigte ihm wie. Wir fanden keine Hantel, die leicht genug war, daß er sie mit einer Hand hätte schwingen können, also nahm er beide Hände für eine.

Nach zwei Stunden saß Paul mit hängendem Kopf auf der Stemmbank, die Unterarme auf den Schenkeln, und schnaufte, als wäre er eine weite Strecke gelaufen. Ich saß neben ihm. Wir waren mit den Gewichten fertig. Ich reichte Paul die Feldflasche. Er trank ein wenig und gab sie mir zurück. Ich trank und hängte sie wieder auf.

»Wie fühlst du dich?« fragte ich.

Paul schüttelte nur den Kopf ohne aufzublicken.

»So gut, hm? Tja, morgen wirst du steif sein. Komm. Wir spielen ein bißchen mit den Boxbällen.«

»Ich will nicht mehr.«

»Ich weiß, aber eine halbe Stunde noch, dann hast du alles geschafft. Das macht Spaß jetzt. Dabei müssen wir nicht schwer arbeiten.«

»Warum lassen Sie mich nicht einfach in Ruhe?«

Ich hockte mich wieder zu ihm. »Weil dich dein Leben lang jeder in Ruhe gelassen hat und du als Ergebnis davon jetzt im Schlamassel sitzt. Da werde ich dich rausholen.«

»Wie meinen Sie das?«

»Ich meine damit, daß du nichts hast, woran dir etwas liegt. Du hast nichts, worauf du stolz sein kannst. Du hast von nichts eine Ahnung. Du bist beinahe ein völliges Neutrum, weil niemand sich die Zeit genommen hat, dir etwas beizubringen oder zu zeigen, und weil du an den Menschen, die dich aufgezogen haben, nichts sehen konntest, woran du dich hättest orientieren wollen.«

»Es ist nicht meine Schuld.«

»Nein, noch nicht. Aber wenn du dich hinlegst und dich dem Vergessen überläßt, dann wird es deine Schuld sein. Du bist jetzt alt genug, um eine Persönlichkeit zu entwickeln. Und du bist alt genug, daß du anfangen mußt, eine gewisse Verantwortung für dein Leben zu übernehmen. Und dabei werde ich dir helfen.«

»Was hat Gewichtheben mit diesen Sachen zu tun?«

»Worin du gut bist, ist weniger wichtig, als daß du in etwas gut bist. Du hast gar nichts. Dir liegt an nichts. Also werde ich dafür sorgen, daß du stark wirst, in Form kommst, zehn Meilen laufen kannst und in der Lage bist, mehr zu heben, als du wiegst, und in der Lage bist zu boxen. Ich werde dir beibringen, wie man zimmert und kocht, und wie man hart arbeitet und sich antreibt und sich beherrscht. Vielleicht können wir später auch zum Lesen kommen, zur Kunstbetrachtung und dahin, etwas anderes zu hören als Situationskomödien. Aber im Moment arbeite ich an deinem Körper, weil es leichter ist, dort anzufangen.«

»Na und?« sagte Paul. »Bald geh ich wieder zurück. Was ändert das schon?«

Ich schaute ihn mir an, weiß, schmal und verkrampft, beinahe vogelhaft mit seinem hängenden Kopf und den hochgezogenen Schultern. Er brauchte einen Haarschnitt. Er hatte Niednägel. *Was für ein garstiger kleiner Bastard.*

»Das stimmt wahrscheinlich«, sagte ich. »Und deswegen, Junge, wirst du, bevor du zurückgehst, autonom werden müssen.«

»Hm?«

»Autonom werden. Auf dich selbst vertrauen. Von dem, was von außen kommt, nicht übermäßig beeinflußt werden. Du bist zwar dafür nicht alt genug – es ist verfrüht, von einem Jungen wie dir zu verlangen, daß er unabhängig wird. Aber du hast keine Wahl. Deine Eltern sind dir keine Hilfe. Allenfalls schaden sie. Auf sie kannst du nicht vertrauen. Sie haben dich dahin gebracht, wo du stehst. Sie werden sich nicht bessern. Du mußt.«

Seine Schultern fingen an zu zittern.

»Du mußt, Junge«, sagte ich.

Er weinte.

»Wir können das schaffen. Du kannst dir Stolz aneignen, einige Dinge, die du an dir magst. Ich kann dir dabei helfen. Wir können es.«

Er weinte mit gesenktem Kopf und hochgezogenen Schultern, diesen knorrigen Schultern, auf denen der Schweiß trocknete. Ich saß neben ihm, ohne noch sprechen zu wollen. Ich faßte ihn nicht an. »Weinen ist in Ordnung«, sagte ich. »Ich tu es manchmal auch.«

Nach etwa fünf Minuten hörte er auf zu weinen. Ich stand auf. Oben auf dem Schlagbrett des leichten Boxballes lagen zwei Paar Ballhandschuhe. Ich ergriff sie und bot das eine Paar Paul an.

»Komm«, sagte ich. »Zeit, auf den Sack zu hauen.«

Er ließ den Kopf unten.

»Komm, Junge«, sagte ich. »Mir dir kann es nur aufwärtsgehen. Laß mich dir zeigen, wie man boxt.«

Ohne aufzuschauen nahm er die Handschuhe.

18

Wir gruben das letzte Loch für die Grundpfeiler. Es war heiß; durch Steine und das übliche Wurzelwerk ging es nur langsam voran. Ich arbeitete mit einer Hacke, Paul mit einer Schaufel. Wir hatten auch Verwendung für eine Axt, eine Brechstange und eine langstielige Baumsäge, die wir für einige der Wurzeln gebrauchten.

Paul trug wie ich Jeans und Arbeitsschuhe. Meine Sachen waren größer. Der Schweiß glänzte auf seinem dünnen Körper, während er den Grund aushob, den ich lockerte.

»Wofür sind diese Löcher noch mal?«

»Siehst du die großen runden Papprohre da drüben? Die setzen wir in die Löcher hinein und bringen sie auf gleiche Höhe und füllen sie mit Eisenbeton. Dann legen wir Bodenträger darauf, und die Hütte ruht auf ihnen. Es ist leichter als ein Kellerloch auszuheben, obwohl ein Keller besser ist.«

»Warum?« Er stach das Schaufelblatt in die Erde und hob es an. Er hielt die Schaufel zu weit oben am Stiel, und die Erde wippte, als er sie hochstemmte, und das meiste fiel wieder in das Loch zurück.

»Der Keller gibt dir Platz für eine Heizung, macht die Böden wärmer, gibt dir Lagerraum. So steht das Haus auf Grund. Ist kälter im Winter. Aber viel weniger Mühe.«

Paul verlagerte den Griff um die Schaufel etwas und stach wieder in die Erde. Diesmal nahm er das meiste mit. »Gibt es denn keine Maschinen für diese Arbeit?«

»Doch.« Ich schwang erneut die Hacke. Sie drang mühelos in den Boden. Wir waren zu einer Schicht gelangt, wo Steine und Wurzeln nicht mehr hinderten. »Aber das verschafft keine Befriedigung. Einen Kompressor herzunehmen und das ganze runterzurattern wie ein Bursche, der Heizungen baut. Benzindämpfe. Krach. Kein Gefühl dabei, daß man es selber macht.«

»Könnte mir denken, daß es leichter wäre.«

»Da magst du recht haben«, sagte ich. Wieder schwang ich die Hacke, das breite Blatt grub sich bis zum Schaft in die Erde. Ich stemmte es nach vorn, und die Erde brach los. Paul schaufelte sie heraus. Er hielt die Schaufel immer noch zu hoch am Stiel und ging immer noch zu zaghaft ran. Aber er bekam das Loch frei.

»Später nehmen wir schon noch Maschinen hinzu. Kreissäge und solches Zeug. Aber ich wollte, daß wir mit unserem Rücken anfangen.«

Paul sah mich an, als wäre ich komisch, und verzog den Mund zu einer stummen Geste.

»Das ist nicht spinnert«, sagte ich. »Wir tun das hier nicht einfach, damit es fertig wird.«

Er zuckte die Schultern, stützte sich auf die Schaufel.

»Wir tun es, um die Freude am Machen zu erleben. Sonst könnten wir uns auch Handwerker bestellen. Das wäre der allereinfachste Weg.«

»Aber so ist es billiger«, sagte Paul.

»Ja, wir sparen Geld. Aber das ist bloß ein Punkt, durch den es sich von einer Freizeitbeschäftigung unterscheidet, wie etwa Flaschenschiffe basteln. Nur wenn Liebe und Notwendigkeit eins sind, weißt du?«

»Was heißt denn das?« sagte er.

»Es ist ein Gedicht, ich geb's dir nach dem Abendbrot zu lesen.«

Wir hoben das letzte Loch fertig aus und setzten die letzten Röhre hinein. In den Grund jedes Rohrs trieben wir Eisenstangen zur Verstärkung und füllten dann die Löcher rings um die Röhren auf. Ich ging mit einer Wasserwaage herum, stellte die Röhren senkrecht und richtete sie auf eine Höhe aus, während Paul rundum die Erde hereinschaufelte. Dazu brauchten wir den Rest des Nachmittags. Als die letzte ausgerichtet und verpackt war, sagte ich: »Okay, Zeit, daß wir aufhören.«

Es war noch warm, und die Sonne stand noch weit oben am westlichen Himmel, als ich ein Bier aus dem Kühlschrank holte und eine Coca für Paul.

»Kann ich ein Bier haben?« sagte er.

»Klar.« Ich stellte die Coca zurück und holte ein Bier.

Wir saßen in den Klappstühlen und ließen den Schweiß auf unserem Rücken im warmen Wind trocknen. Wenn die Sonne unterging, würde es kalt werden, aber jetzt herrschte noch der gelbgrüne Frühling des fast verlassenen Waldes, in dem von Menschen nichts zu hören war außer uns selbst.

»Im Sommer ist es hier viel lauter«, sagte ich. »Die anderen Hütten werden bewohnt, und man hört immer Leute.«

»Gefällt es Ihnen hier oben?«

»Nicht ganz«, sagte ich. »Nicht für lange. Ich mag Städte. Ich sehe gerne Menschen und Gebäude um mich.«

»Sind denn Bäume und so was nicht hübscher?«

»Ich weiß nicht. Ich mag Artefakte, Dinge, die von Menschen gemacht sind. Ich mag Architektur. Wenn ich nach Chikago komme, sehe ich mir immer gerne die Gebäude an. Es ist wie eine Geschichte der amerikanischen Architektur.«

Paul zuckte die Achseln.

»Hast du mal das Chrysler Building in New York gesehen?« fragte ich. »Oder das Woolworth Building im Geschäftsviertel?«

»Ich war noch nie in New York.«

»Gut, wir fahren irgendwann hin«, sagte ich.

Ein Eichhörnchen jagte ein anderes auf einen Baum hinauf, auf der anderen Seite wieder herunter und über ein Stück ebenen Boden hinweg auf den nächsten.

»Rote Eichhörnchen«, sagte ich. »Normalerweise sieht man graue.«

»Was ist der Unterschied?«

»Neben der Farbe sind die grauen größer.«

Paul schwieg. Irgendwo auf dem See sprang ein Fisch. Ein Chrysippusfalter tanzte auf uns zu und ließ sich auf dem Lauf des Gewehrs nieder, das an den Stufen zur Hütte lehnte.

Paul sagte: »Ich hab' darüber nachgedacht, was Sie neulich sagten, von wegen dem, ähm, Sie wissen schon, nicht von anderen Leuten abhängen.«

»Autonom sein.«

»Na gut, was hat das mit Häuserbauen und mit Gewichtheben zu tun? Ich meine, ich weiß, was Sie gesagt haben, aber . . .« Er zuckte die Achseln.

»Nun, zum Teil«, sagte ich, »ist es das, was ich dir beibringen kann. Ich kann dir nicht beibringen, Gedichte zu schreiben oder Klavierspielen oder Malen oder wie man Differentialgleichungen löst.«

Ich trank mein Bier aus und öffnete ein neues. Paul hatte seines noch. Wir tranken Heinekens in dunkelgrünen Dosen. Amstel hatte ich nicht kriegen können, und Beck's war nur in Flaschen zu bekommen. Für eine Hütte in den Wäldern schienen Dosen zweckmäßiger. Paul trank sein Bier aus, stand auf und holte sich noch eins. Aus dem Augenwinkel sah er zu mir rüber, während er die neue Dose öffnete.

»Was machen wir morgen?« sagte er.

»Irgend etwas, wozu du Lust hättest. Es ist Samstag.«

Er zuckte die Schultern. Wenn er genug Gewichtheben übte, schaffte ich es vielleicht, daß er zu starken Muskelkater dafür bekam. »Was denn zum Beispiel?« sagte er.

»Wenn du machen könntest, was du nur wolltest, was würde das sein?«

»Ich weiß nicht.«

»Wenn du mal fünfundzwanzig bist, was stellst du dir vor, was du dann tust?«

»Ich weiß nicht.«

»Gibt es irgend etwas, wo du schon immer mal hin wolltest? Wo niemand mit dir hingehen wollte oder du dich nicht getraut hast, darum zu bitten?«

Er nippte an seinem Bier. »Der Film *Die roten Schuhe* hat mir gefallen«, sagte er.

»Möchtest du ins Ballett gehen?« sagte ich.

Er nippte noch mal an dem Bier. »Okay«, antwortete er.

19

Es war Samstag morgen.

Ich zog einen blauen Anzug und ein weißes Baumwollhemd von Brooks Brothers mit geknöpftem Kragen an. Dazu hatte ich eine blaue Krawatte mit roten Streifen, und ich sah sehr stilvoll aus mit meinen schwarzen Schuhen und der hübschen Smith & Wesson in der rechten Hüfttasche. Der blaue Stahl des Laufs ging schön mit meinen dezenten Socken zusammen.

Paul hatte eine gelbbraune Kordjacke, braune Hosen und ein kobaltblaues Polyesterhemd mit nachtblauen Taschenklappen ausgepackt. Er trug seine vergammelten Top-Siders und keine Krawatte. Seine Socken waren schwarz.

»Das ist ungefähr die gräßlichste, himmelschreiendste Montur, die mir seit meiner Heimkehr aus Korea vor die Augen gekommen ist«, sagte ich.

»Ich seh' nicht gut aus?«

»Du siehst aus wie der zweite Sieger in einem Mortimer-Snerd-Doppelgängerwettbewerb.«

»Ich hab' keine anderen Sachen.«

»Okay, das wird heute nachmittag erledigt«, sagte ich. »Wir kaufen dir etwas zum Anziehen.«

»Was mach' ich mit den Klamotten?«

»Anbehalten«, sagte ich. »Wenn wir die neuen haben, kannst du sie wegwerfen.«

»Wer ist Mortimer Snerd?«

»Eine berühmte Bauchrednerpuppe aus meiner Jugend«, sagte ich. »Von Edgar Bergen. Er ist tot.«

»Ich hab' ihn in einem alten Film im Fernsehen gesehen.«

Die Fahrt nach Boston dauerte dreieinhalb Stunden. Den größten

Teil der Strecke fummelte Paul am Radio und schwenkte von einer Pop-Station zu der nächsten, während wir in die verschiedenen Sendebereiche hinein und wieder heraus fuhren. Ich ließ ihn. Vermutlich war ich ihm für die fast täglichen Baseballspiele, die er sich bei unserer Arbeit angehört hatte, etwas schuldig. Wir erreichten Boston gegen Viertel vor zwölf.

Ich parkte Susans Bronco in der Boylston Street vor Louis'.

»Hier gehen wir kaufen«, sagte ich.

»Kleiden Sie sich hier auch ein?« fragte er.

»Nein. Dafür bin ich nicht gebaut. Sie halten's eher mit schlanken Wespentaillentypen.«

»Sie sind doch nicht dick.«

»Nein, aber ich bin irgendwie unförmig. Mein Oberkörper ist zu schwer. Bei denen sehe ich aus wie eine Bockwurst auf einem Brötchen. Die Revers sitzen nicht richtig. Die Ärmel sind zu eng. Einen hageren Burschen wie dich, den kleiden sie großartig.«

»Sie meinen, dürr.«

»Nein. Du warst dürr. Allmählich neigst du mehr zu einer hageren Figur. Komm.«

Wir gingen in Louis' Modehaus. Ein schlanker, eleganter Verkäufer empfing uns an der Tür.

»Bitte, Sir?«

Er trug einen hellen, grau-beigen Zweireiher mit aufgeknöpfter Jacke und hochgestelltem Kragen, ein am Hals offenes Hemd mit rundem Kragen, die blaue Paisleykrawatte sorgfältig gelockert, Schuhe von Gucci, und aus seiner Brusttasche schaute viel blaues Seidentuch hervor. Er hatte einen hübschen Spitzbart. Ich beschloß, ihn nicht zu küssen.

»Ich hätte gerne einen Anzug für den Jungen«, sagte ich.

»Jawohl, Sir«, sagte er. »Kommen Sie bitte mit.« Wenn Louis' ein New Yorker Restaurant wäre, würde es das *Tavern-on-the-Green* sein. Wäre es eine Stadt, es würde Beverley Hills sein. Jede Menge Messing und Eiche, indirekte Beleuchtung, stilvolle Dekoration und dicker Teppichboden. Als wir in den Aufzug traten, sagte ich leise zu Paul: »Es drängt mich immer, in die Ecke zu pinkeln, wenn ich hier reinkomme. Aber ich tu's nie.«

Paul sah verblüfft drein.

»Ich hab' zuviel Klasse«, sagte ich.

Wir kauften für Paul einen anthrazitfarbenen dreiteiligen Anzug von europäischem Schnitt, schwarze Mokassins mit Fransen, fast so hübsch wie meine, zwei weiße Hemden, eine rot und grau gestreifte Krawatte, ein Seidentuch in Grau und Rot, zwei Paar lange graue Socken und einen schwarzen Ledergürtel. Außerdem kauften wir noch eine hellgraue Hose, einen blauen Blazer mit Messingknöpfen, eine blaue Krawatte mit weißem Punktmuster und ein blau- und grauseidenes Taschentuch. Unter Druck erklärten sie sich bereit, die Hosen bis zum Abend zu kürzen. Die Jacken paßten Paul von der Stange weg ganz annehmbar. Ich bot dem eleganten Verkäufer einen Scheck über siebenhundertundfünfzig Dollar an. Er schüttelte den Kopf und brachte mich nach vorn zur Theke. Eine weit weniger elegante junge Frau befaßte sich mit dem Geld. Die Verkäufer waren zu würdevoll.

»Um fünf werden die Hosen fertig sein, Sir.«

Ich bedankte mich, und der Verkäufer überließ mich den finanziellen Transaktionen der jungen Frau.

»Ich brauche zwei Ausweise«, sagte sie. Sie kaute Kaugummi. Juicy Fruit, nach dem Duft zu urteilen. Ich gab ihr meinen Führerschein und meine Schnüfflerlizenz. Die Schnüfflerlizenz las sie zweimal. Um zehn nach drei kamen wir aus dem Laden.

»Warst du schon mal im Museum der schönen Künste?« fragte ich.

»Nein.«

»Dann schauen wir's uns mal an.«

In dem Museum beleidigte ich eine Besuchergruppe, die sich einem Führer angeschlossen hatte. Ich erzählte Paul gerade etwas über ein Gemälde aus der Hudson River School, als eine Dame aus der Gruppe uns den Mund verbot.

»Sie stören uns doch«, sagte sie.

»Eigentlich stören Sie mich«, sagte ich. »Aber ich bin zu wohlerzogen, um mich zu beschweren.«

Der Führer blickte verlegen drein. Ich sagte zu Paul: »Es ist wie ein Roman von Cooper. Die Wildnis ist rein und schön. Sie ist romantisch, verstehst du?«

Die ganze Gesellschaft schoß wütende Blicke auf mich ab. Paul flüsterte: »Ich hab' noch nie einen Roman von dem gelesen.«

»Wirst du noch«, sagte ich. »Und wenn du ihn liest, wirst du an manche von diesen Bildern denken.«

Er betrachtete das Gemälde noch einmal.

»Komm«, sagte ich. »Hier drinnen kann ich mich nicht denken hören.«

Um fünf Uhr holten wir Pauls Kleider bei Louis' ab. Der elegante

Verkäufer strich an uns vorbei, als wir dort waren, und nickte uns hoheitsvoll zu. Wir fuhren hinüber zu meiner Wohnung, damit Paul sich umziehen konnte.

»Geh ins Schlafzimmer«, sagte ich. »Und wenn du fertig bist, bring den Mist mit raus.«

»Meine alten Kleider?«

»Ja.«

»Welche Sachen soll ich anziehen?«

»Deine Wahl.«

»Ich weiß nicht, was davon zusammenpaßt.«

»Den Teufel weißt du nicht«, sagte ich. »Wir haben doch alles bei Louis' ausgesucht.«

»Aber ich hab's vergessen.«

»Geh da rein und zieh dich an. Das ist eine Entscheidung, die du treffen kannst. Ich nehme sie dir nicht ab.«

Er ging hinein und brauchte zwanzig Minuten zum Umkleiden. Als er herauskam, trug er den grauen Anzug und ein weißes Hemd. In der Hand hielt er die rot und grau gestreifte Krawatte. »Ich kann sie nicht binden«, sagte er.

»Dreh dich um. Ich muß es dir verkehrt herum zeigen.«

Wir stellten uns vor den Spiegel in meinem Badezimmer, und ich band ihm die Krawatte.

»In Ordnung«, sagte ich, als ich die Krawatte hochzog und ihm half, den Kragen zuzuknöpfen. »Du siehst gut aus. Vielleicht noch ein Haarschnitt, aber fürs Ballett ist die Länge wahrscheinlich richtig.«

Er schaute sich im Spiegel an. Sein Gesicht war sonnen- und wettergebräunt und wirkte gegen das weiße Hemd noch farbiger.

»Komm«, sagte ich. »Wir müssen Susan um sechs am *Casa Romero* treffen.

»Geht sie mit?«

»Ja.«

»Warum muß sie dabei sein?«

»Weil ich sie liebe und sie zwei Wochen lang nicht gesehen habe.«

Er nickte.

Susan stand an der Ecke Gloucester und Newbury Street, als wir hinkamen. Sie trug einen hellgrauen Rock zu einem blauen Blazer mit Messingknöpfen, ein weißes, am Hals offenes Baumwollhemd und schwarze Stiefel mit sehr hohen Absätzen. Ich sah sie, bevor sie mich sah. Ihr Haar glänzte in der Nachmittagssonne. Sie hatte eine große Sonnenbrille auf. Ich blieb stehen und betrachtete sie. Sie hielt auf der Newbury nach uns Ausschau, und wir waren auf der Gloucester.

Paul sagte: »Weshalb bleiben wir stehen?«

»Ich sehe sie mir gerne an. Manchmal gefällt es mir, sie zu betrachten, als ob wir Fremde wären, und sie zu beobachten, ehe sie mich sieht.«

»Warum?«

»Meine Vorfahren sind Iren«, sagte ich.

Paul schüttelte mit dem Kopf. Ich pfiff durch die Zähne nach Susan. »He, Süße«, schrie ich. »Willst' dich amüsieren?«

Sie wandte sich uns zu. »Ich bevorzuge Seeleute«, sagte sie.

Als wir die schmale Gasse hinunter zum Eingang gingen, gab ich Susan einen kleinen Klaps auf die Kehrseite. Sie lächelte, aber nur kurz.

Es war früh. In dem Restaurant war reichlich Platz. Ich hielt Susans Stuhl, und sie setzte sich Paul und mir gegenüber. Der Raum war anziehend und aztekisch, mit lauter Kacheln und, soweit ich sehen konnte, überhaupt keinen Mexikanern.

Wir aßen Bohnen und Reis, Hühnchen *mole* und *cabrito,* und Mehltortillas. Paul verzehrte eine erstaunliche Portion, wenn er auch jedes Stück zuerst vorsichtig mit den Gabelzinken anstach, wie um zu sehen, ob es tot war, und er kostete in ganz winzigen Häppchen, um sicherzugehen, daß es nicht giftig war. Susan trank eine Margarita und ich einige Bier vom Faß. Gesprochen wurde nicht viel. Paul aß in seinen Teller vertieft. Susan antwortete mir meist in knappen Worten, und wenn auch ihre Stimme keinen Ärger verriet, von Freude merkte ich auch nichts.

»Suze«, sagte ich beim Kaffee, »da ich den Rest des Abends im Ballett verbringe, hatte ich mir hiervon den Höhepunkt erhofft.«

»Wirklich?« sagte sie. »Darf ich daraus schließen, daß du enttäuscht bist?«

Paul aß Ananaseiskrem zum Nachtisch. Er starrte darauf, während er aß. Ich blickte auf ihn, dann auf Susan.

»Nun, du wirktest ein bißchen still.«

»Aha?«

»Ich denke, wenn überhaupt, werde ich das Thema ein andermal weiterführen.«

»Prima«, sagte sie.

»Hättest du Lust, mit uns ins Ballett zu gehen?«

»Das glaube ich nicht«, sagte sie. »Ich mag Ballett nicht besonders.«

Der Kellner präsentierte die Rechnung. Ich zahlte.

»Können wir dich irgendwo absetzen?« sagte ich.

»Nein, danke. Mein Wagen steht gleich vorne in der Newbury Street.«

Ich sah auf meine Uhr. »Tja, der Vorhang wartet auf uns. Nett, dich gesehen zu haben.«

Susan nickte und schlürfte ihren Kaffee. Ich stand auf, Paul stand auf und wir gingen.

20

Ich war noch nie in einem Ballett gewesen, und obwohl ich die bemerkenswerten Dinge, die die Tänzer in ihrem Körper anstellen konnten, interessant fand, sah ich nicht erwartungsvoll dem nächsten Mal entgegen. Was Paul offensichtlich tat. Er saß die ganze Vorstellung hindurch bewegungslos und gebannt neben mir.

Auf der Rückfahrt nach Maine fragte ich ihn: »Warst du vorher schon mal im Ballett?«

»Nein. Mein Vater meinte, es sei was für Mädchen.«

»Da hat er wieder halb recht«, sagte ich. »Wie mit dem Kochen.«

Paul schwieg.

»Würdest du gerne Ballett machen?«

»Sie meinen, Tänzer sein?«

»Ja.«

»Das würden sie mir nie erlauben. Sie finden das . . . Sie würden's mir nicht erlauben.«

»Gut, aber wenn sie es zuließen, würdest du's dann gerne?«

»Unterricht nehmen und so etwas?«

»Ja.«

Er nickte. Kaum merklich. In dem dunklen Wagen, und da ich die Straße im Auge behalten mußte, bekam ich es nur gerade noch mit. Es war die erste eindeutige Festlegung, die ich bei ihm erlebte, und so schwach das Nicken auch sein mochte, es war ein Nicken. Es war kein Schulterzucken.

Wir schwiegen. Er hatte beim Einsteigen nicht, wie sonst fast immer, das Radio angestellt. Also stellte ich es auch nicht an. Hinter dem Portsmouth Circle, auf der Schnellstraße nach Spaulding, eine Stunde nördlich von Boston, sagte er, ohne mich anzusehen: »Es gibt viele Männer, die Ballett tanzen.«

»Ja«, sagte ich.

»Mein Vater behauptet, es sind Schwule.«

»Was meint deine Mutter?«

»Sie meint das auch.«

»Also«, sagte ich, »über ihr Sexualleben bin ich nicht im Bilde. Was ich sagen kann, ist, daß sie ganz ausgezeichnete Athleten sind. Viel weiter kann ich nicht gehen, da ich vom Tanzen nicht genug verstehe, aber Leute, die sich auskennen, finden offenbar, daß es außerdem oft begabte Künstler sind. Das ist keine schlechte Kombination, glänzender Athlet, begabter Künstler. Damit sind sie den meisten Leuten um zwei Punkte voraus und um einen Punkt praktisch jedem außer Bernie Casey.«

»Wer ist Bernie Casey?«

»Früher war er Fänger bei den Rams. Jetzt ist er Maler und Schauspieler.«

Es gab wenig Straßenbeleuchtung jetzt und nicht viele Orte. Der Bronco bewegte sich durch den Tunnel der Nacht, als wären wir allein.

»Warum behaupten sie das?« sagte Paul.

»Behaupten was?«

»Das Tanzen Mädchensache ist. Daß Männer, die tanzen, Homos sind. Sie sagen das bei allem. Beim Kochen, bei Büchern, dauernd, bei Filmen auch. Warum sagen sie das?«

»Deine Eltern?«

»Ja.«

Wir durchfuhren einen kleinen Ort mit Straßenlaternen. Vorbei an dem verlassenen Backsteinbau einer Schule, an einer Kanone, neben der pyramidenförmig Kanonenkugeln aufgebaut waren, vorbei an einem kleinen Laden mit einem Pepsi-Schild davor. Dann umgab uns wieder die Dunkelheit der Landstraße.

Ich ließ etwas Luft aus meinen Lungen. »Weil sie es nicht besser wissen«, sagte ich. »Weil sie nicht wissen, was sie sind und wie sie sich darüber klarwerden könnten oder was ein guter Mensch ist und wie sie das klären könnten. Also verlassen sie sich auf Schubladen.«

»Was meinen Sie damit?«

»Ich meine, daß dein Vater sich wahrscheinlich nicht sicher ist, ob er ein guter Mensch oder ein richtiger Mann ist, und er vermutet, daß er vielleicht keiner ist, und für den Fall will er nicht, daß es irgend jemand merkt. Er weiß aber im Grunde nicht, was gut und richtig ist, und so schwört er auf die einfachen Regeln, die jemand anders ihm vorgesagt hat. Das ist leichter als Denken und sicherer. Sonst mußt du von dir aus entscheiden. Du mußt sehen, ob dein eigenes Verhalten deiner Überzeugung entspricht, und dabei könntest du feststellen, daß du ihr nicht gerecht werden kannst. Warum also nicht den sicheren Weg gehen. Sich einfach an das genehmigte Schaltnetz anschließen.«

»Da komme ich nicht mehr mit«, sagte Paul.

»Verständlich«, sagte ich. »Laß mich's mal anders versuchen. Wenn dein Vater herumläuft und erzählt, er mag Ballett oder daß du gerne Ballett magst, dann geht er das Risiko ein, daß jemand anders ihm sagt, Männer tun so was nicht. Wenn das geschieht, muß er überlegen, was einen Mann ausmacht, das heißt einen richtigen Mann, und das weiß er nicht. Davor hat er eine Heidenangst. Für deine Mutter gilt dasselbe. Deshalb halten sie sich an das Überkommene und Wahre, die Konventionen, die an der Frage vorbeiführen, und ob es sie nun glücklich macht, es zwingt sie nicht, über den Rand in den Abgrund zu sehen. Es ängstigt sie nicht zu Tode.«

»Sie wirken nicht ängstlich. Sie wirken positiv.«

»Das ist ein Anhaltspunkt. Allzu positiv heißt entweder ängstlich oder dumm oder beides. Die Realität ist unsicher. Viele Leute brauchen Sicherheit. Sie sehen sich um, um sich Gewißheit darüber zu holen, wie es eigentlich sein soll. Sie bekommen ein Werbefernsehbild von der Welt. Geschäftsleute lernen, wie Geschäftsleute sein sollen. Professoren lernen, wie Professoren sein sollen. Bauarbeiter lernen, wie Bauarbeiter sein sollen. Sie verbringen ihr Leben mit dem Versuch, so zu sein, wie sie sein sollen, und in der Angst, nicht so zu sein. Stille Verzweiflung.«

Wir kamen an einem weißen Bretterverschlag vorbei, einem Gemüsestand an der Landstraße, noch mit den Schildern der letzten Saison, die leeren Schautische grimmig in den aufleuchtenden Scheinwerfern. HEIMISCHER MAIS. BOHNEN. Danach Kiefernwald entlang der Straße, als der Lichtkegel uns vorauseilte.

»So sind Sie aber nicht.«

»Nein. Susan meint, daß ich manchmal sogar zu sehr in die andere Richtung schlage.«

»Wie denn?«

»Etwa, daß ich mir zuviel Mühe gebe, die Erwartungen der Leute zu enttäuschen.«

»Versteh' ich nicht«, sagte Paul.

»Auch nicht schlimm«, sagte ich. »Das Entscheidende ist, daß man sich nicht damit aufhält, so sein zu wollen, wie es von einem erwartet wird. Wenn du kannst, ist es gut, das zu machen, was dir gefällt.«

»Tun Sie das?«

»Ja.«

»Jetzt auch?«

»Ja.«

21

Wir liefen fünf Meilen in der Wärme des späten Maitages und glänzten beide vor Schweiß, als wir wieder zur Hütte kamen. Das neue Haus war nahe daran, nach etwas auszusehen. Die Betonsockel waren getrocknet. Die Träger und Querbalken lagen. Die großen Spanplatten, die den Unterboden bildeten, waren zugeschnitten und verlegt. Die Komposttoilette war drinnen; das Becken stand schamlos auf dem schmucklosen Boden.

»Heute kein Gewichtheben?« fragte Paul. Sein Atem ging leicht.

»Nein«, sagte ich. Ich nahm zwei Paar Ballhandschuhe vom Schlagbrett des Boxballes herunter und gab Paul das eine. Zuerst gingen wir an den Sandsack. »Leg los«, sagte ich.

Paul begann auf das Gerät zu boxen. Er drückte seine Schläge immer noch.

»Nein. Zock den Schlag. Versuch durch den Sack durchzuboxen.« Paul schlug erneut. »Mehr Schulter«, sagte ich. »Dreh den Körper und leg mehr die Schulter rein. Drehen. Drehen. Doch nicht klammern. So triffst du mit der Innenseite der geballten Hand auf die oberen Fingerglieder. Schau her.«

Ich boxte auf das Gerät. Kurze Gerade. Kurze Gerade. Haken. Kurze Gerade. Kurze Gerade. Haken. »Versuch, die Hand beim Schlag zu drehen. Siehst du, so, und strecken.« Das Gerät hüpfte und hopste unter meinen Treffern. »So etwa. Schlag. Strecken. Drehen. Strecken. Versuch mal.«

Paul schlug wieder auf das Gerät. »Okay. Jetzt laß die Füße auseinander, wie ich's dir sagte. Beweg dich um ihn herum. Scharren. Nicht gehen, scharren. Die Füße immer im gleichen Abstand auseinander. Schlag. Links. Links. Rechts. Noch mal rechts. Links. Links. Links. Rechts.«

Paul schnappte nach Luft. »Okay«, sagte ich. »Ruh dich aus.«

Ich ging auf den Sandsack los und arbeitete fünf Minuten lang Kombinationen durch. Linke Gerade, linker Haken, Rechte von oben. Linke Gerade, linker Haken, rechter Haken. Dann dicht heran, und ich drang auf die Mitte des Gerätes ein. Ich kurzen Stößen, als wollte ich ein Loch durch den Sack treiben, die Schläge aus durchweg nicht mehr als fünfzehn Zentimetern. Als ich aufhörte, rang ich nach Luft, und mein Körper war naß vom Schweiß. Paul kam gerade wieder zu Atem.

»Stell dir vor, wenn der Sack zurückschlagen würde«, sagte ich. »Oder ausweichen. Oder sich auf dich stützen. Stell dir vor, wie müde du dann erst wärst.«

Paul nickte. »Der Punchingball«, sagte ich, »ist einfacher. Und protzig. Er läßt dich gut aussehen. Er ist nützlich. Aber die eigentliche Arbeit passiert am Sandsack.« Ich schlug auf den Boxball ein und ließ die Birne gegen das Rückbrett tanzen. Ich variierte den Rhythmus, so daß es sich anhörte wie Tanzschritte. Ich pfiff den »Garryowen« und schlug den Ball dazu im Takt.

»Versuch mal«, sagte ich. »Hier. Du wirst die Kiste brauchen.«

Ich stellte einen Holzkasten, in dem Nägel mitgekommen waren, umgekehrt unter den Ball. Paul stellte sich darauf. »Schlag ihn mit der Vorderseite der Faust, dann mit der Seite, dann der Spitze der anderen Faust, dann der Seite. So etwa. Ich zeig's dir langsam.« Das tat ich. »Jetzt mach du es. Langsam.«

Paul hatte wenig Erfolg. Er traf das Rückbrett und bog sich mit rotem Gesicht zurück und lutschte an den wunden Knöcheln. Die Kiste wackelte, als er sein Gewicht verlagerte, und er stieg runter und trat gegen sie, wobei er die Faust noch am Mund hielt, so daß auf dem Handschuh ein nasser Fleck erschien.

»Du wirst wahrscheinlich auch mindestens einmal den Drehring treffen«, sagte ich. »Das tut wirklich weh.«

»Ich kann nicht damit boxen«, sagte er.

»Das lernt sich leicht. In einer halben Stunde wirst du ihn schon ganz schön hüpfen lassen können.«

Es dauerte länger als eine halbe Stunde, aber der Ball zeigte einen gewissen Rhythmus, als es Zeit zum Mittagessen war. Wir duschten erst. Und noch feucht setzten wir uns auf die Treppe zur Hütte und aßen Cheddarkäse mit Granny-Smith-Äpfeln, Barlettbirnen, ein paar kernlose Trauben und ein nicht aufgeschnittenes Pumpernikkelbrot. Ich trank Bier und Paul ebenfalls. Keiner von uns trug ein

Hemd. Wir wurden beide allmählich braun, und auf Pauls Brust zeigten sich erste Ansätze von Muskeln. Er kam mir ein wenig größer vor. Wuchsen die so schnell?

»Warst du ein guter Boxer?« fragte Paul.

»Ja.«

»Hättest du Champion werden können?«

»Nein.«

»Wieso nicht?«

»Die gehören zu einer anderen Klasse. Ich war ein guter Boxer, so wie ich ein guter Denker bin. Aber ich bin kein Genie. Leute wie Marciano, Ali, das sind Genies. Es ist eine andere Kategorie.«

»Hast du mal gegen sie geboxt?«

»Nein. Der beste, mit dem ich mal kämpfte, war Joe Walcott.«

»Hast du gewonnen?«

»Nein.«

»Hast du deswegen aufgehört?«

»Nein. Ich hörte auf, weil es kein Spaß mehr war. Zuviel Schiebung, zuviel Ausbeutung. Zu viele Typen wie Beau Jack, die durch Kämpfe Millionen verdienen und irgendwo als Schuhputzer enden.«

»Könntest du Joe Walcott in einem richtigen Kampf besiegen?«

»Du meinst, nicht im Ring?«

»Ja.«

»Vielleicht.«

»Könntest du Hawk besiegen?«

»Vielleicht.«

Ich trank etwas Bier. Paul nahm sich noch ein Stück Käse und ein paar Trauben.

»Die Sache ist die«, sagte ich, »in einem richtigen Kampf, einem Kampf ohne Regeln, kann jeder jeden besiegen. Es kommt nur darauf an, was man zu tun bereit ist. Ich hab' eine Schußwaffe und Walcott keine und, peng. Kein Wettkampf. Es hat wenig Sinn, sich darüber den Kopf zu zerbrechen, wer wen besiegen kann. Hängt zu sehr von anderen Faktoren ab.«

»Ich meine einen fairen Kampf«, sagte Paul.

»Im Ring, mit Handschuhen und Regeln, war mein Kampf mit Walcott nicht fair. Er war viel besser. Er mußte mich einige Runden durchschleppen, damit das zahlende Publikum sich nicht betrogen fühlte.«

»Du weißt, was ich meine«, sagte Paul

»Schon, aber ich versuche dir aufzuzeigen, daß das Konzept vom fairen Kampf sinnlos ist. Für einen fairen Kampf zwischen mir und Walcott hätte ich einen Baseballschläger kriegen müssen. In einem richtigen Kampf tut man, was man tun muß, um zu gewinnen. Ist man dazu nicht bereit, sollte man wahrscheinlich nicht kämpfen.«

Paul trank sein Bier aus. Ich trank meines.

»Fangen wir mit dem Verzimmern an«, sagte ich.

»Du kannst das Baseballspiel anstellen, wenn du willst«, sagte Paul.

22

»Die Balken müssen sechzehn Zoll Mittenabstand haben«, sagte ich, »damit die 4×8-Verkleidung und das alles richtig hält. Du wirst es sehen, wenn wir die Wände aufstellen.«

Wir zimmerten die Wandgerüste auf dem Boden. »Wenn wir sie zusammengebaut haben, stellen wir sie auf der Plattform auf und verbinden sie miteinander«, sagte ich.

»Woher weißt du, daß sie genau passen?« fragte Paul.

»Ich hab's ausgemessen.«

»Wie kannst du sicher sein, ob deine Maße auch stimmen?«

»Normalerweise tun sie's. Man lernt, darauf zu vertrauen. Warum sollten sie nicht stimmen?«

Paul zuckte die Schultern, eine Geste aus der Vergangenheit. Er begann, einen Nagel in einen 2×4-Balken zu treiben. Er hielt den Hammer in der Mitte der oberen Hälfte. Sein Zeigefinger lag zum Kopf hin auf dem Stiel. Er schlug zu kurz an.

»Nicht so an den Griff hängen«, sagte ich. »Faß ihn unten. Streck nicht den Finger raus. Nimm mal vollen Schwung.«

»Dann treffe ich den Nagel nicht«, sagte er.

»Das lernst du schon. Genau wie mit dem Punchingball. Aber du lernst es nicht, wenn du es so weitermachst.«

Er nahm vollen Schwung und verfehlte den Nagel komplett.

»Siehst du«, sagte er.

»Spielt keine Rolle. Nur dranbleiben. Nach einer Weile wird es einfach. So läßt du nämlich den Hammer für dich arbeiten.«

Gegen Mitte des Nachmittags hatten wir drei Wandrahmen zusammengebaut. Ich hatte Paul gezeigt, wie man einen Balken auf die für sechzehn Zoll Mittenabstand erforderliche Länge zuschneiden und ihn dann als Zollstock benutzen kann, damit er nicht jedesmal neu zu messen brauchte.

»Was ist denn mit den Fenstern?« sagte er, als wir mit der vierten Wand anfingen.

»Die bauen wir ein, wenn wir die Wände stehen haben und die Türen auch.«

Wir gaben der vierten Wand gerade den letzten Schliff und bereiteten alles zum Aufstellen vor, als der Audi von Patty Giacomin von der Straße hereinholperte und neben dem Bronco hielt.

Paul, der sie kommen sah, blieb stehen und starrte auf den Wagen. Er trug eine Hammerschlaufe am Gürtel und hatte eine Nagelschürze um die Taille gebunden. Sein nackter Oberkörper war verschwitzt und mit Sägemehl besprenkelt. Auch in seinen Haaren war Sägemehl. Als seine Mutter aus dem Wagen stieg, steckte er den Hammer in die Schlaufe.

Patty Giacomin kam zu uns herüber. Sie tat sich schwer in ihren hochhackigen Sandaletten auf dem unzivilisierten Boden.

»Paul«, sagte sie. »Es ist Zeit, nach Hause zu kommen.«

Paul schaute mich an. Sein Gesicht war ausdruckslos.

»Tag«, sagte sie zu mir. »Ich komme, um Paul heimzuholen«, und zu Paul gewandt: »Junge, du siehst aber erwachsen aus mit deinem Hammer und allem.«

Ich sagte: »Sind Sie wieder im reinen miteinander, Sie und Ihr Mann?«

»Ja«, meinte sie. »Ja, wir haben zu einem guten Kompromiß gefunden, glaube ich.«

Paul nahm seinen Hammer aus der Schlaufe, drehte sich um, kniete neben der Wand nieder, die wir zusammenbauten, und fing an, einen Nagel in den nächsten Balken zu schlagen.

»Paul«, sagte seine Mutter, »hol deine Sachen. Ich möchte wieder zurück. Spenser, wenn Sie mir die Rechnung schicken würden, Sie bekommen dann einen Scheck.«

Ich sagte: »Wie haben Sie sich denn geeinigt?«

»Ach, ich habe mich damit einverstanden erklärt, daß Paul eine Zeitlang bei ihm wohnen kann.«

Ich hob die Augenbrauen. Sie lächelte: »Ich weiß, das sieht so nach einem totalen Sinneswandel aus, nicht? Aber der Junge braucht einen Vater. Wenn es eine Tochter wäre, nun, das wär etwas anderes.«

Paul hämmerte auf die Balken, er hielt vier oder fünf Nägel zwischen den Zähnen und konzentrierte sich anscheinend völlig auf die Arbeit.

»Erstaunlich, daß Sie auf einmal daran denken«, sagte ich.

»Wie mir scheint, bin ich selbstsüchtig gewesen.«

Ich verschränkte meine Arme auf der Brust und schürzte die Lippen und sah ihr ins Gesicht.

»Paul«, sagte sie, »hör um Himmels willen mit der verdammten Hämmerei auf und hol dein Zeug.«

Paul blickte nicht auf. Ich sah ihr weiter ins Gesicht.

»Paul.« Sie wurde ungeduldig.

Ich sagte: »Patty. Das muß mal besprochen werden.«

Ihr Kopf fuhr herum. »Jetzt aber langsam, Mister. Ich habe Sie engagiert, um auf Paul aufzupassen, dabei wollen wir's belassen. Ich bin Ihnen keine Erklärung schuldig.«

»Klug gereimt«, sagte ich.

»Gereimt?«

»Aufzupassen und *belassen.* Hübsch.«

Sie schüttelte kurz den Kopf. Ich sah sie weiter mit verschränkten Armen an.

Sie sagte: »Warum tun Sie das?«

»Hier haben sich Zweifel ergeben. Ich versuche, ihnen auf den Grund zu gehen.«

»Heißt das, Sie glauben mir nicht?«

»Ganz recht«, sagte ich. »Leben Sie noch mit Stevie Elegant zusammen?«

»Ich wohne bei Stephen, ja.«

»Geht Ihnen das Geld aus, um mich zu bezahlen?«

»Ich bezahle Ihnen, was ich Ihnen schulde. Senden Sie mir nur die Rechnung.«

»Aber Sie können es sich nicht leisten, mich weiterhin zu bezahlen?«

»Nicht für ewig, natürlich nicht, wer könnte das?«

»Würden Sie gerne bei dem Diskoprinzen wohnen bleiben?«

»Ich sehe nicht ein, weshalb Sie über Stephen so reden müssen.«

»Würden Sie gerne?«

»Ich bin Stephen sehr zugetan, und er mag mich. Ja, ich würde gerne an seiner Seite leben.«

Ich nickte. »Sie möchten auf bleibender Basis zu dem tollen Hecht ziehen. Aber er will den Jungen nicht dabei. Sie können mich fürs Babysitten nicht weiterhin bezahlen, also laden Sie ihn auf den alten Herrn ab.«

»Wic Sie das hinstellen, ist es nicht.«

»Ihr Exehemann wird also praktisch gebeten, Ihnen einen Gefallen zu tun. Weiß er das?«

»Ich sehe nicht ein . . .«

»Er weiß es nicht, oder? Er glaubt, Sie hätten sich doch noch unterkriegen lassen und hätten aufgegeben.«

Sie zuckte die Achseln.

»Was denken Sie wohl, was er macht, wenn er merkt, daß er Ihnen einen Gefallen tut?«

»Wie meinen Sie das?«

»Ich meine, daß er die letzten sechs Monate hindurch versucht hat, Ihnen den Jungen wegzunehmen, weil er dachte, Sie wollten ihn behalten; und Sie haben die letzten sechs Monate hindurch versucht zu verhindern, daß er den Jungen bekommt, weil Sie dachten, er wollte ihn. Wenn er merkt, daß Sie froh darüber sind, daß er den Jungen hat, wird er ihn zurückerstatten wollen. Sie werden die nächsten sechs Monate hindurch versuchen, ihn sich gegenseitig zuzuschieben.«

»Um Gottes willen, Spenser, reden Sie nicht so vor Paul.«

»Warum nicht? Sie tun es vor Paul. Warum sollte ich nicht vor Paul darüber reden? Keiner von Ihnen ist an dem verdammten Jungen interessiert. Keiner von Ihnen will ihn haben. Und beide sind Sie derart voller Haß, daß Sie den Jungen in jeder nur denkbaren Weise benutzen werden, um den anderen zu verletzen.«

»Das ist einfach nicht wahr«, sagte Patty. Ihre Stimme klang ein wenig zittrig. »Sie haben kein Recht, so mit mir zu reden. Paul ist mein Sohn, und ich entscheide, was für ihn das Beste ist. Er kommt jetzt mit mir nach Hause, und er wird bei seinem Vater wohnen.«

Paul hatte aufgehört zu nageln. Er kniete am Boden, den Kopf zu uns gewandt, und hörte zu. Ich schaute ihn an. »Was meinst du, Junge?« sagte ich.

Er schüttelte den Kopf.

»Möchtest du mit?« sagte ich.

»Nein.«

Ich schaute wieder Patty Giacomin an.

»Der Junge will nicht mit«, sagte ich.

»Nun, er wird einfach müssen«, sagte sie.

»Nein.«

»Was meinen Sie damit?«

»Nein«, sagte ich. »Er kommt nicht mit. Er bleibt hier.«

Patty öffnete ihren Mund und schloß ihn. Eine große, laute gelbschwarze Hummel zog einen trägen Kreis neben meinem Kopf und kurvte dann in weitem Bogen in Richtung See davon.

»Das ist gesetzwidrig«, sagte Patty.

Ich schwieg.

»Sie können ein Kind nicht den Eltern wegnehmen.«

Die Hummel fand nichts Nahrhaftes am See und kam summend zurück, um Patty Giacomin zu umkreisen, auf deren Parfüm sie sich konzentrierte. Patty wich vor dem Tier zurück. Ich gab ihm einen leichten Schlag mit der offenen Hand, und es schnellte in die Luft, taumelte, fing sich und entschwirrte in die Bäume.

»Ich werde ihn von der Polizei holen lassen.«

»Es kommt zu einem Sorgerechtsverfahren, und es wird böse enden. Ich werde nachzuweisen versuchen, daß Sie beide untauglich sind«, sagte ich. »Und ich wette, ich kann.«

»Das ist doch lächerlich.«

Ich schwieg. Sie sah Paul an.

»Kommst du mit?« sagte sie.

Er schüttelte den Kopf. Sie blickte mich an. »Erwarten Sie nicht einen Cent Geld von mir.« Dann drehte sie sich um und marschierte zurück über den unebenen Laubboden, etwas wacklig auf ihren unpassenden Schuhen, und einmal stolperte sie, als ein Absatz in die weiche Erde sank. Sie stieg in den Wagen, startete, riß ihn herum und ließ die Räder auf dem Erdweg durchdrehen, als sie davonfuhr.

Paul sagte: »Nur noch drei Balken, dann haben wir die letzte Wand fertig.«

»Okay«, sagte ich. »Das machen wir noch. Danach ist Schluß und Zeit zum Abendessen.«

Er nickte und fing an, einen Nagel in einen neuen weißen 2x4er zu schlagen. Das Geräusch des Wagens seiner Mutter verschwand. Unser Arbeitslärm war der einzige menschliche, der blieb.

Als die letzte Wand zusammengebaut war, lehnten wir sie gegen das Fundament, holten uns zwei Bier und setzten uns auf die Treppe der alten Hütte, um zu trinken. Die Lichtung roch stark nach Sägemehl und frischem Bauholz mit einem Hauch von Wald und See hinter den schweren Gerüchen. Paul nippte an seinem Bier. Einige Stare hüpften auf der Lichtung in der Nähe des neuen Fundaments. Zwei Eichhörnchen jagten in Spiralen am Stamm eines Baumes hoch, eins hinter dem anderen her. Der Abstand zwischen ihnen blieb gleich, als ob das eine nicht entkommen und das andere es nicht fangen wollte.

»»Immer wirst du lieben und sie schön sein««, sagte ich.

»Was?«

Ich schüttelte den Kopf. »Das ist eine Zeile von Keats. Die zwei Eichhörnchen haben mich daran erinnert.«

»Welche zwei Eichhörnchen?«

»Schon gut. Es ist witzlos, wenn du die Eichhörnchen nicht gesehen hast.«

Ich trank mein Bier aus. Paul holte mir ein neues. Für sich holte er keins. Er war noch bei seiner ersten Dose. Die Stare fanden an dem Fundament nichts außer Sägemehl. Sie flogen weg. Ein paar Trauertauben kamen und setzten sich auf den Ast direkt über dem Punchingball. Auf dem See plumpste etwas ins Wasser. Das Schrillen einer Heuschrecke war wie Hintergrundmusik.

»Was wird passieren?« sagte Paul.

»Ich weiß es nicht.«

»Können sie mich zwingen, zurückzukommen?«

»Sie können es versuchen.«

»Könntest du Ärger bekommen?«

»Ich habe mich geweigert, einen fünfzehnjährigen Jungen seiner Mutter und seinem Vater zurückzugeben. Es gibt Leute, die das als Entführung bezeichnen würden.«

»Ich bin fast sechzehn.«

Ich nickte.

»Ich möchte bei dir bleiben«, sagte er.

Ich nickte wieder.

»Kann ich?« sagte er.

»Ja«, sagte ich. Ich stand von der Treppe auf und ging zum See hinunter. Der Wind hatte sich gelegt, als die Sonne unterging, und der See war nahezu bewegungslos. In seiner Mitte gab der Seetaucher wieder seine Töne von sich.

Ich winkte ihm mit der Bierdose zu.

»Weiter so, Kamerad«, sagte ich zu ihm.

23

»Nanu, Pater Flanagan«, sagte Susan, als sie ihre Tür öffnete. »Und wo ist der kleine Racker?«

»Er ist bei Henry Cimoli«, sagte ich. »Ich muß reden.«

»Oh, wirklich; ich dachte, du hättest vielleicht zu lange im Zölibat gelebt und wärst gekommen, um deine Asche abzuladen.«

Ich schüttelte den Kopf. »Hör auf mit dem Unsinn, Suze. Ich muß reden.«

»Tja, darauf kommt es schließlich an, was?« Sie trat von der Tür weg. »Kaffee?« fragte sie. »Einen Drink? Schnell mal befühlen? Ich weiß, wie beschäftigt du bist. Ich will dich nicht aufhalten.«

»Kaffee«, sagte ich und setzte mich an ihren Küchentisch vor dem Erkerfenster, das hinaus auf den Hof ging. Susan stellte Wasser auf. Es war Samstag. Sie trug verwaschene Jeans, ein kariertes Hemd und keine Socken unter den Mokassins.

»Ich habe ein paar Zimtkrapfen«, sagte sie. »Möchtest du welche?«

»Ja.«

Sie holte einen blau verzierten Teller heraus, nahm vier Zimtkrapfen aus der Schachtel und legte sie auf den Teller. Dann gab sie Instantkaffee in zwei blau verzierte Becher und goß kochendes Wasser darauf. Sie stellte eine Tasse vor mich und setzte sich auf die andere Seite des Tisches und schlürfte aus der anderen Tasse.

»Du trinkst ihn immer zu früh«, sagte ich. »Pulverkaffee ist besser, wenn er 'ne Minute zieht.«

Sie brach einen Krapfen durch und biß von der einen Hälfte ein Stück ab. »Nur zu«, sagte sie. »Rede.«

Ich erzählte ihr von Paul und seiner Mutter. »Der Junge macht wirklich Fortschritte«, sagte ich. »Ich konnte nicht zulassen, daß sie ihn mitnahm.«

Susan schüttelte langsam den Kopf. Ihr Mund war zu einer dünnen Linie der Mißbilligung verzogen.

»Was für ein Schlamassel«, sagte sie.

»Allerdings.«

»Bist du bereit, ein Vater zu sein?«

»Nein.«

»Und was wird nun mit uns?«

»Da bleibt alles beim alten.«

»So? Das letztemal, als wir essen waren, war es lustig zu dritt.«

»Es würde nicht die ganze Zeit so sein.«

»Wirklich? Wer würde ihn denn bewachen, wenn wir zu zweit wären? Planst du, Hawk als Babysitter anzustellen?«

Ich aß einen Krapfen. Ich trank Kaffee. »Ich weiß es nicht«, sagte ich.

»Wunderbar«, meinte Susan. »Das ist wirklich wunderbar. Also, was soll ich anfangen, solange du *Käptn Courage* spielst? Soll ich vielleicht einem Bridgeklub beitreten? Tanzstunden nehmen? *Die vollkommene Frau* durchackern?«

»Ich weiß es nicht. Ich weiß nicht, was du tun solltest oder ich tun sollte. Ich weiß nur, was ich nicht tue. Ich werde ihnen nicht den Jungen zurückgeben, damit sie wieder nacheheliches Pingpong mit ihm spielen können. Soviel weiß ich. Der Rest muß noch geklärt werden. Darüber wollte ich eben mit dir sprechen.«

»Oh, ich Glückliche«, sagte Susan.

»Ich wollte nicht darüber sprechen, was du für einen Schiß hast, weil ich ihm mehr Aufmerksamkeit zuwende als dir«, sagte ich.

»Vielleicht ist es gar nicht so furchtbar wichtig, worüber du sprechen willst.«

»Doch, ist es. Was wir einander zu sagen haben, ist immer wichtig, weil wir uns lieben und zueinander gehören. Und immer gehören werden.«

»Einschließlich dem, was du als meinen ›Schiß‹ bezeichnest?«

»Ja.«

Sie schwieg.

»Sei nicht gewöhnlich, Suze«, sagte ich. »Wir sind nicht gewöhnlich. Niemand ist wie wir.«

Sie schaute auf ihre Hände, die sie auf dem Rand der Tischplatte gefaltet hatte. Ein schmaler Dampffaden trieb aus der Kaffeetasse an ihrem Gesicht vorbei, an ihrer Unterlippe klebte ein Krümel Zimtzucker nahe dem Mundwinkel.

Die Küchenuhr tickte. Irgendwo draußen hörte ich einen Hund bellen.

Susan streckte mir eine Hand entgegen und drehte langsam die Handfläche nach oben. Ich nahm sie und hielt sie fest.

»So etwas wie einen bösen Jungen gibt es nicht«, sagte sie. »Wenn du auch die These einer Prüfung unterziehst.«

Ich hielt ihre Hand still und sagte: »Zunächst mal, der Junge möchte Ballettänzer werden.«

»Und?«

»Und ich habe keine Ahnung, wie er das angehen soll.«

»Und du glaubst, ich hätte?«

»Nein, aber ich glaube, du kannst es herausfinden.«

»Bist du denn nicht eigentlich der Detektiv?«

»Doch, aber ich hab' anderen Dingen nachzugehen. Kannst du die Tanzkunst für mich in die Hand nehmen?«

Sie sagte: »Wenn du meine Hand losläßt, koch' ich noch mal Kaffee.«

Ich ließ. Sie kochte. Ich sagte: »Kannst du?«

Sie sagte: »Ja.«

Ich hob meine Kaffeetasse und prostete ihr damit zu. »Viel Erfolg«, wünschte ich.

Sie sagte: »Angenommen, du kannst ihn behalten, obwohl beide Eltern nach Kräften dagegen arbeiten und obwohl das Gesetz selten gegen den elterlichen Wunsch Fremden ein Kind zuspricht. Aber mal angenommen, daß du ihn behalten kannst – bist du bereit, ihn durch die Collegezeit zu unterstützen? Bist du bereit, mit ihm deine Wohnung zu teilen? In Elternversammlungen zu gehen? Vielleicht Pfadfinderführer zu werden?«

»Nein.«

»Nein wozu?«

»Zu allen angeführten Punkten«, sagte ich.

»Also?«

»Also brauchen wir einen Plan.«

»Das würde ich meinen«, sagte Susan.

»Zunächst mal bin ich mir nicht sicher, wieviel den Eltern daran liegt, sich im Moment auf einen Rechtsstreit einzulassen. Keiner von beiden will den Jungen. Sie wollten ihn nur, um sich gegenseitig zu ärgern. Wenn sie vor Gericht müßten, um ihn mir abzunehmen, würde ich versuchen, ihnen Untauglichkeit nachzuweisen, und dabei könnte ich Dinge zutage fördern, die ihnen unangenehm wären. Ich weiß es nicht. Vielleicht gerät einer von ihnen, oder beide, so in Wut darüber, daß ich den Jungen nicht hergebe, daß sie doch vor Gericht gehen, oder vielleicht schickt der alte Herr noch mal seine Knochenbrecher los. Wenn ich mir auch denken könnte, daß ihnen nach den beiden ersten Debakeln die Lust vergangen ist.«

»Selbst Eltern, die ihre Kinder nicht mögen, hassen es, sie aufzugeben«, sagte Susan. »Die Kinder sind Besitz. In manchen Fällen der einzige Besitz der Eltern. Ich glaube nicht, daß sie ihn aufgeben.«

»Sie wollen ihn nicht haben«, sagte ich.

»Darum geht es nicht«, sagte Susan. »Es greift an die Wurzeln des menschlichen Selbstverständnisses. Das Gefühl, daß niemand mir sagen kann, was mit meinem Kind zu geschehen hat. Ich sehe das immer wieder an Eltern in der Schule. Kinder, die körperlich mißhandelt werden von Eltern, die körperlich mißhandelt wurden, als sie Kinder waren. Und trotzdem kämpfen die Eltern wie Tiere, damit ihnen das Kind nicht weggenommen wird. Es hat etwas mit Identität zu tun.«

Ich nickte. »Du glaubst also, sie werden versuchen, ihn zurückzubekommen.«

»Unbedingt.«

»Das kompliziert die Sache.«

»Und die Gerichte werden ihn zurückgeben. Sie mögen zwar keine guten Eltern sein, aber sie vergehen sich nicht körperlich. Du hast keine Argumente.«

»Ich weiß«, sagte ich.

»Falls sie vor Gericht gehen. Wie du sagst, hat der Vater ja anscheinend Zugang zu Knochenbrechern.«

»Ja. Das geht mir durch den Kopf. Mich wundert, wieso.«

»Wieso was?«

»Wieso er Zugang zu Knochenbrechern hat. Ein durchschnittlicher Immobilienmakler aus der Vorstadt verkehrt nicht mit einem Burschen wie Buddy Hartman. Er wüßte nicht, unter welchem Stein er suchen sollte.«

»Also?«

»In welche Art von Geschäften war Mel Giacomin also verwickelt, daß er Buddy Hartman kennt?«

»Vielleicht hat er ihm ein Grundstück verkauft oder eine Versicherung.«

Ich schüttelte den Kopf. »Nein. Nichts, wobei Buddy Hartman mitmischt, ist legitim. Buddy würde einen Weg finden, seine Versicherung zu stehlen.«

»Was denkst du?«

»Ich denke, wenn ich etwas über Mel finden kann und vielleicht auch etwas über Patty, dann hätte ich ein Mittel, um wegen dem Jungen zu verhandeln.«

Zum erstenmal seit geraumer Zeit lächelte Susan mich an. »Mr. Chips«, sagte sie, »sprechen Sie von Erpressung?«

»Das treffende Wort«, sagte ich.

24

Ich holte Paul im Harbour Health Club ab.

»Er hat heute eins-fünf auf der Universal gedrückt«, erklärte Henry.

»Nicht schlecht«, sagte ich.

Paul nickte. »Die Universal ist leichter«, meinte er.
»Eins-fünf ist eins-fünf«, sagte ich.
Wir gingen zu Fuß zur Faneuil-Hall-Einkaufszone und aßen im Quincy Market, nachdem wir uns aus den Vitrinen eine breite Auswahl von Speisen zusammengesucht und uns in die Rundhalle gesetzt hatten.
»Ich habe einen Plan«, sagte ich.
Paul aß ein Stück Taco. Er nickte.
»Ich will versuchen, über deine Eltern Dinge herauszufinden, mit denen ich sie erpressen kann.«
Paul schluckte. »Erpressen?«
»Nicht um Geld zu kriegen. Jedenfalls nicht Geld für mich. Ich brauche irgendein Druckmittel, damit ich sie dir vom Hals halten kann, und mir auch, und dir vielleicht ihre Unterstützung für deine Wünsche verschaffen kann.«
»Wie willst du das anfangen?«
»Nun, dein Vater kennt ein paar üble Typen. Ich dachte, ich könnte mal nachprüfen, wie das kommt.«
»Muß er dann ins Gefängnis?«
»Würde dir das etwas ausmachen?«
Paul schüttelte den Kopf.
»Empfindest du irgend etwas für ihn?« sagte ich.
»Ich mag ihn nicht.«
»Das ist nämlich nicht so einfach«, sagte ich. »Irgendwas liegt dir bestimmt an seinen Meinungen, seinen Erwartungen. Du könntest es nicht vermeiden.«
»Ich mag ihn nicht«, sagte Paul.
»Wir werden noch darüber reden müssen, wahrscheinlich mit Susan. Aber es muß nicht jetzt gleich sein.« Ich aß ein Avocado-und-Käse-Sandwich. Paul gab sich an ein Hummerbrötchen.
»Willst du mir bei der Erkundigung helfen?« fragte ich.
»Über meinen Vater?«
»Ja. Und deine Mutter. Wir stoßen dabei vielleicht auf Dinge, die du nicht gerne erfahren wirst.«
»Ist mir egal.«
»Ob du mithilfst?«
»Nein. Mir ist egal, ob ich über meine Mutter und meinen Vater etwas erfahre.«
»Okay. Dann tun wir's. Aber denk dran, wahrscheinlich wird es dir doch nicht egal sein. Es wird vermutlich weh tun. Das ist auch

okay so. Es ist sogar sehr vernünftig, wenn es weh tut.«

»Ich mag sie nicht«, sagte Paul. Er aß sein Hummerbrötchen auf.

»In Ordnung«, sagte ich. »Packen wir's an.«

Ich hatte in einer Lücke hinter dem Hochbau des Zollamtes geparkt, an einem Schild mit der Aufschrift NUR FÜR ANGESTELLTE DER US-REGIERUNG. Als wir zum Wagen gingen, war Paul einige Schritte vor mir. Er war größer geworden, seit ich ihn hatte. Und langsam wurde er voller. Er trug Jeans und ein dunkelblaues T-Shirt, auf dem ADIDAS stand. Seine Schuhe waren grüne Nikes mit blauer Kappe. Erste Konturen zeigten sich am Trizeps auf der Rückseite seiner Arme. Und auch an seinem Rücken meinte ich eine kleine Verbreiterung zu sehen, wo sich der *latissimus dorsi* entwickelte. Er ging gerader und mit einigem Schwung. Er hatte eine Menge Farbe, eher rötlich als braun, da er hellhäutig war.

»Du siehst gut aus«, sagte ich, als wir ins Auto stiegen.

Er sagte nichts. Ich fuhr die Atlantic Avenue hinunter, über die Charlestown Bridge, und hielt in der Nähe einer Bar hinter dem City Square, nicht weit von der Marinewerft. Die Fassade der Bar bestand aus imitiertem Bruchstein. Links vom Eingang war ein Spiegelglasfenster. Eine Leuchtreklame darin verkündete PABST BLUE RIBBON. Auf der anderen Seite des Fensters, hinter dem Neon, hing ein schmutziger Chintzvorhang. Paul und ich gingen hinein. Theke entlang der Rechten, Tische und Stühle zur Linken. Ein Farbfernseher auf einem hohen, durch 2x4-Balken gestützten Bord. Das Match der Sox lief. Sie spielten gegen Milwaukee. Ich glitt auf einen Barhocker und nickte Paul zu, den neben mir zu nehmen. Der Barmann kam die Theke herunter. Er hatte weiße Haare und Tätowierungen an beiden Unterarmen.

»Jugendliche sollen nicht an der Bar sitzen«, sagte er.

»Er ist Liliputaner«, sagte ich, »und er möchte eine Coca. Für mich ein Glas Bier.«

Der Barmann zuckte die Achseln und ging die Theke hinunter. Er goß Cola aus einer Literflasche in ein Glas, zapfte ein kleines Bier vom Hahn und stellte beides vor uns hin.

»Mir liegt nichts dran«, sagte er. »Aber es ist ein Staatsgesetz, wissen Sie.«

Ich legte einen Fünfdollarschein auf die Theke. »Buddy Hartman in der Gegend?« sagte ich.

»Den kenne ich nicht«, sagte der Barmann.

»Klar kennen Sie ihn. Er verkehrt hier. Er verkehrt hier, und er verkehrt bei *Farrell's* in der Rutherford Avenue.«

»Und?«

»Und ich möchte ihm Arbeit geben.« Ich legte einen weiteren Fünfer auf den ersten drauf, ohne hinzuschauen. Wie ich es mal von Bogie in einem Film gesehen hatte. Der Barmann nahm den oberen Fünfer, ließ ihn in der Kasse klingeln und brachte mir das Wechselgeld. Er legte es auf die Theke, oben auf den ersten Fünfer.

»Vor drei kommt er normalerweise nicht rein«, sagte er. »Schläft lange. Dann kommt er her und ißt ein Sandwich mit Spiegeleiern, wissense.« Es war fünf vor halb drei.

»Wir warten«, sagte ich.

»Klar, aber der Junge kann nicht an der Theke sitzen. Warum nehmen Sie nicht den Tisch da drüben?«

Ich nickte, und Paul und ich gingen zu einem Tisch im hinteren Teil der Bar, nahe der Tür zum Waschraum. Das Wechselgeld ließ ich auf der Theke. Der Barmann steckte es ein.

Paul schenkte dem Baseballspiel keine Beachtung, aber den Schankraum sah er sich sorgfältig an.

Um zehn vor drei kam Buddy Hartman hereingeschlendert, eine Zigarette im Mund und eine zusammengefaltete Zeitung im Arm. Er setzte sich auf einen Barhocker. Der Barmann kam die Theke herunter und sagte: »Ein Typ da drüben sucht dich. Sagt, er hätte Arbeit.«

Hartman nickte. Er sagte: »Gib mir 'n Spiegeleisandwich und 'n Bier, Bernie, ja?« Dann sah er beiläufig zu mir herüber. Die Zigarette in seinem Mund kippte und trieb Rauch an seinem linken Auge vorbei. Er kniff das linke Auge abwehrend zusammen. Dann erkannte er mich.

Er fuhr von dem Hocker hoch, peilte die Tür an.

Ich sagte »Komm« zu Paul, und wir liefen aus dem Schankraum, hinter ihm her. Buddy rannte quer über die Auffahrtsrampen der Schnellstraße auf die Main Street zu.

»Gib auf den Verkehr acht«, ermahnte ich Paul und legte einen Schritt zu, als wir die Rampen überquerten. Paul blieb hinter mir. Wir liefen beide mühelos. In Maine oben waren wir auf fünf Meilen täglich gekommen, und ich wußte, wir würden Buddy schon kriegen. Er war vor uns, nicht weit von der pseudogotischen Kirche, und rannte ungleichmäßig. Er würde nicht lange durchhalten. Hielt er auch nicht. An der Kirchentreppe holte ich ihn ein, dicht gefolgt von Paul. Ich packte ihn am Kragen, riß ihn nach hinten und knallte ihn mit dem Gesicht zuerst an die Kirchenmauer links von der Treppe. Ich tastete ihn schnell ab. Wenn er eine Waffe trug, hatte er sie gut versteckt.

Buddy keuchte. Ich ließ ihn los. Er drehte sich um, hustete und spuckte aus. Sein Brustkasten hob und senkte sich.

»Bombenform, Buddy«, sagte ich. »Sieht man gern, wenn ein Mann sich fit hält.«

Buddy spuckte nochmals. »Was willst du?« sagte er.

»Bin vorbeigekommen, um mit dir zu trainieren, Bud. Etwas von den Geheimnissen deiner Kondition zu lernen.«

Buddy steckte sich eine Zigarette in den Mund und zündete sie an. »Spar dir die Sprüche, Mann. Was willst du?«

Er stand in dem Winkel zwischen der Kirchentreppe und der Kirchenmauer. Ich hatte ihn so eingekeilt, daß er nicht türmen konnte. Seine Augen wanderten nach beiden Seiten an mir vorbei.

»Ich möchte wissen, woher du Mel Giacomin kennst«, sagte ich.

»Wen?«

Ich schlug ihm mit der linken Hand übers Gesicht. Die Zigarette flog ihm in einem Funkenregen aus dem Mund.

Er sagte: »He, langsam.«

Ich sagte: »Woher kennst du Mel Giacomin?«

»Irgendwoher, verstehst du. Ich hab' ihn bloß zufällig irgendwo mal getroffen.«

Ich schlug ihn mit der rechten Hand. Sein Kopf ruckte zurück gegen die Mauer. Buddy sagte: »Jesus Maria. Langsam. Hör auf damit.«

»Woher kennst du Mel Giacomin?« sagte ich.

»Er ist ein Freund von einem Typen, den ich kenne.«

»Wer ist der Typ?«

Buddy schüttelte den Kopf.

»Ich mache eine Faust«, sagte ich.

»Ich kann es dir nicht sagen. Er bringt mich um«, sagte Buddy.

Ich versetzte ihm einen linken Haken in die Seite, unter der letzten Rippe. Er grunzte und krümmte sich.

»Ihn später. Mich jetzt«, sagte ich. »Wessen Freund ist er?«

»Laß mich gehn«, sagte Buddy.

Ich täuschte einen zweiten linken Haken vor und schlug ihm in den Magen. Er sackte langsam an der Wand herunter. Ich fing ihn ab und stellte ihn aufrecht. Er schaute an mir vorbei, aber es war niemand da. Falls wir Zuschauer hatten, hielten sie sich raus.

»Wer?«

»Cotton.«

»Harry Cotton?«

Buddy nickte.

»Woher kennt er Cotton?« sagte ich.

»Weiß ich nicht. Harry erzählte mir nur, es wär ein Freund, der einen Gefallen getan haben wollte. Sonst weiß ich nichts, Ehrenwort nicht.«

»Arbeitest du viel für Harry?«

»Es geht.«

»Brandstiftung?«

Buddy schüttelte den Kopf und zuckte. »Nichts Schräges, Spenser, nur Botengänge.« Er deckte seinen Bauch mit den Armen.

»Ich verrate Harry nicht, daß du mir seinen Namen genannt hast«, sagte ich. »Könnte mir denken, daß du selber das auch nicht willst.«

»Ich sag' kein Wort«, sagte Buddy. »Wenn er dahinterkommt, läßt er mich abknallen. Mein Ehrenwort drauf. Du kennst Harry.«

»Ja. Hat er den Autohof an der Commonwealth noch?«

Buddy nickte.

Ich wandte mich um und winkte Paul, mitzukommen. Wir gingen die Main Street hinunter zu unserem Wagen. Paul blickte einmal zurück, um zu sehen, wo Buddy war; ich sparte mir das.

Im Wagen fragte ich Paul: »Wie denkst du über diesen Vorfall?«

»Er hat mich erschreckt.«

»Verständlich. Wenn man es nicht gewöhnt ist, geht es an die Nerven«, sagte ich. »Irgendwie geht es sogar an die Nerven, wenn man es gewöhnt ist.«

Paul schaute aus dem Fenster.

»Hast du's dir anders überlegt?« sagte ich. »Möchtest du eine Zeitlang bei Susan bleiben, bis ich das in Ordnung gebracht habe?«

»Nein. Ich will mit dir gehen.«

»Susan hätte nichts dagegen«, sagte ich.

»Hätte sie doch«, sagte Paul.

Ich schwieg. Wir fuhren durch die Rutherford Avenue, über die Prison Point Bridge und stadtauswärts über den Memorial Drive auf der Cambridge-Seite des Flusses. Am Ufer waren Jogger, auf dem Fluß Rennboote, und eine bunte Gesellschaft von Studenten und alten Leuten spazierte entlang der Straße. Nach dem Hyatt Regency fuhr ich um den Kreisel herum und auf die BU Bridge.

»Wohin fahren wir?« fragte Paul.

»Harry Cotton besuchen«, sagte ich.

»Das ist der, den Buddy erwähnt hat.«

»Ja. Ein übler Bursche.«

»Ist er ein Gauner?«

»Ja. Ein Gauner der ersten Garnitur. Wenn dein Vater ihn kennt, dann steckt dein Vater tief drin.«

»Wirst du mit ihm dasselbe machen?«

»Wie mit Buddy?«

»Ja.«

»Ich weiß nicht. Ich geh' einfach hin und schaue, was passiert. Er ist ein viel härterer Brocken als Buddy. Willst du auch bestimmt mitkommen?«

Er nickte. »Sonst gibt es niemand«, sagte er.

»Du hast doch gehört – Susan . . .«

»Sie kann mich nicht leiden«, sagte er. »Ich möchte bei dir bleiben.«

Ich nickte. »Wir haben uns wirklich gegenseitig am Hals, wie mir scheint.«

25

Harry Cottons Autohof lag draußen an der Commonwealth Avenue, nicht weit von dem alten Braves Field, an einer alten Tankstelle, die kein Benzin mehr verkaufte. Farbige Lichter reihten sich um den Rand des Hofes und rings um die nutzlosen Tanksäulen. Das Tor zur Reparaturwerkstatt lag am Boden. Seine Glasscheiben waren in verschiedenen Farben bemalt worden. Es gab kein Schild mit einer Branchenbezeichnung, nur acht oder zehn heruntergekommene, auf dem Hof zusammengepferchte Wagen ohne Kennzeichen. Niemand war auf dem Hof. Aber die Tür zur Büroseite der Tankstelle stand offen. Ich ging hinein. Paul kam hinter mir.

Das Büro enthielt einen alten Schreibtisch aus Nußbaum, einen hölzernen Drehstuhl, ein Telefon und eine Deckenlampe, in deren Glaskugel ein Dutzend toter Fliegen lagen. Ein Aschenbecher in der Form eines Gummireifens voller Zigarettenkippen stand auf dem Schreibtisch. In einer Ecke des Raumes hob ein Chow-Chow mit verfilztem Fell und grauer Schnauze den Kopf und sah mich an, als ich hereinkam.

Am Schreibtisch sprach Harry Cotton ins Telefon. Harry paßte zu dem Büro. Er war knochig und spitzbäuchig, mit langen schmutzigen

Fingernägeln und gelben Zähnen. Seine Haare hatten ungefähr die Farbe einer Norwegerratte und waren direkt über dem linken Ohr gescheitelt. Sie waren viel dünner als die einer Norwegerratte, und obwohl er versucht hatte, sie herauf- und herüberzuziehen, war das nicht besonders gelungen, und lauter helle Kopfhaut schien durch. Er rauchte eine Mentholzigarette, die er zwischen den Spitzen der ersten beiden Finger hielt. Anscheinend hielt er seine Zigarette immer so, denn die beiden Finger waren am oberen Glied bis rauf zur Kuppe braun gefleckt. Rechts von dem Chow-Chow stand eine Tür zur Wartungshalle offen. Sie war leer bis auf ein Metallfaß und drei Klappstühle. Drei Männer saßen auf den Klappstühlen um das Faß herum und spielten Vingt-et-un. Sie tranken Four Roses aus Pappbechern.

Harry hängte das Telefon ein und schaute auf mich. Er hatte eine Rasur nötig. Die Stoppeln, die sich zeigten, waren grau. Er trug ein rotes Flanellhemd und darüber ein langärmeliges Sweat-Shirt, das in eine schwarze Kammgarnhose mit blankgewetzten Knien gestopft war. Sein Gürtel war zu lang, und ein gutes Stück davon hing aus der Gürtelschlaufe heraus wie eine schwarze Zunge. Er trug hohe schwarze Turnschuhe. So mit den Füßen auf dem Schreibtisch, den weiß über ausgeleierten Socken hervorschauenden Schienbeinen, sah er aus wie eine Spielfilmversion von Fagin dem Hehler, und er war vielleicht dreieinhalb Millionen Dollar schwer.

»Was wollen Sie?« fragte er. Der Hund stand auf und knurrte. Paul stellte sich etwas mehr hinter mich.

Ich sagte: »Ich habe Interesse an einer Rattenfarm. Man hat mich überall an Sie verwiesen.«

»Wollen Sie mich verkohlen?« sagte er. Seine Stimme war schrill und ausdruckslos.

»Ich? Sie verkohlen? Ein großes Tier wie Sie? Ich doch nicht. Der Junge hier fragte mich nach einer Definition für *Klasse*, und ich dachte mir, es wäre leichter, mal mit ihm vorbeizukommen und es ihm zu zeigen.«

Die drei Kartenspieler in der Garage blickten hoch. Einer von ihnen stand auf und bewegte sich zur Bürotür. Ich war mir nicht sicher, ob er durchpassen würde.

»Sie wollen in den Arsch getreten werden«, sagte Harry, »dann sind Sie hier richtig. Stimmt's, Shelley? Ist er da nicht an der richtigen Adresse?«

Vom Eingang her meinte Shelley: »Das stimmt. Er ist an der

richtigen Adresse.« Shelley wirkte ungefähr so wuchtig und massiv wie ein Nilpferd. Wahrscheinlich war er nicht so schlau, und ganz bestimmt nicht so gut aussehend. Seine Haare waren blond und büschelig und hingen ihm über die Ohren. Er trug ein geblümtes Hemd mit kurzen Ärmeln, und seine Arme waren glatt und völlig unbehaart. Er rülpste leise und sagte: »Scheiß Anchovis.«

»Ich versuche, einen Burschen namens Mel Giacomin ausfindig zu machen«, sagte ich.

»Sehen Sie ihn hier?« fragte Harry.

»Nein.«

»Dann zischen Sie ab.«

»Ich hörte, daß Sie wüßten, wo er ist.«

»Sie haben etwas Falsches gehört.«

»Hör gut hin, Paul«, sagte ich. »Du willst doch Schlagfertigkeit lernen. Du befindest dich in Gegenwart eines Meisters.«

Shelley runzelte die Stirn. Er sah Harry an.

Harry sagte: »Kenne ich Sie?«

»Mein Name ist Spenser«, sagte ich.

Harry nickte. »Ja. Ich kenne Sie. Sie sind der, der vor 'ner Weile Buddy Hartman und dieses Murmeltier, mit dem er unterwegs war, rausgeschmissen hat.«

»Eben der«, sagte ich. »Und das Murmeltier hieß, glaube ich, Harold. Er hatte einen Totschläger.«

Harry nickte. Er sah mich an, während er heftig an der kurzen Zigarette zog, so daß die lange glühende Asche fast seine Finger erreichte. Er warf die Kippe auf den Boden und ließ sie schwelen. Langsam atmete er aus, wobei er den Rauch aus beiden Mundwinkeln entweichen ließ.

»Ich bin auch einer von den beiden Burschen, die einen Ihrer Leute von der Mass. Avenue Bridge in den Fluß geworfen haben«, sagte ich.

Shelley kaute jetzt Tabak. Er spie Tabaksaft auf den Boden hinter sich.

»Wie kommen Sie darauf, daß es einer von mir war?« sagte Cotton.

»Na, ich bitte Sie, Harry. Wir wissen doch beide, daß es Ihre waren. Wir wissen beide, daß Sie dick mit Mel Giacomin sind und ihm einen Gefallen tun wollten.«

Harry schaute auf Paul. »Wer ist der Junge?«

»Ein Hilfspolizist, verdeckte Fahndung«, sagte ich.

»Ist das der Junge von Giacomin?«

Ich schob die Hände in meine Hüfttaschen. »Welche Verbindung haben Sie zu Giacomin?«

»Ich hab' keine Verbindung zu Giacomin«, sagte Harry. »Und ich möchte nicht, daß Sie Ihre Nase in meine Angelegenheiten stecken. Haben Sie verstannen?«

»Verstanden, Harry. Mit d. Ver-stan-*den*. Schauen Sie auf meine Lippen.«

Harrys Stimme wurde etwas schriller. Sie klang wie Kreide auf einer Schiefertafel.

»Halten Sie Ihr Scheißmaul«, sagte er. »Und lassen Sie Ihre Scheißschnüffelnase aus meinen Scheißangelegenheiten, oder Scheiße noch mal, ich begrab' Sie gleich hier, direkt auf dem Scheißhof da draußen.«

»Fünf«, sagte ich. »Fünfmal *Scheiß* in einem Satz, Paul. Das ist noch farbig. Soviel Farbe trifft man selten heutzutage.«

Die anderen beiden Kartenspieler stellten sich hinter Shelley. Sie waren nicht Shelley, aber wie Touristen sahen sie auch nicht aus. Harry zog sein Taschentuch hervor und schneuzte sich die Nase. Er untersuchte das Ergebnis, faltete das Taschentuch zusammen und stopfte es sich wieder in die rechte Hosentasche. Dann sah er mich an.

»Shelley«, sagte er. »Wirf den Penner raus, Scheiße noch mal, und laß es weh tun.« Ein Hauch von Röte lag auf seinen Backen.

Shelley spie noch einen Schub Tabaksaft auf den Zementboden hinter sich und machte einen Schritt auf mich zu. Ich zog meine Kanone aus dem Hüfthalfter und richtete sie auf ihn.

»Bleib stehen, Shelley. Wenn ich ein Loch in dich puste, sickert die Kacke raus und du wiegst ungefähr noch achtundneunzig Pfund.«

Hinter mir hörte ich Paul Luft holen.

»Harry«, sagte ich. »Ich kann Sie aus dem Augenwinkel sehen. Wenn Ihre Hände außer Sicht unter den Schreibtisch gehen, schieße ich Sie in den Nasenrücken. Ich bin sehr gut mit dem Ding.«

Niemand rührte sich. Ich sagte: »Also, welche Verbindung hatten Sie zu Giacomin, Harry?«

»Lecken Sie mich«, sagte Harry.

»Wie wär's denn, wenn ich Ihnen ein Ohrläppchen abschieße?«

»Na los.«

»Oder eine von Ihren Kniescheiben?«

»Na los.«

Wir waren alle still. Der Chow hatte aufgehört zu knurren und saß mit hängenden Lefzen und herausgestreckter violetter Zunge auf seinen Lenden. Er keuchte leise.

»Paul«, sagte ich. »Du siehst ein Beispiel für das Gesetz der Kompensation vor dir. Der kleine Schleicher ist häßlich und dumm und gemein, und er riecht schlecht. Aber er ist zäh.«

»Sie werden verdammt noch merken, wie zäh ich bin«, sagte Harry. »Sie können sich das Ding da genausogut in den Mund schieben und abdrücken. Denn Sie sind ein toter Mann. Haben Sie verstanden? Ich sehe auf einen scheißtoten Mann.«

»Andererseits«, sagte ich zu Paul, »bin ich gutaussehend, anständig, intelligent und wohlriechend. Und viel zäher als Harry. Gehen wir.«

Paul ging zur Tür hinaus. Ich ging rückwärts hinter ihm her. Der Bronco stand direkt vor der Tankstelle. »Lauf rüber«, sagte ich, »und lauf schnell. Steig drüben ein und duck dich hin.«

Er tat, was ich ihm gesagt hatte, und ich folgte ihm, rückwärts, die Waffe unverwandt auf der offenen Tür. Dann waren wir im Wagen und aus dem Hof heraus und unterwegs nach Brighton auf der Commonwealth Avenue.

Paul saß ganz weiß neben mir. Er schluckte mehrere Male hörbar.

»Angst gekriegt?« sagte ich.

Er nickte.

»Ich hatte auch Angst«, sagte ich.

»Wirklich?«

»Sicher. Und hab' sie noch. Aber dagegen kann man nicht an. Am besten, man zieht einfach sein Programm durch. Angst zu haben ist normal, es sollte aber nichts ändern.«

»Du hast nicht ängstlich gewirkt.«

»Es ist besser so«, sagte ich.

»Wieso wollte er in Kauf nehmen, daß du auf ihn schießt? Wenn er mit meinem Vater etwas macht, dann muß ihm wirklich daran liegen, es geheimzuhalten.«

»Vielleicht. Oder vielleicht ist er nur dickköpfig. Will sich nicht drängen lassen. Die große Nummer, die er in der Stadt darstellt, ist er nicht dadurch geworden, daß er wie Kuchen zergeht. Auch Müll hat mitunter Stolz. Vielleicht braucht man sogar mehr davon, wenn man zum Müll gehört.«

Ich wendete, wo die Commonwealth in Richtung BU abbiegt und

nahm wieder Kurs auf die Innenstadt.

»Was hast du aus der Sache gewonnen?« fragte Paul.

»Einiges herausgefunden«, sagte ich.

»Was denn?«

»Daß die Verbindung deines Vaters zu Harry Cotton es wert ist, vertuscht zu werden.«

»Vielleicht hat dieser andere Kerl gelogen«, sagte Paul.

»Buddy? Nein. Wenn er gelogen hätte, dann nicht so. Wenn Cotton jemals erfahren würde, daß Buddy ihn verpfiffen hat, würde er Buddy umbringen lassen. Buddy würde zwar lügen, um aus einer Klemme herauszukommen, aber so nicht.«

»Wenn dieser Cotton doch so reich ist und alles«, sagte Paul, »warum lebt er dann so im Dreck?«

»Vermutlich glaubt er, das erregt keine Aufmerksamkeit«, sagte ich. »Vielleicht ist er bloß sparsam. Ich weiß es nicht. Aber laß dich davon nicht täuschen.«

»Was fangen wir jetzt an?«

»Hat dein Vater in seiner Wohnung ein Büro eingerichtet?«

»Ja.«

»Wir werden da einbrechen.«

26

Paul und ich verbrachten die Nacht in meinem Apartment in Boston. Und am nächsten Morgen gegen halb elf brachen wir in die Wohnung seines Vaters in Andover ein. Niemand war zu Hause. Wie alle guten Geschäftsleute, die die Vorstadt hervorbringt, war Mel Giacomin unterwegs und hielt sich ran.

»Sein Büro ist hinten, wo ich geschlafen habe, als ich hier war«, sagte Paul.

Am Ende eines kurzen Flurs, hinter dem Eßzimmer mit der rechts daran anschließenden Küche, lagen zwei Schlafzimmer und ein Bad. Mel war kein sauberer Bursche. Das Frühstücksgeschirr flog noch in der Küche herum. Kaffee für einen, bemerkte ich, und eine Schachtel Reiskrispies. Ein Reformkostsüchtiger. Mels Bett im rechten Schlafzimmer war ungemacht, und schmutzige Kleider lagen auf dem Boden. Auf dem Badezimmerboden lagen nasse Handtücher. Die andere Tür war abgesperrt und mit einem Vorhängeschloß verriegelt. Ich ging so weit zurück, wie der enge Flur es mir erlaubte, hob den rechten Fuß und trat voll mit der Unterseite gegen die Tür.

Die Haspe des Vorhängeschlosses riß aus dem Holz. Wir gingen hinein. Das Büro war sauber. Es enthielt eine Doppelbettcouch. Einen Tisch, der früher in einer Küche fungiert hatte, einen geradlehnigen Stuhl und eine Ziehkartei aus Metall mit zwei Fächern und Schloß. Auf dem Tisch stand ein Telefon, eine Lampe, ein Bierkrug mit Stiften und Kulis und ein Karteikasten. Der Karteikasten war ebenfalls verschlossen. Auf dem Boden war ein kleiner Orientteppich, im einzigen Fenster des Zimmers eine Klimaanlage und weiter nichts.

»Nehmen wir die Akten so mit«, sagte ich. »Das ist einfacher, als die Kästen aufzubrechen und sie hier zu durchsuchen.«

»Aber wird er das nicht merken?«

»Er merkt sowieso, daß ich seine Tür eingetreten habe. Von mir aus kann er ruhig wissen, daß jemand seine Akten kassiert hat. Wenn er auf mich tippt, na schön. Sollten hier Dinge drin sein, die ihn nervös machen, dann regt er sich vielleicht. Wenn er das tut, kommt die Sache ins Rollen. Das ist ein Vorteil. Nimm du den Karteikasten.«

Und wir marschierten hinaus. Paul mit dem Karteikasten und ich, kämpfend, mit der größeren Kartei. »Sie ist nicht schwer«, sagte ich. »Sie ist nur unhandlich.«

»Klar«, meinte Paul. »Das sagt jeder.«

Wir luden die Akten hinten in den Bronco und fuhren davon. Niemand schrie uns nach. Kein Polizist stieß in seine Trillerpfeife. Mit den Jahren hatte ich gelernt, daß man, wenn man keine Maske trägt, fast überall ein und aus gehen und fast alles mitnehmen kann, weil die Leute dann glauben, daß man dazu berechtigt ist.

Ich parkte in der Gasse hinter meinem Büro, und Paul und ich brachten die Karteikästen hinauf. Es war eine Weile her, seit ich in meinem Büro gewesen war. Ein Schwung Post lag auf dem Boden unter dem Briefschlitz. Eine Spinne hatte in einer Ecke des Fensters ihr Netz gebaut. Da es meine Sicht auf die Werbeagentur gegenüber nicht beeinträchtigte, ließ ich es in Frieden.

Ich stellte die große Kartei neben meinen Schreibtisch. Paul stellte den Karteikasten auf sie drauf. Ich öffnete das Fenster, hob meine Post auf und setzte mich an den Schreibtisch, um sie zu lesen. Der größte Teil wanderte gleich ungeöffnet in den Papierkorb. Was übrigblieb, war ein Buch mit dem Autogramm der Autorin, einer Frau, für die ich vor einiger Zeit mal gearbeitet hatte, und eine Einladung zur Hochzeit von Brenda Loring mit jemandem namens

Maurice Kerkorian. Empfang im Anschluß an die Zeremonie im *Copley Plaza Hotel*. Ich betrachtete die Einladung eine ganze Weile.

»Was fangen wir mit den Karteien an?« sagte Paul.

Ich legte die Post hin. »Wenn wir sie offen haben, werden wir nachsehen, was sich drin findet.«

»Wonach suchen wir denn?«

»Weiß nicht. Wir werden sehen, was sich findet.«

»Wieso meinst du, es wäre gut, wenn mein Vater wüßte, daß du die Akten mitgenommen hast?« fragte Paul.

Ich holte ein Stemmeisen aus dem Garderobenschrank in der Ecke des Büros und begann, die Ziehkartei aufzubrechen.

»Es setzt ihn in Bewegung. Das Schlimmste, was passieren kann, wenn man Leuten auf die Schliche zu kommen sucht, ist, daß sie sich auf den Hintern setzen und still verhalten. Wenn sie einfach hocken bleiben, auf was auch immer, und nichts unternehmen, dann tut sich nichts. Sie legen sich nicht fest, geben dir keine Gelegenheit zum Gegenschlag, begehen keine Fehler, geben sich keine Blöße, wenn du verstehst.«

»Was glaubst du, was mein Vater unternehmen könnte?«

»Er könnte versuchen, die Akten zurückzubekommen.«

»Und was ist, wenn er es versucht?«

»Wir werden sehen.«

»Aber du weißt es nicht?«

Die letzte Schublade der Kartei sprang unter dem Druck des Eisens auf. »Nein, ich weiß es nicht. Aber, wenn du die Phrase entschuldigst, so ist das Leben nun mal. Man weiß nicht, was geschehen wird. Die Leute, deren Leben am besten funktioniert, das sind diejenigen, die sich darüber im klaren sind und die, nachdem sie getan haben, was sie können, bereit sind für das, was kommt. Wie der Mann gesagt hat: ›Bereit sein ist alles.‹«

»Welcher Mann?«

»Hamlet.«

»So hast du es mit Harry gehalten.«

»Ja, zum Teil. Man geht von Klinke zu Klinke. Ich hab's bei Buddy versucht, dann bei Harry und jetzt bei deinem Vater. Es ist wie ein Gang durch einen langen Korridor mit lauter Türen. Du probierst sie immer weiter, um zu sehen, welche aufgeht. Du weißt nicht, was hinter den Türen ist, aber wenn du keine öffnest, kommst du aus dem Korridor nicht heraus.«

»In dem Karteikasten hier ist nichts, außer einem Haufen

Namen«, sagte Paul.

Ich nahm eine Karte und schaute sie mir an. *Richard Tilson*, stand darauf, *43 Concord Avenue, Waltham. Lebensvers. 16.9.73. Prudential No. 3750916.*

»Kundenkartei vermutlich.« Ich sah mir weitere Karten an. Der gleiche Aufbau. »Geh sie mal durch«, sagte ich. »Schreib alle Namen raus, die du kennst. Überzeug dich, ob es nur Kundeninformationen sind.«

»Weshalb soll ich Leute, die ich kenne, aussortieren?«

»Warum nicht? Könnte eine Rolle spielen. Und es ist doch etwas, was man mit der Kartei anfangen kann. Vielleicht tritt ein Muster zutage. Das weißt du nicht, bevor du es getan hast.«

Ich gab Paul einen Block und einen Stift von meinem Schreibtisch, und er setzte sich auf meinen Kundenstuhl, die Kartei auf seiner Seite des Tisches, und fing an, sie durchzusehen. Ich stellte das Kofferradio wegen Paul auf einen Popmusiksender ein und begann mit der Durchsicht der großen Ziehkartei auf meiner Seite des Schreibtisches. Es ging langsam. Briefe mußten gelesen werden, und alle waren in dem verqueren, unkultivierten Jargon von Handel und Industrie abgefaßt. Nach zehn Minuten bekam ich intellektuelle Blähungen. Die Musik half auch nicht.

»Wenn Andy Warhol Musiker wäre, würde er sich so anhören«, sagte ich.

Paul fragte: »Wer ist Andy Warhol?«

»Es ist besser, wenn du das nicht weißt.«

Um halb zwei stellte ich auf das Baseballspiel um. Erleichterung. Um zwei sagte ich zu Paul: »Hast du Hunger?«

»Ja.«

»Würdest du mal in diesen Sandwichladen in der Newbury sausen und uns was zu futtern holen?«

»Wo ist das?«

»Bloß einen Block weiter und um die Ecke. Direkt gegenüber Brooks Brothers.«

»Okay.«

Ich gab ihm Geld. »Bring mit, was gut aussieht«, sagte ich.

»Was möchtest du denn?«

»Verlaß dich auf deine Nase«, sagte ich.

»Okay.«

Er ging hinunter, und ich blieb bei den Akten. Paul kam mit Truthahnsandwiches auf Haferbrot und Roastbeefsandwiches auf

Roggen, zwei Zitronentaschen und einer Tüte Milch zurück. Ich trank Kaffee aus der Kanne im Büro. Gegen drei war Paul mit seiner Kartei fertig. Er sagte: »Ich geh mal raus spazieren.«

Ich sagte: »Brauchst du Geld?«

Er sagte: »Nein. Ich hab' noch welches von dem, was du mir vorhin gegeben hast.«

Um fünf kam Paul zurück. Er hatte sich im Booksmith in der Boylston ein Buch über Ballett gekauft.

Er las in seinem Buch, während ich die Akten durcharbeitete. Es wurde dunkel. Ich drehte das Licht im Büro an. Um Viertel nach acht sagte ich: »Das reicht. Komm, ich geb' dir ein Abendessen aus.«

Wir gingen hinauf zum Café *L'Ananas* und aßen. Ich ließ eine Flasche Wein kommen, und Paul trank mit. Danach gingen wir zu Fuß zu meiner Wohnung.

»Was ist mit deinem Wagen?« sagte Paul.

»Den lassen wir stehen. Es ist nur ein Spaziergang von vier Blocks zu meinem Büro.«

»Gehen wir da morgen wieder hin?«

»Ja, ich bin noch nicht fertig.«

»Ich fand nur drei Leute in der Kartei.«

»Mehr, als ich bis jetzt gefunden habe.«

Wir gingen nach oben und legten uns schlafen.

27

Es wurde fast Mittag am nächsten Tag, bis ich etwas fand. Es war kein blutiger Dolch oder auch nur ein aus Gold geschmiedeter ägyptischer Mistkäfer. Es war eine Liste von Adressen. Nicht viel zwar, aber sonst gab es nichts. Sie stand auf einem einzelnen Bogen Papier, in einem unbeschrifteten Aktendeckel, zuhinterst im unteren Fach der Ziehkartei.

»Was ist denn daran wichtig?« sagte Paul.

»Ich weiß es nicht, aber es ist das einzige, für das es keine simple Erklärung gibt.«

Ich nahm ein Telefonbuch aus der unteren Schublade meines Schreibtisches und schlug die Namen der Leute unter den angegebenen Adressen nach. Die vierte, die ich nachschlug, war Elaine Brooks.

»Ist Elaine Brooks nicht die Freundin deines Vaters?«

»Ja.«

»Sie wohnt doch gar nicht da.«

Paul sagte: »Ich weiß nicht, wo sie wohnt.«

»Ich aber. Ich bin ihr zu dir gefolgt, erinnerst du dich?«

»Vielleicht hat sie früher da gewohnt.«

»Vielleicht.«

»Sie steht auch auf meiner Liste«, sagte er.

»Aus der Kartothek?«

»Ja.«

»Zeig mir die Liste mal.«

Er gab sie mir. Sie enthielt außer Elaine Brooks zwei weitere Namen. Ich schlug im Telefonbuch nach. Beide Namen waren im Ortsverzeichnis als Hauseigentümer unter derselben Adresse wie auf der Liste aufgeführt. Elaine Brooks besaß zwei Adressen.

»Ist die Kartei alphabetisch?«

Paul sagte: »Ja.«

»Okay. Ich les' dir mal ein paar Namen vor. Du siehst nach, ob sie in deiner Kartei sind. Wenn ja, zieh die Karte raus und gib mir die Adresse.«

Ich ging die ganze Liste der Adressen durch, schlug sie jeweils im Telefonbuch nach und nannte Paul die Namen, die ich fand. Alle waren in der Kartei. Nicht einer war auf den Karten unter der im Telefonbuch angegebenen Adresse verzeichnet. »Welche Art von Versicherung ist angegeben?« sagte ich, als wir durch waren und alle Karten aussortiert hatten.

»Auf dieser steht Sachschaden.«

»Ja?«

»Auf dieser steht Gebäude.«

»Ist eine Lebensversicherung dabei?«

Paul blätterte schnell die Karten durch. »Nein«, sagte er.

Ich nahm die Karteikarten und faßte in einer Übersicht die Namen mit den dazugehörigen beiden Adressen und den Versicherungsarten zusammen. Alle hatten Gebäudeversicherungen. Jeder war bei einer anderen Gesellschaft versichert. Als ich fertig war, sagte ich zu Paul: »Komm, sehen wir uns diese Grundstücke mal an.«

Die erste Adresse war in der Chandler Street am Südende. Das Südende mit seinen roten Backsteinbauten war früher eine ziemlich elegante Wohngegend gewesen. Dann verfiel es zum Säuferslum. Jetzt hatte es ein Comeback. Eine Menge Leute aus dem gehobenen Mittelstand zogen ein und bliesen die Backsteine ab, kauften sich Dobermänner, installierten Alarmanlagen und hielten die Säufer auf Distanz. Es war eine interessante Mischung: schwarze Straßenkinder, Säufer vieler Rassen, weiße Frauen mit Karottenhosen und spitzen Absätzen, schwarze und weiße Männer mittleren Alters in Hemden von Lacoste. Unsere Adresse lag zwischen einem Restaurant, aus dem man Südstaatenfutter mitnehmen konnte, und einem Schnapsladen. Sie war ausgebrannt.

»›Bloße Chorruinen‹«, sagte ich, »›wo zur Nacht die süßen Vögel sangen.‹«

»Frost?« fragte Paul.

»Shakespeare«, sagte ich. »Wieso dachtest du, es sei Frost?«

»Weil du immer Frost oder Shakespeare zitierst.«

»Manchmal zitiere ich auch Peter Gammons«, sagte ich.

»Wer ist das?«

»Der Baseball-Reporter vom *Globe*.«

Wir fuhren zu der nächsten Adresse in die Symphony Road in der Back Bay. Die Symphony Road war Studentenrevier und das, was die Schulkommission »spanisch« nannte. Die Adresse war ein verkohlter Haufen Schutt.

»Bloße Kirchruinen«, sagte Paul.

»Chor«, sagte ich. »Sehen wir da ein Muster zutage kommen?«

»Du meinst, sie sind alle abgebrannt?«

»Die Auswahl ist ein bißchen knapp«, sagte ich. »Aber die Anzeichen sind stark.«

Die dritte Adresse war in der Blue Hill Avenue in Mattapan. Sie lag zwischen einem mit Brettern vernagelten Laden und einem zweiten mit Brettern vernagelten Laden. Sie hatte gebrannt.

»Wo sind wir?« fragte Paul.

»Mattapan.«

»Gott, eine furchtbare Gegend.«

»Wie ein Stück von der Südbronx«, sagte ich. »Das Leben ist hart hier.«

»Sie werden alle abgebrannt sein«, meinte Paul.

»Ja, klar, aber wir müssen nachsehen.«

Und das taten wir. Wir sahen in Roxbury nach, in Dorchester und Allston und Charlestown. In Hyde Park und Jamaika Plain und Brighton. Die Adressen waren immer obskur, so daß wir mitunter auf den Spuren unserer Liste dieselbe Gegend mehrere Male durchkreuzten. Alle Adressen lagen in bescheidenen Wohnvierteln. Alle waren abgebrannt. Es war dunkel, als wir fertig wurden, und ein leichter Regen wischte über meine Bürofenster.

Ich legte die Füße auf meinen Schreibtisch und rollte mit den Schultern, um meine Rückenmuskeln zu lockern, die durch acht Stunden Autofahrt in der Stadt verkrampft waren. »Dein Paps«, sagte ich, »scheint ein Brandstifter zu sein.«

»Warum sollte er denn alle diese Gebäude niederbrennen?«

»Ich weiß nicht, ob er sie in Brand gesteckt hat. Er kann sie auch nur versichert haben. Aber in jedem Fall ging es ums Geld. Kaufen, in Brand stecken, die Versicherung kassieren. Das ist seine Verbindung zu Cotton. Die Branche deines alten Herren waren Grundstücke und Versicherung. Cottons Branche ist Geld aus Gaunerei. Bring sie zusammen, und was kommt heraus?«

»Bibbiti-bobbiti-buh«, sagte Paul.

»Ach, du kennst das Lied? Wie kommst du denn dazu?«

»Ich hatte es auf Schallplatte, als ich klein war.«

»Nun, es paßt hier. Und als dein Vater dann ein paar billige Kräfte brauchte, um mit seiner Scheidungssituation fertig zu werden, schickte Cotton ihm Buddy Hartman, und Hartman brachte Harold und seinen Räuberknüppel mit.«

»Was willst du jetzt machen?« sagte Paul.

»Morgen werde ich alle diese Versicherungsgesellschaften anrufen und feststellen, ob dein Vater tatsächlich der Makler bei diesen Brandschäden war und ob sie gezahlt haben.«

»Die Versicherungen aus der Kartei?«

»Ja.«

»Woher willst du wissen, mit wem du sprechen mußt?«

»Ich habe schon viel für Versicherungen gearbeitet. Ich kenne in den meisten Schadensabteilungen Leute.«

»Was hast du danach vor?«

»Danach werde ich alles, was ich weiß, erst mal zu den Akten legen und schauen, was ich über deine Mutter herausfinden kann.«

Paul war still.

»Wie fühlst du dich?« sagte ich.

»Okay.«

»Das Ganze ist furchtbar hart.«

»Es ist okay.«

»Du hilfst mir dabei, deinen Vater und deine Mutter unter Druck zu setzen.«

»Ich weiß.«

»Weißt du, daß es für dich ist?«

»Ja.«

»Bringst du es fertig?«

»Dir zu helfen?«

»Alles. Selbständig sein, von ihnen unabhängig sein, auf dich selbst zu vertrauen. Mit fünfzehn erwachsen zu werden.«

»Ich werde im September sechzehn.«

»Du wirst noch älter sein«, sagte ich. »Besorgen wir uns was zu essen und gehen schlafen.«

28

Es regnete stark, als Paul und ich am Morgen den Charles River entlangliefen. Es regnete den ganzen Tag. Ich saß in meinem Büro und rief Versicherungsfirmen an. Paul hatte sein Buch über das Ballett ausgelesen. Er ging hinaus und auf meinen Vorschlag hin zur Stadtbücherei Boston, um sich auf meine Karte eine Ausgabe von *Der Fänger im Roggen* zu leihen. Fünf Minuten nachdem er zurück war, rief Susan an.

»Die Leitung ist seit einer Stunde besetzt«, sagte sie.

»Frauen«, sagte ich. »Es hat sich herumgesprochen, daß ich wieder in der Stadt bin, und seit gestern klingeln mich die Frauen an.«

»Ist Paul bei dir?«

»Ja.«

»Gib ihn mir bitte mal.«

Ich streckte Paul den Hörer hin. »Für dich«, sagte ich. »Susan.«

Paul nahm den Hörer und sagte: »Hallo.«

Danach war er still.

Dann sagte er: »Okay.«

Danach war er still.

Dann sagte er: »Okay« und legte auf.

»Sie meint, es gibt eine Fachschule draußen in Grafton, die Lehrgänge in Schauspiel, Musik und Tanz anbietet«, sagte er. »Wenn ich Lust habe, will sie heute nachmittag mit mir hinfahren.«

»Hast du Lust?«

»Ich denke schon.«

»Gut. Das solltest du auch. Ist es ein Internat?«

»Du meinst, zum dort wohnen?«

»Ja.«

»Davon sagte sie nichts. Würde ich dort wohnen müssen?«

»Vielleicht.«

»Willst du nicht, daß ich bei dir wohne?«

»Irgendwann mußt du eigene Wege gehen. Autonomie heißt auf dich selbst vertrauen, nicht dein Vertrauen von deiner Mutter und deinem Vater auf mich verlegen. Ich bin das, was in der Politik als Übergangslösung bezeichnet wird.«

»Ich glaube nicht, daß ich ganz auf die Schule möchte.«

»Warte ab, schau dir den Verein mal an. Wir werden darüber reden. Ich werde dich zu nichts zwingen, was dich echt überfordert. Aber bleib offen. Denk daran, daß ich auch manchmal in unschöne Gegenden und Ecken muß und Leute auf mich schießen. Es hat seine Nachteile, wenn man bei mir wohnt.«

»Das stört mich nicht.«

»Einige Nachteile könnte es auch für mich haben«, sagte ich.

»Oh.«

»Mach daraus nicht mehr, als es ist. Wenn einer von uns erst anfängt zu befürchten, daß Aufrichtigkeit die Gefühle des anderen verletzt, haben wir einiges an Boden verloren. Ich versuche, das so hinzubiegen, wie es für uns alle am besten ist, für dich wie für mich. Auch für Susan.«

Er nickte.

»So weit habe ich dich mitgenommen. Ich werde dich nicht aus dem Nest stoßen, bis wir beide wissen, daß du fliegen kannst. Ist das klar?«

»Ja.«

»Du kannst dich darauf verlassen, daß ich tue, was ich sage. Weißt du das?«

»Ja.«

»Okay. Bist du noch mal zu einem Ausflug in den Regen bereit?«

»Ja.«

»Ich bin ganz wild auf eingetunkte Krapfen«, sagte ich. »Wenn du oben in der Boylston Street welche kaufen würdest und gleich auch Kaffee dazu und schnell wieder zurückkämst, bevor der Kaffee kalt wird, schaff' ich es vielleicht bis zum Nachmittag.«

Er grinste. »Seit ich dich kenne, ernährst du dich immer gesünder.«

Ich gab ihm fünf Dollar. Er zog den gelben Regenmantel über, den ich ihm gekauft hatte, und ging.

Ich rief in Chicago einen Burschen namens Flaherty von der Colton Versicherungsgesellschaft von Illinois an. Er erzählte mir, daß sie ein Grundstück auf den Namen von Elaine Brooks versichert hatten, daß das Gebäude ein halbes Jahr später abbrannte und daß, obwohl allgemein Brandstiftung vermutet wurde, niemand den Beweis dafür erbringen konnte. Sie hatten gezahlt und stillschweigend vereinbart, Elaine nicht mehr zu versichern.

»Die Sache ist die«, sagte Flaherty, »wenn es Brandstiftung war, dann war es auch Mord. Anscheinend hatten sich da zwei Säufer eingenistet und sind nicht mehr herausgekommen. Was man fand, waren hauptsächlich verkohlte Knochen und eine Muskatellerflasche, die halb geschmolzen war.«

Ich sagte: »Danke, Jack« und trug die Information auf meiner Übersicht ein.

Er sagte: »Haben Sie etwas in dieser Sache, was ich erfahren sollte, Spenser?«

»Nein, ich bin mit was anderem befaßt; das läuft nur parallel, verstehen Sie?«

»Also, daß Sie uns nichts vorenthalten. Ich schustere Ihnen eine Menge Ermittlungsarbeit zu.«

»Ja, und wirklich aufregende Sachen«, sagte ich.

»Lästern Sie nicht, es bringt gutes Geld.«

»Geld ist nicht alles, Jack.«

»Vielleicht nicht, aber haben Sie schon mal versucht, Sex auszugeben?«

»An dem Argument stimmt etwas nicht«, sagte ich, »aber im Moment seh' ich da nicht durch. Vielleicht ruf' ich Sie später noch mal an, wenn's mir einfällt.«

»Bleiben Sie in Kontakt«, sagte Flaherty.

Wir hängten ein. Mord in zwei Fällen. Besser und besser. Oder schlechter und schlechter, je nachdem, wo man stand. Von meinem Standpunkt sah es aus, als wäre es genug, um Mel Giacomin in die Schranken zu weisen.

Paul kam mit Kaffee und Krapfen zurück. Ungefüllte für mich. Zwei mit Boston-Butterkrem gefüllte für sich – ekelhaft. Ich erledigte noch zwei meiner Anrufe. Alles paßte zusammen. Giacomin war an einer Art Brandstiftung beteiligt, und es gab keinen Zweifel, wenn im Moment auch noch keinen Beweis, daß Harry Cotton ebenfalls dazugehörte.

Susan erschien um halb drei mit dem MG. Sie trug einen weichen Filzhut mit breiter, schlapper Krempe und einem Messingring am Hutband. Dazu trug sie einen Trenchcoat aus hellem Leder und hochhackige Stiefel im gleichen Farbton. Ich hätte mir gewünscht, ich würde selbst mit ihr Ballettschulen besichtigen. »Das wird der entscheidende Test«, bemerkte ich. »Wenn das Lehrpersonal nicht in Scharen herbeistürmt, um dich zu verführen, beweist das, daß sie schwul sind.«

Sie zog die Nase kraus. »Ich werde ihnen erzählen, wie groß und stark du bist«, meinte sie. »Vielleicht zaudern sie dann lange genug, daß wir entkommen können.«

Paul sagte: »Was ist, wenn sie versuchen, mich zu verführen?«

Ich grinste. »Das wäre wohl ein weiterer Beweis.«

Sie gingen, und ich beendete meine Telefongespräche. Es gab keine Überraschungen.

Ich notierte die letzten Einzelheiten auf meiner Übersicht, nahm dann frisches Kanzleipapier und tippte alles sauber ab, ging hinunter in einen Kopierbetrieb, wo ich zwei Kopien anfertigen ließ, kam zurück und legte das Original in meinem Büro zu den Akten. Die ersten Kopie schickte ich als Brief an mich selbst in meine Wohnung, die zweite steckte ich in die Tasche, um sie zur Hand zu haben. Und auch, um Mel Giacomin vielleicht damit zu drohen. Ich schaute auf meine Uhr. Vier Uhr zwanzig. Ich mußte vom Schreibtisch weg.

Ich schloß das Büro ab, setzte mich in den Bronco und fuhr hinunter ins Hafengebiet. Henry Cimoli saß in weißer Hose, Turnschuhen und weißem T-Shirt hinter dem Schreibtisch im Büro des Harbour Health Club. Er sah aus wie der zäheste Jockei der Welt. Tatsächlich war er einer der besten Leichtgewichtler im Land gewesen und hatte einmal fünfzehn Runden gegen Willie Pep gestanden, die er in einer knappen Entscheidung verlor. Seine Arme spannten gegen das T-Shirt, und sein gedrungener Körper bewegte sich wie eine zusammengepreßte Feder, eine Menge gezähmter Energie.

»Kommst du, um zu retten, was zu retten ist, Junge?« sagte er.

»Klar. Meinst du, es ist zu spät?«

»Beinahe.«

Ich ging zu meinem Spind und zog mich um. Im Konditionsraum waren Hebegeräte und Zugapparate, Langhanteln, Kurzhanteln, ein Sandsack, zwei Punchingbälle. Die Wände waren mit Spiegeln versehen. Zuerst arbeitete ich an der Drückerbank.

Ich war mit meinem Training fast durch, als Hawk gegen sieben hereinkam. Er trug eine seidig glänzende Trainingshose, die Reißverschlüsse unten offen, hohe weiße Turnschuhe und kein Hemd. Er hatte ein Paar Ballhandschuhe in der Hüfttasche und ein Springseil in der Hand. Die meisten Leute musterten ihn versteckt. Er nickte mir zu, machte ein paar Dehnübungen und fing an, seilzuspringen. Er sprang eine halbe Stunde lang, Schritt und Tempo variierend, kreuz und quer über das Seil.

Als er aufhörte, fing ich mit dem Punchingball an. Er hängte das Seil weg und kam zu mir herüber und nahm sich den anderen Ball vor. Als ich langsam einen Rhythmus in den Ball brachte, begann er neben mir im Kontrapunkt zu boxen. Ich grinste und pfiff die Anfangstöne von »Sweet Georgia Brown«.

Er nickte und nahm den Takt auf. Wir wechselten miteinander ab und steigerten allmählich das Tempo. Wie ein Kampf zweier Schlagzeuger aus den Vierzigern. Hawk legte Geschwindigkeit zu, ich legte ein bißchen mehr zu. Hawk gebrauchte seine Ellbogen und Fäuste. Ich nahm abwechselnd die eine, dann die andere Hand. Leute gruppierten sich um uns herum, und der Rhythmus des Balles und der Wettkampfgeist rissen mich mit. Ich konzentrierte mich, da der Ball im Takt mit dem von Hawk ein verschwommener weinroter Fleck war. Wir trommelten kleine Paraden und Wirbel, und einige der Männer im Konditionsraum unterstützten den einen oder anderen von uns mit anfeuernden Rufen. Dann fingen sie an, im Rhythmus zu den Bällen zu klatschen, und Hawk und ich rissen sie mit, bis die Halle in Aufruhr war und Henry aus dem Büro hereinkam und Hawk zuschrie: »Telefon!«

Hawk schnitt und rasierte seinen Ball in einer kurzen Serie, die ich erwiderte, dann hörten wir auf, und Hawk ging breit grinsend zum Telefon. Der Rest der Halle jubelte und klatschte. Ich rief hinter ihm her.

»He, Mann, mein Daddy hat 'ne Scheune, vielleicht könnwer da 'ne Schau aufziehn!«

Hawk verschwand um die Ecke, und ich ging an den Sandsack. Als er wiederkam, war sein Grinsen nicht ganz so breit, aber sein Gesicht hatte einen Ausdruck wirklichen Vergnügens.

Er stützte sich auf die andere Seite des Sandsacks, während ich darauf einschlug.

»Das wird dir gefallen, Alter«, sagte er.

»Du bist eingezogen worden«, sagte ich.

»Du hast dich mit Harry Cotton angelegt, was?«

Ich grub einen Haken in den Sandsack. »Ich hab' mit ihm gesprochen.«

»Du hast aber so eine geschickte Art, weißt du, wie du den Leuten

Honig ums Maul schmierst. Harry will einen Killer auf dich ansetzen.«

»Er ist zu empfindlich«, sagte ich. »Bezeichne jemanden als Schleicher und sag ihm, er riecht schlecht, und schon gerät er völlig durcheinander.«

»Er riecht wirklich schlecht, das ist eine Tatsache«, meinte Hawk.

»Du kennst Harry?«

»Aber ja. Er ist eine wichtige Persönlichkeit in unsrer Stadt.«

»War er das am Telefon?«

»Ja. Er will, daß ich dich umlege.« Hawks Lächeln wurde breiter. »Er fragte mich, ob ich weiß, wer du bist. Ich sagte, ja, ich denke schon.«

Ich schlug einen linken Haken und eine Rechte von oben.

»Wieviel bietet er?« fragte ich.

»Fünf Riesen.«

»Das ist beleidigend.«

»Du wärst stolz auf mich gewesen«, meinte Hawk. »Das sagte ich ihm nämlich auch. Ich sagte, für weniger als zehn würde ich es nicht machen. Er meinte, eine Menge Leute würden es liebend gern für fünf erledigen. Ich sagte ihm, das sei nicht das Problem; eine Menge Leute würden's auch gerne umsonst tun, aber sie können es nicht, weil sie nicht gut genug sind. Ich sagte, es ist mindestens ein Zehntausend-Dollar-Job. Er sagte nein.«

»Harry war schon immer geizig«, sagte ich.

»Also lehnte ich ab. Bist du wohl wieder sicher.«

»Vor dir zumindest.« Ich setzte ein paar tiefe Körperschläge in den Sack. Hawk hielt ihn still.

»Harry wird billig kaufen«, sagte er. »Er wird irgendeinen Penner engagieren, weiß es nicht besser. Du wirst ihn beerdigen und . . .« Hawk breitete die Hände aus. »Bei mir läuft eine Zeitlang nichts. Vielleicht treibe ich mich erst mal mit dir rum.«

»Wir hoch wäre denn der Abschußtarif für uns beide?« sagte ich.

»So etwa einhundertundzweiunddreißig Billionen«, meinte Hawk.

»Dafür ist Harry zu geizig«, sagte ich.

Um neun Uhr war ich am Haus der Giacomins in Lexington. Ich brach die Hintertür auf und ging hinein und schaltete das Licht an. In Patty Giacomins Schlafzimmer befand sich ein kleiner Sekretär mit schlanken, geschwungenen Beinen und goldenem Schablonenmuster. Ihr in Leder gerahmtes Bild stand darauf. Ich öffnete die Klappe und setzte mich auf den kleinen Binsenstuhl davor und fing an, den Inhalt zu durchsuchen. Während meines Aufenthalts hatte ich Patty hier ihre Rechnungen schreiben sehen, und viel mehr als Empfangsbescheinigungen und ungültige Schecks war auch nicht da. Der einzige Ansatzpunkt, den ich außer ihrem süßen Stephen hatte, waren ihre regelmäßigen Ausflüge nach New York.

Nach einer halben Stunde fand ich, was ich wollte: American-Express-Quittungen vom New Yorker *Hilton*, die in etwa monatlichen Abständen datiert waren und über mehrere Jahre zurückgingen. Es waren durchweg Zimmerrechungen; sie hatte sie mit ihrer American-Express-Karte bezahlt und die Quittungen behalten. Anscheinend bewahrte sie alle Quittungen ohne Unterschied auf. Es war also nichts schrecklich Bedeutsames daran, daß sie diese aufhob. Sie wußte wahrscheinlich nicht, was wichtig war, und behielt deshalb alle.

Ich durchsuchte alles andere im Haus, und sonst war nichts da, was sich anzuschauen lohnte. Ich nahm sämtliche American-Express-Quittungen und Pattys Bild mit, schaltete das Licht aus und schloß die Tür.

Der Frühlingsabend war ruhig in Lexington. Der Regen hatte aufgehört. In den Häusern brannte Licht, und Fenster waren offen. Gelegentlich drangen Stimmen und die Geräusche der Fernseher heraus. Es war spät, aber Essensgerüche lagen noch in der Luft. Als ich zu meinen Wagen ging, strich eine Katze an mir vorbei und in die Büsche im nächsten Garten. Ich dachte an Harry Cottons Mordauftrag. Ich berührte die Waffe an meiner Hüfte. Die Straße war leer, als ich zum Wagen kam. Im Kreis der Straßenbeleuchtung flogen Motten ohne ersichtliches Ziel. Die Katze tauchte aus dem Gebüsch auf und setzte sich unter der Laterne auf die Lenden und schaute hinauf zu den Motten. Es war eine gelbgestreifte mit weißer Brust und weißem Gesicht und Pfoten.

Ich stieg in den Bronco und startete und ließ die Emerson Road hinter mir. Das Baseballspiel wurde aus Milwaukee übertragen, und die Geräuschkulisse war die gleiche wie immer – leises Publikumsgemurmel im Hintergrund, die Stimmen der Reporter in gewohntem Tonfall, gelegentlich der Klang des Schlägers, der den Ball traf, die metallisch gespreizte Stimme des Platzansagers, der den Nachnamen des Schlagenden wiederholte. Die Geräusche erschienen nahezu zeitlos.

Es war fast Mitternacht, als ich zurück in meine Wohnung kam. Susan und Paul waren noch auf und schauten sich im Fernsehen einen Film an. Susan sagte: »Draußen steht ein Sandwich, falls du noch nicht gegessen hast.«

Ich holte mir das Sandwich und ein Bier und ging wieder ins Wohzimmer. Der Film war *Ein Amerikaner in Paris*. »Wie war es in der Tanzschule?« sagte ich.

»Der Zulassungsmensch war ein Schwachkopf«, sagte Paul.

Ich sah Susan an. Sie nickte. »Bedauerlich, aber wahr«, meinte sie. »Alles, wovon du gehofft hattest, er würde es nicht sein.«

»Weibisch?«

»Weibisch, affektiert, hochnäsig«, sagte Susan.

»Susan hat ihn angeschrien«, sagte Paul. Seine Augen strahlten.

Ich schaute Susan an. »Er war eine aufgeblasene kleine Niete«, sagte sie.

»Ist ihm das jetzt bewußt?« fragte ich.

»Sie hat es ihm jedenfalls gesagt«, meinte Paul.

»Hat er einen Schreck bekommen?« fragte ich.

Susan sagte: »Ich denke schon.«

»Nun«, sagte ich, »es kann ja nicht die einzige Schule auf der Welt sein.«

Eine ausgedehnte Tanzszene lief auf dem Bildschirm. Paul verfolgte sie genau. Wir waren still, während ich das Sandwich aß und das Bier austrank. Ich ging in die Küche und verstaute die Dose im Mülleimer und den Teller in der Spülmaschine. Ich wusch mir das Gesicht und die Hände am Spülstein und kam zurück ins Wohnzimmer. Ein Werbespot lief.

Ich fragte Paul: »Bist du schon mal in New York gewesen?«

Er sagte: »Nein.«

»Hättest du morgen Lust?«

»Okay.«

»Wie steht's mit dir, Zuckerpflaume?« fragte ich Susan.

»Ich war schon da«, sagte sie.

»Ich weiß«, sagte ich. »Möchtest du noch mal hin?«

»Ja.«

Ich spürte die Erleichterung und die Freude wich in der Gegend meines Zwerchfells.

»Wir nehmen den Pendelflug in aller Frühe.«

»Frühe vielleicht«, sagte Susan, »aber nicht in aller. Ich muß mich krank melden, und ich muß packen.«

»Wir fahren, wenn du fertig bist, meine Liebe«, sagte ich.

Und am nächsten Tag fuhren wir. Wir schafften den Einuhrflug vom Logan zum LaGuardia. Ich hatte meine und Pauls Sachen in einem Koffer. Susan hatte zwei. Als ich zum Flughafen fuhr, sah ich Hawks silbernen Jag vor meinem Haus stehen. Er folgte mir zur Flughafengarage, und als ich dort einbog, fuhr er vorbei und weiter in Richtung der Ausfahrt. Weder Susan noch Paul merkten es. Ich äußerte mich nicht dazu.

Wir kamen gegen ein Uhr dreißig in New York an, und im New York *Hilton* gegen Viertel nach zwei. Wir erhielten benachbarte Zimmer. Paul und ich in einem, Susan in dem anderen. Das New York *Hilton* ist groß und liegt günstig an der Sixth Avenue. Es ist durchorganisiert, superschick und so bezaubernd wie ein Elektrorasierer.

Paul stand am Fenster des Hotels und schaute hinaus auf die 54. Straße weit unter ihm. Ich mußte an meinen ersten Besuch in New York denken. Ich war mit meinem Vater gekommen, auch ungefähr in Pauls Alter. Mein Vater hatte mich mitgenommen, um Baseballspiele zu besuchen, das Rockefeller Center zu besichtigen und in einem italienischen Restaurant zu essen, von dem er wußte. Er hatte sich die Hälfte seiner Barschaft im Hotelzimmer an seinem Unterhemd festgesteckt und die andere Hälfte wieder in die Brieftasche gelegt. Ich erinnerte mich an sein Grinsen, als er das Geld an sein Unterhemd heftete. Daran erkennst du den Jungen vom Land, hatte er gesagt. Ich erinnerte mich an den Geruch der Stadt, an ihren Lärm und das Gefühl, daß sie zu allen Zeiten brodelte, und wie fast immer auch der Klang einer Sirene am Rand des Lärms zu hören war. Ich hatte dagestanden wie Paul und hinausgestarrt. Noch nie hatte ich etwas Ähnliches gesehen. Und seither habe ich es auch nicht.

Ich ging durch die Verbindungstür in Susans Zimmer. Sie hängte gerade sorgfältig ihre Kleider auf.

Ich sagte: »Ist dir schon mal aufgefallen, was mir passiert, wenn ich ein Hotelzimmer betrete?«

Sie sagte: »Ja. Eigentlich scheint es im Lift zu passieren, der zu dem Hotelzimmer hochgeht. Aber was sollen wir Paul erzählen?«

»Vielleicht später«, sagte ich. »Der kleine Bursche muß ja irgendwann schlafen, nicht?«

»Hoffen wir es«, sagte Susan. »Da wir nun hier sind, wozu sind wir hier?«

»Ich will Patty Giacomin unter die Lupe nehmen. Sie kam etwa jeden Monat einmal hierher und blieb über Nacht. Das einzige, was ich finden konnte, das in irgendeiner Weise ungewöhnlich schien. Ich dachte, ich höre mich mal um.«

Sie schaute auf ihre Uhr. »Meinst du, Paul hätte Lust auf einen Rundgang durch die Radio City Music Hall?«

»Das würde ich meinen«, sagte ich. »Bringst du es über dich, mit ihm da hinzugehen?«

»Ja.«

»Danke.«

Sie lächelte. »Gern geschehen. Wenn er heute abend sehr müde ist, legt er sich vielleicht früh schlafen.«

Ich nickte.

»Glaubst du, die haben hier Champagner auf der Servicekarte?« sagte sie.

»Sie bessern sich«, sagte ich.

Ihre Kleider waren alle aufgehängt. Sie nahm sie sehr in acht. Sie prüfte sich im Spiegel, brachte eine nicht identifizierbare Änderung an ihrer Frisur an, ging in das andere Zimmer und sagte: »Komm, Paul. Wir machen einen Spaziergang ins Schwarze.«

»Was ist das denn?« sagte Paul.

»Wirst du merken.«

Paul öffnete die Tür. Susan blieb in ihr stehen und sagte zu mir: »Ich möchte ins *Four Seasons*.«

»Heute nacht«, sagte ich, »oder nie.«

Als sie fort waren, ließ ich uns die Plätze reservieren und nahm dann Pattys Bild und ging hinunter in die Halle. Der Schalter eines zweiten Geschäftsführers war in der Nähe der Fahrstühle. Der zweite Geschäftsführer saß dahinter, in einem dreiteiligen schwarzen Nadelstreifenanzug und rosa Hemd mit spitzem Kragen. Ich nahm meine Lizenz heraus und legte sie vor ihm auf den Tisch. Er las sie mit ausdrucksloser Miene. Dann sah er mich an. »Ja, bitte?« sagte er.

»Wer ist Ihr Hausdetektiv und/oder Ihre Detektivin, je nachdem?«

»Was können wir für Sie tun?«

»Holla«, sagte ich. »Auf dem Schild steht zweiter Geschäftsführer.«

»Ein harmloser Euphemismus«, sagte er. Er hatte zurückweichendes Haar und einen gepflegten Schnurrbart und gute Farbe. Ich bemerkte, daß seine Hände manikürt und seine Fingernägel poliert waren. »Euphemismus?« sagte ich. »Welcher Hausdetektiv sagt denn ›Euphemismus‹?«

»Ich war zweiundzwanzig Jahre Polizist in dieser Stadt, Seemann. Wollen Sie mich testen?«

Ich schüttelte den Kopf. »Nicht doch«, sagte ich. »Ich muß etwas über diese Frau herausfinden.«

Ich zeigte ihm Patty Giacomins Foto.

»In welchem Zusammenhang?« sagte der zweite Geschäftsführer.

Zu erklären, um was es mir ging, war zu kompliziert. »Sie wird vermißt«, sagte ich. »Der Ehemann ist beunruhigt. Bat mich, herzukommen und nachzusehen. Sie übernachtete hier ungefähr jeden Monat mal«, sagte ich. »Das letztemal vor ungefähr drei Wochen.«

»Jetzt ist sie nicht hier?«

»Nein«, sagte ich. »Ich hab's schon nachgeprüft.«

Er sah mich einen Augenblick an. Sein Rasierwasser war stark und teuer. »Haben Sie jemanden, der für Sie bürgt?« fragte er. »Ich mag nicht mit jedem Blödmann, der hier reinkommt und mir eine Lizenz vor der Nase schwenkt, über Hotelinternes reden.«

»Sie gefielen mir besser, als Sie Worte wie ›Euphemismus‹ gebrauchten«, sagte ich.

»Ist mir gleich, was Ihnen gefällt. Haben Sie jemanden, der für Sie bürgt?«

»Wie wär's mit Nicky Hilton?«

Er lächelte beinahe. »Das Beste, was Sie bieten können?«

»Schauen Sie mich im Profil an. Könnte ich irgend etwas anderes als vertrauenswürdig sein?«

Er stieß einen Seufzer aus. »Kommen Sie«, sagte er. Er kam um seinen Tisch herum, und wir gingen durch die Halle in eine Cocktailbar. Sie war jetzt, um drei am Nachmittag, fast leer. Der Barmann war ein zünftiger, hochgewachsener Schwarzer mit dichtem Kraushaar und großem Fahrradlenkerschnurrbart. Der zweite Geschäftsführer winkte ihn mit einer Kopfbewegung nach vor an die Theke.

»Was darf es sein, Mr. Ritchie?« sagte der Barmann.

Zweiter Geschäftsführer Ritchie sagte: »Jerry. Kennst du dieses

Mädchen?« Ich hielt das Foto von Patty Giacomin hoch. Jerry betrachtete es sorgfältig, ohne Ausdruck in den nußbraunen Augen. Er sah Ritchie an.

Ritchie meinte: »Sag's ihm, Jerry. Er ist in Ordnung.«

»Klar«, sagte Jerry, »die kenne ich. Sie kommt ungefähr einmal im Monat her, betrinkt sich mit Chablis, reißt einen Typen auf und geht mit ihm raus. Auf ihr Zimmer, nehme ich an.«

Ritchie nickte. »Ja, auf ihr Zimmer. Am nächsten Tag meldet sie sich ab, bezahlt ihre Rechnung, und wir sehen sie einen Monat lang nicht.«

»Jedesmal ein anderer Typ?« sagte ich.

»Ja. Ich denke schon«, sagte Jerry. »Könnte nicht beschwören, daß es nie zweimal derselbe war, aber wenn, dann war's ein Zufall. Sie kam hierher, damit jemand sie umlegte. Wer, war ihr egal.«

»Kennen Sie welche von den Typen?« fragte ich.

Jerry sah Ritchie an. Ritchie sagte: »Nein.«

»Und wenn Sie welche kennen würden?« fragte ich.

»Würde ich es Ihnen nicht sagen«, antwortete Ritchie.

»Es sei denn, ich käme mit jemandem von Ihrer alten Branche wieder«, sagte ich.

»Kommen Sie mit einem New Yorker Polypen wieder, der in einer Vermißtensache ermittelt, und wir schütten unser Herz aus. Andernfalls haben Sie alles erfahren, was Sie erfahren werden.«

»Vielleicht genug«, sagte ich.

30

Wir dinierten im Gastzimmer des Four Seasons, unter der hohen Decke an einem Fenster zur 53. Straße. Paul aß, unter anderem, Fasan und achtete auf alles, was Susan und ich taten, sehr genau. Wir tranken Wein, und die Rechnung belief sich auf 182,37 Dollar. Ich hatte schon Autos für weniger gekauft. Am nächsten Tag, nach Mittag, gingen wir ins Metropolitan Museum, und am Abend nahmen wir Paul mit zur Riverside Church, um Alvin Ailey und seine Tanzgruppe zu sehen.

Im Taxi auf dem Rückweg zur Innenstadt meinte Paul: »Ballett ist das doch nicht direkt, oder?«

»Im Programm steht moderner Tanz«, sagte ich.

»Das gefällt mir auch.«

»Es gibt sicher eine Menge Spielarten«, sagte Susan. »Steptanz ja auch.«

Paul nickte. Er starrte aus dem Taxifenster, während wir den Westside Highway hinunterfuhren und an der 47. Straße abbogen. Im Hotellift nach oben waren wir drei unter uns, und Paul sagte: »Ich will es lernen. Ich werde lernen, wie das geht. Ob ich dafür woanders in eine Schule muß oder was auch immer. Ich will lernen, wie das geht.«

Am Sonntag schliefen wir lange und gingen am frühen Nachmittag hinauf zum Asienhaus, wo wir uns Fotos aus dem China des 19. Jahrhunderts anschauten. Die Gesichter, die uns aus einer Zeit, die hundertunddreißig Jahre zurücklag, entgegenblickten, waren so fern und unergründlich wie die Oberflächenmuster eines anderen Planeten, und doch waren sie dort: menschlich und wirklich, hatten sie vielleicht in dem Moment, als die Blende klickte, ein Grollen im Magen empfunden, eine Regung in den Lenden.

Wir nahmen einen späten Nachmittagsflug nach Boston und fuhren Susan hinaus zu ihrem Haus. Es war nach sechs, als wir dort ankamen. Ich setzte den Bronco neben meinen MG, hielt und ließ mit dem Schalter am Armaturenbrett das Heckfenster herunter. Susan und Paul stiegen auf ihrer Seite aus, ich auf meiner. Als wir nach hinten gingen, um das Gepäck zu holen, hörte ich einen Wagenmotor anspringen. Ich blickte auf, und ein 68er Buick rollte durch die Straße auf uns zu. Der Lauf einer langen Kanone erschien am Fenster. Ich sprang Paul und Susan an und umklammerte sie beide mit den Armen, warf sie unter mir zu Boden und zappelte mich ab, um uns schnell genug hinter den Wagen zu bringen. Aus der langen Kanone kam das hastig blubbernde Geräusch, das eine Automatik macht, und Kugeln schlugen in das Metallblech des Bronco, dann daran vorbei, und der Buick war um die Ecke und fort, ehe ich noch meinen Revolver ziehen konnte.

»Bleibt liegen«, sagte ich. »Sie könnten umdrehen.« Ich hatte den Revolver jetzt draußen und kauerte mich hinter den Motorblock. Der Wagen kam nicht zurück, und die Straße war wieder still. Die Nachbarn öffneten nicht einmal die Tür. Wahrscheinlich ahnten sie nicht, was sie gehört hatten. Schnellfeuer hört sich nicht an wie ein Schuß.

»Okay«, sagte ich. »Packen wir aus.«

Susan sagte: »Du lieber Gott«, als sie aufstand. Die Vorderseite ihres Kleides war von Grashalmen und kleinen Blättern übersät. Paul sagte kein Wort, aber er blieb dicht bei mir, als wir die Taschen ins Haus trugen.

»Wofür war denn das?« fragte Susan in ihrer Küche.

»Ich habe jemanden verärgert«, sagte ich. »Wahrscheinlich Harry Cotton, Paul.«

Paul nickte.

»Wer ist Harry Cotton?« fragte Susan. Sie kochte Kaffee.

»Einer, mit dem Mel Giacomin Geschäfte gemacht hat.«

»Und warum schießt er auf dich und zufällig auch auf uns?«

»Ich habe die Beziehung zwischen Harry und Mel Giacomin untersucht. Und Harry gefällt das nicht.«

»Rufen wir die Polizei an?«

»Nein.«

»Warum nicht?«

»Es würde die Sache, an der ich arbeite, verpatzen.«

»Vielleicht solltest du mir besser mal etwas genauer erzählen, woran du arbeitest«, meinte Susan. »Denn schließlich wird auf mich geschossen.«

»Okay«, sagte ich. »Du weißt, daß ich nach einer Handhabe gegen Pauls Eltern gesucht habe, damit ich sie ihm vom Hals schaffen könnte.«

»Erpressung«, sagte Susan.

»Ja. Also, ich habe sie gefunden. Ich kann eine Fülle von Beweisen dafür beibringen, daß Mel Giacomin in schwere Brandstiftung verwickelt und an einem Komplott beteiligt war, Gebäude der Versicherung wegen niederzubrennen. Er steckte zusammen mit Harry Cotton drin, der ein Obergangster in der Stadt ist. Harrys Beteiligung kann ich zwar nicht beweisen, wenn ich aber das, was ich habe, an Marty Quirk weitergebe, ist es nur eine Frage der Zeit, bis die Bullen es können. Ich habe also etwas recht Schwerwiegendes gegen Mel. Um daranzukommen, mußte ich einigen Leuten auf den Pelz rücken, einschließlich Harry Cotton, und er ist auf mich wütend. Er hat jemanden beauftragt.«

»Dich umzubringen?« sagte Susan.

»Ja, er hat Leute engagiert, die mich töten sollen.«

»Woher weißt du das?« sagte Paul.

»Er versuchte, Hawk zu kaufen«, sagte ich.

»Hast du keine Angst?«

»Doch. Aber wie ich schon mal sagte, das ich nicht zu ändern, also verschwende ich nicht viel Zeit damit, darüber nachzudenken.«

»Ich habe Angst«, sagte Susan.

»Ich auch«, sagte Paul.

»Okay, wir haben sie alle. Hinter euch sind sie nicht her. Ihr wart nur zufällig dabei.«

Susan sagte: »Eines der Dinge, um die ich Angst habe, bist du.« Sie schnitt Sellerie in eine Schüssel aus rostfreiem Stahl, die schon weißen Thunfisch enthielt. Ich legte den Arm um sie und streichelte ihre Hüfte.

»Was ich gegen Patty Giacomin brauchte, habe ich jetzt am Wochenende in New York bekommen.«

Paul sagte: »Was war es denn?«

Ich sagte: »Eine böse Sache. Sie ist jeden Monat nach New York gefahren, um in dem Hotel fremde Männer aufzugabeln.«

Paul sagte: »Oh.«

»Ich habe erst überlegt, ob ich dir das nicht erzählen soll. Aber was immer wir vorhaben, mit Lügen funktioniert es schlecht.«

Paul nickte. Susan runzelte die Stirn. »Daran ist doch nichts Ungesetzliches.«

»Nein, aber Patty wird sich beugen. Sie wird sich nicht in diesem Licht betrachten wollen. Bei künftigen Sorgerechts- oder Unterhaltsstreitigkeiten käme es ihr nicht zustatten. Wenn überhaupt. Für mich ist es genügend Munition.«

Susan sagte: »Die arme Frau.«

»Ja, es ist schon hart, wenn man bedenkt, wie verzweifelt sie das nötig hatte, was sie zu finden hoffte. Ich nehme nicht an, daß sie es auf diesem Wege gefunden hat.«

»Promiskuität muß bei einer Frau kein Zeichen sein, daß sie unglücklich ist«, sagte Susan.

»Einmal im Monat, in einer entfernten Stadt, mit Fremden, in betrunkenem Zustand?«

Susan blickte zu Paul. »Warum rufen denn wir nicht die Polizei wegen dieser Leute, die auf uns geschossen haben?« fragte sie.

»Es würde schwierig zu erklären sein, ohne Mel und Harry und dergleichen hereinzubringen. Ich möchte Mel nicht im Gefängnis. Ich möchte ihn draußen, er soll Geld verdienen, damit er seinen Jungen unterstützen und für seine Ausbildung und ähnliches aufkommen kann.«

»Ja, das leuchtet mir ein.« Susan mischte etwas Mayonnaise unter ihren Thunfischsalat.

»Heute nacht bleibe ich bei euch, und morgen werde ich mal sehn, was ich tun kann, um diese Sache abzuschließen.«

»Was willst du wegen dem Mordauftrag unternehmen?« fragte Paul.

»Darüber muß ich wohl mit Harry mal reden«, sagte ich.

Susan nickte. »Ich wußte, daß das kommen würde.«

»Hast du eine bessere Idee?«

»Nein, es ist nur, daß du so berechenbar bist. Du willst mit ihm reden, weil er auf uns geschossen hat. Wenn es sich nur um dich gehandelt hätte . . .« Sie zuckte die Achseln.

»Nun, ich muß ihn mir aus dem Weg schaffen, wenn wir Paul in eine Tanzschule kriegen wollen.«

Susan belegte Weizenbrote mit Thunfischsalat. Der Kaffee war durchgefiltert. Ihre Schultern waren steif und zornig.

»Ich kann nicht zulassen, daß irgendein Gorilla auf dich schießt«, sagte ich. »Ich kann nicht. Es ist gegen die Regeln.«

Paul sagte: »Was für Regeln?«

Susan sagte: »Seine. Bitte ihn jetzt nicht, sie zu erklären. Ich ertrage es nicht.« Sie stellte den Teller mit den Sandwiches auf den Tisch und goß Kaffee ein. »Nimm wenigstens Hawk mit«, sagte sie. »Tust du das? Nimm wenigstens Hawk mit. Du mußt auch an Paul denken.« Sie nahm eine Tüte Milch aus dem Kühlschrank und goß Paul ein Glas ein. »Und an mich«, sagte sie. Ihre Hand zitterte leicht, als sie die Milch einschenkte.

»›Ich könnte dich, mein Lieb, nicht so sehr lieben‹«, sagte ich, »›liebt ich die Ehre nicht noch mehr.‹«

»Scheiße«, sagte Susan.

31

Susan nahm Paul mit zur Arbeit. »Er kann im Wartezimmer in meinem Büro lesen«, meinte sie. »Bis das geklärt ist, ist er alleine nicht sicher und bei dir wahrscheinlich auch nicht.«

»Es wird schnell geklärt sein«, sagte ich. »Nächste Woche, Junge, werden wir wieder an der Hütte arbeiten.«

Er nickte. Susan und Paul fuhren in ihrem Bronco, dessen linke Seite von Einschüssen zerlöchert war, zur Aufbauschule. Ich folgte in meinem MG. Als ich sie drinnen in Sicherheit wußte, fuhr ich zurück in die Stadt zu meinem Büro. Ich brauchte Zeit, um in Ruhe nachzudenken. Ich parkte in meiner Seitenstraße und ging die Hintertreppe hinauf. Als ich hochkam, war die Tür angelehnt. Ich zog meinen Revolver und trat sie auf.

Eine Stimme sagte: »Schieß nicht, Mann, ich bin es, Hawk.« Er saß in meinem Besucherstuhl, den er aus der Schußlinie gegen die Wand zurückgekippt hatte. Hawk war nie unvorsichtig. Ich steckte die Kanone ein.

»Wußte gar nicht, daß du einen Schlüssel hast«, sagte ich.

Hawk machte: »Ha.«

Ich ging um meinen Schreibtisch herum und setzte mich. »Hat Cotton den Einsatz erhöht?«

»Nein, ich bin nur vorbeigekommen, um mit dir rumzuhängen, weißt du. Ich hab' nichts zu tun, und davon werde ich unruhig. Du warst nicht in deiner Wohnung, da dachte ich mir, daß du hierherkommst.«

Ich sagte: »Gestern abend bei Susan hat jemand versucht, mich abzuschießen.«

»Ihr ist nichts passiert?« sagte er.

»Nein, aber das lag nicht an dem Schützen.«

»Wir werden Cotton heute einen Besuch abstatten«, sagte Hawk. Sein Gesicht war unbewegt, aber die Linien um seinen Mund wirkten ein wenig tiefer und die Backenknochen etwas vorspringender.

Ich betrachtete ihn eine Weile. »Ja«, sagte ich. »Das werden wir.«

Hawk stand auf. »Gehen wir schon«, sagte er. Ich nickte. Ich nahm meinen Revolver heraus, drehte die Trommel so, daß eine Patrone unter dem Hahn war, schob eine frische Patrone in die Kammer, die ich normalerweise unter dem Hahn leer ließ, und steckte mir die Waffe wieder an die Hüfte. Wir gingen hinaus. Ich sperrte die Bürotür ab, und wir liefen die Hintertreppe hinunter.

In der Seitenstraße fragte ich: »Wo hast du geparkt?«

»Vorne vor dem Haus.«

»Ich steh' gleich hier. Wir nehmen meinen.«

Wir stiegen in den MG. Hawk schob den Beifahrersitz weiter zurück. »Niedlich«, sagte er. Wir fuhren die Berkeley hinunter und bogen nach Westen auf die Commonwealth. Die Bäume schlugen aus, und Häuser aus braunem Sandstein wurden durch früh Blühendes belebt.

Als wir über den Kenmore Square fuhren, sagte Hawk: »Du wirst ihn töten müssen.«

»Harry?«

»M-hm. Einschüchtern kannst du ihn nicht.«

Ich nickte.

»Er hätte Susan beinahe ein Loch verpaßt«, sagte Hawk.

Ich nickte. Ungefähr einen Block vor Harrys Gebrauchtwagenhof hielt ich an und parkte in einer Ladezone. Wir stiegen aus.

Hawk sagte: »Ich könnte wohl mal hintenrum wandern, für den Fall, daß sie dich kommen sehen.«

»Du kennst den Laden?«

»Ich war schon mal drin«, sagte Hawk.

Ich nickte. Hawk bog in eine Seitenstraße, schlug sich in eine Durchfahrt und verschwand. Ich ging geradewegs die Commonwealth hinauf und in Harrys Büro. Harry war an seinem Schreibtisch. Shelley und zwei andere waren in der Wartungshalle. Als ich zur Tür hereinkam, griff Harry in der Schreibtischschublade nach einer Kanone. Er hatte sie draußen und halb erhoben, als ich über den Schreibtisch langte und sie ihm aus der Hand schlug. Dann packte ich ihn an der Hemdbrust und riß ihn von seinem Stuhl und frontal über den Schreibtisch. Shelley brüllte irgendwo links von mir »He!«, und schon erblickte ich Hawk dunkel zwischen mir und dem Klang seiner Stimme. Ich zerrte Harry über den Schreibtisch hinweg und knallte ihn gegen die Schlackensteinwand des Büros. Er grunzte. Ich zog ihn von der Wand weg und schleuderte ihn nochmals dagegen. Er krallte und trat nach mir, aber ich merkte nicht viel. Ich bewegte meine rechte Hand von seinem Hemd zu seiner Kehle und drückte ihn gegen die Wand, wobei ich ihn am Hals hochhielt, so daß seine Füße über dem Boden waren.

»Wer von euch hat gestern abend auf uns geschossen?« sagte ich.

Harry schlug mir ins Gesicht. Ich ignorierte es und drückte ihm die Hand gegen die Luftröhre. »Wer von euch?«

Er deutete auf Shelley. Ich ließ Harry los, und er rutschte an der Wand nieder und blieb keuchend auf dem Boden sitzen. Ich wandte mich Shelley zu. »Wenn du an mir vorbeikommst«, sagte ich, »wird Hawk nicht schießen. Du hast freien Austritt.«

Shelley und die beiden anderen standen bewegungslos an der Wand der Werkstatt. Hawk stand mit ruhig und entspannt gehaltener Waffe vor ihnen. Drei Pistolen lagen auf dem Boden. Shelley sah Hawk an. Hawk zuckte die Schultern. »Bin einverstanden, Shell. Du schaffst es sowieso nicht an ihm vorbei.«

»Ah ja, und wenn ich gewinne, knallst du mich ab.«

»Versuch es nicht, und ich knalle dich gleich ab«, sagte Hawk.

Einer der beiden anderen Männer war Buddy Hartman. Ich sagte zu ihm: »Buddy, nimm deinen Kumpel und verschwinde. Solltest du mir oder einem, den ich kenne, je noch mal zu nahe kommen, bringe ich dich um.«

Buddy nickte. Seine Genosse war ein hagerer, dunkler, gutaussehender Mann, der sich, wie ein blauschwarzer Schatten verriet, vor kurzem von einem Vollbart getrennt hatte. Der Genosse nickte ebenfalls, und sie gingen an mir vorbei, zur Tür hinaus und schnell, ohne sich umzuschauen, die Straße hinunter. Hawk schüttelte den Kopf. »Hätten sie erledigen sollen«, sagte er.

Shelley starrte hinter den beiden Männern her, die hinausgekommen waren. Dann stürzte er auf mich los, um an die Tür zu gelangen. Er wog mehr als ich, und die Wucht seines Sprunges warf mich zurück gegen den Türpfosten. Ich setzte ihm einen Aufwärtshaken unter den Kiefer und bog ihn damit etwas zurecht. Hawk lehnte mit gekreuzten Armen an der hinteren Wand, in der rechten Hand noch den Revolver. Links von mir schob Harry Cotton sich auf seinen Schreibtisch zu. Ich schlug Shelley nochmals unter den Kiefer, und er trat zurück und holte nach mir aus. Ich zog die Schulter hoch und fing mit ihr den Hieb ab. Ich verpaßte Shelley vier Schläge, drei Linke und eine Rechte ins Gesicht. Er wankte zurück, Blut strömte aus seiner Nase. Ich ließ einen weiteren Hagel folgen. Er taumelte, schwenkte einen Arm nach mir und prallte rückwärts in Harrys Schreibtisch. Seine Hände sanken. Ich versetzte ihm einen schweren linken Haken, einen wilden rechten Schwinger, und er fiel rückwärts über den Schreibtisch auf den Drehstuhl. Der krachte unter seinem Gewicht zusammen, und er lag reglos auf dem Boden, einen Fuß noch auf dem Schreibtisch. Harry versuchte, an die Kanone zu kommen, die ich ihm weggeschlagen hatte. Sie lag halb unter Shelleys Körper. Ich machte einen Schritt um den Schreibtisch und trat Harry ins Genick. Er fiel hintenüber und gab ein schmatzendes Geräusch von sich. Ich stellte mich über ihn.

Ich sagte: »Kommen Sie nie irgendwem zu nahe, den ich kenne. Schicken Sie nie jemand anderen. Haben Sie mich verstanden?«

Hawk sagte: »Das reicht nicht. Du mußt ihn umbringen.«

»Stimmt das, Harry? Muß ich? Muß ich Sie umbringen?«

Harry schüttelte den Kopf. Er machte ein krächzendes Geräusch.

»Du mußt ihn töten«, sagte Hawk.

Ich trat von Harry weg. »Denken Sie daran, was ich Ihnen gesagt habe«, sagte ich.

Hawk sagte: »Bist ein gottverdammter Idiot, Spenser.«

»Ich kann keinen Mann töten, der so am Boden liegt«, sagte ich.

Hawk schüttelte den Kopf, spuckte durch die offene Tür in die Wartungshalle und schoß Harry mitten in die Stirn.

»Ich kann«, sagte er.

32

Mel Giacomins Büro lag in einer Seitenstraße direkt am Reading Square. Es war eine Privatwohnung, die man zu einem Büro umgestaltet hatte. Die Schreibkräfte saßen vorne in einem großen offenen Raum, und Mel und ein paar andere Männer hatten eigene Büros am Ende des Flurs. Hinter Mels Büro befand sich die Küche, die beibehalten worden war, und Tassen und eine Schachtel mit Krapfen, Pulverkaffee und Trockensahne standen auf dem Küchentisch. Mel war dort beim Kaffeetrinken, als ich erschien.

»Was, zum Teufel, wollen Sie?« fragte er.

»Sehr schlagfertig«, sagte ich.

»Was?«

»Ich möchte mit Ihnen über Feuerversicherungen reden«, sagte ich.

»Ich möchte Ihnen keine verkaufen.«

»Es handelt sich um Feuerversicherungen, die Sie schon verkauft haben, zum Beispiel an Elaine Brooks.«

Mel sah mich an. Er öffnete den Mund und schloß ihn wieder. »Ich habe keine . . .«, fing er an. »Ich . . .« Eine Frau mit roten gekräuselten Haaren kam in die Küche. Sie trug einen limonellengrünen Sweater und eine weiße Hose, die eng gewesen waren, als sie zehn Pfund weniger gewogen hatte.

»Unterhalten wir uns in Ihrem Büro«, sagte ich.

Giacomin nickte, und ich folgte ihm nach nebenan. Wir traten ein. Er schloß die Tür.

»Was wollen Sie?« sagte er, als er hinter seinem Schreibtisch saß. Er trug einen gelbbraun karierten dreiteiligen Anzug, eine blaugemusterte Krawatte und ein weißes Hemd mit hellen, braunblauen Doppelstreifen. Die Weste klaffte an der Taille zwei Zoll breit auseinander und ließ Gürtelschnalle und Hemd sehen.

»Ich werde mich kurz fassen«, sagte ich. »Ich weiß von dem Brandstiftungsbetrug. Und ich kann ihn beweisen.«

»Wovon reden Sie denn?«

Ich zog die Kopie meiner Aktennotiz zu den Brandstiftungen hervor und legte sie ihm auf den Schreibtisch.

»Lesen Sie das«, sagte ich.

Er überflog es schnell. Ich sah, daß seine Lippen sich beim Lesen leicht bewegten. Dann blieben die Lippen still. Er war fertig mit Lesen, starrte aber noch auf das Blatt nieder. Schließlich, ohne aufzuschauen, sagte er: »Und?«

»Und damit habe ich Sie«, sagte ich.

Er starrte weiter auf den Zettel. »Haben Sie die Polizei informiert?«

»Noch nicht.«

»Haben Sie es irgendwem erzählt?«

»Denken Sie darüber gar nicht nach«, sagte ich. »Sie haben gegen mich keine Chance, und selbst wenn Sie eine hätten, beachten Sie, daß Ihnen eine Kopie vorliegt.«

»Wollen Sie an dem Braten beteiligt werden?«

Ich grinste. »Jetzt kapieren Sie langsam.«

»Wieviel?«

»Es wird unterschiedlich sein.«

Er schaute auf. »Was soll das heißen?«

»Es heißt, daß ich zweierlei möchte. Ich möchte, daß Sie sich von Ihrem Sohn fernhalten, und ich möchte, daß Sie für seinen Unterhalt aufkommen, seine Ausbildung, für alles, was er braucht.«

»Fernhalten?«

»Ihn in Frieden lassen, auf ihn verzichten, ihm vom Hals bleiben, nennen Sie es, wie Sie wollen. Ich möchte, daß er Sie los ist.«

»Und Geld von mir geschickt bekommt?«

»Ja.«

»Das ist alles?«

»Ja.«

»Nichts für Sie selber?«

»Nein.«

»Wieviel soll ich ihm schicken?«

»Schulgeld, Miete, Verpflegung, laufende Kosten.«

»Wieviel wird das sein?«

»Das teilen wir Ihnen mit.«

»Ich meine, ein Geldesel bin ich ja auch nicht, verstehen Sie?«

Ich stand auf und beugte mich über den Schreibtisch. »Hören Sie mal zu, Hundskopf, Sie reden, als ob Sie verhandeln könnten. Das können Sie nicht. Sie tun, was ich sage, oder es ist aus mit Ihnen. Bei einem dieser Brände kamen zwei Menschen um. Tötung in Tateinheit mit einem anderen Verbrechen ist Mord ersten Grades.«

»Ich habe keine . . .«

Ich schlug mit der Handfläche auf den Schreibtisch und beugte mich ein wenig näher, so daß mein Gesicht etwa drei Zoll vor seinem war. »*Kommen Sie mir nicht blöd!* Sagen Sie noch ein paarmal *habekeine* zu mir, und Sie wandern ab nach Walpole und rennen für den Rest Ihres verdammten Lebens im Zuchthaus rund. Kein *Habekeine* mehr, Sie Schweinehund.« *Nicht schlecht, ich und Kirk Douglas.* Ich fragte mich, ob der Schlag auf den Schreibtisch zu dick aufgetragen war.

War er nicht. Giacomin klappte zusammen wie ein Feldstuhl. »Okay, okay. Klar. Ich bin dabei. Es ist ein guter Handel.«

»Darauf können Sie Ihren Arsch verwetten, daß das ein guter Handel ist«, sagte ich. »Und wenn Sie sich an Ihren Teil davon nicht halten, schwirren Sie schneller ab nach Walpole, als Sie Mord ersten Grades sagen können. Und vielleicht drücke ich Ihnen noch meinen Daumen ins Auge, bevor Sie Abschied nehmen.«

»Okay«, sagte er. »Okay. Wieviel möchten Sie für den Anfang?«

»Ich schicke Ihnen eine Rechnung«, sagte ich. »Und falls Sie denken, wenn ich gehe, könnten Sie Harry Cotton anrufen und mich aus dem Weg räumen lassen, werden Sie sich enttäuscht sehen.«

»Daran hatte ich nicht gedacht«, sagte Giacomin.

»Die Rechnungen sind sofort nach Erhalt zahlbar«, sagte ich.

»Ja, sicher. Sofort nach Erhalt.«

Ich richtete mich auf, drehte mich um und ging zur Tür hinaus. Ich schloß sie hinter mir. Ich wartete ungefähr dreißig Sekunden, dann öffnete ich sie wieder. Giacomin war am Telefon. Als ich hereinsah, legte er den Hörer prompt auf.

Ich nickte. »Rattendreck wie Sie ist berechenbar.« Ich zeigte mit dem Finger auf ihn. »Verpatzen Sie das nicht, Melvin. Vielleicht wird auch kein Walpole draus. Die Todesstrafe erfreut sich wieder wachsender Beliebtheit.«

Er saß da, sah mich an und sagte nichts. Diesmal ließ ich die Tür offen und ging fort, ohne mich umzuschauen.

Ich fuhr nach Boston hinein. Disko-Stephen wohnte am Charles River Park, und ich mußte noch mit Patty Giacomin reden. Ich parkte in der Blossom Street und ging zu Fuß hinunter.

Patty Giacomin ließ mich ein. Stephen war auch dort, in einem verblaßten Levi's Hemd und Jeans und kunstvoll über den Knöcheln umgeschlagenen Mokassins mit starken Ledernähten. Eine Lederschnur lag eng um seinen Hals. Er nippte gerade aus einem riesigen

Kognakschwenker.

»Was wollen Sie?« sagte Sie. Sie hielt ein Gegenstück zu Stephens Kognakschwenker in der Hand.

»Gott, es muß in der Familie liegen«, sagte ich.

»Was?«

»Schlagfertigkeit.«

»Nun, was *wollen* Sie denn?«

»Wir müssen uns alleine unterhalten.«

»Ich habe keine Geheimnisse vor Stephen.«

»Ich wette, die haben Sie doch«, sagte ich. »Ich wette, daß Sie von Ihren Abenteuern im New York *Hilton* dem alten Disko nicht allzuviel erzählen.«

Sie hob ein wenig den Kopf. »Wie bitte?«

»Können wir fünf Minuten ungestört miteinander sprechen?«

Sie zögerte eine ganze Weile, dann sagte sie: »Natürlich, wenn Sie darauf bestehen. Stephen, wärst du so nett?«

»Natürlich«, sagte er. »Ich bin im Schlafzimmer, falls du mich brauchst.«

Ich ließ das hingehen.

Als er fort war, machte sie ein paar Schritte hinüber ans Fenster und schaute runter zum Fluß. Ich ging mit ihr. Als wir so weit wie möglich aus Stephens Hörweite waren, sagte sie leise: »Sie elender Bastard, was tun Sie mir an?«

»Ich sage Ihnen, daß ich über Ihre Besuche in New York Bescheid weiß, wo Sie einmal monatlich ins *Hilton* gingen, um zu vögeln, was Ihnen gerade in den Weg lief.«

»Sie fauler Dreckschwanz«, sagte sie leise.

»Oh«, sagte ich. »Sie haben es gemerkt.«

Sie antwortete nicht. Ihr Gesicht war sehr rot. Sie trank einen Schluck Brandy.

Ich sagte: »Mit Ihrem Mann, dem ich ebenfalls etwas nachweisen kann, habe ich ein Abkommen getroffen. Er hält sich von Paul fern und bezahlt seine Rechnungen, und ich halte dafür den Mund. Ihnen biete ich einen noch besseren Handel an. Sie bleiben dem Jungen fern, und ich halte meinen Mund. Sie brauchen nicht mal Geld aufzubringen.«

»Was können Sie ihm denn nachweisen?«

»Konzentrieren Sie sich auf das Wichtige, Mädchen.«

»Na, was?«

»Das ist nicht Ihr Problem. Ihr Problem ist, ob Sie tun, was ich verlange, oder ob ich hingehe und Leuten wie Disko-Darling hinten im Flur die Geschichte unter die Nase reibe.«

»Nennen Sie ihn nicht so. Er heißt Stephen«, sagte sie.

»Werden Sie sich von dem Jungen fernhalten?«

»Meinem eigenen Sohn?«

»Genau dem, Sie haben es erfaßt. Werden Sie?«

»Was meinen Sie denn mit fernhalten?«

»Ich meine damit, ihn anderswo auf eine Schule gehen lassen, ihn seine Ferien bei mir verbringen lassen oder wo immer er will, keinen Anspruch mehr auf Sorgerecht erheben und ihn nicht zwingen, bei Ihnen oder Ihrem Mann zu leben.«

»Mein Gott, bloß damit Sie eine Unbesonnenheit nicht ausplaudern?«

»Monatliche Unbesonnenheiten – wahllos, in bunter Folge. Wahrscheinlich sogar neurotisch. Wenn ich Sie wäre, würde ich mir Rat suchen. Außerdem bekommen Sie, wenn Sie nicht tun, was ich sage, von Ihrem Mann keinen Penny Unterhalt mehr, gar nichts.«

»Wie können Sie . . .«

»Rufen Sie ihn an«, sagte ich. »Hören Sie, was er dazu meint.«

Sie blickte auf das Telefon.

»Da stehen Sie dann«, sagte ich. »Verzweifelt und allein. Disko-Steve wird Sie abwägen wie eine Handvoll Kleingeld, wenn er glaubt, daß Sie schmutzig sind.«

»Es ist nicht neurotisch«, sagte sie. »Wenn ein Mann das täte, würden Sie es als normal bezeichnen.«

»Würde ich nicht, aber das spielt für mich keine Rolle. Ich möchte den Jungen aus der Zwickmühle haben, und ich werde alles tun, was notwendig ist, um ihn herauszubekommen. Sie spielen mit, oder Sie sind hilflos und verlassen, wie es in den Familienserien heißt.«

Sie schaute den Flur hinunter, wo Stephen verschwunden war. Sie schaute auf das Telefon. Sie schaute hinunter auf den Fluß. Und Sie nickte mit dem Kopf.

»Höre ich ein Ja?« fragte ich.

Sie nickte nochmals.

»Ich möchte es hören«, sagte ich.

»Ja«, sagte sie und starrte auf den Fluß.

»Okay«, sagte ich. »Sie und Stephen können dann wieder aufpassen, wie seine Jeans verbleichen.«

Ich peilte die Tür an. »Spenser?«

»Ja?«
»Was hat Mel getan?«
Ich schüttelte den Kopf und ging hinaus und schloß die Tür.

33

Paul saß rittlings auf dem Firstbalken der Hütte und nagelte die letzte Reihe der Zedernschindeln vier Zoll nach der Wetterseite. Er war ohne Hemd und braun, und die Muskeln bewegten sich an seinem Torso, während er die breiten Dachnägel einen nach dem anderen aus dem Mund nahm und jeweils drei mit dem Hammer in die Schindeln schlug. Er trug eine Nagelschürze über seinen Jeans, und regelmäßig nahm er einige Nägel heraus und klemmte sie sich in den Mund. Ich setzte auf dem Boden die Firsthaube zusammen. Als er mit der letzten Reihe fertig war, stieg ich mit der Firsthaube die Leiter hinauf und wir nagelten sie von beiden Enden her zur Mitte des Firsts hin an ihren Platz. Die frühe Herbstsonne war warm auf unseren Rücken. In der Mitte sagte ich: »Schlag du einen auf der Seite rein, und ich einen auf dieser.«

Er nickte, nahm einen Achtpennynagel heraus, klopfte ihn fest und schlug ihn mit drei Hammerschwüngen ein. Ich schlug meinen ein. Wir steckten die Hämmer in seine Hammerschlaufe und ich streckte meine Hand aus, die Handfläche nach oben. Mit ernstem Gesicht schlug er darauf. Ich grinste. Er grinste zurück.

»Geschafft«, sagte ich.

»Die Außenseite«, sagte er.

»Okay, halb geschafft«, sagte ich. »Eingefaßt.«

Wir kletterten die Leiter hinunter, ich zuerst, Paul nach mir, und setzten uns auf die Stufen der alten Hütte. Es war Spätnachmittag. Die Sonne stand schräg über der Oberfläche des Sees und ließ uns in formlose, schimmernde Flecken schauen.

»Ich hätte nie gedacht, daß wir es bauen würden«, sagte Paul.

»Hättest auch nie gedacht, daß du fünf Meilen laufen würdest, hm?«

»Nein.«

»Oder anderthalb Zentner von der Bank stemmen?«

»Oder zwanzig Pfund zunehmen?«

Paul grinste mich an. »Okay«, sagte er. »Okay. Du hattest recht. Ich hatte unrecht. Möchtest du eine feierliche Dankzeremonie?«

Ich schüttelte den Kopf. Es war kaum windig, und der Schweiß auf unseren Körpern trocknete langsam. Auf dem See fuhr jemand Wasserski hinter einem hundert Pferde starken Außenbordmotor. Vogelstimmen drangen aus dem nahen Wald. Die Gegend war überfüllt vom Geruch gesägten Holzes und dem leicht brenzligen Duft, den eine Motorsäge hervorbringt, wenn das Blatt abstumpft.

Ich stand auf und ging in die Hütte, wo ich eine Flasche Moët & Chandon-Champagner aus dem Kühlschrank holte und zwei durchsichtige Plastikbecher aus dem Geschirrschrank. Ich füllte Wasser in einen Kochtopf, gab etwas Eis hinzu und stellte den Champagner hinein, damit er kühl blieb. Dann brachte ich die Sachen hinaus auf die Hintertreppe und setzte sie ab.

»Was ist das?« sagte Paul.

»Champagner«, sagte ich. »Elegant präsentiert.«

Champagner habe ich noch nie getrunken, außer damals bei Susan.«

»Ist mal wieder Zeit«, sagte ich. Ich öffnete die Flasche und goß beide Becher voll.

»Ich dachte, der Korken soll in die Luft spritzen.«

»Muß nicht sein«, sagte ich.

Paul probierte den Champagner. Er schaute auf das Glas. »Ich dachte, er wäre süßer«, sagte er.

»Ja, dachte ich auch, als ich ihn zum erstenmal versuchte. Man gewöhnt sich aber dran.«

Wir waren still, schlürften den Champagner. Als Pauls Glas leer war, füllte er sich nach. Der Wasserskipilot hatte genug, und der See war ruhig. Ein paar Spatzen bewegten sich in dem Sägemehl um die neue Hütte, auf Futtersuche, daß die Köpfe nur so ruckten, und hier und da fanden sie auch welches. Stare mit bläulich schillernden Rücken gesellten sich dazu, viel größer und großspuriger als die Spatzen, mit einem komisch watschelnden Gang, aber friedlich.

»Wann müssen wir morgen los?« fragte Paul.

»Früh«, sagte ich. »Spätestens um halb neun. Wir holen Susan um elf ab.«

»Wie lange dauert eine Fahrt zu der Schule?«

»Vier Stunden.«

»Wieso kommt Susan mit?«

»Wenn wir dich abgesetzt haben, wollen wir zusammen ein paar Tage im Hudsontal verbringen.«

Der letzte Wind hatte sich gelegt. Es war still, die Sonne fast untergegangen. Dunkel war es noch nicht, aber weniger grell, das

Licht erschien indirekt.

»Muß ich mein Zimmer mit jemand teilen?«

»Im ersten Jahr«, sagte ich.

»Wann kann ich nach Hause kommen? Hierher? Um dich zu besuchen?«

»Jedes Wochenende«, sagte ich. »Aber ich würde erst mal eine Zeitlang da draußen bleiben. Du mußt dich daran gewöhnen, bevor du wiederkommst. Du wirst dort nicht heimisch, wenn es dein einziges Ziel ist, rauszukommen.«

Paul nickte. Es wurde dunkler. Der Champagner war alle.

»Es ist besser als diese Schule in Grafton.«

»Ja.«

»Bestimmt kennen sich da alle untereinander und wissen schon, wie man tanzt.«

»Nicht alle«, sagte ich. »Einige. Manche werden dir voraus sein. Du wirst sie einholen müssen. Aber du kannst es auch. Siehst doch, was du in einem Sommer geschafft hast.«

»Außer, daß ich nichts und niemand dabei eingeholt habe.«

»Doch, das hast du.«

»Wen denn?«

»Das Leben.«

Die Wälder waren jetzt in der Dunkelheit geschmolzen. Man konnte nicht in sie hineinsehen. Und die Insekten hoben den Geräuschpegel. Rings um sie war ein dichter Mantel aus Wald. Wir waren allein in seiner Mitte. Die Hütte war gebaut und die Champagnerflasche war leer. Stechende Insekten sammelten sich in Schwärmen. Die Dunkelheit war kalt.

»Gehen wir rein und essen«, sagte ich.

»Okay«, sagte er. Seine Stimme zitterte ein wenig. Als ich die Tür zur Hütte öffnete, konnte ich im Licht aus der Küche sehen, daß er Tränen im Gesicht hatte. Er versuchte nicht, sie zu verbergen. Ich legte ihm den Arm um die Schulter.

»Der Winter kommt«, sagte ich.